鲁迅的抗战

鲁迅先生抗战文选

刘加民 房玉刚 编

团结出版社

图书在版编目（CIP）数据

　　鲁迅的抗战：鲁迅先生抗战文选 / 刘加民，房玉刚编 . — 北京：团结出版社，2022.9
　　ISBN 978-7-5126-9499-6

　　Ⅰ . ①鲁… Ⅱ . ①刘… ②房… Ⅲ . ①鲁迅著作—选集 Ⅳ . ① I210.2

　　中国版本图书馆 CIP 数据核字 (2022) 第 121133 号

出　版：团结出版社
　　　　（北京市东城区东皇城根南街 84 号　邮编：100006）
电　话：（010）65228880　65244790（出版社）
　　　　（010）65238766　85113874　65133603（发行部）
　　　　（010）65133603（邮购）
网　址：http：//www.tjpress.com
E-mail：zb65244790@vip.163.com
　　　　tjcbsfxb@163.com（发行部邮购）
经　销：全国新华书店
印　装：三河市东方印刷有限公司

开　本：170mm×240mm　16 开
印　张：27.5
字　数：477 千字
版　次：2022 年 9 月　第 1 版
印　次：2022 年 9 月　第 1 次印刷

书　号：978-7-5126-9499-6
定　价：68.00 元

拿起笔来战斗的开端（国画）古元　作　　　鲁迅与李大钊（国画）吴作人　作

离京去日本留学（油画）张祖英　作

弃医从文（油画）张洪年　作

鲁迅和他的战友们（木刻）陈烟桥　作

1904 年　与绍兴籍留日学生摄于日本东京

1905 年秋　于日本仙台

1909 年初　摄于日本东京之二

1928.03.16　在景云里寓所之二　　　　　　1930.09.17　鲁迅"五十岁纪念"之三

1931.08.22　鲁迅与木刻讲习会会员合影

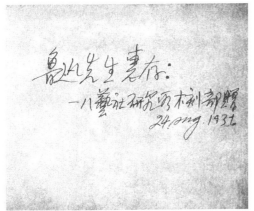

1931.08.24　上图照片背面无名氏的题字

1933.09.13　鲁迅的五十三岁合家照

1934.05.10　鲁迅与铃木大拙等日本友人合影

1934年　与日本友人合影摄于上海。左起：内山完造、林哲夫、鲁迅、井上芳郎

1935.10.21　与内山完造、野口米次郎

1936.02.11　鲁迅与内山完造、山本次彦

1946.10.19　上海万国公墓举行鲁迅先生
10周年祭

鲁迅与内山完造（木刻）邬继德　作

鲁迅与藤野先生（雕像）高照应真华 作

战斗的檄文（木刻）李以泰 作

鲁迅与左联作家

萧红／生死场

《总退却》封面

鲁迅／民族魂

序

北京师范大学文学院　刘勇（中国现代文学研究会会长）

2021 年是鲁迅诞辰 140 周年，也是鲁迅逝世 85 周年，刘加民编选《鲁迅的抗战——鲁迅先生抗战文选》，是非常及时的，也是非常重要的。此前，刘加民发表的《鲁迅的抗战》一文，对"鲁迅与抗战"这一命题有深入分析，产生了比较广泛的影响。本书编选了鲁迅与抗战有关的文章，具有史料价值，对鲁迅与抗战研究做了进一步的推进，这对鲁迅研究和抗战文学研究都有很大的贡献。

刘加民这本书选取"鲁迅与抗战"这一角度，不是标新立异，更不是哗众取宠。这个角度有实实在在的内容，我认为它有两个方面的重要意义。

第一，抗战是全民族的事情。抗战不是一个人的抗战，是民族的抗战，中华民族的每一个仁人志士，每一个有爱国之心的人，都对抗战表达出自己的一腔热血，表达出自己正义的声音，鲁迅也是如此。之所以可以说"鲁迅的抗战"，是因为鲁迅是站在民族的立场上、代表整个民族的，他的看法就是民族的看法。

鲁迅与日本的关系其实是很深的，他在日本留学七年，对日本的国民性很了解，对日本的文化、历史都有很深刻的体会。1931 年九一八事变爆发后，鲁迅写了这样一段话："在这排日声中，我敢坚决的向中国的青年进一个忠告，就是：日本人是很有值得我们效法之处的。"① 1935 年的时

---

① 李新宇，周海婴主编：《鲁迅大全集 5 创作编（1929–1931）》，长江文艺出版社，2011 年版，第 358 页。

候，鲁迅讲："即使排斥了日本的全部，它那认真的精神这味药，还是不得不买的。"[①] 这时候，日本对中国侵略的种种恶行，鲁迅不可能置若罔闻，不可能置身事外。但鲁迅在这个时候仍然讲出这个话，这就说明鲁迅的立场是客观的。准确地讲，鲁迅这些话是站在民族的立场上，为了我们民族强大、不受别人欺负所说的。

社会上对鲁迅的这些言论有一种简单的误解，认为鲁迅几番出言肯定日本文化、日本民族的国民性，是在维护日本，是在美化日本，这些说法是没有道理的，这是对鲁迅的误读！他这段话不是在为日本人说话，而是为了自己的民族、站在爱国的立场上说话，是在两国国民性的对比中，启示中国自己要强大起来。在他的视野中，从来都是将中华民族的发展放在首位的，之所以肯定日本国民性的长处，无非是为了促使中国国民性向好处发展。鲁迅对日本文化有再多的欣赏，对日本有再多的了解，在民族大义面前从来都没有含糊过，在原则面前从来都没有退让过。

鲁迅的抗战体现了一种民族大义，一种良知，一种正义之声，这一点是毋庸置疑的。加民提到鲁迅灵柩上覆盖"民族魂"三个大字，鲁迅的民族精神体现在他对民族最大的爱，体现在他为民族思考，为民族发声。

第二，鲁迅写了很多与抗战有关的文章。毛主席曾说："鲁迅是中国文化革命的主将，他不但是伟大的文学家，而且是伟大的思想家和伟大的革命家。"[②] 1936 年 10 月 19 日，鲁迅于抗日战争全面爆发的前夜逝世，此时距离 1937 年七七事变爆发还有一年多的时间。鲁迅虽然没有经历过全面抗战时期，但从 1931 年九一八事变爆发以来，鲁迅写作了很多关于"抗战"的文章，论述自己对于抗战的看法和理解，对我国的民族解放战争和抗战文艺运动都产生了巨大的影响。换句话说，鲁迅先生虽然没有亲身参与抗战，但他始终以他的文字参与了祖国的抗战事业。

鲁迅认为文学上的战争是十分必要的。1930 年 3 月 2 日中国左联成立大会上，鲁迅发表《对于左翼作家联盟的意见》的演讲，强调革命文学家必须贴近无产阶级，必须清楚革命斗争的实际情形，要联合起来建立统一

---

① ［日］增田涉：《鲁迅的印象》，大日本雄辩会讲谈社，1956 年版，第 124 页。

② 毛泽东：《新民主主义论》，《解放》，1940 年第 98—99 期。

战线，为工农大众而写作。这篇演说成为左联的发展纲领，指导左联在此后的抗日民族统一战线中发挥重要的文化作用。

鲁迅作为一名中国人，他的爱国之心不亚于其他任何国人。作为一位左翼作家，他始终为左联纲领中阐释的理想不断奋斗着，领导了文学界抗日民族统一战线的建设。1934年10月，周扬发表《〈国防文学〉》一文，介绍了苏联的一个创作流派，即"国防文学"，试图在民族危亡之际将"国防文学"作为拯救中国的特殊武器，除汉奸以外的一切作家都应以"国防"为创作主题。对于"国防文学"这一口号，鲁迅并不认同，对所谓的"国防文学"作品也不以为然。1936年6月1日，鲁迅、冯雪峰等商定了"民族革命战争的大众文学"口号。此后，"两个口号"的论争引发了全国范围内的热议与辩论。同年，鲁迅发表《论现在我们的文学运动》《答徐懋庸关于抗日统一战线问题》等文章，强调无产阶级对抗日民族统一战线的领导权，左翼的"民族革命战争的大众文学"和右翼的"国防文学"这两个口号可以在"抗日"的旗帜下共存，文艺家在抗日问题上的联合是无条件的。

鲁迅参与抗战的另一种方式，是积极推介年轻作家的抗日作品。作为当时中国文坛的领军人物，鲁迅挖掘了很多优秀的年轻人，如萧红萧军二人，就得益于鲁迅的大力提携。1935年，在鲁迅的帮助下，萧军的《八月的乡村》和萧红的《生死场》得以发表。鲁迅十分欣赏萧红的《生死场》，在为《生死场》所作的序言中，他称赞萧红所描写的"北方人民对于生的坚强，对于死的挣扎却往往已经力透纸背；女性作者的细致的观察和越轨的笔致，又增加了不少明丽和新鲜"。[①]

对于抗战文学而言，鲁迅作为核心作家，是不得不谈的。谈及鲁迅，抗战文学作为他写作中的重要一环，也是不得不谈的。因此，《鲁迅的抗战》既是对鲁迅的研究，也是对抗战文学的研究，刘加民从"鲁迅的抗战"切入，为鲁迅研究和抗战文学研究打开了新的角度。

刘加民是北师大毕业的文学硕士，也是我带的第一届硕士研究生。他学习刻苦勤勉，为人正直坦诚，对学术问题和社会问题都有一种敏锐的眼光和独特的思考。他这些年一直从事文化工作，做出了很多成就，在他的

3

---

① 鲁迅：《鲁迅全集》（第6卷），人民文学出版社，2005年版，第422页。

文化工作和成就中，我依然能看到他文学的功底。刘加民在深耕文化事业的同时不忘文学初心，《鲁迅的抗战》就是一次很好的证明，这本书既体现出了他敏锐的文学眼光，也让我看到了他对文学的热爱和对鲁迅的敬仰。我相信，这份对文学质朴的情感一定会陪伴着他，也会支持着他继续行走在文学与文化的道路上。

目　录

序 / 1

生前著作
（1931 年—1936 年）

一九三一年

答文艺新闻社问 / 2

"民族主义文学"的任务和运命 / 3

沉滓的泛起 / 11

新的"女将" / 14

宣传与做戏 / 15

答中学生杂志社问 / 16

"日本研究"之外 / 17

好东西歌 / 18

"友邦惊诧"论 / 19

一九三二年

"智识劳动者"万岁 / 21

"言词争执"歌 / 22

"非所计也" / 24

中华民国的新"堂·吉诃德"们 / 25

无题（血沃中原肥劲草） / 28

偶成（文章如土欲何之） / 28

赠蓬子 / 29

林克多《苏联闻见录》序 / 29

我们不再受骗了 / 32

致台静农 / 34

一二八战后作 / 36

今春的两种感想 / 37

所闻 / 39

一九三三年

逃的辩护 / 40

观斗 / 42

赠画师 / 43

二十二年元旦 / 44

论"赴难"和"逃难" / 44

学生和玉佛 / 47

崇实 / 48

航空救国三愿 / 50

战略关系 / 51

对于战争的祈祷 / 53

止哭文学 / 55

文人无文 / 57

伸冤 / 59

迎头经 / 61

出卖灵魂的秘诀 / 63

推背图 / 65

中国人的生命圈 / 67

"以夷制夷" / 68

大观园的人才 / 70

文章与题目 / 72

真假堂吉诃德 / 74

天上地下 / 77

保留 / 79

再谈保留 / 81

"有名无实"的反驳 / 83

不求甚解 / 84

悼杨铨 / 86

题三义塔 / 86

华德保粹优劣论 / 87

华德焚书异同论 / 89

无题（禹域多飞将）/ 91

沙 / 92

中国的奇想 / 93

新秋杂识（一）/ 95

新秋杂识（二）/ 96

意和解释 / 98

九·一八 / 100

黄祸 / 104

一九三四年

答国际文学社问 / 106

偶感 / 107

致杨霁云 / 109

一九三五年

致萧军、萧红 / 110

田军作《八月的乡村》序 / 112

致曹靖华 / 114

萧红作《生死场》序 / 115

中国人失掉自信力了吗 / 117

中国文坛上的鬼魅 / 118

一九三六年

我要骗人 / 125

答托洛斯基派的信 / 128

论现在我们的文学运动 / 131

答徐懋庸并关于抗日统一战线问题 / 132

活动宣言

告国际无产阶级及劳动民众的文化组织书 / 146

告无产阶级作家革命作家及一切爱好文艺的青年 / 150

上海文化界发告世界书 / 155

中国文艺工作者宣言 / 156

文艺界同人为团结御侮与言论自由宣言 / 158

纪念文章
（1936年后）

论鲁迅 / 162

鲁迅提出了"民族革命战争的大众文学" 上海各杂志将一致商讨 / 164

关于《论现在我们的文学运动》/ 165

文艺上的两个口号与实做 / 167

中国共产党中央委员会　中华苏维埃人民共和国中央政府为追悼鲁迅
先生告全国同胞和全世界人士书 / 169

致许广平女士的唁电 / 171

为追悼与纪念鲁迅先生致中国国民党中央委员会与南京国民党
政府电 / 171

中共中央六届六中全会致许广平女士电 / 172

我们的祭品 / 173

鲁迅先生生前救亡主张 / 173

悼鲁迅先生 / 175

鲁迅——民族革命的伟大斗士 / 176

我们应该怎样纪念鲁迅先生 / 178

鲁迅先生的战绩和思想 / 180

我们最后的谈话 / 193

鲁迅先生的精神 / 195

吊豫才 / 195

怀鲁迅 / 196

追悼我们民族的巨人鲁迅（节选） / 197

我们的哀悼 / 199

我们的哀悼 / 201

鲁迅先生逝世哀感 / 202

悼鲁迅 / 204

不灭的光辉 / 206

悼一个民族解放运动的战士 / 208

哭鲁迅先生 / 209

诔词 / 210

关于鲁迅先生 / 211

学习鲁迅先生的精神 / 212

噩耗 / 214

在大的悲哀里 / 215

战士的葬仪 / 216

忆鲁迅先生（节选） / 219

闻鲁迅先生死耗 / 220

悼鲁迅先生 / 222

从打叭儿狗到反 × / 224

十月的殡仪 / 227

悼鲁迅先生 / 229

巴黎侨胞同声追悼伟大民族作家 / 231

研究和学习鲁迅 / 234

悲痛的告别 / 237

十月十五日 / 240

纪念中国伟大作家鲁迅晚会 / 243

怎样纪念鲁迅先生 / 244

5

鲁迅先生与中国文坛 / 246

鲁迅先生在历史上的地位 / 247

鲁迅先生在文坛上的斗争 / 249

鲁迅访问记 / 250

纪念鲁迅先生 / 252

把鲁迅先生的战迹献给日本人民 / 253

鲁迅作品的时代性 / 254

关于鲁迅在文学上的地位 / 257

我们从鲁迅先生学取些什么 / 258

纪念鲁迅先生 / 262

学习鲁迅的精神 / 263

关于鲁迅精神的二三基点 / 265

《鲁迅先生纪念集》/ 267

鲁迅先生大病时的重要意见 / 269

上海市文化界救亡协会鲁迅逝世周年纪念宣传大纲 / 271

鲁迅先生逝世周年纪念 / 273

深的怀念 / 274

鲁迅并没有死 / 275

纪念鲁迅与抗日战争 / 276

一种误会 / 280

学习鲁迅精神　文艺家大团结 / 282

我们失掉了一面民族的镜子 / 283

我对于鲁迅之认识 / 285

鲁迅艺术文学院创立缘起 / 286

鲁迅论——在"陕北"纪念大会上演辞 / 287

鲁迅先生逝世二周年 / 289

"……有背于中国人现在为人的道德" / 290

韧性万岁 / 291

学习鲁迅主义 / 292

周恩来同志为鲁迅逝世二周年纪念题词 / 295

持久抗战中纪念鲁迅 / 295

守成与发展 / 296

鲁迅翁逝世二周年 / 297

以实践"鲁迅精神"来纪念鲁迅先生 / 299

鲁迅逝世二周年纪念会（节选）/ 301

学习鲁迅先生 / 303

鲁迅先生的一生 / 305

纪念鲁迅 / 306

鲁迅逝世二周年纪念 / 308

鲁迅先生二周年祭 / 309

一个伟大的民主主义现实主义者的路 / 311

延安纪念鲁迅逝世二周年 / 319

嘉陵江畔　祭鲁迅 / 321

发刊词 / 323

《鲁迅风》与鲁迅 / 324

游击战的杂感 / 325

编后记 / 327

中国气派与中国作风 / 328

鲁迅先生纪念会上中共领袖陈绍禹同志演词（节选）/ 331

《文艺》鲁迅纪念座谈会记录 / 332

纪念鲁迅先生的意义 / 336

新民主主义论（节选）/ 338

鲁迅与中国民族及文学上的鲁迅主义（节选）/ 340

鲁迅的社会思想和政治思想（节选）/ 345

读《华盖集》偶记 / 348

《关于鲁迅杂想》（节选）/ 349

走向鲁迅 / 350

伟大的平凡 / 351

一个检阅 / 352

行都文化界纪念鲁迅六十诞辰 / 353

抗战文学与《阿Q正传》/ 356

扩大和深化鲁迅研究的工作 / 360

怎样认识鲁迅先生的伟大（节选）/ 361

纪念鲁迅 / 362

鲁迅的方向就是中华民族新文化的方向 / 363

为反帝反封建而斗争的鲁迅先生（节选）/ 364

鲁迅先生逝世四周年纪念大会志 / 365

作为思想家的鲁迅 / 368

鲁迅先生逝世四周年延安各界纪念大会宣言 / 370

怎样走鲁迅先生的路 / 371

延安各界举行大会纪念鲁迅逝世五周年 / 373

我们需要杂文 / 374

鲁迅式杂文的时代意义（节选）/ 376

理论创作与现实 / 376

鲁迅先生精神不死遗著风行于沦陷区 / 378

革命要有韧性 / 379

因纪念想起 / 381

鲁迅先生逝世九周年，陪都文化界集会纪念 / 382

周恩来同志出席致词 / 384

鲁迅先生与文学上的民主主义 / 386

论杂文之路 / 389

新文艺理论的建设者——鲁迅（节选）/ 390

鲁迅逝世十周年祭在上海 / 401

怎样纪念鲁迅先生 / 402

为人民大众服务　为民主和平奋斗　鲁迅精神不死！/ 403

在鲁迅逝世十周年纪念会上的演说 / 405

鲁迅逝世十周年纪念 / 406

文联北大联合座谈 / 408

记鲁迅十年祭和东北文协的诞生 / 409

附录：毛泽东《在延安文艺座谈会上的讲话》摘编 / 412

后记：编者的话 / 415

生前著作

（1931 年—1936 年）

一九三一年

答文艺新闻社问

日本占领东三省的意义①

这在一面，是日本帝国主义在"膺惩"②他的仆役——中国军阀，也就是"膺惩"中国民众，因为中国民众又是军阀的奴隶；在另一面，是进攻苏联的开头，是要使世界的劳苦群众，永受奴隶的苦楚的方针的第一步。

九月二十一日

【注释】

①本篇最初发表于一九三一年九月二十八日《文艺新闻》周刊第二十九期，初收一九三二年十月上海合众书店版《二心集》。

《文艺新闻》，周刊，左联所领导的刊物之一。一九三一年三月在上海创刊，一九三二年六月停刊。九一八事变后，该刊向上海文化界一些著名人士征询对这一事变的看法，鲁迅作了这个答复。

②"膺惩"：日本发动九一八事变后，把他们对中国的侵略行径说成是"膺惩"。

"民族主义文学"的任务和运命①

一

殖民政策是一定保护、养育流氓的。从帝国主义的眼睛看来，惟有他们是最要紧的奴才，有用的鹰犬，能尽殖民地人民非尽不可的任务：一面靠着帝国主义的暴力，一面利用本国的传统之力，以除去"害群之马"，不安本分的"莠民"。所以，这流氓，是殖民地上的洋大人的宠儿，——不，宠犬，其地位虽在主人之下，但总在别的被统治者之上的。上海当然也不会不在这例子里。巡警不进帮，小贩虽自有小资本，但倘不另寻一个流氓来做债主，付以重利，就很难立足。到去年，在文艺界上，竟也出现了"拜老头"的"文学家"。

但这不过是一个最露骨的事实。其实是，即使并非帮友，他们所谓"文艺家"的许多人，是一向在尽"宠犬"的职分的，虽然所标的口号，种种不同，艺术至上主义呀，国粹主义呀，民族主义呀，为人类的艺术呀，但这仅如巡警手里拿着前膛枪或后膛枪，来福枪，毛瑟枪的不同，那终极的目的却只一个：就是打死反帝国主义即反政府，亦即"反革命"，或仅有些不平的人民。

那些宠犬派文学之中，锣鼓敲得最起劲的，是所谓"民族主义文学"②。但比起侦探，巡捕，刽子手们的显著的勋劳来，却还有很多的逊色。这缘故，就因为他们还只在叫，未行直接的咬，而且大抵没有流氓的剽悍，不过是飘飘荡荡的流尸。然而这又正是"民族主义文学"的特色，所以保持其"宠"的。

翻一本他们的刊物来看罢，先前标榜过各种主义的各种人，居然凑合在一起了。这是"民族主义"的巨人的手，将他们抓过来的么？并不，这些原是上海滩上久已沉沉浮浮的流尸，本来散见于各处的，但经风浪一吹，就漂集一处，形成一个堆积，又因为各个本身的腐烂，就发出较浓厚的恶臭来了。

这"叫"和"恶臭"有能够较为远闻的特色,于帝国主义是有益的,这叫做"为王前驱"③,所以流尸文学仍将与流氓政治同在。

二

但上文所说的风浪是什么呢?这是因无产阶级的勃兴而卷起的小风浪。先前的有些所谓文艺家,本未尝没有半意识的或无意识的觉得自身的溃败,于是就自欺欺人的用种种美名来掩饰,曰高逸,曰放达(用新式话来说就是"颓废"),画的是裸女,静物,死,写的是花月,圣地,失眠,酒,女人。一到旧社会的崩溃愈加分明,阶级的斗争愈加锋利的时候,他们也就看见了自己的死敌,将创造新的文化,一扫旧来的污秽的无产阶级,并且觉到了自己就是这污秽,将与在上的统治者同其运命,于是就必然漂集于为帝国主义所宰制的民族中的顺民所竖起的"民族主义文学"的旗帜之下,来和主人一同做一回最后的挣扎了。

所以,虽然是杂碎的流尸,那目标却是同一的:和主人一样,用一切手段,来压迫无产阶级,以苟延残喘。不过究竟是杂碎,而且多带着先前剩下的皮毛,所以自从发出宣言以来,看不见一点鲜明的作品,宣言④是一小群杂碎胡乱凑成的杂碎,不足为据的。

但在《前锋月刊》⑤第五号上,却给了我们一篇明白的作品,据编辑者说,这是"参加讨伐阎冯军事⑥的实际描写"。描写军事的小说并不足奇,奇特的是这位"青年军人"的作者所自述的在战场上的心绪,这是"民族主义文学家"的自画像,极有郑重引用的价值的——

> "每天晚上站在那闪烁的群星之下,手里执着马枪,耳中听着虫鸣,四周飞动着无数的蚊子,那样都使人想到法国'客军'在菲洲沙漠里与阿剌伯人争斗流血的生活。"(黄震遐:《陇海线上》)

原来中国军阀的混战,从"青年军人",从"民族主义文学者"看来,是并非驱同国人民互相残杀,却是外国人在打别一外国人,两个国度,两个民族,在战地上一到夜里,自己就飘飘然觉得皮色变白,鼻梁加高,成为腊丁民族⑦的战士,站在野蛮的菲洲了。那就无怪乎看得周围的老百姓都是敌人,要一个一个的打死。法国人对于菲洲的阿剌伯人,就民族主义而论，原是不必爱惜的。仅仅这一节，大一点，则说明了中国军阀为什么做了帝国主义的爪牙，来毒害屠杀中国的人民，那是因为他们自己以为是"法国的客军"的缘故；小一点，就说明中国的"民族主义文学家"根本上只同外国主子休戚相关，为什么倒称"民族主义"，来朦混读者，那是因为他们自己觉得有时好像腊丁民族，条顿民族[⑧]了的缘故。

三

黄震遐先生写得如此坦白，所说的心境当然是真实的，不过据他小说中所显示的智识推测起来，却还有并非不知而故意不说的一点讳饰。这，是他将"法国的安南兵"含糊的改作"法国的客军"了，因此就较远于"实际描写"，而且也招来了上节所说的是非。

但作者是聪明的，他听过"友人傅彦长君平时许多谈论……许多地方不可讳地是受了他的熏陶"[⑨]，并且考据中外史传之后，接着又写了一篇较切"民族主义"这个题目的剧诗，这回不用法兰西人了，是《黄人之血》（《前锋月刊》七号）。

这剧诗的事迹，是黄色人种的西征，主将是成吉思汗的孙子拔都[⑩]元帅，真正的黄色种。所征的是欧洲，其实专在斡罗斯（俄罗斯）——这是作者的目标；联军的构成是汉，鞑靼，女真，契丹[⑪]人——这是作者的计划；一路胜下去，可惜后来四种人不知"友谊"的要紧和"团结的力量"，自相残杀，竟为白种武士所乘了——这是作者的讽喻，也是作者的悲哀。

但我们且看这黄色军的威猛和恶辣罢——

> …………
>
> 恐怖呀，煎着尸体的沸油；
>
> 可怕呀，遍地的腐骸如何凶丑；
>
> 死神捉着白姑娘拼命地搂；
>
> 美人蟒首变成狞猛的髑髅；
>
> 野兽般的生番在故宫里蛮争恶斗；
>
> 十字军战士的脸上充满了哀愁；
>
> 千年的棺材泄出它凶秽的恶臭；
>
> 铁蹄践着断骨，骆驼的鸣声变成怪吼；

上帝已逃，魔鬼扬起了火鞭复仇；

黄祸来了！黄祸来了！

亚细亚勇士们张大吃人的血口。

这德皇威廉因为要鼓吹"德国德国，高于一切"而大叫的"黄祸"⑫，这一张"亚细亚勇士们张大"的"吃人的血口"，我们的诗人却是对着"斡罗斯"，就是现在无产者专政的第一个国度，以消灭无产阶级的模范——这是"民族主义文学"的目标；但究竟因为是殖民地顺民的"民族主义文学"，所以我们的诗人所奉为首领的，是蒙古人拔都，不是中华人赵构⑬，张开"吃人的血口"的是"亚细亚勇士们"，不是中国勇士们，所希望的是拔都的统驭之下的"友谊"，不是各民族间的平等的友爱——这就是露骨的所谓"民族主义文学"的特色，但也是青年军人的作者的悲哀。

6

四

拔都死了；在亚细亚的黄人中，现在可以拟为那时的蒙古的只有一个日本。日本的勇士们虽然也痛恨苏俄，但也不爱抚中华的勇士，大唱"日支亲善"虽然也和主张"友谊"一致，但事实又和口头不符，从中国"民族主义文学者"的立场上，在己觉得悲哀，对他加以讽喻，原是势所必至，不足诧异的。

果然，诗人的悲哀的豫感好像证实了，而且还坏得远。当"扬起火鞭"焚烧"斡罗斯"将要开头的时候，就像拔都那时的结局一样，朝鲜人乱杀中国人⑭，日本人"张大吃人的血口"，吞了东三省了。莫非他们因为未受傅彦长先生的熏陶，不知"团结的力量"之重要，竟将中国的"勇士们"也看成菲洲的阿剌伯人了吗？！

五

这实在是一个大打击。军人的作者还未喊出他勇壮的声音，我们现在所看见的是"民族主义"旗下的报章上所载的小勇士们的愤激和绝望。这也是势所必至，无足诧异的。理想和现实本来易于冲突，理想时已经含了悲哀，现实起来当然就会绝望。于是小勇士们要打仗了——

> 战啊，下个最后的决心，杀尽我们的敌人，
> 你看敌人的枪炮都响了，快上前，把我们的肉体筑一座长城。
> 雷电在头上咆哮，
> 浪涛在脚下吼叫，
> 热血在心头燃烧，
> 我们向前线奔跑。
>
> （苏凤：《战歌》。《民国日报》载）
>
> 去，战场上去，
> 我们的热血在沸腾，
> 我们的肉身好像疯人，我们去把热血锈住贼子的枪头，我们去把肉身塞住仇人的炮口。
> 去，战场上去，
> 凭着我们一股勇气，
> 凭着我们一点纯爱的精灵，去把仇人驱逐，
> 不，去把仇人杀尽。
>
> （甘豫庆：《去上战场去》。《申报》载）
>
> 同胞，醒起来罢，
> 踢开了弱者的心，
> 踢开了弱者的脑。
> 看，看，看，
> 看同胞们的血喷出来了，看同胞们的肉割开来了，看同胞们的尸体挂起来了。
>
> （邵冠华：《醒起来罢同胞》。同上）

这些诗里很明显的是作者都知道没有武器，所以只好用"肉体"，用"纯爱的精灵"，用"尸体"。这正是《黄人之血》的作者的先前的悲哀，而所以要追随拔都元帅之后，主张"友谊"的缘故。武器是主子那里买来的，无产者已都是自己的敌人，倘主子又不谅其衷，要加以"膺惩"，那么，惟一的路也实在只有一个死了——

> 我们是初训练的一队，有坚卓的志愿，

有沸腾的热血，

来扫除强暴的歹类。

同胞们，亲爱的同胞们，快起来准备去战，

快起来奋斗，

战死是我们生路。

（沙珊：《学生军》。同上）

天在啸，

地在震，

人在冲，兽在吼，

宇宙间的一切在咆哮，朋友哟，

准备着我们的头颅去给敌人砍掉。

（徐之津：《伟大的死》。同上）

8

　　一群是发扬踔厉，一群是慷慨悲歌，写写固然无妨，但倘若真要这样，却未免太不懂得"民族主义文学"的精义了，然而，却也尽了"民族主义文学"的任务。

六

　　《前锋月刊》上用大号字题目的《黄人之血》的作者黄震遐诗人，不是早已告诉我们过理想的元帅拔都了吗？这诗人受过傅彦长先生的熏陶，查过中外的史传，还知道"中世纪的东欧是三种思想的冲突点"⑮，岂就会偏不知道赵家末叶的中国，是蒙古人的淫掠场？拔都元帅的祖父成吉思皇帝侵入中国时，所至淫掠妇女，焚烧庐舍，到山东曲阜看见孔老二先生像，元兵也要指着骂道："说'夷狄之有君，不如诸夏之无也'的，不就是你吗？"夹脸就给他一箭。这是宋人的笔记⑯里垂涕而道的，正如现在常见于报章上的流泪文章一样。黄诗人所描写的"翰罗斯"那"死神捉着白姑娘拼命地搂……"那些妙文，其实就是那时出现于中国的情形。但一到他的孙子，他们不就携手"西征"了吗？现在日本兵"东征"了东三省，正是"民族主义文学家"理想中的"西征"的第一步，"亚细亚勇士们张大吃人的血口"的开场。不过先得在中国咬一口。因为那时成吉思皇帝也像对于"翰罗斯"一样，先使中国人变成奴才，然后赶他打仗，并非用了"友谊"，送柬帖来敦请的。所以，这沈阳事件，不但和"民族主义文学"毫无冲突，而且还实现了他们的理想境，倘若不明这精义，要去硬送头颅，使"亚细亚勇士"减少，那实在是很可惜的。

那么，"民族主义文学"无须有那些呜呼阿呀死死活活的调子吗？谨对曰：要有的，他们也一定有的。否则不抵抗主义，城下之盟[⑰]，断送土地这些勾当，在沉静中就显得更加露骨。必须痛哭怒号，摩拳擦掌，令人被这扰攘嘈杂所惑乱，闻悲歌而泪垂，听壮歌而愤泄，于是那"东征"即"西征"的第一步，也就悄悄的隐隐的跨过去了。落葬的行列里有悲哀的哭声，有壮大的军乐，那任务是在送死人埋入土中，用热闹来掩过了这"死"，给大家接着就得到"忘却"。现在"民族主义文学"的发扬踔厉，或慷慨悲歌的文章，便是正在尽着同一的任务的。

但这之后，"民族主义文学者"也就更加接近了他的哀愁。因为有一个问题，更加临近，就是将来主子是否不至于再蹈拔都元帅的覆辙，肯信用而且优待忠勇的奴才，不，勇士们呢？这实在是一个很要紧，很可怕的问题，是主子和奴才能否"同存共荣"的大关键。

历史告诉我们：不能的。这，正如连"民族主义文学者"也已经知道一样，不会有这一回事。他们将只尽些送丧的任务，永含着恋主的哀愁，须到无产阶级革命的风涛怒吼起来，刷洗山河的时候，这才能脱出这沉滞猥劣和腐烂的运命。

【注释】

① 本篇最初发表于一九三一年十月二十三日上海《文学导报》（《前哨》）第一卷第六、七期合刊。署名晏敖。初收一九三二年十月上海合众书店版《二心集》。

② "民族主义文学"：一九三〇年六月由国民党当局策划的文学运动，发起人是潘公展、范争波、朱应鹏、傅彦长、王平陵等国民党文人。曾出版《前锋周报》《前锋月刊》等，假借"民族主义"的名义，反对无产阶级革命文学，提倡反共、反人民的反革命文学。九一八事变后，又为蒋介石的投降卖国政策效劳。

③ "为王前驱"：语见《诗经·卫风·伯兮》，原是为王室征战充当先锋的意思。这里用来指"民族主义文学"为国民党"攘外必先安内"的卖国投降政策制造舆论，实际上也就是为日本侵略者进攻中国开辟道路。

④ 宣言：指一九三〇年六月一日发表的《民族主义文艺运动宣言》，

连载于《前锋周报》第二、三期（一九三〇年六月二十九日、七月六日）。这篇胡乱拼凑的"宣言"，鼓吹建立所谓"文艺的中心意识"，即法西斯主义的"民族意识"，提出以"民族意识代替阶级意识"，反对马克思主义的阶级斗争学说。它剽窃法国泰纳《艺术哲学》中的某些论说，歪曲民族形成史和民族革命史，妄谈艺术上的各种流派，内容支离破碎。

⑤《前锋月刊》："民族主义文学"的主要刊物。朱应鹏、傅彦长等编辑，一九三〇年十月在上海创刊，一九三一年四月出至第七期停刊。

⑥ 指蒋介石同冯玉祥、阎锡山在陇海、津浦铁路沿线进行的军阀战争。这次战争自一九三〇年五月开始，至十月结束，双方死伤三十多万人。

⑦ 腊丁民族：泛指拉丁语系的意大利、法兰西、西班牙、葡萄牙等国人。腊丁，通译拉丁。

⑧ 条顿民族：泛指日耳曼语系的德国、英国、瑞士、荷兰、丹麦、挪威等国人。条顿，公元前居住在北欧的日耳曼部落的名称。

⑨ 这是黄震遐《写在黄人之血前面》中的话，原文说："末了，还要申明而致其感谢之忱的，就是友人傅彦长君平时许多的谈论。傅君是认清楚历史面目的一个学者，我这篇东西虽然不能说是直接受了他的指教，但暗中却有许多地方不可讳地是受了他的熏陶"。（见一九三一年四月《前锋月刊》第一卷第七期）

⑩ 成吉思汗的孙子拔都于一二三五年至一二四四年率军西征，侵入俄罗斯和欧洲一些国家。

⑪ 鞑靼、女真、契丹都是当时我国北方的民族。

⑫ 威廉：指威廉二世（Wilhelm Ⅱ，1859—1941），德意志帝国皇帝，第一次世界大战的祸首。"黄祸"，威廉二世曾于一八九五年绘制了一幅"黄祸的素描"，题词为"欧洲各国人民，保卫你们最神圣的财富！"向王公、贵族和外国的国家首脑散发；一九〇七年又说："'黄祸'——这是我早就认识到的一种危险。实际上创造'黄祸'这个名词的人就是我"。（见戴维斯：《我所认识的德皇》，一九一八年伦敦出版）按"黄祸"论兴起于十九世纪末，盛行于二十世纪初，它宣称中国、日本等东方黄种民族的国家是威胁欧洲的祸害，为西方帝国主义对东方的奴役、掠夺制造舆论。

⑬ 赵构（1107—1187）：即宋高宗，南宋第一个皇帝。

⑭ 九一八事变发生之前不久，由于日本帝国主义者的挑拨和指使，平壤和汉城等地曾出现过袭击华侨的事件。

⑮ 这是黄震遐《写在黄人之血前面》中的话："中世纪的东欧是三种

思想的冲突点；这三种思想，就是希伯来、希腊和游牧民族的思想；它们是常常地混在一起，却又是不断地在那里冲突。"

⑯ 宋人的笔记：指宋代庄季裕《鸡肋编》。该书中卷说："靖康之后，金虏侵凌中国，露居异俗，几所经过，尽皆焚爇。如曲阜先圣旧宅，……至金寇，遂为烟尘。指其像而诟曰'尔是言夷狄之有君者！'中原之祸，自书契以来，未之有也。"按鲁迅文中所说的元兵，当是金兵的误记。"夷狄之有君，不如诸夏之无也"，语见《论语·八佾》，无，原作亡。

⑰ 城下之盟：语见《左传》桓公十二年。指敌军兵临城下时被胁迫订立的条约，后来常用以指投降。

沉滓的泛起①

日本占据了东三省以后的在上海一带的表示，报章上叫作"国难声中"。在这"国难声中"，恰如用棍子搅了一下停滞多年的池塘，各种古的沉滓，新的沉滓，就都翻着筋斗漂上来，在水面上转一个身，来趁势显示自己的存在了。

自信现在可以说能打仗的，是要操练久不想起的洋枪了，但也有现在也不想说去打仗的，那就照欧洲大战时候的德意志帝国的例，来"头脑动员"，以尽"国民一份子"的义务。有的去查《唐书》，说日本古名"倭奴"②；有的去翻字典，说倭是矮小之意；有的记得了文天祥，岳飞，林则徐③，——但自然，更积极的是新的文艺界。

先说一点另外的事罢，这叫作"和平声中"。在这样的声中，是"胡展堂先生"到了上海，据说还告诫青年，教他们要养"力"勿使"气"④。灵药就有了。第二天在报上便见广告道："胡汉民先生说，对日外交，应确定一坚强之原则，并劝勉青年须养力，毋泄气，养力就是强身，泄气就是悲观，要强身、祛悲观，须先心花怒放，大笑一次。"但这样的宝贝是什么呢？是美国的一张旧影片，将探险滑稽化以博小市民一笑的《两亲家游非洲》。

至于真的"国难声中的兴奋剂"呢，那是"爱国歌舞表演"⑤，自己说，

"是民族性的活跃，是歌舞界的精髓，促进同胞的努力，达到最后的胜利"的。倘有知道这立奏奇功的大明星是谁么？曰：王人美，薛玲仙，黎莉莉。

然而终于"上海文艺界大团结"了。《草野》⑥（六卷七号）上记着盛况道："上海文艺界同人，平时很少联络，在严重时期，除各个参加其他团体的工作外，复由谢六逸⑦，朱应鹏，徐蔚南三人发起，……集会讨论。在十月六日下午三点钟，已陆续到了东亚食堂，……略进茶点，即开始讨论，颇多发挥，……最后定名为上海文艺界救国会⑧"云。

"发挥"我们还无从知道，仅据眼前的方法看起来，是先看《两亲家游非洲》以养力，又看"爱国的歌舞表演"以兴奋，更看《日本小品文选》⑨和《艺术三家言》⑩并且略进茶点而发挥。那么，中国就得救了。

不成。这恐怕不必文学青年，就是文学小囝囝，也未必会相信。没有法子，只得再加上两个另外的好消息，就是目前的爱国文艺家所主宰的《申报》所发表出来的——十月五日的《自由谈》里叶华女士云："无办法之国民，如何有有办法之政府。国联绝望矣。……际兹一发千钧，全国国民宜各立所志，各尽所能，各抒所见，余也不才，谨以战犬问题商诸国人。……各犬中，要以德国警犬最称职，余极主张吾国可选择是犬作战……"

同月二十五日也是《自由谈》里"苏民自汉口寄"云："日者寓书沪友王子仲良，间及余之病状，而以不能投身义勇军为憾。王子……竟以灵药一裹见寄，云为培生制药公司所出益金草，功能治肺痨咳血，可一试之。……余立行试服，则咳果止，兼旬而后，体气渐复，因念……一旦国家有事，吾必身列戎行，一展平生之壮志，灭此朝食，行有日矣。……"

那是连病夫也立刻可以当兵，警犬也将帮同爱国，在爱国文艺家的指导之下，真是大可乐观，要"灭此朝食"⑪了。只可惜不必是文学青年，就是文学小囝囝，也会觉得逐段看去，即使不称为"广告"的，也都不过是出卖旧货的新广告，要趁"国难声中"或"和平声中"将利益更多的榨到自己的手里的。

因为要这样，所以都得在这个时候，趁势在表面来泛一下，明星也有，文艺家也有，警犬也有，药也有……也因为趁势，泛起来就格外省力。但因为泛起来的是沉滓，沉滓又究竟不过是沉滓，所以因此一泛，他们的本相倒越加分明，而最后的运命，也还是仍旧沉下去。

十月二十九日

【注释】

① 本篇最初发表于一九三一年十二月十一日上海《十字街头》第一期，署名它音。初收一九三二年十月上海合众书店版《二心集》。

②《唐书》：包括《旧唐书》《新唐书》，分别为后晋刘昫等和宋代欧阳修等撰。两书的《东夷传》中都有关于"倭奴"的记载。

③ 文天祥（1236—1283）：吉州庐陵（今江西吉安）人，南宋大臣，在南方坚持抗元斗争，兵败被俘，坚贞不屈，后被杀。岳飞（1103—1142），相州汤阴（今属河南）人，南宋名将，因坚持抗击金兵而被投降派宋高宗、秦桧杀害。林则徐（1785—1850），福建闽侯（今属福州）人，清朝大臣，鸦片战争中，积极抵抗英帝国主义的侵略，后被清政府流放新疆。

④ 胡展堂（1879—1936）：名汉民，广东番禺人，国民党右派政客。他是四一二反革命政变的同谋者，后来同广东军阀结成粤派势力，与蒋介石的南京中央政府相对峙。一九三一年十月，双方打着"共赴国难"的旗号，在上海举行谈判。胡汉民于十四日曾发表对时局的意见说："学生固宜秉为民前锋之精神努力，惟宜多注意力的准备，毋专为气的发泄。"

⑤"爱国歌舞表演"以及下文的引语，见一九三一年十月《申报·本埠增刊》连续登载的黄金大戏院的广告。

⑥《草野》：原为半月刊，后改为周刊，王铁华、汤增敭编辑，自称是"文学青年的刊物"。一九二九年九月在上海创刊，一九三〇年起鼓吹"民族主义文学"。作者在下文提到的"文学青年；文学小囝囝"都是对他们的讽刺。

⑦ 谢六逸（1896—1945）：贵州贵阳人，文学研究会成员，当时是复旦大学教授。下文的徐蔚南，江苏吴县人，当时是世界书局的编辑。

⑧ 上海文艺界救国会：民族主义文学派打着"抗日""救国"旗号组织的文艺团体，也有少数中间派人士参加，一九三一年十月六日在上海成立。

⑨《日本小品文选》：即《近代日本小品文选》，谢六逸选译，一九二九年上海大江书铺出版。

⑩《艺术三家言》：傅彦长、朱应鹏、张若谷合著，一九二七年上海良友图书公司出版。

⑪"灭此朝食"：语出《左传》成公二年，是齐晋两国之战中齐侯所说的话："余姑剪灭此而朝食。"急于要消灭敌人的意思。

新的"女将"①

在上海制图版，比别处便当，也似乎好些，所以日报的星期附录画报呀，书店的什么什么月刊画报呀，也出得比别处起劲。这些画报上，除了一排一排的坐着大人先生们的什么什么会开会或闭会的纪念照片而外，还一定要有"女士"。

"女士"的尊容，为什么要绍介于社会的呢？我们只要看那说明，就可以明白了。例如：

"A 女士，B 女校皇后，性喜音乐。""C 女士，D 女校高材生，爱养叭儿狗。"

"E 女士，F 大学肄业，为 G 先生之第五女公子。"

再看装束：春天都是时装，紧身窄袖；到夏天，将裤脚和袖子都撒掉了，坐在海边，叫作"海水浴"，天气正热，那原是应该的；入秋，天气凉了，不料日本兵恰恰侵入了东三省，于是画报上就出现了白长衫的看护服，或托枪的戎装的女士们。

这是可以使读者喜欢的，因为富于戏剧性。中国本来喜欢玩把戏，乡下的戏台上，往往挂着一副对子，一面是"戏场小天地"，一面是"天地大戏场"。做起戏来，因为是乡下，还没有《乾隆帝下江南》之类，所以往往是《双阳公主追狄》，《薛仁贵招亲》，其中的女战士，看客称之为"女将"。她头插雉尾，手执双刀（或两端都有枪尖的长枪），一出台，看客就看得更起劲。明知不过是做做戏的，然而看得更起劲了。练了多年的军人，一声鼓响，突然都变了无抵抗主义者。于是远路的文人学士，便大谈什么"乞丐杀敌"，"屠夫成仁"，"奇女子救国"一流的传奇式古典，想一声锣响，出于意料之外的人物来"为国增光"。而同时，画报上也就出现了这些传奇的插画。但还没有提起剑仙的一道白光，总算还是切实的。

但愿不要误解。我并不是说，"女士"们都得在绣房里关起来；我不过说，雄兵解甲而密斯②托枪，是富于戏剧性的而已。

还有事实可以证明。一，谁也没有看见过日本的"惩膺中国军"的看护队的照片；二，日本军里是没有女将的。然而确已动手了。这是因为日本人是做事是做事，做戏是做戏，决不混合起来的缘故。

【注释】

① 本篇最初发表于一九三一年十一月二十日《北斗》月刊第一卷第三期，署名冬华。初收一九三二年十月上海合众书店版《二心集》。

② 密斯：英语Miss的音译，意思是小姐。

宣传与做戏①

就是那刚刚说过的日本人，他们做文章论及中国的国民性的时候，内中往往有一条叫作"善于宣传"。看他的说明，这"宣传"两字却又不像是平常的"Propaganda"②，而是"对外说谎"的意思。

这宗话，影子是有一点的。譬如罢，教育经费用光了，却还要开几个学堂，装装门面；全国的人们十之九不识字，然而总得请几位博士，使他对西洋人去讲中国的精神文明；至今还是随便拷问、随便杀头，一面却总支撑维持着几个洋式的"模范监狱"，给外国人看看。还有，离前敌很远的将军，他偏要大打电报，说要"为国前驱"。连体操班也不愿意上的学生少爷，他偏要穿上军装，说是"灭此朝食"。

不过，这些究竟还有一点影子；究竟还有几个学堂、几个博士、几个模范监狱、几个通电、几套军装。所以说是"说谎"，是不对的。这就是我之所谓"做戏"。

但这普遍的做戏，却比真的做戏还要坏。真的做戏，是只有一时；戏子做完戏，也就恢复为平常状态的。杨小楼做《单刀赴会》③，梅兰芳做《黛玉葬花》④，只有在戏台上的时候是关云长，是林黛玉，下台就成了普通人，所以并没有大弊。倘使他们扮演一回之后，就永远提着青龙偃月刀或锄头，以关老爷、林妹妹自命，怪声怪气，唱来唱去，那就实在只好算是发热昏了。

不幸因为是"天地大戏场",可以普遍的做戏者,就很难有下台的时候。例如杨缦华女士用自己的天足,踢破小国比利时女人的"中国女人缠足说"。为面子起见,用权术来解围,这还可以说是很该原谅的。但我以为,应该这样就拉倒。现在回到寓里,做成文章,这就是进了后台还不肯放下青龙偃月刀,而且又将那文章送到中国的《申报》上来发表,则简直是提着青龙偃月刀一路唱回自己的家里来了。难道作者真已忘记了中国女人曾经缠脚,至今也还有正在缠脚的么?还是以为中国人都已经自己催眠,觉得全国女人都已穿了高跟皮鞋了呢?

这不过是一个例子罢了,相像的还多得很,但恐怕不久天也就要亮了。

【注释】

① 本篇最初发表于一九三一年十一月二十日《北斗》第一卷第三期,署名冬华。初收一九三二年十月上海合众书店版《二心集》。

② "Propaganda":"宣传"的英译。

③ 杨小楼（1877—1937）：安徽石台人,京剧演员。《单刀赴会》,京剧剧目,内容是三国时蜀将关羽（云长）到吴国赴宴的故事。

④ 梅兰芳（1894—1961）：江苏泰州人,京剧表演艺术家。《黛玉葬花》,梅兰芳根据《红楼梦》中的情节编演的京剧。

答中学生杂志社问①

"假如先生面前站着一个中学生,处此内忧外患交迫的非常时代,将对他讲怎样的话,作努力的方针?"

编辑先生:

请先生也许我回问你一句,就是:我们现在有言论的自由么?假如先生说"不",那么我知道一定也不会怪我不作声的。假如先生意以"面前站着一个中学生"之名,一定要逼我说一点,那么,我说:第一步要努力争取言论的自由。

【注释】

① 本篇最初发表于一九三二年一月一日《中学生》（新年号）。初收一九三二年十月上海合众书店版《二心集》。《中学生》，以中学生为对象的综合性刊物。夏丏尊、叶圣陶等编辑，1930 年在上海创刊，开明书店出版。

"日本研究"之外①

自从日本占领了辽吉两省以来，出版界就发生了一种新气象：许多期刊里，都登载了研究日本的论文，好几家书铺子，还要出日本研究的小本子。此外，据广告说，什么亡国史是瞬息卖完了好几版了。

怎么会突然生出这许多研究日本的专家来的？看罢，除了《申报》《自由谈》②上的什么"日本应称为贼邦"，"日本古名倭奴"，"闻之友人，日本乃施行征兵之制"一流的低能的谈论以外，凡较有内容的，那一篇不和从上海的日本书店买来的日本书没有关系的？这不是中国人的日本研究，是日本人的日本研究，是中国人大偷其日本人的研究日本的文章了。

倘使日本人不做关于他本国、关于满蒙的书，我们中国的出版界便没有这般热闹。

在这排日声中，我敢坚决的向中国的青年进一个忠告，就是：日本人是很有值得我们效法之处的。譬如关于他的本国和东三省，他们平时就有很多的书，——但目下投机印出的书，却应除外，——关于外国的，那自然更不消说。我们自己有什么？除了墨子为飞机鼻祖③、中国是四千年的古国这些没出息的梦话而外，所有的是什么呢？

我们当然要研究日本，但也要研究别国，免得西藏失掉了再来研究英吉利（照前例，那时就改称"英夷"），云南危急了再来研究法兰西。也可以注意些现在好像和我们毫无关系的德，奥，匈，比……尤其是应该研究自己：我们的政治怎样，经济怎样，文化怎样，社会怎样，经了连年的内战和"正法"，究竟可还有四万万人了？

我们也无须再看什么亡国史了。因为这样的书，至多只能教给你一做亡国奴，就比现在的苦还要苦；他日情随事迁，很可以自幸还胜于连表面上也已经亡国的人民依然高高兴兴，再等着灭亡的更加逼近。这是"亡国史"第一页之前的页数，"亡国史"作者所不肯明写出来的。

我们应该看现代的兴国史，现代的新国的历史，这里面所指示的是战叫，是活路，不是亡国奴的悲叹和号咷！

【注释】

① 本篇最初发表于一九三一年十一月三十日《文艺新闻》第三十八号，署名乐贲。初未收集。

②《自由谈》：上海《申报》副刊之一，始办于一九一一年八月，原由王蕴章、周瘦鹃等先后主编，多刊载鸳鸯蝴蝶派的作品。一九三二年十二月黎烈文接编后，一度革新内容，常刊载进步作家写的杂文、短评。下文所说"日本应称为贼邦"，见该刊一九三一年十一月七日"抗日之声"栏所载寄萍的文章；"日本古名倭奴"，见该刊同年十月十三日所载瘦曼《反日声中之小常识》；关于日本施行征兵制，见该刊同年十一月十八日所载郑逸梅《纪客谈倭国之军人》。

③ 墨子为飞机鼻祖：语见《韩非子·外储说（左上）》，"墨子为木鸢，三年而成，蜚（飞）一日而败。"墨子为飞机鼻祖之说，当由此附会而来。

好东西歌①

南边整天开大会②，北边忽地起烽烟③。北人逃难南人嚷，请愿打电闹连天。还有你骂我来我骂你，说得自己蜜样甜。文的笑道岳飞假，武的却云秦桧奸。相骂声中失土地，相骂声中捐铜钱。失了土地捐过钱，喊声骂声也寂然。文的牙齿痛，武的上温泉，后来知道谁也不是岳飞或秦桧，声明误解释前嫌。大家都是好东西，终于聚首一堂来吸雪茄烟。

【注释】

① 本篇最初发表于一九三一年十二月十一日上海《十字街头》半月刊第一期，署名阿二。初未收集。

②　南边整天开大会：指九一八事变后，国民党内部以蒋介石为首的宁派和以胡汉民、汪精卫为首的粤派为调解派系矛盾而召开的一系列会议。如十月在上海召开宁粤"和平"预备会；十一月双方分别在南京、广州举行的国民党第四次全国代表大会。

③　北边忽地起烽烟：指一九三一年十一月二十二日日军进攻锦州。

"友邦惊诧"论①

只要略有知觉的人就都知道：这回学生的请愿②，是因为日本占据了辽吉，南京政府束手无策，单会去哀求国联③，而国联却正和日本是一伙。读书呀，读书呀！不错，学生是应该读书的，但一面也要大人老爷们不至于葬送土地，这才能够安心读书。报上不是说过，东北大学逃散，冯庸大学④逃散，日本兵看见学生模样的就枪毙吗？放下书包来请愿，真是已经可怜之至。不道国民党政府却在十二月十八日通电各地军政当局文里，又加上他们"捣毁机关，阻断交通，殴伤中委，拦劫汽车，横击路人及公务人员，私逮刑讯，社会秩序，悉被破坏"的罪名，而且指出结果，说是"友邦人士，莫名惊诧，长此以往，国将不国"了！

好个"友邦人士"！日本帝国主义的兵队强占了辽吉，炮轰机关，他们不惊诧；阻断铁路，追炸客车，捕禁官吏，枪毙人民，他们不惊诧。中国国民党治下的连年内战，空前水灾，卖儿救穷，砍头示众，秘密杀戮，电刑逼供，他们也不惊诧。在学生的请愿中有一点纷扰，他们就惊诧了！

好个国民党政府的"友邦人士"！是些什么东西！即使所举的罪状是真的罢，但这些事情，是无论哪一个"友邦"也都有的，他们的维持他们的"秩序"的监狱，就撕掉了他们的"文明"的面具。摆什么"惊诧"的臭脸孔呢？

可是"友邦人士"一惊诧，我们的国府就怕了，"长此以往，国将不国"了。好像失了东三省，党国倒愈像一个国，失了东三省谁也不响，党国倒愈像一个国，失了东三省只有几个学生上几篇"呈文"，党国倒愈像一个国，可以博得"友邦人士"的夸奖，永远"国"下去一样。

几句电文，说得明白极了：怎样的党国，怎样的"友邦"。"友邦"要我们人民身受宰割，寂然无声，略有"越轨"，便加屠戮。党国是要我们遵从这"友邦人士"的希望，否则，他就要"通电各地军政当局"，"即予紧急处置，不得于事后借口无法劝阻，敷衍塞责"了！

因为"友邦人士"是知道的：日兵"无法劝阻"，学生们怎会"无法劝阻"？每月一千八百万的军费，四百万的政费，作什么用的呀，"军政当局"呀？

写此文后刚一天，就见二十一日《申报》登载南京专电云："考试院部员张以宽，盛传前日为学生架去重伤。兹据张自述，当时因车夫误会，为群众引至中大⑤，旋出校回寓，并无受伤之事。至行政院某秘书被拉到中大，亦当时出来，更无失踪之事。"而"教育消息"栏内，又记本埠一小部分学校赴京请愿学生死伤的确数，则云："中公死二人，伤三十人，复旦伤二人，复旦附中伤十人，东亚失踪一人（系女性），上中失踪一人，伤三人，文生氏⑥死一人，伤五人……"可见学生并未如国府通电所说，将"社会秩序，破坏无余"，而国府则不但依然能够镇压，而且依然能够诬陷、杀戮。"友邦人士"，从此可以不必"惊诧莫名"，只请放心来瓜分就是了。

【注释】

① 本篇最初发表于一九三一年十二月二十五日《十字街头》第二期，署名明瑟。初收一九三二年十月上海合众书店版《二心集》。

② 学生的请愿：指一九三一年十二月间全国各地学生为反对蒋介石的不抵抗政策到南京请愿的事件。对于这次学生爱国行动，国民党政府于十二月五日通令全国，禁止请愿；十七日当各地学生联合向国民党中央党部请愿时，又命令军警逮捕和枪杀请愿学生，当场打死二十余人，打伤百余人；十八日还电令各地军政当局紧急处置请愿事件。

③ 哀求国联：九一八事变后，国民党政府多次向国联申诉，十一月二十二日当日军进攻锦州时，又向国联提议划锦州为中立区，以中国军队退入关内为条件请求日军停止进攻；十二月十五日在日军继续进攻锦州时再度向国联申诉，请求它出面干涉，阻止日本帝国主义扩大侵华战争。

④ 冯庸大学：奉系军阀冯庸所创办的一所大学，一九二七年在沈阳成立，一九三一年九一八事变后停办。

⑤ 中大：南京中央大学。

⑥ 中公：中国公学；复旦，复旦大学；复旦附中，复旦大学附属实验中学；东亚，东亚体育专科学校；上中，上海中学；文生氏，文生氏高等英文学校。这些都是当时上海的私立学校。

一九三二年

"智识劳动者"万岁①

"劳动者"这句话成了"罪人"的代名词，已经足足四年了。压迫罢，谁也不响；杀戮罢，谁也不响；文学上一提起这句话，就有许多"文人学士"和"正人君子"来笑骂，接着又有许多他们的徒子徒孙来笑骂。劳动者呀劳动者，真要永世不得翻身了。

不料竟又有人记得你起来。

不料帝国主义老爷们还嫌党国屠杀得不赶快，竟来亲自动手了，炸的炸，轰的轰。称"人民"为"反动分子"，是党国的拿手戏，而不料帝国主义老爷也有这妙法，竟称不抵抗的顺从的党国官军为"贼匪"，大加以"膺惩"！冤乎枉哉，这真有些"顺""逆"不分，玉石俱焚之慨了！

于是又记得了劳动者。

于是久不听到了的"亲爱的劳动者呀！"的亲热喊声，也在文章上看见了；久不看见了的"智识劳动者"的奇妙官衔，也在报章上发见了，还因为"感于有联络的必要"，组织了"协会"②，举了干事樊仲云③，汪馥泉④呀这许多新任"智识劳动者"先生们。

有什么"智识"？有什么"劳动"？"联络"了干什么？"必要"在那里？这些这些，暂且不谈罢，没有"智识"的体力劳动者，也管不着的。

"亲爱的劳动者"呀！你们再替这些高贵的"智识劳动者"起来干一回罢！给他们仍旧可以坐在房里"劳动"他们那高贵的"智识"。即使失败，失败的也不过是"体力"，"智识"还在着的！

"智识"劳动者万岁！

【注释】

① 本篇最初发表于一九三二年一月五日《十字街头》旬刊第三期，署名佩韦。初收一九三二年十月上海合众书店《二心集》。

② "协会"：即"智识劳动者协会"，当时投机文人樊仲云等发起组织的一个团体。成员较复杂。一九三一年十二月二十日成立于上海。

③ 樊仲云：浙江嵊县人，当时是商务印书馆编辑，抗日战争时期堕落为汉奸，曾任汪伪政府教育部政务次长。

④ 汪馥泉（1899—1959）：浙江杭县（今余杭）人，当时是复旦大学教授，抗日战争时期堕落为汉奸，曾任汪伪中日文化协会江苏分会常务理事兼总干事。

"言词争执"歌①

一中全会②好忙碌，忽而讨论谁卖国。粤方委员叽哩咕，要将责任归当局。吴老头子③老益壮，放屁放屁来相嚷；说道卖的另有人，不近不远在场上。有的叫道对对对，有的吹了嗤嗤嗤。嗤嗤一通不打紧，对对恼了皇太子④；一声不响出"新京"，会场旗色昏如死。许多要人夹屁追，恭迎圣驾请重回；大家快要一同"赴国难"，又拆台基何苦来？香槟走气大菜冷，莫使同志久相等；老头自动不出席，再没狐狸来作梗。况且名利不双全，那能推苦只尝甜？卖就大家都卖不都不，否则一方面子太难堪。现在我们再去痛快淋漓喝几巡，酒酣耳热都开心；什么事情就好说，这才能慰在天灵。理论和实际，全都括括叫；点点小龙头，又上火车道。只差大柱石⑤，似乎还在想火并。展堂同志血压高⑥，精卫先生糖尿病⑦；国难一时赴不成，虽然老吴已经受告警。这样下去怎么好，中华民国老是没头脑；想受党治也不能，小民恐怕要苦了。但愿治病统一都容易，只要将那"言词争执"扔在茅厕里。放屁放屁放狗屁，真真岂有之此理。

【注释】

① 本篇最初发表于一九三二年一月五日《十字街头》第三期（初为双

周刊，木期改旬刊），署名阿二。

②　一中全会：指一九三一年十二月二十二日至二十九日在南京召开的国民党四届一中全会。会上宁粤两派因争权夺利和推卸卖国罪责，互相谩骂。当时报纸称之为"言词争执"。一九三一年十二月二十七日《申报》在《二次大会中言词争执经过》题下载南京二十六日电："昨日会中粤委某提出张学良处分案，发言滔滔不绝，谓不仅张应负丧师失地责任，即南京政府亦当负重要责任，报告毕，吴敬恒即起立，谓张学良固应负责，南京政府亦当负不抵抗之责任，至赴日勾结日本来祸中国之卖国者，亦不能不科以责任，粤委某起立，诘吴卖国者何指，吴答当事者不能不知，当时有人呼对对对，亦有喊嘻嘻嘻"。

③　吴老头子：指吴稚晖（1866—1953），名敬恒，江苏武进人。当时任国民党中央监察委员，国民政府委员。他讲话时，常夹有从《何典》的开头学来的"放屁放屁，真正岂有此理"的话头。

④　皇太子：指孙科（1891—1973），当时任国民党中央常委、行政院长，粤派头目之一。据一九三一年十二月二十六日《申报》"南京专电"："今日二次大会讨论锦州问题时，吴敬恒发言中，有此次东省事件，京方绝未卖国，卖国贼另有其人，锦州之危，其咎不在张学良，咎在某某，孙科疑为讽刺粤方，颇感不快，散会后即于下午赴沪。"

又二十七日《申报》"本埠新闻"："自孙科、李文范等突然离京来沪后，时局空气又复紧张，……大会特派敦劝使者蒋作宾、陈铭枢、邹鲁等先后来沪速驾"。

⑤　大柱石：指胡汉民等。一九三一年十二月二十七日《申报》报道林森促胡汉民入京与会电文中，有"我公为党国柱石，万统共仰"等语。

⑥　展堂：胡汉民（1879—1936），号展堂，广东番禺人，当时任国民党中央政治委员会常务委员、立法院院长。胡汉民当时称患高血压症，拒绝到南京与会。一九三一年十二月二十八日《申报》报道他复林森电说："弟血压尚高……医言如不静摄，将时有中风猝倒之患，用是惴惴，未能北行"。

⑦　精卫：汪精卫（1883—1944），名兆铭，原籍浙江绍兴，生于广东番禺。当时任国民党中央政治委员会常务委员，抗日战争时期成为大汉奸。一九三一年十二月二十二日《申报》载《汪精卫因病暂难赴京，医谓尚须休养三月》的新闻："伍朝枢语人，汪精卫之疾，除糖尿症外，肝部生一巨虫"。

"非所计也"①

新年第一回的《申报》（一月七日）②用"要电"告诉我们："闻陈（外交总长印友仁）③与芳泽④友谊甚深，外交界观察，芳泽回国任日外长，东省交涉可望以陈之私人感情，得一较好之解决云。"

中国的外交界看惯了在中国什么都是"私人感情"，这样的"观察"，原也无足怪的。但从这一个"观察"中，又可以"观察"出"私人感情"在政府里之重要。

然而同日的《申报》上，又用"要电"告诉了我们："锦州三日失守，连山绥中续告陷落，日陆战队到山海关在车站悬日旗……"

而同日的《申报》上，又用"要闻"告诉我们"陈友仁对东省问题宣言"云："……前日已命令张学良⑤固守锦州，积极抵抗，今后仍坚持此旨，决不稍变，即不幸而挫败，非所计也。……"

然则"友谊"和"私人感情"，好象也如"国联"⑥以及"公理"，"正义"之类一样的无效，"暴日"似乎不象中国，专讲这些的，这真只得"不幸而挫败，非所计也"了。

也许爱国志士，又要上京请愿了罢。当然，"爱国热忱"，是"殊堪嘉许"的，但第一自然要不"越轨"，第二还是自己想一想，和内政部长卫戍司令诸大人"友谊"怎样，"私人感情"又怎样。倘不"甚深"，据内政界观察，是不但难"得一较好之解决"，而且——请恕我直言——恐怕仍旧要有人"自行失足落水淹死"⑦的。

所以未去之前，最好是拟一宣言，结末道："即不幸而'自行失足落水淹死'，非所计也！"然而又要觉悟这说的是真话。

一月八日。

【注释】

① 本篇最初发表于一九三二年一月五日上海《十字街头》旬刊第三期

（延期出版），署名白舌。初收一九三四年三月上海同文书店版《南腔北调集》。

②旧时新年各日报多连续休刊几天，所以《申报》到一月七日才出新年后的第一回。

③陈友仁（1875—1944）：原籍广东顺德，出身于华侨家庭，一九一三年回国，曾任孙中山秘书及武汉国民政府外交部长等职。一九三二年一度任国民党政府外交部长。旧时在官场或社交活动中，对人称字不称名；在文字上如称名时，则在名前加一"印"字，以示尊重。

④芳泽即芳泽谦吉，曾任日本驻国民党政府公使、日本外务大臣等职。

⑤张学良（1901—2001）：字汉卿，辽宁海城人。九一八事变时任国民党政府陆海空军副司令兼东北边防军司令长官，奉蒋介石不抵抗的命令，放弃东北三省。一九三六年十二月十二日他与杨虎城发动西安事变，后被蒋介石囚禁。

⑥"国联"："国际联盟"的简称。当时国民党政府对日本的侵略采取不抵抗政策，一味依赖国联，如一九三一年十月十四日国民党第四次代表大会对外宣言中就说："当事变之初，中国即提请国联处理，期以国际间保障和平机关之制裁，申张正义与公理。"

⑦"自行失足落水淹死"：一九三一年九一八事变以后，各地学生为了反对国民党政府的不抵抗政策，纷纷到南京请愿，十二月十七日在南京举行总示威时，国民党政府出动军警屠杀和逮捕学生，有的学生遭刺伤后又被扔进河里。次日，南京卫戍当局对记者谈话，诡称死难学生是"失足落水"。

中华民国的新"堂·吉诃德"们①

十六世纪末尾的时候，西班牙的文人西万提斯做了一大部小说叫作《堂·吉诃德》②，说这位吉先生，看武侠小说看呆了，硬要去学古代的游侠，穿一身破甲，骑一匹瘦马，带一个跟丁，游来游去，想斩妖服怪，除暴安良。谁知当时已不是那么古气盎然的时候了，因此只落得闹了许多笑话，吃了许多苦头，终于上个大当，受了重伤，狼狈回来，死在家里，临死才知道自己不过一个平常人，并不是什么大侠客。

这一个古典，去年在中国曾经很被引用了一回，受到这个谥法的名人，似乎还有点很不高兴的样子。其实是，这种书呆子，乃是西班牙书呆子，向来爱讲"中庸"的中国，是不会有的。西班牙人讲恋爱，就天天到女人窗下去唱歌，信旧教，就烧杀异端，一革命，就捣烂教堂，踢出皇帝。然而我们中国的文人学子，不是总说女人先来引诱他，诸教同源，保存庙产，宣统在革命之后，还许他许多年在宫里做皇帝吗？

记得先前的报章上，发表过几个店家的小伙计，看剑侠小说入了迷，忽然要到武当山③去学道的事，这倒很和"堂·吉诃德"相像的。但此后便看不见一点后文，不知道是也做出了许多奇迹，还是不久就又回到家里去了？以"中庸"的老例推测起来，大约以回了家为合式。

这以后的中国式的"堂·吉诃德"的出现，是"青年援马团"④。不是兵，他们偏要上战场；政府要诉诸国联⑤，他们偏要自己动手；政府不准去，他们偏要去；中国现在总算有一点铁路了，他们偏要一步一步的走过去；北方是冷的，他们偏只穿件夹袄；打仗的时候，兵器是顶要紧的，他们偏只着重精神。这一切等等，确是十分"堂·吉诃德"的了。然而究竟是中国的"堂·吉诃德"，所以他只一个，他们是一团；送他的是嘲笑，送他们的是欢呼；迎他的是诧异，而迎他们的也是欢呼；他驻扎在深山中，他们驻扎在真茹镇；他在磨坊里打风磨，他们在常州玩梳篦，又见美女，何幸如之（见十二月《申报》《自由谈》）。其苦乐之不同，有如此者，呜呼！

不错，中外古今的小说太多了，里面有"舆榇"，有"截指"⑥，有"哭秦庭"⑦，有"对天立誓"。耳濡目染，诚然也不免来抬棺材，砍指头，哭孙陵⑧，宣誓出发的。然而五四运动时胡适之博士讲文学革命的时候，就已经要"不用古典"⑨，现在在行为上，似乎更可以不用了。

讲二十世纪战事的小说，旧一点的有雷马克的《西线无战事》⑩，棱的《战争》⑪，新一点的有绥拉菲摩维支的《铁流》，法捷耶夫的《毁灭》，里面都没有这样的"青年团"，所以他们都实在打了仗。

【注释】

① 本篇最初发表于一九三二年一月二十日《北斗》月刊第二卷第一期，署名不堂。初收一九三二年十月上海合众书店《二心集》

② 西万提斯（Miguel de Cervantes Saavedra, 1547—1616）：即塞万提斯，欧洲文艺复兴时期的西班牙作家。他的代表作长篇小说《堂·吉诃德》共两部，第一部发表于一六〇五年；第二部发表于一六一五年。

③ 武当山在湖北均县北，我国著名的道教胜地。旧小说中常把它描写成剑侠修炼的地方。

④ "青年援马团"：九一八事变后，由于蒋介石采取不抵抗主义，日军在很短时间内几乎侵占了我国东北的全部领土。十一月间日军进攻黑龙江等地时，黑龙江省代理主席马占山进行过抵抗，曾得到各阶层爱国人民的支持。当时上海的一些青年组织了一个"青年援马团"，要求参加东北的抗日军队，对日作战，但由于缺少坚决的斗争精神和切实的办法，特别是由于国民党反动派的阻挠破坏，这个团体不久就涣散了。

⑤ 国联："国际联盟"的简称。第一次世界大战后于一九二〇年成立的国际政府间组织。它标榜以"促进国际合作、维持国际和平与安全"为目的，实际上是英、法等帝国主义国家控制并为其侵略政策服务的工具。第二次世界大战爆发后无形瓦解，一九四六年四月正式宣告解散。九一八事变后，它袒护日本帝国主义对中国的侵略，九月二十二日，蒋介石在南京市国民党党员大会上宣称："此刻必须上下一致，先以公理对强权，以和平对野蛮，忍辱含愤，暂取逆来顺受态度，以待国际公理之判决。"

⑥ "舆榇"：在车子上载着空棺材，表示敢死的决心。"截指"，把手指砍下，也是表示坚决的意思。据一九三一年十一月二十一日、二十二日《申报》报道，"青年援马团"曾抬棺游行，并有人断指书写血书。

⑦ "哭秦庭"：春秋时楚国臣子申包胥的故事，见《史记·伍子胥列传》：当伍子胥率领吴国军队攻破楚国都城的时候，申包胥"走秦告急，求救于秦。秦不许，包胥立于秦庭，昼夜哭，七日七夜不绝其声。秦哀公怜之，……乃遣车五百乘救楚击吴"。

⑧ 孙陵：孙中山陵墓，位于南京紫金山。

⑨ "不用古典"：胡适在《新青年》第二卷第五期（一九一七年一月）发表《文学改良刍议》一文，提出文学改良八事，其中第六事为"不用典"。

⑩ 雷马克（E.M.Remarque，1898—1970）：德国小说家。《西线无战事》是他描写第一次世界大战的小说，一九二九年出版。

⑪ 棱：通译雷恩（L.Renn），德国小说家。《战争》是他描写第一次世界大战的小说，一九二二年出版。

无题（血沃中原肥劲草）①

血沃中原肥劲草，寒凝大地发春华。
英雄多故谋夫病，泪洒崇陵噪暮鸦。

一月

【注释】

①《鲁迅日记》一九三二年一月二十三日："……午后为高良夫人写一小幅，句云：'血沃中原肥劲草……'"未另发表。据手稿编入。初未收集。

偶成（文章如土欲何之）①

文章如土欲何之，翘首东云惹梦思。
所恨芳林寥落甚，春兰秋菊不同时。

三月

【注释】

①《鲁迅日记》一九三二年三月三十一日："……又为沈松泉书一幅云：'文章如土欲何之……'"未另发表。据手稿编入。初未收集。

赠蓬子①

蓦地飞仙降碧空，云车双辆掣灵童。
可怜蓬子非天子，逃去逃来吸北风。②

三月三十一日

【注释】

①《鲁迅日记》一九三二年三月三十一日："又为蓬子书一幅云：'蓦地飞仙降碧空……'"未另发表。据手稿（日记）编入。初未收集。

本诗为鲁迅应姚蓬子请求写字时的即兴记事。诗中所说是一二八上海抗战时，穆木天的妻子携带儿子乘人力车去姚蓬子家寻穆木天的事。

蓬子，姚蓬子（1905—1969），浙江诸暨人，作家。一九二七年加入中国共产党，一九三三年被国民党当局逮捕，次年五月发表《脱离共产党宣言》，叛变革命。

② 天子：即穆天子，我国古代有《穆天子传》，记周穆王驾八骏西游的故事。这里用作对穆木天的戏称。

林克多《苏联闻见录》序①

大约总归是十年以前罢，我因为生了病，到一个外国医院去请诊治，在那待诊室里放着的一本德国《星期报》（Die Woche）上，看见了一幅关于俄国十月革命的漫画，画着法官，教师，连医生和看护妇，也都横眉怒目，捏着手枪。这是我最先看见的关于十月革命的讽刺画，但也不过心里想，有这样凶暴么，觉得好笑罢了。后来看了几个西洋人的旅行记，有的说是怎样好，有的又说是怎样坏，这才莫名其妙起来。但到底也是自己断定：这革命恐怕对于穷人有了好处，那么对于阔人就一定是坏的，有些旅行者为穷人设想，所以觉得好，倘若替阔人打算，那自然就都是坏处了。

但后来又看见一幅讽刺画，是英文的，画着用纸版剪成的工厂，学校，育儿院等等，竖在道路的两边，使参观者坐着摩托车，从中间驶过。这是针对着做旅行记述说苏联的好处的作者们而发的，犹言参观的时候，受了他们的欺骗。政治和经济的事，我是外行，但看去年苏联煤油和麦子的输出，竟弄得资本主义文明国的人们那么骇怕的事实，却将我多年的疑团消释了。我想：假装面子的国度和专会杀人的人民，是决不会有这么巨大的生产力的，可见那些讽刺画倒是无耻的欺骗。

不过我们中国人实在有一点小毛病，就是不大爱听别国的好处，尤其是清党之后，提起那日有建设的苏联。一提到罢，不是说你意在宣传，就是说你得了卢布。而且"宣传"这两个字，在中国实在是被糟蹋得太不成样子了，人们看惯了什么阔人的通电，什么会议的宣言，什么名人的谈话，发表之后，立刻无影无踪，还不如一个屁的臭得长久，于是渐以为凡有讲述远处或将来的优点的文字，都是欺人之谈，所谓宣传，只是一个为了自利，而漫天说谎的雅号。

自然，在目前的中国，这一类的东西是常有的，靠了钦定或官许的力量，到处推销无阻，可是读的人们却不多，因为宣传的事，是必须在现在或到后来有事实来证明的，这才可以叫作宣传。而中国现行的所谓宣传，则不但后来只有证明这"宣传"确凿就是说谎的事实而已，还有一种坏结果，是令人对于凡有记述文字逐渐起了疑心，临末弄得索性不着。即如我自己就受了这影响，报章上说的什么新旧三都的伟观，南北两京的新气②，固然只要看见标题就觉得肉麻了，而且连讲外国的游记，也竟至于不大想去翻动它。

但这一年内，也遇到了两部不必用心戒备，居然看完了的书，一是胡愈之先生的《莫斯科印象记》③，一就是这《苏联闻见录》。因为我的辨认草字的力量太小的缘故，看下去很费力，但为了想看看这自说"为了吃饭问题，不得不去做工"的工人作者的见闻，到底看下去了。虽然中间遇到好像讲解统计表一般的地方，在我自己，未免觉得枯燥，但好在并不多，到底也看下去了。那原因，就在作者仿佛对朋友谈天似的，不用美丽的字眼，不用巧妙的做法，平铺直叙，说了下去，作者是平常的人，文章是平常的文章，所见所闻的苏联，是平平常常的地方，那人民，是平平常常的人物，所设施的正是合于人情，生活也不过像了人样，并没有什么希奇古怪。倘要从中猎艳搜奇，自然免不了会失望，然而要知道一些不搽粉墨的真相，却是很好的。

而且由此也可以明白一点世界上的资本主义文明国之定要进攻苏联的原因。工农都像了人样，于资本家和地主是极不利的，所以一定先要歼灭了这工农大众的模范。苏联愈平常，他们就愈害怕。前五六年，北京盛传广东的裸体游行，后来南京上海又盛传汉口的裸体游行，就是但愿敌方的不平常的证据。据这书里面的记述，苏联实在使他们失望了。为什么呢？因为不但共妻、杀父、裸体游行等类的"不平常的事"，确然没有而已，倒是有了许多极平常的事实，那就是将"宗教、家庭、财产、祖国、礼教……一切神圣不可侵犯"的东西，都像粪一般抛掉，而一个簇新的，真正空前的社会制度从地狱底里涌现而出，几万万的群众自己做了支配自己命运的人。这种极平常的事情，是只有"匪徒"才干得出来的。该杀者，"匪徒"也。

但作者的到苏联，已在十月革命后十年，所以只将他们之"能坚苦，耐劳，勇敢与牺牲"告诉我们，而怎样苦斗，才能够得到现在的结果，那些故事，却讲得很少。这自然是别种著作的任务，不能责成作者全都负担起来，但读者是万不可忽略这一点的，否则，就如印度的《譬喻经》④所说，要造高楼，而反对在地上立柱，据说是因为他要造的，是离地的高楼一样。

我不加戒备的将这读完了，即因为上文所说的原因。而我相信这书所说的苏联的好处的，也还有一个原因，那就是十来年前，说过苏联怎么不行怎么无望的所谓文明国人，去年已在苏联的煤油和麦子面前发抖。而且我看见确凿的事实：他们是在吸中国的膏血，夺中国的土地，杀中国的人民。他们是大骗子，他们说苏联坏，要进攻苏联，就可见苏联是好的了。这一部书，正也转过来是我的意见的实证。

一九三二年四月二十日　鲁迅于上海闸北寓楼记

【注释】

　　① 本篇最初发表于一九三二年六月十日上海《文学月报》第一卷第一号"书评"栏，题为《"苏联闻见录"序》。初收一九三四年三月上海同文书店版《南腔北调集》。

　　林克多，原名李平，浙江黄岩人，五金工人。原在巴黎做工，一九二九年因法国经济危机失业，一九三〇年应募到苏联做工。《苏联闻见录》，一九三二年十一月上海光华书局出版。

② 新旧三都指南京、洛阳和西安。当时国民党政府以南京为首都，一二八战争时，又曾定洛阳为行都，西安为陪都。南北两京，指南京和北京。

③ 胡愈之：浙江上虞人，作家、政论家。他的《莫斯科印象记》，一九三一年八月上海新生命书局出版。

④《譬喻经》：即《百句譬喻经》，简称《百喻经》。印度僧伽斯那撰，南朝齐求那毗地译，是佛教宣讲大乘教义的寓言性作品。这里所引的故事见该书的《三重楼喻》："往昔之世，有富愚人，痴无所知。到馀富家，见三重楼，高广严丽，轩敞疏朗。心生渴仰，即作是念：我有财钱，不减于彼，云何顷来而不造作如是之楼。即唤木匠而问言曰：解作彼家端正舍不？木匠答言：是我所作。即便语言，今可为我造楼如彼。是时木匠，即便经地垒作楼，愚人见其垒作舍，犹怀疑惑，不能了知。而问之言：欲作何等。木匠答言：作三重屋。愚人复言：我不欲下二重之屋，先可为我作最上屋。木匠答言：无有是事。何有不作最下重屋，而得造彼第一之屋；不造第二，云何得造第三重屋。愚人固言：我今不用下二重屋，必可为我作最上者。时人闻已，便生怪笑。咸作此言：何有不造下第一屋而得上者。"

我们不再受骗了①

帝国主义是一定要进攻苏联的。苏联愈弄得好，它们愈急于要进攻，因为它们愈要趋于灭亡。

我们被帝国主义及其侍从们真是骗得长久了。十月革命之后，它们总是说苏联怎么穷下去，怎么凶恶，怎么破坏文化。但现在的事实怎样？小麦和煤油的输出，不是使世界吃惊了么？正面之敌的实业党②的首领，不是也只判了十年的监禁么？列宁格勒，墨斯科的图书馆和博物馆，不是都没有被炸掉么？文学家如绥拉菲摩维支、法捷耶夫、革拉特珂夫、绥甫林娜、唆罗诃夫③等，不是西欧东亚，无不赞美他们的作品么？关于艺术的事我不大知道，但据乌曼斯基（K.Umansky）④说，一九一九年中，在墨斯科的展览会就二十次，列宁格勒两次（Neue Kunst in Russland），则现在的旺盛，更是可想而知了。

然而谣言家是极无耻而且巧妙的，一到事实证明了他的话是撒谎时，他就躲下，另外又来一批。

新近我看见一本小册子，是说美国的财政有复兴的希望的，序上说，苏联的购领物品，必须排成长串，现在也无异于从前，仿佛他很为排成长串的人们抱不平，发慈悲一样。

这一事，我是相信的，因为苏联内是正在建设的途中，外是受着帝国主义的压迫，许多物品，当然不能充足。但我们也听到别国的失业者，排着长串向饥寒进行；中国的人民，在内战，在外侮，在水灾，在榨取的大罗网之下，排着长串而进向死亡去。

然而帝国主义及其奴才们，还来对我们说苏联怎么不好，好像它倒愿意苏联一下子就变成天堂，人们个个享福。现在竟这样子，它失望了，不舒服了。——这真是恶鬼的眼泪。

一睁开眼，就露出恶鬼的本相来的，——它要去惩办了。

它一面去惩办，一面来诳骗。正义、人道、公理之类的话，又要满天飞舞了。但我们记得，欧洲大战时候，飞舞过一回的，骗得我们的许多苦工，到前线去替它们死⑤，接着是在北京的中央公园里竖了一块无耻的、愚不可及的"公理战胜"的牌坊⑥（但后来又改掉了）。现在怎样？"公理"在哪里？这事还不过十六年，我们记得的。

帝国主义和我们，除了它的奴才之外，那一样利害不和我们正相反？我们的痈疽，是它们的宝贝，那么，它们的敌人，当然是我们的朋友了。它们自身正在崩溃下去，无法支持，为挽救自己的末运，便憎恶苏联的向上。谣诼、诅咒、怨恨，无所不至，没有效，终于只得准备动手去打了，一定要灭掉它才睡得着。但我们干什么呢？我们还会再被骗么？

"苏联是无产阶级专政的，智识阶级就要饿死。"—— 一位有名的记者曾经这样警告我。是的，这倒恐怕要使我也有些睡不着了。但无产阶级专政，不是为了将来的无阶级社会么？只要你不去谋害它，自然成功就早，阶级的消灭也就早，那时就谁也不会"饿死"了。不消说，排长串是一时难免的，但到底会快起来。

帝国主义的奴才们要去打，自己（！）跟着它的主人去打，去就是。我们人民和它们是利害完全相反的。我们反对进攻苏联。我们倒要打倒进攻苏联的恶鬼，无论它说着怎样甜腻的话头，装着怎样公正的面孔。

这才也是我们自己的生路！

五月六日

生前著作（1931年—1936年）

【注释】

① 本篇最初发表于一九三二年五月二十日上海《北斗》月刊第二卷第二期。初收一九三四年三月上海同文书店版《南腔北调集》。

② 实业党：苏联在一九三〇年破获的反革命集团。它的主要分子受法国帝国主义的指使，混入苏联国家企业机关，破坏社会主义经济建设。该案破获后，其首领拉姆仁等被分别判处徒刑。

③ 绥甫林娜（Л.Н.Сейфуина，1889—1954）：通译谢芙琳娜，苏联女作家，著有短篇小说《肥料》《维丽尼雅》等。唆罗诃夫（М.А.Щолохов），通译萧洛夫，苏联小说家，著有长篇小说《静静的顿河》等。

④ 乌曼斯基（К.Уманский）：当时苏联人民外交委员会的新闻司司长。《Neue Kunst in Russland》（《俄国的新艺术》）是他所著的一本书。

⑤ 在第一次世界大战中，北洋政府于一九一七年八月十四日宣布对德作战，随后，英法两国先后招募华工十五万名去法国战场，他们被驱使在前线从事挖战壕及运输等苦役，伤亡甚多。

⑥ "公理战胜"的牌坊：第一次世界大战结束后，英、法为首的协约国宣扬他们打败德、奥等同盟国是"公理战胜强权"，并立碑纪念。北洋政府也在北京中央公园（今中山公园）建立了"公理战胜"的牌坊。

致台静农①

静农兄：

六月十二日信于昨收到；今日收到《王忠悫公遗集》一函，甚感甚感。小说两种②，各两本，已于下午托内山书店挂号寄奉，想不久可到。两书皆自校自印，但仍为商店所欺，绩不偿劳，我非不知商人伎俩，但以惮于与若辈斤斤计较，故归根结蒂，还是失败也。《铁流》时有页数错订者，但非缺页，寄时不及检查，希兄一检，如有错订，乞自改好，倘有缺页，则望见告，当另寄也。其他每一本可随便送人，因寄四本与两本邮资相差无几耳。

北平预约之事，我一无所知，后有康君③函告，始知书贾又在玩此伎俩，但亦无如之何。至于自印之二书，则用钱千元，而至今收回者只二百，三闲书局④亦只得从此关门。后来倘有余资，当印美术如《士敏土图》⑤之类，使其无法翻印也。

兄如作小说，甚好。我在这几年中，作杂感亦有几十篇，但大抵以别种笔名发表。近辑一九二八至二九年者为《三闲集》，已由北新在排印，三〇至三一年者为《二心集》，则彼不愿印行虽持有种种理由，但由我看来，实因骂赵景深驸马之话⑥太多之故，《北斗》⑦上题"长庚"者，实皆我作。现出版所尚未定，但倘甘于放弃版税，则出版是很容易的。

"一二八"的事，可写的也有些，但所见的还嫌太少，所以写不写还不一定；最可恨的是所闻的多不可靠，据我所调查，大半是说谎，连寻人广告，也有自己去登，藉此扬名的。中国人将办事和做戏太混为一谈，而别人却很切实，今天《申报》的《自由谈》⑧里，有一条《摩登式的救国青年》，其中的一段云"密斯张，纪念国耻，特地在银楼里定打一只镌着抗日救国四个字的纹银匣子；伊是爱吃仁丹的，每逢花前，月下，伊总在抗日救国的银匣子里，摇出几粒仁丹来，慢慢地咀嚼。在嚼，在说：'女同胞听者！休忘了九一八和一二八，须得抗日救国！'"这虽然不免过甚其辞，然而一二八以前，这样一类的人们确也不少，但在一二八那时候，器具上有着这样的文字者，想活是极难的，"抗"得轻浮，杀得切实，这事情似乎至今许多人也还是没有悟。至今为止，中国没有发表过战死的兵丁，被杀的人民的数目，则是连戏也不做了。

我住在闸北时候，打来的都是中国炮弹，近的相距不过一丈余，瞄准是不能说不高明的，但不爆裂的居多，听说后来换了厉害的炮火，但那时我已经逃到英租界去了。离炮火较远，但见逃难者之终日纷纷不断，不逃难者之依然兴高采烈，真好像一群无抵抗，无组织的羊。现在我寓的四近又已热闹起来，大约不久便要看不出痕迹。

北平的情形，我真是隔膜极了。刘博士⑨之言行，偶然也从报章上见之，真是古怪得很，当做《新青年》时，我是万料不到会这样的。出版物则只看见了几本《安阳发掘报告》⑩之类，也是精义少而废话多。上海的情形也不见佳，张三李四，都在教导学生，但有在这里站不住脚的，到北平却做了许多时教授，亦一异也。

专此，即颂

近祺。

迅启六月十八夜

【注释】

① 本篇选自人民文学出版社《鲁迅全集》第十二卷第 310 页至第 313 页，2005 年 11 月版。

② 小说两种：指《毁灭》与《铁流》。

③ 康君：指康嗣群（1910—1969），陕西城固人，当时的文学青年。

④ 三闲书局：应为"三闲书屋"，鲁迅自费印书时所用出版者的名称。

⑤《士敏土图》：指《梅斐尔德士敏土之图》。

⑥ 骂赵景深驸马之话：赵景深之妻李希同为李小峰之妹，故鲁迅讽称赵为"驸马"。《二心集》中的《风马牛》《关于翻译的通信》等文曾对赵的误译提出批评。

⑦《北斗》：文艺月刊，"左联"的机关刊物之一，丁玲主编。一九三一年九月在上海创刊，一九三二年七月出至第二卷第三、四期合刊后停刊，共出八期。

⑧《自由谈》：上海《申报》副刊之一，一九一一年八月二十四日创刊，原以刊载鸳鸯蝴蝶派作品为主。一九三二年十二月由黎烈文接编后，革新内容，常刊载进步作家写的杂文、短评等。

⑨ 刘博士：指刘半农（1891—1934），名复，江苏江阴人，作家、语言学家。一九二一年他在法国巴黎大学获国家文学博士学位。

⑩《安阳发掘报告》：年刊，北平国立中央研究院历史语言研究所编，发表有关河南安阳殷墟发掘工作的资料。李济主编，一九二九年十二月创刊，一九三三年六月出至第四期停刊。

一二八战后作①

战云暂敛残春在，重炮清歌两寂然。
我亦无诗送归棹，但从心底祝平安。

七月十一日

【注释】

①《鲁迅日记》一九三二年七月十一日："午后为山本初枝女士书一笺，

云："'战云暂敛残春在……。'即托内山书店寄去。"

山本初枝（1898—1966），日本歌人，曾写过一些不满于日本军国主义的短歌。

今春的两种感想①

十一月二十二日在北平辅仁大学讲

我是上星期到北平的，论理应当带点礼物送给青年诸位，不过因为奔忙匆匆未顾得及，同时也没有什么可带的。

我近来是在上海，上海与北平不同，在上海所感到的，在北平未必感到。今天又没豫备什么，就随便谈谈吧。

昨年东北事变详情我一点不知道，想来上海事变②诸位一定也不甚了然。就是同在上海也是彼此不知，这里死命的逃死，那里则打牌的仍旧打牌，跳舞的仍旧跳舞。

打起来的时候，我是正在所谓火线里面③，亲遇见捉去许多中国青年。捉去了就不见回来，是生是死也没人知道，也没人打听，这种情形是由来已久了，在中国被捉去的青年素来是不知下落的。东北事起，上海有许多抗日团体，有一种团体就有一种徽章。这种徽章，如被日军发现死是很难免的。然而中国青年的记性确是不好，如抗日十人团④，一团十人，每人有一个徽章，可是并不一定抗日，不过把它放在袋里。但被捉去后这就是死的证据。还有学生军⑤们，以前是天天练操，不久就无形中不练了，只有军装的照片存在，并且把操衣放在家中，自己也忘却了。然而一被日军查出时是又必定要送命的。像这一般青年被杀，大家大为不平，以为日人太残酷。其实这完全是因为脾气不同的缘故，日人太认真，而中国人却太不认真。中国的事情往往是招牌一挂就算成功了。日本则不然。他们不像中国这样只是作戏似的。日本人一看见有徽章，有操衣的，便以为他们一定是真在抗日的人，当然要认为是劲敌。这样不认真的同认真的碰在一起，倒霉是必然的。

中国实在是太不认真，什么全是一样。文学上所见的常有新主义，以前有所谓民族主义的文学⑥也者，闹得很热闹，可是自从日本兵一来，马上就不见了。我想大概是变成为艺术而艺术了吧。中国的政客，也是今天谈财政，明日谈照像，后天又谈交通，最后又忽然念起佛来了。外国不然。以前欧洲有所谓未来派艺术。未来派的艺术是看不懂的东西。但看不懂也并非一定是看者知识太浅，实在是它根本上就看不懂。文章本来有两种：一种是看得懂的，一种是看不懂的。假若你看不懂就自恨浅薄，那就是上当了。不过人家是不管看懂与不懂的——看不懂如未来派的文学，虽然看不懂，作者却是拼命的，很认真的在那里讲。但是中国就找不出这样例子。

还有感到的一点是我们的眼光不可不放大，但不可放的太大。

我那时看见日本兵不打了，就搬了回去，但忽然又紧张起来了。后来打听才知道是因为中国放鞭炮引起的。那天因为是月蚀，故大家放鞭炮来救她。在日本人意中以为在这样的时光，中国人一定全忙于救中国抑救上海，万想不到中国人却救的那样远，去救月亮去了。

我们常将眼光收得极近，只在自身，或者放得极远，到北极，或到天外，而这两者之间的一圈可是绝不注意的，譬如食物吧，近来馆子里是比较干净了，这是受了外国影响之故，以前不是这样。例如某家烧卖好，包子好，好的确是好，非常好吃，但盘子是极污秽的，去吃的人看不得盘子，只要专注在吃的包子烧卖就是，倘使你要注意到食物之外的一圈，那就非常为难了。

在中国做人，真非这样不成，不然就活不下去。例如倘使你讲个人主义，或者远而至于宇宙哲学，灵魂灭否，那是不要紧的。但一讲社会问题，可就要出毛病了。北平或者还好，如在上海则一讲社会问题，那就非出毛病不可，这是有验的灵药，常常有无数青年被捉去而无下落了。

在文学上也是如此。倘写所谓身边小说，说苦痛呵，穷呵，我爱女人而女人不爱我呵，那是很妥当的，不会出什么乱子。

如要一谈及中国社会，谈及压迫与被压迫，那就不成。不过你如果再远一点，说什么巴黎伦敦，再远些，月界，天边，可又没有危险了。但有一层要注意，俄国谈不得。

上海的事又要一年了，大家好似早已忘掉了，打牌的仍旧打牌，跳舞的仍旧跳舞。不过忘只好忘，全记起来恐怕脑中也放不下。倘使只记着这些，其他事也没工夫记起了。不过也可以记一个总纲。如"认真点"，"眼光不可不放大但不可放的太大"，就是。这本是两句平常话，但我的确知道了这两句话，是在死了许多性命之后。许多历史的教训，都是用极大的牺牲换来的。譬如吃东西罢，某种是毒物不能吃，我们好像全惯了，很平常了。不过，这一定是以前有多少人吃死了，才知道的。

所以我想，第一次吃螃蟹的人是很可佩服的，不是勇士谁敢去吃它呢？螃蟹有人吃，蜘蛛一定也有人吃过，不过不好吃，所以后人不吃了。像这种人我们当极端感谢的。

我希望一般人不要只注意在近身的问题，或地球以外的问题，社会上实际问题是也要注意些才好。

【注释】

① 本篇记录稿最初发表于一九三二年十一月三十日北京《世界日报》"教育"栏。发表前曾经鲁迅修订。初收拟编书稿《集外集拾遗》。

② 东北事变：指一九三一年九一八事变；上海事变，指一九三二年一二八事变。

③ 一二八事变时，鲁迅寓所在上海北四川路，临近战区。

④ 抗日十人团：九一八事变后上海各界自发成立的一种爱国群众组织。

⑤ 学生军：又称学生义勇军。九一八事变后各地大、中学校成立的学生组织。

⑥ 民族主义的文学：一九三〇年六月由国民党当局策划的文学运动，发起人是潘公展、范争波、朱应鹏、傅彦长、王平陵等人，曾出版《前锋周报》《前锋月刊》等刊物，假借"民族主义"的名义反对无产阶级革命文学，提倡反共、反人民的反革命文学。九一八事变后，又为蒋介石的投降卖国政策效劳。

所闻①

华灯照宴敞豪门，娇女严装侍玉樽。
忽忆情亲焦土下，伴看罗袜掩啼痕。

十二月

【注释】

①《鲁迅日记》一九三二年十二月三十一日："为知人写字五幅，皆自作诗。为内山夫人写云：'华灯照宴敞豪门……。'"

一九三三年

逃的辩护^①

古时候，做女人大晦气，一举一动，都是错的，这个也骂，那个也骂。现在这晦气落在学生头上了，进也挨骂，退也挨骂。

我们还记得，自前年冬天以来，学生是怎么闹的，有的要南来，有的要北上，南来北上，都不给开车。待到到得首都，顿首请愿，却不料"为反动派所利用"，许多头都恰巧"碰"在刺刀和枪柄上，有的竟"自行失足落水"而死了^②。

验尸之后，报告书上说道，"身上五色"。我实在不懂。谁发一句质问，谁提一句抗议呢？有些人还笑骂他们。

还要开除，还要告诉家长，还要劝进研究室。一年以来，好了，总算安静了。但不料榆关^③失了守，上海还远，北平却不行了，因为连研究室也有了危险。住在上海的人们想必记得的，去年二月的暨南大学，劳动大学，同济大学……，研究室里还坐得住么？^④

北平的大学生是知道的，并且有记性，这回不再用头来"碰"刺刀和枪柄了，也不再想"自行失足落水"，弄得"身上五色"了，却发明了一种新方法，是：大家走散，各自回家。

这正是这几年来的教育显了成效。

然而又有人来骂了^⑤。童子军^⑥还在烈士们的挽联上，说他们"遗臭万年"^⑦。但我们想一想罢：不是连语言历史研究所^⑧里的没有性命的古董都在搬家了么？

不是学生都不能每人有一架自备的飞机么？能用本国的刺刀和枪柄

"碰"得瘟头瘟脑，躲进研究室里去的，倒能并不瘟头瘟脑，不被外国的飞机大炮，炸出研究室外去么？

阿弥陀佛！

一月二十四日

【注释】

① 本篇最初发表于一九三三年一月三十日《申报·自由谈》，原题为《"逃"的合理化》，署名何家干。初收一九三三年十月上海青光书局（北新）版《伪自由书》。

② 指学生到南京请愿一事。九一八事变后，全国学生奋起抗议蒋介石的不抵抗政策。十二月初，各地学生纷纷到南京请愿。国民党政府于十二月五日通令全国，加以禁止；十七日出动军警，逮捕和屠杀在南京请愿示威的各地学生，有的学生遭刺伤后，又被扔进河里。

事后反动当局为掩盖真相，诬称学生"为反动分子所利用"、被害学生是"失足落水"等，并发表验尸报告，说被害者"腿有青紫白黑四色，上身为黑白二色"。

③ 榆关：即山海关，一九三三年一月三日为日军攻陷。

④ 一九三二年一月二十八日日本侵略军进攻上海时，处于战区的暨南大学、劳动大学、同济大学等，校舍或毁于炮火，或被日军夺占，学生流散。

⑤ 山海关失守后，北平形势危急，各大、中学学生有请求展缓考期、提前放假或请假离校的事。当时曾有自称"血魂除奸团"者，为此责骂学生"贪生怕死""无耻而懦弱"。周木斋在《涛声》第二卷第四期（一九三三年一月二十一日）发表的《骂人与自骂》一文中，也说学生是"敌人未到，闻风远逸""即使不能赴难，最低最低的限度也不应逃难"。

⑥ 童子军：1908年英国最早创设的一种使少年儿童接受军事化训练并从事社会公益活动的组织，不久流行于许多国家。中国的童子军于1912年成立，首创于武昌文化书院，后发展到各地。南京国民党政府时期，组建为全国性组织，定名为"中国童子军"，其总部隶属于国民党中央执行委员会。

⑦ "遗臭万年"：一九三三年一月二十二日，国民党当局为掩饰其自动放弃山海关等长城要隘的罪行，在北平中山公园中山堂举行追悼阵亡将士大会。会上有国民党操纵的童子军组织送的挽联，上写："将士饮弹杀敌，烈于千古；学生罢考潜逃，臭及万年。"

⑧ 语言历史研究所：应作历史语言研究所，是国民党政府中央研究院

的一个机构，当时设在北平。许多珍贵的古代文物归它保管。一九三三年日军进攻热河时，该所于一月二十一日将首批古物三十箱、古书九十箱运至南京。

观　斗①

我们中国人总喜欢说自己爱和平，但其实，是爱斗争的，爱看别的东西斗争，也爱看自己们斗争。

最普通的是斗鸡，斗蟋蟀，南方有斗黄头鸟，斗画眉鸟，北方有斗鹌鹑，一群闲人们围着呆看，还因此赌输赢。古时候有斗鱼，现在变把戏的会使跳蚤打架。看今年的《东方杂志》②，才知道金华又有斗牛，不过和西班牙却两样的，西班牙是人和牛斗，我们是使牛和牛斗。

任他们斗争着，自己不与斗，只是看。

军阀们只管自己斗争着，人民不与闻，只是看。

然而军阀们也不是自己亲身在斗争，是使兵士们相斗争，所以频年恶战，而头儿个个终于是好好的，忽而误会消释了，忽而杯酒言欢了，忽而共同御侮了，忽而立誓报国了，忽而……不消说，忽而自然不免又打起来了。

然而人民一任他们玩把戏，只是看。

但我们的斗士，只有对于外敌却是两样的：近的，是"不抵抗"，远的，是"负弩前驱"③云。

"不抵抗"在字面上已经说得明明白白。"负弩前驱"呢，弩机的制度早已失传了，必须待考古学家研究出来，制造起来，然后能够负，然后能够前驱。

还是留着国产的兵士和现买的军火，自己斗争下去罢。中国的人口多得很，暂时总有一些子遗在看着的。但自然，倘要这样，则对于外敌，就一定非"爱和平"④不可。

一月二十四日

【注释】

① 本篇最初发表于一九三三年一月三十一日上海《申报·自由谈》，署名何家干。初收一九三三年十月上海青光书局（北新）版《伪自由书》。

②《东方杂志》：综合性刊物，一九〇四年三月在上海创刊，一九四八年十二月停刊，商务印书馆出版。一九三三年一月十六日该刊第三十卷第二号，曾刊载浙江婺州斗牛照片数帧，题为《中国之斗牛》。

③ "负弩前驱"：语见《逸周书》："武王伐纣，散宜生、闳夭负弩前驱。"当时国民党政府对日本侵略采取不抵抗政策，每当日军进攻，中国驻守军队大都奉命后退，如一九三三年一月三日日军进攻山海关时，当地驻军在四小时后即放弃要塞，不战而退。但远离前线的大小军阀却常故作姿态，扬言"抗日"，如山海关沦陷后，在四川参加军阀混战和"剿匪"反共的田颂尧于一月二十日发通电说："准备为国效命，候中央明令，即负弩前驱。"

④ "爱和平"：当时国民党当局经常以"爱和平"这类论调掩盖其投降卖国政策，如一九三一年九一八事变后，蒋介石九月二十二日在南京市国民党党员大会上演讲时就说："此刻必须上下一致，先以公理对强权，以和平对野蛮，忍痛含愤，暂取逆来顺受态度，以待国际公理之判断。"

赠画师①

风生白下千林暗，雾塞苍天百卉殚。②
愿乞画家新意匠，只研朱墨作春山。

一月二十六日

【注释】

①《鲁迅日记》一九三三年一月二十六日："为画师望月玉成君书一笺云：'风生白下千林暗……。'"本篇未另发表。据手稿编入。

② 白下：白下城，故址在今南京金川门外。唐武德九年（626）移金陵县治于此，改名白下县，故旧时以白下为南京的别称。

二十二年元旦^①

云封高岫护将军，霆击寒村灭下民。

到底不如租界好，打牌声里又新春。

一月二十六日

【注释】

①《鲁迅日记》一九三三年一月二十六日："又戏为邬其山生书一笺……已而毁之，别录以寄静农。"诗中"到底"作"依旧"。邬其山，即内山完造；静农，即台静农。按一九三三年一月二十六日为夏历癸酉年元旦。本篇未另发表。初收一九三五年五月上海群众图书公司版《集外集》。

论"赴难"和"逃难"^①
——寄《涛声》编辑的一封信

编辑先生：

我常常看《涛声》，也常常叫"快哉！"但这回见了周木斋先生那篇《骂人与自骂》^②，其中说北平的大学生"即使不能赴难，最低最低的限度也应不逃难"，而致慨于五四运动时代式锋芒之销尽，却使我如骨鲠在喉，不能不说几句话。因为我是和周先生的主张正相反，以为"倘不能赴难，就应该逃难"，属于"逃难党"的。

周先生在文章的末尾，"疑心是北京改为北平的应验"，我想，一半是对的。那时的北京，还挂着"共和"的假面，学生嚷嚷还不妨事；那时的执政，是昨天上海市十八团体为他开了"上海各界欢迎段公芝老大会"^③

的段祺瑞先生，他虽然是武人，却还没有看过《莫索理尼传》。然而，你瞧，来了呀。有一回，对着请愿的学生毕毕剥剥的开枪了④，兵们最爱瞄准的是女学生，这用精神分析学来解释，是说得过去的，尤其是剪发的女学生，这用整顿风俗⑤的学说来解说，也是说得过去的。总之是死了一些"莘莘学子"。然而还可以开追悼会；还可以游行过执政府之门，大叫"打倒段祺瑞"。为什么呢？因为这时又还挂着"共和"的假面。然而，你瞧，又来了呀。现为党国大教授的陈源先生，在《现代评论》上哀悼死掉的学生，说可惜他们为几个卢布送了性命⑥；《语丝》反对了几句，现为党国要人的唐有壬先生在《晶报》上发表一封信，说这些言动是受墨斯科的命令的。这实在已经有了北平气味了。

后来，北伐成功了，北京属于党国，学生们就都到了进研究室的时代，"五·四"式是不对了。为什么呢？因为这是很容易为"反动派"所利用的。为了矫正这种坏脾气，我们的政府，军人，学者，文豪，警察，侦探，实在费了不少的苦心。用诰谕，用刀枪，用书报，用煅炼，用逮捕，用拷问，直到去年请愿之徒，死的都是"自行失足落水"，连追悼会也不开的时候为止，这才显出了新教育的效果。

倘使日本人不再攻榆关，我想，天下是太平了的，"必先安内而后可以攘外"⑦。但可恨的是外患来得太快一点，太繁一点，日本人太不为中国诸公设想之故也，而且也因此引起了周先生的责难。

看周先生的主张，似乎最好是"赴难"。不过，这是难的。倘使早先有了组织，经过训练，前线的军人力战之后，人员缺少了，副司令⑧下令召集，那自然应该去的。无奈据去年的事实，则连火车也不能白坐，而况乎日所学的又是债权论，土耳其文学史，最小公倍数之类。去打日本，一定打不过的。大学生们曾经和中国的兵警打过架，但是"自行失足落水"了，现在中国的兵警尚且不抵抗，大学生能抵抗么？我们虽然也看见过许多慷慨激昂的诗，什么用死尸堵住敌人的炮口呀，用热血胶住倭奴的刀枪呀，但是，先生，这是"诗"呵！事实并不这样的，死得比蚂蚁还不如，炮口也堵不住，刀枪也胶不住。孔子曰："以不教民战，是谓弃之。"⑨我并不全拜服孔老夫子，不过觉得这话是对的，我也正是反对大学生"赴难"的一个。

那么，"不逃难"怎样呢？我也是完全反对。自然，现在是"敌人未到"的，但假使一到，大学生们将赤手空拳，骂贼而死呢，还是躲在屋里，以图幸免呢？我想，还是前一着堂皇些，将来也可以有一本烈士传。不过于大局依然无补，无论是一个或十万个，至多，也只能又向"国联"报告一声罢了。

去年十九路军的某某英雄怎样杀敌，大家说得眉飞色舞，因此忘却了全线退出一百里的大事情，可是中国其实还是输了的。而况大学生们连武器也没有。现在中国的新闻上大登"满洲国"⑩的虐政，说是不准私藏军器，但我们大中华民国人民来藏一件护身的东西试试看，也会家破人亡，——先生，这是很容易"为反动派所利用"的呵。

施以狮虎式的教育，他们就能用爪牙，施以牛羊式的教育，他们到万分危急时还会用一对可怜的角。然而我们所施的是什么式的教育呢，连小小的角也不能有，则大难临头，惟有兔子似的逃跑而已。自然，就是逃也不见得安稳，谁都说不出那里是安稳之处来，因为到处繁殖了猎狗，诗曰："趯趯毚兔，遇犬获之"⑪，此之谓也。然则三十六计，固仍以"走"为上计耳。

总之，我的意见是：我们不可看得大学生太高，也不可责备他们太重，中国是不能专靠大学生的；大学生逃了之后，却应该想想此后怎样才可以不至于单是逃，脱出诗境，踏上实地去。

但不知先生以为何如？能给在《涛声》上发表，以备一说否？谨听裁择，并请文安。

罗怃顿首。一月二十八夜。

再：顷闻十来天之前，北平有学生五十多人因开会被捕，可见不逃的还有，然而罪名是"借口抗日，意图反动"，又可见虽"敌人未到"，也大以"逃难"为是也。

二十九日补记

【注释】

① 本篇最初发表于一九三三年二月十一日上海《涛声》第二卷第五期，署名罗怃。原题为《三十六计走为上计》。初收一九三四年三月上海同文书店版《南腔北调集》。

② 周木斋（1910—1941）：江苏武进人，当时在上海从事编辑和写作。他的《骂人与自骂》，载《涛声》第二卷第四期（一九三三年一月二十一日），其中说："最近日军侵占榆关，北平的大学生竟至要求提前放假，所愿未遂，于是纷纷自动离校。敌人未到，闻风远逸，这是绝顶离奇的了。……论理日军侵榆，……即使不能赴难，最低最低的限度也不应逃难。"又说："写到这里，陡然的想起五四运动时期北京学生的锋芒，转眼之间，学风民气，两俱不变，我要疑心是'北京'改为'北平'的应验了。"

③ "上海各界欢迎段公芝老大会"：段祺瑞（字芝泉）于一九三三年一月二十四日去上海时，上海市商会等十八个团体于二月十七日为他举行欢迎会。

④ 指三一八惨案。

⑤ 整顿风俗：段祺瑞政府曾多次颁行这类政令，如一九二五年八月二十五日发布的"整顿学风令"；一九二六年三月六日，西北边防督办张之江致电段祺瑞，主张"男女之防；维风化而奠邦本"，段政府复电表示"嘉许"，并着手"根本整饬"。

⑥ 陈源于三一八惨案发生后，在《现代评论》发表《闲话》，诬蔑爱国学生是被人利用，自蹈"死地"，还诬蔑所谓"宣传赤化"的人是"直接或间接用苏俄金钱"（见一九二六年五月八日《现代评论》第三卷第七十四期的《闲话》）。

⑦ "必先安内而后可以攘外"：蒋介石在一九三一年十一月三十日国民党政府外长顾维钧宣誓就职会上的"亲书训词"中提出："攘外必先安内，统一方能御侮。"（见一九三一年十二月一日《中央日报》）此后，它成为国民党政府一贯奉行的反共卖国政策。

⑧ 副司令：指张学良。他在一九三〇年六月被任命为国民党政府陆海空军副司令。

⑨ "以不教民战，是谓弃之"：语见《论语·子路》。

⑩ "满洲国"：日本帝国主义侵占我东北后于一九三二年三月制造的傀儡政权。

⑪ "趯趯毚兔，遇犬获之"：语见《诗·小雅·巧言》。趯趯，跳跃的样子；毚兔，狡兔。

学生和玉佛①

一月二十八日《申报》号外载二十七日北平专电曰："故宫古物即起运，北宁平汉两路已奉令备车，团城白玉佛②亦将南运。"

二十九日号外又载二十八日中央社电传教育部电平各大学，略曰："据各报载榆关告紧之际，北平各大学中颇有逃考及提前放假等情，均经调查确实。查大学生为国民中坚份子，讵容妄自惊扰，败坏校规，学校当局迄无呈报，迹近宽纵，亦属非是。仰该校等迅将学生逃考及提前放假情形，详报核办，并将下学期上课日期，并报为要。"

三十日，"堕落文人"周动轩先生见之，有诗叹曰：

> 寂寞空城在，仓皇古董迁，
> 头儿夸大口，面子靠中坚。
> 惊扰讵云妄？奔逃只自怜：
> 所嗟非玉佛，不值一文钱。

【注释】

① 本篇最初发表于一九三三年二月十六日上海《论语》第十一期，署名动轩。初收一九三四年三月上海同文书店版《南腔北调集》。

② 团城：在北京北海公园声门旁的小丘上，有圆形城垣，故名。金时始建殿宇，元后屡有增修。白玉佛，置于团城承光殿内，由整块洁白的玉石雕刻而成，高约五尺，是具有很高艺术价值的珍贵文物。

崇　实①

事实常没有字面这么好看。

例如这《自由谈》，其实是不自由的，现在叫作《自由谈》，总算我们是这么自由地在这里谈着。

又例如这回北平的迁移古物②和不准大学生逃难③，发令的有道理，批评的也有道理，不过这都是些字面，并不是精髓。

倘说，因为古物古得很，有一无二，所以是宝贝，应该赶快搬走的罢。这诚然也说得通的。但我们也没有两个北平，而且那地方也比一切现存的古物还要古。禹是一条虫④，那时的话我们且不谈罢，至于商周时代，这地方却确是已经有了的。为什么倒撇下不管，单搬古物呢？说一句老实话，那就是并非因为古物的"古",倒是为了它在失掉北平之后,还可以随身带着,随时卖出铜钱来。

大学生虽然是"中坚分子",然而没有市价,假使欧美的市场上值到五百美金一名,也一定会装了箱子,用专车和古物一同运出北平,在租界上外国银行的保险柜子里藏起来的。

但大学生却多而新,惜哉!

费话不如少说,只剥崔颢⑤《黄鹤楼》诗以吊之,曰——

阔人已骑文化去,此地空余文化城⑥。
文化一去不复返,古城千载冷清清。
专车队队前门站,晦气重重大学生。
日薄榆关何处抗,烟花场上没人惊。

一月三十一日

【注释】

① 本篇最初发表于一九三三年二月六日《申报·自由谈》,署名何家干。初收一九三三年十月上海青光书局(北新)版《伪自由书》。

② 北平的迁移古物:一九三三年一月日本侵占山海关后,国民党政府以"减少日军目标"为理由,慌忙将历史语言研究所、故宫博物院等收藏的古物分批从北平运至南京、上海。

③ 不准大学生逃难:一九三三年一月二十八日,国民党政府教育部电令北平各大学:"据各报载榆关告紧之际,北平各大学中颇有逃考及提前放假等情,……查大学生为国民中坚分子,讵容妄自惊扰,败坏校规;学校当局迄无呈报,迹近宽纵,亦属非是。"

④ 禹是一条虫:这是顾颉刚在一九二三年讨论古史的文章中提出的看法。他在对禹作考证时,曾以《说文解字》训"禹"为"虫"作根据,提出禹是"蜥蜴之类"的"虫"的推断。(见《古史辨》第一册六十三页)

⑤ 崔颢(? — 754):汴州(今河南开封)人,唐代诗人。他的《黄鹤楼》诗原文为:"昔人已乘黄鹤去,此地空余黄鹤楼。黄鹤一去不复返,白云千载空悠悠。晴川历历汉阳树,芳草萋萋鹦鹉洲。日暮乡关何处是,烟波江上使人愁。"

⑥ 文化城:一九三二年十月间,北平文教界江瀚等三十多人,在日军进逼关内,华北危急时,向国民党政府呈送意见书,以北平保存有"寄付

着国家命脉，国民精神的文化品物"和"全国各种学问的专门学者，大多荟萃在北平"为理由，要求"明定北平为文化城"，将"北平的军事设备挪开"，用不设防来求得北平免遭日军炮火。这实际上迎合国民党政府的卖国投降政策，有利于日本帝国主义的侵略。

航空救国三愿①

现在各色的人们大喊着各种的救国，好像大家突然爱国了似的。其实不然，本来就是这样，在这样地救国的，不过现在喊了出来罢了。

所以银行家说贮蓄救国，卖稿子的说文学救国，画画儿的说艺术救国，爱跳舞的说寓救国于娱乐之中，还有，据烟草公司说，则就是吸吸马占山②将军牌香烟，也未始非救国之一道云。

这各种救国，是像先前原已实行过来一样，此后也要实行下去的，决不至于五分钟。

只有航空救国③较为别致，是应该刮目相看的，那将来也很难预测，原因是在主张的人们自己大概不是飞行家。

那么，我们不妨预先说出一点愿望来。

看过去年此时的上海报的人们恐怕还记得，苏州不是有一队飞机来打仗的么？后来别的都在中途"迷失"了，只剩下领队的洋烈士④的那一架，双拳不敌四手，终于给日本飞机打落，累得他母亲从美洲路远迢迢的跑来，痛哭一场，带几个花圈而去。听说广州也有一队出发的，闺秀们还将诗词绣在小衫上，赠战士以壮行色。然而，可惜得很，好像至今还没有到。

所以我们应该在防空队成立之前，陈明两种愿望——

一，路要认清；

二，飞得快些。

还有更要紧的一层，是我们正由"不抵抗"以至"长期抵抗"而入于"心理抵抗"⑤的时候，实际上恐怕一时未必和外国打仗，那时战士技痒了，而又苦于英雄无用武之地，不知道会不会炸弹倒落到手无寸铁的人民头上来的？

所以还得战战兢兢的陈明一种愿望，是——

三，莫杀人民！

二月三日

【注释】

① 本篇最初发表于一九三三年二月五日《申挤·自由谈》，署名何家干。初收一九三三年十月上海青光书局（北新）版《伪自由书》。

② 马占山（1885—1950）：吉林怀德人，国民党东北军的军官。九一八事变后，他任黑龙江省代理主席。日本侵略军由辽宁向黑龙江进犯时，他曾率部抵抗，当时舆论界一度称他为"民族英雄"。上海福昌烟公司曾以他的名字做香烟的牌号，并在报上登广告说："凡我大中华爱国同胞应一致改吸马占山将军牌香烟"。

③ 航空救国：一九三三年初，国民党政府决定举办航空救国飞机捐，组织中华航空救国会（后更名为中国航空协会），宣称要"集合全国民众力量，辅助政府，努力航空事业"，在全国各地发行航空奖券，强行募捐。

④ 洋烈士：一九三二年二月，有替国民党政府航空署试验新购飞机性能的美国飞行员萧特（B.Short），由沪驾机飞南京，途经苏州上空时与日机六架相遇，被击落身死，国民党的通讯社和报纸曾借此进行宣传。萧特的母亲闻讯后，于四月曾来中国。

⑤ 九一八事变时，蒋介石命令东北军"绝对不抵抗"，公开执行卖国投降政策。一二八战争后，国民党四届二中全会宣言中曾声称"中央既定长期抵抗之决心"，此外又有"心理抵抗"之类的说法，这些都是为推行投降政策而作的掩饰辞。

战略关系①

首都《救国日报》②上有句名言：

"浸使为战略关系，须暂时放弃北平，以便引敌深入……应严厉责成张学良③，以武力制止反对运动，虽流血亦所不辞。"（见《上海日报》二月九日转载。）

虽流血亦所不辞！勇敢哉战略大家也！

血的确流过不少，正在流的更不少，将要流的还不知道有多多少少。这都是"反对"运动者的血。为着什么？为着战略关系。

战略家④在去年上海打仗的时候，曾经说："为战略关系，退守第二道防线"，这样就退兵。过了两天又说，为战略关系，"如日军不向我军射击，则我军不得开枪，着士兵一体遵照"，这样就停战。此后，"第二道防线"消失，上海和议⑤开始，谈判、签字、完结。那时候，大概为着战略关系也曾经见过血；这是军机大事，小民不得而知，——至于亲自流过血的虽然知道，他们又已经没有了舌头。究竟那时候的敌人为什么没有"被诱深入"？

现在我们知道了：那次敌人所以没有"被诱深入"者，决不是当时战略家的手段太不高明，也不是完全由于"反对"运动者的血流得"太少"，而另外还有个原因：原来英国从中调停——暗地里和日本有了谅解，说是日本呀，你们的军队暂时退出上海，我们英国更进一步来帮你的忙，使满洲国⑥不至于被国联⑦否认，——这就是现在国联的什么什么草案⑧，什么什么委员的态度⑨。这其实是说，你不要在这里深入，——这里是有赃大家分，——你先到北方去深入再说。深入还是要深入，不过地点暂时不同。

因此，"诱敌深入北平"的战略目前就需要了。流血自然又要多流几次。

其实，现在一切准备停当，行都、陪都⑩色色俱全，文化古物，和大学生，也已经各自乔迁。无论是黄面孔、白面孔、新大陆、旧大陆的敌人，无论这些敌人要深入到什么地方，都请深入罢。至于怕有什么"反对"运动，那我们的战略家："虽流血亦所不辞"！放心，放心。

二月九日

【注释】

① 本篇最初发表于一九三三年二月十三日《申报·自由谈》，署名何家干。初收一九三三年十月上海青光书局（北新）版《伪自由书》。

②《救国日报》：一九三二年八月在南京创刊的反动报纸，龚德柏主办，一九四九年四月停刊。文中所引的话，原见一九三三年二月六日该报社论《为迁移故宫古物告政府》。

③ 张学良：字汉卿，辽宁海城人。九一八事变时任国民党政府陆海空军副司令兼东北边防军司令长官，奉蒋介石不抵抗的命令，放弃东北三省。九一八后曾任国民政府军事委员会北平军分会代理委员长等职。

④ 战略家：指国民党军事当局。一九三二年一·二八上海战事发生后，

他们屡令中国军队后撤，声称是"变更战略"，"引敌深入"，"并非战败"。

⑤ 上海和议：一二八战事发生后，国民党政府不顾全国人民的抗日要求，坚持"不抵抗"政策，破坏十九路军的抗战行动，使十九路军孤立无援，并在英、美、法等帝国主义参预下，同日本侵略者进行屈膝投降的谈判，于一九三二年五月五日签订《上海停战协定》，将十九路军调离上海，去福建"剿共"。

⑥ 满洲国：日本侵占东北后建立的傀儡政权。一九三二年三月在长春成立，以清废帝溥仪为"执政"；一九三四年三月改称"满洲帝国"，溥仪改为"皇帝"。

⑦ 国联："国际联盟"的简称。第一次世界大战后于一九二〇年成立的国际政府间组织。它标榜以"促进国际合作、维持国际和平与安全"为目的，实际上是英、法等帝国主义国家控制并为其侵略政策服务的工具。第二次世界大战爆发后无形瓦解，一九四六年四月正式宣告解散。九一八事变后，它袒护日本帝国主义对中国的侵略。

⑧ 什么什么草案：指一九三二年十二月十五日国联十九国委员会特别会议通过的关于调解中日争端的"决议草案"。一九三三年一月又据此草案修改为"德鲁蒙新草案"。这些草案明显地袒护日本，默认"满洲国"伪政权。

⑨ 什么什么委员的态度：指参加国联十九国委员会的英国代表、外相西门的态度。他在国联会议的发言中屡次为日本侵略中国辩护，曾受到当时中国舆论界的谴责。

⑩ 行都：在必要时政府暂时迁驻的地方；陪都，在首都以外另建的都城。国民党政府以南京为首都。一九三二年一二八战事时于一月三十日仓皇决定"移驻洛阳办公"；三月国民党四届二中全会又通过决议，正式定洛阳为行都，西安为陪都。同年十二月一日由洛阳迁回南京。

对于战争的祈祷①

读书心得

热河的战争②开始了。

三月一日——上海战争的结束的"纪念日"，也快到了。"民族英雄"的肖像③一次又一次的印刷着，出卖着；而小兵们的血，伤痕，热烈的心，还要被人糟蹋多少时候？回忆里的炮声和几千里外的炮声，都使得我们带着无可如何的苦笑，去翻开一本无聊的，但是，倒也很有几句"警句"的闲书。这警句是：

　　"喂，排长，我们到底上哪里去哟？"——其中的一个问。
　　"走吧。我也不晓得。"
　　"丢那妈，死光就算了，走什么！"
　　"不要吵，服从命令！"
　　"丢那妈的命令！"
　　然而丢那妈归丢那妈，命令还是命令，走也当然还是走。四点钟的时候，中山路复归于沉寂，风和叶儿沙沙的响，月亮躲在青灰色的云海里，睡着，依旧不管人类的事。
　　这样，十九路军④就向西退去。

（黄震遐：《大上海的毁灭》。⑤）

什么时候"丢那妈"和"命令"不是这样各归各，那就得救了。
不然呢？还有"警句"可以回答这个问题：
十九路军打，是告诉我们说，除掉空说以外，还有些事好做！
十九路军胜利，只能增加我们苟且，偷安与骄傲的迷梦！
十九路军死，是警告我们活得可怜，无趣！
十九路军失败，才告诉我们非努力，还是做奴隶的好！

（见同书。）

　　这是警告我们，非革命，则一切战争，命里注定的必然要失败。现在，主战是人人都会的了——这是一二八的十九路军的经验：打是一定要打的，然而切不可打胜，而打死也不好，不多不少刚刚适宜的办法是失败。"民族英雄"对于战争的祈祷是这样的。而战争又的确是他们在指挥着，这指挥权是不肯让给别人的。战争，禁得起主持的人预定着打败仗的计画么？好像戏台上的花脸和白脸打仗，谁输谁赢是早就在后台约定了的。呜呼，我们的"民族英雄"！

二月二十五日

① 本篇最初发表于一九三三年二月二十八日《申报·自由谈》，署名何家干。初收一九三三年十月上海青光书局（北新）版《伪自由书》。

② 热河的战争：一九三三年二月，日本侵略军继攻陷山海关后，又进攻热河省。

③ "民族英雄"的肖像：指当时上海印售的马占山、蒋光鼐、蔡廷锴等抵抗过日本侵略军的国民党将领的像片。

④ 十九路军：国民党军队。原为国民党革命军第十一军，1930 年改变为第十九路军。总指挥蒋光鼐，副总指挥兼军长蔡廷锴。九一八事变后调驻上海。1932 年 1 月 28 日，日军进攻上海，该军曾自动进行抵抗。国民党当局与日本签订《淞沪停战协议》后，被调往福建"剿共"。1933 年 11 月，该军领导人联合国民党内李济深等，在福建成立"中华共和国人民政府"，与红军订立抗日反蒋协定。不久，在蒋军进攻下失败。1934 年 1 月被撤销番号。

⑤ 黄震遐（1907—1974）：广东南海人，"民族主义文学"的骨干分子。《大上海的毁灭》，一部取材于一二八上海战争，夸张日本武力，宣扬失败主义的小说；一九三二年五月二十八日起连载于上海《大晚报》，后由大晚报社出版单行本。

止哭文学①

前三年，"民族主义文学"家敲着大锣大鼓的时候，曾经有一篇《黄人之血》②说明了最高的愿望是在追随成吉思皇帝的孙子拔都元帅③之后，去剿灭"斡罗斯"。斡罗斯者，今之苏俄也。那时就有人指出，说是现在的拔都的大军，就是日本的军马，而在"西征"之前，尚须先将中国征服，给变成从军的奴才。

当自己们被征服时，除了极少数人以外，是很苦痛的。这实例，就如东三省的沦亡，上海的爆击④，凡是活着的人们，毫无悲愤的怕是很少很少罢。但这悲愤，于将来的"西征"是大有妨碍的。于是来了一部《大上海的毁灭》，用数目字告诉读者以中国的武力，决定不如日本，给大家平平心；而且以为活着不如死亡（"十九路军死，是警告我们活得可怜，无趣！"），但胜利又不如败退（"十九路军胜利，只能增加我们苟且，偷安与骄傲的迷梦！"）。总之，战死是好的，但战败尤其好，上海之役，正是中国的完全的成功。

现在第二步开始了。据中央社消息，则日本已有与"满洲国"签订一种"中华联邦帝国密约"之阴谋。那方案的第一条是："现在世界只有两种国家，一种系资本主义，英，美，日，意，法，一种系共产主义，苏俄。现在要抵制苏俄，非中日联合起来……不能成功"云（详见三月十九日《申报》）。

要"联合起来"了。这回是中日两国的完全的成功，是从"大上海的毁灭"走到"黄人之血"路上去的第二步。

固然，有些地方正在爆击，上海却自从遭到爆击之后，已经有了一年多，但有些人民不悟"西征"的必然的步法，竟似乎还没有完全忘掉前年的悲愤。这悲愤，和目前的"联合"就大有妨碍的。在这景况中，应运而生的是给人们一点爽利和慰安，好像"辣椒和橄榄"的文学。这也许正是一服苦闷的对症药罢。为什么呢？就因为是"辣椒虽辣，辣不死人，橄榄虽苦，苦中有味"⑤的。明乎此，也就知道苦力为什么吸鸦片。

而且不独无声的苦闷而已，还据说辣椒是连"讨厌的哭声"也可以停止的。王慈先生在《提倡辣椒救国》这一篇名文里告诉我们说：

> "……还有北方人自小在母亲怀里，大哭的时候，倘使母亲拿一只辣茄子给小儿咬，很灵验的可以立止大哭……
>
> "现在的中国，仿佛是一个在大哭时的北方婴孩，倘使要制止他讨厌的哭声，只要多多的给辣茄子他咬。"（《大晚报》副刊第十二号）

辣椒可以止小儿的大哭，真是空前绝后的奇闻，倘是真的，中国人可实在是一种与众不同的特别"民族"了。然而也很分明的看见了这种"文学"的企图，是在给人一辣而不死，"制止他讨厌的哭声"，静候着拔都元帅。

不过，这是无效的，远不如哭则"格杀勿论"的灵验。此后要防的是"道路以目"⑥了，我们等待着遮眼文学罢。

三月二十日

【注释】

① 本篇最初发表于一九三三年三月二十四日《申报·自由谈》，署名何家干。初收一九三三年十月上海青光书局（北新）版《伪自由书》。

②《黄人之血》：黄震遐作的鼓吹反共卖国的诗剧，发表于《前锋月刊》第一卷第七期（一九三一年四月）。鲁迅在《二心集·"民族主义文学"的任务和运命》一文中，曾给予揭露和批判。

③ 成吉思皇帝（1162—1227）：名铁木真，古代蒙古族的领袖。十三世纪初统一了蒙古族各部落，建立蒙古汗国，被拥戴为王，称成吉思汗；一二七九年忽必烈灭南宋建立元朝后，被追尊为元太祖。他的孙子拔都（1209—1256），于一二三五年至一二四四年先后率军西征，侵入俄罗斯和欧洲一些国家。

④ 爆击：日语，轰炸的意思。

⑤ 这是一九三三年三月十二日《大晚报·辣椒与橄榄》上编者的话，题为《我们的格言》。

⑥ "道路以目"：语见《国语·周语》：周厉王暴虐无道，"国人莫敢言，道路以目"。据三国时吴国韦昭注，即"不敢发言，以目相眄而已"。

文人无文①

在一种姓"大"的报的副刊上，有一位"姓张的"在"要求中国有为的青年，切勿借了'文人无行'的幌子，犯着可诟病的恶癖。"②这实在是对透了的。但那"无行"的界说，可又严紧透顶了。据说："所谓无行，并不一定是指不规则或不道德的行为，凡一切不近人情的恶劣行为，也都包括在内。"

接着就举了一些日本文人的"恶癖"的例子，来作中国的有为的青年的殷鉴，一条是"宫地嘉六③爱用指爪搔头发"，还有一条是"金子洋文④喜舐嘴唇"。

自然，嘴唇干和头皮痒，古今的圣贤都不称它为美德，但好像也没有斥为恶德的。不料一到中国上海的现在，爱搔喜舐，即使是自己的嘴唇和头发罢，也成了"不近人情的恶劣行为"了。如果不舒服，也只好熬着。

要做有为的青年或文人，真是一天一天的艰难起来了。

但中国文人的"恶癖"，其实并不在这些，只要他写得出文章来，或搔或舐，都不关紧要，"不近人情"的并不是"文人无行"，而是"文人无文"。

我们在两三年前，就看见刊物上说某诗人到西湖吟诗去了，某文豪在做五十万字的小说了，但直到现在，除了并未豫告的一部《子夜》⑤而外，别的大作都没有出现。拾些琐事，做本随笔的是有的；改首古文，算是自作的是有的。讲一通昏话，称为评论；编几张期刊，暗捧自己的是有的。收罗猥谈，写成下作；聚集旧文，印作评传的是有的。甚至于翻些外国文坛消息，就成为世界文学史家；凑一本文学家辞典，连自己也塞在里面，就成为世界的文人的也有。然而，现在到底也都是中国的金字招牌的"文人"。

文人不免无文，武人也一样不武。说是"枕戈待旦"的，到夜还没有动身，说是"誓死抵抗"的，看见一百多个敌兵就逃走了。只是通电宣言之类，却大做其骈体，"文"得异乎寻常。"偃武修文"⑥，古有明训，文星⑦全照到营子里去了。

于是我们的"文人"，就只好不舐嘴唇，不搔头发，揣摩人情，单落得一个"有行"完事。

三月二十八日

【注释】

① 本篇最初发表于一九三三年四月四日《申报·自由谈》，署名何家干。初收一九三三年十月上海青光书局（北新）版《伪自由书》。

② 指《大晚报·辣椒与橄榄》上张若谷的《恶癖》一文，原文见本篇"备考"。

③ 宫地嘉六（1884—1958）：日本小说家。工人出身，曾从事工人运动。作品有《煤烟的臭味》《一个工人的笔记》等。

④ 金子洋文：日本小说家、剧作家。早期曾参加日本无产阶级文学运动。作品有小说《地狱》，剧本《枪火》等。

⑤《子夜》：长篇小说，茅盾著。一九三三年一月上海开明书店出版。

⑥"偃武修文"：语见《尚书·武成》："王来自商；至于丰，乃偃武修文。"

⑦ 文星：即文曲星，又称文昌星，旧时传说中主宰文运的星宿。

伸　冤①

李顿报告书②采用了中国人自己发明的"国际合作以开发中国的计划"，这是值得感谢的，——最近南京市各界的电报已经"谨代表南京市七十万民众敬致慰念之忱"，称他"不仅为中国好友，且为世界和平及人道正义之保障者"（三月一日南京中央社电）了。

然而李顿也应当感谢中国才好：第一，假使中国没有"国际合作学说"，李顿爵士就很难找着适当的措辞来表示他的意思。岂非共管没有了学理上的根据？第二，李顿爵士自己说的："南京本可欢迎日本之扶助以拒共产潮流"，他就更应当对于中国当局的这种苦心孤诣表示诚恳的敬意。

但是，李顿爵士最近在巴黎的演说（路透社二月二十日巴黎电），却提出了两个问题，一个是："中国前途，似系于如何，何时及何人对于如此伟大人力予以国家意识的统一力量，日内瓦③乎，莫斯科乎？"还有一个是："中国现在倾向日内瓦，但若日本坚持其现行政策，而日内瓦失败，则中国纵非所愿，亦将变更其倾向矣。"这两个问题都有点儿侮辱中国的国家人格。国家者政府也。李顿说中国还没有"国家意识的统一力量"，甚至于还会变更其对于日内瓦之倾向！这岂不是不相信中国国家对于国联的忠心，对于日本的苦心？

为着中国国家的尊严和民族的光荣起见，我们要想答复李顿爵士已经好多天了，只是没有相当的文件。这使人苦闷得很。今天突然在报纸上发见了一件宝贝，可以拿来答复李大人：这就是"汉口警部三月一日的布告"。这里可以找着"铁一样的事实"，来反驳李大人的怀疑。

例如这布告（原文见《申报》三月一日汉口专电）说：

"在外资下劳力之劳工，如劳资间有未解决之正当问题，应禀请我主管机关代表为交涉或救济，绝对不得直接交涉，违者拿办，或受人利用，故意以此种手段，构成严重事态者，处死刑。"这是说外国资本家遇见"劳资间有未解决之正当问题"，可以直接任意办理，而劳工方面如此这般者……

就要处死刑。这样一来，我们中国就只剩得"用国家意识统一了的"劳工了。因为凡是违背这"意识"的，都要请他离开中国的"国家"——到阴间去。李大人难道还能够说中国当局不是"国家意识的统一力量"么？

再则统一这个"统一力量"的，当然是日内瓦，而不是莫斯科。"中国现在倾向日内瓦"，——这是李顿大人自己说的。我们这种倾向十二万分的坚定，例如那布告上也说："如有奸民流痞受人诱买勾串，或直受驱使，或假托名义，以图破坏秩序安宁，与构成其他不利于我国家社会之重大犯行者，杀无赦。"这是保障"日内瓦倾向"的坚决手段，所谓"虽流血亦所不辞"。而且"日内瓦"是讲世界和平的，因此，中国两年以来都没有抵抗，因为抵抗就要破坏和平；直到一·二八，中国也不过装出挡挡炸弹枪炮的姿势；最近的热河事变，中国方面也同样的尽在"缩短阵线"④。不但如此，中国方面埋头剿匪，已经宣誓在一两个月内肃清匪共，"暂时"不管热河。

这一切都是要证明"日本……见中国南方共产潮流渐起，为之焦虑"⑤是不必的，日本很可以无须亲自出马。中国方面这样辛苦的忍耐的工作着，无非是为着要感动日本，使它悔悟，达到远东永久和平的目的，国际资本可以在这里分工合作。而李顿爵士要还怀疑中国会"变更其倾向"，这就未免太冤枉了。

总之，"处死刑，杀无赦"，是回答李顿爵士的怀疑的历史文件。请放心罢，请扶助罢。

三月七日

【注释】

① 本篇最初发表于一九三三年三月九日《申报·自由谈》，署名干。初收一九三三年十月上海青光书局（北新）版《伪自由书》。本篇系瞿秋白所作。

② 李顿报告书：李顿（V.Lytton，1876—1947），英国贵族。一九三二年四月，国际联盟派他率领调查团，到我国东北调查九一八事件，同年十月二日发表所谓《国联调查团报告书》（也称《李顿报告书》），其中竟说日本在中国东北有"不容漠视"的"权利"及"利益"。日本侵入东北，是因为中国社会内部"紊乱"和中国人民"排外"使日本遭受"损害"；是由于苏联之"扩张"及"中国共产党之发展"使日本"忧虑"。在《报告书》的第九章中，把孙中山早年关于引进外国技术、资金以帮助中国开发建设的主张加以歪曲引用，提出"以暂时的国际合作，促进中国之内部建设"，

实际上是主张由帝国主义共同瓜分中国。《报告书》还荒谬地提出使东北从中国分割出去的"满洲自治"主张。当时国民党政府竟称这一报告"明白公允",对《报告书》原则表示接受。

③ 日内瓦:瑞士西部日内瓦州的首府,国际联盟总部所在地。这里的意思是指英、法等帝国主义集团。

④ "缩短阵线":这是国民党宣传机构掩饰其作战部队溃退的用语。如《申报》一九三三年三月三日所载一则新闻标题为:"敌军深入热河省境,赤峰方面消息混沌,凌原我军缩短防线。"

⑤ 这是李顿在巴黎演说中的话。

迎头经①

中国现代圣经②——迎头经曰:"我们……要迎头赶上去,不要向后跟着。"

传③曰:追赶总只有向后跟着,普通是无所谓迎头追赶的,然而圣经决不会错,更不会不通,何况这个年头一切都是反常的呢。所以赶上偏偏说迎头,向后跟着,那就说不行!

现在通行的说法是:"日军所至,抵抗随之",至于收复失地与否,那么,当然"既非军事专家,详细计画,不得而知"。④ 不错呀,"日军所至,抵抗随之",这不是迎头赶上是什么!日军一到,迎头而"赶":日军到沈阳,迎头赶上北平;日军到闸北,迎头赶上真茹;日军到山海关,迎头赶上塘沽;日军到承德,迎头赶上古北口……以前有过行都洛阳,现在有了陪都西安,将来还有"汉族发源地"昆仑山—— 西方极乐世界。至于收复失地云云,则虽非军事专家亦得而知焉,于经有之,曰"不要向后跟着"也。证之已往的上海战事,每到日军退守租界的时候,就要"严饬所部切勿越界一步"⑤。这样,所谓迎头赶上和勿向后跟,都是不但见于经典而且证诸实验的真理了。右传之一章。

传又曰:迎头赶和勿后跟,还有第二种的微言大义——报载热河实况曰:"义军⑥皆极勇敢,认扰乱及杀戮日军为兴奋之事……唯张作相⑦接收义军之消息发表后,张作相既不亲往抚慰,热河又停止供给义军汽油,运输中断，义军大都失望，甚至有认替张作相立功为无谓者。日军既至凌源，其时张作相已不在，吾人闻讯出走，热河扣车运物已成目击之事实，证以日军从未派飞机至承德轰炸……可知承德实为妥协之放弃。"（张慧冲[8]君在上海东北难民救济会席上所谈。）虽然据张慧冲君所说，"享名最盛之义军领袖，其忠勇之精神，未能悉如吾人之意想"，然而义军的兵士的确是极勇敢的小百姓。正因为这些小百姓不懂得圣经，所以也不知道迎头式的策略。于是小百姓自己，就自然要碰见迎头的抵抗了：热河放弃承德之后，北平军委分会下令"固守古北口，如义军有欲入口者，即开枪迎击之"。这是说，我的"抵抗"只是随日军之所至，你要换个样子去抵抗，我就抵抗你；何况我的退后是预先约好了的，你既不肯妥协，那就只有"不要你向后跟着"而要把你"迎头赶上"梁山了。右传之二章。

诗云："惶惶"大军，迎头而奔，"嗤嗤"小民，勿向后跟！赋[9]也。

三月十四日

【注释】

① 本篇最初发表于一九三三年三月十九日《申报·自由谈》，署名何家干。初收一九三三年十月上海青光书局（北新）版《伪自由书》。本篇系瞿秋白所作。

② 中国现代圣经：指孙中山的《三民主义》。"迎头赶上去"等语，见该书《民族主义》第六讲，原文为："我们要学外国，是要迎头赶上去，不要向后跟着他。譬如学科学，迎头赶上去，便可以减少两百多年的光阴。"

③ 传：这里是指阐释经义的文字。

④ "日军所至"等语，见一九三三年三月十二日《申报》载国民党代理行政院长宋子文答记者问："我无论如何抵抗到底。日军所至，抵抗随之"；"至于收复失地及反攻承德，须视军事进展如何而定，余非军事专家，详细计划，不得而知。"

⑤ "严饬所部切勿越界一步"：一·二八上海战事后，国民党政府为向日本侵略者乞降求和，曾同意侵入国土的日军暂撤至上海公共租界，并"严饬"中国军队不得越界前进。

⑥ 义军：指九一八后活动在东北三省、热河一带的抗日义勇军。

⑦ 张作相（1887—1949）：辽宁义县人，九一八事变时任吉林省政府主席、东北边防军副司令长官。

⑧ 张慧冲（1898—1962）：广东中山人，魔术、电影演员。曾于一九三三

年初赴热河前线拍摄义勇军抗日纪录影片。这里引用的是他自热河回上海后于三月十一日的谈话，载三月十二日《申报》。

⑨ 赋：《诗经》的表现手法之一，据唐代孔颖达《毛诗注疏》解释，是"直陈其事"的意思。

出卖灵魂的秘诀①

几年前，胡适博士曾经玩过一套"五鬼闹中华"②的把戏，那是说：这世界上并无所谓帝国主义之类在侵略中国，倒是中国自己该着"贫穷；愚昧"……等五个鬼，闹得大家不安宁。现在，胡适博士又发见了第六个鬼，叫做仇恨。这个鬼不但闹中华，而且祸延友邦，闹到东京去了。因此，胡适博士对症发药，预备向"日本朋友"上条陈。

据博士说："日本军阀在中国暴行所造成之仇恨，到今日已颇难消除"，"而日本决不能用暴力征服中国"（见报载胡适之的最近谈话，下同）。这是值得忧虑的：难道真的没有方法征服中国么？不，法子是有的。"九世之仇，百年之友，均在觉悟不觉悟之关系头上，"——"日本只有一个方法可以征服中国，即悬崖勒马，彻底停止侵略中国，反过来征服中国民族的心。"

这据说是"征服中国的唯一方法"。不错，古代的儒教军师，总说"以德服人者王，其心诚服也"③。胡适博士不愧为日本帝国主义的军师。但是，从中国小百姓方面说来，这却是出卖灵魂的唯一秘诀。中国小百姓实在"愚昧"，原不懂得自己的"民族性"，所以他们一向会仇恨，如果日本陛下大发慈悲，居然采用胡博士的条陈，那么，所谓"忠孝仁爱信义和平"的中国固有文化，就可以恢复：——因为日本不用暴力而用软功的王道，中国民族就不至于再生仇恨，因为没有仇恨，自然更不抵抗，因为更不抵抗，自然就更和平，更忠孝……中国的肉体固然买到了，中国的灵魂也被征服了。

可惜的是这"唯一方法"的实行，完全要靠日本陛下的觉悟。如果不觉悟，那又怎么办？胡博士回答道："到无可奈何之时，真的接受一种耻辱的城下之盟"好了。那真是无可奈何的呵——因为那时候"仇恨鬼"是不肯走的，这始终是中国民族性的污点，即为日本计，也非万全之道。

因此，胡博士准备出席太平洋会议④，再去"忠告"一次他的日本朋友：征服中国并不是没有法子的，请接受我们出卖的灵魂罢，何况这并不难，所谓"彻底停止侵略"，原只要执行"公平的"李顿报告——仇恨自然就消除了！

三月二十二日

【注释】

① 本篇最初发表于一九三三年三月二十六日《申报·自由谈》，署名何家干。初收一九三三年十月上海青光书局（北新）版《伪自由书》。本篇系瞿秋白所作。

② "五鬼闹中华"：胡适在《新月》月刊第二卷第十期（一九三〇年四月）发表《我们走那条路》一文，为帝国主义侵略中国和国民党反动统治作辩护，认为危害中国的是"五个大仇敌：第一大敌是贫穷。第二大敌是疾病。第三大敌是愚昧。第四大敌是贪污。第五大敌是扰乱。这五大仇敌之中，资本主义不在内，……封建势力也不在内，因为封建制度早已在二千年前崩坏了。帝国主义也不在内，因为帝国主义不能侵害那五鬼不入之国"。

③ "以德服人者王，其心诚服也"：语出《孟子·公孙丑》："以德行仁者王。……以力服人者，非心服也，力不赡也。以德服人者，中心悦而诚服也。"

④ 太平洋会议：指太平洋学术会议，又称泛太平洋学术会议，自一九二〇年在美国檀香山首次召开后，每隔数年举行一次。这里所指胡适准备出席的是一九三三年八月在加拿大温哥华举行的第五次会议。上面文中所引胡适关于"日本决不能用暴力征服中国"等语，都是他就这次会议的任务等问题，于三月十八日在北平对新闻记者发表谈话时所说，见一九三三年三月二十二日《申报》。

推背图①

我这里所用的"推背"的意思，是说：从反面来推测未来的情形。

上月的《自由谈》里，就有一篇《正面文章反看法》②，这是令人毛骨悚然的文字。因为得到这一个结论的时候，先前一定经过许多苦楚的经验，见过许多可怜的牺牲。本草家③提起笔来，写道：砒霜，大毒。字不过四个，但他却确切知道了这东西曾经毒死过若干性命的了。

里巷间有一个笑话：某甲将银子三十两埋在地里面，怕人知道，就在上面竖一块木板，写道："此地无银三十两。"隔壁的阿二因此却将这掘去了，也怕人发觉，就在木板的那一面添上一句道，"隔壁阿二勿曾偷。"这就是在教人"正面文章反看法"。

但我们日日所见的文章，却不能这么简单。有明说要做，其实不做的；有明说不做，其实要做的；有明说做这样，其实做那样的；有其实自己要这么做，倒说别人要这么做的；有一声不响，而其实倒做了的。然而也有说这样，竟这样的。难就在这地方。

例如近几天报章上记载着的要闻罢：

一，×× 军在 ×× 血战，杀敌 ×××× 人。

二，×× 谈话：决不与日本直接交涉，仍然不改初衷，抵抗到底。

三，芳泽来华④，据云系私人事件。

四，共党联日，该伪中央已派干部 ×× 赴日接洽。⑤

五，××××……

倘使都当反面文章看，可就太骇人了。但报上也有"莫干山路草棚船百余只大火"，"××××廉价只有四天了"等大概无须"推背"的记载，于是乎我们就又胡涂起来。

听说，《推背图》⑥本是灵验的，某朝某帝怕他淆惑人心，就添了些假造的在里面，因此弄得不能豫知了，必待事实证明之后，人们这才恍然大悟。

我们也只好等着看事实，幸而大概是不很久的，总出不了今年。

四月二日

【注释】

① 本篇最初发表于一九三三年四月六日《申报·自由谈》，署名何家干。初收一九三三年十月上海青光书局（北新）版《伪自由书》。

② 《正面文章反看法》：陈子展作，发表于一九三三年三月十三日《申报·自由谈》。其中大意说当时的喊"航空救国"，其实是不敢炸日本军而只是炸"匪"（红军）；"长期抵抗"等于长期不抵抗；"收回失地"等于不收回失地，等等。

③ 本草家：指中药药物学家。汉代有托名神农作的药物学书《本草》，载药三百六十五味，后即以本草为中药的统称。

④ 芳泽来华：一九三三年三月三十一日，曾经做过日本驻华公使、外务大臣的芳泽谦吉（1874—1965）从日本到上海；对外宣称是私人旅行，以掩饰其来华活动的目的。

⑤ 这是国民党反动派造的谣言，载于一九三三年四月二日《申报》"国内电讯"。

⑥ 《推背图》：一种妄诞迷信的图册。《宋史·艺文志》列为五行家的著作，不题撰人，南宋岳珂《桯史》以为唐代李淳风撰。现存传本一卷共六十图，前五十九图预测以后历代兴亡变乱，第六十图画的是唐代袁天罡要李淳风停止继续预测而推李的背脊的动作，故后来又被认作李袁二人同撰。《桯史》卷一《艺祖禁谶书》说："唐李淳风作《推背图》。五季之乱，王侯崛起，人有幸心，故其学益炽，闭口张弓之谶，吴越至以遍名其子，……宋兴，受命之符尤为著明。艺祖（按历代称太祖或高祖为"艺祖"，此处指宋太祖）即位，始诏禁谶书，惧其惑民志，以繁刑辟。然图传已数百年，民间多有藏本，不复可收拾，有司患之。一日，赵韩王以开封具狱奏，因言'犯者至众，不可胜诛'。上曰：'不必多禁，正当混之耳。'乃命取旧本，自己验之外，皆素其次而杂书之，凡为百本，使与存者并行。于是传者懵其先后，莫知甚孰讹；间有存者，不复验，亦弃弗藏矣。"

中国人的生命圈①

"蝼蚁尚知贪生"，中国百姓向来自称"蚁民"，我为暂时保全自己的生命计，时常留心着比较安全的处所，除英雄豪杰之外，想必不至于讥笑我的罢。

不过，我对于正面的记载，是不大相信的，往往用一种另外的看法。例如罢，报上说，北平正在设备防空，我见了并不觉得可靠；但一看见载着古物的南运②，却立刻感到古城的危机，并且由这古物的行踪，推测中国乐土的所在。

现在，一批一批的古物，都集中到上海来了，可见最安全的地方，到底也还是上海的租界上。

然而，房租是一定要贵起来的了。

这在"蚁民"，也是一个大打击，所以还得想想另外的地方。

想来想去，想到了一个"生命圈"。这就是说，既非"腹地"，也非"边疆"③，是介乎两者之间，正如一个环子，一个圈子的所在，在这里倒或者也可以"苟延性命于 × 世"④的。

"边疆"上是飞机抛炸弹。据日本报，说是在剿灭"兵匪"；据中国报，说是屠戮了人民，村落市廛，一片瓦砾。

"腹地"里也是飞机抛炸弹。据上海报，说是在剿灭"共匪"，他们被炸得一塌胡涂；"共匪"的报上怎么说呢，我们可不知道。但总而言之，边疆上是炸，炸，炸；腹地里也是炸，炸，炸。虽然一面是别人炸，一面是自己炸，炸手不同，而被炸则一。只有在这两者之间的，只要炸弹不要误行落下来，倒还有可免"血肉横飞"的希望，所以我名之曰"中国人的生命圈"。

再从外面炸进来，这"生命圈"便收缩而为"生命线"；再炸进来，大家便都逃进那炸好了的"腹地"里面去，这"生命圈"便完结而为"生命○"⑤。

其实，这预感是大家都有的，只要看这一年来，文章上不大见有"我中国地大物博，人口众多"的套话了，便是一个证据。而有一位先生，还在演说上自己说中国人是"弱小民族"哩。

但这一番话，阔人们是不以为然的，因为他们不但有飞机，还有他们的"外国"！

四月十日

【注释】

① 本篇最初发表于一九三三年四月十四日《申报·自由谈》，署名何家干。初收一九三三年十月上海青光书局（北新）版《伪自由书》。

② 古物的南运：据一九三三年二月至四月间报载，国民党政府已将北平故宫博物院、历史语言研究所等所存古物近二万箱，分批南运到上海，存放于租界的仓库中。

③ "腹地"：指江西等地区工农红军根据地。一九三三年二月至四月，蒋介石在第四次反革命"围剿"的后期，调集五十万兵力进攻中央革命根据地，并出动飞机滥肆轰炸。"边疆"，指当时热河一带。一九三三年三月日军占领承德后，又向冷口、古北口、喜峰口等地进迫，出动飞机狂炸，人民死伤惨重。

④ "苟延性命于×世"：语出诸葛亮《前出师表》："苟全性命于乱世，不求闻达于诸侯。"

⑤ "生命○"：即"生命零"，意思是存身之处完全没有了。

"以夷制夷"①

我还记得，当去年中国有许多人，一味哭诉国联的时候，日本的报纸上往往加以讥笑，说这是中国祖传的"以夷制夷"②的老手段。粗粗一看，也仿佛有些像的，但是，其实不然。那时的中国的许多人，的确将国联看作"青天大老爷"，心里何尝还有一点儿"夷"字的影子。

倒相反，"青天大老爷"们却常常用着"以华制华"的方法的。

例如罢，他们所深恶的反帝国主义的"犯人"，他们自己倒是不做恶人的，只是松松爽爽的送给华人，叫你自己去杀去。他们所痛恨的腹地的"共匪"，他们自己是并不明白表示意见的，只将飞机炸弹卖给华人，叫你自己去炸去。对付下等华人的有黄帝子孙的巡捕和西崽，对付智识阶级的有高等华人的学者和博士。

我们自夸了许多日子的"大刀队"③，好像是无法制伏的了，然而四月十五日的《××报》上，有一个用头号字印《我斩敌二百》的题目。粗粗一看，是要令人觉得胜利的，但我们再来看一看本文罢——

"（本报今日北平电）昨日喜峰口右翼，仍在滦阳城以东各地，演争夺战。敌出现大刀队千名，系新开到者，与我大刀队对抗。其刀特长，敌使用不灵活。我军挥刀砍抹，敌招架不及，连刀带臂，被我砍落者纵横满地，我军伤亡亦达二百余。……"

那么，这其实是"敌斩我军二百"了，中国的文字，真是像"国步"④一样，正在一天一天的艰难起来。但我要指出来的却并不在此。

我要指出来的是"大刀队"乃中国人自夸已久的特长，日本人员有击剑，大刀却非素习。现在可是"出现"了，这不必迟疑，就可决定是满洲的军队。满洲从明末以来，每年即大有直隶山东人迁居，数代之后，成为土著，则虽是满洲军队，而大多数实为华人，也决无疑义。现在已经各用了特长的大刀，在滦东相杀起来，一面是"连刀带臂，纵横满地"，一面是"伤亡亦达二百余"，开演了极显著的"以华制华"的一幕了。

至于中国的所谓手段，由我看来，有是也应该说有的，但决非"以夷制夷"，倒是想"以夷制华"。然而"夷"又那有这么愚笨呢，却先来一套"以华制华"给你看。这例子常见于中国的历史上，后来的史官为新朝作颂，称此辈的行为曰："为王前驱"⑤！

近来的战报是极可诧异的，如同日同报记冷口失守云："十日以后，冷口方面之战，非常激烈，华军……顽强抵抗，故继续未曾有之大激战"，但由宫崎部队以十余兵士，作成人梯，前仆后继，"卒越过长城，因此宫崎部队牺牲二十三名之多云"。越过一个险要，而日军只死了二十三人，但已云"之多"，又称为"未曾有之大激战"，也未免有些费解。所以大刀队之战，也许并不如我所猜测。但既经写出，就姑且留下以备一说罢。

四月十七日

生前著作（1931年—1936年）

【注释】

① 本篇最初发表于一九三三年四月二十一日《申报·自由谈》，署名何家干。初收一九三三年十月上海青光书局（北新）版《伪自由书》。

② "以夷制夷"：我国历代封建统治者对待国内少数民族常用的策略，即让某些少数民族同另一些少数民族冲突，以此来削弱并制服他们。鸦片战争后，清政府对外也曾采用这种策略，企图利用某些外国力量来牵制另一些外国，借以保护自己，但这种对外策略最后都遭失败。

③ 大刀队：指宋哲元所部第二十九军的大刀队，1933 年 3 月日军进攻喜峰口时，该大刀队曾与日军反复争夺、激战。

④ "国步"：语见《诗经·大雅·桑柔》："於乎有哀，国步斯频。"国步，国家命运的意思。

⑤ "为王前驱"：语见《诗经·卫风·伯兮》："伯兮朅兮，邦之桀兮。伯也执殳，为王前驱。"原是为周王室征战充当先锋的意思。此处用来指当时国民党所采取的"攘外必先安内"实际是为日本进攻中国开辟道路的卖国政策。

大观园的人才①

早些年，大观园里的压轴戏是刘姥姥骂山门②。那是要老旦出场的，老气横秋地大"放"一通，直到裤子后穿③而后止。当时指着手无寸铁或者已被缴械的人大喊"杀，杀，杀！"④那呼声是多么雄壮。所以它——男角扮的老婆子，也可以算得一个人才。

而今时世大不同了，手里象刀，而嘴里却需要"自由，自由，自由"，"开放××"⑤云云。压轴戏要换了。

于是人才辈出，各有巧妙不同，出场的不是老旦，却是花旦了，而且这不是平常的花旦，而是海派戏广告上所说的"玩笑旦"。这是一种特殊的人物，他（她）要会媚笑，又要会撒泼，要会打情骂俏，又要会油腔滑调。总之，这是花旦而兼小丑的角色。不知道是时世造英雄（说"美人"要妥当些），还是美人儿多年阅历的结果？

美人儿而说"多年"，自然是阅人多矣的徐娘⑥了，她早已从窑姐儿升任了老鸨婆；然而她丰韵犹存，虽在卖人，还兼自卖。自卖容易，而卖人就难些。现在不但有手无寸铁的人，而且有了……况且又遇见了太露骨的强奸。要会应付这种非常之变，就非有非常之才不可。你想想：现在的压轴戏是要似战似和，又战又和，不降不守，亦降亦守⑦！这是多么难做的戏。没有半推半就假作娇痴的手段是做不好的。孟夫子说："以天下与人易。⑧"其实，能够简单地双手捧着"天下"去"与人"，倒也不为难了。问题就在于不能如此。所以要一把眼泪一把鼻涕，哭哭啼啼，而又刁声浪气的诉苦说：我不入火坑⑨，谁入火坑。

然而娼妓说她自己落在火坑里，还是想人家去救她出来；而老鸨婆哭火坑，却未必有人相信她，何况她已经申明：她是敞开了怀抱，准备把一切人都拖进火坑的。虽然，这新鲜压轴戏的玩笑却开得不差，不是非常之才，就是挖空了心思也想不出的。

老旦进场，玩笑旦出场，大观园的人才着实不少！

四月二十四日

【注释】

① 本篇最初发表于一九三三年四月二十六日《申报·自由谈》，署名干。初收一九三三年十月上海青光书局（北新）版《伪自由书》。本篇系瞿秋白所作。

② 大观园：《红楼梦》中贾府的花园，这里比喻国民党政府。

刘姥姥是《红楼梦》中的人物，这里指国民党中以"元老"自居的反动政客吴稚晖（他曾被人称作"吴姥姥"）。

③ 大"放"一通：吴稚晖的反动言论中，常出现"放屁"一类字眼，如他在《弱者之结语》中说："总而言之，统而言之，止能提提案，放放屁，……我今天再放这一次，把肚子泻空了，就告完结。"

"裤子后穿"，是章太炎在《再复吴敬恒书》中痛斥吴稚晖的话："善箝而口，勿令舐痈；善补而裤，勿令后穿。"（载一九〇八年《民报》二十二号）

④ 指一九二七年四月蒋介石背叛革命时，吴稚晖充当帮凶，叫嚣"打倒""严办"共产党人和革命群众。

⑤ "开放××"：指当时一些国民党政客鼓吹的"开放政权"。

⑥ 徐娘：《南史·后妃传》有关于梁元帝妃徐昭佩的记载："徐娘虽老，

犹尚多情。"后来因有"徐娘半老，风韵犹存"的成语。这里是指汪精卫。

⑦"似战似和"等语，是讽刺汪精卫等人既想降日又要掩饰投降面目的丑态。如一九三三年四月十四日汪精卫在上海答记者问时曾说："国难如此严重，言战则有丧师失地之虞，言和则有丧权辱国之虞，言不和不战则两俱可虞。"

⑧"以天下与人易"：语见《孟子·滕文公》："以天下与人易，为天下得人难。"

⑨入火坑：汪精卫一九三三年四月十四日在上海答记者问时曾说："现时置身南京政府中人，其中心焦灼，无异投身火坑一样。我们抱着共赴国难的决心，涌身跳入火坑，同时……，竭诚招邀同志们一齐跳入火坑。"

文章与题目①

一个题目，做来做去，文章是要做完的，如果再要出新花样，那就使人会觉得不是人话。然而只要一步一步的做下去，每天又有帮闲的敲边鼓，给人们听惯了，就不但做得出，而且也行得通。

譬如近来最主要的题目，是"安内与攘外"②罢，做的也着实不少了。有说安内必先攘外的，有说安内同时攘外的，有说不攘外无以安内的，有说攘外即所以安内的，有说安内即所以攘外的，有说安内急于攘外的。

做到这里，文章似乎已经无可翻腾了，看起来，大约总可以算是做到了绝顶。

所以再要出新花样，就使人会觉得不是人话，用现在最流行的谥法来说，就是大有"汉奸"的嫌疑。为什么呢？就因为新花样的文章，只剩了"安内而不必攘外"，"不如迎外以安内"，"外就是内，本无可攘"这三种了。

这三种意思，做起文章来，虽然实在希奇，但事实却有的，而且不必远征晋宋，只要看看明朝就够。满洲人早在窥伺了，国内却是草菅民命，杀戮清流③，做了第一种。李自成④进北京了，阔人们不甘给奴子做皇帝，索性请"大清兵"来打掉他，做了第二种。至于第三种，我没有看过《清史》，不得而知，但据老例，则应说是爱新觉罗⑤氏之先，原是轩辕⑥黄帝第几子之苗裔，晞于朔方，厚泽深仁，遂有天下，总而言之，咱们原是一家子云。

后来的史论家，自然是力斥其非的，就是现在的名人，也正痛恨流寇。但这是后来和现在的话，当时可不然，鹰犬塞途，干儿当道，魏忠贤⑦不是活着就配享了孔庙么？他们那种办法，那时都有人来说得头头是道的。

前清末年，满人出死力以镇压革命，有"宁赠友邦，不给家奴"⑧的口号，汉人一知道，更恨得切齿。其实汉人何尝不如此？吴三桂⑨之请清兵入关，便是一想到自身的利害，即"人同此心"的实例了。……

四月二十九日

【注释】

① 本篇最初发表于一九三三年五月五日《申报·自由谈》，署名何家干。初收一九三三年十月上海青光书局（北新）版《伪自由书》。

② "安内与攘外"：一九三一年十一月三十日蒋介石在国民党外长顾维钧宣誓就职会的"亲书训词"中，提出"攘外必先安内"的反动方针。一九三三年四月十日，蒋介石在南昌对国民党将领演讲时，又提出"安内始能攘外"，为其反共卖国政策辩护。这时一些报刊也纷纷发表谈"安内攘外"问题的文章。

③ 草菅民命，杀戮清流：指明末任用宦官魏忠贤等，通过特务机构东厂、锦衣卫、镇抚司残酷压榨和杀戮人民；魏忠贤的阉党把大批反对他们的正直的士大夫，如东林党人，编成"天鉴录""点将录"等名册，按名杀害。这时，在我国东北统一了满族各部的努尔哈赤（即清太祖），已于明万历四十四年（1616）登可汗位，正率军攻明。

④ 李自成（1606—1645）：陕西米脂人，明末农民起义领袖。崇祯二年（1629）起义。崇祯十七年一月在西安建立大顺国，同年三月攻克北京，推翻明朝。后镇守山海关的明将吴三桂勾引清兵入关，镇压起义军；李自成兵败退出北京，清顺治二年（1645）在湖北通山县九宫山被地主武装所害。

⑤ 爱新觉罗：清朝皇室的姓。满语称金为"爱新"，族为"觉罗"。

⑥ 轩辕：传说中汉民族的始祖。《史记·五帝本纪》："黄帝者，少典之子，姓公孙，名曰轩辕。"

⑦ 魏忠贤（1568—1627）：河间肃宁（今属河北）人，明末天启时专权的宦官。曾掌管特务机关东厂，凶残跋扈，杀人甚多。当时，趋炎附势之徒对他竟相谄媚，《明史·魏忠贤传》记载："群小益求媚""相率归

忠贤，称义儿""监生陆万龄至请以忠贤配孔子"。

⑧ "宁赠友邦，不给家奴"：这是刚毅的话。刚毅（1834—1900），满洲镶蓝旗人。清朝王公大臣中的顽固分子，曾任军机大臣等职；在清末维新变法运动时期，他常对人说："我家之产业，宁可以赠之于朋友，而必不畀诸家奴。"（见梁启超《戊戌政变记》卷四）他所说的朋友，指帝国主义国家。

⑨ 吴三桂（1612—1678）：明代高邮（今属江苏）人。崇祯时任辽东总兵，驻防山海关。崇祯十七年（1644）李自成攻克北京后，他引清兵入关，受封为西平王。

真假堂吉诃德①

西洋武士道②的没落产生了堂·吉诃德那样的戆大。他其实是个十分老实的书呆子。看他在黑夜里仗着宝剑和风车开仗，③的确傻相可掬，觉得可笑可怜。

然而这是真正的吉诃德。中国的江湖派和流氓种子，却会愚弄吉诃德式的老实人，而自己又假装着堂·吉诃德的姿态。《儒林外史》上的几位公子，慕游侠剑仙之为人，结果是被这种假吉诃德骗去了几百两银子，换来了一颗血淋淋的猪头，④——那猪算是侠客的"君父之仇"了。

真吉诃德的做傻相是由于自己愚蠢，而假吉诃德是故意做些傻相给别人看，想要剥削别人的愚蠢。

可是中国的老百姓未必都还这么蠢笨，连这点儿手法也看不出来。

中国现在的假吉诃德们，何尝不知道大刀不能救国，他们却偏要舞弄着，每天"杀敌几百几千"的乱嚷，还有人"特制钢刀九十九，去赠送前敌将士"⑤。可是，为着要杀猪起见，又舍不得飞机捐⑥，于是乎"武器不精良"的宣传，一面作为节节退却或者"诱敌深入"⑦的解释，一面又借此搜括一些杀猪经费。可惜前有慈禧太后⑧，后有袁世凯，——清末的兴复海军捐建设了颐和园，民四的"反日"爱国储金⑨，增加了讨伐当时革命军的军需，——不然的话，还可以说现在发现了一个新发明。

他们何尝不知道"国货运动"⑩振兴不了什么民族工业，国际的财神爷扼住了中国的喉咙，连气也透不出，甚么"国货"都跳不出这些财神的手掌心。然而"国货年"是宣布了，"国货商场"是成立了，像煞有介事的，仿佛抗日救国全靠一些戴着假面具的买办多赚几个钱。这钱还是从猪狗牛马身上剥削来的。不听见"增加生产力"，"劳资合作共赴国难"的呼声么？原本不把小百姓当人看待，然而小百姓做了猪狗牛马还是要负"救国责任"！结果，猪肉供给假吉诃德吃，而猪头还是要斫下来，挂出去，以为"捣乱后方"者戒。

他们何尝不知道什么"中国固有文化"咒不死帝国主义，无论念几千万遍"不仁不义"或者金光明咒⑪，也不会触发日本地震，使它陆沉大海。然而他们故意高喊恢复"民族精神"，仿佛得了什么祖传秘诀。意思其实很明白，是要小百姓埋头治心，多读修身教科书。这固有文化本来毫无疑义：是岳飞式的奉旨不抵抗⑫的忠，是听命国联爷爷的孝，是斫猪头，吃猪肉，而又远庖厨⑬的仁爱，是遵守卖身契约的信义，是"诱敌深入"的和平。而且，"固有文化"之外，又提倡什么"学术救国"，引证西哲菲希德⑭之言等类的居心，又何尝不是如此。

假吉诃德的这些傻相，真教人哭笑不得；你要是把假痴假呆当做真痴真呆，当真认为可笑可怜，那就未免傻到不可救药了。

四月十一日

【注释】

① 本篇最初发表于一九三三年六月十五日《申报月刊》第二卷第六号，署名洛文。初收一九三四年三月上海同文书店版《南腔北调集》。本篇系瞿秋白所作。

② 武士道：原指日本幕府时代武士所遵守的封建道德（忠君、节义、勇武、坚忍等）。西洋武士道，指西欧骑士精神。骑士，西欧中世纪封建时代的军人，属小封建主。他们标榜忠诚笃实，尚任侠，好冒险，崇尚爱情，艳美贵妇。骑士盛行于十一至十四世纪，后因封建制解体和武器、战术的改进，渐趋没落。

③ 堂·吉诃德仗着宝剑和风车打仗的事，见《堂吉诃德》第八章。

④《儒林外史》第十二回写有娄姓两公子被张铁臂骗取白银五百两的事。

⑤ "特制钢刀"的事，见一九三三年四月十二日《申报》：上海有个叫王述的人，特别定制大刀九十九把，捐赠给当时防守喜峰口等处的宋哲

元部队。

⑥飞机捐：一九三三年初，国民党政府决定举办航空救国飞机捐。稍后，组织中华航空救国会（后改名为中国航空协会），在各地发行航空奖券，强行募捐。

⑦"诱敌深入"：九一八事变后，国民党政府采取"不抵抗"政策，不断丧失国土，却妄说是战略上的"诱敌深入"。这类欺骗宣传充斥于当时的反动报刊，如一九三三年二月六日南京《救国日报》的社论中就说："浸使政府为战略关系，须暂时放弃北平以便引敌深入聚而歼之……故吾主张政府应严厉责成张学良，使之以武力制止反对运动，若不得已，虽流血亦所不辞。"

⑧慈禧太后（1885—1908）：满族，即叶赫那拉氏，咸丰帝妃，同治继位后被尊为太后，成为清末同治、光绪两朝的实际统治者。一八八八年（光绪十四年），她把建设北洋舰队的海军经费八千万两白银，移用于修建颐和园。

⑨"反日"爱国储金：一九一五年（民国四年）五月九日，袁世凯接受了日本帝国主义提出的侵略中国的"二十一条"，北京、上海等地群众为了反日救国，曾发起救国储金，并成立了救国储金团。但储金团却为袁世凯所把持，储金存入当时他所控制的中国银行和交通银行，并被他挪用为活动帝制的经费。

⑩"国货运动"：一九三三年，由上海工商界发起，将该年定为"国货年"，在元旦举行游行大会，并成立"国货商场"和"中华国货产销合作协会"，出版《国货周刊》，宣扬"国货救国"。

⑪金光明咒：指《金光明经》，佛经的一种。九一八以后，上海、北平等地国民党"要人"纷纷联名发起"金光明道场"之类的所谓"佛法救国"活动。一九三二年七月十六日上海《时事新报》以《发起金光明道场戴季陶先生之"经咒救国"》为题，报道了这类活动。

⑫岳飞奉旨不抵抗：岳飞在抗金中战功卓著，但主张议和的宋高宗（赵构）听信内奸秦桧的谗言，在一天内连下十二道金牌把他从前线召回，并以"谋反"的罪名将他下狱处死。

⑬远庖厨：语见《孟子·梁惠王》："君子之于禽畜也，见其生不忍见甚死，闻其声不忍食其肉，是以君子远庖厨也。"

⑭菲希德：（J.G.Fichte，1762—1814）：通译费希特，德国唯心主义哲学家。著有《知识学基础》《人的天职》等。他主张用科技强化德意志民族，强调民族至上。

天上地下①

中国现在有两种炸，一种是炸进去，一种是炸进来。

炸进去之一例曰："日内除飞机往匪区轰炸外，无战事，三四两队，七日晨迄申，更番成队飞宜黄以西崇仁以南②掷百二十磅弹两三百枚，凡匪足资屏蔽处炸毁几平，使匪无从休养。……"（五月十日《申报》南昌专电）

炸进来之一例曰："今晨六时，敌机炸蓟县，死民十余，又密云今遭敌轰四次③，每次二架，投弹盈百，损害正详查中。……"（同日《大晚报》北平电）应了这运会而生的，是上海小学生的买飞机，和北平小学生的挖地洞④。

这也是对于"非安内无以攘外"或"安内急于攘外"的题目，做出来的两股好文章⑤。

住在租界里的人们是有福的。但试闭目一想，想得广大一些，就会觉得内是官兵在天上，"共匪"和"匪化"了的百姓在地下，外是敌军在天上，没有"匪化"了的百姓在地下。"损害正详查中"，而太平之区，却造起了宝塔⑥。释迦⑦出世，一手指天，一手指地曰："天上地下，惟我独尊！"此之谓也。

但又试闭目一想，想得久远一些，可就遇着难题目了。假如炸进去慢，炸进来快，两种飞机遇着了，又怎么办呢？停止了"安内"，回转头来"迎头痛击"呢，还是仍然只管自己炸进去，一任他跟着炸进来，一前一后，同炸"匪区"，待到炸清了，然后再"攘"他们出去呢？……

不过这只是讲笑话，事实是决不会弄到这地步的。即使弄到这地步，也没有什么难解决：外洋养病，名山拜佛⑧，这就完结了。

五月十六日

记得末尾的三句，原稿是："外洋养病，背脊生疮，名山上拜佛，小便里有糖，这就完结了。"

十九夜补记

【注释】

① 本篇最初发表于一九三三年五月十九日《申报·自由谈》，署名干。初收一九三三年十月上海青光书局（北新）版《伪自由书》。

② 宜黄、崇仁：江西省的县名。宜黄以西崇仁以南是当时中央苏区军民反"围剿"斗争的前沿地区。

③ 蓟县、密云：河北省的县名。一九三三年四月，日军进袭冀东滦河一带时，曾派机轰炸这些地方。

④ 上海小学生的买飞机：一九三三年初，国民党政府举办航空救国飞机捐，上海市预定征募二百万元。至五月初仅得半数，乃发动全市童子军于十二日起，在各交通要道及娱乐场所劝募购买"童子军号飞机"捐款三天。北平小学生的挖地洞：指一九三三年五月，北平各小学校长因日机时临上空，曾派代表赴社会局要求各校每日上午停课，挖防空洞。

⑤ 据手稿，这里还有下面一段："买飞机，将以'安内'也，挖地洞，'无以攘外'也。因为'安内急于攘外'，故还须买飞机，而'非安内无以攘外'，故必得挖地洞。"

⑥ 造起了宝塔：一九三三年，国民党政客戴季陶邀广东中山大学在南京的师生七十余人，合抄孙中山的著作，盛铜盒中，外镶石匣，在中山陵附近建筑宝塔收藏。

⑦ 释迦：即释迦牟尼（约前 565—前 486），佛教创始人。《瑞应本起经》卷上有关于他出生的记载："四月八日夜，明星出时，化从右胁生。堕地即行七步，举右手住而言曰：'天上天下，唯我为尊。'"（据三国时吴国支谦汉文译本）

⑧ 外洋养病，名山拜佛：这是国民党政客因内讧下野或处境困难时惯用的脱身借口，如汪精卫曾以生背痛、患糖尿病等为由，"卧床休息"或"出国养病"；黄郛退居莫干山"读书学佛"；戴季陶自称信奉佛教，报上屡载他去名山诵经拜佛的消息。

保　留①

这几天的报章告诉我们：新任政务整理委员会委员长黄郛②的专车一到天津，即有十七岁的青年刘庚生掷一炸弹，犯人当场捕获，据供系受日人指使，遂于次日绑赴新站外枭首示众③云。

清朝的变成民国，虽然已经二十二年，但宪法草案的民族民权两篇，日前这才草成，尚未颁布。上月杭州曾将西湖抢犯当众斩决，据说奔往赏鉴者有"万人空巷"之概④。可见这虽与"民权篇"第一项的"提高民族地位"稍有出入，却很合于"民族篇"第二项的"发扬民族精神"。南北统一，业已八年，天津也来挂一颗小小的头颅，以示全国一致，原也不必大惊小怪的。

其次，是中国虽说"惟女子与小人为难养也"⑤，但一有事故，除三老通电，二老宣言，九四老人题字⑥之外，总有许多"童子爱国"，"佳人从军"的美谈，使壮年男儿索然无色。

我们的民族，好像往往是"小时了了，大未必佳"⑦，到得老年，才又脱尽暮气，据讣文，死的就更其了不得。则十七岁的少年而来投掷炸弹，也不是出于情理之外的。

但我要保留的，是"据供系受日人指使"这一节，因为这就是所谓卖国。二十年来，国难不息，而被大众公认为卖国者，一向全是三十以上的人，虽然他们后来依然逍遥自在。

至于少年和儿童，则拼命的使尽他们稚弱的心力和体力，携着竹筒或扑满，⑧奔走于风沙泥泞中，想于中国有些微的裨益者，真不知有若干次数了。虽然因为他们无先见之明，这些用汗血求来的金钱，大抵反以供虎狼的一舐，然而爱国之心是真诚的，卖国的事是向来没有的。

不料这一次却破例了，但我希望我们将加给他的罪名暂时保留，再来看一看事实，这事实不必待至三年，也不必待至五十年，在那挂着的头颅还未烂掉之前，就要明白了：谁是卖国者。⑨

从我们的儿童和少年的头颅上，洗去喷来的狗血罢！

五月十七日

【注释】

① 本篇最初未能发表。初收一九三三年十月上海青光书局（北新）版《伪自由书》。

② 黄郛（1880—1936）：浙江绍兴人。国民党政客，亲日派分子。一九二八年曾任国民党政府外交部长，因进行媚外投降活动，遭到各阶层人民的强烈反对，不久下台。一九三三年五月又被蒋介石起用，任行政院驻北平政务整理委员会委员长。

③ 刘庚生炸黄郛案，发生于一九三三年五月。这年四月，日军向滦东及长城沿线发动总攻后，唐山、遵化、密云等地相继沦陷，平津形势危急。国民党政府为了向日本表示更进一步的投降，于五月上旬任黄郛为行政院驻北平政务整理委员会委员长；十五日黄由南京北上，十七日晨专车刚进天津站台，即有人投掷炸弹。据报载，投弹者当即被捕，送第一军部审讯，名叫刘魁生（刘庚生是"路透电"的音译），年十七岁，山东曹州人，在陈家沟刘三粪厂作工。当天中午刘被诬为"受日人指使"，在新站外被枭首示众。事实上刘只是当时路过铁道，审讯时他坚不承认投弹。国民党将他杀害并制造舆论，显然是借以掩盖派遣黄郛北上从事卖国勾当的真相。

④ 西湖抢案，见一九三三年四月二十四日《申报》载新闻《西湖有盗》："二十三日下午二时，西湖三潭印月有沪来游客骆王氏遇匪谭景轩，出手枪劫其金镯，女呼救，匪开枪，将事主击毙，得赃而逸。旋在苏堤为警捕获，讯供不讳，当晚押赴湖滨运动场斩决，观者万人。匪曾任四四军连长。"

⑤ "惟女子与小人为难养也"：语见《论语·阳货》："子曰：'惟女子与小人为难养也，近之则不孙（逊），远之则怨。'"

⑥ 三老通电：指马良、章炳麟、沈恩孚于一九三三年四月一日向全国通电，指斥国民党政府对日本侵略"阳示抵抗，阴作妥协"。

二老宣言，指马良、章炳麟于一九三三年二月初发表的联合宣言，内容是依据历史证明东三省是中国领土。他们两人还在同年二月十八日发表宣言，驳斥日本侵略者捏造的热河不属中国领土的谰言；四月下旬又联名通电，勖勉国人坚决抗日，收回失地。

九四老人，即马良（1840—1939），字相伯，江苏丹徒人。当年虚龄九十四岁，他常自署"九四老人"为各界题字。

⑦ "小时了了，大未必佳"：语见《世说新语·言语》，是汉代陈韪戏谑孔融的话。

⑧ 扑满：陶制的储钱罐。

⑨ 作者撰此文后十四天，即五月三十一日，黄郛就遵照蒋介石的指示，派熊斌同日本关东军代表冈村宁次签订了卖国的《塘沽协定》。根据这项协定，国民党政府实际上承认日本侵占长城及山海关以北的地区为合法，并把长城以南的察北、冀东的二十余县划为不设防地区，以利于日本帝国主义进一步侵吞中国。

再谈保留

因为讲过刘庚生的罪名，就想到开口和动笔，在现在的中国，实在也很难的，要稳当，还是不响的好。要不然，就常不免反弄到自己的头上来。

举几个例在这里——

十二年前，鲁迅作的一篇《阿Q正传》，大约是想暴露国民的弱点的，虽然没有说明自己是否也包含在里面。然而到得今年，有几个人就用"阿Q"来称他自己了，这就是现世的恶报。

八九年前，正人君子们办了一种报①，说反对者是拿了卢布的，所以在学界捣乱。然而过了四五年，正人又是教授，君子化为主任②，靠俄款③享福，听到停付，就要力争了。这虽然是现世的善报，但也总是弄到自己的头上来。

不过用笔的人，即使小心，也总不免略欠周到的。最近的例，则如各报章上，"敌"呀，"逆"呀，"伪"呀，"傀儡国"呀，用得沸反盈天。不这样写，实在也不足以表示其爱国，且将为读者所不满。谁料得到"某机关通知④：御侮要重实际，逆敌一类过度刺激字面，无裨实际，后宜屏用"，而且黄委员长⑤抵平，发表政见，竟说是"中国和战皆处被动，办法难言，国难不止一端，亟谋最后挽救"（并见十八日《大晚报》北平电）的呢？……

幸而还好，报上果然只看见"日机威胁北平"之类的题目，没有"过度刺激字面"了，只是"汉奸"的字样却还有。日既非敌，汉何云奸，这似乎不能不说是一个大漏洞。好在汉人是不怕"过度刺激字面"的，就是砍下头来，挂在街头，给中外士女欣赏，也从来不会有人来说一句话。

这些处所，我们是知道说话之难的。

从清朝的文字狱⑥以后，文人不敢做野史了，如果有谁能忘了三百年前的恐怖，只要撮取报章，存其精英，就是一部不朽的大作。但自然，也不必神经过敏，豫先改称为"上国"或"天机"的。

五月十七日

【注释】

① 正人君子们办了一种报：指胡适、陈西滢等一九二四年十二月在北京创办的《现代评论》周刊。陈西滢曾在该刊第七十四期（一九二六年五月八日）发表《闲话》一则，诬蔑进步人士是"直接或间接用苏俄金钱的人"。"正人君子"，是当时拥护北洋政府的北京《大同晚报》对现代评论派的吹捧，见一九二五年八月七日该报。

② 正人又是教授，君子化为主任：陈西滢曾任北京大学英文学系主任兼教授、武汉大学文学院长兼教授。胡适曾任北京大学哲学系教授，并于一九三一年任北京大学文学院院长。

③ 俄款：一九一七年俄国十月革命成功后，苏俄政府宣布放弃帝俄在中国的一切特权，包括退还庚子赔款中尚未付给的部分。一九二四年五月中苏复交，两国签订《中俄协定》，其中规定退款除偿付中国政府业经以俄款为抵押品的各项债务外，余数全用于中国教育事业。一九二六年初，《现代评论》曾连续刊载谈论"俄款用途"的文章，为"北京教育界"力争俄款。九一八事变后，国民党政府以"应付国难"为名，一再停付充作教育费用的庚子赔款，曾引起教育界有关人士的恐慌和抗议。

④ 某机关通知：指黄郛就任北平政务整理委员会委员长后，为讨好日本而发布的特别通知。

⑤ 黄委员长：即黄郛。

⑥ 清朝的文字狱：清代历行民族压迫政策，曾不断大兴文字狱，企图用严刑峻法来消除汉族人民的反抗和民族思想，著名大狱有康熙年间庄廷鑨《明书》狱；雍正年间吕留良、曾静狱；乾隆年间胡中藻《坚磨生诗钞》狱等。

"有名无实"的反驳①

新近的《战区见闻记》有这么一段记载：

> "记者适遇一排长，甫由前线调防于此，彼云，我军前在石门寨，海阳镇，秦皇岛，牛头关，柳江等处所做阵地及掩蔽部……化洋三四十万元，木材重价尚不在内……艰难缔造，原期死守，不幸冷口失陷，一令传出，即行后退，血汗金钱所合并成立之阵地，多未重用，弃若敝屣，至堪痛心；不抵抗将军下台，上峰易人，我士兵莫不额手相庆……结果心与愿背。不幸生为中国人！尤不幸生为有名无实之抗日军人！"（五月十七日《申报》特约通信。）

这排长的天真，正好证明未经"教训"的愚劣人民，不足与言政治。第一，他以为不抵抗将军②下台，"不抵抗"就一定跟着下台了。这是不懂逻辑：将军是一个人，而不抵抗是一种主义，人可以下台，主义却可以仍旧留在台上的。第二，他以为化了三四十万大洋建筑了防御工程，就一定要死守的了（总算还好，他没有想到进攻）。这是不懂策略：防御工程原是建筑给老百姓看看的，并不是教你死守的阵地，真正的策略却是"诱敌深入"。第三，他虽然奉令后退，却敢于"痛心"。这是不懂哲学：他的心非得治一治不可！第四，他"额手称庆"，实在高兴得太快了。这是不懂命理：中国人生成是苦命的。如此痴呆的排长，难怪他连叫两个"不幸"，居然自己承认是"有名无实的抗日军人"。其实究竟是谁"有名无实"，他是始终没有懂得的。

至于比排长更下等的小兵，那不用说，他们只会"打开天窗说亮话，咱们弟兄，处于今日局势，若非对外，鲜有不哗变者"（同上通信）。这还成话么？古人说，"无敌国外患者，国恒亡。"③以前我总不大懂得这是什么意思：既然连敌国都没有了，我们的国还会亡给谁呢？现在照这兵士的话就明白了，国是可以亡给"哗变者"的。

结论：要不亡国，必须多找些"敌国外患"来，更必须多多"教训"那些痛心的愚劣人民，使他们变成"有名有实"。

五月十八日

【注释】

① 本篇最初未能发表。初收一九三三年十月上海青光书局（北新）版《伪自由书》。

② 不抵抗将军：指张学良。九一八事变时，张学良奉蒋介石"绝对抱不抵抗主义"的命令，放弃东北。一九三三年三月，日军侵占热河，蒋介石为推卸责任，平抑民愤，又迫令张"引咎辞职"，派何应钦继张学良任军事委员会北平分会代理委员长。张辞职后，于四月十一日出国。

③ "无敌国外患者，国恒亡。"：孟轲的话，见《孟子·告子》："入则无法家拂士，出则无敌国外患者，国恒亡；然后知生于忧患而死于安乐也。"

不求甚解

文章一定要有注解，尤其是世界要人的文章。有些文学家自己做的文章还要自己来注释，觉得很麻烦。至于世界要人就不然，他们有的是秘书，或是私淑弟子，替他们来做注释的工作。然而另外有一种文章，却是注释不得的。

譬如说，世界第一要人美国总统发表了"和平"宣言①，据说是要禁止各国军队越出国境。但是，注释家立刻就说：

"至于美国之驻兵于中国，则为条约所许，故不在罗斯福总统所提议之禁止内"②（十六日路透社华盛顿电）。再看罗氏的原文："世界各国应参加一庄严而确切之不侵犯公约，及重行庄严声明其限制及减少军备之义务，并在签约各国能忠实履行其义务时，各自承允不派遣任何性质之武装军队越出国境。"

要是认真注解起来，这其实是说：凡是不"确切"，不"庄严"，并不"自己承允"的国家，尽可以派遣任何性质的军队越出国境。至少，中国人且慢高兴，照这样解释，日本军队的越出国境，理由还是十足的；何况连美国自己驻在中国的军队，也早已声明是"不在此例"了。可是，这种认真的注释是叫人扫兴的。

再则，像"誓不签订辱国条约"③一句经文，也早已有了不少传注。传曰："对日妥协，现在无人敢言，亦无人敢行。"

这里，主要的是一个"敢"字。但是：签订条约有敢与不敢的分别，这是拿笔杆的人的事，而拿枪杆的人却用不着研究敢与不敢的为难问题——缩短防线，诱敌深入之类的策略是用不着签订的。就是拿笔杆的人也不至于只会签字，假使这样，未免太低能。所以又有一说，谓之"一面交涉"。于是乎注疏就来了："以不承认为责任者之第三者，用不合理之方法，以口头交涉……清算无益之抗日。"这是日本电通社的消息④。这种泄漏天机的注解也是十分讨厌的，因此，这不会不是日本人的"造谣"。

总之，这类文章浑沌一体，最妙是不用注解，尤其是那种使人扫兴或讨厌的注解。

小时候读书讲到陶渊明的"好读书不求甚解"⑤，先生就给我讲了，他说："不求甚解"者，就是不去看注解，而只读本文的意思。注解虽有，确有人不愿意我们去看的。

五月十八日

【注释】

① "和平"宣言：指一九三三年五月十六日美国总统罗斯福对世界四十四国元首发表的《吁请世界和平保障宣言书》，它的主要内容是向各国呼吁缩减军备并制止武装军队的逾越国境。

② "至于美国之驻兵于中国"等语，是罗斯福发表宣言时，美国官方为自己驻兵中国、违反这一宣言的行径辩解时所说的话。

③ "誓不签订辱国条约"：这是蒋介石集团为掩饰其卖国面目的欺人之谈，如一九三一年九月二十九日蒋介石在接见各地来南京请愿学生代表时说："国民政府决非军阀时代之卖国政府，……决不签订任何辱国丧权条约。""对日妥协，现在无人敢言，亦无人敢行"，是一九三三年五月十七日黄郛在天津对记者的谈话。

④ 电通社的消息：电通社，即日本电报通讯社，一九〇一年在东京创办，一九三六年与新闻联合通讯社合并为同盟社。电通社于一九二〇年在中国上海设公社。此则消息的原文是："东京十七日电通电：关于中国方面之停战交涉问题，日军中央部意向如下，虽有停战交涉之情报，然其诚意可疑。中国第一线军队，尚执拗继续挑战，华北军政当局，且发抵抗乃至决战之

命令。停战须由军事责任者，以确实之方法堂堂交涉，若由不承认为责任者之第三者，用不合理之方法，以口头交涉，此不过谋一时和缓日军之锋锐而已。中国当局，达观东亚大势，清算无益之抗日，乃其急务，因此须先实际表示诚意。"（据一九三三年五月十七日《大晚报》）

⑤"好读书不求甚解"：语见陶渊明《五柳先生传》："好读书不求甚解，每有会意，便欣然忘食。"

悼杨铨①

岂有豪情似旧时，花开花落两由之。
何期泪洒江南雨，又为斯民哭健儿。

六月二十一日

【注释】

①《鲁迅日记》一九三三年六月二十一日："下午为坪井先生之友木通口良平君书一绝云：'岂有豪情似旧时……。'"写给景宋手迹题"酉年六月二十日作"。本篇未另发表。据手稿编入。初未收集。许寿裳《亡友鲁迅印象记》："是日大雨，鲁迅送殓回去，成诗一首：（略）。这首诗才气纵横，富于新意，无异于龚自珍。"

杨铨（1893—1933），字杏佛，江西清江人。曾留学美国，回国后任东南大学教授，中央研究院总干事。一九三二年十二月，协同宋庆龄、蔡元培、鲁迅等组织中国民权保障同盟，反对蒋介石的法西斯统治。一九三三年六月十八日在上海被国民党特务暗杀。

题三义塔①

奔霆飞熛歼人子，败井残垣剩饿鸠。

偶值大心离火宅^②，终遗高塔念瀛洲。

精禽梦觉仍衔石，斗士诚坚共抗流。

度尽劫波兄弟在^③，相逢一笑泯恩仇。

【注释】

① 《鲁迅日记》1933 年 6 月 21 日："西村（真琴）博士于上海战后得丧家之鸠，持归养之，初亦相安，而终化去，建塔以藏，且征题咏，率成一律，聊答遐情云尔。"西村是一个日本医生。诗中"熛"作"焰"。本篇未另发表。初收一九三五年五月上海群众图书公司版《集外集》。

② 《管子·内业》："大心而敢。"注："心既浩大，又能勇敢。"

③ 劫波：梵语，印度神话中创造之神大梵天称一个昼夜为一个劫波，相当于人间的四十三亿三千二百万年。

华德保粹优劣论^①

希特拉^②先生不许德国境内有别的党，连屈服了的国权党^③也难以幸存，这似乎颇感动了我们的有些英雄们，已在称赞其"大刀阔斧"^④。但其实这不过是他老先生及其之流的一面。别一面，他们是也很细针密缕的。有歌为证：

> 跳蚤做了大官，
> 带着一伙各处走。
> 皇后宫嫔都害怕，
> 谁也不敢来动手。
> 即使咬得发了痒罢，
> 要挤烂它也怎么能够。
> 嗳哈哈，嗳哈哈，哈哈，嗳哈哈！

这是大家知道的世界名曲《跳蚤歌》^⑤的一节，可是在德国已被禁止了。当然，这决不是为了尊敬跳蚤，乃是因为它讽刺大官；但也不是为了讽刺是"前世纪的老人的呓语"，却是为着这歌曲是"非德意志的"。华德大小英雄们，总不免偶有隔膜之处。

中华也是诞生细针密缕人物的所在，有时真能够想得入微，例如今年北平社会局呈请市政府查禁女人养雄犬文⑥云：

"……查雌女雄犬相处，非仅有碍健康，更易发生无耻秽闻，揆之我国礼义之邦，亦为习俗所不许，谨特通令严禁，除门犬猎犬外，凡妇女带养之雄犬，斩之无赦，以为取缔。"

两国的立脚点，是都在"国粹"的，但中华的气魄却较为宏大，因为德国不过大家不能唱那一出歌而已，而中华则不但"雌女"难以蓄犬，连"雄犬"也将砍头。这影响于叭儿狗，是很大的。由保存自己的本能，和应时势之需要，它必将变成"门犬猎犬"模样。

六月二十六日

【注释】

① 本篇最初发表于一九三三年七月二日《申报·自由谈》。初收一九三四年十二月上海兴中书局（联华）版《准风月谈》。

② 希特拉（A.Hitler，1889—1945）：通译希特勒，德国法西斯头子，纳粹德国头号战犯。一九三三年一月在大资产阶级垄断集团支持下出任内阁总理，一九三四年八月总统兴登堡死后，自称元首。在他登台以后，对内实行法西斯恐怖统治，对外大肆进行侵略。一九三九年九月他挑起第二次世界大战，一九四一年六月进攻苏联，一九四五年五月于苏军攻抵柏林时自杀。

③ 国权党：一译民族党。在希特勒攫取政权前后，与法西斯的国社党密切合作，其党魁休根堡曾任希特勒内阁的经济与农业部长。一九三三年六月，希特勒取缔除国社党外的一切政党，民族党被迫解散，休根堡辞去部长职务。

④ "大刀阔斧"：见一九三三年六月二十三日《大晚报》所载未署名的《希特勒的大刀阔斧》一文："大刀阔斧，言行相符的手段，是希特勒从政的特色"。

⑤ 《跳蚤歌》：德国歌德的诗剧《浮士德》中的一首政治讽刺诗，一八七九年俄国作曲家穆索尔斯基为此诗谱曲。

⑥ 查禁女人养雄犬文：这段呈文转引自《论语》半月刊第十八期"古香斋"栏。

华德焚书异同论①

德国的希特拉先生们一烧书②，中国和日本的论者们都比之于秦始皇③。然而秦始皇实在冤枉得很，他的吃亏是在二世而亡，一班帮闲们都替新主子去讲他的坏话了。不错，秦始皇烧过书，烧书是为了统一思想。但他没有烧掉农书和医书；他收罗许多别国的"客卿"④，并不专重"秦的思想"，倒是博采各种的思想的。秦人重小儿；始皇之母，赵女也，赵重妇人⑤，所以我们从"剧秦"⑥的遗文中，也看不见轻贱女人的痕迹。

希特拉先生们却不同了，他所烧的首先是"非德国思想"的书，没有容纳客卿的魄力；其次是关于性的书，这就是毁灭以科学来研究性道德的解放，结果必将使妇人和小儿沉沦在往古的地位，见不到光明。而可比于秦始皇的车同轨，书同文⑦……之类的大事业，他们一点也做不到。

阿剌伯人攻陷亚历山德府⑧的时候，就烧掉了那里的图书馆，那理论是：如果那些书籍所讲的道理，和《可兰经》⑨相同，则已有《可兰经》，无须留了；倘使不同，则是异端，不该留了。这才是希特拉先生们的嫡派祖师——虽然阿剌伯人也是"非德国的"——和秦的烧书，是不能比较的。

但是结果往往和英雄们的豫算不同。始皇想皇帝传至万世，而偏偏二世而亡，赦免了农书和医书，而秦以前的这一类书，现在却偏偏一部也不剩。希特拉先生一上台，烧书，打犹太人，不可一世，连这里的黄脸干儿们，也听得兴高彩烈，向被压迫者大加嘲笑，对讽刺文字放出讽刺的冷箭⑩来——到底还明白的冷冷的讯问道：你们究竟要自由不要？不自由，无宁死。现在你们为什么不去拼死呢？

这回是不必二世，只有半年，希特拉先生的门徒们在奥国一被禁止，连党徽也改成三色玫瑰了。最有趣的是因为不准叫口号，大家就以手遮嘴，用了"掩口式"⑪。这真是一个大讽刺。刺的是谁，不问也罢，但可见讽刺也还不是"梦呓"，质之黄脸干儿们，不知以为何如？

六月二十八日

【注释】

① 本篇最初发表于一九五三年七月十一日《申报·自由谈》。初收一九三四年十二月上海兴中书局（联华）版《准风月谈》。

② 一九三三年希特勒执政后，实行文化专制政策，禁止所谓"非德意志"（即不符合纳粹思想）的书籍出版和流通。一九三三年五月起曾在柏林和其他城市焚烧书籍。

③ 秦始皇：嬴政（前259—前210），战国时秦国国君，于公元前221年建立了我国第一个中央集权的封建王朝。据《史记·秦始皇本纪》载，始皇三十四年（前213年），丞相李斯因当时博士中有人怀疑郡县制、以古非今，向秦始皇建议："史官非秦记，皆烧之。非博士官所职，天下敢有藏《诗》《书》、百家语者，悉诣守尉杂烧之。有敢偶语《诗》《书》者，弃市。以古非今者，族。吏见知不举者，与同罪。令下三十日，不烧，黥为城旦。所不去者，医药、卜筮、种树之书。若欲有学法令，以吏为师。"秦始皇采纳了李斯的建议，把秦以前除农书和医书之外的古籍烧毁。

④ "客卿"：战国时代，某一诸侯国任用他国人担任官职，称之为"客卿"。如秦始皇的丞相李斯就是楚国人。

⑤ 关于"秦人重小儿""赵重妇人"，见《史记·扁鹊列传》："扁鹊名闻天下。过邯郸，闻（赵人）贵妇人，即为带下医；……来入咸阳，闻秦人爱小儿，即为小儿医：随俗为变。"又同书《秦始皇本纪》和《吕不韦列传》载，秦始皇的母亲，是赵国邯郸的一个"豪家女"。

⑥ "剧秦"：意思就是很短促的秦朝。原语见汉代扬雄《剧秦美新》："二世而亡，何其剧与（欤）！"《文选·剧秦美新》唐代李善注："剧，甚也，言促甚也。"

⑦ 车同轨，书同文：原语出《史记·秦始皇本纪》："一法度衡石丈尺，车同轨，书同文字。"战国时诸侯割据一方，各国制度不同，秦始皇统一六国后，规定车轨一致；又规定以秦国的小篆作为标准字体推行全国；同时，还统一了货币和度量衡。

⑧ 亚历山德府：即亚历山大，埃及最大的海港城市，在埃及托勒密王朝时期（前305—前30）是地中海东部政治、经济和文化的中心。该城图书馆藏书甚丰，公元前四十八年罗马人入侵时被焚烧过半；残存部分，传说公元六四一年阿拉伯人攻陷该城时被毁。

⑨ 《可兰经》：又译《古兰经》，伊斯兰教经典，共三十卷，为该教创立人穆罕默德的言行录，经后人整理成册传世。

⑩ 对讽刺文字放出讽刺的冷箭：一九三三年六月十一日《大晚报·火炬》登载法鲁的《到底要不要自由》一文，对得不到写作自由而被迫用"弯弯曲曲"笔法的作者进行嘲讽。参看《伪自由书·后记》。

⑪ 一九三三年一月希特勒执政后，极力策划德奥合并运动。

奥地利的法西斯政党国社党也希望奥国能早日合并于德国。当时奥总理陶尔斐斯反对法西斯党的合并运动，他在五月间下令除国旗外禁止悬挂一切政党旗帜，随着德奥关系的紧张，奥政府又于六月解散奥国国社党，禁止佩戴该党党徽，禁呼该党口号。有的国社党员因而用黑红白三色玫瑰花代替该党的靛字标志；或直立举右手，以左手掩口，作为呼口号的表示。

无题（禹域多飞将）①

禹域多飞将，蜗庐剩逸民。②
夜邀潭底影，玄酒颂皇仁。③

【注释】

① 《鲁迅日记》一九三三年六月二十八日："下午为萍荪书一幅云：'禹域多飞将……。'"本篇原载一九三六年十月三十一日《越风》半月刊第二十一期。初未收集。

② 禹域：即中国。《左传》襄公四年："茫茫禹迹，画为九州。"蜗庐，即蜗牛庐。据《三国志·魏书·管宁传》裴松之注引《魏略》，东汉末年，隐士焦先"自作一瓜（蜗）牛庐，净扫其中，营木为床，布草蓐其上，至天寒时，构火以自炙，呻吟独语"。

③ 玄酒：《礼记·礼运》："玄酒在室。"唐代孔颖达疏："玄酒，谓水也，以黑谓之玄。而大古无酒，此水当酒所用，故谓之玄酒。"

沙①

近来的读书人，常常叹中国人好像一盘散沙，无法可想，将倒楣的责任，归之于大家。其实这是冤枉了大部分中国人的。小民虽然不学，见事也许不明，但知道关于本身利害时，何尝不会团结。先前有跪香②、民变、造反；现在也还有请愿之类。他们的像沙，是被统治者"治"成功的，用文言来说，就是"治绩"。

那么，中国就没有沙么？有是有的，但并非小民，而是大小统治者。

人们又常常说："升官发财。"其实这两件事是不并列的，其所以要升官，只因为要发财，升官不过是一种发财的门径。

所以官僚虽然依靠朝廷，却并不忠于朝廷，吏役虽然依靠衙署，却并不爱护衙署，头领下一个清廉的命令，小喽罗是决不听的，对付的方法有"蒙蔽"。他们都是自私自利的沙，可以肥己时就肥己，而且每一粒都是皇帝，可以称尊处就称尊。

有些人译俄皇为"沙皇"，移赠此辈，倒是极确切的尊号。财何从来？是从小民身上刮下来的。小民倘能团结，发财就烦难，那么，当然应该想尽方法，使他们变成散沙才好。以沙皇治小民，于是全中国就成为"一盘散沙"了。

然而沙漠以外，还有团结的人们③在，他们"如入无人之境"的走进来了。

这就是沙漠上的大事变。当这时候，古人曾有两句极贴切的比喻，叫作"君子为猿鹤，小人为虫沙"④。那些君子们，不是象白鹤的腾空，就如猢狲的上树，"树倒猢狲散"，另外还有树，他们决不会吃苦。剩在地下的，便是小民的蝼蚁和泥沙，要践踏杀戮都可以，他们对沙皇尚且不敌，怎能敌得过沙皇的胜者呢？

然而当这时候，偏又有人摇笔鼓舌，向着小民提出严重的质问道："国民将何以自处"呢，"问国民将何以善其后"呢？

忽然记得了"国民"，别的什么都不说，只又要他们来填亏空，不是等于向着缚了手脚的人，要求他去捕盗么？

但这正是沙皇治绩的后盾，是猿鸣鹤唳的尾声，称尊肥己之余，必然到来的末一着。

七月十二日

【注释】

① 本篇最初发表于一九三三年八月十五日《申报月刊》第二卷第八号，署名洛文。初收一九三四年三月上海同文书店版《南腔北调集》。

② 跪香：旧时穷苦无告的人们手捧燃香，跪于衙前或街头，向官府"请愿"、鸣冤的一种方式。

③ 这里所说"团结的人们"和下文"沙皇的胜者"，隐指日本帝国主义。

④ "君子为猿鹤，小人为虫沙"：《太平御览》卷九一六引古本《抱朴子》："周穆王南征，一军尽化，君子为猿为鹤，小人为虫为沙。"

中国的奇想①

外国人不知道中国，常说中国人是专重实际的。其实并不，我们中国人是最有奇想的人民。

无论古今，谁都知道，一个男人有许多女人，一味纵欲，后来是不但天天喝三鞭酒②也无效，简直非"寿（？）终正寝"不可的。可是我们古人有一个大奇想，是靠了"御女"，反可以成仙，例子是彭祖③有多少女人而活到几百岁。这方法和炼金术一同流行过，古代书目上还剩着各种的书名。不过实际上大约还是到底不行罢，现在似乎再没有什么人们相信了，这对于喜欢渔色的英雄，真是不幸得很。

然而还有一种小奇想。那就是哼的一声，鼻孔里放出一道白光，无论路的远近，将仇人或敌人杀掉。白光可又回来了，摸不着是谁杀的，既然杀了人，又没有麻烦，多么舒适自在。这种本领，前年还有人想上武当山④去寻求，直到去年，这才用大刀队来替代了这奇想的位置。现在是连大刀队的名声也寂寞了。对于爱国的英雄，也是十分不幸的。

然而我们新近又有了一个大奇想。那是一面救国，一面又可以发财，虽然各种彩票⑤，近似赌博，而发财也不过是"希望"。不过这两种已经关联起来了却是真的。固然，世界上也有靠聚赌抽头来维持的摩那科王国⑥，但就常理说，则赌博大概是小则败家，大则亡国；救国呢，却总不免有一点牺牲，至少，和发财之路总是相差很远的。然而发见了一致之点的是我们现在的中国，虽然还在试验的途中。

然而又还有一种小奇想。这回不用一道白光了，要用几回启事，几封匿名的信件，几篇化名的文章，使仇头落地，而血点一些也不会溅着自己的洋房和洋服⑦。并且映带之下，使自己成名获利。这也还在试验的途中，不知道结果怎么样，但翻翻现成的文艺史，看不见半个这样的人物，那恐怕也还是枉用心机的。

狂赌救国，纵欲成仙；袖手杀敌，造谣买田。倘有人要编续《龙文鞭影》⑧的，我以为不妨添上这四句。

八月四日

【注释】

① 本篇最初发表于一九三三年八月六日《申报·自由谈》，署名游光。初收一九三四年十二月上海兴中书局（联华）版《准风月谈》。

② 三鞭酒：用三种动物的雄性生殖器泡制的强身药酒。

③ 彭祖：传说中人物。晋代葛洪《神仙传》卷一："彭祖者，姓钱讳铿，帝颛顼之玄孙也。殷末已七百六十七岁，而不衰老。"传内记彭祖曾说过这样的话："男女相成，犹天地相生也。……天地昼分而夜合，一岁三百六十交而精气和合，故能生产万物而不穷；人能则之，可以长存。"

④ 武当山：在湖北均县北，山上有紫霄宫、玉虚宫等宫观，为我国著名的道教胜地。《太平御览》卷四十三引南朝宋郭仲产《南雍州记》说："武当山广三四百里，……学道者常百数，相继不绝。"在旧小说中常把武当山描写为剑侠修炼的神奇的地方。

⑤ 彩票：又称奖券。这里指国民党政府同一九三三年起发行的"航空公路建设奖券"，当时报纸宣传购买奖券是"既爱国，又获奖"。

⑥ 摩那科王国（The principality of Monaco）：通译摩纳哥公国，法国东南地中海滨的一个君主立宪国，境内蒙的卡罗（Monte Carlo）城有世界著名的大赌场，赌场收入为该国政府主要财政来源之一。

⑦ 指当时《社会新闻》《微言》一类刊物上发表的文章和张资平、曾

今可等人的启事，参看《伪自由书·后记》。

⑧《龙文鞭影》：明代萧良友编著，内容都是从古书中摘取来的一些故事，四字一句，每两句自成一联，按韵谱列为长编。旧时书塾常采用为儿童课本。

新秋杂识（一）①

门外的有限的一方泥地上，有两队蚂蚁在打仗。

童话作家爱罗先珂②的名字，现在是已经从读者的记忆上渐渐淡下去了，此时我却记起了他的一种奇异的忧愁。他在北京时，曾经认真的告诉我说：我害怕，不知道将来会不会有人发明一种方法，只要怎么一来，就能使人们都成为打仗的机器的。

其实是这方法早经发明了，不过较为烦难，不能"怎么一来"就完事。我们只要看外国为儿童而作的书籍，玩具，常常以指教武器为大宗，就知道这正是制造打仗机器的设备，制造是必须从天真烂漫的孩子们入手的。

不但人们，连昆虫也知道。蚂蚁中有一种武士蚁，自己不造窠，不求食，一生的事业，是专在攻击别种蚂蚁，掠取幼虫，使成奴隶，给它服役的。但奇怪的是它决不掠取成虫，因为已经难施教化。它所掠取的一定只限于幼虫和蛹，使在盗窟里长大，毫不记得先前，永远是愚忠的奴隶，不但服役，每当武士蚁出去劫掠的时候，它还跟在一起，帮着搬运那些被侵略的同族的幼虫和蛹去了。

但在人类，却不能这么简单的造成一律。这就是人之所以为"万物之灵"。

然而制造者也决不放手。孩子长大，不但失掉天真，还变得呆头呆脑，是我们时时看见的。经济的雕敝，使出版界不肯印行大部的学术文艺书籍，不是教科书，便是儿童书，黄河决口似的向孩子们滚过去。但那里面讲的是什么呢？要将我们的孩子们造成什么东西呢？却还没有看见战斗的批评家论及，似乎已经不大有人注意将来了。

反战会议③的消息不很在日报上看到，可见打仗也还是中国人的嗜好，给它一个冷淡，正是违反了我们的嗜好的证明。自然，仗是要打的，跟着

生前著作（1931年—1936年）

武士蚁去搬运败者的幼虫，也还不失为一种为奴的胜利。但是，人究竟是"万物之灵"，这样那里能就够。仗自然是要打的，要打掉制造打仗机器的蚁冢，打掉毒害小儿的药饵，打掉陷没将来的阴谋：这才是人的战士的任务。

八月二十八日

【注释】

① 本篇最初发表于一九三三年九月二日《申报·自由谈》，署名旅隼。初收一九三四年十二月上海兴中书局（联华）版《准风月谈》。

② 爱罗先珂（В.Я.Ерошенко，1889—1952）：俄国诗人和童话作家。童年时因病双目失明。一九二一年至一九二三年曾来中国，与鲁迅结识，鲁迅译过他的作品《桃色的云》《爱罗先珂童话集》等。

③ 反战会议：指世界反对帝国主义战争委员会于一九三三年九月在上海召开的远东会议。这次会议讨论了反对日本帝国主义侵略中国和争取国际和平等问题。开会前，国民党政府和法租界、公共租界当局对会议进行种种诽谤和阻挠，不许在华界或租界内召开。但在当时中共上海地下党支持下终于秘密举行。英国马莱爵士、法国作家和《人道报》主笔伐扬·古久里、中国宋庆龄等都出席了这次会议；鲁迅被推为主席团名誉主席。在会议筹备期间，鲁迅曾尽力支持和给以经济上的帮助。在一九三四年十二月鲁迅复萧军的一封信中曾说："会（按指反战会议）是开成的，费了许多力；各种消息，报上都不肯登，所以在中国很少人知道。结果并不算坏，各代表回国后都有报告，使世界上更明了了中国的实情。我加入的。"

新秋杂识（二）①

八月三十日的夜里，远远近近，都突然劈劈拍拍起来，一时来不及细想，以为"抵抗"又开头了，不久就明白了那是放爆竹，这才定了心。接着又想：大约又是什么节气了罢？……待到第二天看报纸，才知道原来昨夜是月蚀。那些劈劈拍拍，就是我们的同胞，异胞（我们虽然大家自称为黄帝子孙，但蚩尤②的子孙想必也未尝死绝，所以谓之"异胞"）在示威，要将月亮从天狗嘴里救出。

再前几天，夜里也很热闹。街头巷尾，处处摆着桌子，上面有面食，西瓜；西瓜上面叮着苍蝇，青虫，蚊子之类，还有一桌和尚，口中念念有词："回猪猡普米呀咈！③唵呀咈！咈！！"这是在放焰口，施饿鬼。到了盂兰盆节④了，饿鬼和非饿鬼，都从阴间跑出，来看上海这大世面，善男信女们就在这时尽地主之谊，托和尚"唵呀咈"的弹出几粒白米去，请它们都饱饱的吃一通。

我是一个俗人，向来不大注意什么天上和阴间的，但每当这些时候，却也不能不感到我们的还在人间的同胞们和异胞们的思虑之高超和妥帖。别的不必说，就在这不到两整年中，大则四省，小则九岛，都已变了旗色了，不久还有八岛。不但救不胜救，即使想要救罢，一开口，说不定自己就危险（这两句，印后成了"于势也有所未能"）。所以最妥当是救月亮，那怕爆竹放得震天价响，天狗决不至于来咬，月亮里的酋长（假如有酋长的话）也不会出来禁止，目为反动的。救人也一样，兵灾、旱灾、蝗灾、水灾……灾民们不计其数，幸而暂免于灾殃的小民，又怎么能有一个救法？那自然远不如救魂灵，事省功多，和大人先生的打醮造塔⑤同其功德。这就是所谓"人无远虑，必有近忧"⑥；而"君子务其大者远者"⑦，亦此之谓也。

而况"庖人虽不治庖，尸祝不越尊俎而代之"⑧，也是古圣贤的明训，国事有治国者在，小民是用不着吵闹的。不过历来的圣帝明王，可又并不卑视小民，倒给与了更高超的自由和权利，就是听你专门去救宇宙和魂灵。这是太平的根基，从古至今，相沿不废，将来想必也不至先便废。记得那是去年的事了，沪战初停，日兵渐渐的走上兵船和退进营房里面去，有一夜也是这么劈劈拍拍起来，时候还在"长期抵抗"⑨中，日本人又不明白我们的国粹，以为又是第几路军前来收复失地了，立刻放哨，出兵……乱烘烘的闹了一通，才知道我们是在救月亮，他们是在见鬼。"哦哦！成程（Naruhodo＝原来如此）！"惊叹和佩服之余，于是恢复了平和的原状。今年呢，连哨也没有放，大约是已被中国的精神文明感化了。

现在的侵略者和压制者，还有像古代的暴君一样，竟连奴才们的发昏和做梦也不准的么？……

八月三十一日

【注释】

① 本篇最初发表于一九三三年九月十三日《申报·自由谈》，题为《秋

夜漫谈》，署名虞明，收集后改署名旅隼。初收一九三四年十二月上海兴中书局（联华）版《准风月谈》。

②蚩尤：古代传说中我国九黎族的首领，相传他和黄帝作战，兵败被杀。

③"回猪猡普米呀邓！"：梵语音译，《瑜伽集要焰口施食仪》中的咒文，"猪猡"原作"资啰"。

④盂兰盆节："盂兰盆"是梵语"Ullambana"音译，意为解倒悬。旧俗以夏历七月十五日为盂兰盆节，在这一天夜里请和尚诵经施食，追荐死者，称为放焰口。焰口饿鬼名。

⑤打醮：旧时僧道设坛念经做法事。在九一八事变后，国民党政客戴季陶等，拉拢当时的班禅喇嘛，以超荐天灾兵祸死去的鬼魂等名义，迭次发起在南京附近的宝华山隆昌寺举办"仁王护国法会；普利法会"等，诵经礼佛。造塔，指戴季陶于一九三三年五月在南京筑塔收藏孙中山的遗著抄本。

⑥"人无远虑，必有近忧"：孔丘的话，语见《论语·卫灵公》。

⑦"君子务其大者远者"：语出《左传》襄公三十一年："君子务知大者远者，小人务知小者近者"，是春秋时郑国子皮对子产所说的话。

⑧"庖人虽不治庖，尸祝不越尊俎而代之"：语见《庄子·逍遥游》，意思是各人办理自己分内的事。庖人，厨子；尸祝，主持祝祷的人；尊俎，盛酒载牲的器具。

⑨"长期抵抗"：参看本书P51《航空救国三愿》注⑤。

意和解释①

上司的行动不必征求下属的同意，这是天经地义。但是，有时候上司会对下属解释。

新进的世界闻人说："原人时代就有威权，例如人对动物，一定强迫它们服从人的意志，而使它们抛弃自由生活，不必征求动物的同意。"②这话说得透彻。不然，我们那里有牛肉吃，有马骑呢？人对人也是这样。

日本耶教会③主教最近宣言日本是圣经上说的天使："上帝要用日本征服向来屠杀犹太人的白人……以武力解放犹太人，实现《旧约》上的豫言。"

这也显然不征求白人的同意的，正和屠杀犹太人的白人并未征求过犹太人的同意一样。日本的大人老爷在中国制造"国难"，也没有征求中国人民的同意。——至于有些地方的绅董，却去征求日本大人的同意，请他们来维持地方治安，那却又当别论。总之，要自由自在的吃牛肉，骑马等等，就必须宣布自己是上司，别人是下属；或是把人比做动物，或是把自己作为天使。

但是，这里最要紧的还是"武力"，并非理论。不论是社会学或是基督教的理论，都不能够产生什么威权。原人对于动物的威权，是产生于弓箭等类的发明的。至于理论，那不过是随后想出来的解释。这种解释的作用，在于制造自己威权的宗教上，哲学上，科学上，世界潮流上的根据，使得奴隶和牛马恍然大悟这世界的公律，而抛弃一切翻案的梦想。

当上司对于下属解释的时候，你做下属的切不可误解这是在征求你的同意，因为即使你绝对的不同意，他还是干他的。他自有他的梦想，只要金银财宝和飞机大炮的力量还在他手里，他的梦想就会实现；而你的梦想却终于只是梦想，——万一实现了，他还说你抄袭他的动物主义的老文章呢。

据说现在的世界潮流，正是庞大权力的政府的出现，这是十九世纪人士所梦想不到的。意大利和德意志不用说了；就是英国的国民政府，"它的实权也完全属于保守党一党"。"美国新总统所取得的措置经济复兴的权力，比战争和戒严时期还要大得多"④。大家做动物，使上司不必征求什么同意，这正是世界的潮流。懿欤盛哉，这样的好榜样，哪能不学？

不过，我这种解释还有点美中不足：中国自己的秦始皇帝焚书坑儒，中国自己的韩退之⑤等说："民不出米粟麻丝以事其上则诛"。这原是国货，何苦违背着民族主义，引用外国的学说和事实——长他人威风，灭自己志气呢？

九月三日

【注释】

① 本篇最初发表于一九三三年九月二十日《申报自由谈》，署名虞明。初收一九三四年十二月上海兴中书局（联华）版《准风月谈》。

② 这是希特勒一九三三年九月初在纽伦堡国社党大会闭幕时发表演说中的话。

③ 日本耶教会：即日本耶稣教会。据一九三三年九月三日《大晚报》载路透社东京讯说，该会负责人中田宣称："《以色亚》章（按指《旧约全

书以赛亚书》第五十五章）中一汝所不知之国，与亦不知汝之国，及《启示录》第七篇（按指《新约全书启示录》第七章）一天使降自东方，执上帝之玺，皆指日本而言。"又说："上帝将以日本征服向来屠杀犹太人之白人，……日本以武力解放犹太人，实现《旧约》预言"。

④ 这是当时国民党政府财政部长宋子文出席世界经济会议归国后，一九三三年九月三日在南京说的话。他宣传西方各国政府的"权力之大"，"为十九世纪人士所梦想不到"，要中国效法这种"好榜样"。美国新总统，指一九三三年三月就职的第三十二任总统罗斯福。

⑤ 韩退之（768—824）：名愈，字退之，河阳（今河南孟县）人，唐代文学家。著有《韩昌黎集》。这里所引的话见他所作的《原道》，原文为："民不出粟、米、麻、丝，作器皿，通货财，以事其上，则诛！"

九·一八①

阴天，晌午大风雨。看晚报，已有纪念这纪念日的文章，用风雨作材料了。明天的日报上，必更有千篇一律的作品。空言不如事实，且看看那些记事罢——

戴季陶讲如何救国

（中央社）

南京十八日——国府十八日晨举行纪念周，到林森戴季陶陈绍宽朱家骅吕超魏怀暨国府职员等四百余人，林主席领导行礼，继戴讲"如何救国"，略谓本日系九一八两周年纪念，吾人于沉痛之余，应想法达到救国目的，救国之道甚多，如道德救国，教育救国，实业救国等，最近又有所谓航空运动及节约运动，前者之动机在于国防与交通上建设，此后吾人应从根本上设法增强国力，不应只知向外国购买飞机，至于节约运动须一面消极的节省消费，一面积极的将金钱用于生产方面。在此国家危急之秋，吾人应该各就自己的职务上尽力量，根据总理的一贯政策，来做整个三民主义的实施。

吴敬恒讲纪念意义

（中央社）

南京十八日——中央十八日晨八时举行九一八二周年纪念大会，到中委汪兆铭陈果夫邵元冲陈公博朱培德贺耀祖王祺等暨中央工作人员共六百余人，汪主席，由吴敬恒演讲以精诚团结充实国力，为纪念九一八之意义，阐扬甚多，并指正爱国之道，词甚警惕，至九时始散。

汉口静默停止娱乐

（日联社）

汉口十八日——汉口九一八纪念日华街各户均揭半旗，省市两党部上午十时举行纪念会，各戏院酒馆等一律停业，上午十一时全市人民默祷五分钟。

广州禁止民众游行

（路透社）

广州十八日——各公署与公共团体今晨均举行九一八国耻纪念，中山纪念堂晨间行纪念礼，演说者均抨击日本对华之侵略，全城汽笛均大鸣，以警告民众，且有飞机于行礼时散发传单，惟民众大游行，为当局所禁，未能实现。

东京纪念祭及犬马

（日联社）

东京十八日——东京本日举行九一八纪念日，下午一时在日比谷公会堂举行阵亡军人遗族慰安会，筑地本愿寺举行军马军犬军鸽等之慰灵祭，在乡军人于下午六时开大会，靖国神社举行阵亡军人追悼会。

但在上海怎样呢？先看租界——

雨丝风片倍觉消沉

今日之全市，既因雨丝风片之侵袭，愁云惨雾之笼罩，更显黯淡之象。但驾车遍游全市，则殊难得见九一八特殊点缀，似较诸去年今日，稍觉消沉，但此非中国民众之已渐趋于麻木，或者为中国民众已觉悟于过去标语口号之不足恃，只有埋头苦做之一道乎？所以今日之南市闸北以及租界区域，情形异常平安，道途之间，除警务当局多派警探在冲要之区，严密戒备外，简直无甚可以纪述者。

以上是见于《大美晚报》②的，很为中国人祝福。至华界情状，却须看《大晚报》的记载了——

今日九一八
华界戒备
公安局据密报防反动

今日为"九·一八"，日本侵占东北国难二周纪念，市公安局长文鸿恩，昨据密报，有反动分子，拟借国难纪念为由秘密召集无知工人，乘机开会，企图煽惑捣乱秩序等语，文局长核报后，即训令各区所队，仍照去年"九·一八"实施特别戒备办法，除通告该局各科处于今晨十时许，在局长办公厅前召集全体职员，及警察总队第三中队警士，举行"九·一八"国难纪念，同时并行纪念周外，并饬督察长李光曾派全体督察员，男女检查员，分赴中华路，民国路，方浜路，南阳桥，唐家湾，斜桥等处，会同各区所警士，在各要隘街衢，及华租界接壤之处，自上午八时至十一时半，中午十一时半至三时，下午三时至六时半，分三班轮流检查行人。南市大吉路公共体育场，沪西曹家渡三角场，闸北谭子湾等处，均派大批巡逻警士，禁止集会游行。制造局路之西，徐家汇区域内主要街道，尤宜特别注意，如遇发生事故，不能制止者，即向丽园路报告市保安处第二团长处置，凡工厂林立处所，加派双岗驻守，红色车巡队，沿城环行驶巡，形势非常壮严。该局侦缉队长卢英，饬侦缉领班陈光炎，陈才福，唐炳祥，夏品山，各率侦缉员，分头密赴曹家渡，白利南路，胶州路及南市公共体育场等处，严密暗探反动分子行动，以资防范，而遏乱萌。公共租界暨法租界两警务处，亦派中西探员出发搜查，以防反动云。

"红色车"是囚车，中国人可坐，然而从中国人看来，却觉得"形势非常壮严"云。记得前两天（十六日）出版的《生活》[3]所载的《两年的教训》里，有一段说——

"第二，我们明白谁是友谁是仇了。希特勒在德国民族社会党大会中说：'德国的仇敌，不在国外，而在国内。'北平整委会主席黄郛说：'和共抗日之说，实为谬论；剿共和外方为救时救党上策。'我们却要说'民族的仇敌，不仅是帝国主义，而是出卖民族利益的帝国主义走狗们。'民族反帝的真正障碍在那里，还有比这过去两年的事实指示得更明白吗？"

现在再来一个切实的注脚：分明的铁证还有上海华界的"红色车"！是一天里的大教训！

年年的这样的情状，都被时光所埋没了，今夜作此，算是纪念文，倘中国人而终不至被害尽杀绝，则以贻我们的后来者。

是夜，记。

【注释】

① 本篇在收入本书前未在报刊上发表过。初收一九三四年三月上海同文书店版《南腔北调集》。

② 《大美晚报》：美国人在上海出版的英文报纸。一九二九年四月创刊，一九三三年一月增出中文版，一九四九年五月上海解放后停刊。

③《生活》：周刊，中华职业教育社主办，一九二五年十月在上海创刊。一九二六年十月起由邹韬奋主编，一九三三年独立出版，同年十二月在国民党当局压迫下停刊。

黄　祸①

现在的所谓"黄祸"，我们自己是在指黄河决口了，但三十年之前，并不如此。那时是解作黄色人种将要席卷欧洲的意思的，有些英雄听到了这句话，恰如听得被白人恭维为"睡狮"一样，得意了好几年，准备着去做欧洲的主子。

不过"黄祸"这故事的来源，却又和我们所幻想的不同，是出于德皇威廉②的。他还画了一幅图，是一个罗马装束的武士，在抵御着由东方西来的一个人，但那人并不是孔子，倒是佛陀③，中国人实在是空欢喜。所以我们一面在做"黄祸"的梦，而有一个人在德国治下的青岛④所见的现实，却是一个苦孩子弄脏了电柱，就被白色巡捕提着脚，像中国人的对付鸭子一样，倒提而去了。

现在希特拉的排斥非日耳曼民族思想，方法是和德皇一样的。

德皇的所谓"黄祸"，我们现在是不再梦想了，连"睡狮"也不再提起，"地大物博，人口众多"，文章上也不很看见。倘是狮子，自夸怎样肥大是不妨事的，但如果是一口猪或一匹羊，肥大倒不是好兆头。我不知道我们自己觉得现在好像是什么了？

我们似乎不再想，也寻不出什么"象征"来，我们正在看海京伯⑤的猛兽戏，赏鉴狮虎吃牛肉，听说每天要吃一只牛。我们佩服国联⑥的制裁日本，我们也看不起国联的不能制裁日本；我们赞成军缩⑦的"保护和平"，我们也佩服希特拉的退出军缩；我们怕别国要以中国作战场，我们也憎恶非战大会。我们似乎依然是"睡狮"。

"黄祸"可以一转而为"福"，醒了的狮子也会做戏的。当欧洲大战时，我们有替人拼命的工人，青岛被占了，我们有可以倒提的孩子。

但倘说，二十世纪的舞台上没有我们的份，是不合理的。

十月十七日

【注释】

① 本篇最初发表于一九三三年十月二十日《申报·自由谈》，署名尤刚。初收一九三四年十二月上海兴中书局（联华）版《准风月谈》。

② 德皇威廉：指德皇威廉二世（Wilhelm Ⅱ，1859—1941）。在位期间，于一八九七年派舰队强占中国胶州湾，一九〇〇年又派兵参加八国联军侵略中国。他曾鼓吹"黄祸"论，并在一八九五年绘制了一幅题词为"欧洲各国人民，保卫你们最神圣的财富！"的画，画上以基督教《圣经》中所说的上帝的天使长、英勇善战的米迦勒（德国曾把他作为自己的保护神）象征西方；以浓烟卷成的巨龙、佛陀象征来自东方的威胁。按"黄祸"论兴起于十九世纪末，盛行于二十世纪初，它宣称中国、日本等东方黄种民族的国家是威胁欧洲的祸害，为西方帝国主义对东方的奴役、掠夺制造舆论。

③ 佛陀：梵文"Buddha"的音译，简称佛，是佛教对"觉行圆满"者的称呼。

④ 德国治下的青岛：青岛于一八九七年被德帝国主义强占，第一次世界大战期间又为日本帝国主义占领，一九二二年由我国收回。

⑤ 海京伯（C.Hagenbeck，1844—1913）：德国驯兽家，一八八七年创办海京伯马戏团。该团于一九三三年十月来我国上海演出。

⑥ 国联：一九三一年九一八事变后，国民党政府对日本侵略采取不抵抗政策，声称要期待国联的"公理判决"。一九三二年四月国联派调查团来中国，十月发表名为调解中日争端实则偏袒日本的报告书，主张东北各省脱离中国由国际共管。国民党政府竟对这一《报告书》佩服赞赏。但日本帝国主义为达到其独占中国的目的，无视国联意见，于一九三三年五月退出国联。国民党政府又对国联无力约束日本表示过不满。

⑦ 军缩：指国际军缩（即裁军）会议，一九三二年二月起在日内瓦召开。当时中国一些报刊曾赞扬军缩会议，散布和平幻想。一九三三年十月希特勒宣布德国退出军缩会议，一些报刊又为希特勒扩军备战进行辩护，如同年十月十七日《申报》载《德国退出军缩会议后的动向》一文说：德国此举乃"为准备自己，原无不当，且亦适合于日尔曼民族之传统习惯"。

一九三四年

答国际文学社问①

原问——

一、苏联的存在与成功，对于你怎样（苏维埃建设的十月革命，对于你的思想的路径和创作的性质，有什么改变）？

二、你对于苏维埃文学的意见怎样？

三、在资本主义的各国，什么事件和种种文化上的进行，特别引起你的注意？

一，先前，旧社会的腐败，我是觉到了的，我希望着新的社会的起来，但不知道这"新的"该是什么；而且也不知道"新的"起来以后，是否一定就好。待到十月革命后，我才知道这"新的"社会的创造者是无产阶级，但因为资本主义各国的反宣传，对于十月革命还有些冷淡，并且怀疑。现在苏联的存在和成功，使我确切的相信无阶级社会一定要出现，不但完全扫除了怀疑，而且增加许多勇气了。但在创作上，则因为我不在革命的旋涡中心，而且久不能到各处去考察，所以我大约仍然只能暴露旧社会的坏处。

二，我只能看别国——德国，日本——的译本。我觉得现在的讲建设的，还是先前的讲战斗的——如《铁甲列车》《毁灭》《铁流》②等——于我有兴趣，并且有益。我看苏维埃文学，是大半因为想绍介给中国，而对于中国，现在也还是战斗的作品更为紧要。

三，我在中国，看不见资本主义各国之所谓"文化"；我单知道他们和他们的奴才们，在中国正在用力学和化学的方法，还有电气机械，以拷问革命者，并且用飞机和炸弹以屠杀革命群众。

① 本篇最初发表于《国际文学》一九三四年第三、四期合刊，发表时题为《中国与十月》，同年七月五日苏联《真理报》曾予转载。初收一九三七年七月上海三闲书屋版《且介亭杂文》。

《国际文学》，双月刊，国际革命作家联盟的机关刊物，以俄、德、英、法等文字在苏联出版，原名《外国文学消息》，一九三〇年十一月改称《世界革命文学》，一九三三年改名为《国际文学》。

②《铁甲列车》：全名《铁甲列车第14—69号》，伊凡诺夫著，侍桁译，系鲁迅所编《现代文艺丛书》之一，一九三二年神州国光社出版；《毁灭》，法捷耶夫作，鲁迅译，一九三一年三闲书屋出版；《铁流》，绥拉菲摩维支作，曹靖华译，一九三一年三闲书屋出版。这些都是以苏联国内战争为题材的长篇小说。

偶　感①

公　汗

还记得东三省沦亡，上海打仗的时候，在只闻炮声，不愁炮弹的马路上，处处卖着《推背图》，这可见人们早想归失败之故于前定了。三年以后，华北华南，同濒危急，而上海却出现了"碟仙"②。前者所关心的还是国运，后者却只在问试题，奖券，亡魂。着眼的大小，固已迥不相同，而名目则更加冠冕，因为这"灵乩"是中国的"留德学生白同君所发明"，合于"科学"的。

"科学救国"已经叫了近十年，谁都知道这是很对的，并非"跳舞救国；拜佛救国"之比。青年出国去学科学者有之，博士学了科学回国者有之。不料中国究竟自有其文明，与日本是两样的，科学不但并不足以补中国文化之不足，却更加证明了中国文化之高深。风水，是合于地理学的；门阀，是合于优生学的；炼丹，是合于化学的；放风筝，是合于卫生学的。"灵乩"的合于"科学"，亦不过其一而已。"五四"时代，陈大齐③先生曾作论揭发过扶乩的骗人，隔了十六年，白同先生却用碟子证明了扶乩的合理，这真叫人从那里说起。

而且科学不但更加证明了中国文化的高深，还帮助了中国文化的光大。麻将桌边，电灯替代了蜡烛，法会坛上，镁光照出了喇嘛④，无线电播音所日日传播的，不往往是《狸猫换太子》《玉堂春》《谢谢毛毛雨》⑤吗？老子曰："为之斗斛以量之，则并与斗斛而窃之。"⑥罗兰夫人曰："自由自由，多少罪恶，假汝之名以行！"每一新制度，新学术，新名词，传入中国，便如落在黑色染缸，立刻乌黑一团，化为济私助焰之具。科学，亦不过其一而已。此弊不去，中国是无药可救的。

五月二十日

【注释】

① 本篇最初发表于一九三四年五月二十五日《申报·自由谈》。初收一九三六年六月上海联华书局版《花边文学》。

② "碟仙"：当时出现的一种迷信扶乩活动，如上海曾流传"香港科学游艺社"制造发售的"科学灵乩图"，图上印有"留德白同经多年研究所发明，纯用科学方法构就，丝毫不带迷信作用"等字句。

③ 陈大齐：字百年，浙江海盐人，曾任北京大学哲学系教授。一九一八年五月，他在《新青年》第四卷第五号发表《辟"灵学"》一文，对当时上海出现的以"灵学"为招牌的设坛扶乩迷信活动，进行了揭露批判。

④ 当时举办的时轮金刚法会上，班禅喇嘛诵经作法时，有摄影师在佛殿内使用镁光灯照明。

⑤《狸猫换太子》：据小说《三侠五义》有关李宸妃的情节改编的京剧；《玉堂春》，据《警世通言·玉堂春落难逢夫》改编的京剧，是说名妓苏三（玉堂春）受诬入狱，后与当了巡按的旧识王金龙重逢的故事；《谢谢毛毛雨》，二十世纪三十年代黎锦晖作的流行歌曲。

⑥ "为之斗斛以量之，则并与斗斛而窃之。"见《庄子·胠箧》。

致杨霁云

霁云先生：

六日函收到。杂志原稿既然先须检查，则作文便不易，至多，也只能登《自由谈》那样的文章了。政府帮闲们的大作，既然无人要看，他们便只好压迫别人，使别人也一样的奄奄无生气，这就是自己站不起，就拖倒别人的办法。倘用聚仁先生出面编辑，他们大约会更加注意的。

来信所述的忧虑，当然也有其可能，然而也未必一定实现。因为正如来信所说，中国的事，大抵是由于外铄的，所以世界无大变动，中国也不见得单独全局变动，待到能变动时，帝国主义必已凋落，不复有收买的主人了。然而若干叭儿，忽然转向，又挂新招牌以自利，一面遮掩实情，以欺骗世界的事，却未必会没有。这除却与之战斗以外，更无别法。这样的战斗，是要继续得很久的。所以当今急务之一，是在养成勇敢而明白的斗士，我向来即常常注意于这一点，虽然人微言轻，终无效果。

专此布复，即颂

时绥。

迅上六月九夜。

一九三五年

致萧军、萧红

刘军

悄吟先生：

　　来信早收到；小说稿已看过了，都做得好的 —— 不是客气话充满着热情，和只玩些技巧的所谓"作家"的作品大两样。今天已将悄吟太太的那一篇寄给《太白》①。余两篇让我想一想，择一个相宜的地方，文学社暂不能寄了，因为先前的两篇②，我就寄给他们的，现在还没有回信。

　　至于你要给《火炬》的那篇，我看不必寄去，一定登不出来的，不如暂留在我处，看有无什么机会发表；不过即使发表，我恐怕中国人也很难看见的。虽然隔一道关，但情形也未必会两样。前几天大家过年，报纸停刊，从袁世凯那时起，卖国就在这时候，这方法留传至今，我看是关内也在爆竹声中葬送了。你记得去年各报上登过一篇《敌乎，友乎？》的文章吗？做的是徐树铮的儿子，③现代阔人的代言人，他竟连日本是友是敌都怀疑起来了，怀疑的结果，才决定是"友"。将来恐怕还会有一篇"友乎，主乎？"要登出来。今年就要将"一·二八""九一八"的纪念取消，报上登载的减少学校假期，就是这件事，不过他们说话改头换面，使大家不觉得。"友"之敌，就是自己之敌，要代"友"讨伐的，所以我看此后的中国报，将不准对日本说一句什么话。中国向来的历史上，凡一朝要完的时候，总是自己动手，先前本国的较好的人，物，都打扫干净，给新主子可以不费力量的进来。现在也毫不两样，本国的狗，比洋狗更清楚中国的情形，手段更加巧妙。

　　来信说近来觉得落寞，这心情是能有的，原因就在在上海还是一个陌生人，没有生下根去。但这样的社会里，怎么生根呢，除非和他们一同腐败；如果和较好的朋友在一起，那么，他们也正是落寞的人，被缚住了手脚的。文界的腐败，和武界也并不两样，你如果较清楚上海以至北京的情形，就知道有一群蛆虫，在怎样挂着好看的招牌，在帮助权力者暗杀青年的心，使中国完结得无声无臭。

我也时时感到寂寞，常常想改掉文学买卖，不做了，并且离开上海。不过这是暂时的愤慨，结果大约还是这样的干下去，到真的干不来了的时候。

海婴是好的，但捣乱得可以，现在是专门在打仗，可见世界是一时不会平和的。请客大约尚无把握，因为要请，就要吃得好，否则，不如不请，这是我和悄吟太太主张不同的地方。但是，什么时候来请罢。

此请

俪安。

豫上

二月九日

再：那两篇小说的署名，要改一下，④因为在俄有一个萧三，在文学上很活动，现在即使多一个"郎"字，狗们也即刻以为就是他的。改什么呢？等来信照办。

又及

【注释】

① 指《小六》。后载《太白》第一卷第十二期（一九三五年三月）。

② 指萧军的《职业》和《樱花》。

③《敌乎？友乎？》即（《敌乎？友乎？——中日关系的检讨》），连载于一九三五年一月二十六日至三十日《申报》，徐道邻作。徐道邻，江苏萧县人，曾任国民党政府行政院政务处处长。徐树铮，亲日的北洋军阀。

④ 萧军的《职业》《樱花》两篇小说，原署名"萧三郎"，发表时改署"三郎"。

田军作《八月的乡村》序①

爱伦堡（Ilia Ehrenburg）②论法国的上流社会文学家之后，他说，此外也还有一些不同的人们："教授们无声无息地在他们的书房里工作着，实验 X 光线疗法的医生死在他们的职务上，奋身去救自己的伙伴的渔夫悄然沉没在大洋里面。……一方面是庄严的工作，另一方面却是荒淫与无耻。"

这末两句，真也好像说着现在的中国。然而中国是还有更其甚的呢。手头没有书，说不清见于那里的了，也许是已经汉译了的日本箭内亘③氏的著作罢，他曾经一一记述了宋代的人民怎样为蒙古人所淫杀，俘获，践踏和奴使。然而南宋的小朝廷却仍旧向残山剩水间的黎民施威，在残山剩水间行乐；逃到那里，气焰和奢华就跟到那里，颓靡和贪婪也跟到那里。"若要官，杀人放火受招安；若要富，跟着行在卖酒醋。"④这是当时的百姓提取了朝政的精华的结语。

人民在欺骗和压制之下，失了力量，哑了声音，至多也不过有几句民谣。"天下有道，则庶人不议。"⑤就是秦始皇隋炀帝，他会自承无道么？百姓就只好永远箝口结舌，相率被杀，被奴。这情形一直继续下来，谁也忘记了开口，但也许不能开口。即以前清末年而论，大事件不可谓不多了：雅片战争，中法战争，中日战争，戊戌政变，义和拳变，八国联军，以至民元革命。然而我们没有一部像样的历史的著作，更不必说文学作品了。"莫谈国事"，是我们做小民的本分。我们的学者⑥也曾说过：要征服中国，必须征服中国民族的心。其实，中国民族的心，有些是早给我们的圣君贤相武将帮闲之辈征服了的。近如东三省被占之后，听说北平富户，就不愿意关外的难民来租房子，因为怕他们付不出房租。在南方呢，恐怕义军的消息，未必能及鞭毙土匪，蒸骨验尸，阮玲玉⑦自杀，姚锦屏化男⑧的能够耸动大家的耳目罢？"一方面是庄严的工作，另一方面却是荒淫与无耻。"

但是，不知道是人民进步了，还是时代太近，还未湮没的缘故，我却见过几种说述关于东三省被占的事情的小说。这《八月的乡村》，即是很好的一部，虽然有些近乎短篇的连续，结构和描写人物的手段，也不能比法捷耶夫的《毁灭》⑨，然而严肃，紧张，作者的心血和失去的天空，土地，受难的人民，以至失去的茂草，高粱，蝈蝈，蚊子，搅成一团，鲜红的在读者眼前展开，显示着中国的一份和全部，现在和未来，死路与活路。凡有人心的读者，是看得完的，而且有所得的。

"要征服中国民族，必须征服中国民族的心！"但这书却于"心的征服"有碍。心的征服，先要中国人自己代办。宋曾以道学替金元治心，明曾以党狱替满清箝口。这书当然不容于满洲帝国⑩，但我看也因此当然不容于中华民国。这事情很快的就会得到实证。如果事实证明了我的推测并没有错，那也就证明了这是一部很好的书。

好书为什么倒会不容于中华民国呢？那当然，上面已经说过几回了——

"一方面是庄严的工作，另一方面却是荒淫与无耻！"

这不像序。但我知道，作者和读者是决不和我计较这些的。

一九三五年三月二十八日之夜，鲁迅读毕记。

【注释】

① 本篇最初印入一九三五年八月奴隶社（托上海荣光书局）版"奴隶丛书"之一《八月的乡村》。初收一九三七年七月上海三闲书屋版《且介亭杂文二集》。

田军，又名萧军，辽宁义县人，小说家。《八月的乡村》是他著的长篇小说，《奴隶丛书》之一，一九三五年八月上海容光书局出版。

② 爱伦堡（1891—1967）：苏联作家。这里的引文见于他所作的《最后的拜占庭人》一文（据黎烈文译文，载一九三五年三月《译文》月刊第二卷第一期，改题为《论莫洛亚及其他》）。

③ 箭内亘（1875—1926）：日本史学家。著有《蒙古史研究》《元朝制度考》《元代经略东北考》等。

④ 这是南宋时流传的民谣，见于南宋庄季裕《鸡肋编》。

⑤ "天下有道，则庶人不议"：孔丘的话，语见《论语·季氏》。据朱熹《集注》："上无失政，则下无私议，非箝其口使不敢言也。"

⑥ 指胡适。一九三三年三月十八日，他在北平对新闻记者的谈话中说："日本只有一个方法可以征服中国，即悬崖勒马，彻底停止侵略中国，反过来征服中国民族的心。"（见三月二十二日《申报·北平通讯》）

⑦ 阮玲玉（1910—1935）：广东中山人，电影演员。因婚姻问题受到

一些报纸的毁谤，于一九三五年三月间自杀。参看本书《论"人言可畏"》。

⑧ 姚锦屏化男：一九三五年三月间，报载东北一个二十岁的女子姚锦屏自称化为男身，后经医师检验，还是女性。

⑨ 法捷耶夫（А.А.Фадеев，1901—1956）：苏联作家。《毁灭》是他所著的长篇小说，有鲁迅译本，一九三一年三闲书屋出版。

⑩ 满洲帝国：日本帝国主义侵占我国东北后，于一九三二年三月在长春制造所谓"满洲国"，以清废帝溥仪为"执政"；一九三四年三月改称"满洲帝国"，溥仪改称"皇帝"。

致曹靖华

汝珍兄：

十四日信早到，近因忙于译书，所以今日才复。

它兄文稿，很有几个人要把它集起来，但我们尚未商量。现代有他的两部①，须赎回，因为是豫支过版税的，此事我在单独进行。

中国事其实早在意中，热心人或杀或囚，早替他们收拾了，和宋明之末极像。但我以为哭是无益的，只好仍是有一分力，尽一分力，不必一时特别愤激，事后却又悠悠然。我看中国青年，大都有愤激一时的缺点，其实现在秉政的，就都是昔日所谓革命的青年也。

此地出版仍极困难，连译文也费事，中国是对内特别凶恶的。

E. 君信非由 VOKS②转。他的信头有地址，今抄在此纸后面。记得他有一个地址，还多几字，但现不在手头。兄看现在之地址如果不像会寄不到，就请代发，否则不如将信寄来，由我自发。

寄辰兄③一笺并稿费单，乞便中转交。我们都好，勿念。

此祝平安。

豫上

六月廿四日

① 指《高尔基论文选集》《现实》。二稿曾向现代书局预支稿费二百元。
② VOKS：即苏联对外文化协会。
③ 辰兄：指台静农。

萧红作《生死场》序①

记得已是四年前的事了，时维二月，我和妇孺正陷在上海闸北的火线中②，眼见中国人的因为逃走或死亡而绝迹。后来仗着几个朋友的帮助，这才得进平和的英租界，难民虽然满路，居人却很安闲。和闸北相距不过四五里罢，就是一个这么不同的世界，——我们又怎么会想到哈尔滨。

这本稿子的到了我的桌上，已是今年的春天，我早重回闸北，周围又复熙熙攘攘的时候了。但却看见了五年以前，以及更早的哈尔滨。这自然还不过是略图，叙事和写景，胜于人物的描写，然而北方人民的对于生的坚强，对于死的挣扎，却往往已经力透纸背；女性作者的细致的观察和越轨的笔致，又增加了不少明丽和新鲜。精神是健全的，就是深恶文艺和功利有关的人，如果看起来，他不幸得很，他也难免不能毫无所得。

听说文学社曾经愿意给她付印，稿子呈到中央宣传部书报检查委员会那里去，搁了半年，结果是不许可。人常常会事后才聪明，回想起来，这正是当然的事：对于生的坚强和死的挣扎，恐怕也确是大背"训政"③之道的。今年五月，只为了《略谈皇帝》④这一篇文章，这一个气焰万丈的委员会就忽然烟消火灭，便是"以身作则"的实地大教训。奴隶社⑤以汗血换来的几文钱，想为这本书出版，却又在我们的上司"以身作则"的半年之后了，还要我写几句序。然而这几天，却又谣言蜂起，闸北的熙熙攘攘的居民，又在抱头鼠窜了，路上是骆驿不绝的行李车和人，路旁是黄白两色的外人，含笑在赏鉴这礼让之邦的盛况。自以为居于安全地带的报馆的报纸，则称这些逃命者为"庸人"或"愚民"。我却以为他们也许是聪明的，至少，是已经凭着经验，知道了煌煌的官样文章之不可信。他们还有些记性。

现在是一九三五年十一月十四的夜里，我在灯下再看完了《生死场》。

周围像死一般寂静，听惯的邻人的谈话声没有了，食物的叫卖声也没有了，不过偶有远远的几声犬吠。想起来，英法租界当不是这情形，哈尔滨也不是这情形；我和那里的居人，彼此都怀着不同的心情，住在不同的世界。然而我的心现在却好像古井中水，不生微波，麻木的写了以上那些字。这正是奴隶的心！——但是，如果还是搅乱了读者的心呢？那么，我们还决不是奴才。

不过与其听我还在安坐中的牢骚话，不如快看下面的《生死场》，她才会给你们以坚强和挣扎的力气。

鲁迅

【注释】

① 本篇最初印入一九三五年十二月奴隶社（托名上海荣光书局）版"奴隶丛书"之一《生死场》。初收一九三七年七月上海三闲书屋版《且介亭杂文二集》。

萧红（1911—1942），原名张乃莹，黑龙江呼兰县人，小说家。《生死场》是她所著的中篇小说，《奴隶丛书》之一，一九三五年十二月上海荣光书局出版。

② 指一九三二年一·二八上海战争。

③ "训政"：孙中山提出的建国程序分为军政、训政、宪政三个时期，在"训政时期"由政府对民众进行行使民权的训练。国民党政府曾于一九三一年六月公布所谓《训政时期约法》，借"训政"为名，剥夺人民一切民主权利，长期实行独裁统治。

④ 《略谈皇帝》：应作《闲话皇帝》。一九三五年五月，上海《新生》周刊第二卷第十五期发表易水（艾寒松）的《闲话皇帝》一文，泛论古今中外的君主制度，涉及日本天皇，当时日本驻上海总领事即以"侮辱天皇，妨害邦交"为名提出抗议。国民党政府屈从压力，并趁机压制进步舆论，将《新生》周刊查封，由法院判处该刊主编杜重远一年二个月徒刑。国民党中央宣传委员会图书杂志审查委员会也因"失责"而撤销。

⑤ 奴隶社：一九三五年鲁迅为编印几个青年作者的作品而拟定的一个社团名称。以奴隶社名义出版的《奴隶丛书》，除《生死场》外，还有叶紫的《丰收》和田军的《八月的乡村》。

中国人失掉自信力了吗[①]

从公开的文字上看起来：两年以前，我们总自夸着"地大物博"，是事实；不久就不再自夸了，只希望着国联[②]，也是事实；现在是既不夸自己，也不信国联，改为一味求神拜佛[③]，怀古伤今了——却也是事实。于是有人慨叹曰：中国人失掉自信力了[④]。

如果单据这一点现象而论，自信其实是早就失掉了的。先前信"地"，信"物"，后来信"国联"，都没有相信过"自己"。假使这也算一种"信"，那也只能说中国人曾经有过"他信力"，自从对国联失望之后，便把这他信力都失掉了。

失掉了他信力，就会疑，一个转身，也许能够只相信了自己，倒是一条新生路，但不幸的是逐渐玄虚起来了。信"地"和"物"，还是切实的东西，国联就渺茫，不过这还可以令人不久就省悟到依赖它的不可靠。一到求神拜佛，可就玄虚之至了，有益或是有害，一时就找不出分明的结果来，它可以令人更长久的麻醉着自己。

中国人现在是在发展着"自欺力"。

"自欺"也并非现在的新东西，现在只不过日见其明显，笼罩了一切罢了。然而，在这笼罩之下，我们有并不失掉自信力的中国人在。

我们从古以来，就有埋头苦干的人，有拼命硬干的人，有为民请命的人，有舍身求法的人，……虽是等于为帝王将相作家谱的所谓"正史"[⑤]，也往往掩不住他们的光耀，这就是中国的脊梁。

这一类的人们，就是现在也何尝少呢？他们有确信，不自欺；他们在前仆后继的战斗，不过一面总在被摧残，被抹杀，消灭于黑暗中，不能为大家所知道罢了。说中国人失掉了自信力，用以指一部分人则可，倘若加于全体，那简直是诬蔑。

要论中国人，必须不被搽在表面的自欺欺人的脂粉所诓骗，却看看他的筋骨和脊梁。自信力的有无，状元宰相的文章是不足为据的，要自己去

生前著作（1931年—1936年）

看地底下。

九月二十五日

【注释】

① 本篇最初发表于一九三四年十月二十日《太白》半月刊第一卷第三期，署名公汗。初收一九三七年七月上海三闲书屋版《且介亭杂文》。

② 国联："国际联盟"的简称，第一次世界大战后于一九二〇年成立的国际政府间组织。它标榜以"促进国际合作，维持国际和平与安全"为宗旨，实际上是英法等帝国主义国家控制并为其侵略政策服务的工具。一九四六年四月正式宣告解散。九一八事变后，蒋介石即在南京发表讲话，声称"暂取逆来顺受态度，以待国联公理之判决"。国民党政府也多次向国联申诉，要求制止日本帝国主义的侵略，但国联采取了袒护日本的立场。它派出的调查团到我国东北调查后，在发表的《国联调查团报告书》中，竟认为日本在中国的东北有特殊地位，说它对中国的侵略是"正当而合法"的。

③ 求神拜佛：当时一些国民党官僚和"社会名流"，以祈祷"解救国难"为名，多次在一些大城市举办"时轮金刚法会；仁王护国法会"。

④ 中国人失掉自信力了：当时舆论界曾有过这类论调，如一九三四年八月二十四日《大公报》社评《孔子诞辰纪念》中说："民族的自尊心与自信力，既已荡焉无存，不待外侮之来，国家固早已濒于精神幻灭之域。"

⑤ "正史"：清高宗（乾隆）诏定从《史记》到《明史》共二十四部纪传体史书为正史，即二十四史。梁启超在《中国史界革命案》中说："二十四史非史也，二十四姓之家谱而已。"

中国文坛上的鬼魅①

一

当国民党对于共产党从合作改为剿灭之后，有人说，国民党先前原不过利用他们的，北伐将成的时候，要施行剿灭是豫定的计划。但我以为这说的并不是真实。国民党中很有些有权力者，是愿意共产的，他们那时争先恐后的将自己的子女送到苏联去学习，便是一个证据，因为中国的父母，孩子是他们第一等宝贵的人，他们决不至于使他们去练习做剿灭的材料。不过权力者们好像有一种错误的思想，他们以为中国只管共产，但他们自己的权力却可以更大，财产和姨太太也更多；至少，也总不会比不共产还要坏。

我们有一个传说。大约二千年之前，有一个刘先生，积了许多苦功，修成神仙，可以和他的夫人一同飞上天去了，然而他的太太不愿意。为什么呢？她舍不得住着的老房子，养着的鸡和狗。刘先生只好去恳求上帝，设法连老房子、鸡、狗，和他们俩全都弄到天上去，这才做成了神仙②。也就是大大的变化了，其实却等于并没有变化。假使共产主义国里可以毫不改动那些权力者的老样，或者还要阔，他们是一定赞成的。然而后来的情形证明了共产主义没有上帝那样的可以通融办理，于是才下了剿灭的决心。孩子自然是第一等宝贵的人，但自己究竟更宝贵。

于是许多青年们、共产主义者及其嫌疑者、左倾者及其嫌疑者，以及这些嫌疑者的朋友们，就到处用自己的血来洗自己的错误，以及那些权力者们的错误。权力者们的先前的错误，是受了他们的欺骗的，所以必得用他们的血来洗干净。然而另有许多青年们，却还不知底细，在苏联学毕，骑着骆驼高高兴兴的由蒙古回来了。我记得有一个外国旅行者还曾经看得酸心，她说，他们竟不知道现在在祖国等候他们的，却已经是绞架。

不错，是绞架。但绞架还不算坏，简简单单的只用绞索套住了颈子，这是属于优待的。而且也并非个个走上了绞架，他们之中的一些人，还有一条路，是使劲的拉住了那颈子套上了绞索的朋友的脚。这就是用事实来证明他内心的忏悔，能忏悔的人，精神是极其崇高的。

二

从此而不知忏悔的共产主义者，在中国就成了该杀的罪人。而且这罪人，却又给了别人无穷的便利；他们成为商品，可以卖钱，给人添出职业来了。而且学校的风潮，恋爱的纠纷，也总有一面被指为共产党，就是罪人，因此极容易的得到解决。如果有谁和有钱的诗人辩论，那诗人的最后的结论是：

共产党反对资产阶级，我有钱，他反对我，所以他是共产党。于是诗神就坐了金的坦克车，凯旋了。

但是，革命青年的血，却浇灌了革命文学的萌芽，在文学方面，倒比先前更其增加了革命性。政府里很有些从外国学来，或在本国学得的富于智识的青年，他们自然是觉得的，最先用的是极普通的手段：禁止书报，压迫作者，终于是杀戮作者，五个左翼青年作家③就做了这示威的牺牲。然而这事件又并没有公表，他们很知道，这事是可以做，却不可以说的。古人也早经说过，"以马上得天下，不能以马上治之。"④所以要剿灭革命文学，还得用文学的武器。

作为这武器而出现的，是所谓"民族文学"⑤。他们研究了世界上各人种的脸色，决定了脸色一致的人种，就得取同一的行为，所以黄色的无产阶级，不该和黄色的有产阶级斗争，却该和白色的无产阶级斗争。他们还想到了成吉思汗，作为理想的标本，描写他的孙子拔都汗，怎样率领了许多黄色的民族，侵入斡罗斯，将他们的文化摧残，贵族和平民都做了奴隶。

中国人跟了蒙古的可汗去打仗，其实是不能算中国民族的光荣的，但为了扑灭斡罗斯，他们不能不这样做，因为我们的权力者，现在已经明白了古之斡罗斯，即今之苏联，他们的主义，是决不能增加自己的权力、财富和姨太太的了。然而，现在的拔都汗是谁呢？

一九三一年九月，日本占据了东三省，这确是中国人将要跟着别人去毁坏苏联的序曲，民族主义文学家们可以满足的了。但一般的民众却以为目前的失去东三省，比将来的毁坏苏联还紧要，他们激昂了起来。于是民族主义文学家也只好顺风转舵，改为对于这事件的啼哭，叫喊了。许多热心的青年们往南京去请愿，要求出兵；然而这须经过极辛苦的试验，火车不准坐，露宿了几日，才给他们坐到南京，有许多是只好用自己的脚走。到得南京，却不料就遇到一大队曾经训练过的"民众"，手里是棍子、皮鞭、手枪，迎头一顿打，使他们只好脸上或身上肿起几块，当作结果，垂头丧气的回家。有些人还从此找不到，有的是在水里淹死了，据报上说，那是他们自己掉下去的⑥。民族主义文学家们的啼哭也从此收了场，他们的影子也看不见了，他们已经完成了送丧的任务。这正和上海的葬式行列是一样的，出去的时候，有杂乱的乐队，有唱歌似的哭声，但那目的是在将悲哀埋掉，不再记忆起来；目的一达，大家走散，再也不会成什么行列的了。

但是，革命文学是没有动摇的，还发达起来，读者们也更加相信了。

于是别一方面，就出现了所谓"第三种人"，是当然决非左翼，但又不是右翼，超然于左右之外的人物。他们以为文学是永久的，政治的现象是暂时的，所以文学不能和政治相关，一相关，就失去它的永久性，中国将从此没有伟大的作品。不过他们，忠实于文学的"第三种人"，也写不出伟大的作品。为什么呢？是因为左翼批评家不懂得文学，为邪说所迷，对于他们的好作品，都加以严酷而不正确的批评，打击得他们写不出来了。所以左翼批评家，是中国文学的刽子手⑦。

至于对于政府的禁止刊物、杀戮作家呢，他们不谈，因为这是属于政治的，一谈，就失去他们的作品的永久性了；况且禁压，或杀戮"中国文学的刽子手"之流，倒正是"第三种人"的永久的文学，伟大的作品的保护者。

这一种微弱的假惺惺的哭诉，虽然也是一种武器，但那力量自然是很小的，革命文学并不为它所击退。"民族主义文学"已经自灭，"第三种文学"又站不起来，这时候，只好又来一次真的武器了。

一九三三年十一月，上海的艺华影片公司突然被一群人们所袭击，捣毁得一塌胡涂了。他们是极有组织的，吹一声哨，动手，又一声哨，停止，又一声哨，散开。临走还留下了传单，说他们的所以征伐，是为了这公司为共产党所利用⑧。而且所征伐的还不止影片公司，又蔓延到书店方面去，大则一群人闯进去捣毁一切，小则不知从那里飞来一块石子，敲碎了值洋二百的窗玻璃。那理由，自然也是因为这书店为共产党所利用。高价的窗玻璃的不安全，是使书店主人非常心痛的。几天之后，就有"文学家"将自己的"好作品"来卖给他了，他知道印出来是没有人看的，但得买下，因为价钱不过和一块窗玻璃相当，而可以免去第二块石子，省了修理窗门的工作。

四

压迫书店，真成为最好的战略了。

但是，几块石子是还嫌不够的。中央宣传委员会也查禁了一大批书，计一百四十九种，凡是销行较多的，几乎都包括在里面。中国左翼作家的作品，自然大抵是被禁止的，而且又禁到译本。要举出几个作者来，那就是高尔基（Gorky），卢那卡尔斯基（Lunacharsky），斐定（Fedin），法捷耶夫（Fadeev），绥拉斐摩维支（Serafimovich），辛克莱（Upton Sinclair），甚而至于梅迪林克（Maeterlinck），梭罗古勃（Sologub），斯忒林培克（Strindberg）⑨。这真使出版家很为难，他们有的是立刻将书缴出，烧毁了，有的却还想补救，和官厅去商量，结果是免除了一部分。为减少将来的出版的困难起见，官员和出版家还开了一个会议。在这会议上，有几个"第三种人"因为要保护好的文学和出版家的资本，便以杂志编辑者的资格提议，请采用日本的办法，在付印之前，先将原稿审查，加以删改，以免别人也被左翼作家的作品所连累而禁止，或印出后始行禁止而使出版家受亏。这提议很为各方面所满足，当即被采用了⑩，虽然并不是光荣的拔都汗的老方法。

而且也即开始了实行，今年七月，在上海就设立了书籍杂志检查处⑪，许多"文学家"的失业问题消失了，还有些改悔的革命作家们，反对文学和政治相关的"第三种人"们，也都坐上了检查官的椅子。他们是很熟悉文坛情形的；头脑没有纯粹官僚的胡涂，一点讽刺，一句反语，他们都比较的懂得所含的意义，而且用文学的笔来涂抹，无论如何总没有创作的烦难，于是那成绩，听说是非常之好了。

但是，他们的引日本为榜样，是错误的。日本固然不准谈阶级斗争，却并不说世界上并无阶级斗争，而中国则说世界上其实无所谓阶级斗争，都是马克思捏造出来的，所以这不准谈，为的是守护真理。日本固然也禁止，删削书籍杂志，但在被删削之处，是可以留下空白的，使读者一看就明白这地方是受了删削，而中国却不准留空白，必须连起来，在读者眼前好像还是一篇完整的文章，只是作者在说着意思不明的昏话。这种在现在的中国读者面前说昏话，是弗理契（Friche）⑫，卢那卡尔斯基他们也在所不免的。

于是出版家的资本安全了，"第三种人"的旗子不见了，他们也在暗地里使劲的拉那上了绞架的同业的脚，而没有一种刊物可以描出他们的原形，因为他们正握着涂抹的笔尖、生杀的权力。在读者，只看见刊物的消沉、作品的衰落，和外国一向有名的前进的作家，今年也大抵忽然变了低能者而已。

然而在实际上，文学界的阵线却更加分明了。蒙蔽是不能长久的，接着起来的又将是一场血腥的战斗。

十一月二十一日

【注释】

① 本篇最初发表于英文刊物《现代中国》月刊第一卷第五期，参看本书《附记》。初收一九三七年七月上海三闲书屋版《且介亭杂文》。

② 东晋葛洪《神仙传》卷四载：西汉淮南王刘安吃了仙药成仙，"临去时，余药器置在中庭，鸡犬舐啄之，尽得升天。"《全后汉文·仙人唐公房碑》也有唐公房得仙药后与他的妻子、房屋、六畜一起升天的故事。

③ 五个左翼青年作家：指李伟森、柔石、胡也频、冯铿和白莽（殷夫）。一九三一年二月七日，他们被国民党反动派秘密杀害于上海龙华。参看《南腔北调集·为了忘却的记念》。

④ "以马上得天下，不能以马上治之"：语出《史记·陆贾传》，"陆生时时前说称诗书，高帝骂之曰：'乃公居马上而得之，安事诗书？'陆生曰：'居马上得之，宁可以马上治之乎？'"

⑤ "民族文学"：即"民族主义文学"，一九三〇年六月由国民党当局策划的御用文学。发起人为潘公展、范争波、朱应鹏、傅彦长、王平陵等。下文所说对拔都西侵的赞美，见《前锋月刊》第一卷第七期（一九三一年四月）黄震遐所作的诗剧《黄人之血》。参看《二心集·"民族主义文学"的任务和运命》。

⑥ 一九三一年九一八事变后，各地学生奋起抗议国民党的不抵抗政策，纷纷到南京请愿，十二月十七日在南京举行总示威，遭到军警的逮捕和屠杀，有的学生被刺伤后又被扔进河里。次日，南京卫戍当局对记者谈话，诡称死难学生是"失足落水"。

⑦ 这里所引"第三种人"的一些论调，见苏汶发表在《现代》月刊第一卷第三期的《关于〈文新〉与胡秋原的文艺论辩》和第一卷第六期的《"第三种人"的出路》（一九三二年七月、十月）等文。参看《南腔北调集·论"第三种人"》。

⑧ 关于艺华影片公司和上海良友图书印刷公司等书店被捣毁的事，参看《准风月谈·后记》。

⑨ 关于国民党中央宣传委员会查禁书籍一百四十九种，参看《且介亭杂文二集·后记》。被禁的作者和书籍中有：苏联高尔基（1868—1936）的《高尔基文集》《我的童年》等，卢那卡尔斯基（1875—1933）的《文艺与批评》《浮士德与城》，斐定（1892—1977）的《果树园》等，法捷耶夫（1901—1956）的《毁灭》，绥拉斐摩维支（1863—1949）的《铁流》，美国辛克莱（1878—1968）的《屠场》《石炭王》等，比利时梅迪林克（1862—1949）

的《檀泰琪儿之死》等，俄国梭罗古勃（1863—1927）等的《饥饿的光芒》，瑞典斯忒林培克（1849—1912，通译斯特林堡）的《结婚集》等。

⑩ 关于官员和出版家开会的事，参看作者一九三三年十一月五日致姚克信。

⑪ 书籍杂志检查处：指国民党中央宣传委员会图书杂志审查委员会，一九三四年五月在上海设立。

⑫ 弗理契（1870—1927）：苏联文艺评论家、文学史家。作有《艺术社会学》《二十世纪欧洲文学》等。

一九三六年

我要骗人①

疲劳到没有法子的时候，也偶然佩服了超出现世的作家，要模仿一下来试试。然而不成功。超然的心，是得像贝类一样，外面非有壳不可的。而且还得有清水。浅间山②边，倘是客店，那一定是有的罢，但我想，却未必有去造"象牙之塔"的人的。

为了希求心的暂时的平安，作为穷余的一策，我近来发明了别样的方法了，这就是骗人。

去年的秋天或是冬天，日本的一个水兵，在闸北被暗杀了③。忽然有了许多搬家的人，汽车租钱之类，都贵了好几倍。搬家的自然是中国人，外国人是很有趣似的站在马路旁边看。我也常常去看的。一到夜里，非常之冷静，再没有卖食物的小商人了，只听得有时从远处传来着犬吠。然而过了两三天，搬家好像被禁止了。警察拼死命的在殴打那些拉着行李的大车夫和洋车夫，日本的报章④，中国的报章，都异口同声的对于搬了家的人们给了一个"愚民"的徽号。这意思就是说，其实是天下太平的，只因为有这样的"愚民"，所以把颇好的天下，弄得乱七八糟了。

我自始至终没有动，并未加入"愚民"这一伙里。但这并非为了聪明，却只因为懒惰。也曾陷在五年前的正月的上海战争⑤——日本那一面，好像是喜欢称为"事变"似的——的火线下，而且自由早被剥夺⑥，夺了我的自由的权力者，又拿着这飞上空中了，所以无论跑到那里去，都是一个样。中国的人民是多疑的。无论那一国人，都指这为可笑的缺点。然而怀疑并不是缺点。总是疑，而并不下断语，这才是缺点。我是中国人，所以深知道这秘

生前著作（1931年—1936年）

密。其实，是在下着断语的，而这断语，乃是：到底还是不可信。但后来的事实，却大抵证明了这断语的的确。中国人不疑自己的多疑。所以我的没有搬家，也并不是因为怀着天下太平的确信，说到底，仍不过为了无论那里都一样的危险的缘故。五年以前翻阅报章，看见过所记的孩子的死尸的数目之多，和从不见有记着交换俘虏的事，至今想起来，也还是非常悲痛的。

虐待搬家人，殴打车夫，还是极小的事情。中国的人民，是常用自己的血，去洗权力者的手，使他又变成洁净的人物的，现在单是这模样就完事，总算好得很。

但当大家正在搬家的时候，我也没有整天站在路旁看热闹，或者坐在家里读世界文学史之类的心思。走远一点，到电影院里散闷去。一到那里，可真是天下太平了。这就是大家搬家去住的处所⑦。我刚要跨进大门，被一个十二三岁的女孩子捉住了。是小学生，在募集水灾的捐款，因为冷，连鼻子尖也冻得通红。我说没有零钱，她就用眼睛表示了非常的失望。我觉得对不起人，就带她进了电影院，买过门票之后，付给她一块钱。她这回是非常高兴了，称赞我道，"你是好人"，还写给我一张收条。只要拿着这收条，就无论到那里，都没有再出捐款的必要。于是我，就是所谓"好人"，也轻松的走进里面了。

看了什么电影呢？现在已经丝毫也记不起。总之，大约不外乎一个英国人，为着祖国，征服了印度的残酷的酋长，或者一个美国人，到亚非利加去，发了大财，和绝世的美人结婚之类罢。这样的消遣了一些时光，傍晚回家，又走进了静悄悄的环境。听到远地里的犬吠声。女孩子的满足的表情的相貌，又在眼前出现，自己觉得做了好事情了，但心情又立刻不舒服起来，好像嚼了肥皂或者什么一样。

诚然，两三年前，是有过非常的水灾的，这大水和日本的不同，几个月或半年都不退。但我又知道，中国有着叫作"水利局"的机关，每年从人民收着税钱，在办事。但反而出了这样的大水了。我又知道，有一个团体演了戏来筹钱，因为后来只有二十几元，衙门就发怒不肯要。连被水灾所害的难民成群的跑到安全之处来，说是有害治安，就用机关枪去扫射的话也都听到过。恐怕早已统统死掉了罢。然而孩子们不知道，还在拼命的替死人募集生活费，募不到，就失望，募到手，就喜欢。而其实，一块来钱，是连给水利局的老爷买一天的烟卷也不够的。我明明知道着，却好像也相信款子真会到灾民的手里似的，付了一块钱。实则不过买了这天真烂漫的孩子的欢喜罢了。我不爱看人们的失望的样子。

倘使我那八十岁的母亲，问我天国是否真有，我大约是会毫不踌躇，答道真有的罢。

然而这一天的后来的心情却不舒服。好像是又以为孩子和老人不同，骗她是不应该似的，想写一封公开信，说明自己的本心，去消释误解，但又想到横竖没有发表之处，于是中止了，时候已是夜里十二点钟。到门外去看了一下。

已经连人影子也看不见。只在一家的檐下，有一个卖馄饨的，在和两个警察谈闲天。这是一个平时不大看见的特别穷苦的肩贩，存着的材料多得很，可见他并无生意。用两角钱买了两碗，和我的女人两个人分吃了。算是给他赚一点钱。庄子曾经说过："干下去的（曾经积水的）车辙里的鲋鱼，彼此用唾沫相湿，用湿气相嘘，"——然而他又说，"倒不如在江湖里，大家互相忘却的好。"⑧可悲的是我们不能互相忘却。而我，却愈加恣意的骗起人来了。如果这骗人的学问不毕业，或者不中止，恐怕是写不出圆满的文章来的。

但不幸而在既未卒业，又未中止之际，遇到山本社长⑨了。因为要我写一点什么，就在礼仪上，答道"可以的"。因为说过"可以"，就应该写出来，不要使他失望，然而，到底也还是写了骗人的文章。

写着这样的文章，也不是怎么舒服的心地。要说的话多得很，但得等候"中日亲善"更加增进的时光。不久之后，恐怕那"亲善"的程度，竟会到在我们中国，认为排日即国贼——因为说是共产党利用了排日的口号，使中国灭亡的缘故——而到处的断头台上，都闪烁着太阳的圆圈⑩的罢，但即使到了这样子，也还不是披沥真实的心的时光。

单是自己一个人的过虑也说不定：要彼此看见和了解真实的心，倘能用了笔，舌，或者如宗教家之所谓眼泪洗明了眼睛那样的便当的方法，那固然是非常之好的，然而这样便宜事，恐怕世界上也很少有。这是可以悲哀的。一面写着漫无条理的文章，一面又觉得对不起热心的读者了。

临末，用血写添几句个人的豫感，算是一个答礼罢。

二月二十三日

【注释】

① 本篇最初发表于一九三六年四月号日本《改造》月刊。原稿为日文，后由作者译成中文，发表于一九三六年六月上海《文学丛报》月刊第三期。

在《改造》发表时，第四段中"上海""死尸""俘虏"等词及第十五段中"太阳的圆圈"一语，都被删去。《文学丛报》发表时经作者补入，该刊编者在《编后》中曾有说明。

②　浅间山：日本的火山，过去常有人去投火山口自杀；也是游览地区，山下设有旅馆等。

③　指一九三五年十一月九日晚日本水兵中山秀雄在上海窦乐安路被暗杀。当时日本侵略者曾借此进行要挟。

④　日本的报章：指当时在上海发行的日文报纸。

⑤　上海战争：指一九三二年的一·二八战争。当时作者的住所临近战区。

⑥　自由早被剥夺：指作者被通缉的事。一九三〇年二月作者参加发起中国自由运动大同盟，国民党浙江省党部即呈请国民党中央通缉"堕落文人鲁迅"。

⑦　指当时上海的"租界"地区。

⑧　庄子（约前369—前286）：名周，战国时宋国人，道家学派代表人物之一。他的著作流传至今的有后人所编的《庄子》三十三篇，其中《大宗师》和《天运》篇中都有这样的话："泉涸，鱼相与处于陆，相呴以湿，相濡以沫，不如（《天运》篇作"不若"）相忘于江湖。""涸辙之鲋"，另见《庄子·外物》篇。

⑨　山本社长山本实彦（1885—1952），当时日本《改造》杂志社社长。

⑩　太阳的圆圈：指日本的国旗。

答托洛斯基派的信①

一　来信

鲁迅先生：

一九二七年革命失败后，中国康缪尼斯脱②不采取退兵政策以预备再起，而乃转向军事投机。他们放弃了城市工作，命令党员在革命退潮后到处暴动，想在农民基础上制造 Reds 以打平天下。七八年来，几十万勇敢有为的青年，被这种政策所牺牲掉，使现在民族运动高涨之时，城市民众失掉革命的领袖，并把下次革命推远到难期的将来。

现在 Reds 打天下的运动失败了。中国康缪尼斯脱又盲目地接受了莫斯科官僚的命令，转向所谓"新政策"。他们一反过去的行为，放弃阶级的立场，改换面目，发宣言，派代表交涉，要求与官僚，政客，军阀，甚而与民众的刽子手"联合战线"。藏匿了自己的旗帜，模糊了民众的认识，使民众认为官僚，政客，刽子手，都是民族革命者，都能抗日，其结果必然是把革命民众送交刽子手们，使再遭一次屠杀。史太林党的这种无耻背叛行为，使中国革命者都感到羞耻。

现在上海的一般自由资产阶级与小资产阶级上层分子无不欢迎史太林党的这"新政策"。这是无足怪的。莫斯科的传统威信，中国 Reds 的流血史迹与现存力量——还有比这更值得利用的东西吗？可是史太林党的"新政策"越受欢迎，中国革命便越遭毒害。

我们这个团体，自一九三〇年后，在百般困苦的环境中，为我们的主张作不懈的斗争。大革命失败后我们即反对史太林派的盲动政策，而提出"革命的民主斗争"的道路。我们认为大革命既然失败了，一切只有再从头做起。我们不断地团结革命干部，研究革命理论，接受失败的教训，教育革命工人，期望在这反革命的艰苦时期，为下次革命打下坚固的基础。几年来的各种事变证明我们的政治路线与工作方法是正确的。我们反对史太林党的机会主义，盲动主义的政策与官僚党制，现在我们又坚决打击这叛背的"新政策"。但恰因为此，我们现在受到各投机分子与党官僚们的嫉视。这是幸呢，还是不幸？

先生的学识文章与品格，是我十余年来所景仰的，在许多有思想的人都沉溺到个人主义的坑中时，先生独能本自己的见解奋斗不息！我们的政治意见，如能得到先生的批评，私心将引为光荣。现在送上近期刊物数份，敬乞收阅。如蒙赐复，请留存 × 处，三日之内当来领取。顺颂健康！

陈×× 六月三日。

二　回信

陈先生：

先生的来信及惠寄的《斗争》《火花》等刊物，我都收到了。

总括先生来信的意思，大概有两点，一是骂史太林先生们是官僚，再一是斥毛泽东先生们的"各派联合一致抗日"的主张为出卖革命。

这很使我"糊涂"起来了，因为史太林先生们的苏维埃俄罗斯社会主义共和国联邦在世界上的任何方面的成功，不就说明了托洛斯基③先生的被逐，飘泊，潦倒，以致"不得不"用敌人金钱的晚景的可怜么？现在的流浪，当与革命前西伯利亚的当年风味不同，因为那时怕连送一片面包的人也没有；但心境又当不同，这却因了现在苏联的成功。事实胜于雄辩，竟不料现在就来了如此无情面的讽刺的。其次，你们的"理论"确比毛泽东先生们高超得多，岂但得多，简直一是在天上，一是在地下。但高超固然是可敬佩的，无奈这高超又恰恰为日本侵略者所欢迎，则这高超仍不免要从天上掉下来，掉到地上最不干净的地方去。因为你们高超的理论为日本所欢迎，我看了你们印出的很整齐的刊物，就不禁为你们捏一把汗，在大众面前，倘若有人造一个攻击你们的谣，说日本人出钱叫你们办报，你们能够洗刷得很清楚么？这决不是因为从前你们中曾有人跟着别人骂过我拿卢布，现在就来这一手以报复。不是的，我还不至于这样下流，因为我不相信你们会下作到拿日本人钱来出报攻击毛泽东先生们的一致抗日论。你们决不会的。我只要敬告你们一声，你们的高超的理论，将不受中国大众所欢迎，你们的所为有背于中国人现在为人的道德。我要对你们讲的话，就仅仅这一点。

最后，我倒感到一点不舒服，就是你们忽然寄信寄书给我，不是没有原因的。那就因为我的某几个"战友"曾指我是什么什么的原故。但我，即使怎样不行，自觉和你们总是相离很远的罢。那切切实实，足踏在地上，为着现在中国人的生存而流血奋斗者，我得引为同志，是自以为光荣的。要请你原谅，因为三日之期已过，你未必会再到那里去取，这信就公开作答了。即颂

大安！

鲁迅 六月九日

（这信由先生口授，O.V.④笔写。）

【注释】

① 本篇最初同时发表于一九三六年七月一日的《文学丛报》月刊第四期和《现实文学》月刊第一期。初未收集。

来信的"陈××"，原署名"陈仲山"，本名陈其昌，据一些托派分

子的回忆录，当时他是一个托派组织临时中央委员会的委员。

② 康缪尼斯脱：英语 Communist（共产党人）的音译。下文的 Reds，英语"赤色分子"的意思，这里指红军。

③ 托洛斯基（Лев Давидович Троцкий，1879—1940）：通译托洛茨基，早年参加革命运动，十月革命中和苏俄初期曾参加领导机关。一九二七年因反对苏维埃政权被联共（布）开除出党，一九二九年被驱逐出国，一九四○年死于墨西哥。他曾两次被流放到西伯利亚，下文所说"革命前西伯利亚的当年风味"，即指此。

④ O.V.：即冯雪峰（1903—1976），浙江义乌人。作家、文艺理论家。中国左翼作家联盟领导成员之一。著有《论文集》《灵山歌》《回忆鲁迅》等。

论现在我们的文学运动①

病中答访问者，O.V. 笔录

"左翼作家联盟"五六年来领导和战斗过来的，是无产阶级革命文学的运动。这文学和运动，一直发展着；到现在更具体底地、更实际斗争底地发展到民族革命战争的大众文学。民族革命战争的大众文学，是无产阶级革命文学的一发展，是无产革命文学在现在时候的真实的更广大的内容。这种文学，现在已经存在着，并且即将在这基础之上，再受着实际战斗生活的培养，开起烂缦的花来罢。因此，新的口号的提出，不能看作革命文学运动的停止，或者说"此路不通"了。所以，决非停止了历来的反对法西主义、反对一切反动者的血的斗争，而是将这斗争更深入、更扩大、更实际、更细微曲折，将斗争具体化到抗日反汉奸的斗争，将一切斗争汇合到抗日反汉奸斗争这总流里去。决非革命文学要放弃它的阶级的领导的责任，而是将它的责任更加重、更放大，重到和大到要使全民族不分阶级和党派，一致去对外。这个民族的立场，才真是阶级的立杨。托洛斯基的中国的徒孙们，似乎胡涂到连这一点都不懂的。但有些我的战友，竟也有在作相反的"美梦"者，我想，也是极胡涂的昏虫。

但民族革命战争的大众文学，正如无产革命文学的口号一样，大概是一个总的口号罢。在总口号之下，再提些随时应变的具体的口号，例如"国防文学；救亡文学；抗日文艺"等等，我以为是无碍的。不但没有碍，并且是有益的、需要的。自然，太多了也使人头昏，浑乱。

不过，提口号、发空论，都十分容易办。但在批评上应用，在创作上实现，就有问题了。批评与创作都是实际工作。以过去的经验，我们的批评常流于标准太狭窄，看法太肤浅；我们的创作也常现出近于出题目做八股的弱点。所以我想现在应当特别注意这点：民族革命战争的大众文学决不是只局限于写义勇军打仗、学生请愿示威等等的作品。这些当然是最好的，但不应这样狭窄。它广泛得多，广泛到包括描写现在中国各种生活和斗争的意识的一切文学。因为现在中国最大的问题，人人所共的问题，是民族生存的问题。所有一切生活（包含吃饭睡觉）都与这问题相关；例如吃饭可以和恋爱不相干，但目前中国人的吃饭和恋爱却都和日本侵略者多少有些关系，这是看一看满洲和华北的情形就可以明白的。而中国的唯一的出路，是全国一致对日的民族革命战争。懂得这一点，则作家观察生活、处理材料，就如理丝有绪；作者可以自由地去写工人、农民、学生、强盗、娼妓、穷人、阔佬，什么材料都可以，写出来都可以成为民族革命战争的大众文学。也无需在作品的后面有意地插一条民族革命战争的尾巴，翘起来当作旗子。因为我们需要的，不是作品后面添上去的口号和矫作的尾巴，而是那全部作品中的真实的生活，生龙活虎的战斗，跳动着的脉搏、思想和热情，等等。

六月十日

【注释】

① 本篇最初同时发表于一九三六年七月一日《现实文学》月刊第一期和《文学界》月刊第一卷第二号。初未收集。

答徐懋庸并关于抗日统一战线问题①

鲁迅先生：

贵恙已痊愈否？念念。自先生一病，加以文艺界的纠纷，我就无缘再亲聆教诲，思之常觉怆然！

我现因生活困难，身体衰弱，不得不离开上海，拟往乡间编译一点卖现钱的书后，再来沪上。趁此机会，暂作上海"文坛"的局外人，仔细想想一切问题，也许会更明白些的罢。

　　在目前，我总觉得先生最近半年来的言行，是无意地助长着恶劣的倾向的。以胡风的性情之诈，以黄源的行为之谄，先生都没有细察，永远被他们据为私有，眩惑群众，若偶像然，于是从他们的野心出发的分离运动，遂一发而不可收拾矣。胡风他们的行动，显然是出于私心的，极端的宗派运动，他们的理论，前后矛盾，错误百出。即如"民族革命战争的大众文学"这口号，起初原是胡风提出来用以和"国防文学"对立的，后来说一个是总的，一个是附属的，后来又说一个是左翼文学发展到现阶段的口号，如此摇摇荡荡，即先生亦不能替他们圆其说。对于他们的言行，打击本极易，但徒以有先生作着他们的盾牌，人谁不爱先生，所以在实际解决和文字斗争上都感到绝大的困难。

　　我很知道先生的本意。先生是唯恐参加统一战线的左翼战友，放弃原来的立场，而看到胡风们在样子上尚左得可爱；所以赞同了他们的。但我要告诉先生，这是先生对于现在的基本的政策没有了解之故。现在的统一战线——中国的和全世界的都一样——固然是以普洛为主体的，但其成为主体，并不由于它的名义，它的特殊地位和历史，而是由于它的把握现实的正确和斗争能力的巨大。所以在客观上，普洛之为主体，是当然的。但在主观上，普洛不应该挂起明显的徽章，不以工作，只以特殊的资格去要求领导权，以至吓跑别的阶层的战友。所以，在目前的时候，到联合战线中提出左翼的口号来，是错误的，是危害联合战线的。所以先生最近所发表的《病中答客问》，既说明"民族革命战争的大众文学"是普洛文学到现在的一发展，又说这应该作为统一战线的总口号，这是不对的。

　　再说参加"文艺家协会"的"战友"，未必个个右倾堕落，如先生所疑虑者；况集合在先生的左右的"战友"，既然包括巴金和黄源之流，难道先生以为凡参加"文艺家协会"的人们，竟个个不如巴金和黄源么？我从报章杂志上，知道法西两国"安那其"之反动，破坏联合战线，无异于托派，中国的"安那其"的行为，则更卑劣。黄源是一个根本没有思想，只靠捧名流为生的东西。从前他奔走于傅郑门下之时，一副谄佞之相，固不异于今日之对先生效忠致敬。先生可与此辈为伍，而不屑与多数人合作，此理我实不解。

　　我觉得不看事而只看人，是最近半年来先生的错误的根由。先生的看人又看得不准。譬如，我个人，诚然是有许多缺点的，但先生却把我写字糊涂这一层当作大缺点，我觉得实在好笑。（我为什么故意要把"邱韵铎"三字，写成像"郑振铎"的样子呢？难道郑振铎是先生所喜欢的人么？）为此小故，遽拒一个人于千里之外，我实以为不对。

　　我今天就要离沪，行色匆匆，不能多写了，也许已经写得太多。以上所说，并非存心攻击先生，实在很希望先生仔细想一想各种事情。

　　拙译《斯太林传》快要出版，出版后当寄奉一册，此书甚望先生细看一下，对原意和译文，均望批评。敬颂痊安。

懋庸上。八月一日。

　　以上，是徐懋庸②给我的一封信，我没有得他同意就在这里发表了，因为其中全是教训我和攻击别人的话，发表出来，并不损他的威严，而且也许正是他准备我将它发表的作品。但自然，人们也不免因此看得出：这发信者倒是有些"恶劣"的青年！

　　但我有一个要求：希望巴金，黄源，胡风③诸先生不要学徐懋庸的样。因为这信中有攻击他们的话，就也报答以牙眼，那恰正中了他的诡计。在国难当头的现在，白天里讲些冠冕堂皇的话，暗夜里进行一些离间、挑拨、分裂的勾当的，不就正是这些人么？这封信是有计划的，是他们向没有加入"文艺家协会"④的人们的新的挑战，想这些人们去应战，那时他们就加你们以"破坏联合战线"的罪名、"汉奸"的罪名。然而我们不，我们决不要把笔锋去专对几个个人，"先安内而后攘外"⑤，不是我们的办法。

　　但我在这里，有些话要说一说。首先是我对于抗日的统一战线的态度。其实，我已经在好几个地方说过了，然而徐懋庸等似乎不肯去看一看，却一味的咬住我，硬要诬陷我"破坏统一战线"，硬要教训我说我"对于现在基本的政策没有了解"。我不知道徐懋庸们有什么"基本的政策"。（他们的基本政策不就是要咬我几口么？）然而中国目前的革命的政党向全国人民所提出的抗日统一战线的政策，我是看见的，我是拥护的，我无条件地加入这战线，那理由就因为我不但是一个作家，而且是一个中国人，所以这政策在我是认为非常正确的，我加入这统一战线，自然，我所使用的仍是一枝笔，所做的事仍是写文章，译书，等到这枝笔没有用了，我可自己相信，用起别的武器来，决不会在徐懋庸等辈之下！

　　其次，我对于文艺界统一战线的态度。我赞成一切文学家，任何派别的文学家在抗日的口号之下统一起来的主张。我也曾经提出过我对于组织这种统一的团体的意见过，那些意见，自然是被一些所谓"指导家"格杀了，反而即刻从天外飞来似地加我以"破坏统一战线"的罪名。这首先就使我暂不加入"文艺家协会"了，因为我要等一等，看一看，他们究竟干的什么勾当；我那时实在有点怀疑那些自称"指导家"以及徐懋庸式的青年，因为据我的经验，那种表面上扮着"革命"的面孔，而轻易诬陷别人为"内奸"，为"反革命"，为"托派"，以至为"汉奸"者，大半不是正路人；因为他们巧妙地格杀革命的民族的力量，不顾革命的大众的利益，而只借革命以营私，老实说，我甚至怀疑过他们是否系敌人所派遣。我想，我不如暂避无益于人的危险，暂不听他们指挥罢。自然，事实会证明他们到底的真相，我决不愿来断定他们是什么人，但倘使他们真的志在革命与民族，而不过心术的不正当，观念的不正确，方式的蠢笨，那我就以为他们实有自行改正一下的必要。我对于"文艺家协会"的态度，我认为它是抗日的作家团体，其中虽有徐懋庸式的人，却也包含了一些新的人；但不能以为有了"文艺家协会"，就是文艺界的统一战线告成了，还远得很，还没有将一切派别的文艺家都联为一气。那原因就在"文艺家协会"还非常浓厚的含有宗派主义和行帮情形。不看别的，单看那章程，对于加入者的资格就限制得太严；就是会员要缴一元入会费，两元年费，也就表示着"作家阀"的倾向，不是抗日"人民式"的了。在理论上，如《文学界》⑥创刊号上所发表的关于"联合问题"和"国防文学"的文章，是基本上宗派主义的；一个作者引用了我在一九三〇年讲的话，并以那些话为出发点，因此虽声声口口说联合任何派别的作家，而仍自己一厢情愿的制定了加入的限制与条件⑦。这是作者忘记了时代。我以为文艺家在抗日问题上的联合是无条件的，只要他不是汉奸，愿意或赞成抗日，则不论叫哥哥妹妹、之乎者也，或鸳鸯蝴蝶⑧都无妨。但在文学问题上我们仍可以互相批判。这个作者又引例了法国的人民阵线⑨，然而我以为这又是作者忘记了国度，因为我们的抗日人民统一战线是比法国的人民阵线还要广泛得多的。另一个作者解释"国防文学"，说"国防文学"必须有正确的创作方法，又说现在不是"国防文学"就是"汉奸文学"，欲以"国防文学"一口号去统一作家，也先豫备了"汉奸文学"这名词作为后日批评别人之用⑩。这实在是出色的宗派主义的理论。我以为应当说：作家在"抗日"的旗帜，或者在"国防"的旗帜之下联合起来；不能说：作家在"国防文学"的口号下联合起来，因为有些作者不写"国防为主题"的作品，仍可从各方面来参加抗日的联合战线；即使他像我一样没有加入"文艺家协会"，也未必就是"汉奸"。"国防文学"不能包括一切文学，因为在"国防文学"与"汉奸文学"之外，确有既非前者也非后者的文学，除非他们有本领也证明了《红楼梦》，《子夜》，《阿Q正传》是"国防文学"或"汉奸文学"。这种文学存在着，但它不是杜衡，韩侍桁，杨邨人⑪之流的什么"第三种文学"。因此，我很同意郭沫若⑫先生的"国防文艺是广义的爱国主义的文学"和"国防文艺是作家关系间的标帜，不是作品原则上的标帜"的意见。我提议"文艺家协会"应该克服它的理论上与行动上的宗派主义与行帮现象，把限度放得更宽些，同时最好将所谓"领导权"移到那些确能认真做事的作家和青年手里去，不能专让徐懋庸之流的人在包办。至于我个人的加入与否，却并非重要的事。

其次，我和"民族革命战争的大众文学"这口号的关系。徐懋庸之流的宗派主义也表现在对于这口号的态度上。他们既说这是"标新立异"⑬，又说是与"国防文学"对抗。我真料不到他们会宗派到这样的地步。只要"民族革命战争的大众文学"的口号不是"汉奸"的口号，那就是一种抗日的力量；为什么这是"标新立异"？你们从那里看出这是与"国防文学"对抗？拒绝友军之生力的，暗暗的谋杀抗日的力量的，是你们自己的这种比"白衣秀士"王伦⑭还要狭小的气魄。我以为在抗日战线上是任何抗日力量都应当欢迎的，同时在文学上也应当容许各人提出新的意见来讨论，"标新立异"也并不可怕；这和商人的专卖不同，并且事实上你们先前提出的"国防文学"的口号，也并没有到南京政府或"苏维埃"政府去注过册。但现在文坛上仿佛已有"国防文学"牌与"民族革命战争大众文学"牌的两家，这责任应该徐懋庸他们来负，我在病中答访问者的一文⑮里是并没有把它们看成两家的。自然，我还得说一说"民族革命战争的大众文学"这口号的无误及其与"国防文学"口号之关系。——我先得说，前者这口号不是胡风提的，胡风做过一篇文章是事实⑯，但那是我请他做的，他的文章解释得不清楚也是事实。这口号，也不是我一个人的"标新立异"，是几个人大家经过一番商议的，茅盾⑰先生就是参加商议的一个。郭沫若先生远在日本，被侦探监视着，连去信商问也不方便。可惜的就只是没有邀请徐懋庸们来参加议讨。但问题不在这口号由谁提出，只在它有没有错误。如果它是为了推动一向囿于普洛革命文学的左翼作家们跑到抗日的民族革命战争的前线上去，它是为了补救"国防文学"这名词本身的在文学思想的意义上的不明了性，以及纠正一些注进"国防文学"这名词里去的不正确的意见，为了这些理由而被提出，那么它是正当的，正确的。如果人不用脚底皮去思想，而是用过一点脑子，那就不能随便说句"标新立异"就完事。"民族革命战争的大众文学"这名词，在本身上，比"国防文学"这名词，意义更明确，更深刻，更有内容。"民族革命战争的大众文学"，主要是对前进的一向称左翼的作家们提倡的，希望这些作家们努力向前进，在这样的意义上，在进行联合战线的现在，徐懋庸说不能提出这样的口号，是胡说！"民族革命战争的大众文学"，也可以对一般或各派作家提倡的，希望的，希望他们也来努力向前进，在这样的意义上，说不能对一般或各派作家提这样的口号，也是胡说！但这不是抗日统一战线的标准，徐懋庸说我"说这应该作为统一战线的总口号"，更是胡说！我问徐懋庸究竟看了我的文章没有？人们如果看过我的文章，如果不以徐懋庸他们解释"国防文学"的那一套来解释这口号，如聂绀弩⑱等所致的错误，那么这口号和宗派主义或关门主义是并不相干的。这里的"大众"，即照一向的"群众"，"民众"的意思解释也可以，何况在现在，当然有"人民大众"这意思呢。我说"国防文学"是我们目前文学运动的具体口号之一，为的是"国防文学"这口号，颇通俗，已经有很多人听惯，它能扩大我们政治的和文学的影响，加之它可以解释为作家在国防旗帜下联合，为广义的爱国主义的文学的缘故。因此，它即使曾被不正确的解释，它本身含义上有缺陷，它仍应当存在，因为存在对于抗日运动有利益。我以为这两个口号的并存，不必像辛人⑲先生的"时期性"与"时候性"的说法，我更不赞成人们以各种的限制加到"民族革命战争的大众文学"上。如果一定要以为"国防文学"提出在先，这是正统那么就将正统权让给要正统的人们也未始不可，因为问题不在争口号，而在实做；尽管喊口号，争正统，固然也可作为"文章"，取点稿费，靠此为生，但尽管如此，也到底不是久计。

最后，我要说到我个人的几件事。徐懋庸说我最近半年的言行，助长着恶劣的倾向。我就检查我这半年的言行。所谓言者，是发表过四五篇文章，此外，至多对访问者谈过一些闲天，对医生报告我的病状之类；所谓行者，比较的多一点，印过两本版画，一本杂感⑳，译过几章《死魂灵》㉑，生过三个月的病，签过一个名㉒，此外，也并未到过咸肉庄㉓或赌场，并未出席过什么会议。我真不懂我怎样助长着，以及助长什么恶劣倾向。难道因为我生病么？除了怪我生病而竟不死以外，我想就只有一个说法：怪我生病，不能和徐懋庸这类恶劣的倾向来搏斗。

其次，是我和胡风、巴金、黄源诸人的关系。我和他们，是新近才认识的，都由于文学工作上的关系，虽然还不能称为至交，但已可以说是朋友。不能提出真凭实据，而任意诬我的朋友为"内奸"、为"卑劣"者，我是要加以辩正的，这不仅是我的交友的道义，也是看人看事的结果。徐懋庸说我只看人，不看事，是诬枉的，我就先看了一些事，然后看见了徐懋庸之类的人。胡风我先前并不熟识，去年的有一天，一位名人㉔约我谈话了，到得那里，却见驶来了一辆汽车，从中跳出四条汉子：田汉，周起应，还有另两个㉕，一律洋服，态度轩昂，说是特来通知我：胡风乃是内奸，官方派来的。我问凭据，则说是得自转向以后的穆木天㉖口中。转向者的言谈，到左联就奉为圣旨，这真使我口呆目瞪。再经几度问答之后，我的回答是：证据薄弱之极，我不相信！当时自然不欢而散，但后来也不再听人说胡风是"内奸"了。然而奇怪，此后的小报，每当攻击胡风时，便往往不免拉上我，或由我而涉及胡风。最近的则如《现实文学》㉗发表了 O.V. 笔录的我的主张以后，《社会日报》就说 O.V. 是胡风，笔录也和我的本意不合，稍远的则如周文㉘向傅东华抗议删改他的小说时，同报也说背后是我和胡风。最阴险的则是同报在去年冬或今年春罢，登过一则花边的重要新闻：说我就要投降南京，从中出力的是胡风，或快或慢，要看他的办法㉙。我又看自己以外的事：有一个青年，不是被指为"内奸"，因而所有朋友都和他隔离，终于在街上流浪，无处可归，遂被捕去，受了毒刑的么？又有一个青年，也同样的被诬为"内奸"，然而不是因为参加了英勇的战斗，现在坐在苏州狱中，死活不知么？这两个青年就是事实证明了他们既没有像穆木天等似的做过堂皇的悔过的文章，也没有像田汉似的在南京大演其戏㉚。同时，我也看人：即使胡风不可信，但对我自己这人，我自己总还可以相信的，我就并没有经胡风向南京讲条件的事。因此，我倒明白了胡风鲠直，易于招怨，是可接近的，而对于周起应之类，轻易诬人的青年，反而怀疑以至憎恶起来了。自然，周起应也许别有他的优点，也许后来不复如此，仍将成为一个真的革命者；胡风也自有他的缺点，神经质，繁琐，以及在理论上的有些拘泥的倾向，文字的不肯大众化，但他明明是有为的青年，他没有参加过任何反对抗日运动或反对过统一战线，这是纵使徐懋庸之流用尽心机，也无法抹杀的。

至于黄源，我以为是一个向上的认真的译述者，有《译文》这切实的杂志和别的几种译书为证。巴金是一个有热情的有进步思想的作家，在屈指可数的好作家之列的作家，他固然有"安那其主义者"㉛之称，但他并没有反对我们的运动，还曾经列名于文艺工作者联名的战斗的宣言㉜。黄源也签了名的。这样的译者和作家要来参加抗日的统一战线，我们是欢迎的，我真不懂徐懋庸等类为什么要说他们是"卑劣"？难道因为有《译文》存在碍眼？难道连西班牙的"安那其"的破坏革命㉝，也要巴金负责？

还有，在中国近来已经视为平常，而其实不但"助长"，却正是"恶劣的倾向"的，是无凭无据，却加给对方一个很坏的恶名。例如徐懋庸的说胡风的"诈"，黄源的"谄"，就都是。田汉周起应们说胡风是"内奸"，终于不是，是因为他们发昏；并非胡风诈作"内奸"，其实不是，致使他们成为说谎。《社会日报》说胡风拉我转向，而至今不转，是撰稿者有意的诬陷；并非胡风诈作拉我，其实不拉，以致记者变了造谣。胡风并不"左得可爱"，但我以为他的私敌，却实在是"左得可怕"的。黄源未尝作文捧我，也没有给我做过传，不过专办着一种月刊，颇为尽责，舆论倒还不坏，怎么便是"谄"，怎么便是对于我的"效忠致敬"？难道《译文》是我的私产吗？黄源"奔走于傅郑[34]门下之时，一副谄佞之相"，徐懋庸大概是奉谕知道的了，但我不知道，也没有见过，至于他和我的往还，却不见有"谄佞之相"，而徐懋庸也没有一次同在，我不知道他凭着什么，来断定和谄佞于傅郑门下者"无异"？当这时会，我也就是证人，而并未实见的徐懋庸，对于本身在场的我，竟可以如此信口胡说，含血喷人，这真可谓横暴恣肆，达于极点了。莫非这是"了解"了"现在的基本的政策"之故吗？"和全世界都一样"的吗？那么，可真要吓死人！

其实"现在的基本政策"是决不会这样的好像天罗地网的。不是只要"抗日"，就是战友吗？"诈"何妨，"谄"又何妨？又何必定要剿灭胡风的文字，打倒黄源的《译文》呢，莫非这里面都是"二十一条"[35]和"文化侵略"吗？首先应该扫荡的，倒是拉大旗作为虎皮，包着自己，去吓呼别人；小不如意，就倚势（！）定人罪名，而且重得可怕的横暴者。自然，战线是会成立的，不过这吓成的战线，作不得战。先前已有这样的前车，而覆车之鬼，至死不悟，现在在我面前，就附着徐懋庸的肉身而出现了。

在左联[36]结成的前后，有些所谓革命作家，其实是破落户的漂零子弟。他也有不平，有反抗，有战斗，而往往不过是将败落家族的妇姑勃谿，叔嫂斗法的手段，移到文坛上。喊喊嚓嚓，招是生非，搬弄口舌，决不在大处着眼。这衣钵流传不绝。例如我和茅盾，郭沫若两位，或相识，或未尝一面，或未冲突，或曾用笔墨相讥，但大战斗却都为着同一的目标，决不日夜记着个人的恩怨。然而小报却偏喜欢记些鲁比茅如何，郭对鲁又怎样，好像我们只在争座位，斗法宝。就是《死魂灵》，当《译文》停刊后，《世界文库》上也登完第一部的，但小报却说"郑振铎腰斩《死魂灵》"，或鲁迅一怒中止了翻译。这其实正是恶劣的倾向，用谣言来分散文艺界的力量，近于"内奸"的行为的。然而也正是破落文学家最末的道路。

我看徐懋庸也正是一个喊喊嚓嚓的作者，和小报是有关系了，但还没有坠入最末的道路。不过，也已经胡涂得可观。（否则，便是骄横了。）例如他信里说："对于他们的言行，打击本极易，但徒以有先生作他们的盾牌，……所以在实际解决和文字斗争上都感到绝大的困难。"是从修身上来打击胡风的诈，黄源的谄，还是从作文上来打击胡风的论文，黄源的《译文》呢？——这我倒并不急于知道；我所要问的是为什么我认识他们，"打击"就"感到绝大的困难"？对于造谣生事，我固然决不肯附和，但若徐懋庸们义正词严，我能替他们一手掩尽天下耳目的吗？而且什么是"实际解决"？是充军，还是杀头呢？在"统一战线"这大题目之下，是就可以这样锻炼人罪，戏弄威权的？我真要祝祷"国防文学"有大作品，倘不然，也许又是我近半年来，"助长着恶劣的倾向"的罪恶了。

临末，徐懋庸还叫我细细读《斯太林传》[37]。是的，我将细细的读，倘能生存，我当然仍要学习；但我临末也请他自己再细细的去读几遍，因为他翻译时似乎毫无所得，实有从新细读的必要。否则，抓到一面旗帜，就自以为出人头地，摆出奴隶总管的架子，以鸣鞭为唯一的业绩——是无药可医，于中国也不但毫无用处，而且还有害处的。

八月三—六日

【注释】

① 本篇最初发表于一九三六年八月十五日《作家》月刊第一卷第五期，初收拟编书稿《且介亭杂文末编》。

鲁迅当时在病中，本文由冯雪峰根据鲁迅的意见拟搞，经鲁迅补充、修改而成。

一九三五年后半年，中国共产党确定了建立抗日民族统一战线的政策，得到全国人民的热烈拥护，促进了抗日高潮的到来。当时上海左翼文化运动的党内领导者（以周扬、夏衍等为主）受中国共产党驻共产国际代表团一些人委托萧三写信建议的影响，认识到左翼作家联盟工作中确实存在着"左"的关门主义和宗派主义倾向，认为"左联"这个组织已不能适应新的形势，在这年年底决定"左联"自动解散，并筹备成立以抗日救亡为宗旨的"文艺家协会"。"左联"的解散曾经由茅盾征求过鲁迅的意见，鲁迅曾表示同意，但是对于决定和实行这一重要步骤的方式比较简单，不够郑重，他是不满意的。其后周扬等提出"国防文学"的口号，号召各阶层、各派别的作家参加抗日民族统一战线，努力创作抗日救亡的文艺作品。但在"国防文学"

口号的宣传中，有的作者片面强调必须以"国防文学"作为共同的创作口号；有的作者忽视了无产阶级在统一战线中的领导作用。鲁迅注意到这些情况，提出了"民族革命战争的大众文学"的口号，作为对于左翼作家的要求和对于其他作家的希望。革命文艺界围绕这两个口号的问题进行了尖锐的争论。鲁迅在六月间发表的《答托洛斯基派的信》和《论现在我们的文学运动》中，已经表明了他对于抗日民族统一战线政策和当时文学运动的态度，在本文中进一步说明了他的见解。

②徐懋庸：原名徐茂荣，浙江虞下营人。早年参加大革命运动。后到上海，与鲁迅相识。1933 年参加中国左翼作家联盟，任常委、宣传部长、书记。

③巴金：原名李芾甘，四川成都人，作家、翻译家。著有长篇小说《家》《春》《秋》等。黄源，浙江海盐人，翻译家。曾任《文学》月刊编辑，《译文》月刊编辑。胡风，原名张光人，湖北蕲春人，文艺理论家，"左联"成员。

④"文艺家协会"：全名"中国文艺家协会"。一九三六年六月七日成立于上海。该会的宣言发表于《文学界》月刊第一卷第二期（一九三六年七月）。

⑤"先安内而后攘外"：这是国民党政府所奉行的对内镇压、对外投降的反共卖国政策。蒋介石在一九三一年十一月三十日国民党政府外长顾维钧宣誓就职会上的"亲书训词"中提出："攘外必先安内，统一方能御侮。"一九三三年四月十日，蒋介石在南昌对国民党将领演讲时，又一次提出"安内始能攘外"，为其反共卖国政策辩护。

⑥《文学界》月刊，周渊编辑，一九三六年六月创刊于上海，出至第四期停刊。这里所说"关于'联合问题'和'国防文学'的文章"，指何家槐的《文艺界联合问题我见》和周扬的《关于国防文学》。

⑦何家槐在《文艺界联合问题我见》一文中，引用了鲁迅在《对于左翼作家联盟的意见》中"我以为战线应该扩大"和"我以为联合战线是以有共同目的为必要条件"的两段话。

⑧鸳鸯蝴蝶：中国近代小说流派，始于 20 世纪初，盛行于辛亥革命后，得名于清之狭邪小说《花月痕》中的诗句："卅六鸳鸯同命鸟，一双蝴蝶可怜虫"。又因鸳蝴派刊物中以《礼拜六》影响最大，故又称"礼拜六派"。

⑨法国的人民阵线：第二次世界大战前夕形成的法国反法西斯统一战线组织，一九三五年正式成立，参加者为共产党、社会党、激进社会党和其他党派。按何家槐在《文艺界联合问题我见》一文中，未引例法国的人民阵线。该文只是说："这里，我们可以举行国外的例证。如去年六月举

行的巴黎保卫文化大会，在那到会的代表二十多国，人数多至二百七八十人的作家和学者之中，固然有进步的作家和评论家如巴比塞、勃洛克、马洛、罗曼罗兰、尼善、基希、潘菲洛夫、伊凡诺夫等等，可是同时也包含了福斯脱、赫胥黎以及耿痕脱这些比较落后的作家。"

⑩ 指周扬在《关于国防文学》一文中说："国防的主题应当成为汉奸以外的一切作家的作品之最中心的主题。国防文学的创作必需采取进步的现实主义的方法。"

⑪ 杜衡：姓戴，名克崇，杭州人；韩侍桁，天津人；杨邨人，广东潮安人。他们都鼓吹所谓"小资产阶级革命文学"，和杜衡的主张相呼应。

⑫ 郭沫若（1892—1978）：四川乐山人，文学家、历史学家、社会活动家。这里所引的话，见他在一九三六年七月《文学界》月刊第一卷第二期发表的《国防·污池·炼狱》："我觉得国防文艺……应该包含着各种各样的文艺作品，由纯粹社会主义的以至于狭义爱国主义的，但只要不是卖国的，不是为帝国主义作伥的东西……我觉得'国防文艺'应该是作家关系间的标帜，而不是作品原则上的标帜。并不是……一定要声声爱国，一定要句句救亡，然后才是'国防文艺'……我也相信，'国防文艺'可以称为广义的爱国文艺。"

⑬ 徐懋庸的话见于他在《光明》半月刊创刊号（一九三六年六月十日）发表的《"人民大众向文学要求什么？"》一文："关于现阶段的中国大众所需要的文学，早已有人根据政治情势以及文化界一致的倾向，提出'国防文学'的口号，而且已经为大众所认识，所拥护。但在胡风先生的论文里，对于这个口号……不予批评而另提关于同一运动的新口号，……是不是故意标新立异，要混淆大众的视听，分化整个新文艺运动的路线呢？"

⑭ "白衣秀士"：王伦小说《水浒传》中的人物，见该书第十九回。

⑮ 即收入本书的《论现在我们的文学运动》，见第 131 页。

⑯ 胡风的这篇文章，题为《人民大众向文学要求什么？》，发表于《文学丛报》第三期（一九三六年六月），其中提到了"民族革命战争的大众文学"这口号。

⑰ 茅盾：沈雁冰的笔名，浙江桐乡人，作家、文学评论家、社会活动家，文学研究会的主要成员。著有长篇小说《子夜》《蚀》等。

⑱ 聂绀弩（1903—1986）：笔名耳耶，湖北京山人。他在一九三六年六月《夜莺》月刊第一卷第四期发表的《创作口号和联合问题》一文中说："无疑地，'民族革命战争的大众文学'在现阶段上是居于第一位的；它

必然像作者所说：'会统一了一切社会纠纷的主题'；只要作家不是为某一个帝国主义和汉奸卖国贼效力的，只要他不是用封建的，色情的东西来麻醉大众减低大众底趣味的，都可以在'民族革命战争的大众文学'这一口号之下联合起来。"

⑲ 辛人：即陈辛仁，广东普宁人。当时是东京中国左翼作家联盟的成员。他在《现实文学》第二期（一九三六年八月）发表的《论当前文学运动底诸问题》一文中说："我认为国防文学这口号是有提倡底必要的，然而，它应该是民族革命战争的大众文学底主要的一部分，它不能包括整个的民族革命战争的大众文学底内容。以国防文学这口号来否定民族革命战争的大众文学这口号，是和用后者来否定前者同样地不充分的。国防文学这口号底时候性不能代替民族革命战争的大众文学这口号底时期性，同样地，在时期性中也应有时候性底存在……在一个时期性的口号下，应该提出有时候性的具体口号，以适应和引导各种程度上的要求；因为后者常常是作为容易感染普通人民的口号的缘故。"

⑳ 两本版画：指作者在一九三六年四月翻印的《死魂灵百图》和七月编印的《凯绥·珂勒惠支版画选集》，都由作者以"三闲书屋"名义自费印行。一本杂感，指《花边文学》，一九三六年六月由上海联华书局出版。

㉑《死魂灵》：俄国作家果戈理的长篇小说。这里说的"译过几章"，指鲁迅于一九三六年二月至五月续译的该书第二部残稿三章。

㉒ 指一九三六年六月在《中国文艺工作者宣言》上的签名。这个宣言曾刊载于《作家》月刊第一卷第三期（一九三六年六月）和《文学丛报》第四期（一九三六年七月）。

㉓ 咸肉庄：上海话，一种变相的妓院。

㉔ 指沈端先（夏衍）。

㉕ 田汉（1898—1968）：本名田寿昌，笔名田汉，湖南长沙人，中国现代戏剧三大奠基人之一。周起应，即周扬，湖南益阳人，文艺理论家，中国左翼作家联盟领导人之一。还有另两个，指沈端先和阳翰笙。

㉖ 穆木天（1900—1971）：吉林伊通人，诗人、翻译家。曾参加中国左翼作家联盟，一九三四年七月在上海被捕。同年九月二十五日《大晚报》刊出了穆木天等脱离"左联"的报道。

㉗《现实文学》：月刊，尹庚、白曙编辑，一九三六年七月在上海创刊。第三期改名《人民文学》，后即停刊。该刊第一期发表了O.V.（冯雪峰）笔录的鲁迅《答托洛斯基派的信》和《论现在我们的文学运动》二文。

㉘ 周文（1907—1952）：又名何谷天，四川荥经人，作家，中国左翼作家联盟成员。他的短篇小说《山坡上》在《文学》第五卷第六号（一九三五年十二月）发表时，曾被该刊编者傅东华删改；因而他在同刊第六卷第一号（一九三六年一月）发表给编者的信表示抗议。一九三五年十二月十六日《社会日报》发表了署名黑二的《〈文学〉起内哄》一文，其中说："周文是个笔名，原来就是何谷天，是一位七、八成新的作家。他后面，论'牌头'有鲁迅，讲'理论'有左翼社会主义的第三种人的民族文学理论家'胡风、谷非、张光仁'。"

㉙ 一九三五年十二月一日《社会日报》刊登虹儿的《鲁迅将转变？谷非、张光人近况如何？》一文，其中说："刻遇某文坛要人，据谓鲁迅翁有被转变的消息。……关于鲁迅翁的往哪里去，只要看一看引进员谷非、张光人、胡丰先生的行动就行了。"

㉚ 田汉，于一九三五年二月被捕，同年八月经保释出狱后，曾在南京主持"中国舞台协会"，演出他所编的《回春之曲》《洪水》《械斗》等剧。以后接受了党组织的批评，中止了这一活动。

㉛ "安那其主义者"：即无政府主义者。安那其，法语"Anar-chisme"的音译。

㉜ 战斗的宣言：指《中国文艺工作者宣言》。

㉝ 西班牙的"安那其"的破坏革命：一九三六年二月，由西班牙共产党、社会党等组成的反法西斯统一战线组织"西班牙人民阵线"在选举中获胜，成立了联合政府。同年七月，以佛朗哥为首的右派势力在德、意两国法西斯军队直接参与下发动内战，一九三九年联合政府被推翻。当时参加人民阵线的无政府主义工团派在内部制造分裂，对革命起了很大的破坏作用。

㉞ 傅郑：指傅东华和郑振铎。他们二人曾同为《文学》月刊的主编。

㉟ "二十一条"：指一九一五年日本帝国主义向当时北洋政府总统袁世凯提出企图独占中国的二十一条秘密条款。

㊱ 左联：即中国左翼作家联盟，中国共产党领导下的革命文学团体，一九三〇年三月在上海成立。领导成员有鲁迅、夏衍、冯雪峰、冯乃超、丁玲、周扬等。一九三五年底自行解散。

㊲ 《斯太林传》：法国巴比塞著，中译本改以原著副题《从一个人看一个新世界》为书名，徐懋庸译，一九三六年九月上海大陆书社出版。

活动宣言

告国际无产阶级及劳动民众的文化组织书

世界各国的无产阶级和劳动民众！

日本工人的文化组织，英国美国德国法国以及世界各国工人的文化组织和革命的文化组织！

亲爱的同志们！

最近中国满洲的事实，你们一定已经听见牠的惊人的消息了。日本帝国主义的军队已经完全占领中国的辽宁吉林两省，还在收买谢美诺夫等类的白俄匪徒企图再进一步的去捣乱黑龙江省，捣乱中东铁路。中国几千万的劳动民众落到了日本帝国主义军队的铁蹄之下。

辽吉两省的工人农民士贫民的头上，盘旋着日本的军用飞机，每叶分钟都可以有被炸弹炸成飞灰的危险：辽吉两省城市的街口，村镇的要处，布满了几百几千架的大砲机关枪，张着牠们的铜铁火焰的眼睛，看守着中国的民众，中国人民要是稍微走动一下，只要不知道为什么违背了日本资产阶级的意旨和趣味，立刻就可以死在这些枪砲的开花弹之下。最近十天以来，这样死去的，这样被毁灭的中国民众，已经不止十万二十万。这样毁轰的，这样被铲成平地的中国村镇，已经有不少处。甚至于小孩子妇女，都受到空前的残暴的凌虐和惨酷的宰割。日本帝国主义的军队，还用飞机炸弹以及假装的匪徒攻击北宁铁路的客车，一直要侵入山海关以内。日本帝国主义的军舰增加了许多到汉口，上海，广州，厦门，……更不用说日本所认为是牠的领土的青岛。

这是何等重大的事变？帝国主义强盗的联合机关——国际联盟承认日本行动是"自卫的"牠并且要求"中国和日本双方撤兵！"华盛顿政府说日本的行动还并没有破坏凯洛格"非战公约"，牠也要求中国和日本"双方避免起衅！"

这事变是什么？这是真正全世界的崩溃（Catasteophe）的第一声。日本的出兵，首先当然是直接攫取中国的东三省和蒙古，去做牠的完全的殖民地，也就是直接用空前的大屠杀进攻中国的革命。日本的出兵，而且是占领着远东的主要军事基础——准备进攻苏联的军事基础地。日本的出兵，是实行瓜分中国，种下全世界的第二次大战的种子，——帝国主义的强盗们互相吞噬而企图重新分割世界，重新分配全世界的殖民地。中国之内的势力范围的抢夺，不过是一个导灾线。

日本出兵的前一星期，日本的陆军总长曾经宣言"中国中部的共产运动之发展，乃远东一最严重事件"，日本资产阶级表示不信任他们在中国的走狗——国民党的领袖蒋介石张学良等等，不信任国民党能够替他们扑灭中国的工农群众的苏维埃运动。因此，日本要想巩固自己的在华势力，就实行亲自出兵的政策。然而日本巩固在华势力这件事，对于我们和你们——全世界的劳动民众，尤其是日本的劳动民众，是个什么意义？这就是延长咱们的奴隶地位！日本以及英美德法各帝国主义国家，现在陷落到了不可救药的经济危机，有些地方已经转变到了政治危机，国际的资产阶级知道自己统治的危险，觉得资本主义末日的快要到来，因此，他们都利于消灭，镇压中国的苏维埃运动，他们梦想着：中国的工农革命运动如果能够趁早用武力扑灭了，那么，不但印度，菲列滨，摩洛果……尤其如高丽，台湾的革命运动可以如法炮制，而且日本英美等国自己的工人阶级，也就不能不更加驯服的听凭资本家减少工资，裁减人员，减低失业津贴，以至于取消一切社会保险费。所有这些资本进攻的政策，不是在你们国内正在进行着么？我们和你们的敌人是一个，我们和你们的任务是一个，我们和你们的利益和命运是一个！反对进攻中国革命的日本帝国主义！反对屠杀中国民众的帝国主义战争！

日本出兵的目的，并且还在于占领远东方面进攻苏联的军事基础地。日本出兵满洲，说地是进攻苏联的战争的第一步。这是一点儿没有夸张的。苏联是什么？是我们和你们的共同祖国。地是劳动者的国家，地是建设着社会主义的国家。苏联的榜样告诉我们：只有社会主义革命胜利了的国家，能够逃出世界资本主义的危机。现在全世界各国都闹着巨大的经济恐慌，全世界失业的工人数目超出了一切最高纪录，单在列强国内——不算殖民地半殖民地——失业人数达到二千万以上，而苏联国内不但一个失业人也没有，而且感觉到工人的缺少。全世界各国的经济，到处是紊乱，破产，崩溃……但是在苏联，五年经济计划的伟大的社会主义建设，正在完成，正在前进，这里是经济的兴盛，实学的发展。苏联的工人有百分之九十二以上已经实行了七小时工作制。苏联的基本的农民群众平均已经有百分之六十实行了集体农场。他们在无产阶级独裁之下建设着新的生活，开辟着全人类的光明的道路。所以国际帝国主义要想摧毁这个劳动国家，要想进攻我们的共同的祖国，现在日本的出兵满洲，正是这种阴谋具体化的进一步。难怪国际联盟和美国政府实际上这样的援助日本！我们和你们的共同责任，是用一切，用自己的鲜血，用自己的性命来拥护苏联，反对进攻苏联的帝国主义的战争。

日本的占领满洲以及出兵全中国，还表现着帝国主义列强之间的互相抢夺。日本出兵不到十天，英国已经藉口保护北宁路，而要求中国国民党政府把管理北宁路的全权让给英国。这里，太平洋大战，全世界大战的导火线已经燃着了。一九一四——一九一八年的世界大屠杀过去了还不过十二三年，国际资产阶级又在实行着全世界空前凶残的残杀计划！我们和你们的共同责任是反对这种帝国主义的战争！

148

总之，日本帝国主义的占领满洲，是国际帝国主义互相吞噬的大战，帝国主义联合进攻苏联的战争，帝国主义进攻中国，奴役，压迫，剥削屠杀中国劳动民众的帝国主义战争的第一步，这个步骤的发展，没有疑问的，还在引导着全世界走到空前的崩溃的道路上去。这是国际帝国主义的资产阶级的拼命的垂死的挣扎，他们所要的不仅是我们的血，而且是你们全世界劳动者的血，他们妄想用我们和你们的血——几千百万人的血来挽救资本主义剥削制度的灭亡。他们妄想用空前钜大的冒险投机政策，来镇压住中国的苏维埃革命，扑灭无产阶级的祖国苏联，重新分配全世界的殖民地和弱小民族，维持住剥削我们全世界的无产阶级的资本主义统治！

中国的劳动民众，已经在挨着帝国主义的刀枪炸弹和鞭笞，你们，世界各国的工人和劳动者，也快要挨到了！我们共同的起来反抗罢！

中国的劳动民众，只要他们的力量及得到的地方，不但用示威，用抗议反对日本及一切帝国主义，而且已经用梭标，用大刀，用枪砲反对，——他们建立了自己工农红军和苏维埃政权。他们只相信自己的力量——绝对不相信中国的豪绅地主资产阶级。中国豪绅地主资产阶级的代表政党——国民党早已是帝国主义的走狗。国民党正在一手拿着吃人的三民主义的经典，一手拿着帝国主义御赐的枪砲，拼命的屠杀中国的工农，进攻中国的红军，正在这个时候，日本出兵占领满洲。这时中国国民党干些什么？中国的国民党并不是一个统一的团体的，——不要相信国外的高等华侨的鬼话。——中国有蒋介石的国民党，南京的所谓中央政府，他们正在发命令禁止民众的反抗帝国主义运动，命令民众镇静，忍受，强迫中国工人延长工作时间，宣布戒严禁止兵士和民众接触。声明对于日本采取无抵抗的政策。中国还有汪精卫的国民党（广州政府），他们在广州，提议由他们来攻打红军，而教蒋介石去对付日本，中国还有张学良的国民党，他们在事前知道日本的进兵，并且一直到现在，还在直接发命令给满洲的中国军队，叫他们立刻无条件的退却，投降，立刻把一切军械兵工厂移交给口本军队。中国还有袁金铠熙洽等类的国民党，他们留在辽宁吉林两省，在日本驻军直接指挥之下组织了这两省的新省政府。这样，中国国民党已经把满洲的民众和兵士送给日本帝国主义屠杀，将来二定还要把其他的地方送给英国的美国的……帝国主义。中国的国民党宁可使中国瓜分，只要帝国主义来帮他们镇压革命的民众。中国国民党已经把满洲送给帝国主义，做进攻苏联的军事根据地，中国国民党的一切政策都是帮助国际帝国主义准备第二次世界大战，中国的工农民众只有相信自己的力量，他们认清国民党是自己的仇敌。中国国民党而且是全世界劳动民众的仇敌！

是的，中国工农只相信自己的力量，只相信我们和你们——全世界各国劳动群众联合起来的力量！

是的！惨淡的战云已经盖到我们和你们的头上来了！战争的凶神恶煞已经在张牙舞爪的吞噬我们，不久，牠就要吞噬到你们的。自然，帝国主义豢养的文学家，这些疯狂的吸血鬼，又要大大的歌颂战争，歌颂沙凡主义的（Chauvinism）的法西斯主义的"保护祖国！"一切种种社会改良主义的社会帝国主义的鹦鹉都要跟着唱和起来。而且现在，我们已经听见日本帝国主义的走狗这样的歌咏。而中国的国民党，这些可怜的"民族主义者"，这些只会屠杀徒手的工农的苏凡主义者，这些慷慨激昂为着"保存五千年中国古文明"和"世界的人类的文化"而鼓吹杀"赤色帝国主义"，杀"赤匪"的"民族主义的诗人"，现在对于日本，只在可怜的哀鸣，只在呼号"和平，镇静。忍受，以文明国家之态度，反映日本之野蛮行迳，"只在哀哀的哭着："中国的人呢？中国的人呢？到营房里去罢！"到营房去？去等着国民党政府把我们送给帝国主义杀，去拿着武器双手奉送给帝国主义者吗？这些无耻的中国孙逸仙主义的信徒！等到帝国主义的战争，尤其是反苏联的战争爆发之后，他们一定附和他们的主人帝国主义者，为着帝国主义的利益，而来运用所谓民族主义的，莎凡主义的法西斯主义的武断宣传（Demagogy）的。

帝国主义的列强资产阶级，各国的剥削阶级，绅士，祭师，王公，贵族，地主，资本家所豢养的文人，一定在加紧制造一切种种武断宣传的把戏。因为"全世界的发疯"时期又在迫近了，因为他们的任务正是在制造"全世界的发疯"的疯狂剂！

　　"战争是应当废止的……虽然全世界的人都发了疯，可是仍旧有清醒的人——这就是李卜克内西（Bapbusse:'Le feu'）。"现在清醒的人不止一两个李卜克内西了！有全世界六分之一的苏联的民众，有你们——有你们，集体的李卜克内西！我们和你们的任务就是"清醒的人"的任务：我们大家尽我们的力量罢！"把帝国主义的战争变做国内战争！把进攻苏联的战争，变化拥护苏联的战争！把帝国主义进攻中国革命的战争，变做真正反帝国主义，反国民党的革命的民族战争！"

　　中国的劳动民众只相信自己的力量，只相信我们全世界无产阶级和劳动民众联合的力量。只有这种力量可以防止世界的崩溃，而开辟全人类的光明的道路。中国的工农群众斗争着，等着遥远的你们，而又是最亲近的你们的呼声。曾经有这么的时候：全世界的劳动群众，为着塞哥和房齐蒂的被杀而大大的向美国的资产阶级示威，这是我们中国劳动者听见过的。而现在被帝国主义杀的，不是什么两个工人，而是二千，二万，二十万的劳动者，而且这次的满洲屠杀，还是屠杀我们全世界各国的劳动民众的序幕？起来罢，亲爱的同志们！要求日本资产阶级立刻完全撤退驻华的一切海陆军宪兵警察！反对对于中国民众的屠杀和对于中国红军的进攻！反对进攻中国的革命！反对帝国主义瓜分中国的战争，反对帝国主义进攻苏联的战争！

　　全世界无产阶级联合起来万岁！

　　　　　　　　中国左翼作家联盟一九三一年九月二十六月

　　（载一九三一年九月二十八日《文学导报》第一卷第五期，第二页。）

告无产阶级作家革命作家及一切爱好文艺的青年

　　日本帝国主义的大炮，机关枪在东三省响着；中国党国的毛瑟枪盒子炮也就跟着在上海广州的马路上试演，——打死的反正都是该做牛马的工人，小兵，贫民，以及"蠢如鹿豕"的革命青年。而全世界的列国资本代表穿着大礼服在日内瓦扮演连台滑稽大戏；全中国的各派党国要人，据说也要在沪宁来大开和平统一会议。

几十万万世界的和中国的劳动民众的赤血在奔腾着，漫漫长夜乌黑大暗的天地之中，早早看得见革命的火焰在飞舞着。那些炮火，以及那些滑稽戏的什么国际会议和国内会议，目的原本只是一个：救火。

日本天皇的军队以及中华党国的警察为什么放枪？为的是保卫资本主义，为的是保卫中国的封建余孽！日内瓦的国际会议，沪宁的国内会议要讨论些什么？也是为着保卫资本主义，也是为着保卫中国的封建余孽。

但是，国际的列强帝国资本乏义同时互相争夺着势力范围和殖民，对于中国就是要瓜分。中国各派豪绅资产阶级互相争夺着地盘和卖国优先权，对于劳动民众都是要屠杀，剥削……国际的和国内的，战争和和平，屠杀和会议，同时都是表现着这些日暮途穷的恶魔之间的冲突。

......

日本的占领东三省，首先是对于中国苏维埃革命的进攻，首先是对于建设着社会主义的苏联准备战争。东三省的兵工厂，飞机场，军阀军队的一切军械，留在党国手里对于日本资本阶级并没有多大危险，——他们随时可以一伸手就拿去的；这次事变之中党国要人的无抵抗镇静忍耐的三民主义就是最好的证据。日本资产阶级怕的是这些军械会落到中国的工人农民兵士手里去，像江西福建湖北湖南那个样子。同样，日本资产阶级的以及一般国际资产阶级极端的害怕苏联社会主义建设的发展，而东三省的地盘，吉会铁路日本海的军事路线，恰好是进攻苏联的最好的阵地。因为中国苏维埃革命的发展，苏联社会主义经济的前进，真要使全地球劳动民众的革命火焰爆发起来，烧尽一切帝国资本主义的根苗。所以资本主义的根本危机，紧张之下，经济恐慌失业增多的帝国主义列强和中国豪绅资产阶级，都要这样张皇失措绝望拼命的挣扎：日本出兵东三省是这样的冒险投机政策，国际联盟和华盛顿政府的装腔做势也是这样的目的；党国要人的无抵抗镇静主义是"宁赠友朋，勿与家奴"的政策，而绝望拼命的大叫对日绝交宣战，其实是想催促国际干涉以至太平洋大战，这也是同样的企图维持资本统治的路线。

日本占领东三省，第一，这是显然企图用共同进攻苏联的条件要求列强实际上的默认，企图用合力剿平中国"赤匪"的条件，而默认列强依样画葫芦的占领中国其他口岸。可是，第二，这已经是直接取得东三省东蒙古的钜大富源和独占的剥削地位。现在帝国主义的世界已经是一个空前钜大的火药库，四方八面引着导火线，只要一两颗火星就可以引起惊天动地的爆裂，要震动整个的太阳系。而日本的出兵东三省正是一条导火线的放火的燃烧。第二次世界大战的战神已经张牙舞爪的在这里耀武扬威。这战争如果是帝国主义列强和党国的中国的联盟军进攻苏联，那固然是要毁灭建设着社会主义的国家，固然是要残杀压迫全世界的劳动民众，来维持资本统治。而这战争如果是帝国主义列强互相之间的战争，那也是要十倍百倍于一九一四 — 一九一八的大战，也是要驱军策万万劳动群众到战场上去互相残杀，而各自替"自己的祖国资本阶级"当炮灰，好叫他们夺到剥削群众的更大的权利，更多的殖民地，更驯服的奴隶牛马。中国的劳动民众呢，连替"自己的祖国资产阶级"当炮灰的资格也没有。为什么？因为，这种战争，尤其是东三省问题发展起来的战争，是瓜分中国的战争，党国要人会驱策我们去"为祖国为民族而战"，而其实，这些党国豪绅资产阶级在这瓜分中国的战争之中实际上也只是替美国，英国之摇旗呐喊，或者像现在的满蒙王公，张海鹏，袁金铠之替日本摇旗呐喊，而中国群众就更加要当二重奴隶——二重炮灰！

......

中国的无产阶级和劳动民众：手工工人，城市贫民，农民兵士群众，一切真正革命的人们——必须坚决的反对日本帝国主义的进攻中国革命，反对列强其目的进攻苏联，反对帝国主义瓜分中国的战争！这就必须反对无抵抗镇静主义的党国豪绅资产阶级，必须要推翻地主资本家的统治：

工人没有祖国，各国的工人要联合起来，反对帝国主义的战争！工人要创造自己的祖国，各国工人都要保卫已经建设着社会主义的祖国，要在自己住的地方再创造出自己的祖国来建设社会主义，为着这个而战争！中国的工人现在没有祖国，中国的工人现在要创造自己的祖国，——中国工人要领导一切劳动群众建立工农革命独裁的民权国家，为着这个目的而实行革命的战争，真正反对帝国主义的民族战争！

祖国，就是一种政治的文化的社会的环境，这是无产阶级斗争的最强有力的动力；……无产阶级不能够不关心的冷淡的对待自己斗争底政治的社会的文化的条件，因此，无产阶级对于自己国家的命运是不能够不关心的。然而国家命运对于无产阶级的兴趣仅仅只在这个命运关系到无产阶级的阶级斗争，……而并不是因为什么资产阶级的……爱国主义。

......

但是，资产阶级正在大大的鼓吹爱国主义，不但在政治宣传，而且在文艺上。鼓吹爱国主义，民族主义，莎凡主义，法西斯蒂主义，这当然是一切资产阶级豢养的清客文人的天责。甚至于中国的可怜的豪绅地主资产阶级"倡优所蓄"的文人！甚至于明明是对于日本帝国主义投降，"奴膝婢颜"的镇静无抵抗，对于美英法德帝国主义是卖身投靠，哀求苦恼的讲国际公理正义，可是所有这些无耻下贱不要脸的勾当，还要"以民族主义之名义行之！"这种民族主义的文艺立刻散布到穷乡僻巷：

> "现在我们，暂且让俚，
> 并非胆小，到说怕俚，
> 因为是非，总有公理，
> 废战条约，各国同意。"（爱国时曲抗日小热昏。）

这小热昏的确是大热昏总司令"镇静，国际公理"等等著名演讲的通俗文艺的译本！这是"文明的国民程度，和平的中国民族性，仁义忠孝礼让的孔孙道统"的通俗文艺的宣传。这是要蒙蔽着民众，使民众"安份的"等死，"安份的"送命。

可是，可怜的中国豪绅地主资产阶级，为着执行帝国主义的谕旨，还另外有各种各式叫民众等死送命的方法。因为这些文人之中有些比较聪明的，眼看着自己的党国威位，在那种露骨的无耻忘八下贱不要脸的勾当之下，迅速的一落千丈，他们很恐惧的觉得"亚东不可收拾的共产局面"将要实行（新月派的罗隆基的话），于是乎起来实行"文艺界救国抗日的大团结。"民族主义的高等文人之解剖更巧妙的麻醉群众抗日的必要。他们以民族主义的名义问："中国的人呢？"而回答是：满洲里"国门之战的英雄难道都已经战死在沙场"？他们努力的假借日本帝国主义出兵东三省的事变，来提倡反对苏联的"爱国热忱"。他们蒙蔽群众：不敢说明事实的真相：当年不是苏联出兵满洲里，而是党国遵照美国洋钱的谕旨，企图出兵西伯利亚。他们以民权主义的主义，鼓吹岳飞复生，鼓吹"民族英雄"的战争，他们企图蒙蔽群众：竭力掩盖在现在的政权之下，所谓拥护国际公理的对日宣战只是替美国，英国，法国去做炮灰。他们以民族主义的名义号召工人，增加生产效率，服从政府的命令。他们一切种种激昂慷慨，赌神罚咒，拍胸膛，扯胡子的花言巧语，都是要麻醉欺骗群众，要迷惑群众生做帝国主义的炮灰，中外资本家地主的牛马奴隶。

还有一些改良主义和平主义和所谓人性主义的文艺，会来歌颂，公理战胜强权，也会来装腔做势的唉声叹气，甚至于讥笑着国际联盟，咒骂着屠杀的战争——一切种种的战争，想着标榜着"国际常识"来证明不会有战争发生，而轻描淡写的蒙蔽过反苏联战争，瓜分中国的战争已经在一步步切实的准备着的事实。因此，鼓吹着和平的解决国内纷争，和平的解决国际争执，踏在民众的尸屍的血肉上面，还在劝告当局接受民权，实行"对外对内的政纲"。这些和平主义是在害怕战争，而不是反对战争，是在竭力企图救反革命的命，而不是要推翻反革命的统治。真正的反对战争真正的打退日本帝国主义，真正的推翻地主资产阶级一切帝国主义统治的立场是什么？这是认清楚："战争是在恐吓，威胁，蒙蔽群众，也在惊醒，教训，锻炼，征发，组织，准备群众，——准备他们去向'本国'的'外国'的资产阶级实行战争⋯⋯现在如果有人给你武器，那么，你应当接受，你应当拿这些枪，拿这些炮，拿这些最好的技术科学所制造的枪炮武器，拿些杀人的武器，摧残的武器，——现在这个世界上为着解放工人阶级而要用火用铁去摧残的东西还多着呢。如是群众之中发展着痛恨的拼命的情绪，如果革命的形势有了，——那么，准备创造新的组织，而就用这些很有益处的杀人武器，摧残的武器，去反对自己的资产阶级，反对自己的政府⋯⋯！"

是的，现在中国的兵士，只有反对着自己民族的政府，掉过枪来杀死自己民族的军阀，而去打日本的以及一切的帝国主义，现在的农民和城市贫民只有反对着自己的民族政府，自己的民族豪绅地主资产阶级，而去打倒帝国主义；现在的中国工人只有反对着自己民族的政府，自己民族的豪绅地主资产阶级，领导着农民及一切劳动贫苦群众，去根本推翻一切帝国主义的统治——去创造新的组织——工农兵代表会议（苏维埃），创造劳动民众自己的祖国。这是钜大的艰苦的斗争，这是伟大的生命的阶级战争，而在中国，这战争同时就是真正反对帝国主义的革命的民族战争。这要是保卫苏联的战争，这是要用战争反对帝国主义的战争！

这斗争不但要反对一切帝国主义的侵略和一切派别的豪绅地主资产阶级的军阀党国的压迫和剥削，还要反对这些家伙对于民众的思想影响。

中国一切无产阶级作家和革命家，你们的笔锋，应当同着工人的盒子炮和红军的梭标枪炮，奋勇的前进！扫除和肃清民族主义的人性主义的和平主义的疯狂剂和迷魂汤！立刻，一刻儿都不容迟缓。一切的力量，一点儿都不容顾恤。尤其是要深入到极广大的大众之中！革命的大众文艺的任务是如此之重大！牠应当各方面的去攻击日本帝国主义的横暴和列强的趁火打劫的野心：牠应当各方面的去提醒只有苏联是我们的祖国，苏联的工农曾经差不多是赤手空拳的打退了全副武装的十四国的帝国主义联军；牠应当各方面去暴露党国豪绅资产阶级的一切无耻的魂态，小资产阶级的动摇和发狂；牠应当各方面的去鼓舞真正群众的英勇的斗争的情绪，指示群众斗争的目的和方法。反对战争的真正道路。

极广大的群众的热血是在沸腾着，他们等待着自己的文艺，等待着自己的战鼓。他们要求着真正自己的说书，故事，小唱，歌曲，戏剧……无产阶级作家和革命作家，一切爱好文艺的青年，你们的笔锋，应当同着工人的盒子炮和红的梭标枪炮，奋勇的前进！

左翼作家联盟执行委员会 一九三一，十，十五。

（载一九三一年十月二十三日《文学导报》
第一卷第六、七期合刊、第二页。）

上海文化界发告世界书

全世界的无产阶级和革命的文化团体及作家们：

日本帝国主义在上海的军事行动，迄今已经炸轰了上海华界的重要工业、文化机关和繁盛街市。中国民众死在日军炮火下者，已数千人。日本帝国主义现又倾其海军全力轰击长江沿岸，及东南沿海各重要城市。同时英美法各帝国主义的军舰，亦已云集上海。瓜分中国的帝国主义战争，瞬将爆发。上海民众英勇的反日反帝斗争，已在严重的压迫下，我们坚决反对帝国主义瓜分中国的战争，反对加于中国民众反日反帝斗争的任何压迫，反对中国政府的对日妥协，以及妇迫慎命的民众。我们敬告全世界的无产阶级，和革命的文化团体，及作家们立即起来运用全力，援助中国被压迫民众，反对帝国主义瓜分中国的战争，反对日本帝国主义惨无人道的屠杀。转变帝国主义战争为世界革命的战争、打倒日本帝国、国际帝国主义、反对瓜分中国的战争，保护中国革命。

茅　盾、鲁　迅、叶圣陶、郁达夫、丁　玲、
胡愈之、陈望道、方光焘、周予同、郑伯奇、
沈起予、穆木天、何　畏、张天翼、孙师毅、
何丹仁、周起应、白　薇、姚蓬子、龚　彬、
胡秋原、田　汉、叶秀夫、陆　诒、楼建南、
袁　殊、钱杏邨、杨　骚、翁毅夫、沈端先、
叶华蒂、邓初民、任白涛、李易水、华　汉、
郑千里、杨柳丝、王达夫、赵铭彝、李　兰、
谢冰莹、陈正道、顾凤城

一九三二年二月三日

（载一九三二年二月四日《文艺新闻》战时特刊第 2 号《烽火》。）

中国文艺工作者宣言①

一九三六年（民国二十五年）

中国不是从昨天起才被强邻压迫，侵略。我们的民族危机并不是一朝一夕所造成的。展开在我们眼前的这大崩溃的威胁是有着地的远因和近因，有着地的发展的路径的。我们文艺上的工作者，目光从来没有离开过现实，工作从来没有放松过争取民族自由的奋斗。我们并不是今天才发见救亡图存的运动的重要的！

所以，在现在当民族危亡达了最后的关头，一只残酷的魔手扼住我们的咽喉，一个窒闷的暗夜压在我们的头上，一种伟大悲壮的抗战摆在我们的面前的现在，我们决不屈服，不畏惧，更决不徬徨、犹豫，我们将保持我们各自固有的立场，本着原来坚定的信仰，沿着过去的路线，加紧我们从事文艺以来就早已开始了的争取民族自由的工作，我们决不忽略或是离开现实，反之，我们将更加紧紧地把握住现实。我们不敢过大的估计自己的力量，但我们将为着目标的伟大，忘却自身的渺小。我们相信各部门的文化工作在任何时期都没有一刻可以中断，我们以后将更加沉着而又勇敢

地在这动乱的大时代中，担负起我们的艰巨的任务。我们愿意接受同意我们的工作的人的督促和指导。我们愿意和站在同一战线的一切争取民族自由的斗士热烈地握手！

（名次先后，依新文字拼音为准。）

巴　夫　巴　金　白　曙　曹靖华　草　明
曹　禺　齐　同　陈占元　大　戈　东　平
董纯才　方光焘　方之中　俯　拾　靳　以
葛　琴　以　群　杨　晦　姚　克　野　夫
叶籁士　尹　庚　克　夫　黎烈文　丽　尼
李溶华　梁雯若　路　丁　芦　焚　鲁　彦
陆　蠡　鲁　迅　陆少懿　龙　乙　马子华
马宗融　茅　盾　孟式钧　孟十还　聂绀弩
欧阳山　澎　岛　任文川　萧　军　萧　乾
萧　红　辛　人　孙　成　孙　用　宋之的
徐　盈　世　弥　唐　弢　田　菲　田　间
天　虚　万迪鹤　王余杞　王元亨　吴景崧
吴组缃　奚　如　胡　风　华　沙　荒　煤
黄　源　许天虹　澉　波　蹇先艾　蒋牧良
赵家璧　张天翼　张香山　周　彦　周而复
周　文　钟石苇

（载一九三六年七月一日《现实文学》第一期）

【注释】

① 本宣言有几种不同版本，如《一九三六年中国文艺年鉴》北浙书局版中所录本文（见该版第二二八—二二九页），除文字中有个别出入外，其发起人少了十四人，且发起人的先后次序亦不同。少去的十四人是：巴夫、白曙、陈占元、董纯才、野夫、梁雯若、龙乙、茅盾、聂绀弩、唐弢、田菲、吴景崧、华沙、许天虹。

活动宣言

文艺界同人为团结御侮与言论自由宣言

帝国主义之侵略，日甚一日，亡国之祸，迫在眉睫，东北四省既早已沦陷，华北五省与福建又危在旦夕。然而我国各派当局，至今尤未能顺应全国民众之要求从事实上表示团结御侮之决心。

在此时会，我们所愿掬诚为国人告者：对时局，我们要求政府当局加紧全国的缉私运动，竭力援助东北义勇军，严命冀绥当局坚决保持华北各项主权，并尽量资助华北国军物质上的缺乏。我们要求政府对北海事件与成都事件之交涉，不作妥协之让步，对绥东伪军之侵扰与北海日舰之威胁，迅速以实力应援各该地方之爱国军事长官。

我们希望全国民众尽力参加并辅助政府的缉私工作，助东北义勇军，加紧一切救国运动。

我们是文学者，因此亦主张全国文学界同人应不分新旧派别，为抗日救国而联合。文学是生活的反映，而生活是复杂多方面的，各阶层的，其在作家个人或集团，平时对文学之见解、趣味与作风，新派与旧派不同，左派与右派亦各异，然而无论新旧左右，其为中国人则一，其不愿为亡国奴则一，各人抗日之动机或有不同，抗日之立场亦许各异，然而同为抗日则一，同为抗日的力量则一。在文学上，我们不强求其相同，但在抗日救国上，我们应团结一致以求行动之更有力。我们不必强求抗日立场之划一，但主张抗日的力量即刻统一起来。

为民族利益计，我们又甚盼民族解放的文学或爱国文学在全国各处风起云涌，以鼓励民气，我们固甚盼全国从事文学者能急当前之所应急。但救亡之道初非一端，其在作家亦然。故在文学上我们宁主张各人各派之自由发展，与自由创作。

其次，我们主张言论的自由，急应争得。言论自由与文艺活动的自由，不但是文化发展的关键，而在今日更为民族生存之所系。国民自由发表其救国意见，文学或自由发表其救国文艺，在今日已不仅为人民之权利，亦且为人民尽之天职。除非不要人民爱国，否则，予人民发表救国意见之自由，在今日应属天经地义，无可怀疑。因此我们要求政府当局，即刻开放人民言论的自由，凡是以阻碍人民言论自由之法规，如报纸检查、刊物禁扣等，应立即概予废止。我们深信唯有言论自由；然后能收全国上下一致救国的效果。我们敢吁请全国的学者、新闻记者、作者与读者，一致起而力争言论自由，促其早日实现。

签名者：巴　金　王统照　包天笑　沈起予　林语堂
洪　深　周　瘦　鹃茅盾　陈望道　郭沫若　夏丏尊
张天翼　傅东华　叶绍钧　郑振铎　郑伯奇　赵家壁
黎烈文　鲁　迅　谢冰心　丰子恺

（载一九三六年十月一日《文学》第七卷第四号。）

纪念文章

（1936 年后）

论鲁迅

毛泽东

同志们：

今天我们陕北公学^①主要的任务是培养抗日先锋队的任务。当着这伟大的民族自卫战争迅速地向前发展的时候，我们需要大批的积极分子来领导，需要大批的精练的先锋队来开辟道路。这种先锋分子是胸怀坦白的，忠诚的，积极的与正直的；他们是不谋私利的，唯一地为着民族与社会的解放；他们不怕困难，在困难面前总是坚定的，勇往直前；他们不是狂妄分子，不是风头主义者，而是脚踏实地富于实际精神的人们。他们在革命的道路上起着向导的作用。目前的战局只是单纯政府与军队的抗战，没有广大的人民参加，这是绝对没有最后胜利的保障的。我们现在需要造就一大批为民族解放而斗争到底的先锋队，要他们去领导群众，组织群众，来完成这历史的任务。首先全国的广大的先锋队要赶紧组织起来。我们共产党是无产阶级的先锋队，同时又是最彻底的民族解放的先锋队。我们要为完成这一任务而苦战到底。

我们今天纪念鲁迅先生，首先要认识鲁迅先生，要懂得他在中国革命史中所占的地位。我们纪念他，不仅因为他的文章写得好，是一个伟大的文学家，而且因为他是一个民族解放的急先锋，给革命以很大的助力。他并不是共产党组织中的一人，然而他的思想、行动、著作，都是马克思主义的。他是党外的布尔什维克。尤其在他的晚年，表现了更年青的力量。他一贯地不屈不挠地与封建势力和帝国主义作坚决的斗争，在敌人压迫他、摧残他的恶劣的环境里，他忍受着，反抗着，正如陕北公学的同志们能够在这样坏的物质生活里勤谨地学习革命理论一样，是充满了艰苦斗争的精神的。陕北公学的一切物质设备都不好，但这里有真理，讲自由，是造就革命先锋分子的场所。鲁迅是从正在溃败的封建社会中出来的，但他会杀回马枪，朝着他所经历过来的腐败的社会进攻，朝着帝国主义的恶势力进攻。他用他那一支又泼辣，又幽默，又有力的笔，画出了黑暗势力的鬼脸，画出了丑恶的帝国主义的鬼脸，他简直是一个高等的画家。他近年来站在无产阶级与民族解放的立场，为真理与自由而斗争。鲁迅先生的第一个特点，是他的政治的远见。他用望远镜和显微镜观察社会，所以看得远，看得真。他在一九三六年就大胆地指出托派匪徒的危险倾向，现在的事实完全证明了他的见解是那样的准确，那样的清楚。鲁迅在中国的价值，据我看要算是中国的第一等圣人。孔夫子是封建社会的圣人，鲁迅则是现代中国的圣人。我们为了永久纪念他，在延安成立了鲁迅图书馆，在延长开办了鲁迅师范学校，使后来的人们可以想见他的伟大。

鲁迅的第二个特点，就是他的斗争精神。刚才已经提到，他在黑暗与暴力的进袭中，是一株独立支持的大树，不是向两旁偏倒的小草。他看清了政治的方向，就向着一个目标奋勇地斗争下去，决不中途投降妥协。有些不彻底的革命者起初是参加斗争的，后来就"开小差"了。比如德国的考茨基、俄国的普列汉诺夫就是明显的例子。在中国这等人也不少。正如鲁迅先生所说，最初大家都是左的，革命的，及到压迫来了，马上有人变节，并把同志拿出去献给敌人作为见面礼。鲁迅痛恨这种人，同这种人做斗争，随时教育着训练着他所领导下的文学青年，教他们坚决斗争，打先锋，开辟自己的路。

鲁迅的第三个特点是他的牺牲精神。他一点也不畏惧敌人对于他的威胁、利诱与残害，他一点不避锋芒地把钢刀一样的笔刺向他所憎恨的一切。他往往是站在战士的血痕中，坚韧地反抗着、呼啸着前进。鲁迅是彻底的现实主义者，他丝毫不妥协，他具备坚决的心。他在一篇文章里，主张打落水狗。他说，若果不打落水狗，它一旦跳起来，就要咬你，最低限度也要溅你一身的污泥。所以他主张打到底。他一点没有假慈悲的伪君子的色彩。现在日本帝国主义这条疯狗，还没有被我们打下水，我们要一直打到它不能翻身，退出中国国境为止。我们要学习鲁迅的这种精神，把它运用到全中国去。

综合上述这几个特点，形成了一种伟大的"鲁迅精神"。鲁迅的一生就贯穿了这种精神。所以，他在文艺上成了一个了不起的作家，在革命队伍中是一个很优秀的很老练的先锋分子。我们纪念鲁迅，就要学习鲁迅的精神，把它带到全国各地的抗战队伍中去，为中华民族的解放而奋斗！

根据人民出版社一九九三年出版的《毛泽东文集》第二卷刊印

【注释】

① 陕北公学：抗日战争时期中国共产党培养干部的学校，一九三八年成立，一九四一年并入延安大学。这是一九三七年十月十九日，毛泽东在延安陕北公学纪念鲁迅逝世周年大会上的讲话。

鲁迅提出了"民族革命战争的大众文学"
上海各杂志将一致商讨

黑　丽

164

胡风在《文学丛报》三期上发表了一篇《人民大众向文学要求些什么》的文章，并提出"民族革命战争的大众文学"的口号，现已引起各方面的注意，纷纷讨论，均认为这口号的正确性与具体性，将以这口号为目前文学运动的路线，为了使理论更正确，这斗争是必要，但如某报刊载的"把鲁迅捧在云端里"这种毫无根据作私人攻击的文章，似乎大可不必，这正暴露了自己的弱点。

据说，"民族革命战争的大众文学"，这一文学上的新口号，系由鲁迅先生负责提出，交胡风先生作文说明，它底提出，是根据目前政治形势底特质，因为文学与政治脱离不了关系，这是谁也不可否认的。在这新口号之下，如"国防文学""救国文学"，抗日文学办都可作为一部门的小口号，等于在过去"普洛文学"的口号下，可以有"农民文学""反战文学"等等，并闻鲁迅先生最近有一专门说明这新口号提出的意义文章，在一新刊物上发表。

尹庚主编的《现实文艺》，创刊号中有一"民族革命战争的大众文学"的专号。专号中，据说有聂绀弩等人的文章，对于"国防文学"的理论，有所讨论，并说明"民族革命战争的大众文学"在今日之重要。

同时，洪深与沈起予主编的《光明》半月刊第二期中，对于"民族革命战争的大众文学"的理论，也拟有所批判专号，这其中有何家槐等人的文章。（创刊号中已有徐懋庸的文章，论及这问题）前者是包括着"中国文艺工作者宣言"的一张名单中的一部分作家，后者哩，是王统照，傅东华，郑振铎，周起应，徐懋庸，周立波等人的。

自然，这两方面的终极目的是相同的，他们都要作家在这民族危机中，用他们的特殊的武器，负担起救亡任务。但为了使这个口号的更正确，更吻合现实，这理论上的争论是需要的，但我们希望他们在可能中放弃成见，抑制私人的意气和情感，不要因这目的相同的重要的问题，引起了许多无谓的论争。

前日出版的《夜莺》中，亦有"民族革命战争的大众文学"的特辑。

原载一九三六年六月二十九日《北平新报》

关于《论现在我们的文学运动》

——给本刊的信

茅　盾

编辑先生：

附上鲁迅先生的《论现在我们的文学运动》一文，及《答托洛斯基派》一信。这是希望贵刊能够把这两篇转载出来。

我以为《论现在我们的文学运动》一文是特别重要的。因为我记得，大概一个月以前，胡风先生在《文学丛报》上发表了一篇文章，把"民族革命战争的大众文学"作为现阶段的文学运动的口号提了出来。然而胡风先生只把这概括的总的口号葫芦提了出来，而并没有指明，为了要和现阶段的民族救亡运动的要求相配合，还应当有更具体的口号——"国防文学"。胡风先生那篇文章显然还有以"民族革命战争的大众文学"一口号来代替"国防文学"一口号的目的，因而他那篇文章就引起了许多质难（例如徐懋庸先生的一篇文章）。后来《夜莺》第四期有龙贡公和绀弩等各位先生的论文，都是响应着胡风先生的文章的（即《文学丛报》第三期所登的那一篇），然而胡风先生前文中最显然的缺憾与错误，龙贡公他们也相沿而未有补救。

因为《夜莺》第四期是以"民族革命战争的大众文学"特辑一栏发刊了那几篇文章的，这自然很引起注意，同时也引起了青年人一些疑问：胡风的议论（在救亡运动等点上）其实也和喊着"国防文学"口号的人们的议论并无二致，那么，新口号的提出何以是成为必要呢？龙贡公一文（《夜莺》第四期）内有"把这样的创作水准再降低到单纯空洞的'爱国'观念，就是只在每字句每行段生进不能比'爱国'二字含义更多的空虚观念，这是应该的事情么"这样的语句，这显然是指"国防文学"一口号是"单纯空洞的爱国观念"了，龙贡公这话是不是负责说的？他难道当真没有看到在本年正月里就有过好多篇短文力说"国防文学"绝对不是狭义的民族主义，也不是"单纯空洞的爱国"主义；过去四五个月里散见于各刊物上的关于"国防文学"的短论确曾相互补充地作了比较完全的正确的"国防文学"的界说，难道龙贡公当真都没有看到么？难道他虽然看到，但仍以为"国防文学"四字本身就会"把……创作水准降低到单纯的空洞的爱国观念"么？如果他当真是这么想，那他未免是口号万能主义者了！口号本身并不是万能的，口号的"力量"在于给它的解释如何以及它的正确的运用，龙贡公难道当真不知道这一点么？

以上这些疑问，我觉得是发自洁白的心坎，是不应当忽视的。因而从胡风先生最初在《文学丛报》那篇论文以及最近《夜莺》那个特辑所引起的青年方面的疑问和不安的心情，应当加以廓清的！

我认为鲁迅先生现在这篇文章里的解释——对于"民族革命战争的大众文学"与"国防文学"二口号之非对立的而为相辅的——对于"国防文学"一口号之正确的认识（随时应变的具体的口号），正是适当其时，既纠正了胡风及《夜莺》"特辑"之错误，并又廓清了青年方面由于此二口号之纠纷所惹起的疑惑！

鲁迅先生此文是病中答客问，所论略简，但虽然简，却是明确而且扼要，而且触及的现文坛的重要的问题，已经很多。这些问题，过去的四五个月来，零零碎碎也有得论及，但是鲁迅先生的意见是大家十分期待着的。我个人很赞成鲁迅先生在此文中的各项意见。

我个人还有一点附加的意见，即是：推动民众抗 × 情绪与揭发汉奸理论以及"等待，主义"（指等待世界大战，而我们收渔人之利）……等等的"国防文艺"在现阶段是文艺创作者主要的课题！我们有使这运动更普遍更深入于民众的绝对的必要！

我请求，编辑先生！我这短信也能在贵刊占用了一点篇幅！

此颂

撰祺！

茅盾　六月二十六日

原载一九三六年七月十日《文学界》（月刊）（上海）第一卷第2号

文艺上的两个口号与实做

——"国防文学"和"民族革命战争的大众文学"

萧　三

一、我们很高兴地听到中国的一些作家们提出"国防文艺"这个口号。因为这是中国的作家们感觉到目前中国受日寇侵略得忍无可再忍而亟于想在文艺方面尽"中国人"一份子的天职，以巩固国防，以挽救危亡。我们赞成"国防文艺"这个口号，因为它"具体、明了、通俗，已经有很多人听惯，它能扩大我们政治的和文学的影响。"（鲁迅）因为它"是广义的爱国主义的文学""是作家关系间的标帜"。（郭沫若）

我们赞成"国防文艺"这口号，因为我们相信，至少是希望我们的作家能在这个口号之下，努力研究国防的具体办法，研究日本侵略中国的历史，中国抗日战争的历史及反日运动的现状，具体地，知己知彼地注意到中国的和日本的军队组织，军事技术，战略，军官和兵士的生活和心理……而产生出对国防有益的艺术的作品，使这作品能够动人，能够加强全民大众各政党各军队抗日的决心与勇气，实行对日作战，并相信民族武装自卫之必然取得胜利。

二、我们很赞成鲁迅先生等所提出的"民族革命战争的大众文学"这个口号。因为这个口号有明确的、深刻的意义，有内容。因为它切对目下中华民族抗日救国的革命性质和任务。因为它不仅能"推动一向囿于普洛文学者左翼作家们跑到抗日的民族革命战争的前线上去"（鲁迅），而且存着希望，希望一切派别的文人，"从艺术至上论者，文艺绝对自由论者，幽默崇尚者，第三种人，第四种人以至于叫哥哥妹妹鸳鸯蝴蝶派……都无妨"，（鲁迅）都觉悟到，明了到目下中国文艺的主要任务是在鼓动、宣传、激励、说明、暗示、感动中国人民的民族革命战争，而且，鼓动，感动，宣传，激励的对象当然是全体中国人民大众，则文学的形式与方法也应该是全国大众的。因为它，这个口号好叫文学家真的去体验，去观察，去研究中国社会各方面的现实生活，大众的，各界、各阶级的现实生活——农人、工人、手工人、商人、学生、教员、官僚、军阀、流氓、爱国志士、大小汉奸，……的现实生活，而产生出对民族革命战争有益的艺术的作品；把两年多以来鲁迅倡大众语和大众文学的论战得到真正的"货色"——大众文学。

三、然则这两个口号互相冲突不呢？不，绝对不！两个口号都好，都是抗日的性质，因此可以并存。如果弄成两个口号对立或争谁是"正统"，如果说，非国防文学即汉奸文学，（如说"国防主题应当成为汉奸以外的一切作家的作品的中心问题"——周扬——这类的话），这只是相互间的某些误会，这只是争论激烈时未深加思索的意气的话，谅任何人也不会固执这些话，或把这些话认真而妨害到统一战线的进行的。

具体地说：我们目前唯一的出路只是"抗日救国"。今日谈"国防"，就是表示我们中国人民必须加强国防力以抵抗外敌。今日谈"民族革命战争"，即是表示出我们中国人民今天所讲的"国防"的具体显明性质，就是我们中国人民今天所谈的"国防"，与任何军事侵略国当权者口里所喊的"国防"不同，我们所谈的"国防"，乃是中国人民武装自卫的抗日民族革命战争。因此，"国防文学"与"民族革命战争的大众文学"实质上是一而二、二而一的东西，不过一个说的是今天抗日救国应该采取的主要手段——"国防"，另一个并且把这个抗日救国主要手段的性质也指明了——即"民族革命战争"。

四、说到这里，觉得有两点应该特别注意的：

第一，在联合战线下我们不能勉强，不能逼迫作家一定要他写那两种，那一类的作品，而且照一定的原则创作。文艺界的联合战线不在于对文艺的主张和文艺创作的态度。例如作家或者是写实主义者，或者是浪漫主义者，都可加入联合战线，而且写实或浪漫都一样地可以写抗日救国的作品。"问题的主要点是在全国作家自由结合起来抗日救国"（茅盾）。那么"国防文学"也好，"民族革命战争的大众文学"也好，这些都不应作为加入联合战线的条件。因为"文艺家在抗日问题上的联合是无条件的，只要他不是汉奸，愿意或赞成抗日"，（鲁迅）换句话说，"不应在联合战线下提出一个联合的条件似的口号"（茅盾）。

联合战线的目标只是抗日。至于各派各个作家的创作只要合于抗日的内容，他的创作的原则、范围、作法、作风尽管自由。把这个意思用两句话揭示出来，便是：

目标一致。

创作自由。

这是第一。

第二，诚如鲁迅先生所说："问题不在争口号而在实际做"。

我借鲁迅先生那句话作为这篇短文的终结，高呼：

—— 一切爱中国，不愿亡国的中国各派各集团各个人作家们，实做起来吧！

原载一九三六年九月三十日《救国时报》（法国）

中国共产党中央委员会　中华苏维埃人民共和国中央政府为追悼鲁迅先生告全国同胞和全世界人士书

（一九三六年十月二十二日）

噩耗传来，中国文学革命的导师，思想界的权威，文坛上最伟大的巨星鲁迅先生，陨落于上海。当此德日等法西斯蒂张牙舞爪挑拨世界大战中华民族危急存亡之秋，鲁迅先生的死，使我们中华民族失掉了一个最前进最无畏的战士，使我们中华民族遭受了最巨大的不可补救的损失！中国共产党中央委员会和中华人民苏维埃中央政府对于鲁迅先生之死表示最深沉痛切的哀悼！

鲁迅先生一生的光荣战斗事业做了中华民族一切忠实儿女的模范，做了一个为民族解放社会解放为世界和平而奋斗的文人的模范，他的笔是对于帝国主义汉奸国贼军阀官僚土豪劣绅法西斯蒂以及一切无耻之徒的大炮和照妖镜，他没有一个时候不和被压迫的大众站在一起，与那些敌人作战。他的犀利的笔锋，完美的人格，正直的言论战斗的精神，使那些害虫毒物无处躲避，他不但鼓励着大众的勇气向着敌人冲锋，并且他的伟大使他的死敌，也不能不佩服他，尊敬他，惧怕他。中华民族的死敌，曾用屠杀监禁，禁止发表鲁迅一切文字，禁止出版和贩卖鲁迅一切著作来威吓他，但鲁迅先生没有屈服，民族的死敌想用"赤化""受苏联津贴"等捏造的罪状来诬陷他，但一切诬陷都归失败，民族的死敌特别是托洛斯基派，想用甘言蜜语来离间他离开大众的救亡阵线，但是鲁迅先生给了他以迎头的痛击。鲁迅先生在无论如何艰苦的环境中，永远与人民大众一起，与人民的敌人作战，他永远站在前进的一边，永远站在革命的一边，他唤起了无数的人们走上革命的大道，他扶助着青年们，使他们成为像他一样的革命战士，他在中国革命运动中立下了超人一等的功绩。

中国共产党中央委员会和中华苏维埃人民共和国中央政府为了永远纪念鲁迅先生起见，决定在全苏区内：（一）下半旗志哀并在各地方和红军部队中举行追悼大会，（二）设立鲁迅文学奖金基金十万元，（三）改苏维埃中央图书馆为鲁迅图书馆，（四）苏维埃中央政府所在地建立鲁迅纪念碑，（五）搜集鲁迅遗著，翻印鲁迅著作，（六）募集鲁迅号飞机基金。

中国共产党中央委员会和中华苏维埃人民共和国中央政府，已向中国国民党中央委员会和南京国民政府要求：（一）鲁迅先生遗体举行国葬并付国史馆列传，（二）改浙〈江〉省绍兴县为鲁迅县，（三）改北平大学为鲁迅大学，（四）设立鲁迅文学奖全奖励革命文学，（五）设立鲁迅研究院，搜集鲁迅遗著出版鲁迅全集，（六）在上海北平声京广州杭州，建立鲁迅铜像，（七）鲁迅家属与先烈家属同样待遇，（八）废止鲁迅先生生前一切禁止言论出版自由的法令。

中国共产党中央委员会与中华苏维埃人民共和国中央政府号召全国民众及全世界拥护和平同情中国民族解放的人士，一致起来要求国民党中央委员会及南京国民政府执行上列的要求。

中国共产党中央委员会和中华苏维埃人民共和国中央政府号召全国民众，尤其是文学界，一致起来继续鲁迅先生光荣的事业，继承鲁迅先生的遗志，为中华民族的解放而奋斗，为中国大众的解放而奋斗，为世界和平而奋斗。

鲁迅先生精神不死！

中国共产党中央委员会

中华苏维埃人民共和国中央政府

十月二十二日

根据一九三六年十一月十日出版的《斗争》第一一六期刊印

致许广平女士的唁电

上海文化界救国联合会转许广平女士鉴：

　　鲁迅先生逝世，噩耗传来，全国震悼。本党与苏维埃政府及全苏区人民，尤为我中华民族失去最伟大的文学家，热情追求光明的导师，献身于抗日救国的非凡领袖，共产主义苏维埃运动之亲爱的战友，而同声哀悼。谨以至诚电唁。深信全国人民及优秀的文学家必能赓续鲁迅先生之事业，与一切侵略者、压迫势力作殊死的斗争，以达到中国民族及被压迫的阶级之民族和社会的彻底解放。

　　肃此电达

中国共产党中央委员会

苏维埃中央政府

一九三六年十月廿二日

为追悼与纪念鲁迅先生
致中国国民党中央委员会与南京国民党政府电

中国国民党中央委员会与南京国民党政府公鉴：

　　噩耗传来，鲁迅先生病殁于上海。我国文学革命的导师、思想上的权威、文坛上最灿烂光辉的巨星竟尔殒落，此乃我中华民族之大损失，尤其当前抗日运动的大损失。鲁迅先生毕生以犀利的文章、伟大的人格、救国的主张、正直的言论为中华民族解放而奋斗，其对于我中华民族功绩之伟大，不亚于高尔基氏之于苏联。今溘然长逝，理应予以身后之殊荣，以慰死者而示来兹。敝党敝政府已决定在全苏区内实行：（一）下半旗致哀，并在各地方与红军部队中举行追悼大会；（二）设立鲁迅文学奖金基金十万元；（三）改苏维埃中央图书馆为鲁迅图书馆；（四）在中央政府所在地设立鲁迅纪念碑；（五）搜集鲁迅遗著，翻印鲁迅著作；（六）募集鲁迅号飞机基金。贵党与贵党政府为中国最大部分领土的统治者，敝党敝政府敬向贵党贵政府要求：（一）鲁迅先生遗体举行国葬，并付国史馆立传；（二）改浙江省绍兴县为鲁迅县；（三）改北平大学为鲁迅大学；（四）设立鲁迅文学奖金，奖励革命文学；（五）设立鲁迅研究院，收集鲁迅遗著，出版鲁迅全集；（六）在上海、北平、南京、广州、杭州建立鲁迅铜像；（七）鲁迅家属与先烈家属同样待遇；（八）废止鲁迅先生生前贵党贵政府所颁布的一切禁止言论出版自由之法令，表扬鲁迅先生正所以表扬中华民族的伟大精神。敝党敝政府的要求，想必能获得贵党贵政府的同意。特此电达。

中国共产党中央委员会

中华苏维埃人民共和国中央政府

一九三六年十月廿二日

中共中央六届六中全会致许广平女士电

中国共产党扩大的六中全会开会中，适逢鲁迅先生逝世二周年纪念日，扩大会全体追念先生对中华民族解放事业与对文学运动伟大的贡献，深切表示敬意。当此民族危急之际，尤深哀悼，除全体静默追悼外，特电慰问。

中国共产党扩大的六次中央全会

一九三八年十月十九日

原载一九三八年十月三十一日延安《解放》半月刊第五十五期

我们的祭品

《华侨日报》本社同人

鲁迅之死，是中国文化界的重大损失，也是东方乃至全世界的奴隶们在夜里斗争中所靠以看清自己，看清敌人的一颗巨星之陨落！

当中国革命高潮急剧的扩张，无数被压迫者，刚在前方搏斗，遽闻鲁迅死去，将挂着枪头，俯头垂泪吗？不，哭泣是堕志的表现，流血才是献给鲁迅的鲜花。

啊！本社同人的意识，也若是而已矣！

洪钟在频频的敲，心潮在滚滚的涌。

侵略战线摆开，和平阵线摆开，我们将抉托鲁迅之榇到前方去作战啊！

原载一九三六年十月二十七日暹京：《华侨日报》副刊"新献"

鲁迅先生生前救亡主张

鲁迅先生治丧委员会

追悼伟大的文化导师——实现先生的救亡遗教

我们伟大的文豪，中国新文化运动伟大的导师鲁迅先生逝世了。先生平日思想论著，曾给我们很多的宝贵教训，在这民族危机已到最后关头的时候，先生逝世，使我们救亡文化运动失掉了伟大的导师，和一个坚强的战斗员，真是无限的悲痛和损失。现在把先生生前一部分的救亡主张择要的印出来，希望每个担任救亡任务的同胞们，继续先生的遗志奋斗！

一、对学生救亡运动的意见

随着帝国主义者加紧的进攻，汉奸政权加速的出卖民族，出卖国土，民族危机的深重，中华民族中大多数不愿做奴隶的人们，已经醒觉的奋起，挥舞着万众的铁拳，来摧毁敌人所给予我们这半殖民地的枷锁了！学生，特别是半殖民地民族解放斗争中感觉最敏锐的前哨战士，他们所自发的救亡运动，不难影响到全国，甚至影响到目前正徘徊于黑暗和光明交叉点的全世界。再从这次各处学生运动所表显的各种事实来看，他们已经能够很清楚的认识横梗在民族解放斗争前程一切明明暗暗的敌人，他们已知道深入下层，体验他们所需要体验的生活，组织农民工人，加紧推动这些民族解放斗争的主力军，在行动方面，譬如组织的严密，遵守集团的纪律，优越战术的运用，也能够在冰天雪地中，自己动手铺起被汉奸拆掉的铁轨，自动驾驶火车前进；这一切，都证明这次学生运动比较以前进步得多，这是一个可喜的现象！但缺憾和错误，自然还是有的，希望他们在今后血的斗争过程中，艰苦的克服下去，同时，保障过去的胜利，也只有再进一步的斗争下去；在斗争的进程中，才可以充实自己的力量，学习一切有效的战术。

（录自《前进思想家——鲁迅访问记》）

二、关于联合战线的意见

民族危难到了现在这样的地步，联合战线这口号的提出，当然也是必要的，但我终始认为在民族解放斗争这条联合战线上，对于那些狭义的不正确的国民主义者，尤其是翻来覆去的投机主义者，却望他们能够改正他们的心思。因为所谓民族解放斗争，在战略的运用上讲，有岳飞文天祥式的，也有最正确的，最现代的；我们现在所应当采取的，究竟是前者，还是后者呢？这种地方，我们不能不特别重视。在战斗过程中，决不能在战略上或任何方面，有一点忽略，因为就是小小的忽略，毫厘的错误，都是整个战斗失败的源泉啊！

（录自《几个重要问题》一文）

三、拥护抗日统一战线的政策

我们以为在抗日战线上，是任何抗日力量都应当欢迎的。

中国目前的革命的政党，向全国人民所提出的抗日统一战线的政策，我是看见的，我是拥护的，我无条件地加入这战线，那理由就因为我不但是一个作家，而且是一个中国人，所以这政策在我是认为非常正确的。

（录自《答徐懋庸并关于抗日统一战线问题》一文）

悼鲁迅先生

邹韬奋

鲁迅先生逝世和殡葬的情形，还历历如在眼前。我们回想到整千整万的群众瞻仰遗容时候的静默沉痛，回想到整千整万的群众伴送安葬时候的激昂悲怆，再看到全国各日报和刊物上对于他的逝世的哀悼，无疑地可以看出鲁迅先生是民众从心坎里所公认的一个伟大的领袖。我要特别注重"从心坎里"这几个字，因为我们要注意由民众从心坎里公认的领袖，不是藉权势威胁可以得到的，不是藉强制造作可以得到的。是由于永远刚毅不屈不挠的为大众斗争的事实所感应的。

这种永远刚毅，不屈不挠的斗争精神，是民族解放斗士的最重要的一个特性，是在今日国难严重时期尤其可以宝贵的特性。这种精神和"亡国大夫"的奴性正是立于相反的两极端。在鲁迅先生下土的时候，群众代表盖在他的棺材上的那面"民族魂"的大旗，实寓有很深的意义。中国的不亡，就是要靠我们积极提倡扩大这"民族魂"，严厉制裁那些不知人世间有羞耻事的"亡国大夫"型的国贼和准国贼！

鲁迅先生将死前的最后未发表的遗作是关于章太炎的，听说他认为章太炎努力民族革命，曾经入狱七次，还是不屈不挠，这种精神是值得我们纪念和崇敬的，虽则章太炎的晚年思想已落在时代的后面。我觉得鲁迅先生的这种见解是完全正确的。

我们永远不能忘记鲁迅先生，因为他是民族解放的伟大斗士；我们永远不能忘记这位民族解放的伟大斗士，更须永远不忘记他的刚毅不屈的伟大人格。

选自《1913–1983鲁迅研究学术论著资料汇编（2）》第94页，
原载一九三六年十月二十五日《生活星期刊》（上海）第一卷第二十二号

鲁迅——民族革命的伟大斗士

胡愈之

鲁迅先生死了！这不仅是中国文艺界的损失。这是中国民族革命运动的一个大损失！

十月十九日清早，鲁迅先生在上海施高塔路寓所逝世以后，数小时内，消息就传遍全世界各地。国内的报纸，都用扩大的篇幅，登载消息和追悼文字。十月二十、二十一两日，到万国殡仪馆瞻仰遗容的，达万人以上。其中包含着国籍不同，地位不同，阶级不同，年龄不同，职业不同的一切人们，都一致表示敬仰和哀悼！

这是因为鲁迅先生是一个伟大作家的缘故吗？

是的。没有一个人能够否认鲁迅先生在现在中国文坛的领导地位。甚至在思想上，行动上敌视鲁迅先生的，以及鲁迅先生生前所痛恨的那些人们，也不能不承认鲁迅先生的作品的艺术，在中国文学史上，起了划时代的作用。鲁迅先生的创作态度是十分的谨严的。鲁迅先生在艺术上绝对不容许和庸俗作家，庸俗批评家，有一丝一毫的妥协，鲁迅先生代表着中国的前进作者群，但是鲁迅先生的作品的爱读者，却决不以前进的群众为限。鲁迅先生的文艺影响，普及而且深入到一般的文化生活中。鲁迅先生所创造的人物典型，如阿Q等，已成为一般人所熟习的常识。从这些事实就可以看出鲁迅先生是个怎样伟大的作家啊！

但是如果说鲁迅先生是现代中国一个伟大的作家，那是不够的。与其说鲁迅先生是个伟大作家，却不如说他是一个更伟大的民族革命斗士。而且也正因为是一个伟大的民族革命斗士气的缘故，才成就了鲁迅先生的文学创作上的无可比拟的伟大!

为了保卫民族国家而百战疆场,马革裹尸的,是民族革命的斗士。为了人民大众的幸福牺牲一切个人利益,艰苦斗争,不屈不挠的,是民族革命的斗士。但是为了被压迫民族呼号呐喊,为了正义自由抗争到底,以及在黑暗中,执着思想的火炬,奋勇前进不妥协不投降的,也是民族革命的斗士。

我想,把鲁迅先生称为"中国最伟大的民族作家",是十分恰当的。因为真正的伟大的民族作家,一定是被压迫的人民大众的代言者。从整个中国文学史看来,能够深刻理解人民大众的痛苦和要求,能够真正表现一个伟大的民族的喜怒哀乐,而且能够代表着他们,向一切民族敌人,作不断的抗议和思想斗争的,这样的民族作家,除了鲁迅先生,几乎再找不出第二个。在我们的长久的历史中,尽多着辉煌的文学天才。但是直到现在为止,所有文人墨客,都还不过是代表少数的思想和情感,而和人民大众,都是远隔开着一条鸿沟。唯有鲁迅先生却是沟通这条鸿沟而和人民大众接触的第一人。所以如果中国真有民族作家,鲁迅先生就应该是第一个。

不过把鲁迅先生看做只是表现民族意义和民族精神的伟大作家,那依然是错误了的。鲁迅先生在创作上的成就,不仅是在消极地表现人民大众的感情和要求,而在积极地指示中国民族解放运动的方向。换句话说,鲁迅先生不仅是人民大众的代表,而且是被压迫人民的导师。他在思想上、创作上,领导劳苦大众,走向正确的光明道路,以求达到民族解放的最后目的。鲁迅先生的作品,虽然大胆地暴露了一切人生与社会的黑暗面,但同时也指示了光明的未来世界的憧憬。他是疾恶如仇的。但是伤感和失望的情调,却是他的作品中所找不到的。正因为对于民族革命的正确方向,有特殊的敏感,所以他是永远不会消极悲观的。也就由于这一点,民族思想家的鲁迅,才和国际主义者的鲁迅统一起来。

天才使鲁迅先生成了一个伟大艺术家,而热情使鲁迅先生成了一个勇敢斗士。实在说起来,鲁迅先生的热情,比他的天才更可宝贵。鲁迅先生绝不象许多庸俗作家,以造就作家的地位,当作了创作的目的;相反地,他是为了斗争而创作。没有一篇创作,不是为了斗争的。离开了斗争生活,就没有创作生活。鲁迅先生的作品,尤其是晚年所作的,以杂感占最大部分,就是因为杂感一类的形式,更适合于作为思想斗争的工具的缘故。用了一支毛笔,给世间的妖魔以无情打击,让被压迫的人民抬头,这是鲁迅先生的唯一创作目的。至于要使自己成为一个大作家,却绝对不是鲁迅先生所企图的。一切的伟大的作家,原来都是为斗争而创作。至于为了创作而创作的作家，却从来没有成功过。

离开作品来说，鲁迅先生的人格的行动表现，也不愧为一个民族革命的英武斗士。三十年之间，鲁迅先生为了民族解放而斗争，没有一个时候松懈，而且也不曾向敌人退让过一寸。虽然有人说他固执偏狭。但是对敌人的固执偏狭，就是鲁迅先生的伟大。这是一切斗士应有的性格，可是在中国知识分子中间，却就难能可贵了。

民族革命的伟大斗士鲁迅先生死了。但是中国民族革命的怒潮受了鲁迅先生的思想的推动，却要继续高涨着。中国不亡，鲁迅先生也是永远不朽的啊！

十月二十日

原载一九三六年十月二十五日《生活星期刊》（上海）第一卷第二十一期

我们应该怎样纪念鲁迅先生

章乃器

鲁迅先生死了！一万余的群众，瞻仰他的遗骸；六七千的群众，送他的葬；全世界几百千万的人们，哀悼这一颗文星的殒落。"民众葬"的仪式，在中国可说是破天荒；自然，这也是只有我们的鲁迅先生，当之无愧吧？

能够写几句文章有什么希奇呢？能够很尖刻的骂人，又有什么希奇呢？鲁迅先生的伟大，是因为他能说出来被压迫大众所要说的话，是因为他能指点出来被压迫大众所应该走的路。他不是为自己发牢骚而做文章，他是因为要作大众的代言人而做文章。他不是为自己的私怨而骂人，他也不是为便有用的人们欣赏而骂人，而是替被压迫的大众写讨伐公共敌人的檄文。这决计不是喜欢专门说俏皮话来麻醉人的所谓"幽默作家"所能比拟的。

然而，不仅如此。有些人来在某一个时候，也能够出来投机一下，替大众说几句话来收买人心，不久，他就把廉价收买得来的人心，用较高的代价出卖了。一个人出卖的时候，自然往往不单出卖了自己的，他自己原来是不值钱的。我们数一数"五四"运动中产生出来的人物，始终不出卖的能有几人呢？倘使"五四"以后没有这许多人变成青年贩子和民众贩子，刽子手哪里来得这许多头颅呢！"盖棺论定"，我们的鲁迅先生，的确是当得起我的一幅挽语："一生不曾屈服，临死还要斗争。"

鲁迅先生之死，不但是中华民族的损失，而且是全世界被压迫大众的损失。"鲁迅先生精神不死"！是的，一定要他的精神不死，我们才能弥补这个巨大的损失。然而，这是需要我们能够继续他的精神，他的精神才会不死的。我们只要每一个人都在他的灵前立了誓：替被压迫的大众说话，替被压迫的大众领路，到死都不妥洽，不屈服。那样即使我们是很渺小，然而，我们许多人集合起来的力量，也许比鲁迅先生一个人的力量要大得多。

自然，我们也不能关起房门各自努力，我们是要集合成功伟大的群力的。西湖的水，固然是很美丽，然而它只配供别人玩弄，而没有什么威力。西湖的水一定要流到钱塘江里去，然后才能增加钱塘江怒潮的威力的。集合在鲁迅先生的灵前的，有中国的觉悟大众，有欧美的友人，而且有日本同情于中国革命的友人，这是一个天然的国际联合战线。但是这个联合阵线，并不曾有意识的组织起来，至少，一部分的人依然过他们的个人生活，我希望他们能够参加救亡团体，把自己的力量供献到中国民族解放的巨流里来。

然而，这还不够；我们不但要组织自己的力量，而且要去征发更广大群众的力量。我提议我们去开展一个"鲁迅运动"；我们要求参加这个运动的人，服从下面的三个信条：

一、为压迫的大众打不平，替他们说话，指示他们抗争的方法和路线，而且加入到他们的队伍里去共同奋斗。

二、到死不屈不挠，死了一个，起来千百个，发誓不做青年贩子和民众贩子，尤其不做屠杀民众的刽子手。

三、每天至少要替被压迫的大众，尤其替被压迫最严重的中华民族，做一个钟头的工作。

倘使我们能够这样做，那岂但是鲁迅不死，死了一个鲁迅反而增加了几千几万个鲁迅。鲁迅先生在地下有灵，自然会大笑起来说："敌人！你再来压迫吧！"

所以，我们要用鲁迅先生不屈不挠的精神来纪念鲁迅，要用"鲁迅大众化"来纪念鲁迅，要用运动来纪念鲁迅，要用斗争来纪念鲁迅！

起来！朋友们！今天我们就总动员！

原载一九三六年十月二十三日《大晚报》（上海）

鲁迅先生的战绩和思想

伯　衡

一

真的猛士，敢于直面惨淡的人生，敢于正视淋漓的鲜血。这是怎样的哀痛者和幸福者？——《华盖集续编》

是的，鲁迅先生的一生，无时不"直面"着"惨淡的人生"，无时不"正视"着"淋漓的鲜血"！不，他压根儿就埋在惨淡里，血泊里乳育，锻冶，洗炼来的斗士，岂止"直面"和"正视"！"真的猛士，将更奋然而前行。"他踏着淡红色的血泊，冷酷地威猛地直突横冲过去。然而一代一代的"屠伯们"，"用钢刀的，用软刀的"，制造来的血，也随着地球的飞跑而迅速地积淤起来。"这三十年中，却使我目睹许多青年的血，层层淤积起来，将我埋得不能呼吸。"我们的鲁迅先生，我们的斗士，终于倒卧在血泊里，被"层层淤积"的污血窒息而死了！

我们纪念鲁迅先生的死，不能用哭，不能用泪，只能用血！只能用力！用血"才能刷净历代淤积的血"。用力才能扫除历代囤积的污秽，使他，使人类都得到自由的呼吸！

二

鲁迅先生的伟大，不用我们再来雕塑，已经严肃的站在世人的眼前了。然而他之所以伟大，第一固然这不能不想到他底卓绝的天资，坚忍的性格，第二还要想到他活着的这个暴风雨的时代呢。

自经鸦片战争，中国的"古老的铜壁就被资本主义的魔手击破了"，接二连三的就是中法，中日，八国联军屡屡的战争，魔手们很稳重的奠定了它们的基础于中国，我们这古老的封建的社会体系因之动荡，解体。从此步入次殖民地的地位了！及至中华民国二十年九月十八日东北事件发生，又民国二十二年5月31日签订了"塘沽协定"……中华民族更陷入了前此未有的危机！不过，封建势力和帝国主义间自有它的一定的社会关系：虽然相克，亦能相生；虽是反目，亦可和好。原来二者都以大众的剥削为对象，因此形成了近代史中的两个壁垒：一方面是封建势力和帝国主义的结托，另一方面就是反封建反帝的大众的吼声！譬如太平天国，孙中山先生领导的革命……都属于后者。

"结托"和"反"的冲荡间，就造成了这时代的暴风雨。

"凶岁子弟多暴"，暴风雨中哪能不产生这百折不挠的战士呢？

他幼小时的家庭生活，也足以造成他的反抗的性格的。他的家庭原是富有财产的"贵族"，在他十三岁时，忽然遭了大的变动衰落了。他不能不过那寄食人下的生活了。我们知道：社会人士们的眼，称秤人的"身分"最为锐利，总能按着你的财产变动上，偿你一副相应的嘴脸的，所以先生十三岁时，就看着别人的嘴脸了——侮蔑的，卑鄙的，阴险的嘴脸！这，他曾很沉痛的提到过，有谁从小康人家而坠入困顿的么，我以为在这途路中，大概可以看见世人的真面目……（《呐喊·自序》）

他的破落的家庭，他的崩溃途中的祖国，他的暴风雨的时代，乳育成了，锻炼成了他这民族的斗士，大众的前卫。

181

三

中国的近代史，既是由帝国主义和封建势力交合之下的产物，阻止着中国的障碍物，也就是封建势力和帝国主义，所以鲁迅先生一生的精力都集中在这两种势力的搏斗上。他开手，就是封建势力的攻击。他的学医，一面是为医治象他父亲的"被误的病人疾苦"，另一面，就是为着"促进阉人对于维新的信仰的。"不过他这"科学救国论"的思想马上被事实打得粉碎。原来在显示生物的电影上会见了同胞，"正要被日人砍下头颅来示众"的。

因为从那一回以后，我便觉得医学并非一件要紧事，凡是愚弱的国民，即使体格如何健全，如何粗壮。也只能做毫无意义的示众的材料和看客，病死多少是不必以为不幸的。所以我们的第一要著，是在改变他们的精神……（《呐喊·自序》）

本来，改革社会只从技术（即时下所谓的"科学救国"）上着眼是走不通的；同样而只着眼于精神上的改变，也非是根本的疗治。不过这并不能说鲁迅先生的错误，反之，正是鲁迅先生更实际的更扩大的第一步的发展。"高老夫子"式的知识分子，阿Q式的民众……哪能谈到改革？自然而然的结论，就是怎样攻革精神是拯救民族的第一要图：

是故将生存两间，角逐列国是务，其首在立人，人立而后凡事举；若其道术，乃必尊个性，而张精神。（《坟·文化偏至论》）

同书内《摩罗诗力说》，就发出呼声，要求精神的战士了：

今索诸中国，为精神界之战士考安在？有作至诚之声，致吾人于善美刚健者乎？有作温煦之声，援吾人出于荒寒者乎？……

这精神的战士，比之军阀们的招兵买马还要难而又难的，结果还是他老先生亲身出马，打了前锋。

……而善于改变精神的是，我那时以为当然要推文艺，于是想提倡文艺运动了。（《呐喊·自序》）

鲁迅先生从此捉着了艺术的武器，更简捷的说，他抛开了听诊器，提起只刚不柔的笔来了。——即先生常提起的所谓"金不换"的笔。是正人君子，洋场恶少……所最怕，最厌恶的笔！

啊，好硬的笔！我们顺便借别人的歌讴歌一下吧：

你的笔尖是枪尖，
刺透了旧中国的脸，
你的发音是晨钟，

唤醒了奴隶们的迷梦。

……（先生出殡时的挽歌）

可是，中国因为什么弱？人民因为什么愚？还用说吗？是封建社会的作祟！政治是清帝国，人民是愚弱的人民，以及吃人的风俗道德，无一非封建的化身，因此，封建势力便成了先生首先接触的敌人。不过封建的精髓，都具象化在伦理上，所谓"三纲五常者"便是，先生的笔尖也就随着刺去。他在《我们现在怎样做父亲》一文中很愤恨的说：

> ……中国"圣人之徒"最恨人动摇他的两样东西……一样便是他的伦常，我辈却不免偶然发几句议论，所以株连牵扯，很得了许多"铲伦常；禽兽行"之类的恶名。（《坟》一二九页）

又说：

> 中国的社会，虽说，"道德好"，实际却太缺乏相爱相助的心思。便是"孝""烈"这类道德，也都是旁人毫不负责，一味收拾幼者弱者的方法。（《坟》一四二页）

我们应该怎样当父亲——非"孩子之父"而是"人"之父呢？

> 总而言之，觉醒的父母，完全应该是义务的，利他的，牺牲的……就是开首所说的"自己背着因袭的重担，肩住了黑暗的闸门，放他们到宽阔光明的地方去；此后幸福的度日，合理的作人。"这是一件极伟大的要紧的事……（《坟》一四六页）

他又为名教下的牺牲，家庭的奴隶的妇女们发出了抗议：

> 只有自己不顾别人的民情，又是女应守节男子却可多妻的社会，造出如此畸形道德，而且日见精密苛酷，本也毫不足怪。但主张的是男子，上当的是女子。女子本身，何以毫无异言呢？原来"妇者服也"，理应服事于人。教育固可不必，连开口也都犯法。他的精神，也同他的体质一样，成了畸形。所以对于这畸形道德，实在无甚意见。就令

有了异议，也没有发表的机会。做几首"闺中望月""园里看花"的诗，尚且怕男子骂他怀春，何况竟敢破坏这"天地间的正气"？……（《坟·我之节烈观》一二二页）

所谓夫妇，所谓兄弟，所谓仁义道德，所谓人情事理都是虚伪的阴险的假面具："所谓中国的文明者，其实不过是安排给阔人享用的人肉的筵宴。所谓中国者，其实不过是安排这人肉的筵宴的厨房。"

（《坟》二三页）

这些具体的事实在《彷徨》《呐喊》里都明明白白地指示出来了。

而这又因为什么？这是受了历史的圈套的，所谓古圣先贤们。为着特权制造了"文物制度"来钳在弱者的头上，使之如绵羊似的顺服。后来的统治者当然更是推波助澜的扩大而且死抱着这吃人的遗产。所谓"国学"，所谓国粹，甚至所谓什么本位文化还不都是这一类的僵尸？

……我翻开历史一查，这历史没有年代，歪歪斜斜的，每页上都写着"仁义道德"几个字。我横竖睡不着，仔细看了半夜，才从字缝里看出字来，满本都写着两个字是"吃人"！（《狂人日记》）

明明是现代人，吸着现代的空气，却偏要勒派朽腐的名教，僵死的语言，侮辱尽现在，这都是"现在的屠杀者"。杀了"现在"，也便杀了"将来"。……将来是子孙的时代。（《热风》五九页）

五四运动以后，封建的文化崩溃下去了，新的文化抬起头来。不过，这并不是说封建的意识从此解体消灭下去，实际上毫没损失，只是另换了一副嘴脸和外套而出现罢了。前边已经说过，帝国主义的侵略，要假手于封建的余孽的，封建势力也非投在帝国主义的怀抱里不足以图存。在此两者"结托"的交合之下便产生了混血儿的另一社会层，那便是殖民地特具的典型人物，普通很熟耳的所谓买办阶级了。这种社会关系，马上在社会意识上很鲜明地表现出来。更具体的说罢，扮演的主角要以"洋博士"的角色出现的，不过，他们骨子里仍然是封建性的僵尸，只是注入了帝国主义的稍许血液而已。

那些头上有各种旗帜，绣出各样好名称：慈善家，学者，文士，长者，青年，雅人，君子……。头下有各样外套，绣出各式好花样：学问，道德，国粹，民意，逻辑，公义，东方文明。……"（《野草·这样的战士》）

然而，他们演的什么把戏呢？"这样的山羊我只见过一回，确是走在一群胡羊的前面，脖子上还挂着一个小铃铎，作为智识阶级的徽章：通常，领的赶的却多牧人，胡羊们便成了一长串，挨挨挤挤浩浩荡荡，凝着柔顺有余的眼色，跟定他匆匆地竞奔它们的前程。……人群中也很有这样的山羊，能领了群众稳妥平移地走去，直到他们应该走到的所在。……（《华盖集续编·一点比喻》）

这就是我们的"洋博士"们的作用！用了什么正义，什么逻辑，什么礼貌等等朦胧胧的法宝，愚弄着中国的民众，很服顺的提供他们的血和肉。凡是不跟着他们的领导走，稍有反抗的，即斥之为不安分，暴民。因反抗而流了血，自然而然的批之曰"活该"！而且还摆着慈善的面孔麻醉着将来的人们：

我们要劝告女志士们，以后少加入群众运动。她们一定要说我们轻视她们，所以我们也不敢来多嘴。可是对于未成年的男女孩童，我们不能不希望他们以后不再参加任何运动，是甚至于象这次一样，要冒枪林弹雨的险，受践踏死伤之苦。（陈源教授的"闲话"，转录自《华盖集续编》一〇三页）

不过我们这些学者们，终逃不出鲁迅先生这支刚而不柔的笔锋：

自己也知道，在中国，我的笔要算较为尖刻的，说话有时也不留情面，但我又知道人们怎样地用了公理正义的美名，正人君子的徽号，温良敦厚的假脸，流言公论的武器，吞吐曲折的文字，行私利己使无刀无笔的弱者不得喘息。倘使我没有这笔，也就是被欺侮到赴诉无门的一个，我觉悟了，所以要常用，尤是用于使麒麟皮下露出马脚。万一那些虚伪者居然觉得一点痛苦，有些省悟，知道技俩也有穷时，少装些假面目，则用了陈源教授的话来说，就是一个"教训"。……（《华盖集续编·我还不能"带住"》）

民国十四年三一八惨案的前后，鲁迅先生的笔锋都是扫射着这些正人君子们的嘴脸的；直至一九二七年的大骚动，鲁迅先生的笔锋另有所指，这些人们才得滑过去，也因着他们"不成什么问题了"。（《而已集》六三页）

鲁迅先生的离开北京原是由于恶势力的压迫，然而他跑到广东以后，恶劣的更厉害。血和泪的洪流更吓得他眼瞪口呆：

> 革命，反革命，不革命，革命的被杀于反革命的。反革命的被杀于革命的。不革命的或当作革命的而被杀于反革命的，或当作反革命的而被杀于革命的，或并不当作什么而被杀于革命或反革命的。
>
> 革命，革革命，革革革命，革革……（《而已集》一五〇页）

在杀气腾腾的笼罩之下，这时的先生不能不搁笔了。一则因着恐怖，二则因着"诊祭"。关于这个问题，下一节里还要谈到。

再次的大战就轮到创造社，太阳社了。

创造社的一群，是什么样的人物？原来一九二七大革命的流产，参与其役的战士们，遭杀的遭杀，败退的败退，遭杀的，已经完了，退下来的，有的抹抹血迹，仍然另走他应走的道路，有的无声无息隐退下去，有的便弃武就文，扛起革命文学的大旗来了。创造社就是这样退下来的一伙。不过他们的热情有余，而理论不足。所以他们的口号无论"左"的如何震天价响，而骨子里却空虚的很。一经战斗颓然而仆，竟敌不过一支孤军而且还未把握着阶级理论的鲁迅先生。鲁迅先生骂他们"才子加流氓"，固然不能概括了创造社里各种人物，而才子气确是他们的特色。而且，革命文学运动，是一件艰苦的工作，自负的英雄们，气盛的才子们负担不来的，归根到底还是先生所领导的左翼作家联盟接替过来。关于他们的失败，后来鲁迅先生有很中肯的批评：

> 但那时的革命文学运动，据我的意见，是未经好好的计划，很有些错误之处的。例如，第一，他们对于中国社会，未曾加以细密的分析，便将在苏维埃政权之下才能运用的方法，来机械地运用了。再则他们，尤其是成仿吾先生，将革命使一般人理解为非常可怕的事，摆着一种极左倾的凶面貌，好似革命一到，一切非革命者就都得死，令人对革命只抱着恐怖。其实革命是并非教人死而是教人活的。……（《二心集·上海文艺一瞥》）

鲁迅到了上海就碰着创造社，太阳社等的围攻。这一次的战役在中国革命文学史上占很重要的一页，一则革命文学扬弃了才子派而进展到更高的一阶段——即"左翼作家联盟"的运动，二则便是鲁迅先生的转枢点：由"进化论"者发展到"新唯物论"者了。关于这，我们还是留在下一节叙述。

在与创造社，太阳社战争的当儿，"正人君子"们的"新月社"于夹缝中向着先生也亮了亮刀枪，创造社等一解体，它马上便又是一群人马围攻上来。新月社是怎样的一群呢？是与《现代评论》的那一群们有些瓜葛的，都是统治者，帝国主义所需要的文学，也都是尽"带着铃铛"的山羊作用的。所以他们反对"不满于现状"，反对文艺的阶级性，扛着为文艺而文艺的招牌。不过他们也有"不满于现状"，"但只不满于一种现状，是现在竟有不满于现状者"（《三闲集·新月社批评家的任务》），也要求言论自由，"不过这是具有'老爷，人家的衣服多么干净，您老人家的可有些见脏，应该洗它一洗'"（《伪自由书·言论自由的界限》）这样意义的要求。

自从左联成立，鲁迅先生斗争的地域更扩大了。直接对敌的有民族主义的文学，有三种人，有洋场恶少。因篇幅时间的限制，不在这里详细的介绍了。不过这些论争都很重要的。这里边不只是歪曲的理论上的破坏，主要的还是正确理论的建立。希望读者忽略了这一点。从《二心集》读起，《伪自由书》，《南腔北调》，《准风月谈》，次第读去，就可明白个大概。

鲁迅先生最末一次的论战就是"国防文学"和"民族革命战争的大众文学"两个口号的问题。实在说来，这两个口号并不冲突，而且后者之提出更使前者的内容确实。所以发生了论争是所谓"宗派主义"从中作祟的关系。不过，正闹得不可开交之际，鲁迅先生一出马，阴霾消散，乾坤即定矣了。

因此，我们可以明白到鲁迅先生在中国文坛上演着是怎样重要的一个角位。

四

鲁迅先生的生活史就是一部战斗史。"有斗争才有发展"，先生的思想的发展，就是这战斗中的结晶体。从实际战斗锻冶来的理论，才是真实的理论，才是兑现的理论。有正确的理论，才有正确的行动，才有坚强的战斗力，这是大家都知道的。所以鲁迅先生于每次战役中都是站在指挥的地位。他能把握着现实的核心，他能把理论转化到实际的战斗去。大半智识分子的革命理论，因为他们与现实容易脱离，没有实际动过刀枪，不是陷于"左"的幼稚，就是"右"的机会主义或机械的公式主义。这与反动理论所得到的结果同样是有害的。鲁迅先生决无这类的倾向。这是他一生戎马，没有半日休闲接"象牙之塔"的原故。

> 倘说，凡大队的革命军，必须一切战士的意识，都是十分正确，分明，这才是真正的革命军，否则不值一哂。这言论，初看固然是很正当，彻底似的，然而这是不可能的难题，是空洞的高谈，是毒害革命的甜药。（《二心集·非革命的急进革命论者》）

最近又有这样的话：

> 其次，你们的理论确比……高超得多，岂但得多，简直一是在天上，一是在地下，但高超固然是可敬佩的，无奈这高超又恰恰为日本侵略者所欢迎，则这高超仍不免要从天上掉下来，掉到地上最不干净的地方去。[《鲁迅杂文集》（上月刊行）一二〇四页]

革命文学的旗子本为创造社等树起来的，然而支持这旗子的，扛着这旗子向前迈进的只有鲁迅先生当胜其任了。连他的曾经大战过几百回合的论敌，郭沫若先生，现在也不能不说声"鲁迅先生究竟不愧是我们的鲁迅先生"了。

他的思想的转点是经一九二七革命失败的教训，又经创造社之战役，扬弃了他的"只信进化论的偏颇"，奠定了"史的唯物论"的根基。

> 我有一件事要感谢创造社的，是他们"挤"我看了几种科学底文艺论，明白了先前的文学史家们说了一大堆，还是纠缠不清的疑问。并且因此译了一本蒲力汗诺夫的《艺术论》，以救正我——还因我而及于别人——的只信进化论的偏颇。（《三闲集·序言》）

进化论不是完美的方法论，有偏颇性的，所以不能以之把握着社会运动的真髓。譬如进化论者只能认定社会是进化的，然而进化的中心以及进化到何处去的问题，非偏颇的进化论者所能解答了！因为这，凡是他在进化论时的作品只是对过去和现在的丑恶的一种战斗，社会病态的一种塑象；

只是督促着我们走，没有告诉我们向那里走。

> 例如，说到"为什么"做小说罢，我仍抱着十多年前的"启蒙主义"以为必须是"为人生"，而且要改良这人生。……所以我的取材，多采自病态社会的不幸的人们中，意思是在揭出病苦，引起疗救的注意。（《南腔北调集·我怎样做起小说来》）

他是专指摘社会的病态的，目的在引起疗者的注意，没有开自己的药方。他只是说：这里有个疮，指着这个人的鼻子说是阿Q，拖着"正人君子"们的大衫说尾巴在这里。……在这无情的指拨之下，所有阿猫阿狗都现了原形。然而现了原形以后应该怎样的处置？旧的阿猫阿狗就早"打之落水"了罢，而新的出现了那怎么办？他那时没有告诉我们，只是督促我们向前走，走！

> 翁：阿呵。那么，你是从那里来的呢？
> 客：（略略迟疑）我不知道，从还能记得的时候起！我就在这样走。
> 翁：对了。那么，我可以问你到那里去么？
> 客：自然可以。——但是，我不知道，从我还能记得的时候起，我就在这么走，要走到一个地方，这地方就是前面。我单记得走了许多路，现在来到这里了，我接着就要走向那边去，前面！
> ……
> 客：料不定可能走完？……（沉思，突然惊，起）那不行！我只得走。回到那里去，就没一处没有名目，没一处没有地主，没一处没有驱逐和牢笼，没一处没有皮面的笑容，没一处没有眶外的眼泪。我憎恶他们，我不回转去！（《野草·过客》）

客到底不知道他走到什么地方去，然而他还是走下去。这是进化论者的观念。然而社会现象复杂得很，它常常采取迂回的道路向前进，并不能洽洽的和进化论者所想象的同样，有时愈趋愈下，所谓"一代不如一代"的。三一八事件的流血只死了几个学生，鲁迅先生就诅咒的什么似的，说是中国最黑暗的一日（见《华盖集续编》）。

然而这算什么？一九二七的上海，广东……进化论者的鲁迅先生怎样去解释呢？进化论的信念无论如何的深，遇着这每况愈下的事体，也不能不发生怀疑的，鲁迅先生在广东所以沉闷的哑口无言的原因就在这一点了。

据他自己说的原因是："我恐怖了，而且这种恐怖我觉得从来没有经验过。"（《而已集·答有恒先生》）久经战场的鲁迅先生怎么还有恐怖？据他自己诊察的结果是：

> 一、我的一种妄想破灭了。我至今为止，时时有着一种乐观，以为压迫，杀戮青年的，大概是老人，这种老人死去，中国总可比较地有生气，现在我知道不然了，杀戮青年的，似乎倒大概是青年，而且对于别个的不能再造的生命和青春，更无顾惜。
>
> 二、我虽然说过：中国历来是排着吃人的筵宴，有吃的，有被吃的。被吃的也会吃人，正吃的也会被吃。但我现在发现了，我自己也帮助着筵宴。（同上）

由于事实的教训，他不再以"进化论"来观察社会了，年纪轻的不一定比年纪老的好，社会的营垒须按着"阶级"来分的。旧的社会旧的丑恶就让它们溃烂下去吧，反正担负着社会进化杠杆的不是他们而是另一群人："只是原先是憎恶这熟识的本阶级，毫不可惜它的溃灭，后来又由于事实的教训，以为惟新兴的无产者才有将来，却是的确的。"（《二心集·序言》）

他这种行为的确是绅士帮中的逆子贰臣，因此"御用文学家"修的《文坛贰传》上第一名就是鲁迅先生。其实这也毫不足怪，还是先生说得清楚：

> 去年偶然看见了几篇侮林格的论文，大意说，在坏了下去的旧社会里，倘有人怀一点不同的意见，有一点携贰的心思，是一定要大吃其苦的，而攻击陷害得最凶的，则是这人的同阶级的人物。他们以为这是最可恶的叛逆，比异阶级的奴隶造反还可恶。所以一定要除掉他。我才知道中外古今，无不如此，真是读书可以养气：竟没有先前那样"不满于现状"了……（《二心集·序言》）

从此，鲁迅先生就是我们大众的战士了，而且他站在最前哨为大众，为民族而搏斗。

五

我们再谈谈先生的战法罢。

先生无论为"进化论"为"史的唯物论"者，而对于他所崇信的信念都非常坚定的，后来的唯物论时代，不用说他相信社会是有前途的了，就在进化论时代，虽然不能指出是怎样的前途，而他总坚信着未来总比过去的好，只要向前冲，终能战胜恶劣的势力的。他这样坚定的信念就决定了他的战法，所谓"韧"的战斗法。

韧性的战斗是什么？他曾以之传授给妇女们来夺经济权，用比喻加以解释后，接着就说：

> 要求经济权也一样，有人说这事情太陈腐了，就答道要经济权，说是太卑鄙了，答道就是要经济权，说是经济制度要改变了，用不着再操心，也仍然答道要经济权。（《坟·娜拉走后怎样》）

他教给左翼作家也是这一套："对于旧社会和旧势力的斗争，必须坚决，持久不断，而且注重实力。"（《二心集·对于左翼作家联盟的意见》）又说"但要在文化上有成绩，则非韧不可"，因为"韧"，可为当然而为，就是不可为也得而为。譬如他认为人们都是死沉沉的昏睡在铁笼里麻木的很，"现在你大嚷起来，惊起了较为清醒的几个人，使这不幸的少数者来受无可挽救的临终的苦楚，"那有什么用处？然而他终于呐喊起来了。人们的奴才性根深蒂固，有人实际为他们做事了，他们反倒大哭大叫，去向主人报功（《野草·聪明人和傻子和奴才》），这还有什么解放的希望？然而鲁迅先生一生都是演着这傻子的角色，不失望，不灰心！

《野草·这样的战士》一文中，更是韧和知其不可为而为的战法。你笑也好，哭也好，威吓也好，哀告也好，"但他举起投枪"。你是学者也好，青年也好，道德也好，公义也好，"但他举起了投枪；他终于在无物之阵中老衰，寿终。他终于不是战士，但无物之物则是胜者。"这回可服伏到地了罢？然而他不，他还是举起了投枪！

他的战法，不惟是韧，而且还要勇猛，真个实斗实打。"况且既是笔战，犹也如别的兵战或拳斗一样，不妨伺隙乘虚，以一击致敌人的死命。如果一味鼓噪，已是'三国志演义'式战法。至于骂一句爹娘，扬长而去，还自以为胜利,那简直是'阿Q'式的战法了。"(《南腔北调集·辱骂和恐吓决不是战斗》)所以他反对虚张声势的恐吓和叫嚣,至于哈八狗式的躲躲闪闪叫得汪汪的更是他深恶痛绝的了。所以他不爱猫反爱虎;他讨厌哈八狗,反爱巨獒,就是这道理。上月《作家》发表的《半夏小集》有这样一段:

假使我的血和肉该喂动物,我情愿喂狮、虎、鹰、隼,却一点也不给癞皮狗们吃。

养肥了狮,虎,鹰、隼,他们在天空,岩角,大漠,丛莽,是伟美的壮观,捕来放在动物园里,打死制成标本,也令人看了神旺,消去鄙吝的心。

但养胖一群癞皮狗:只会乱钻,乱叫,可多么讨厌。

总括一句:先生的战法是韧性的持久战,是勇猛的实打实战。

六

鲁迅先生——勇猛的战士死了!中华民族的大不幸,被压迫的人们的大不幸!

我们要纪念他,只能用我们的血和力!

写在这里,我的心渐渐铅沉下去,思路渐渐凝聚,凝聚一幅登在《中流》上的鲁迅先生的死像,在眼前晃来晃去,而喉头却蠕蠕在动,默默的歌着这挽歌了:

你底笔尖是枪尖,
刺透了旧中国的脸。
你的发音是晨钟,
唤醒了奴隶们的迷梦。
在民族解放的战斗里,
你从不曾退却,
擎着光芒的大旗,
走在新中国的前头。
呵,导师!

呵，同志——你死了，

在艰苦的战地，

你没有死去，

你活在我们心里！

……

一九三六，十一月

载《齐光校刊》，第二期

我们最后的谈话

（日本）奥田杏花

这天是十七日，神尝祭的日子。

在扬子江上游充满着的高气压，起了混乱，从早晨刮起的北风，卷着密云向上海的天空南面吹去。

气温急遽地降至六十九度，天空很阴暗。

我站在傍晚的北四川路的电车的终点，眺望着火光消失了似的戒严令下的街头。突然，一个五六十岁的羼弱的中国人，在尖利的北风中走来，尘风翻起他的长袍的大襟，飘飘然象风也似地进了内山书店。呀，这不是鲁迅先生吗！鲁迅先生自春天以来，就为病魔所缠，时好时坏，直至今天，那种痛苦的情形，还记在我的胸中。

不论是谁，穿着中装或和服从后面受到了强烈的秋风时的姿态，都会有些衰颓之感。可是，今天的鲁迅又怎样了呢？走着的鲁迅是不会想到这些的。当一阵更猛烈的风刮过时，瘦牛的背脊般的他的帽子的边缘，就象船帆似地被卷了起来。

我已经有三个多星期不曾和鲁迅会面了。在这期间，中日的空气失去了安定人心的力量而愈显紧张。我们在戒严令下，揣疑着今天、明天地度着日子。

在杭州，蒋××聚集了华北将领，正开着杭州会议，在南京，须×与高××正在重作非正式的会谈。最近，日本报章开始散布出乐观的论调，然而，我总觉得未许乐观，有时与鲁迅谈起，他也同样地漏出中日时局悲观的口吻。

但是象今天还在作外交交涉的当儿，他又将有着怎样的观察，而谈些从报章上看到的新闻呢？最近异常空闲的我，于是就立刻跟随在鲁迅先生的后面，走进了内山书店。鲁迅先生走进内山书店当然并不是为了买书。他与内山主人是最亲密的朋友，不大能够分离的知己。在内山书店中，每日从朝到晚，来宾与客人都有着座谈的癖好。中日的文艺家，实业家，画家，各派军人，新闻记者，评论家，旅行者，见面之后就捉住一切的话题加以谈论，然而大概总是讲一些中日问题，经济界的大势，世界上发生的事件。鲁迅先生在写倦了之后也就是常常来参加的一人。

这天傍晚，内山主人出外去了，由担任管理的镰田氏款以日本茶，我从鲁迅先生的背面以手轻扣他的肩头，他回过头来："呵！久违了"，他的目光闪耀着，这声音较平时的鲁迅精神一倍，他的健康着实使我安心了。

我还不及等待他坐下，就将以下的话相询了：

"鲁迅君，中日关系你觉得将会有怎样的结局呢？"

鲁迅不论在什么时候，他总不愿人家以"先生"称他，所以我见面时总以鲁迅"君"相称。他将最爱好的烟卷用手移开，沙哑的声音就从牙齿间穿过粗黑的胡髭发出来：

"这是困难的问题，究竟会逐渐变糟或者变好，是很难说的。第一，不知道日本在想些什么，和说些什么，也不知道中国在想些什么，不了解内心的人们中间的商谈，是最为危险的。"

鲁迅这样说着，又燃着了烟卷。我在与鲁迅先生谈话的时候，当他是中国的鲁迅的观念，从来没有过。在我，觉得与其说他是中国的文豪，倒不如说他是世界的哲学者，才能触到他的真正的面目。要是与鲁迅有一言之交，就会觉得他毫无人间的欲望：不论在金钱，在虚荣。若照佛法说来，他已是遁入了"般若"之境的人了。然而，他的热诚，是在努力着怎样拯救中国的四万万民众。他是伟大的哲人。我得倾听这使人受到感动的毫不客气的谈话。他的说话又与烟一起吐了出来：

"我认为中日亲善和调和，要在中国军备达到了日本军备的水准时，才会有结果，但这不能担保要经过几年才成。譬如：一个懦弱的孩子和一个强横的孩子二人在一起一定会吵起来，然而要是懦弱的孩子也长大强壮起来，则就会不再吵闹，而反能很友好的玩着。"

鲁迅先生说到这里，翘起八字式胡须成了一字式而笑了。他这天很早就离座，在走出店门时，与平常一样对店里的人轻声地道声"再见"。我在分别的时候曾对他说："鲁迅君，今天的天气对你很不宜，请留心着别受了风邪。"唉，唉！谁料到这天竟是我听到的鲁迅先生的最后的话，竟是永远离别的日子呢！

原载一九三六年十一月十五日《作家》（月刊）

（上海）第二卷第二期

鲁迅先生的精神

叶圣陶

瞻仰鲁迅先生的遗容，觉得非常慈祥。然而他的精神是超乎慈祥的。他伟大，他坚强。中华民族将来真个得到解放，必然由于人人具有了他那样的精神。看到昨天的送殡的行列，严肃，激昂，六七千人合成个巨大的集体。更想到各地受他感化的大众，虽然不能亲自到来送殡，也必然遥寄最真挚的心情，使这个集体无形中扩大到不知多少倍。

这样，与其说鲁迅先生的精神不死，不如说鲁迅先生的精神正在发荣滋长，播散到大众的心里。而这个，就是中华民族解放终于能够成功的凭证。

原载一九三六年十一月一日《生活星期刊》（上海）第 1 卷第 22 号

195

吊豫才

曹靖华

豫才先生别我们而去了！听到这极凶恶的消息，只觉心头欲裂，窒息得出不上气来！他之死，使那些吸血鬼及其爪牙都在那里狞笑！但千百万被践踏的大众都感到无比的重压！他之伟大，不是几句话所能包括，也不是在这心头破裂的时候所能叙述！豫才先生死了！他之死，使中国不愿做奴隶的千百万群众失掉了一位最伟大的导师！使世界上被"法西斯"屠户宰割的弱小民族与无产阶级丧失一个最真挚的朋友！豫才先生死了！豫才先生的精神与思想永远在中国千百万为生存而斗争的大众的心坎里活跃着！不愿作奴隶的人们，我们听到豫才先生之死，我们千百倍的加强我们的意志，为着整个的民族解放而斗争！继续着我们导师的精神为整个民族解放而斗争！豫才先生的心已化作了千百万的心，在千百万不愿作奴隶的心坎里活跃着！

十，十九夜十时。

原载一九三六年十月二十月《北平新报》

怀鲁迅

郁达夫

真是晴天的霹雳，在南台的宴会席上，突而听到了鲁迅的死！

发出了几通电报，荟萃了一夜行李，第二天我就匆匆跳上了开往上海的轮船。

二十二日上午十时船靠了岸，到家洗了一个澡，吞了两口饭，跑到胶州路万国殡仪馆去，遇见的只是真诚的脸，热烈的脸，悲愤的脸，和千千万万将要破裂似的青年男女的心肺与紧捏的拳头。

这不是寻常的丧葬，这也不是沉郁的悲哀，这正象是大地震要来，或黎明将到时充塞在大地之间的一瞬间的寂静。

生死，肉体，灵魂，眼泪，悲叹，这些问题于感觉，在此地似乎太渺小了，在鲁迅的死的彼岸，还照耀着一道更伟大，更猛烈的寂光。

没有伟大的人物出现的民族，是世界上最可怜的生物之群，有了伟大的人物，而不知拥护，爱戴，崇仰的国家，是没有希望的奴隶之邦。因鲁迅的一死，使人们自觉出了民族的尚可以有为，也因鲁迅之一死，使人家看出了中国还是奴隶性很浓厚的半绝望的国家。

鲁迅的灵柩，在夜阴里被埋入浅土中去了，西天角却出现了一片微红的新月。

一九三六年十月二十四日在上海
原载一九三六年十一月一日《文学》（月刊）（上海）第七卷第五期

追悼我们民族的巨人鲁迅（节选）

行　者

　　"光明与力"的化身，一个有力的革命战士啊！

　　我们文学界的，也可以说文化界的两个领袖，郭沫若先生的一贯精神是反抗，而鲁迅先生则是倔强，钢铁般的倔强，贯注在，因而也显示在他的一切作品的内容与作风上。作风的沉挚与坚强，使人喜悦，而内容的深刻与"力的充实"，又给读众以无限的力。除了实际上鲁迅先生的提植青年作家领导左翼革命运动而外，就在这一点上，鲁迅已不是以一个单纯的作家存在着了，从他所有的照像上，我们很少见到他笑，同样，从他所留给我们的珍贵的丰富的遗产文艺作品上，我们也只见到严肃的战争，或则是准确地攻击敌人的要害，揭破黑暗，打中鼻子。或则是用那支强有力的手杖鞭策我们，给我们力。记得大概是去年后半年了，当我因一个朋友的关照，怀着喜悦而得看到先生的《伪自由书》之后，曾草一篇《读杂文的经验谈》，后来是给了《中报》副刊《星期特刊》的一位朋友了。在那里边，我真实地作了这样的自白：真的，当我苦闷的时候，只要翻开鲁迅先生的杂感一看，常能使我坚强起来了！它里面是那样的充满着倔强的生活力，奋斗力。当时就有力地感染着你了。有几句话，简直铭刻在我心上，成为我自己策励的工具了！如"有一分热，发一分光！"（见《热风》），又如"危险吗？危险使人感到生命的存在，生活的力"（大意，但在鲁迅的哪一本杂感集上也记不确了，大概是《伪自由书》上吧！）对于一些在战争中过生活的战士们。不也是有着策励的力的赞警句吗？总之，他的严肃的倔强性格，贯注在一切的作品中，因而也有力的把这倔强传给读者。他

纪念文章（1936年后）

是"主张报仇雪恨，春秋之大义也"的！即在最近（九月五日）他那篇题名《死》的文章（发表在《中流》第一卷第二期）里，他那想定要写给亲属的遗嘱的第十条，还是"损着别人的牙眼，却反对报复，主张宽容的人，万勿和他接近。又曾想到欧洲人临死时，往往有一种仪式，是请别人宽恕自己，自己也宽恕了别人，我的怨敌可谓多矣，倘有新式的人问起我来，怎么回答呢？我想了一想，决定的是让他们怨恨去，我也一个都不宽恕。"鲁迅是从来不会妥协的！不过，他之所不宽恕的"怨敌"，恐怕倒真是想不得的大众的怨敌，而不是一条战线上或可以携手的曾经"笔墨相讥"者。虽然他和伍实先生与施蛰存徐懋庸诸先生直至最近或正在"相争"或仍未释然。而对于以前"相讥"最厉害的郭沫若先生。不就自认无怨了吗！（见答徐懋庸）这，我希望在"统一战线"迫切需要的今日，鲁迅先生的钦慕者，应学其于沫若先生，而不要"也是倔强"而"关门""分帮"以"分力""树敌"。鲁迅先生的伟大，就伟大在他好象是"光明与坚强的结合的化身"！

他也和高尔基一样彻始彻终是一个无神论者和唯物论者，始终是站在民众方面的，始终是一个黑暗与反动的坚强有力的反对者！……虽然形式上他有过所谓"转变"……实际上，谁都知道，他一来就是一个反对"礼教吃人"的！反对封建，反对黑暗，反对压迫与野蛮的有力的领导者了。转变而后，使他的领导更有力，更明确地走上反法西斯反剥削，进而争取自由和平与社会主义的建立的搏斗中。因而他成了为全人类的前途争取幸福的集团组织中的一分子！这，当然更需要他的"倔强"，而他实际也更努力了！

鲁迅不只是一个伟大的作家，同时，他是一个革命的战士，倔强的战斗领袖。他自己在努力，同时，把他们的光芒经过作品传给别人，策励着许许多多的人使之前进！

他倔强不妥协，然而他"转变"。当他认识清楚而后。这也是他和逝世的文化巨人高尔基类似处的！高尔基不是曾自认为一个"拙劣的政治家"而认过错吗？在伊里奇之前。

他不恕怨敌。然而他和争吵最多，口角最甚的沫若先生释然了！可与携手的，鲁迅先生不会"因小忿而误大端"的。他不恕的怨敌，恐怕终归只是宽恕不得的大众的怨敌，是他所坚强反对的"封建与法西斯"，而将不是徐懋庸伍实们吧，虽然他"早死"，使我们见不到这一事实在证明，但，毕竟已有一最有力的证明在眼前了！

我们感激作家的鲁迅给了我们最美好最宝贵的遗产！

我们更感激革命战士的鲁迅给了我们许多很好的教训！

我们要跟着他的指示做去！

鲁迅死了。

让他永生在我们的心里！

让我们来完成他未完成的工作！

在这民族危难的今日。

十月二十四日

《山西党讯》

我们的哀悼

现实月报社同人

当法西斯蒂的狂魔，正使全人类受着耻辱，中华民族被敌人逼到"战"和"降"的生死关头的时候，我们青年的导师，劳苦大众的拯救者，全世界无产阶级的朋友——鲁迅先生，继导师高尔基，巴比塞之后，于十月十九日的黎明和他领导下斗争着的全国的青年与劳苦大众永诀了。这巨星陨落的震响传到各地的时候，全国不愿作奴隶的大众，都如丧失慈母的孤儿般地感觉沉重的压迫。但是在这悲哀的瞬间，使我们即刻觉悟到，在这危亡的时期，对于民族解放的领导者鲁迅先生的死，不应有丝毫的悲痛，要以最大的毅力，将我们悼念的辛酸的苦泪，化作怒焰，火速地向敌人进攻，这是我们的导师给我们遗下的刻不容缓的工作。

流泪与悲哀的悼念，只是敌人汉奸和小丑们粉饰他们失去了他们的仇敌的喜悦的表现。对于我们伟大的导师鲁迅先生，这样的纪念，只是一种绝大的耻辱。"对敌人的迟疑，这就是延长了自己的痛苦"，"忘了我，管自己的生活"。这是先生给我们最后的教训。

真诚的纪念，是一方面要迅速地分担起先生留下的艰难的工作，一方面从先生的丰富的遗产之中，取得前进的道路和斗争的技术。只有向敌人肉搏的实践，才是对于我们伟大的导师——鲁迅先生，真诚的纪念。

我们要深刻的认清，鲁迅先生的伟大，不仅因为他是一颗文坛的巨星，而是因为他是千百万奴隶的基督，千百万青年的救主。那千百万奴隶和青年的被压迫的痛苦与愤怒，他犀利的将它们暴露于全国的民众之前。他更以无限的热情领导他们破碎那锁链。他那尖锐的铁锋，常常刺入敌人汉奸和小丑们的内心，使他们发抖，同时也使他们对于鲁迅先生加深地仇视。

我们的导师——鲁迅先生——一生的历史，是一血的斗争史。

在五四的时代，他取得了新兴资产阶级的立场，英勇地从封建制度的黑狱之下，拯救出千万的男女青年，他宣布了封建社会的死刑。统治者和卫道者群，终于通缉了他，但是他已经得到了全国青年大众的拥护。

在大革命时代，他仍然英勇地站立在劳苦大众的前面，领导着向帝国主义，资产阶级，和新旧军阀地主斗争。新的统治者又时时想逮捕他枪杀他，但是全国的劳苦大众都爱戴着他。

在这敌人已颁布了用暴力征服中国训令的危亡的现在，他，我们导师鲁迅，更火烈地向全民族怒号着联合，团结，保卫我们国家的吼声。直到他逝世的二十九小时以前，他仍在斗争着，为了大众的幸福，不肯放松敌人一步。最后，他终于被可怕的病菌夺取了他的生命。这不仅是我们民族的损失，而且是全人类最大的损失！他的死，可以说是人类最崇高的牺牲。

他的死，我们全国的民众是都负着这个损失的最大的责任。为着我们——这一个危亡国家的被压迫的人民大众，他，我们的导师鲁迅先生，在卅余年的斗争生活中，他无一时不遭受敌人的"围攻"，他那不屈服，不妥协，忘了自己的奋斗精神，伤害了他的肉体的健康，以致毁灭了他的肉体。

他是不愿意死的，他还想活下去。因为他亲眼看见他的国家，他所爱护的大众，正在敌人的炮火威胁之下，和汉奸鞭笞之下呻吟着。他还想要亲眼看着他们健壮起来，走入他理想的世界，他才可以无挂虑的去安眠。所以在他六七个月的病痛之中，曾经坚决地呼号着：

"我存在着，我在生活。我将生活下去。我开始觉得自己更切实了，我有动作的欲望！"

这是如何悲壮的呼声啊！这是何等崇高的精神表现！我们要牢记着：这个全民族的救主，仍然存在着，并且早已存在于千百万大众的心中，死的仅是他的肉体。

导师鲁迅先生的肉体已经毁灭了，我们人类是无法挽救这个损失的。但是，先生所遗给我们的那副艰苦的重担，我们是刻不容缓地要担负起来，只有在和敌人抗争的实践之中，才是对于我们的导师鲁迅先生的真诚的纪念，才是表现着先生的真正的精神。

敌人，汉奸和小丑们，以及围攻过鲁迅先生的人们，现在也都在悼念的盾牌后面，实行报复——曲解和侮辱我们的导师。我们，不愿作奴隶的青年和劳苦大众，应该即刻地联合起来，保卫我们伟大的导师鲁迅先生，要以实力向那一般反动的奸贼们答复：

"不许你们碰鲁迅先生一下！"

一九三六，十，廿九日

载《现实月报》第三期

我们的哀悼

人味读书社等

从鲁迅先生的死亡，使我们有机会更明确的认清我们的敌人和友人。我们的友人，站在同一条战线上的无数群众的友人，都因此而感到悲壮激昂的握紧了拳头，准备着更英勇的斗争！我们的敌人呢？他将愉快的狞笑着，荷荷！你死了！再不能动弹了，并且不久就要腐烂，我不怕你了。但我们还须提防有种狡狯的狐狸，会猫哭老鼠的伪表同情，我们必须更明确的认清我们的敌人，瞄准我们的敌人，更悲壮的勇敢的前进，沿着鲁迅先生生前引导我们的路，更英勇的走上去，准备更英勇的斗争！

鲁迅先生不止是我们中国的第一个作家，同时也是一个伟大的思想家，实践家，用鲁迅的名字，可以威胁我们的敌人，用鲁迅的名字，可以愧恧和鲁迅同时代的，已经落伍了，或是投降了的战士；听鲁迅的名字，就够使我们的每一个青年振奋，刺激我们的每一个青年向上。"鲁迅"已非周树人先生私人的笔名，而是一个战士的荣衔，是中国救亡群众的指路碑！鲁迅自己的脉搏虽然停息了，他的群众，却加强的散居深入在我们的祖国的救亡群众里，在海外各华侨社会的爱国家、爱民族的群众里，在全世界的各个弱小民族的反日的群众里：我们不怕他去了。

他完成的功绩，已经充实了他的一生，丰富了我们的一代，他遗下的，只是未死的，后死的人们，战士们，自己应该做的工作，应该光大的工作。

鲁迅先生，他是现代中国新文学的第一个创作者，"拿出货色"者。在五四时代，他反封建，反军阀官僚；五卅时代，他又认清了那个时代的劲敌，而反对资产阶级，反对帝国主义，到了帝国主义阴险的实施其灭华的政策的"九一八"以后，他更坚决的喊出民族革命战争的大众文学的口号。所以，单说他是一位作家是不够的，他还是一位伟大的思想家，实践家，革命青年的首领。从先生的不断的在被迫害的黑暗社会看来，可以确定的估量先生一生的反抗精神。现代的中国并不再"无声"的，先生的《呐喊》正可代表现代中国救亡群众的呼"声"。先生的一生的斗争的生活史，也即是一部现代的中国的思想界的斗争史！

这一部历史的记载，在先生停笔后的一页，要让死在先生之后的青年的劳苦大众来执笔，来蘸血把它写完，完成一部新的人类巨著。我们的每一个人，每一个战士，都恪信先生的卓论——

　　血债必须用同物偿还。拖欠得愈久，就要付更大的利息！（《华盖集续编·无花的蔷薇之四》）

我们都佩服先生的指导——

　　在这个可诅咒的地方击退了可诅咒的时代！（《华盖集·忽然想到之五》）

载暹罗《华侨日报》

鲁迅先生逝世哀感

钧　初

鲁迅先生逝世了！

在不久以前，中国反革命的托陈派分子写信给鲁迅先生，公开诋毁我们全中国人民拥护的抗日救国联合阵线的政策。鲁迅先生接到这信之后，公开的提出回答，揭破了托陈派怎样受着日本人津贴在上海办反动的杂志，怎样的祸国殃民的阴谋，并清楚的解释了中国苏维埃红军领袖毛泽东等所提出的全民抗日联合阵线的重要。那篇文章在《现实文学》上发表出来以后，又曾经别的许多杂志的转载，那篇文章是有力地回答了托陈派那种无耻的和反革命的狂吠！

在不久以前，中国的革命文化与文艺的团体于日帝及其走狗的法西斯式的白色恐怖之下，由于群众抗日救国的运动的高涨，由于作家美术家和文化界的积极分子的活动，且由于鲁迅先生的积极参加和正确的领导，开展了抗日救国的统一战线，这一战线现在日益扩大和巩固起来了！因而，革命文化的文艺的组织就突破重压与严重的恐怖而公开地扩大的组织起来活动起来了！在上海和北平等地，这种团体和他们所出的刊物就如同雨后春笋一样地发展了！反日的呼声一天一天的增长而蓬勃起来！

在最近几年，鲁迅先生短兵相接地用着他那锋锐的笔锋去直刺他亲口常说的文艺上的"狗"！他写的杂文随笔，随时发表在报纸上和杂志上，甚至"报尾巴"上，发表这些文字的当时，他虽改了许多次的笔名，仍有不少的字句，曾经被"官厅"删改或被编辑涂改了的，而鲁迅就重新搜集起来再为整理而出版为单行本的小册子，这种小册子，为《伪自由书》，为《准风月谈》等书，一经出版，便全国风行，再版三版的印行，还发现市上流通着书商翻印的这类书，而这些书就成为广大群众所爱读的书籍，就成为教育群众的"教科书"了！鲁迅先生由文学的活动而实际地参加了民族解放与社会解放的革命行动，和一般的社会与文化的行动！因此他就招了卖国贼汉奸走狗的嫉恨，据说，他的名字，曾被列在要被暗杀的名单之上。

然而鲁迅是不怕这种无耻的恐怖的。去年，当我赴欧求学首途之前，曾和他晤谈数次，他的身体已有病象，接近他的作家同志们也曾劝他赴欧疗养治病，我到了欧洲以后又曾为了想请他来欧一行而和别的同志一齐的给他写过几次信，国内的文艺界的同志们来信中也说曾屡次劝驾赴欧，而他始终不表示离国的意思！在他那样病痛加深了的时期当中，他还日夜的工作着，这样，就日甚一日地损失了他的健康！而他还正在不断的继续的工作着，并关心一切的抗日救国的文化的活动。

……

"打杂"的活儿，已占去了他的许多的时间。国难以来，一般的文化的活动和抗日救国的运动，联合战线运动和影响群众组织群众领导群众的工作，是占了鲁迅先生的很多的时间和精力的。他对于救国问题总是一刻不忘。我还记得，有一次，当我们乘车路过四川北路和闸北一带时，在事实上他就一一的指给我看那"一·二八"日军在上海打劫的灰烬遗迹，这时候他显出一种怒愤的情绪！

……

前些年当《阿Q正传》译成了法文出版时，法国当代大文豪罗曼·罗兰读了曾为之下泪并有好评发表在《世界》杂志上。今年七月间苏联大文豪高尔基逝世，鲁迅先生在他的追悼文中曾用高尔基追悼巴比赛的话去追悼高尔墓。曾几何时，而我们的中国的革命的文化的和文艺上的伟大的导师，群众的全民抗日救国的强有力的运动者，现在他竟然抛下了许多的未竟的伟大而神圣的民族解放的事业和人类解放的事业而逝世了！

这个噩耗，刺入我的心头，使我不只是为了同志和知己的亲爱而痛哭，现在使我不能克制着哀痛而详细的来叙说，来表扬鲁迅先生的生平和他在中国文化和艺术上的伟大成功。现在我只忍痛敬告于我们的国内外的同胞们：鲁迅先生的逝世，不只是我们中华民族的，而且是人类文化上的一个大损失！我们只有继承着这位中国革命文学和中国革命事业的先进，努力去实现他的遗志和革命文化的建立事业，并励进抗日救国的神圣的天职，以达到"将来的光明"！

一九三六年十月二十四日于巴黎
原载一九三六年十一月十日《救国时报》（法国巴黎）第六十六期

悼鲁迅

周学普

在国难达到了最严重的关头，民族之间日益激烈的斗争使我们的心神极度紧张的时候，今天忽然在任何报纸上都看到了惊人的消息——不屈不挠的革命的伟大的导师鲁迅先生逝世了！这个消息，无论对于大众革命的友人和敌人，总之，是今年高尔基死后的第二次最使人惊震的消息了罢！

这种噩耗，虽不能说是意外，而一听了的时候，连我这样和他没有过直接关系的人，也有了似乎透不过气来似的悲感。我们对于这位文化界的恩人的死亡的哀悼之情，是因为追念他对于中国的革命文学和战友的领导上所立了的业绩之伟大而愈益殷切的!

鲁迅! 在中国革命的发展上的各阶段上不屈不挠地前进的典型战士! 他最初以"个性主义"和"进化论"而成为宗法社会的叛逆儿,在辛亥革命之后反对军阀、官僚及绅士阶级的国粹主义,反对"五四"运动的变节者与为有产阶级的走狗的欧化绅士们,在"五卅"以后则由进化论而达到了战斗的世界改造式的集团主义,而努力于争斗以理论和创作的实践之展开。他的伟大的个性的基础是明彻的现实主义,不妥协性,强劲的战斗精神和对于被压迫的民族的深挚的热情。

这样的巨人的死去,和仅仅为一学者而始终为旧势力所利用的今年的章太炎的死去相比,我们应该觉得是文化界的如何的损失呀!

他的决不妥协的革命精神,使他死而后已地与官僚、军阀、资产阶级、小资产阶级等一切反革命的势力和思想在理论上和创作上作不断的强劲的斗争。他从"五卅"以来,抱持着以阶级问题之发展为"一致的对外"的统一战线的基本的前提的主张,最近为了两种口号的论争,在大病中发表了万言的长文,引起了空前的反响。姑且不论他的主张在现阶段上是否正确,我们总不能不佩服他的至死不屈的精神!

他自己曾经说过,他不过是桥梁中的一木一石,决不是目标,也不是范本,而是同光阴一同过去消失的东西。若把他比做桥梁,那可以说是革命的过程中的引向真理的对岸去得桥梁罢。

他又在《华盖集》里说过,死者所遗于后人的功德,是裂取许多东西的外皮而暴露出隐在未曾预料的阴里的毒心,教给以后的战斗者以别种战斗法。那么我们要问自己,可能从他所暴露了的许多东西的隐藏的毒心学得某种战斗法否?

在争斗中失了如此稀有的导师,这给了我们的惊愕和悲痛是非常深刻的。但我们的责任是如何继承他底倔强雄伟的精神而积极地推行革命的进行。

他的逝世,必然地会在中外各界中引起非常的反响罢,不但革命的同志将盛大地追悼他,而不怀好意的敌人们也会用种种方法来把他误会曲解的罢。

载天津《益世报》《文艺周刊》二十五期

不灭的光辉

郭沫若

鲁迅死了，他的死有重大的历史的意义。在我们虽然是损失，在死者却是光荣。这不灭的光辉将要永远的照耀而且领导着我们。仅仅是号啕哀痛不足以纪念这个有意义的死。物质上的仪式，就连造铜像、立庙宇、命街名（例如把上海四马路命名为"鲁迅路"），定文艺奖金——这些我都想向文艺家协会建议——都还不足以纪念这个有意义的死。足以纪念鲁迅的，是鲁迅自己的文章、自己的精神、自己的对于仇敌的认识与战斗。没有什么东西能比这些再要不朽的。鲁迅的遗嘱里有一条，叫不要纪念他。我觉得这句话应该作这样的解释，便是足以使自己不朽只有自己。鲁迅是不朽的。他叫人"管自己的生活"，我相信他也希望众人同他一样的不朽。不朽的途径很多，然而精神总是一致，那就是对于恶势力的不妥协。这种精神便是鲁迅的精神，而他自己是采取了小说家的路。

只要精神一致，道路有分歧也不要紧。但这分歧总要是 converget 而非 divergent——总要是向着一个目标的集中，而不是无目标的或多目标的乱窜。只要是向着同一的目标——说远大些，就是人类解放吧——在路上的携手自然是必要，但也没有绝对的必要。百川殊途而同归于海，水在海中总是要接近的。这点是必然性，超越了人们的意识。

我们现在来纪念鲁迅，首先应该体验得这些精神，而这精神在鲁迅的著作中是磅礴着的。

接受文学遗产的口号，在中国是一直空喊着或甚且被逆用着。由于鲁迅的死，这口号才获得了它的真正的意义。鲁迅在文学上所留下的遗产，是应该趁早的加以整理、流传，而使一般的人更多多得到接受的机会。

这遗产的接受，同时怕也就是继续鲁迅精神的最好的法门。"鲁迅精神"是早在被人传宣着的，但这精神的真谛，不就是"不妥协"的三个字吗？对于一切的恶势力，鲁迅的笔不曾妥协过一次。乃至对于病菌，他的精神也不曾妥协过。据最近周作人的谈话，说他的肺结核在十年前已经就须得静养的。又据上海的日本医生的诊断，说他的病假便是常人，在五年前已经是没有救的。但鲁迅是怎样呢？他死不妥协地，对外和恶势力战，对内和结核菌战，一直战到了底，而英勇地完毕了他的战斗的一生。鲁迅的战斗力的勇猛，使我们和他的日常生活疏远的人，实在没有想到他是患着那样不治的病，而且病是已经早到了垂危的地步。这情形，怕就连鲁迅周围的人都不见得是觉察着的吧？因为他不曾示弱于谁，他不曾对谁吐出过弱音。这种精神，这秉着剑倒在战场上的精神，这死不妥协宁玉碎毋瓦全的精神，这是永远值得我们纪念，值得我们继承的。

据报载：在上海的鲁迅的民众葬上，有人演说："鲁迅是被他的敌人逼死了的，我们要替他报仇。"这话的上半句如不是新闻记者的传讹，我看是太不经意的对于死者的侮辱。鲁迅岂是被区区的敌人可以逼死的弱者！这样的说辞未免太过于哭丧婆式的了。但是由这句话的说出，倒提醒了我们，我们到现在倒应该发挥理性，来认清楚鲁迅的真正的仇敌是谁！

鲁迅的真正的仇敌，我敢于说出一句，便是人类的仇敌，尤其我们民族的仇敌。

我们民族所膺受着的两重的敌人，内部的封建余孽，外部的帝国主义，这是鲁迅至死不倦地所攻打着的东西。鲁迅提着笔为我们全民族在前线上战死了，我们应该加倍地鼓起我们的敌忾，前仆后起，继续奋战。这才是纪念鲁迅的最上的途径，而这样替我们民族"报仇"，也就完成了鲁迅给我们遗留下来的责任。

鲁迅始终是为解放人类而战斗一生的不屈的斗士，民族的精英，有人要否认这种评定而加以歪曲的，也就是鲁迅的真正的敌人。这敌人，我看，倒反而有好些藏在了自命为鲁迅的"亲友"者里面。例如日本的一位有名的集纳主义者吧。他在上海时曾经陪鲁迅喝过几次茶，他便把自己表现得来就象是鲁迅的百年知己一样，提起笔来便鲁迅长鲁迅短的写着。

——"我对于马克思的著作不曾读过一页。"

——"苏联几次请我去，我都没有点头，我倒很想到日本去游历。"……

据说，这是鲁迅亲自对他所说的话。这话有点令人很难相信。即使有，也怕是临场的一种烟幕。然而落到那位集纳主义者的笔下，不费力地，便把鲁迅粉饰成为了一位"亲日作家"。鲁迅死时，日本的某报是大大地登载着这样的头衔的。这——不是对于鲁迅的重大的侮辱吗？

这样的"亲友"，——我觉得，才真正的可怕，而且同时也就是要替鲁迅复仇者的真正对象！

敌人以友人的面孔出现，友人以敌人的面孔出现，这本是常有的事情；然而却为一般人所不能辨认。

吸血鬼们的美人画皮，安得鲁迅先生再起来，替我们多多地剥夺呢！

一九三六年十一月一日

原载一九三六年《光明》一卷十二号，

收入《集外》，见《沫若文集》第十一卷第 185—188 页。

悼一个民族解放运动的战士

许 杰

鲁迅，不仅是一个文学家，是一个文化人，是一个文化的战士，是一个站在文化战线上参加中华民族解放运动的战士！

他有正义感，有同情心，能够极端的爱，也能极端的憎。

他用他的锋利的笔，戳穿了汉奸和走狗的心坎，震动了帝国主义，及其在各殖民地上所建立起来的一个体系的堡垒。他也用他的灵动的笔，叫喊出中华民族，甚至一切被压迫大众的解放的呼声。

他肯于，不依老卖老，认识时代，领导时代！

在中华民族濒于危亡的今日，被压迫的大众已经抬起头来的今日，民族解放运动正到肉搏的阶段的今日：正是需要着这样的一个领导时代的战士的，然而，他却死了。

为了纪念鲁迅，一切的文学家，文化人，民族解放的战士，都应该踏着鲁迅的路前进的。

原载一九三六年十一月一日《生活星期刊》（上海）第一卷第二十二期

哭鲁迅先生

先生！这怎么能够呢！当这黑暗和光明的交替中，你竟舍我们而去了！先生！这怎么能够呢！当这黑暗和光明的交替中，你竟舍我们而去了！

不能的，先生！我们的斗争正在尖锐，我们的工程正在吃紧，我们一向服着你转战四方，现在当敌人越迫越紧的生死关头，我们怎么可以丢掉你的领导呢！

然而，先生！你竟真的离我们而去了，我们竟真的丢掉你的领导了，我们站在你的面前，大声的呼号，但任凭我们喊破了宇宙，终于也听不到你一个字的回响！先生！世界上还有比这更可怕的悲哀么？我们再也禁不住地嚎啕大哭了，我们情愿把我们千百万人炽热的血来重暖你那冰冷了的躯体，我们情愿把我们滚滚的泪潮来鼓荡起你那息弱了的生命，请你告诉我们这个可能么？

先生！我们听到你的回答了。"踏着前驱的血迹，建造历史的塔，"是的，你已经建了这塔的基础，你已经树立了建塔者的光辉的模范——"咬定了真理，辨明了是非，铁一般顽强的战斗前进！"先生你那贯穿在全生涯的那一条泼剌的直线，将成为我们历史工程的指针。

不过，先生！你知道与你的死，同时我们的道路将更崎岖，我们的工程将更艰巨，但是，先生，不怕！我们已经从你那里懂得了"集体的力"，我们已经铁般地组织起来了！我们将大家一齐与敌搏斗，我们再不怕屠夫的凶险，我们再不怕虎狼的残暴，我们将把你那"越战越硬"的灵魂收做遗产，我们领受着遗产来创造我们光明的前程，来完成你未竟的伟业！

先生！你永息了！请让我们葬你在我们的心底！

全国学生教国联合会代表平、津、京、沪、汉、杭、晋、桂、济、青等廿七学联廿四万学生鞠躬

原载一九三六年十一月一日《竞生》（半月刊）（天津）第二期

诔 词

天津文化界

一九三六年，一个全世界涨满凶杀气氛的年头，帝国主义的黑色魔掌，加紧在各个角落搜刮了起来。在前卫我们失掉了一个勇猛战士高尔基！民二十五，一个全中国涨满险恶气氛的年头，日本帝国主义强化了对于我们的吞食，明朗化了对于我们的掠夺。在前哨我们失去了一个文化导师，你，鲁迅先生！

我们不见了先生，真如我们不见了太阳！ 我们永诀了先生，真如我们永诀了真理！

我们看清目前客观情势，我们懂得先生对于我们的重要。

我们失去了先生，无疑的有使我们的民族危机更加深化的危险。

我们失去了先生，无疑的有使我们每个不愿做亡国奴的人们的责任加重的必要。我们得打开这沉闷的空气，我们接受先生给与我们的这个明煜的启示。

有谁还有比先生更伟大的呢？通过了先生那张永远表现着倔强，冷酷的面孔，和你那孤寂而富同情的心肠，运用着你那简练粗伟的笔触，把旧社会深入骨髓的刻划了下。讽刺了，攻击了，也同情了，更蕴蓄着改造的热望。

对于黑暗，先生下了死刑的判决，先生跟恶势力作死的搏击，先生一生就是这个搏击过程，不是么？几十年来先生没有过一天舒服的日子，一天舒展了眉头，到处被恶势力，被代表旧的一面讽刺、詈骂，甚至遭了统治阶级的通缉，然而先生一贯地把奋斗继续下去，先生有过最光明和纪德一样的转变。

先生为了几万万大众企求光明而斗争，没有被任何阻碍挫折了已经抱定的志趣，不屈不挠始终作了文化前哨的勇武战士！

先生的死，对于我们是一个重大的打击，一个没有拿任何贵重东西来抵偿的损失。然而另一面先生教导了我们一个企求正义的人格应该怎样的持续了下来，给了我们那么些宝贝著作，我们谨以最大的哀感来追悼先生的死，同时更对于我民族抗战的前途确信必然胜利以及坚决了我们民族抗战为必要信赖来实现先生要实现的那个，纪念先生！

载《追悼大会特刊》

关于鲁迅先生

权 华

鲁迅先生死了，随着这消息而来的，是很沉痛的悲哀一层一层的笼罩在我们每个不当亡国奴者的身上，使得我们感觉对于这位思想家，有非言语所能表示的悲痛！

鲁迅先生有句话："我扛着黑暗的闸门，让光明走进来！"这句话可以说是鲁迅先生的一生，对于整个中华民族及全体人类，观察，奋斗到底的基本态度及精神。当听到他死的消息，好象黑暗势力如瀑布般冲开了这个黑暗的闸门，故我们感到黑暗势力的压迫，将鲁迅先生生前为我们争得的光明，差不多为这黑暗势力驱走了！我们感到的悲痛，不是个人的，而是整个中华民族的。

他主要的思想，是不怕现实，而敢正视现实的现实主义者，对于现实的黑暗，猛烈的攻击。中国历代社会上所表现的，如同一大垃圾堆，而鲁迅先生的笔，就是扫除污秽垃圾的大扫帚。在他的著作中，我们可以看出，他是不妥协的，而且对于"落水狗"的痛恨，无情地认为不打"落水狗"是表示着中国的传统思想永远存在。

鲁迅先生是集体主义者。由个人主义斗争走上集体主义的，他知道仅凭个人的力量，英雄的心情，而离开群众是不成功的，所以欲求得光明，必须走上集体主义的路。随他走的有广大的青年，广大的劳苦群众。我们可以看出他热爱人生，对一切都不表示悲观，肯定的看出将来光明的社会，使得他积极的工作，是看得最清楚的地方。

他的根本的精神，为倔强的战斗，十多年前在女师大演讲《娜拉走后怎样》，曾言我们对黑暗势力战斗，要用倔强的精神。由于此剧中看到脚夫争报酬必要两元，客人说东西不多，脚夫说也要两元，客人说道路不远，脚夫说也要两元，客人说我不雇你了，脚夫说我还是要两元，他这种精神是可采取的。由这而推想到娜拉走后妇女的经济权。如有人对你们说这个太卑鄙了，你也说要经济权。如说不要你们操心，你们要说也要经济权。如说是将来社会要改变，你们说还是要经济权。由此看出鲁迅先生对于黑暗社会，始终如一而不屈服的态度。

鲁迅先生在这民族危急时而死了，我们感到整个民族生存的前途，是非常的艰难。鲁迅先生的死，是为工作而死，是为着整个民族生存而牺牲。我们并非某人死后，照例称赞几句，只要把他的作品翻开，他的斗争历史事实是可以为证的。

当高尔基病时，鲁迅亦病，高尔基病重，鲁迅亦病重，这两个人都是为工作的过累所积。鲁迅先生近一向在重病时，还要提笔写文章，不能提笔时还要口述让人记。他是始终不肯与现实问题割断的，于垂危时还迫切地关心时局及文化救亡诸问题，时刻不曾将整个民族生存的问题放下，故最后一血一汗都用在文学，文化思想，整个民族的生存上。他看到外势的日迫，不肯离开上海去养病，仍继续的工作。所以他的死，可说是迫切危急的局面造成，是不愿中华民族做亡国奴而牺牲的。每个不愿做亡国奴的人，听见鲁迅先生的死，同时感到局面的加紧，黑暗的一页，不知何时才消灭，这是我们每个人，整个民族最痛苦的！

原载一九三六年十一月《潇湘涟漪》（月刊）（长沙）第二卷第八期

学习鲁迅先生的精神

何家槐

鲁迅先生的逝世，和高尔基的死同样，是世界文化界的损失，当然在我们中国尤其在目前的中国，鲁迅先生的逝世更使我们感到切肤的悲痛。

在哀悼鲁迅先生的时候，我们千万不要忘记，先生的所以伟大，是因为他富有艰苦不较的，锲而不舍的奋斗精神。他一生的努力，都集中在和恶势力的斗争上面。他最憎恨虚伪的，投机取巧的卑劣行为。凡是有这种病菌寄附着的地方，不论是大小集团，不论是新旧阵营，也不论是男女老幼，他都毫不容情的加以打击。

对于新阵营中的社会主义者——尤其是文化界的市侩，他的厌恶，看起来要比对于日势力的反感还要彻骨。在国外，有所谓空谈革命家（Parlor revolutionists）的这一种人，专门用口头上或者笔头上的过激主义，挂羊头卖狗肉的人物在中国的各种地方，也如病菌似的不但存在着，而且蔓延着。鲁迅先生就是最肯与这种病菌斗争的一位战士，也是最成功的一个胜利者。

现在是时局日非，国难日亟的时候，为着充实和壮健我们的救亡运动，巩固我们的爱国阵线，同时也为着更有力地促进我们的新文化和新文艺，我们每一个人都该学习，保持，而且扩大鲁迅先生的精神。

（信未制版）

附注：这是鲁迅先生今年夏天写给我的一封信（信见插图）。我请他加入文艺家协会的筹备委员会，负起领导这一文艺团体的责任，而且带便告诉我们自己对于统一战线的了解与意见。鲁先生赞成（此处字迹完全没有印上），但不肯加入筹备委员会。他所指的关于另一文艺团体的事，鲁迅先生当时有点误会，但这封短信，可以帮助我们了解鲁先生近来的态度，言论，却是可以断言的。因此借《光明》将它制版出来，想来不是没有意义的，至于鲁先生的签名，不知在什么时候撕破失去了，恐怕读者有所误会，特此声明。

噩 耗

王统照

　　相差四个月整，高尔基逝世之后鲁迅先生突然也与世长辞（高尔基死于六月十八日，鲁迅先生是十月十九日早去世）。这消息太使人惊讶了！因为在夏间他的病曾经有过很危险的时期，竟能安然度过这些日子并无转剧的传闻，而且在一星期前我曾与他在北四川路匆匆相遇，谈过几句话，面容只是黄瘦，不象病人，语音还是那样清劲，想不到才隔几日便在今天清晨"撒手人间"！

　　谁听到这个噩耗不惊讶、叹悼，这并不只限于文艺界的同人。

　　鲁迅先生于今可谓"盖棺论定"了。关于他的思想、学问、文学上的造就，将来自有许多人作详尽的叙述，现在只就个人所感略写数语。

　　鲁迅先生是战士，是不服气的健者，是思深而行坚的人物，是不避艰困的播种者。综其一生，即除却文艺的成就不论，已令人叹服其个性之强，眼光之锐，见事用思之"鞭辟入里"。如果他不从事于文艺的活动，作别种事业，我相信他也能独辟蹊径，有与一般人不同之处。

　　平审、模棱、将就、对付，是中国人对一切的态度，无所可又无所不可，过了今日等明日，由种种因袭的传统观念养成这个民族的老态。放一把野火，断一团乱丝，是就是，非就非，爱即真爱憎即真憎，爽快锐利，不在两可之间浮游，不在是否中敷衍，试问我们这民族到现在还有这份精神否？鲁迅先生早已以善于动火气著名于文艺界中，也许会有人抓住这一点批评。但他依我想，这正是鲁迅先生的特长。如果在世界上都能对付得四平八稳，无所可否，永远是"不偏之谓中，不易之谓庸"的态度，只不过会圆滑而已，以言促成人群的进步求有朝气，绝不是这般中庸主义者可能为力的。

　　不顾虑，不打算盘，如何见便如何说，这不是一个确能认真，有刚气的人办不到。鲁迅先生的为人，写文字，以及他的精神都可用这极通俗的几句话作代表。

处于多少年来麻木，瘫痪，会计算，讲对付的中国民族的今日，社会与个人都需要这样健强不息的精神作治病的峻利之剂，而鲁迅先生便是一个最能投以猛剂的好医生。

　　但我们的病菌还在蔓延着，而有能力有见识的好医生先自去了！只就这一点上想使我们发生如何的感叹！

　　何况困难至此，风雨日急，在思想界中正自需要有健者作廓清的提示，使我们这遭际很难的民族更添上要挣扎，要奋斗的生力，谁说鲁迅先生不是一个这样的领导者？

　　然而恰在此时鲁迅先生病故的噩耗已传遍了全中国与世界！

　　这岂止是中国文艺界的重大损失，怀念着这多难的国家，麻木的民族，使一个有心人听到这个噩耗能不发生"四顾苍茫"之感！

十月十九日夜半。

在大的悲哀里

夏　衍

　　在中国民族的解放战阵里面，一面有光辉的大旗被吹倒了！这是一种无可补偿的损失，这是中国和世界被压迫大众的极大的悲哀。在这巨人的灵前默祷的时候，我们应该以他的愤怒为愤怒，以他的憎恶为憎恶，以他的决心为决心，继续他的遗志，完成中国民族的自由和解放。

《光明》（上海，1936）

战士的葬仪

白　尘

还没到送殡的时候，万国殡仪馆的门已经要胀破了。人像决了口子的水，只顾往里冲。进来的就不再出去。草地上挤满了人，甬道上挤满了人，门外马路上更挤满了人——人们一边排好队等候送殡，一边练习着挽歌："哀悼鲁迅先生……"声音颤动着。

刚来的还朝里拥。焦急地，但沉默地翘起头，慨不能一步跳到鲁迅先生的灵前。签名处被压到人缝里去了，替人缠黑纱的职员，被人拥来拥去，抓住一把黑纱在空着急。摄影机在人头上跑，治丧处的职员埋着头在人缝里钻。总指挥的嗓子嘶哑了，还在指挥人们排队。只有三个印度巡捕，骑着高头骏马，很悠闲地逡巡着。

草地上尽是人头，挽联都挨挤得紧抱住树枝。忽然，一阵巴掌响，礼堂台阶上出现了一个人。

什么声音都停止了。只听得台阶上叫："……诸位！现在需要扛挽联的一百六十人！扛花圈的一百人！愿意替鲁迅先生扛挽联的，请站在草地的左边！愿意替鲁迅先生背花圈的，请站在右边！其余的，请到门外去自动排成行，四个一排……"

人头纷纷涌动着，挽联在人头上竖起。中间，一幅巨大的白布遗像，巨人似的，用他坚毅不屈的眼睛，看着人群。花圈队已经静静地从他面前通过，挽联也开始移动，但还有几幅挽联东歪西斜地倒在矮树丛里。

"诸位！这儿还有几幅挽联啦……"

马上来了几个人，但翻开下款，就看到——

"鲁迅先生要汉奸来哀挽么……呸！"

丢了换联跑开了。

挽联的行列长蛇一样地出了门。草地的一角上，风吹着那几幅无人理睬的挽联。

葬仪的行列在马路上悲沉地行进着。挽歌，从行列的前端直通到末尾，众人的声音在半空中战栗着：

"哀悼鲁迅先生……"一万个青年的心在歌声里紧抱着。行列缓缓地移动。前头是全国救亡战士所献的绸旗，上面写着"民族魂"，在托抗着逆风前进。挽联都悲哀地低垂了头，花圈上的花朵也苦痛地战抖着，唱挽歌的喉咙在颤动着。巨人似的遗像在半空里沉默地俯视着人群，好像在说："忘记我，管自己的生活！"

灵车后面紧跟着忘不了自己生活但更忘不了他的人！工人，学生，作家……都是救亡阵线上的战士。大家肩挨着肩，心连着心，他们是永远跟着鲁迅先生走的。

许多外国作家、记者，也跟随着。一个"友邦"人士，还在前面掌着大旗。

挽歌从前头直响到末尾："哀悼鲁迅先生……"

行列转进虹桥路，看见了同文书院，本来是《打回老家去》的谱子的《挽歌》，有人或有意或无意地唱错了："打回老家去啊……"

大家忽然疯狂地跟着唱："打回老家去啊……"

路旁出现了中国巡警，也出现了同文书院的学生。马上，纪念鲁迅先生的宣传纸放到他们手里了。

远远地，像在一个什么山顶上叫着："鲁迅精神不死！"

地上，千万人在咆哮："鲁迅精神不死！"

"中华民族万岁！"——"中华民族万岁！"

"打倒日本帝国主义！"——"打倒日本帝国主义！"

那个掌着大旗的日本朋友向大家微笑着，像是抱歉，像是痛苦，也像是快乐。

"鲁迅先生精神不死！"

万国公墓的市道被潮涌的群众压得似乎要下沉了，一万个嘶哑的喉咙都沉默了——葬礼开始了。

太阳沉没了。甬道上浓密的树荫里散播着灰暗的阴影。主席台上的声音给晚风吹得飘向天空。大家踮起脚，竖起耳朵，只想捕捉一起断残的句子。被挤到圈外的人，攀在两边的石碑上。只有一些巡警，退在人们背后，悠闲地抱住膀子。

嘶哑的喉咙恢复了，直着颈项，附和着演说者的叫喊：

"打倒汉奸！"

"鲁迅先生精神不死！"

217

"打倒日本帝国主义！"

一个巡警伸长了脖子看着，听着，不晓得怎么一下子也叫起来了："打倒……"

旁边另一个巡警用膀肘子向他一捅，他才闭住了嘴。

一个外国人开始讲演了，拳头捏得那么紧，那么高，像要打死什么东西。

大家对他喊："拥护日本劳苦大众！"

谁都忘了疲倦，也忘了饥饿。伸长了脖子，只顾在听，在叫喊。

天黑下来了。

"唱《安息歌》！"

"愿……你……安……息，……安……息……"

千万个喉咙战栗着，千万个声音哽咽着："愿……你……安……息……在……土……地……里……"

歌声不像从人嘴里吐出去的；是那么轻飘，那么低微，风一吹，就会吹断了似的。

夜降临了，黑暗紧压在头顶上，谁都没有走开，都跟在灵柩后面轻轻地唱着："愿……你……安……息……"

人，都变成了影子，在灰幕里蠕动。司仪的报告像是空谷里的回声，在夜空里游荡。人心都石头似的那么沉重，被压迫得都想喊叫一声。但谁也叫喊不出。

人群成了灰团，被黑暗紧紧箍围在一起。每个人的心都同别人互相拥抱着。

鲁迅先生安息了。歌声腾在半空里，像一只无形的鹏鸟在云间歌唱，是那么幽远，但又是那么深刺着人的心！

"安……息在土……地里……"

哀歌停止了，什么也停止了，大地似乎在叹息。

"吁……"

天空里阴沉得什么也看不见似的——天也静默了。

有人哭了。

谁都在心里哭了。

大地快要炸裂似的在颤动。

墨墨的人圈以外有轻微的骚动，一个巡警跑过去对他的同伴招呼着：

"集合！巡官的命令！全体到同文书院门口去集合！快点！"

一群黑衣白裤子的人影掠过了。

哭声渐渐离开鲁迅先生的墓地。

半空里还像在叫喊着：

"鲁迅先生精神不死！"

原载一九三六年十一月十五日《作家》（月刊）（上海）第二卷第二期

忆鲁迅先生（节选）

以　群

鲁迅先生一生精力都消耗在为民族，为大众的解放斗争中。他永远站在斗争的最前线，警醒青年们，领导青年们，向那最后的胜利的目标猛进。他揭破了一切敌人的烟幕，剥落了一切敌人的面具，动摇了一切敌人的堡垒，突破重重的阴谋、险诈、艰难、困阻，为着我们开辟了一条宽广的大路，使我们清清楚楚地看得到那即将到来的光明世界的形貌。

鲁迅先生不曾有过一丝的倦怠，不曾有过一天的休息，他战斗着，战斗着，坚决英勇地战斗着，直到停止了最后的一口呼吸！

鲁迅先生是死了！然而我们却还活着。鲁迅先生的精神，鲁迅先生的意志，不容许我们哀伤，不容许我们丧志，我们只有在鲁迅先生指示给我们的大路上更坚决，更勇敢地前进，才对得起为民族为大众战斗到死的鲁迅先生！

一九三六，一〇，二五夜。

原载一九三六年十一月五日《中流》（半月刊）（上海）第一卷第五期

闻鲁迅先生死耗

吴组缃

二十日早上十点钟左右，我到书店里买了一本新出的《小说家》回来，走到门口，一位朋友傻傻地站在那里，眼睛望着他手里的呢帽在出神。我照常很高兴的和他点头，打招呼。可是他回答我的含笑的却是一张板凝的苍白脸，两颗湿漉漉的凄惶痛苦的眼珠。

"鲁迅死了哇！……"

他嗫嚅了一回，终于从他颤动的嘴唇里响出这样一句话。他的声音拖长着，发着抖，粗涩而且沉重。

"是谁说的？"

我大声嚷着，心里给压上一块石板，给塞了一团棉絮。我透不过气来。我不等他回答，下意识地奔到屋子里，要找报纸看。房里几位朋友正在围着桌子看报，一团沉寂结凝的空气笼罩着。我把这可怕的恶耗问他们，他们都不作声，只默默地瞪着眼睛对我望了一下。我挤到报纸面前，在一位朋友手指指着的地方，几个果不其然的黑体大字在那里浮动着。我的眼前立刻模糊了起来。……

这一连几日，我心里所感受的苦痛继续增长着。——那不是哀伤，而是压迫，是象在黯夜中一盏灯火突然熄灭，留下无边的一团漆黑，凝成固体，紧紧阻塞着我的眼前与胸口的那种窒息的压迫。我心里闷的发慌。我什么事也做不得；只每天读着各种报纸上关于丧事的记载。明知那些记载都未见得翔实，但我还是要细心地读着：每一次都在我心里翻捣起一阵阵滚热的潮浪，使我无法抑制，无法宁静得下来。

我和鲁迅先生没有见过一次面，也没有通过一次信，私人方面是半点关系都不曾有过。但是我读他的书。他教导我，鼓励我，把强烈的正义感传授给我。他把一切乔装了的喝人血吃人肉的魔鬼们狰狞丑恶血淋腥臭的嘴脸剥露出来，叫我们认识；他把我们祖上遗留下来的卑怯愚昧种种的奴隶相——指说出来，叫我们认识。他永远站在被凌辱被损害的这一边，永远与强暴者搏斗。他教我们奋振起来，一同抗战。他原谅我们的幼稚，叫我们不要顾忌自己的缺点。（我从一位朋友跟前听到他告诉的这句话，我得到极大的鼓舞。)我的一点聪明，智慧，（假如有的话）一点做人的态度，（假如对的话）要是仔细推溯，大半都是他启发扶助起来的。我时时刻刻都觉得在他跟前，他的呼吸我感觉得到，他的脉的跳动，血的沸热我感觉得到。他的愤怒的眼睛我看得见，他的慈爱的脸庞我看得见。一个新鲜活跳的人是无时无刻不在我的眼前。

现在的世界是处在什么样的一个时代？我们是生在怎样的一个社会里，国度中？两方不能相容不可妥协的阵垒已经在尖锐的对峙中。一切被压迫者都已或将醒起抗战，搏斗。我们需要他！我们少不了他！早前几个月，我听到他重病的消息。我们几个朋友在一处谈心，我说他不比高尔基先生之于苏联以及苏联的大众与青年。我们的社会与民族是正在艰苦急迫的情境中，我们的大众与青年正需要从他跟前得到教导与勇气。——象在暗夜中，我们需要灯火。我们都异口同声的说："他死不得！万万死不得！"

然而如今竟突然传来这样的噩耗！

我第一次经验到死耗所给与的最大的痛楚。

鲁迅先生死了。他留下什么给我们？关于文化上的勋绩，文学上的成就，自有历史与批评家去作周详公正的定论。我觉得我们此刻所当不忘的是他的认真与严肃的生活态度，强顽与韧性的战斗精神。他认识中医的庸昧骗人，一到日本就丢了矿路而学新的医学！及至偶而看了一次日俄战争的影片，发现那些体格强壮的同胞，却显出那样麻木的精神，于是他认为学医并不急切，又丢了医学而从事于文艺。在他每次的论战中，他不放松对方一步，紧紧的抓住要害，毫不宽容的予以击打。一切正人君子的伪善面具，一切恶势力的乔装嘴脸，他都一一给以剥露，咬牙切齿与之厮杀，直到血污狼藉，还他丑恶的原形。他日常但有所见所感，都不肯把他放过，——抓住，死死的记牢，告诉给大家。他教人记着仇恨，以牙还牙，以眼还眼，定要报复，直到他快死还叮嘱着大众对敌人不要宽恕。在他一九二八年顷转变的时候，他看到"围剿"他的人之空虚与幼稚，于是努力译书，从事理论的探求。二十余年来，他是不断的向前迈进着，不但不显得衰老，反而越来越发年轻。他一直抗战到底，不畏惧，不退缩，不妥协。到死前几天还是忘记了他的病殆而急急的苦干着。——我这说的都乱杂无章，我找不出头绪。总之，这种严肃认真的生活态度，强顽有韧性的战斗精神，正是我们的民族，我们大众与青年所常常缺少而切需具有的。

鲁迅先生是一切被压迫者的代言人，真理与正义的战士。他给我们大众与青年留下一个永远不朽的典范。

对于鲁迅先生的死，一味的悲痛，如今不是时候；仅作空洞的纪念，也不能了事。我们目前所当奋发的是一方面继承他的精神，更勇敢更切实的为真理与正义而抗战，直到我们自己死去为止，一方面必须设法使他的著作与人格广大地广播，将他的精神与智慧传授给世界上每一个被限迫者。大家携手，以他的精神抗战到底。为自己求取生存，为人类世界求取光明。我们将见一切强暴者在我们面前发抖，倒毙。——这日子是不远的！

原载一九三六年十一月五日《中流》（半月刊）（上海）第一卷第五期

悼鲁迅先生

杨西濛

鲁迅先生死了！

从报上看到这消息时，我哭了，我掉下了眼泪！

为了一个与我从不曾见过面的人底死，沉痛悲伤而掉下眼泪。在我这是第二次了。第一次是为了郭清底死，郭清这名字，在我们中国青年的记忆里，大概还活着的。他是一个十八岁的中学生，为了努力于救国运动，被北平官厅抓了去，活活的打死了的。当我从报上看到他在将断气的时候，呻吟着：“我是中国人，我要救中国。”忍不住掉下了眼泪。

为了中国的自由解放，我们的青年战士，受了残酷的待遇，流了他最后一点血！我哭，是悲伤，是哀悼，是愤怒，也是决绝！

这一次，我得到了鲁迅先生的死耗，我又哭了，我的心又受了一次悲伤与愤怒的袭击！

鲁迅先生不是青年，但他是一个比我们青年更勇气满身精神抖擞更努力的战士。为了中国的自由解放，为了中国大众的自由解放，他与恶势力奋斗，始终不懈。他一生数十年的奋斗生涯，坚苦卓绝，正如狂风骇浪中的一条船，他驾驶着这条船，狂风骇浪，不住地向他袭击，但这勇敢的船夫，凭着坚定的意志，不疲倦的精神，再接再厉的努力，向着阻碍、压迫、鞭挞、毁灭驶去，明明知道横在他前面的是一条风波险恶，艰苦万分的路，但为人类的自由平等，他决然地走上了这条路！不想回头，在狭隘不自由的港湾里躲避着风浪，喝苦茶。

就是这样不避艰险争自由光明的斗争精神，使我深深地敬仰着鲁迅先生，也使我深深地爱着鲁迅先生，他把捉住了我的心，也把捉住了一切争自由争光明的中国青年和劳苦大众的心！

他是向着光明追求的海燕！他是向着风暴搏斗的山鹰！

现在，海燕是逝去了！山鹰是逝去了！但他英勇的姿态和精神，已经深深地影响了我们中国的青年大众，深深地种植在我们青年大众的心里！

在黑暗的海面上聚敛着乌云，狂风发疯地在世界上飞旋，凶恶顽劣的涅卜东趁着这发疯的狂风扫荡着世界，掀起了山岳般的大浪，向破碎支离的海岸猛烈地袭击着。一切都在飞旋，一切都在震荡，一切都在狂鸣怒吼。雷光在黑暗中乌云里不断地飞舞，雷鸣冲撞着海号风吼！

对着这风暴，我们青年，我们劳苦大众，我们不愿做亡国奴的中国人，一定会奋发着象鲁迅先生一样的斗争精神，踏上鲁迅先生走过的艰险的路前进！

鲁迅先生的遗体死后就移置在万国殡仪馆，并规定了时间，任人瞻仰。我因职务上的关系，连这最后一面的机会也错失了，举殡的那日，我又为职务绊住不能去参加。当时自动参加执绋送殡的青年学生和男女工人，人数达一万余人之多。群众在鲁迅先生的坟前，向鲁迅先生致最后敬礼的时候，举着手郑重宣言：“我们决定继承鲁迅先生的遗志，与世界上一切恶势力奋斗，不妥协，不投降，以使妖魔灭迹，和平自由出现于人间！”

我没有参加送殡，但在我心底，也作着这样宣言，我也相信，全中国，全世界一切争自由争光明的青年大众，在他们的心底都会作着这样的宣言，并且，勇敢地坚毅地做去！

鲁迅先生说过：“血债是要拿血来还的！”

是的，鲁迅先生，血债是要血来还的。

看着吧，鲁迅先生！

一九三六年十月二十五日在上海。载《无锡人报》

从打叭儿狗到反 ×

——悼鲁迅先生

张子斋

一提到"鲁迅"二字,我们就联想到他打叭儿狗的精神。

在中国,自"五四"以至现在,打狗的人,也的确不少,但大都是才一打去,就又住手,甚至和它摇头摆尾,一道儿去了。

鲁迅先生就不然:他反对市侩们的"中庸之道",反对妥协主义,主张凡是叭儿狗,都非打不可。即使"失足落水",也应该"又从而打之",换句话说,要打得彻底。我们抄一点他自己的文章看看吧——

> ……狗是能浮水的,一定仍要爬到岸上,倘不注意,它先就耸身一摇,将水点洒得人们一身一脸,于是夹着尾巴逃走了。但后来性情还是如此。老实人将它的落水认作受洗,以为必已忏悔,不再出而咬人,实在是大错而特错的事。

> 总之,倘是咬人之狗,我觉得都在可打之列,无论它在岸上或在水中。

> ……它却虽然是狗,又很象猫,折中,公允,调和,平正之状可掬,悠悠摆出别个无不偏激,惟独自己得了"中庸之道"似的脸来……

后面这几句,活画出中国许多文人、学者、教授的脸谱来,这脸谱是每个中国人所最熟识的,却不经意,因而往往受骗,被咬,后来察觉,已经"悔无及矣"了!

所以,鲁迅先生彻底的主张——

> ……应该先行打它落水,又从而打之;如果它自坠入水,其实也不妨又从而打之……

这种主张，在中国自然有人会认为过激，无人道，要摇头反对的。那末，就来看看下面所举的活例——

……革命党也一派新气，——绅士们先前所深恶痛绝的新气，"文明"得可以，说是"咸与维新"了，我们是不打落水狗的，听凭它们爬上来罢。于是它们爬上来了，伏到民国二年下半年，二次革命的时候，就突出来帮着袁世凯咬死了许多革命人，中国又一天一天沉入黑暗里，……这就因为先烈的好心，对于鬼蜮的慈悲，使它们繁殖起来，而此后的明白青年，为反抗黑暗计，也就要花费更多更多的气力和生命。

事实昭示我们：不但袁世凯事件，即以后，类似这样的例子，简直不胜枚举，青年们所花费的气力和生命，也已经多到不能统计了。那怎么办呢？在当时，鲁迅先生就坚决地，沉痛地写着——

……我敢断言，反改革者对于改革者的毒害，向来就并未放松过。手段的厉害也已经无以复加了。只有改革者却还在睡梦里，总是吃亏，因而中国也总是没有改革，自此以后，是应该改换些态度和方法的。(《论"费厄泼赖"应该缓行》)

他所说的态度和方法，究竟是什么呢？前面已经说过了。凡是咬人的狗，都在该打之列，即使落水，也应该"又从而打之"，总之，要不妥协，不中庸，打得彻底！

这就是鲁迅先生的一贯的精神：他后来的一切的言论和主张，都以这种精神为基础，从那上面发展开去。我们从"人世上如果还有真要活下去的人们，就先该敢说，敢做，敢哭，敢怒，敢骂，敢打，在这可诅咒的地方击退可诅咒的时代"(《华盖集》)的话看来，可以看到他打叭儿狗精神的发展的痕迹。这种痕迹，通过他的全部作品，而明显地凸出。就是后来的反对"第三种人"，反对读《庄子》《文选》，以至反对《世界文库》的翻印《金瓶梅》等书，都是从原有的那种精神出发的。

就因为具有这种不妥协，不投降，十分彻底的精神，所以，他的许多战友，"有的高升，有的退隐，有的前进，我又经历了一回同一战阵中的伙伴不久还是会这么变化。"(《〈自选集〉序言》)而他却是执着匕首，在这广漠的世界上，独来独往，一贯的做着人类的战士，不管别人的讥嘲和毒骂，压制和诬陷。

225

然而，倘鲁迅先生的这种精神，只局限于打国内的叭儿狗上，那也并不伟大——不，他这种精神，还用到更伟大的神圣事业上；有着更高的意义和价值的。

自"九·一八"以后，敌人的侵略，一天天加紧，中国民族的危机，也一天天深入，横在我们面前，而追着解答的是怎样生存的问题。和鲁迅先生同时代的人如林语堂之流，抱着嬉皮笑脸的态度，对这问题，根本不理睬，胡适博士呢，却主张"以土事敌"，主张"等待五十年"，还有许多学者都是"折中，公允，调和，平正"之状可掬，悠悠然摆出别个无不偏激，惟独自己得了"中庸之道"似的脸来！

只有鲁迅先生却自始至终反对"拖欠血债"，反对羊一样的死法，这就在他过去的文章里，也可以看到——

血债必须用同物偿还。拖欠得愈久。就要付更大的利息。（《华盖集续编》八八页）

君子若曰："翻羊总是羊，不成了一长串顺从地走，还有什么别的法子呢？君不见夫猪乎？拖延着，逃着，喊着，奔突着，终于也还是被捉到非去不可的地方去，那些暴动，不过是空费力气而已矣。"

这是说：虽死也应该如羊，彼此省力。

这计划当然是很妥贴，大可佩服的。然而，君不见夫野猪乎？它以两个牙，使老猎人也不免于退避。这矛，只要猪脱出了牧豕奴所遗的猪圈，走入山野，不久就会长出来。（前书三八页）

这些虽是旧话，而且所谈的是另一件事，但是，对于目前的救亡图存问题上，还是给我们以很深的启示的：现在，四万万五千万人，正是不应当做羊，而应当做野猪各自利牙齿，来对付"老猎人"，来以我们自己的血，讨清这几年来拖欠的血债了。

从原有的不妥协，不投降的彻底的精神出发，鲁迅先生自"九·一八"以后在许多文章里，强调了反帝的情绪和意识，换句话说，发挥他打叭儿狗的精神，来抵抗我们民族的"老猎人"。近来，随着救亡呼声的高涨，他更其坚决提出——

随着帝国主义者加紧的进攻，汉奸政权加速的出卖民族，出卖国土，民族危机的深重，中华民族中大多数不愿做奴隶的人们，已经醒觉的奋起，挥着万众的铁拳，来摧毁敌人所给予我们这半殖民地的锁枷。（《和救亡

情报记者的谈话》)

又在另一篇文章里写着——

    ……现在中国最大的问题，人人所共同的问题，是民族生存的问题。所以一切生活（包括吃饭睡觉）都与这问题相关，例如吃饭可以和恋爱不相干，但前中国人的吃饭和恋爱却都和日本侵略者多少有些关系，这是看一看满洲和华北的情形就可以明白的。而中国的唯一出路，是全国一致对日的民族革命斗争（"病中答访问者"）。

所以，鲁迅先生不仅是国内的打叭儿狗的健将，还是抗 X 阵线里的最勇敢，最坚决的战士。

从打叭儿狗到反帝，包括了鲁迅先生发展的论理底的全部过程，至少，也是他在我们地图上所建筑的山岭上的最奇突，最主要两大山脉。

我们追悼他，就应当继承着他的山脉，用我们的力量，来完成他留下的工作——特别是抗日救亡的工作。

一九三六年十月二十一日
载《云南日报》

十月的殡仪

魏　护

是一九三六年十月二十二日，是民族革命的伟大斗士鲁迅先生殡仪的那天。下午一时，我和几个同伴到胶州路去，参加这伟大的殡仪，刚到赫德路，我已看到一小队一小队的行列，也用不到问上万国殡仪馆去是怎样的走，只要随着了前面的行列。

虽然有那么多的人在走着，然而一点不嘈杂，每个人都是默默的，在关念着这全世界人类最大的损失。

到胶州路口，这里的空气显然的异样着。白种巡捕骑了高大的马在巡游，我们同种都站立两旁，注视着每个弯入这路的人，好象每个人都带有危险性似的，不肯放松。

"好多啊！"将近殡仪馆时，我们远远看到聚着许多人，学生，妇女，工人，店员，异口同声的叫起来。

"呔！打回老家去！"

我的同伴听到了前面送来的悲壮的歌声，兴奋的喊起来。然而再走前些，却听到了：

他——反抗帝国主义！
他——反抗黑暗势力！

这才使我知道在唱哀悼歌。

万国殡仪馆前，早已给群众挤满了，虽然挤到几乎喘不过气来，但是群众很耐心的站立着，跟着歌咏指挥学习唱哀悼歌。

他是我们民族灵魂，
他是新时代的号声，
唤起大众来争生存！

这样一句一句的学习着。这一批会了，再换那一批，直到丧仪出发。

鲁迅先生殡仪的大旗，由二个前进的青年作家掮出了。纠察立刻发出整队的命令。不到几分钟，六千多个送殡的，五个人一排，手挽手的，列成了牢不可破长蛇般的队伍，在悲壮的哀歌中出发。

经过胶州路，极司菲而路，地丰路，折入大西路，沿路散发"鲁迅先生事略"，"纪念鲁迅先生要继续鲁迅先生救亡主张"，"哀悼歌"，"挽歌"，及全国学生会"哭鲁迅先生"等传单。并高喊口号："继续鲁迅先生遗志，打倒帝国主义。"

这时候正是学生，店员、工人放学，散工或落班的时候。在一般的民众爱国之下，院们得到了广大的同情。成千成百的群众都加入送葬的队伍中，将近虹桥路时，灵柩后面，半路上的群众已超过先前在胶州路出发时一倍以上，队伍足足有二里多长！

队伍继续前进，几万张的嘴，唱出了悲壮的救亡歌曲：

打回老家去！打回老家去！

他杀死我们同胞！他强占我们土地！

东北同胞快起来！华北同胞快起来！

我们不愿做亡国奴隶！

把我们的血肉筑成我们新的长城！

中华民族到了最危险的时候，

每个人被迫着发出最后的吼声！

起来！起来！起来！

我们万众一心，

冒着敌人的炮火，

前进！前进！前进进！

在悲壮的歌声中，大队的警察、包探，又来保护我们了，然而群众并不因此停止，还是高喊着："继续鲁迅先生遗志打倒帝国主义！"

"打倒汉奸！"

"打倒卖国贼！"

悼鲁迅先生

杲　汎

刚刚熄灭了两颗星，

在这动乱的黑夜里，

每一个挣扎着的创痛的心中

还留着千古难泯的哀戚——

弱小民族的战士啊！现在你

竟又随着巴比塞，

高尔基

停止了最后的斗争的脉息了。巴比塞死了——

法兰西正燃着光明的火炬；

高尔基死了——

露西亚早看不见沙皇的暴迹。

然而你啊，鲁迅，

我们唯一的希望的星，

你熄灭了你的亮光的时候，

我们的面前正扑来侵略者的血手。

我们没有了东北和长城，

我们没有了自由，

在自己的国土上：

我们也不能够挣扎，反抗。

暴虐教训了我们：

我们有残酷的敌人，

也有残酷的沙皇。

"一二·九" "一二·一六" "二·九"

……和五周年的"九·一八"

光荣的血花开在耻辱的刺刀尖上。

我们比不上"帝俄时代"，

那时只有尼古拉的暴迹，

我们比不上安南和印度，

那里只有帝国主义者的铁蹄，

但是我们不愿意做奴隶，

痛苦驱策着我们，

饥饿催促着我们，

自由引诱着我们，

虽然颈上压着两重枷锁，

我们展开了这伟大的斗争。

然而啊，当我们的面前扑来了侵略者的血争

正是你熄灭了你的亮光的时候。

我们唯一的希望的星啊，鲁迅，

这一群就此失掉了你的光明的导引。

你会不能闭上遗憾的眼，

不能安安静静的长眠。

但是，放下这一切吧！

荆菌噬坏了你的身躯，

时代磨尽了你的生命，

可是，伟大的战士啊，鲁迅，

你虽然收敛了你的眼瞳的微光，

遗留下来的"路标"却象征着你永恒的寿命。

闭上你遗憾的眼睛吧！

安安静静的长眠吧！

沿着你遗留下来的"路标"

有一天，在地球上——

用血花换到我们底黎明！

一九三六，十，十九晚见死耗后作。

载上海《大晚报》

巴黎侨胞同声追悼伟大民族作家

——抗联会召集鲁迅先生追悼大会

本埠讯：本月初巴黎各界华侨应全欧华侨抗日联合会之提议，共同发起组织追悼鲁迅先生大会，于本月十五日在巴黎大学门前左手二号国际中心大厅举行追悼。到者有各团体代表及我国旅巴各方闻人，会场内满挂各机关及各个人所送之挽联，并陈列花多起。开会时：

由吴康教授主席，静默致哀后，吴教授即首先演讲，略谓纪念鲁迅先生有二意义：我人以海外华侨抗日救国集团举行追悼，而鲁迅先生一生在文学生活上的奋斗，都是要改革社会复兴民族，这是第一意义。先生的作品精神表现于民族解放斗争，表现于反帝国主义侵略斗争。这是第二意义。先生的文艺思想有四点可以特别提说，第一就是求自由的精神，譬如他在《野草》的第二篇《影的告别》里面说，"凡他所不乐意的地方不管是天堂地狱或将来的黄金的世界里，都不愿意去。"这就是表明他生命中要求的是极端的自由。其次是求进步的精神，不满意于现状而力求改革变更。鲁迅文艺思想的结晶似乎全朝着这方面走。他的名著《呐喊》表示始终大声疾呼而奋斗，《彷徨》则表示永远不安于现状而彷徨。说到鲁迅先生的文章，正与其弟作人先生相反。作人文章有含蓄从而常流于琐碎，鲁迅文章则雄浑老练而常流于直率。鲁迅先生在二十年来初期新文学运动中，确是第一流作家。鲁迅先生之死，的确是现代文艺界思想界一宗莫大的损失。中国目前国难深重中失了一个青年及民众的伟大的导师。我们在哀悼鲁迅先生的沉痛严肃的空气中，觉得今后应该继续担起向前奋斗求进的无穷责任。

次由旅法中国画家陈士文先生报告鲁迅关于艺术的作品，谓鲁迅不仅是一位大文学家，也是一能书能画的人。他曾作过一张托尔斯泰像，系一张小铅笔画，很明显的表现了托氏的高超人格和伟大的气概，虽专门画家，恐亦不能及之。鲁迅译卢那却尔斯基的《艺术论》曾自为其书作封面，在色调及线条的调和上，均极画之能事。鲁迅在艺术批评上亦多独到处，他极主张创作精神而痛斥模仿。在版画方面，鲁迅首先在中国提倡，上年已有全国木刻展览会之举行，现在国人皆知版画（即木刻）之价值，实鲁迅介绍之力。鲁迅在其遗嘱中曾说愿其子将来不要作空头的文学家而自欺欺人，不如作点小事以服务社会。这话很明白地表现了他了解文艺，重视文艺的精神。鲁迅虽死，他的精神永远领导着我们。

方振武将军致词谓鲁迅不只是中国文学家，他实在是反现社会的世界革命文人之一。他全部作品的意义，就在求解放。今日纪念鲁迅，我人应特想到近日日本对我之无理要求即：（一）消灭反日精神，（二）北方独立，（三）共同"剿共"。现在我人追悼鲁迅，就应极力充实我们的联合战线，反抗日寇的一切无理要求以推进抗日战争云。

中国画家王子云先生发言，先申述艺术与民族的关系，次述及鲁迅先生极其同情弱者尤其是那被统治阶级压迫剥削的无产者。纪念鲁迅，不能忘记这一点。

陈铭枢将军演说谓鲁迅为中国文坛上首屈一指的先进左翼作家，自五四运动以来，他便站在新时代的前面，领导着中国青年及民众。人以为他是共党，其实他与高尔基一样，都不是共党。今年正月我们正在香港预备出国，接到海外左翼作家们致鲁迅的信，请他出洋休养，当时便托人将信转交给他，并请他与我们同行。鲁迅先生立即回复说不出国，因为一、不愿向反动者示弱，二、正在预备一种著作，须在上海找材料。他并对我们的好意表示感谢。由此可知鲁迅先生人格之伟大。现在国内青年界扩充发展着"五四"精神，进行驱逐日帝国主义势力出中国，解放民族，改造国家。那么先生虽死，亦以含笑九泉了。

昆先生演说谓鲁迅先生一生都是站在现世界人民所努力的事业前面而努力。彼素来就同情于劳苦大众，同情于民族运动。今日的中国须要民主政治，今日的世界分为战争与和平二阵营。鲁迅先生是主张民主政治的，所以他是站在和平这一边的。鲁迅先生主张抗日统一战线，我们今日追悼他，就应努力促成联合战线。只有真正联合，只有扩大联合阵线，才是真正纪念鲁迅。最后：

胡秋原先生致词，略谓：我只谈谈鲁迅先生在文艺上的事业。第一他是一贯地以写实主义作风描写中国旧社会的一个最伟大的作家；第二他是介绍外国（欧洲日本苏联）文学到中国最初人物之一，同时也是成就最大的一人；第三他是介绍东西文艺理论和批评著作到中国最初的一人，也是功绩最大的一人；第四，他是中国无产阶级文学提倡者之一，他介绍了许多无产阶级作品及理论到中国，在今日民族危机日深之日，他就特别起来提倡民族革命战争的大众文学；第五，他不仅是个大作家，同时也组织过若干文学团体和刊物来指导青年，训练新的作家；第六，年来鲁迅先生在他的杂感中用极深刻痛烈的笔调揭发一切黑暗，鼓励一切光明。鲁迅先生曾对一个向他问出路的青年说过：第一要生存，第二要温饱，第三要发展，这话也可以说是对中国民族说的。因此我们在纪念鲁迅先生的时候，就不要忘记为中华民族的生存幸福和发展而斗争，为全人类的幸福和发展而斗争。

各人相继演说后，大会又通过快邮代电二则，一致上海文化界，各团体，各报馆，表示海外华侨誓与国内同胞一致继承鲁迅先生为民族社会解放，为联合救国之精神一致奋斗，一致鲁迅夫人景宋女士及令弟建人先生，表示哀恸及慰问，两电刻均已寄发云。

（君毅，十一月十九日）。原载一九三六年十二月十日
《救国时报》（法国巴黎）

研究和学习鲁迅

茅　盾

　　《新认识》半月刊拟出"鲁迅研究"特辑，（此文和读者见面时，该特辑或许已经出版，）预定了十二个题目：一、鲁迅思想发展的体系，二、鲁迅的世界观与人生观，三、鲁迅与中国革命，四、鲁迅与中国新兴文学，五、鲁迅的创作方法，六、鲁迅杂文的研究，七、《阿Q正传》与中国农民，八、鲁迅与青年，九、鲁迅与妇女，十、鲁迅与新文字运动，十一、鲁迅在中国文学史上的功绩，十二、鲁迅与中国翻译界。

　　以上十二题是《新认识》编者之一征农先生写信告诉我的，那时尚是"拟予"，以后或有变动，我不知道。对于此十二题，我毫无"疑议"，虽然我觉得倘若照此"列举法"研究起来，不仅有十二题可拟，就是二十题也拟得出。但问题不在题目之多少，而在我们究竟应该从哪几方面去研究，才能够认识出鲁迅价值的全面，而且从这认识能够增加我们"精神的食粮"与战斗的力量。

　　鲁迅先生在文化上工作的范围，异常之广阔；他对于中国思想界之影响，异常地普遍而深入，（所以如果列举研究，就是二十题也举得出。）正唯譬如此，所以"研究鲁迅"是目前紧要的工作，然而也是不容易的工作。这需要多数富有学养的人们长时期的努力。鲁迅先生是战斗了一生的，"研究鲁迅"同时就是学习他的战术。对于他，研究和学习不能分开；这是我所感到的第一点。

　　如果我们把他仅仅当作民族文化史上的"伟人"来研究，他在地下一定要说我们"太乏"；我们必须认明：他是"民族解放斗争的象征"，他是"中国民族有前途的明显的保证"，他的工作是一把坚利无比的宝剑，他现在死了，这把宝剑留在战场上，（不是送进博物馆！）需要我们无数的后死者共同举起它来，艰苦地学会使用它的方法。

　　在民族存亡关头和战争紧张的现在，"鲁迅研究"的意义就是继承他的工作。学究式的研究决非我们的当前急务。就我所见到的说，屹立在我们面前，必须我们牢牢记住，时时追踪的——

一是他的战斗的精神。鲁迅先生死后，"继承他的战斗的精神"，已经是普遍的呼声了，但是一句空话不够，我们必须有具体的切实的认识。以我所见，这是"一口咬住就不放"。他好像是盘旋于高空的老鹰，他看明了旧社会的弱点就奋力搏击。二次，三次，无数次，非到这弱点完全暴露，引起了普遍的注意，他不罢休。他发现了敌人时，对准敌人的要害投戈一击，敌人如果扑倒了，他一定还要看一看是不是诈死，要是诈死，他一定再加以致命的打击；敌人如果败逃了，他就追逐在遁逃的敌人的后面，非把他缴械是不放手的；敌人躲到洞里去了，他一定还要挖出他来消灭他的武力。放纵了敌人的危险，他是认识得最清楚的。中庸主义的绅士们哗然叫着"穷寇勿追"，鲁迅坚决地回答道："叭儿狗非打落水中又从而打之不可！"伪善者攒眉苦眼说他太伤恕道，他的回答是："对于这班东西，我还欠尖刻！"

这种"一口咬住不放"的斗争精神是我们必须学习的。然而我们不要忘记：鲁迅又是主张有计划地进攻，主张韧战的。他反对但凭血气之勇的"赤膊上阵"的战术，他反对轻率躁进。他主张看清了地形，找好了掩护，然后沉着接战。沉着接战和"一口咬住了就不放"配合起来，然后胜则可以消灭敌人的武力，不胜亦得守住了自己的阵地。冒险轻进以至损伤了自己的实力，和放纵敌人，他是同样地反对的。

鲁迅的"一口咬住了就不放"的精神，不但表现在接战及已战之时，也表现在未战之前。他在准备攻击的时候，在研究和观察的时候，也是"一口咬住了就不放"的。无论问题的大小，他都一口咬住了就不放地用全力来研究。研究得还没有透彻，理解得还没有成熟的时候，他不轻于发言；对于敌人的弱点和要害还没有看得极准的时候，他不轻于一击。他写一条千把字的杂感所用的力气并不少于几千字的长文，他的一条短短的杂感里闪耀着他的丰富的学识，深湛的修养，和缜密的观察。如果我们平时对学术对问题没有这种"一口咬住了就不放"的下苦功的精神，而只知在斗争时学他的"一口咬住了就不放"，还是没有用的；也许我们所咬住的不是敌人的要害，也许我们咬住了在韧战的时候敌人的一个回手竟不是我们预先料到的，因而仓皇失措了。

二是他的战斗的技术。大家都知道鲁迅的战斗技术的特点是讽刺和幽默。他的杂感往往使被攻刺的对象弄得啼笑皆非，而这巧妙的泼刺的使"人"啼笑皆非，就给与了读者大家以愈读愈隽永的回味，愈想愈明白的认识。有些讽刺和幽默的文章能够刺激读者，然而不耐咀嚼。有些是虽耐咀嚼，然而咀嚼出来的东西所起的作用只是消极的。鲁迅的讽刺和幽默却是使人不得不然要一遍一遍地咀嚼，而且愈咀嚼他的积极的作用也愈强烈。他的小说固然如此，他的杂感尤其发挥了这特点。这一新的形式（杂感），是他所发明，所创造，而且由他发展到最高阶段。

然而我不主张勉强学他的讽刺和幽默。没有他那样的天才，没有他那样深厚的学养，勉强学他的独特的讽刺和幽默的作风，难免要"画虎不成"罢。我们可以学，而且应该学的，是他的战斗技术的又一方面。

例如《论"费厄泼赖"应该缓行》一文，讨论到一个极重要的革命行动的问题，而且是篇长的论文，但是通篇没有一句枯燥的空洞的说教，通篇是那么踏实，那么隽永而且透彻，引诱着任何人（即使是本想读读消遣的人们）不得不读下去，而且刺激起任何读者的读第二遍，第三遍，终至于心神感悟，明白认识了"对敌人宽纵就是对同志残忍"的真理。

又如《论雷峰塔的倒掉》一文，也是引诱着任何人不得不读下去，而且刺激着任何读者深深思索一番的。在这短文里，鲁迅运用了白娘娘和法海和尚的传说，（想想这传说是多么普通！）来指出压迫制度之不会天长地久，而压迫者（法海和尚）的"躲到蟹壳"里不能出头，倒是永远的。鲁迅的巧妙的艺术几乎是"催眠"了读者似的，使他们不能不俯首于这真理之前。

《再论雷峰塔的倒掉》对于我们中国人的笼统主义，十全主义，形式主义，痛下了针砭。然而这样讨论到思想问题的文章也是引诱着人们不得不读下去而且要再三读的。

可是，说明了某些问题的真实，揭示了旧社会的某些"毒疮"，仅不过是鲁迅的杂感的价值的一面。另一面，而且尤其重要的，是他的杂感不但使我们认识现实，而且使我们知道怎样去分析现实。他的杂感是一面"镜子"，同时又是一把"钥匙"；它帮助我们养成了自己去开启现实的门户的能力。

不摆出说教的面孔，不作空洞的理论，而是从具体的能够引起普遍注意与兴味的社会现象出发：这是鲁迅的杂感所以有绝大"魔力"的原因，这是它们所以能和他的小说有同样高的艺术价值的原因！

他的杂感教导我们一件最重要的事：反公式主义！他的杂感是医治公式主义的良药！

而这一面，正是我们不得不赶快学习的。公式主义的病菌现在已经弥漫于我们的文艺界，使得我们的作品变成枯燥，无力；前进的青年因为要"前进"，还能耐心读着，然而既是公式的地接受了，也只能公式的地运用，独立的观察和分析的能力就无从养成。至于"前进"以外的广大读者群众呢，自然也有能耐心读的，可是硬梆梆的公式反而叫他们害了思想上的消化不良症，结果恐怕非弄到他们不敢来领教为止。

在"研究鲁迅"，"学习鲁迅"的呼声中，我们来一个彻底的肃清公式主义的运动罢！

十一月二十一日

原载一九三六年十二月一日《文学》（月刊）（上海）第七卷第六号

悲痛的告别

胡　风

鲁迅先生——为祖国的自由和进步战斗了一生的伟大的先驱者，被损害被侮辱者底诗人，永远不知道疲乏不知道屈服的战士，赤诚的同志，停止了最后的呼吸以来，到今天已经经过了十次的日落日出。象无数的被先生底仁爱底光辉照耀过的，被先生底钢铁的战斗意志抚育过的人们一样，我经验着莫大的悲痛，然而，在伴着先生底遗体的最初四天也罢，在亲自参加在万多的敬仰者底悲悼行列里面把遗体送进了墓穴也罢，先生底影子，底声音，底笑貌，总是不断地在我底混乱的脑子里面闪现，追悼的哀思淹没了我，使我不能够用逻辑的说法来估计这个损失的重量。

"我好象一只牛，吃的是草，挤出的是牛奶，血。"引用在夫人景宋女士底挽辞里向先生自己底话，悲壮地描写了他底苦斗的一生。不顾惜自己，不放松敌人，不忘记对年青一代的抚养，先生一直保持着这个大勇者底精神，无论得到的回报是困苦，是嘲笑，是围攻，是迫害，是自己身心底过度消耗……。

最近半年，先生底日子差不多全是在病床上度过的。然而，是怎样倔强的病人呵。除了躺着不能动弹的日子以外，单就报纸说罢，他没有一天间断过不看的。这就不能不看到他所痛恶的卑污，虚伪、黑暗，不能不引起他底神圣的愤火。这对于他底病体是有害的，但夫人也罢，朋友也罢，医生也罢，谁都没有禁止或劝止他的方法。永年炼成的他底战斗的心，只要身体勉强能够活动，是一刻也不肯休息的。

高尔基死后，一家大报上登的小传里面有"前半生喜欢游荡"的话，先生看了大大地生气，说这是对于死者的侮蔑。还有一次生气得更厉害的

237

是当北四川路暗杀事情发生以后，看见了一家报纸的儿童附张上的短论，说是中国人打死了外国人，那罪名应该比打死了中国人加重一倍。一见面先生就愤愤地说了："因为病，不能看用脑子的书，但报纸总不能不看的。以为翻翻儿童读物总该没有什么罢，一翻就翻出了这样的东西！什么话！中国人底生命比外国人底贱，已经开始替人向孩子们灌输奴才思想了……。"这件事他气得很久，好象还写了一则《立此存照》。现在想来，在第一篇小说里面就喊出了"救救孩子"的绝叫，那以后分了不少的心血在儿童文学上的先生，前年用一个星期的功夫翻完了《表》，因而生了一场病的先生，当然忍受不了这样卑污的说教。这次在殡仪馆的三天当中，我看见了许多幼小者真诚地向先生底遗容屈下身子，我看见了神色；苦的小学校教师带着幼小者们坐在草地上严肃地讲解着什么，当时我含着热泪在心里叫了："幼小的兄弟们呵，这是一个用着博大的爱心关怀你们的，值得你们底最大敬礼亲爱的人，但现在他是永远地离开你们而去了……"

报纸以外是信件。这也是没有办法使他不看的。然而，请介绍稿子的，责备他不写回信的，催他办理事务的，各种的请求，各种的责备……。是对于每一件事情都要发生真实的反应的先生，现在每一回想到有时看到了的病中的他底气愤的脸色，就禁不住心痛。受到了不要看信的劝告的时候，先生底回答是："不看又觉得寂寞……"先生底心是爱人的，先生底心是期待着人底温暖的呀！……

热度刚被药压下，可以走动的时候，就动手作工。永年炼成的战斗的心和工作习惯使他不知道什么是休养。这对于他底病体是有害的，但夫人也罢，朋友也罢，医生也罢，谁都没有禁止或劝止他的方法。每当热度重新升高了，对他说那是因为工作了的缘故，他总是马上否认。曾经和夫人有过这样的争执：夫人说是作了工所以发热的，他却说是因为晓得什么时候要发热所以赶快把工作做完了的。不知是笑话呢还是真话，后来甚至说出了这样的理论：如果不会发热，当然可以作工，如果会发热，就应该赶快作工。是五十六的年龄了，而且还是久病的身子，这样的不顾性命的战斗精神，是使人只有感泣的。这中间，校对好了六百页左右的《海上述林》下卷，整理了译稿，写了许多长短文章，复了不少的信，似乎还立了一些出书计划，——好象是在先生底文章里面读到的，有一个把自己底心脏做成炬火为人类照出了道路的神，先生自己就是连最后的精力最后的血液都用在哺养中国人民的工作里面了的，象《女吊》；就用着坚冰似的笔触写出了封建重压下的千古的沉冤和被压迫者底无边的愤怒。想到作者是被不治的恶病磨折了半年的老人，谁也无言的低首罢。

在先生底最后的时间，是这样没有欢喜的环境，是这样带着鲜血的苦斗。然而，幸有一次，也许仅有这一次罢，先生感受到了大的欢喜，那是看了由普式庚底小说做成影片《杜勃洛夫斯基》（《复仇艳遇》）。好象那以后的几天中间，先生逢人便要称赞一番。后来听见夫人景宋女士说，看了那以后的先生是高兴得好象吃到了称心的糖果的小孩子一样。

当听着先生底高兴的称赞，我这样说了：

"《杜勃洛夫斯基》和《却派也夫》（《夏伯阳》）所说的人生虽然不同，但在影片制作手法上有一点很相象，在结尾处，《却派也夫》用的是复仇的几炮，《杜勃洛夫斯基》用的是复仇的一枪……"

先生马上接了下去——

"是呀，我当初不晓得为什么那样地觉得满意，后来想了一想，发现了那最后的一枪大有关系。如果没有那一枪，恐怕要不舒服的，可见恶有恶报的办法有时候也非用不可……"

于是先生笑了，笑得那么天真，只有在他底笑颜上面才能够感到的，抖却了所有的顾虑，升华着全部的智慧，好象是在苍劲的古松上绽开了明艳的花朵。

当我在洒着淡淡的秋阳的归路上走着的时候，默默地回想了先生底笑颜和他底心。在先生底作品里面，没有一次轻视过敌人底力量，没有一次暗示过便宜的胜利，先生底思想力底伟大反而是由于作品里的人物底牺牲而启示了黑暗底真相，底残酷，养成了对于那无比的憎恨和战斗的热意。然而，先生今天是天真地笑了。我想象着，银幕上的最后一枪是多少舒泄了压在先生底病弱的心上的沉重的悲愤。我知道，在病中的先生，这样的些微的欢喜也就是可喜的并非容易的事情。

然而，无论精神是怎样的刚强，但肉体底衰灭终于强迫他放下了战斗的笔。三十年来的战斗生涯所积蓄起来的无比的智慧，坚韧的热力，圣洁的人格，一旦堕入了永恒的无有，对于我们年青的一代这是一个太大了的悲痛。三十年以前就开始了的争祖国底自由和进步，争劳苦大众底解放的志愿，三十年来从没有向他们软弱过或妥协过的各种凶狠的仇敌，到今天先生终于只得不由自主地把这些完全交给了后来的战斗者们而走进了，一去不复返的休息境地，这也决不是他自己所能够放心的事情。

在先生底斗争生涯中间，曾经表明过这样的希望："就世界现有人种的事实看来，却可以确信将来总有尤为高尚尤近圆满的人类出现"（见《热风》），到晚年就雄壮地达到了"由于事实的教训，以为惟新兴的无产者才有将来（《二心集》序言）的结论。先生一生的艰苦工作开辟了这样一条大路，先生自己是现世界上为了新人类底诞生而献出了自己底生命的光芒万丈的巨人之一。

不用说，先生没有及身地看到他底理想底实现，没有能够在他底理想底花朵上洒下感激的热泪。临死的时候还不能不看到在祖国大地大跳梁的仇敌底凶残面孔，历史底车轮走慢了一步，先生自己去快了一步，这是无论如何也没有办法的抱恨终天的事情。

虽然规定瞻仰遗容的时间是从九时起，但二十日的早上六时左右，就有一群青年男女慌忙地赶到了殡仪馆。他们在先生底遗容前面严肃地俯下首来，有的低低啜泣了。先生底精神，先生底理想已经活在千千万万的勇敢的青年男女底心里，这是我们早已确信了的事情，但眼前的事实却第一次使我们肉体的感官接触到了燃烧起来了的，先生三十来的工作所散布的火种。望着那些悲哀着的青春的生命，一种感激和悲痛的混合使我泪流满面了。我知道，先生已经活在千千万万的青年男女底心里。

朋友们，兄弟姊妹们，让我们底爱心，我们底悲痛，我们底仇恨融合在一起罢。先生所开辟的道路开展在我们底前面，先生所画出的仇敌围绕在我们底周围，只有用先生底打得退明枪耐得住暗箭的大无畏的精神才能够继承先生底志愿。

朋友们，兄弟姊妹们，凭着我们底爱心我们底悲痛我们底仇恨所溶合起来的伟力，在不远的将来，先生底理想要在祖国的大地上万花烂漫地实现。那时候我们再来哀悼先生的眼泪里面，将会混和着狂热的气息了。

十月二十九日清晨

原载一九三六年十一月五日《中流》（半月刊）（上海）第一卷第五期

十月十五日

田 军

你自己说过：

"我是一头牛，吃的是草，挤出的却是血和乳！"

是的，我们在过去和现在，全是吃着你的血和乳在生长着！你也甘心作这样一头牛！虽然你的肌肉是一天一天地只有减少没有增多，你的血和乳为了过量的需求一天一天地艰难起来，你的骨骼透露，毛皮脱弛……可是你对自己并没有怜惜！还是这样快慰的呼叫着：

"来呀！请吮咂尽了最后的一滴！不要为我怜惜！"

先生！我们在这里痛哭，不是在哭你！是在哭我们自己！我们还没有长成，而喂养我们的源泉却涸竭了！我们真的要作个营养不良的孩子在这世界上生长了么？

十月十五日我同河清去看你——那是我回到上海的第三天——在归来的途上我向他说：

"他好得多了！比较我离开上海的时候，好象还好了呢！"他也同意了我的观察，却说：

"你说话的声音还是太大啊！你的声音一大他的声音也要跟着大……现在他恐怕还吃不消哪！"

"是的……因为我一看到他好好的坐在椅子上，也不再那样痰喘咳嗽……一兴奋……竟忘了他的病，因为自己是健康的……耳朵又有点沉……唯恐别人的耳朵也沉，不觉就要把声音放得大了点……"

我向河清解释着。同时自己在心里也下了这样的决定：——下次再不要这样了。

可是下一次，下一次……我再看到你，你已经是安宁地睡在床上！我的声音即使再粗鲁和高大一点，你能听到么？虽然那时我摸到你的手腕，还有着生人似的温热！你的额却早已冰凉！

一直到现在，我还不相信你真的是死了。这简直是一个幻景！虽然我曾一直看着你埋入了地穴，却总以为你还是仰坐在你桌边的藤椅上，一面吃着烟，一面从那个圆筒似的，没有尾巴的白色日本瓷的小茶杯里一口一口地在吃茶！

那天，有人送给你一座约二寸高的木头的雕像，你的孩子爬在桌子上，吃着石榴望着你：

"这是爸爸么？"

你的夫人从外面走进来也问：

"这雕的是你么？"

"喔……我哪配！……这是高尔基！……"说着，你笑抖着胡子，把那小像轻轻地放在身边的桌子上，又使那小像的脸，转向着自己，端详着说：

"雕的还很好！简单……这是'立体派'呢！……"说着，你又把头依靠在藤椅的枕托上，眼睛看着顶棚，思索似的继续吸着烟接着又欠起身子呷了一口茶……

我那天，从北方曾为你带来了五个石榴和一点小米，我说：

"我顺路，曾去了几个打渔和晒盐的地方……晒盐的人全是光着屁股。也到一个日本人经营的炭坑里去过一次……回来的路上还上了一次泰山……你去过泰山吗？"

"我只是在外面看看……我是瞧不起泰山的……"

"孔老二小天下的地方我也见过了……还没有到全山三分之一的地方他就小起天下来了。……"

"孔老二他是没有见过'山'的。"

记得，从先你曾向我说过：西湖是应该填掉的。不然，一到春夏天，那些个穿长衫拿凉扇的"名士"们，在湖滨摇来摆去……看起来怪难受！他们真不知道这是什么世界，什么国家……。这次我却不曾问你，是否应该把泰山也刨掉，省得那些希望名垂不朽的臭虫们，在石头上题诗留句，把很好的石头挖凿得乱七八糟。

"为了贪便宜……我还买了几张碑拓呢！""那上面恐怕是没有什么好碑的。"

"我是不懂，也不管好歹……只是觉得好玩便买了两张……我还给你带来一个一角钱的'泰山石'笔架……今天忘了……没带来……"

"那不忙……不忙……"

不忙不忙！……当我把这笔架拿给你，你已经睡在灵床上！

高尔基，他是到了应该死的时候了。他眼看到了他所希望的国家，眼看着祖国的人民全数解除了奴隶的镣铐，踏上了真正人生的大路，也看到了大量的坚强的他的事业底承继者……！而你呢……？

先生：你底"死"是一把刀———把饥饿的刀！

深深地插进了我们的胸槽，

我们要用自己和敌人的血，

将他喂饱。

一九三六，十，念六追记。

原载一九三六年十一月五日《中流》（半月刊）（上海）第一卷第五期

纪念中国伟大作家鲁迅晚会

V. 马克西莫夫（Maksimov）

一月七日在伯力东方工人李大钊俱乐部开纪念伟大作家鲁迅晚会。优秀的艺术家和深刻的思想家鲁迅，在一九三六年十月十九日，在自己的五十六岁的生命的历程上死去了。从一九一八年自己的文学活动开始起，直到他生命的最后几日止，作为作家的鲁迅，积极的参加摆脱帝国主义的束缚解放中国的斗争。在自己的论文里，杂感里、小说里，鲁迅无情的揭露中国资产阶级旧社会的腐烂与丑恶，反对封建军阀和外来帝国主义的压迫，拥护德谟克拉茵，拥护中国大众的真正自由。

在这斗争中鲁迅团结了中国革命文学的最优秀的力量。从一九三〇年起，鲁迅积极参加左联的创立及左联的工作，直到自己生命最后的几天，都在领导着这组织的活动。

鲁迅在近几年来坚决的站到无产阶级的阵线上，虽然受着暗探的追逐，恐吓，及封建军阀走狗对于他的中伤，但他依然没有离这阵线。伟大的作家火热的拥护了中国的G党，中国的苏维埃和红军。他积极的揭穿日本帝国主义工具——"托派"的工具。在今月，当日本帝国主义者占领了东省和华北之后，企图攘夺整个中国的时候，在这紧张的时期，鲁迅积极的拥护中国G党提出抗日的统一战线的完成。

鲁迅是苏联忠诚的挚友之一。中国革命斗争的参加与病魔，没有给他以来苏联的可能。他只是从文学的认识了它。但中国伟大的作家很奋兴的注视我们的社会主义的建设和狂喜的庆祝着苏联每次新的成功。他深深的相信社会主义会成功的。还在一九三四年时，鲁迅答《国际文学》杂志的代理人道：

"苏联的存在和成功，使我坚信无产阶级的社会一定可以建设成功的。"

被这信念所推动的鲁迅，没有停止过拥护苏联，反对中日兽性的法西斯的斗争。鲁迅对于俄国文学，尤其是新俄文学的热爱，做了这种斗争的激动。他认为它是世界最丰富的文学之一，他详慎的，酷爱的译了高尔基、绥拉菲莫维支、法捷耶夫及其他苏联作家的乍品。他慎重的校订它，甚至用自己的钱去出版，他期望着把这些书推广到中国读者大众中间去，为着使中国群众在这些文学作品里看见关于苏联的真正的伟大的真理。

鲁迅被中国群众的巨大的权威，信仰和爱戴围绕着。中国的读者以他为"中国的高尔基"。鲁迅是中国第一个革命作家，写实主义者，是第一个把"下层阶级"、把劳动群众的形象引入中国文学的第一个作家。他是中国文学的巨大的改革者，是首先创出了简短的战斗的短篇小说的作家。在所谓"新文学革命"时代（一九一七——一九二〇）鲁迅积极参加了中国语言改革的斗争。这斗争是反对为中国群众所不可及的旧文言的。鲁迅首先采用了新的，质朴的、明显的，为大众所了解的白话。这种语言给了鲁迅的优秀的著作一种真正的大众性，帮助他创造了好多中国现代文学上少有的杰作。

鲁迅创作的历程，在文化拥护协会的书记员——中国著名诗人萧三的在莫斯科的报告中说得很详细。诗人盖（An. Gai）用俄文作了关于鲁迅的报告。

其次，在晚会上的中国工人及集体农民异常注意的听了中国诗人丁山和拥护新文学报的社员王希礼朗诵的鲁迅《阿Q正传》和《狂人日记》。王希礼同志并讲述自己对于鲁迅的会见。最后，到会的中国工人和集体农人决议"边疆出版部"出版鲁迅的优秀的作品。

原文曾载：一九三七年一月十日的伯力《太平洋之星报》

怎样纪念鲁迅先生

陈子展

鲁迅先生死了！我们怎样纪念鲁迅先生呢？

有的说："鲁迅先生最近常同一班文人大发肝火，以致不能好好休养。为他这样一个世界大文豪着想，真有点儿犯不着。不然的话，他的成就还不止此，他的寿命或者也不止此。"

有的说："他已是世界文坛上的有数人物，对于中国文艺界的影响尤大。可惜在他的晚年把许多的力量浪费了，而没有用到中国文艺的建设上，与他接近的人们，不知应该怎样爱护这样一个人，给他许多不必要的刺激和兴奋，怂恿一个需要休养的人，用很大的精神打无谓的笔墨官司，把一个稀有的作家的生命消耗了，这是我们所万分悼惜的。"

当然，鲁迅先生的死，这是中国文坛上乃至世界文坛上一个最大的损失，同时是就中国民族解放运动上乃至世界革命上一个最大的损失。可是要说他的死，由于最近文坛上的论战累了他，由于常和他接近的人们不知应该怎样爱护这样一个人，由于他自己"不能好好休养"，只能说这是无可奈何，勉强找个解释的安心话。我们也理解这些话是出于悼惜一个巨人之死的高尚的情绪。但私心以为倘要我们这位伟大的战士鲁迅先生安心养病，不发肝火，不感到许多不必要的刺激和兴奋，除非他不生在目前的中国，除非他的晚年也象俄国文豪高尔基一样，看到革命的成功，可以做到一个休养的战士，然而高尔基也还是死了。

我以为我们今日不必叹息痛恨最近文坛上关于"国防文学"和"民族革命战争的大众文学"两个口号的论战。固然从某一意义上，可以认为这是"打无谓的笔墨官司"，这是"力量浪费"，"有点儿犯不着"。从前我也这么说，站在旁观者的地位，用着愤世嫉俗的口吻，说过"鸡叉鸡食袋，狗啃狗骨头"的话，如今我要把我这一种态度改正过来。因为在另一种意义上说，也未尝不可以把这一次论战看做在这一发展的过程中一种可以有，甚至是不可免的理论斗争。现在我又这么想。好在这一次论战，有了郭沫若先生的《蒐苗的检阅》一文，用极公允的态度，极正确的批判，给予双方都有反省改正的余地。但愿"创作自由"的论者，顾到自由是有限度的。有显著的政治压迫，有无形的社会的制约，要冲破不利于我们的种种束缚，我们自己也得刻意地牺牲小我的一点自由，为了争得大我的自由。我们要尽可能地尽其最善之力达到这个最大的目标。这样，想来能够取得一切不肯做汉奸和奴才的作家的同情和拥护。虽然，除了"汉奸文学""奴才文学"之外，我们也得容许一般作家有较广博的"创作自由"。倘若"创作自由"的论者不走极端，不误用个人地位的关系，而引起更大的纠纷，不但这一论战可以马上结束，而且双方更清楚的认清自家人，更亲爱的团结自家人，文艺上的联合战线从此巩固不可动摇，那么，这一次论战就不算是"力量浪费"，"打无谓的笔墨官司"了。

集中我们的力量罢！已经是我们要竭尽我们所有的一切力量的时候了，为民族生存而战，为大众生存而战，争取我们的最后的胜利，争取历史上

245

从未有过的胜利，把这一胜利来纪念我们要纪念的这位为真理为正义一生奋斗到底的伟大的战士鲁迅先生。

——写于鲁迅先生举行葬礼之日。
原载一九三六年十月二十三日《大晚报》（上海）

鲁迅先生与中国文坛

萧　三

鲁迅先生由自由主义者、小资产阶级知识分子的革命者，到了一九二九——一九三〇年时已经进步到一个无产阶级和劳苦大众底战士。他领导"左翼作家联盟"的无产阶级革命文学运动，与一切反动的文学派别"理论"作尖锐的斗争，为中国文坛开一新的生命。

在中国共产党向全民提出抗日统一战线时，鲁迅先生首先拥护，加入这一联合战线。"中国目前革命的政党为全国人民所提出的抗日统一战线的政策，我是看见的，我是拥护的，我无条件地加入这战线，那理由就因为我不但是一个作家，而且是一个中国人。我赞成一切文学家，任何派别的文学家在抗日的口号之下统一起来的主张"。"我以为在抗日战线上是任何抗日力量都是应当欢迎的"。在这时候鲁迅先生提出"民族革命战争的大众文学"的口号，"为了推动一向囿于普罗文学的左翼作家们跑到抗日的民族革命战争的前线上去"。（均见《作家》八月号鲁迅先生《答徐懋庸并关于抗日统一战线问题》）

鲁迅先生是永远进步的！

鲁迅先生在中国文坛上又一最大的贡献是他多年以来竭尽心力所作的翻译外国文学的工作。在他《答北斗杂志社问——创作要怎样才会好？》里面第五点说：他"看外国的短篇小说，几乎全是东欧及北欧的作品，也看日本作品。"又在《我怎么做起小说来》的文章里说："因为所要求的作品是叫喊和反抗，势必至于倾向了东欧，因此所看的俄国，波兰以及巴尔干诸小国作家的东西就特别多……"俄国古典作家及现代苏维埃作家许多珍贵的作品介绍到中国的文坛和读者，鲁迅先生所出的力（自译、编校、出版）实在不少。中国文坛能受到最先进的苏联文学最好的影响，这不能不归功于鲁迅先生。

鲁迅先生的富于反抗精神一向是辞严义正的。然而鲁迅先生对一般青年，对新起作家是极其诚恳，极其爱护的。中国现已成名的新起作家里面，就有不少都是亲受鲁迅先生之熏陶和栽培而来的。这些，都因为鲁迅先生是"为人生"是"想用他的力量，来改造社会"。鲁迅先生在这一点也就很像高尔基：对黑暗恶势力无穷地痛恨，对新生命、自由人无限地深爱。

鲁迅先生是有心人！

在世界文坛上，鲁迅先生处处可比之高尔基。现在"盖棺定论"，尤不能不肯定"鲁迅是中国的高尔基"。

我们不久以前丧失了文豪高尔基。现在又失去了文豪鲁迅。这对于世界、苏联和中国的文坛是何等巨大的损失！

用集体的力量为弥补这一损失于万一——这是中国文学者在悲恸之余所应定出来的自己的任务呵！

（1936 年 10 月 25 日巴黎《救国时报》）

鲁迅先生在历史上的地位

——鲁迅先生追悼会的讲演

齐燕铭

247

略谓中国的文化界今年真是不幸得很，前者章太炎先生去世，最近鲁迅先生又故去了。这两位先生在中国的近代史上很有相似的地方。就是以一种艰苦卓绝的精神向着黑暗作无情的斗争，决不屈服，目的即是争取中国的民族解放。今天想从先生的地位，并想以章太炎先生做一陪衬的叙述。中国近百年的历史，是一个民族争取解放的历史，这种民主的力量虽然屡受挫折备遭压抑，但始终不屈的日有进展。民族革命运动第一次有力的表现，便是太平天国的兴起。这一个民族革命运动，对于当时的世界资本主义侵略者及当时中国封建的统治者满清政府都给予一个很大的觉悟和了解。前者了解局部的枝节的经济和武力的侵略，效果既低，又很容易激起民众的反抗，如焚教堂杀教士等等事实的发生。后者了解它本身的统治力量已经脆弱，统治基础有动摇的危险。这两方面，——资本主义的侵略者和封建的统治者，在这种了解的基础上，于是建立了一种有力的勾结，事实的表现：满清政府就在外力协助下，将这次中国民族革命运动消灭了。但民族解放的要求，民主的力量，绝不因这次的打击而消灭，在此后的历史上，就有三次最有力的表现：一、辛亥革命，二、由五四运动开展到一九二五，一九二七的大革命，三、即是目前民族的救亡运动。几次的表现告诉我们，不但民族革命运动没有消灭，并且是随了压力的增大而引起更有力的反抗。在这一个民族革命的发展途中，文化方面的战士：前者章太炎先生，继起者有鲁迅先生。章先生的时代当满清的末年，一般人已认清非倾覆当前封建统治势力不能得到民主的自由，所以章先生此时对于满人政府攻击不遗余力，卒得到辛亥革命的实现。不过这一次革命实未达到民族解放的成功，军阀的内战，仍是帝国主义者在后面牵线。但这时章先生已放弃了斗争的工作，从事于学术的探讨，这时候文坛上就出现了鲁迅先生。鲁迅先生在五四运动中，以最锋利的武器向着黑暗势力进攻，是当时一支最有力量的军队。不过那时鲁迅先生的作战式是局部的，散漫的，不是全面的，有计划的，系统的。直到一九二五——一九二七大革命后，世界帝国主义也走到最后的阶段，对于殖民地和半殖民地的侵略是一天比一天的加紧。在此鲁迅先生就展开他全面的斗争，认准了敌人和敌人的工具的封建势力做最勇猛的进攻。有人说鲁迅先生在这时转变了，我以为不对，鲁迅先生并未转变，只是把他们的斗争展开了，把他的任务加重了。这样不断的斗争，一直到死。就以上这样情形看来，鲁迅先生在争取中国民族解放，争取民主的自由，这一点上，是和章太炎先生站在同一的历史任务的上面；但在程度上的比较，章先生的晚年好似一位解甲归田的宿将。而鲁迅先生直到死的一天还是全副武装在火线上，努力应战的一员先锋。所以鲁迅先生的死比起章先生的死，对于今日民族革命运动上，其损失更为巨大。今日纪念鲁迅先生应当从历史的任务上认识鲁迅先生的地位之重要。最后，记得鲁迅先生在所拟遗嘱上面曾说，"不要纪念我，应为自己的生活而奋斗"，这句话是很对的，鲁迅先生死了，鲁迅先生未了的任务，争取民族解放这样重大的任务，我们正应分担在每个人自己的肩头上面！

原载一九三六年十月二十七日《民国学院院刊》

（周刊）三六年度第六期

鲁迅先生在文坛上的斗争

——鲁迅先生追悼会的讲演

孙席珍

　　鲁迅先生死了，几千万人都来纪念他，哀悼他。这是为什么呢？理由很简单，因为先生不但是一个很老的文学家，而且是一个伟大的英勇的战士。今年先生五十五岁，恰好是他从事文学生活三十年的纪念。我们回顾他的一生，几乎没有一天不在战斗之中。他早年对于封建黑暗势力的斗争，虽然只是局部的突击，但其攻势之猛，用力之强，已使他成为中国启蒙运动当中一根最主要的支柱。三十年以后，他继续为反帝反封建势力而努力，他的武器便是文学，那时他已不大写小说，主要的是小品，杂感之类的文字，这是文学武器当中的手榴弹或枪刺。近年以来，因为民族危机的深刻化，先生更竭其力为民族解放而努力，而奋斗，领导青年，展开了全面的斗争。三十年来，他，不知经历了多少艰苦，历过了多少挫折，然而他始终不屈不挠，直到他得病致死为止，他也不曾停止他的工作。他的死，便是为了民族解放的事业，因而不支的，这真是所谓鞠躬尽瘁，死而后已。这种勇往直前不顾一切的战斗精神，真是值得我们来拼命学习的。有人说先生是转变了，这实在是对于先生的一种很大的侮蔑，先生自始便在反抗和战斗，不过近来更加勇敢更加积极，而用了全副力量去应战罢了。这何尝是转变，这乃是一种发展啊。现有人说先生是悲观主义者，称先生为中国的柴霍甫，也同样是一种泛浮之见。先生始终站在时代的前面，始终是把握着正确的现实，始终正视前途，始终是为人类的自由和民族解放而努力，岂可与幻灭颓唐的灰色的柴霍甫相比？先生的小说作后也许与柴霍甫偶有相近之处，然而柴霍甫哪里有先生似的勇敢坚毅的前进精神，哪里有先生似的锋利尖锐的作品呢？如果要举出一个世界上的伟大作家来比，那么，先生可以说是高尔基。今年，苏联失去了高尔基，这无疑的是苏联的极大的损失，但我们失去了先生，这损失却比苏联失去了高尔基还要大得多。因为人家已在走向建设的途上，而我们正在艰苦的斗争中，我们的阵营里失去了一位主将或导师其影响于我们真是不堪数计。此后我们的工作更加艰苦，我们的负担将越发加重。我们的能力、经验，才力，无论哪一方面都比不上先生，如今先生死了，负担无疑的要我们来分任，他的未完成任务无疑地要我们来完成。今天我们来纪念他，必须继承他的遗志，接受他的指示，学习他的经验，千百倍的加强我们的努力，尤其是他临终前所用力促成的，为民族求生存的联合战线，我们必须竭力使之实行。我们都应该拥护并参加到这个联合战线里去。我们必须强抑制住沉痛的哀感，为人类和民族的光荣胜利的前途而奋斗！

原载一九三六年十月二十七日《民国学院院刊》（周刊）

三六年度第六期

鲁迅访问记

芬　君

怀着仰慕和期望的情绪。去访问我国前进思想家鲁迅先生。

在一个预约好的场所，他坐在那里，已经等了一刻钟。一见面我就很不安地声述因等电车而迟延时刻的歉意。他那病容的脸上，顿时浮现出宽恕的而又自然的微笑对我："这是不要紧的，不过这几天来，我的确病得很厉害，气管发炎，胃部作痛，也已经有好久居家未出，今天因为和你预先约定好的，所以不能不勉强出来履约。"听了他这些话，已足使我内心深深的感动了！

谈话一开始，首先问他对于去年"一二·九"以来全国学生救亡运动的感想。他皱起浓密的眉毛，低头沉思了一下，便说，"从学生自发的救亡运动，在全国各处掀起澎湃的浪潮这一个现实中，的确可以看出，随着帝国主义者加紧的进攻，汉奸政权加速的出卖民族，出卖国土，民族危机的深重，中华民族中大多数不愿做奴隶的人们，已经醒觉的奋起，挥舞着万众的铁拳，来摧毁敌人所给予我们这半殖民地的枷锁了！学生特别是半殖民地民族解放斗争中感觉最敏锐的前哨战士，因此他们所自发的救亡运动，不难影响到全国，甚至影响到目前正徘徊于黑暗和光明交叉点的全世界。再从这次各处学生运动所表显的种种事实来看，他们已经能够很清楚的认识横梗在民族解放斗争前程一切明明暗暗的敌人，他们也知道深入下层，体验他们所需要体验的生活，组织农民工人，加紧推动这些民族解放斗争的主力军。在行动方面，譬如组织的严密，遵守集团的纪律，优越战术的运用，也能够在冰天雪地中，自己动手铺设起被汉奸拆掉的铁轨，自动驾驶火车前进，这一切，都证明这次学生运动，比较以前进步得多，这是一个可喜的现象！但缺憾和错误，自然还是有的。希望他们在今后的斗争过程中，艰苦的克服下去，同时，要保障过去的胜利，也只有再进一步的斗争下去，在斗争的过程中，才可以充实自己的力量，学习一切有效的战术。"

其次，我问到全国救国团体最近所提出的"联合战线"这问题。他很郑重的说："民族危难到了现在这样的地步，联合战线这口号的提出，当然也是必要的，但我始终认为在民族解放斗争这条联合战线上，对于那些狭隘的不正确的国民主义者，尤其是翻来覆去的机会主义者，却望他们能够改正他们的心思。因为所谓民族解放斗争，在战略的运用上讲，有岳飞、文天祥式的，也有最正确的，最现代的，我们现在所应当采取的，究竟是前者，还后者呢？这种地方，我们不能不特别重视，在战斗过程中，决不能在战略上或任何方面，有一点忽略，因为就是小小的忽略，毫厘的错误，都是整个战斗失败的泉源啊！"

接着，他谈到文学问题，他主张以文学来帮助革命，不主张徒唱空调高论，拿"革命疗这两个辉煌的名词，来提高自己的文学作品，象《八月的乡村》《生死场》等作品，我总还嫌太少。在目前，全中国到处可闻到大众不平凡的吼声，社会上任何角落里，可以看到大众为争取民族解放而汇流的斗争鲜血，这一切都是大好题材。可是前进的我们所需要的文学作品的产量还是那么贫乏。究其原因，固然很多，如中国青年对文学修养太缺少，也是一端；但最大的因素，还是在汉字太艰深，一般大众虽亲历许多斗争的体验，但结果还是写不出来。

话题一转到汉字上来，他的态度显得分外的慷慨和兴奋，他以坚决的语调告诉我，如汉字不灭，中国必亡，因为汉字的艰深使全中国大多数的人民，永远和前进的文化隔离，中国的人民，决不会聪明起来，理解自身所遭受的压榨整个民族的危机。我是自身受汉字苦痛很深的一个人，因此我坚决主张以新文字来替代这种障碍进步的汉字。譬如说，一个小孩子要写一个生薑的'薑'字，或一个'鸾'字，到方格子里面去，能够不偏不歪不写出格子外面去，也得要化一年功夫，你想汉字麻烦不麻烦？目前，新文字运动的推行，在我们已很有成绩，虽然我们的政治当局，已经也在严厉禁止新文字的推行，他们恐怕中国人民会聪明起来，会获得这个有效的求知新武器，但这终然是不中用的！我想，新文字运动应当和当前的民族解放运动，配合起来同时进行，而推行新文字，也该是每一个前进文化人应当肩负起来的任务。"他扶病谈话，时间费去半小时以上。谈话时热烈的情绪，兴奋的态度，绝对不象一个病者，他真是个永远在文化前线上搏斗的老当益壮的战士！这次访问所给予我深刻的印象，将永恒的镌铭在我脑际。临别时，我还祝颂他早日恢复健康，目送他踏着坚定的步伐，消失在细雨霏霏的街头。

（本文抄就后，经鲁迅先生亲自校阅后付印。）

（载《救亡情报》）

原载日期待查；本文选自《鲁迅访问记》，

登太编，上海长江书店一九三六年十一月初版

纪念鲁迅先生

冰 莹

　　象午夜里爆发了一颗炸弹似的，鲁迅先生逝世的消息传来，使每个景仰他，崇拜他的人怔住了！

　　正当日本帝国主义者侵略我国到了最猖獗，中华民族的生命危在旦夕，劳苦大众处于万重压迫之下的非常时候，一生为真理，为正义，与封建势力，帝国主义者奋斗的鲁迅先生，不幸因肺痨而与世长辞了！这不仅是中国文化界一个巨大的损失，而且是全世界新兴文化领域里的一个莫大的损失！

　　在一个黑暗的时代里，帝国主义者及其爪牙，为了要镇压劳苦大众的反封建反帝运动，不惜用种种残无人道的毒辣的手段来压迫他们，屠杀他

们；拿着一枝笔，努力暴露旧社会的黑暗丑恶，指示新社会的光明与幸福，描写被压迫人类生活的惨苦底一切思想前进的作家，都有举步荆棘之感。我们伟大的鲁迅先生，在这样险恶的环境里，始终抱着不屈不挠的精神，与万恶的旧社会搏斗，他今年虽然五十六岁了，但他的精神比起二十岁的青年还要矍铄，有朝气！在他的文章里，从来找不出"消极""幻灭"的字眼，他的思想始终是一贯的反帝反封建，一直到他临死的前两天，他还是那样倔强，那样抱病校稿，撰文，计划着要印的书籍。

鲁迅先生，你是尽了你的责任而过着永远的休息生活去了，一切敌人们将不知要怎样高兴，因为现在又少了一个领导青年大众的"叛徒"了。但是，成千成万的勇敢前进底文化工作者，正在继续着你未完的工作，正在猛烈地和敌人们斗争，只这一点，你是可以在九泉之下感到安慰的。

永存在我们心坎里的悲哀，是描写不出的，真正的纪念你，惟有从艰苦的环境里，打出一条血路来，解放被压迫的中华民族，解放全人类的奴隶！

一九三六年十月廿四于病中
原载一九三六年十二月五日《中流》（半月刊）
（上海）第一卷第七期

把鲁迅先生的战迹献给日本人民

宋庆龄

中华民族的解放运动是长期的斗争，我们具有从辛亥革命到今天的经验。随着这个历史的发展，我们运动的主力——中国人民的战斗力，正在一步一步成长和壮大，对外挣脱帝国主义的锁链，对内扫除使最大多数人民遭受残害的惨无人道的压迫和剥削。不同时进行这对内的斗争，中国人民的力量是不可能成长和壮大的，而且也不可能有解脱帝国主义束缚的方法。这就使我们的运动，自然地成为全人类运动的一环。

鲁迅先生三十年来作为战士的生涯，是他从学生时代开始便直接和间接的参加了民族的政治的斗争。而且在思想问题上他提出劳动人民必须获得个性的解放，他是第一个肯定他们的力量而欢迎他们的人。三十年来，他秉着这个不屈不挠的信仰，斗争前进，对外表述了中华民族的真实的心声，对内向统治阶级提出了毫不留情的，而且因此也是最有力量的抗议。这使他成为伟大的民族战士，同时也成为伟大的国际主义战士，乃是当然的事。中华民族在纵的方面，负荷着四千年历史的重担，在横的方面，遭受国际帝国主义铁蹄的蹂躏。鲁迅先生在这一历史环境中，以他卓绝的天才、圣洁的人格和坚韧的意志，在一身之中，集中体现了使我们这个民族走向光明的时代的意志和力量。我相信，由于他的著作的介绍，日本的思想界，将能最好地理解中华民族，使中日两国劳动人民达到进一步的理解和结合。

原载 1937 年 3 月 1 日日本《改造》杂志第 19 卷第 3 号

鲁迅作品的时代性

——纪念鲁迅先生（节选）

谭丕模

四　英勇的民族解放战士之作

自"九·一八"事件发生后，中国民族危机踏进更危险的阶段，全国各社会层的生存都受到严重的威胁，使社会上各种力的相互关系起了新的变化，抗日救亡的要求，在各层大众的心坎上普遍的存在着，于是产生划时代的"一二·九"，"一二·一六"救亡运动，结成一个有力量的救亡阵线；上海、北平文化界的分子，也先后组织团体，颁布纲领，以为实际参加救亡的准则，高举民族救亡运动的火炬。在整个地民族救亡运动开展过程中，文学界也发生异样。一般文学家"结合在民族自卫旗帜下，形成民族自卫"的文学阵线，不独要打破从来的文人相轻的习气，流派主义的圈子，个人主义的成见，"而且要广泛地团结整个的文学青年，整个的读者大众在这一统一的阵线上，运用文学的各种武器，通俗小说，诗歌，戏剧，杂文与散文，尤其是一般的通俗文，努力扩大民族自卫运动深入到全国大众中去"鲁迅在这一阶段中抓住了这个文学主题，——民族革命战争大众文学，而且是推动这个文学运动中的主帅。

《伪自由书》《南腔北调集》《花边文学》和《鲁迅最后遗著》为这一阶段的代表作。这些作品之主要目的，就是在鼓吹发动民族战争，从战争中去求中国民族的生存。他嘉许发动救亡运动的学生"是半殖民地民族解放斗争中感觉最敏锐的前卫战士"，因为："他们已经能够很清楚的认识横梗在民族解放斗争前程一切明明暗暗的敌人，他们也知道深入下层，体验他们所需要体验的生活，组织农民，工人，加紧推动这些民族解放斗争的主力军。"（"几个重要问题"）因为他们："组织的严密，遵集团的纪律，优越战术的运动，也能够在冰天雪地中，自己动手铺设起被汉奸拆掉的铁轨，自动驾驶火车前进，这一切，都证明这次学生运动，比较以前进步得多。"（同上）自然会推动这个运动"影响到全国，甚至影响到目前正俳徊于黑暗和光明交叉点上的全世界。"（同上）

他也是赞成"联合战线"和推动"联合战线"之一分子。他认为。"民族危难到了现在这样的地步，联合战线这口号的提出，当然是必要的。"（同上）可是他反对"那些狭义的不正确的国民主义者，尤其是翻来覆去的投机主义者。"如果他们能够改正他们的心思"，那就一样地欢迎他们加入联合战线。至其战略的运用上，他主张"有岳飞、文天祥式的，也有最正确的，最现代的"。在原则上"决不能在战略上或任何方面，有一点忽略，因为就是小小的忽略，毫厘的错误，都是整个战斗失败的泉源"。此外，他主张"新文字运动应当和当前的民族解放运动，配合来同时进行"，因为新文字是"有效的求知武器"。有了这种新武器，才能把救亡的知识和技术灌输到全民众里去。

他认为："民族革命战争的大众文学"，是现阶段文学运动的主流，而且在"是无产阶级革命文学的一发展，是无产革命文学在现在时候的真实的更广大的内容。"（《论现在我们文学运动》）即是说："这种文学……决非停止了历来的反对法西斯主义，反对一切反动者的血的斗争，而是将这斗争更深入，更扩大，更实际，更细微曲折，将斗争具体化到抗日反汉奸的斗争，将一切斗争汇合到抗日反汉奸斗争这总流里去。决非革命文学要放弃他的阶级的领导的责任，而是将他的责任更加重，更放大，重到和大到要使全民族，不分阶级和党派，一致去对外。"（同上）这是民族革命战争大众文学最正确的解释，青年作家大半遵守这个信条去创作，去反映民族危机，反映"全中国到处可闻到民众不平的吼声，社会上任何角落里，可以看到大众为争取民族解放而汇流的斗争鲜血"。（"几个重要问题"）即是说："作者可以自由地去写工人，农民，学生，强盗，娼妓，穷人，阔佬，什么材料都可以，写出来都可以成为民族革命战争的大众文学"。（同上）"决不是只限于写义勇军仃仗，学生请愿示威"。这么窄狭。要是这样，文学才能成为发动民族革命战争的总力量之一环。至于参加的分子，他"赞成一切文学家，任何派别的文学家在抗日的口号之下统一起来的主张。"他认为："文艺家在抗日之题上的联合是无条件的，只要他不是汉奸，愿意或赞成抗日，则不论叫哥哥妹妹，之乎者也，或鸳鸯蝴蝶都无妨。"不过，"在文学问题上"有"可以互相批判"的弹性。

他所写的小品，在暴露社会的黑暗，而显示政府过去之"不抵抗"，"虚伪的抵抗"，尤刻骨入神。的确，他这几年来的杂感，每一字，每一句，每一段，以至于每一篇，都浮动着反帝精神和救亡情绪。他，不因统治者的高压而自馁，也不因疾魔纠缠而搁笔，而这种奋斗精神，在救亡运动上发生一种伟大的力量。

现在，经过西南事变和西安事变的推动，中国已走上民族统一战线之路，对内彻底和平，即是加强统一对外战线的起点。的确的，目前中国对外形势，较之鲁迅生前要优越一点；假使鲁迅还健在的话，他一定又是民族统一战线上的柱石，努力于救亡工作及民族革命战争大众文学的写作。

总之：中国社会受国际资本主义总崩溃的影响，在不断的变动中，鲁迅把每一阶段变动中的时代精神，都紧紧地抓住了。鲁迅之所以被称为伟大的作家即在此。

（一九三七，三，一）

原载一九三七年三月五日，三月二十日《文化动向》（半月刊）

（北平）第一卷第一号（创刊号）第一卷第二号

关于鲁迅在文学上的地位

—— 一九三六年七月给捷克译者写的几句话

武定河（冯雪峰）

鲁迅本来是学医的，这在中国差不多大家都知道。在辛亥革命（一九一一年）之前，他亲身参加那时的民族革命运动，于是他就和文学接近起来。他那时抱着极热烈的民族思想。他想利用文学的利器来唤醒民众，以促成民族的革命。那时他并没有创作，但他筹划办杂志，翻译欧洲有反抗精神的作品，作论文赞美拜伦、普希金、裴多菲诸诗人的反抗思想。他那时抱有一种极远见的见解，以为民众所以愚昧昏愦是他们的个性被埋没了的缘故。所以要中国民族真正得解放，就要解放中国民众的思想，解放他们的个性，打破数千年来的传统的道义，使他们有反抗的战斗的精神。他以为在解放个性、煽起民众的反抗精神上，文学是一种最有用的利器。因此，他当时舍医而就文学，因为他相信医治中国人的病态的精神，比医治虚弱的中国人的肉体，更为紧要。他的这个解放民众个性的见解，远超过中国当时的思想家和革命领袖的思想。

鲁迅既以一个民族的、社会的革命者的资格去接近文学，因此，在辛亥革命（这革命的成功只是表面的）以后，革命运动开始更深入，更有意识的发展着的时候，他自己的思想也更成熟，更发展。他就作为一个思想革命者，文学革命者，参加了那时的革命运动，在这中间他开始了创作。思想革命，在当时是社会革命运动的别名。那内容是反抗吃人的封建宗法社会的思想的压迫束缚，提倡科学与民主主义的思想，在政治上的意义是反抗封建军阀与帝国主义的统治。这个思想革命，造成了有名的"五四"运动（一九一九年）和震动全世界的一九二五——一九二七年的大革命。文学革命是当时思想革命的主要的一翼，那内容是反对贵族文学，提倡平民文学，反对死的埋没个性的文学，提倡活的有个性的文学，反对文言文，提倡白话文。鲁迅是当时思想革命与文学革命中的健将，《新青年》的同人与出色的撰稿者。他为着要反对吃人的礼教，为着想揭发中国国民的病症的所在，他写了很多的简短的论文，也写了《狂人日记》、《阿Q正传》等小说。他为了要打倒文言文，证明白话文优于文言文。他就有意的继续着写他的小说和散文。当时，而且现在，因了他，中国封建宗法社会的思想道德的可怕，得以昭著地显示于人；因了他，白话文和新文学，得以确立和胜利；因了他，中国有万千的青年，投身于反帝反封建的中国革命的实际战斗中。所有这些，鲁迅最初对文学的认识，他从事文学工作的当时的社会环境，他利用文学做他的战斗的工具的态度，就决定了他在文学上的地位：彻底的为人生，为社会的艺术派，一个伟大的革命写实主义者。

在中国，鲁迅作为一个艺术家是伟大的存在，在现在，中国还没有一个作家能在艺术的地位上及得他的。但作为一个思想家及社会批评家的地位，在中国，在鲁迅自己，都比艺术家的地位伟大得多。这是鲁迅的特点，也说明了现代中国社会的特点。现代中国社会，是这样的社会！鲁迅的巨大的艺术天才，显然担得起世界上最著名最伟大的那些创作长篇巨制的作者的荣誉；但社会和时代使他的艺术天才取另一种形态发展，所以他除了五本创作（小说，散文诗）以外，没有更多的创作，而是以十余本的杂感评论和散文代替了十余卷的长篇巨制。但他的十余本杂感集，对于中国社会与文化，比十余卷的长篇巨制也许更有价值，实际上是更为大众所重视。这就是在现代中国，鲁迅作为一个伟大的革命写实主义作家的特点。他的杂感，将不仅在中国文学史和文苑里为独特的奇花，也为世界文学中少有的宝贵的奇花。

一九三七年三月四日

原载一九三七年三月二十五日《工作与学习丛刊》（上海）之二：《原野》

我们从鲁迅先生学取些什么①

编者　夏征农

自己背着因袭的重担，肩住了黑暗的闸门，

放他们到宽阔光明的地方去……

——鲁迅《坟》

当黑暗和光明到了最后的决斗；法西斯主义与和平主义，侵略者汉奸与被压迫人民大众正在肉搏的时候，突然我们那最敬爱的"肩住了黑暗的闸门"的民族革命导师——鲁迅先生逝世了。

鲁迅先生是一个伟大的作家，也是一个勇敢的战士，中华民族的灵魂。列宁称托尔斯泰为"俄国革命的镜子"，但鲁迅先生之服务于中国革命是决不单是尽了"镜子"的作用的，他是典型的现实主义者；他暴露了黑暗社会的全面，他揭发了中国民族的各种缺点。不仅这样，他从黑暗中看出了光明。他明白地宣言："憎恶这熟识的本阶级，……以为唯有新兴无产者才有将来。"（《二心集》序言）他正确地指出"死者遗给后来的功德，是撕去了许多东西的人相，露出那出于意料之外的阴毒的心，教给继续战斗者以别种方法的战斗。"（《续华盖集·空谈》）

鲁迅先生虽不同高尔基一样出身于流浪儿，但他和中国革命的联系却与高尔基和俄国革命的联系没有什么差别。他的全部生活，完全反映出了中国革命的各个阶段。他始终服务于革命，始终是站在被压迫者方面说话。

辛亥革命的初期，他是抱着一种"促进国人对于维新的信仰"的希望去学医的。到了这种希望粉碎了，于是他就马上来"提倡文艺运动"，决定以文艺来改变国人的"精神"；就从那展开中国革命新面目的五四时代起，开始了他的十八年的艰苦的战斗生活。一登场，他便毫无顾忌喊出了旧礼教的灭亡，唱出了旧社会的崩溃。（看《呐喊》）他不单是"对于热情者们有同感"，而完全"与前驱者取同一的步调"。后来，作为那新文化运动指导者的《新青年》散掉了。他虽然因为"又经历了一回同一战阵中的伙伴不久还是会这么变化"而感到彷徨起来，但他的"敢说、敢笑、敢哭、敢怒、敢骂、敢打"的精神，仍然存在，且更是使他认识了"现在的屠杀者"（看《彷徨》）。由于他的这种不屈的精神，经过了"五卅"运动的高潮，他的智慧和力量也就一天一天激发着。他从自己的经验，体会出了"同战阵中的伙伴"的"变化"，是"无碍于进行的"，只有"愈到后来，这队伍也就愈成为纯粹、精锐的队伍了"。他的脚愈踏得落实，他的笔愈刺得有力。他不但剥脱了躲在帝国主义军阀的指挥刀下的刽子手，他还指出了"只图自己说得畅快"的才子加流氓的毒汁。（看《而已集》、《二心集》、《三闲集》等）这种毒汁不仅传染在当时的文化阵营中，且传染在政治阵营中。一九三〇年在他领导下的新文艺阵线的建立，就是肃清这种毒汁的结果。从那时起，他的生活，更是与中国革命打成一片，成了中国民族革命的文化前卫，一直到他最后一次的呼息。我们看他在逝世一月前所发表的言论吧：

"中国目前革命的政党，向全国人民所提出的抗日统一战线的政策，我是看见的，我是拥护的，我无条件地加入这战线，那理由就因为我不但是一个作家，而且是一个中国人，所以这政策在我是认为非常正确的。"（《答徐懋庸并关于抗日统一战线问题》）

而且他不但是同意，不但是拥护，他以他一贯的战斗精神，毫不放松地发动了一次极有意义的论争，提供了许多可宝贵的战略，以及运用战略的方法。

"民族危难到了现在这样的地步，联合战线这口号的提出，当然也是必要的。但我始终认为在民族解放斗争这条路线上，对于那些狭义的不正确的国民主义者，尤其是翻来覆去的投机主义者，却望他们能够改正他们的心思。因为所谓民族解放斗争，在战略的运用上讲，有岳飞、文天祥式的，也有最正确的、最现代的，我们所应当采取的，究竟是前者还是后者呢？这种地方，我们不能不特别重视，在战斗过程中，决不能在战略或任何方面有一点忽略，因为就是小小的忽略，毫厘的错误，都是整个战斗失败的泉源啊！"（《几个主要问题》）

我们十分相信：这问题因他而展开了整个细目，这问题因他而更趋于具体化。这时候的鲁迅先生与十八年前的鲁迅先生，除了年龄上，几乎没有什么不同；有之，只是艰苦的环境，把他锻炼成了更结实、更倔强、更勇敢。他的一滴血，一滴汗，都是为全人类，为中华民族的解放而流！他是我们全民族的！

然而，现在，我们的导师，勇敢的战士，鲁迅先生，已经永远离开我们而去了。

这无疑的是全民族的巨大损失。给予我们的，不单是个人的悲恸，而是一个晴天霹雳的警告：在敌人的疯狂进逼下，我们丧失了一股无比的力量！

我们不仅是要向这位巨人表示哀悼，我们更要号召全国文化人，全国知识青年，以及全国的民族战士来继承这位巨人的遗志；把那肩起"黑暗的闸门"的责任，放到自己的肩上来。

我们不但要向这位巨人学习创作方法，我们更要向这位巨人学习一切革命的战术。

我们要学习他那百折不挠的战斗精神，这种精神不是从天上掉下来的，而是从他的现实生活中锻炼出来的。他抱着"在这可诅咒的地方击退了可诅咒的时代"的信心，于是他有正视黑暗的勇气，无论是临到大战斗或者是日常生活斗争中，他不曾做一次旁观者。他采取着各种战略向敌人射击。"对于旧社会和旧势力的斗争，必须坚决，持久不断，而且注重实力。"（《二心集》）他一直表现了他的这种机敏和韧性。他极力反对空谈，反对虚伪，反对那"只是憎恶，更没有对于将来的理想。或者也大呼改造社会，而问他要怎样的社会，却是不能实现的乌托邦。"（《三闲集》）他需要的是脚踏实地干。比如，他在论到现在的文学运动时，就明白告诉我们，"我们需要的，不是作品后面添上去的口号和矫作的尾巴，而是那全部作品中的真实的生活，生龙活虎的战斗，跳动着的脉搏，思想和热情等等。"（《论现在我们的文学运动》）他反对宽容，他非常了解"对敌人宽容，即是对同志残忍"的教训。他指出"不打落水狗"，而让它慢慢爬起来咬自己的人，是"自家掘坑自家埋"。（论《"费厄泼赖"应该缓行》）他最近还宣言："让他们怨恨去，我也一个都不宽恕。"（《死》）这正是一个典型的战士的姿态，这种姿态，决不是时下的"空头革命文学家"，以及一些专只会"站在树梢上说风凉话"的人所能模仿的。不从鲁迅先生的真实生活出发，便决不能认识鲁迅先生的伟大。自己离开了社会的实际斗争，也便决不配谈继续鲁迅先生的精神。

鲁迅先生的生活思想的发展，并不是直线的，并不是自始至终毫无曲折地一直站在最高峰。他常常在虚心地学习：从前人的教训中，从自己的生活中，从青年大众中。他曾经彷徨过，曾经陷入过"偏见"的泥坑里，但他的实际的努力很快地便把他纠正过来了。他对于自己和创造社的论战，就这样坦白地承认："我有一件事要感谢创造社的，是他们挤我看了几种科学的文学论，明白了先前的文学史家们说了一大堆还是纠缠不清的问题……以纠正我——还因我而及于别人——的凡信进化论的偏颇。"（《三闲集·序言》）我们看到鲁迅先生常常是年轻的，那就是因为他时时浸润在青年们的热情中；他教育青年，青年也教育了他。我们应该学取他的这种"自我批评"的精神，学取他的这种从生活中去教育自己的精神。没有这种精神，坚强便会变成固执，果敢便会变成狂暴，这样的人，即使天天捧着鲁迅先生，还是永远和鲁迅先生格格不相入的。

鲁迅先生是死了，但我们十分相信，鲁迅先生已经教育出了无数万的新的战士！

鲁迅先生是死了，但我们十分相信，鲁迅先生的战斗精神，将随着中国民族解放而永远存在！

　　然而，我们仍要向全国号召：从今天起，我们要把鲁迅先生贡献给全民族。我们要扩大来研究鲁迅，学习鲁迅。我要使鲁迅先生的战斗精神，注射入全中国人民的血液里。

　　我们要唱着：

　　　　你安息吧，导师，
　　　　我们会跟着你底路向前，
　　　　那一天就要到来，
　　　　我们站在你底墓前，报告你：
　　　　我们完成了你底志愿。

　　　　　　　　　　　　　　　　　　——鲁迅先生挽歌

【注释】

　　① 本文系上海生活书店一九三七年六月《鲁迅研究》（夏征农编）一书的代序言，署名"编者"。

纪念鲁迅先生

唐 弢

　　在《且介亭杂文二集》的后记里，鲁迅先生替几篇用日文写的，而又由自己亲手翻译过来的文章作说明，其中的一条说：

　　"《关于陀思妥夫斯基的事》是应三笠书房之托而作的，是写给读者看的介绍文，但我在这里，说明着被压迫者对于压迫者，不是奴隶，就是敌人，决不能成为朋友，所以彼此的道德，并不相同。"

　　我说过，这是被压迫者的"真实的心"，也是真正的中国的声音。现在，伟大的民族革命战争展开了，鲁迅先生的遗言，终于成了四万万五千万人的一致信念，觉悟到彼此毕竟不能成为朋友，自然更不甘凭空沦作奴隶，因为我们并没有"对于横逆之来的忍从"。仅存的路，就只有变做敌人这一条。

我们要抵御，要反抗，要斗争！

鲁迅先生的一生，尽瘁于民族革命运动，力求中国的自由与解放。他是反帝的，因此也是反日的。因为"现在中国最大的问题，人人所共的问题，是民族生存的问题，"所以他主张把"一切斗争汇合到抗日反汉奸斗争这总流里去"。他培泥浇水，种下这茁壮的抗日苗秧，却等不到它开花结子，就撒手归去了。

这是中国的大众所引为遗憾的。

但幸而在这周年祭的今日，全民族的斗争已经开始，统治阶级和民众的自觉运动采取了一致的步调，结成坚固的力量，给敌人以猛力的打击了。我们相信，抗战的开始，也就是胜利的开始，所待的就只是我们坚决的、持久的奋斗。

"死亡对于战士，是空漠，但对于活着的同伴，却是一种激励。"这是我去年写在悼念鲁迅先生文章里的一句话。我以为纪念的意义也在此。那么，对于先生的纪念，除了继承先生的遗志，努力求取民族解放外，将没有比这更好的了。

一九三七年十月十六日

学习鲁迅的精神

王任叔

在这炮火连天的今日，我们来纪念鲁迅，我们感到了无限兴奋。我们可以说，我们的民族的最优秀的精神的一面——为鲁迅所继承而给具象化了的最优秀的精神的一面——在今日，是应该得到彻底的发扬了。鲁迅的胜利（虽然他死去已经一周年了）预示了我们民族的最后的胜利。

首先第一，鲁迅在和他的敌人作战的时候，开始就以胜利者姿态出现的。他一面站在广大的为大众所拥护的立场，一面以正义与人类的至高的道德的武器，绝无留情余地的向敌人痛击过去。非至敌人倒下地去再也爬不起来，他决不放手。他不止几十百次，提示给我们这民族的，是韧战的精神！

今日的全面抗战，给我们开示了的先决条件，也是非常明白的：为自己的生存，为全国人民大众的生存，我们的抗战的立场固然是非常广大而坚固的，同时，为正义，为人类至高的道德，我们的抗战的武器，也是精良而灿烂的。我们现在所要向鲁迅学习的，便是至死不变的那种坚韧的作战法，便是非把敌人打得塌下去再也爬不起来的决不妥协的精神。

现在，国际的正义的声援，已由于我们革命战士前仆后继的血肉而兑得了。罗斯福总统在芝加哥的吼声，使国联终于大胆地通过了咨询委员会的决议。日本已成为世界共弃的侵略国。但正义声援的后面，正也潜藏着国际调停的影子。鲁迅要是身处在这样的复杂的战阵里，他的目标将是更清楚的，凡是他所要打倒的敌人，他必然用自己的手来亲自解决。今日我们来纪念鲁迅，我们必须注意我们的警戒线。

其次，鲁迅是个彻底的反形式主义者。例如他开初和创造社一部分人笔战，他接着又与创造社一部分人合作。这决不是无批判的，也决不是无条件的。他不嫌形式上的疏远，他只爱精神上的接近。他批判的是空头革命家，他钦爱的是埋头苦干者。他为革命战士的血而流过泪，他也为革命战士的错误而痛下过针砭，他的目标只有一个——真理。

展开我们的面前的政治形势，是共产党的宣言，和蒋委员长的对共产党宣言的谈话，这划时代的历史上两大文件所代表的意义。我们在这一合作中，必须学取鲁迅的精神，反对一切形式上的拘泥。鲁迅在和创造社笔战的时候，他一面即在逐时改变自己的阵容：翻译无产阶级艺术理论，武装自己的意识，他公平地指出了他的对手对于这一艺术理论理解的缺乏，他同时也说出他却有被他们抓住了的"痛处"，他于是咬着牙译下去，仿佛在咬自己的"痛处"。六年来血污的历史，究竟是谁一手造成的，我们是再也不必算旧帐了。但六年来血的教训，不应作为我们自我批判的最好资料吗？大小汉奸是在怎样的政治机构的缺漏，民众的没有组织中生长的？地域主义的妨害抗战是在怎样的只求形式的和洽的自欺心理中生长的？每一个革命的战士，不特要知道敌人的弱点，更须知道自己的弱点——不隐藏自己的弱点。不隐藏才能相互的批判，相互的改正。在今日，朝野上下，必须深切地认识：抗战是每一个人民的事，实质上本无分"主""从"。谁也是"主"，谁也是"从"，行动却只有一个：打上前去。惟恐在别人的胜利与努力中，暴露自己的弱点，那是软虫一条。惟恐有拂"尊意"，而一味阿附，以扩大并巩固自己人的弱点，同样也是软虫一条。最亲切的友人，是相互批判得最不客气的；批判是抗战的阵容中最伟大的战略。形式主义者的手法，是半空中翻斤斗，于实际无补。形式主义是官僚主义的继续与伸长，我们必须从心的根底里拔掉。

最后，我们还得注意抗战的现实的一面。而现实主义的精神，正是鲁迅最伟大的精神。抗战的英雄的行动，多少是带点浪漫主义的热情的。而且这热情，确实于抗战有非常帮助，我们得鼓励它。但我们对于抗战的全面的认识，必须贯彻现实主义的精神，然后才能稳扎稳打，获得最后的胜利。鲁迅在有一处论到讽刺文学，他以为世上并没有所谓讽刺文学，现实主义者不过将现实的原形全个暴露了，使人见到它矛盾冲突可笑之处，于是把这种文学名之曰讽刺文学，掩蔽世人的观听，仿佛这责任，在于讽刺者，而不在于现实的本身（大意）。在今日全面抗战中，我们的现实主义的眼光，不但要放在敌人方面，看中敌人的弱点打去，尤须放在自己的阵营里。有血也有污毒。我们的阵营里，也有不健全的一面。排除污毒，正是增加抗战的力量。在这里，让我举一个小小的例。假如有人不想在难民收容所中做适当的宣传工作，而限定只能做宣传劝募公债之类，这意义稗告诉我们是什么呢？这无异给了难民一个极大的讽刺。然而造成这现实的讽刺的，却正是唯恐难民从血泊中醒过来，从血泊中组织起来的一种宗派的残余心理作祟。我们为巩固目前的抗战力量，保证抗战的最后胜利，必须学取鲁迅的现实主义的精神，和那种遮遮掩掩明明暗暗、时时制造现实的讽刺材料的丑角，作意识上的斗争。

鲁迅死去是一周年了。鲁迅的精神必须贯彻每一个抗战的战士的心中，每一个抗战的角落。是个民族主义者，同样是个国际主义者，这是鲁迅精神的本质。是为民族求生存，同样是为世界求和平与正义，这是我们这次抗战精神的本质。鲁迅精神与抗战精神的合致，将是我们每一个站在民族战线上者所不应忘却的呵！

原载一九三七年十月十六日《宇宙风》（半月刊）（上海）第四十九期

关于鲁迅精神的二三基点

胡　风

鲁迅先生逝世以后，全国哀悼的怒潮比什么都更雄辩地说明了他的战绩底伟大。但有人说：鲁迅没有创造出一个完整的思想体系。不错，鲁迅一生所走的路是由进化论发展到阶级论。在初期，他相信社会一定会从黑暗进到光明，在自然科学里面找着了对一切黑暗势力反抗的根据，但到了后期，他的思想里的物质论的成分渐增长，明确。进化论也罢，阶级论也罢，这都不是鲁迅本人所创造的"思想体系"，但如果离开了人类数千年的历史所积蓄起来的人类智慧底宝贵的路线，独创地弄出一个什么思想体系，那即使不是《大同书》的康有为，《东西文化及其哲学》的梁漱溟，至多也不过是一个森林哲学的泰戈尔或不合作主义的甘地罢了。鲁迅生于封建势力支配着一切的中国社会，但却抓住了由市民社会发生期到没落期所到达的正确的思想结论，坚决地用这来争取祖国底进步和解放。这是他的第一个伟大的地方。

但如果他只是进化论和阶级论底介绍者或宣传者，也就不怎样为奇，但他同时是最了解中国社会，最懂得旧势力底五花八门的战术的人，他从来没有打过进化论者或阶级论者的大旗，只是把这些智慧吸收到他的神经纤维里面，一步也不肯放松地和旧势力作你一枪我一刀的白刃血战。思想底武装和对于旧社会的丰富的知识形成了他的战斗力量。思想运动里面不知道有过多少的悲喜剧，有些人根本不懂中国社会，只是把风车当巨人地大闹一阵，结果是自己和幻影一同消亡；有些人想深入中国社会，理解中国社会，但过不一会就投入了旧社会底怀抱，所谓"取木乃伊的人自己也变成了木乃伊"；只有鲁迅才是深知旧社会底一切而又和旧社会打硬仗一直打到死。这就因为那些思想运动者只是概念地抓着了一些"思想"，容易记住也容易丢掉，而鲁迅却把思想变成了自己的东西。思想本身底那些概念词句几乎无影无踪，表现出来的是旧势力望风崩溃的战斗方法和绝对不被旧势力软化的战斗气魄。他自己说："因为从旧垒中来，情形看得较为分明，反戈一击，易制强敌的死命"（手头无书可查，只记大意），鲁迅不是一个新思想底介绍者或解说者，而是用新思想做武器，向"旧垒""反戈"的一刀一血的战士。五四运动以来，只有鲁迅一个人摇动了数千年的黑暗传统，那原因就在他的从对于旧社会的深刻认识而来的现实主义的战斗精神里面。

最后，鲁迅底战斗还有一个大的特点，那就是把"心""力"完全结合在一起。别人当战斗的时候是只能运用脑子，即所谓理智，或者只能凭一股热血，但他则不然，就是在冷酷的分析里面，也燃烧着爱憎的火焰。——不，应该说，惟其能爱能憎，所以他的分析才能够冷酷，才能够深刻。他自己说："能杀才能生，能憎才能爱，能生能爱才能文"，翻开他的全部作品来，不是充溢着爱心就是喷射着怒火，就是在一行讽刺里面，也闪耀着他的嫉恶爱善的真心。这是一个伟大战士底基本条件，也是一个伟大艺术家底基本条件。他的作品或杂文之所以能够那样在读者心里发生力量，就不外是他的笔尖底墨滴里面渗和着他的血液的原故。"吃的是草，挤出的是牛奶，血"，没有比他自己的这一句话更能解释融合着思想家、战士、艺术家的他的一生。

鲁迅一生是为了祖国底解放、祖国人民底自由平等而战斗了过来的。但他无时无刻不在"解放"这个目标旁边同时放着叫做"进步"的目标。在他，没有为进步的努力，解放是不能够达到的。在神圣的民族战争期的今天，鲁迅底信念是明白地证实了：他所攻击的黑暗和愚昧是怎样地浪费了民族力量，怎样地阻碍着抗战怒潮底更广大的发展。为了胜利，我们有努力向他学习的必要。

一九三七年，十月，十七夜，汉口

原载《剑·文艺·人民》

《鲁迅先生纪念集》

黄　源

在民族解放的神圣炮火中，在先生的逝去周年纪念中，我们将这部七百页以上的《鲁迅先生纪念集》捧呈于千千万万的热烈的纪念先生的战友。

如今，在这经了暴敌二月的五次增援、四次总攻而遭遇了，我们坚强的抵抗的上海！我们的经济与文化却受了猛烈的摧残，陷于停顿的状态，在这时际，要印行这部七百页以上的书，是万分艰难的，但我们终于克服了种种困难，将这一年来的愿望，在炮火连天的困难时期中实现了。

回想到去年的十月十九日，先生的逝世，正如万人异口同声所说的，象一个霹雳，震惊了每一个青年。当时在上海，从逝世以至安葬的这数天中，各阶层好几万的男女老幼，由衷的汹浪似的涌着来瞻仰遗容与执拂送葬，以示最大的哀悼与至诚的敬礼。而且这一声霹雳从上海的一隅响彻到全中国的每一个角落，全世界的每一个文化都市，甚至响彻到密密封锁的深渊似的监狱中。当时我们看到想到这无数的热诚而哀痛而又激昂的脸，就想描摹下来，使各地的战友以至后代的人，知道这巨人的死，在中国以至世界的广大的群众间，引起了怎样的强烈的反响。

这一册《纪念集》，就是在这一企图之下，由纪念委员会编辑而成。它包含着自传，年谱，译作书目，逝世经过略纪，逝世消息摘要，悼文、函电，挽联辞，国外及各地通讯，附录等等。原拟编入的墨迹以及逝世与出丧等插图，现因限于物质的条件，暂时未能如愿加入。

这里面的悼文分四辑，计五五八页。有许多是没有发表过的，也是当时未便发表的。例如金三的《深渊下的哭声》，便是从"满布结核菌的阴暗狱房"，冲破了严重的警备寄出来的。其文悲切沉痛，令人读之，如亲聆其痛切的哭声。数月前我遇到这位刚出狱的友人，知道他们在狱中第二天就听到这噩耗了，于是彼此传递，一下就传遍了全狱，次日照例去广场上散步时，看见人人都低着头，沉着脸，囚衣上缠着一圈粗布，在无言中表示了至深的哀悼与敬意。后来便暗中推他代替狱中的全体政治犯，写了这篇悼文。这类故事，在这纪念集中可以说俯拾即是。譬如萧三从莫斯科写来报告苏联悼念鲁迅先生的通信中，讲到的一小故事，也同样的动人。去年十二月十三日晚上，苏联的许多名作家在莫斯科的"作家之家"开追悼鲁迅大会。由法捷耶夫（即先生译的《毁灭》的作者）主席，有许多作家讲演，到会的理定（先生译过他的短篇《果树园》）虽没有对会众讲话，但他对萧三讲起这故事。他说：十月二十二三号，他在西伯利亚车上和两三个由西欧回中国去的中国留学生同车，他们用英语谈话，谈到中国的文化，文学，那几个学生告诉理定说，中国在中国的高尔基——鲁迅……。一会，车停在一个站上，理定下车去，买了一份《真理报》，看到了鲁迅死去的消息：马上进车厢来告诉那几个中国留学生，他们听了大为悲痛，有两个竟忍不住下泪……理定说："我从这里才知道鲁迅之伟大，知道中国的青年是如何敬爱鲁迅的……"

假如理定能读这纪念集，他可以更知道鲁迅之伟大，知道中国的青年是如何敬爱鲁迅的，敬爱鲁迅的青年是满布了中国的每一个角落的啊！这纪念集中所收集的各地的悼文便是一个最好的铁证。

现在，我们敬爱的鲁迅逝世已一年了，全国的抗战也已二月有余，爱先生无疑的更爱先生所爱的革命的中华民族。去年长长的排列在送葬的行列中的，以及各地无数的热烈的哀悼先生的战友，今日将必然的依着先生所指示的途径，学先生的坚韧的战斗法，在这民族解放的抗日战争中，成为一支最坚韧耐战的队伍。

假如我有一天躲在战壕里翻阅这纪念集，我想我一定比现在快乐千百万倍的。

十月十二日
原载于 1937 年 10 月 17 日上海《烽火》周刊第七期

鲁迅先生大病时的重要意见

景　宋

在此全面抗战中我们来纪念鲁迅先生的周年，不是没有意义的。因为，鲁迅先生，并非如一般文人的，做些咿咿唔唔，不痛不痒的文章了事。对于批评社会，他总象海洋中的灯塔，做探照，指示途程的工作。在去年六月间大病的时候，还关心到我们整个民族的生存问题，因而发表了几篇重要文辞，对于抗日统一战线上有所论列。这宝贵的意见，在这一年间，我们全国人士，已经遵循前进，大家正手牵着手，结成一条"赤练蛇"般的长线，以统一的步伐，朝向敌人迈进，誓必把它们盘绞噬灭而后已了。

对于"托派"，因为侵略者，惟以达到侵略为目的！他们无不利用的。所以，战争发生以来，日本当局对托派的优容，每使人们惊讶，其实，去年六月九日，先生《答托洛斯基派的信》里面就说："你们的'理论'确比毛泽东先生高超得多，岂但得多，简直一是在天上，一是在地下。但高超固然是可敬佩的，无奈这高超又恰恰为日本侵略者所欢迎，则这高超仍不免要从天上掉下来，掉到地上最不干净的地方去。"这里先生早已明明看到，说破了此刻的现实了。在中国，舍抗战无以图存，现时各党各派联合一致，统一御侮之下，我们希望中国的"托派"，幡然醒悟，不要堕入日本侵略者的毒计中。

对于民众，先生《病中答访者问》里面谈道："因为现在中国最大的问题，人人所共的问题，是民族生存的问题。所有一切生活（包括吃饭睡觉）都与这问题相关，例如吃饭可以和恋爱不相干，但目前中国人的吃饭和恋爱却都和日本侵略者多少有些关系，这是看一看满洲和华北的情形就可以

269

明白的。而中国的唯一的出路，是全国一致对日的民族革命战争。"我们现时还没有去满洲和华北的便利，不过这次上海战事，确切地证实了"目前中国人的吃饭和恋爱却都和日本侵略者"大有关系了。战区的同胞，有整批屠杀，或只身逃出而一切的不动产都给侵略的强贼搬运净尽，烧炸灭迹了。其余各水陆上同胞，任意被轰击残杀，没有一处可以安枕，我们已经到了没有了一切，生命不晓得甚么时候被突击，财产不晓得甚么时候被消灭，我们若不把强贼打退，绝对没有安全保障的可能。我们"将一切斗争汇合到抗日反汉奸这总流里去"吧。

对于文艺者，在《答徐懋庸并关于抗日统一战线问题》中有几句很重要的："我赞成一切文学家，任何派别的文学家在抗日的口号之下统一起来。我以为文艺家在抗日问题上的联合是无条件的，只要他不是汉奸，愿意或赞成抗日，则不论叫哥哥妹妹，之乎者也，或鸳鸯蝴蝶都无妨。我以为在抗日战线上是任何抗日力量都应当欢迎的。"不错，现在我们救亡协会等团体，已经在短期间有坚强的统一了，妇女界也萃聚了二十余团体和大部分家庭妇女，成为巩固的慰劳抗战将士会，而我们政府，也在这一年间，真诚团结起来，一切内争早已消灭了，政治犯释放了，朱德将军和各地重要首领，民众领袖，在统一的政府领导之下，实行艰苦的抗战工作，而且平型关大捷，奠下了收复北方的基础。谁还敢说我们是"一盘散沙"？我们是一心一德的逐驱侵略者的全面抗战。

去年，全国学生救国联合会哭先生的辞句："我们已经从你那里懂得了'集体的力'，我们已经铁般地组织起来了！我们将大家一齐与敌搏斗，我们再不怕屠夫的凶险，我们再不怕虎狼的残暴，我们将把你那'越战越硬'的灵魂收做遗产。"此刻，这誓辞在每个人身上实践了。

先生，我们损失了你这伟大的导师一年了，诚然是可悲痛的。不过，大家目前正在领受着你的遗产，在做你所希望着的工作，而且将要很快就完成了，或者这似乎可以告慰一下的罢。

原载一九三七年十月十八日《文摘战时旬刊》（上海）第三期

上海市文化界救亡协会鲁迅逝世
周年纪念宣传大纲

（一）鲁迅的斗争生活，开始于五四新文化运动。他第一篇小说《狂人日记》在《新青年》上发表，即以反礼教反封建的姿态出现。同时，他又用唐俟的另一笔名，写下许多讽刺旧社会黑暗的杂感，如对于彼时灵学会的攻击，虚无主义的攻击。

（二）鲁迅的思想，是唯物的，同时又是民主的。他相信科学，相信进化论，他也相信民主政治的理想。但他比当时的提倡民主思想与科学精神的人，有更进一步的了解。因为他站在坚决的大众的立场上。所以五四以后，一般先驱者都一一变了节，而他却开始更深入，更扩大，将这民主思想与科学精神的两项武器，用力于社会，时事，民族性的解剖与批评上。

（三）鲁迅最伟大的成就，（也可说是最巨大的斗争的业绩）是将中国几千年来沉淀于民族精神里最根本的污毒，最卑劣而颓唐的一面，予以综合化，具象化，创造了个阿Q的典型。二十年来，这阿Q的典型，已经成为促进全中国人民大众时时加以反省的棒喝。

（四）鲁迅以最英勇的姿态与封建军阀集团单身作战的时代，都是在章士钊作教育部长时。由于那时一部分民族资产阶级的软弱，一批个人主义自由思想的学者，便都依附于封建的北洋军阀的左右，专以压迫与广东国民政府相呼应的人民大众的思想的觉醒运动，为政治上的唯一任务，鲁迅这时便以毫不留情的态度，向这一压迫者们的联合战线，分别攻击着去，把那些个人主义自由思想的学者的假面，全部剥了下来，使全国的青年大众知道什么是自己应走的路，巩固了彼时中山先生所结成的以人民大众为基础的各党各派的联合战线。

（五）国民革命胜利后，鲁迅的战斗的对象，更集中于中国社会的黑暗面，与为帝国主义所欲誓死维持的封建势力及帝国主义的本身。这时，他的旗帜也更显明，目标也更正确了。在思想上，他更显然的踏进了辩证唯物论与科学社会主义的阶段。

（六）"九·一八"后，鲁迅更从反封建反帝的立场，变为一个积极的抗战论者。散布在他文字里的，都是鞭策人民抗战的决心的火一般的热情，都是指示着为中国民族的生存而必须越过一条死亡线的具体的意见。直到他死前一个月中间，他还写下三篇非常宝贵的对于抗敌救亡的历史文字，这就是《答徐懋庸并关于抗日统一战线问题》、《答托洛斯基派的信》和《论现在我们的文学运动》。

（七）他在这三篇文字里，首先指出抗日统一战线的立场，是全民的。他说我们的斗争，"决非停止历来的反对法西斯主义，反对一切反动者的血的斗争。而是将这斗争更深入，更扩大，更实际，更细致曲折，将斗争具体化到抗日反汉奸的斗争，将一切斗争汇合到抗日反汉奸斗争这总流里去……而是将他的责任更加重，更放大，重到和大到要使全民族不分阶级和党派，一致去对外。这个民族的立场，才真是阶级的立场。"在这一精辟的意见里，

我们如其在今日来加以说明，即是在抗战揭开的目前，必须明朗地确定，那具有人民大众的立场的政治内容，加强政府的机构，通过全民族生存的欲求，展开坚固的统一战线，来与强敌作殊死战。这里，鲁迅是抱有以他所娴习的文艺武器，来组织民众的伟大的力量的企求。

（八）其次，鲁迅对于统一战线，更有极明确的方案：在集中力量上说，他主张每一个中国人民都应该团结起来。但他决不是因之而放弃了意识上的无情的斗争。在文学界的统一战线上，他主张任何一个文人应在"国防"的旗帜下结合起来，只要他不是汉奸。他主张对日作战的统一，对内批判的自由，使抗日战线由于意识的斗争，而更进于巩固，更为有力。

（九）再次，鲁迅的更坚决的对于抗日统一战线的态度，又见之于《答托洛斯基派的信》。鲁迅在这个信里首先是极其明朗的将国共两党必需联合的态度表明了。他为"毛泽东的出卖革命"，作了一度极讽刺的辩护以后，更深入的把托洛斯基派和日本帝国主义勾结起来的原因指出："你们高超的理论将大为大众所欢迎，你们的所为，有背于中国人现在为人的道德。"这就是托洛斯基派脱离了大众的利益与要求，专为宗派的意气而瞎闹而出卖民族，而做了准汉奸的实在原因。

（十）今日我们来纪念鲁迅，必须明白上述鲁迅思想、精神和抗日的主张。而尤须我们学取的，是鲁迅的韧战的精神。无论那一个代表恶势力的敌人一上了鲁迅的手，他必定打到敌人倒下地去再也爬不起来为止。我们一点也不必讳言。目前全面抗战虽然展开，但由于统一战线部分的软弱，

还留下能"妥协"的因素与懦弱的幻想。而民族的生路，却惟有"抗战到底"一条。妥协与幻想，是只有断送民族的生命的。鲁迅的"韧战"精神，正是保障抗战的最后胜利的唯一条件。扩大这精神，使成为中华民国每一个国民的精神，又是我们目前急迫的任务。在鲁迅纪念今日，我们应提出如下的口号：

(一)继承鲁迅不妥协的精神！

(二)确立民主政治的基础！

(三)广大的展开民众运动！

(四)巩固民族的统一战线！

(五)对日绝交！

(六)肃清托洛斯基派准汉奸的理论！

(七)提倡自我批评精神！

原载于 1937 年 10 月 19 日上海《救亡日报》

鲁迅先生逝世周年纪念

韬　奋

十月十九日的今天，正逢着鲁迅先生逝世周年纪念，回忆去年的今日，整千整万的民众在静肃悲痛的气氛中瞻仰先生的遗容，恭送先生的灵柩，民众异口同声很沉痛而悲壮地唱着挽歌，那个时候中国还是在含垢忍辱过着无耻的生活。安葬的时候，沈钧儒先生等在先生的灵柩上很严肃的覆上一面白色大旗，上面写着三个大字："民族魂"。把"民族魂"和这位伟大的民族斗士联系起来，是很正确的，因为鲁迅先生的战斗精神已注入了千千万万的广大的中国人的血液里，使失却灵魂的民族恢复了它的灵魂。在今年的今日，全民族的抗战已在展开了，我们已秉着先生的遗教，承受着先生的英勇坚决的战斗精神，向着日本帝国主义猛攻了。"中国最大的问题，人人所共的问题，是民族生存的问题！""中国的唯一的出路，是全国一致对日的民族革命战争！"先生的遗言，我们是永远不会忘记的。

先生的躯壳虽离开我们一年了，先生的精神是永远不会离开我们的。

鲁迅先生对于民族革命战争，曾经说过"战线应该扩大"；又说"应当造成大群的新的战士"；我们觉得在今日抗战已发动之后，这种工作尤其是需要我们努力去做的。这伟大的民族革命战争，必须使全国人民都集中他们的力量来参加，必须在战斗中锻炼广大群众的战斗能力，如鲁迅先生所谓"造成大群的新的战士"做坚决的持久战，然后才能保障最后的胜利。

"什么是路？就是从没有路的地方踏践出来的，从只有荆棘的地方开辟出来。"鲁迅先生所策励我们的是要从没有路中踏践出路来，要从荆棘中开辟出路来。我们今天纪念先生，不要忘却先生始终英勇战斗的精神，奋发努力于民族解放的工作，不怕艰苦，不许妥协。

原载于 1937 年 10 月 19 日上海《抵抗》三日刊第十九期

深的怀念

巴 金

天空中响起了机关枪声，三只飞机在我们的头上盘旋，我坐在黄包车上，膝前堆着印书用的报纸；铜板纸和模造纸重重的压在我的颈后。在这时候我想起了我们大家敬爱过的鲁迅先生，我忽然疑惑起来；为什么这些纸是用来印《纪念集》而不是印他的著作？但是一个绝望的声音在我的心里说："他死了！"我才记起他已经在一年前死了。

一年前我写过："跟着鲁迅先生的死我们失去了一个伟大的导师，青年失去了一个爱护他们的亲切的朋友，中国民众失去了一个代他们说话的人，民族解放运动中失去了一个英勇的战士。这缺损是无法填补的。"的确我们的这损失至今还不曾得到补偿。

然而最近的一些事实却使我在前天写了这样的话："我们说过要继承鲁迅先生的遗志前进。这不是一个空泛的诺言。南北各前线的炮声和山间田畔士兵的赤血就是一个凭证。全中国儿女的心连结成了一块磐石；全中国儿女的力汇集成为一股铁流。这是我们的民族解放的战争中的不可抗拒的力量，它会把横暴的侵略者打击到屈膝的。"

我们相信鲁迅先生的精神是不死的。我们说自由平等的新中国的实现便是纪念鲁迅先生的最后的纪念碑，这些都不错，而且每个人都知道不错。新的中国是会到来的。但是有一件东西，鲁迅先生的温情和仁爱，我们却无法再领受到了。想到这一点，我只有让深的怀念苦恼着我。

原载于 1937 年 10 月 19 日上海《救亡日报》

鲁迅并没有死

鲁迅的逝世转瞬就已一周年了。我们在这民族解放运动的浴血抗战期中来纪念鲁迅觉得是最悲壮而且是最调和的。

对于恶势力死不妥协，反抗到底的鲁迅精神，可以说，是已经成为了我们的民族精神。我们目前的浴血抗战，可以说，就是这种精神的表现。

鲁迅是把我们民族性中的阿 Q 相枪毙了。

鲁迅所播下的种子已经发了芽，而且开了花，可惜他自己不及亲见，早在一年前死了。

但是，鲁迅果真是死了吗？我敢于说：鲁迅并没有死，目前在前线上作战的武装同志，可以说个个都是鲁迅。目前在后方献身于救亡运动的人，也可以说人人都是鲁迅。

鲁迅是化为了复数了。

但我们希望这复数化了的鲁迅，不仅要普遍地活着，而且要永远地活着。

贯彻鲁迅精神使它永远成为我们的民族精神，是纪念鲁迅的最好的方法，也是保卫国族的最好的方法。

真确的，鲁迅并没有死！

载一九三七年十月十九日《救亡日报》。（见抗战出版社一九三七年出版的、由景宋（许广平）题签的《鲁迅逝世周年纪念册》。）

纪念鲁迅与抗日战争

景　宋

　　"八·一三"，伟大的抗战开始了，抗战不限于淞沪，二十九军在南口抗战过了，卢沟桥事变发生，也抗战了。但是，没有这次上海的能够持久，使敌人受重大损失，引起别国对于他的实力的怀疑。同时我方将士的忠勇，激动了，转移了列强对我的同情，我们不是不能抵抗的民族，而且这个民族正在尽量发挥其沈毅不屈，百折不挠的精神了，这光荣的抗日战争，将是我们民族复苏的左券。

　　鲁迅先生，当日俄战争之后，为了我们民族中虽有健全体格，终于被日人绑赴刑劫，惨受凌辱，愤而弃了学医，从事文学运动，以期唤醒民心。他拿医者的眼光，处处解剖着自己民族的弱点，好象医生替自己家人开刀，一面觉得没有法子，一面人家或者还以为他太忍心。不过，他数十年来的文学运动，到了今日，开放起抗战火花来了。在抗日战争中，我们应该细细体会他的意见，完全为了整个民族的生存，一切指示出来的，不管正面和反面的说法，我们都可以拿来研究，参考，以便利抗战，避免失败。

　　首先，战斗的方法：鲁迅先生的战斗法，不是军事学的，乃是把一切学问的结晶，提供出来，做为一般民众的对付敌人的方法，或者有时他通过文学的说法而写出来，不过希望人们会活用，就无论在哪里都适合了。

　　他告诉我们要有毅力："无论爱什么，——饭，异性，国，民族，人类等等，——只有纠缠如毒蛇，执着如怨鬼，二六时中，没有已时者有望。"（《华盖集·杂感》）

　　他通知我们喊冤没有用处："叫苦鸣不平，并无力量，压迫你们的人仍然不理，老鼠虽然吱吱地叫，……而猫儿吃起它来，还是不客气。例如人们打官司，失败的方面到了分发冤单的时候，对手就知道他没有力量再打官司，事情已经了结了……压迫者对此倒吓得放心。"（《而已集·革命时代的文学》）

目下，九国公约会议国有在比利时开会的消息了，而且似乎也打算要日本也参加。如果于他不利，他肯出来受大家责罚吗？决不是的，他一定要极有把握地胜利，才参加的。老实说，帝国主义者，时时刻刻不会忘记他自己利益的，如果日本拼命打下山西，华北设立伪自治，赶速暂时停止战事，用几个傀儡来遮掩耳目，说是他无对华领土野心。同时上海方面，提议扩大中立区（就是变相的割地），把我们市中心以外划一大部分在内，使某某等不战而坐享渔人之利的优厚条件饵之，这时很顺利的多数通过决议案，迫我国执行。如此则日本借外力坐取华北，使我无从反抗，暂停进攻华中华南，减轻其他帝国主义者的恐慌。那么，这个会议，真似我们向它分发冤单，失地了事，这绝对不可的。

"富有反抗性，蕴有力量的民族，因为叫苦没有用，他正更觉悟起来，由哀音而变为怒吼。……他要反抗，他要复仇。"（同上，《革命时代的文学》）

反抗和复仇——换句话说，就是抗战——就是对于侵略者的一种反响。这工作是艰苦，麻烦，需要很大的忍耐力的，所以，我们应该注意：（一）"必须坚决，持久不断，而且注重实力"。（二）"战线应该扩大"。（三）"应当造就出大群的新的战士"。"但同时，……战线上的人还要韧"。（《二心集·对于左翼作家联盟的意见》）

检查我们现在：战场上，我们的忠勇战士十分坚决的，但另一方面，我们日日被敌人飞机大炮轰炸，大规模的屠杀，至今还未和敌人宣布绝交，未撤回公使，仍旧照付庚款，而且有些人在表示或一程度下可以停战，随时有讲和的毒菌在散播毒素。果真如此，这几个月精锐勇往的战士的大量牺牲，和战区民众的横遭损失，岂不白费了吗？相信我们的政府，决不会这样做的。谈到战线应该扩大，就是现时大家所呼号的全面抗战了。现在情形，平浦、平汉、平绥、淞沪各线，我们的力量，似乎只能做到保守不退的多，那么，战事的主动在彼，如果我们一天不下坚决的心，极力把战事扩大，等到敌人扎稳营垒，再来压迫，那时就难于设法了。至于应当造出大群的新的战士，那更无须谈得了，我们长期抵抗，后备应极充足，如果新的战士不从速组织起来，任令民众饥饿失业，赶到站在敌人那面，损失多么可怕。说到"韧"，就是"壕堑战"，是可以持久而又以逸待劳，避免无益牺牲的。直到现在，敌人用飞机整天在头上扫射，投弹，成排的炮，动不动整百的过来，如果死守"壕堑"法，不是坐着等死？大量的牺牲，很不上算的，似乎应该活用到游击战，散兵战，避实就虚等的办法了。

其次，敌人对我，专门追击没有武器的徒手民众，任意轰炸逃难民船和火车站，对战区内妇孺的枪杀……都是鲁迅先生认为："怯者的愤怒，却抽刃向更弱者。不可救药的民族中，一定有许多英雄，专向孩子们瞪眼。这些屠头们！"（《华盖集·杂感》）他们必然是怯懦的，因为他们没有理由说出他的战争不是为了侵略。这样的，就是自己也不敢决定是妥当的！最后只好用屠杀来毁坏别人，以掩护他无理性的凶兽般的掠夺。

再次，许多不好的方法要留心，"一国当衰疲之际，总有两种意见不同的人。一是民气论者，侧重国民的气概，一是民力论者，专重国民的实力。前者多则国家终亦渐弱，后者多则强。"这是一向的老毛病，对外事件每有发生，即从事鼓吹民众方面的工作，但是没有实力，就如同肥皂泡泡，气足了，高涨了，转眼间就爆散，一点也没有用处。

应该怎样才好呢？"假定现今觉悟的青年的平均年龄为二十，又假定照中国人易于衰老的计算，至少也还可以共同抗拒，改革，奋斗三十年。不够，就再一代，二代……。这样的数目，从个体看来，仿佛是可怕的，但倘若这一点就怕，便无药可救，只好甘心灭亡。因为在民族的历史上，这不过是一个极短时期，此外更没有更快的捷径。但是以破灭这运动的持续的危机，至目下就有三样：一是日夜偏注于表面的宣传，鄙弃他事；一是对同类太操切，稍有不合，便呼之为国贼，为洋奴；三是有许多人，它利用机会，来猎取自己目前的利益。"（《华盖集·忽然想到》）

我们现在比较懂得"民力"了，不过有许多浪费这力的地方，诚足以破灭持续的危机的。即如战事刚发生时的打汉奸和有些管理难民们的巧人，借机会猎取自己目前利益，和以前情形还是差不多。

更有极重要的，就是外人——尤其是日本人——深懂得中国人老脾气，只要面子过得去，损失是不在乎的。以前的秘密条约，老早把我们束缚得几乎翻不转身，而那些侵略者们还在说："保全中国领土的完整"。日本的侵略者，一面侵略了整块整块的土地，东北沦亡，绥察继陷，平津已失，晋北垂危，淞沪心腹，沦为血战，边疆要塞，尽饱鲸吞，而敌人仍口口声声说："对华没有领土野心。"屠戮我无辜徒手妇孺，反说不是对付中国人，是消灭赤化者。这种自欺欺人的鬼计，现在我们再不能轻易放过，由他胡说，无论如何，希望抗战到底，千万不可再任令华北成立伪五省联合自治的傀儡政府，我们现在觉悟，不再要面子了。

这次的抗战，我们把握着现实，如果损失到我们的实权，非从死里寻生，打出一条血路不可。而且我们的政府，已经和全国民众一致起来，表示战至最后一兵一卒，还是抵抗，提议十二金牌召回岳飞的人，相信不欲使他存在了。况且这回抗战中的教训，敌人除了武器较我充足坚强之外，没有别的优胜之处。

敌人的目的是什么？一九三一年，鲁迅先生《答文艺新闻社问》说明："日本占领东三省的意义"，"这在一面，是日本帝国主义在'膺惩'他的仆役，中国军阀，也就是'膺惩'中国民众，因为中国民众又是军阀的奴隶，在另一面，是进攻苏联的开头，是要使世界的劳苦群众，承受奴隶的苦楚的方针的第一步。"

我们怎样对付呢？第一，我们是被帝国主义压迫的民族，"帝国主义和我们，除了它的奴才之外，那一样利害不和我们正相反？我们的痈疽，是它们的宝贝，那么，它们的敌人，当然是我们的朋友了。"帝国主义不愿我们有一个朋友的，尤其是以平等待我的和平朋友。然而"我们不再受骗了"。"它们自身正在崩溃下去，无法支持，为挽救自己的末运，便憎恶苏联的向上。谣诼，诅咒，怨恨，无所不至，没有说，终于只得准备动手去打了，一定要灭掉它才睡得着。但我们干什么呢？我们还会再被骗么？……我们反对进攻苏联。我们倒要打倒进攻苏联的恶鬼，无论它说着怎样甜腻的话头，装着怎样公正的面孔。这才也是我们自己的生路！"（《南腔北调集·我们不再受骗了》）

侵略的帝国主义是不许别人有文化的，所以首先毁坏它，这回北平，天津，南京，上海等处的文化机关的炸毁就可见了。为了文化，我们也得向侵略的帝国主义反攻，我们要保存自己的文化，首先和保存文化最进步的苏联，我们的友人共同打倒这逆时代的巨轮而转的野兽。这是对外，至于对内呢？

关于抗日统一战线问题：鲁迅先生赞成不分派别一致联合来抗日的。"我赞成一切文学家，任何派别的文学家在抗日的口号之下统一起来的主张""我以为文艺家在抗日问题上的联合是无条件的，只要他不是汉奸，愿意或赞成抗日，则无论叫哥哥每每，之乎者也，或鸳鸯蝴蝶都无妨""我以为在抗日战线上是任何抗日力量都应当'欢迎的'"。

而且为了民族生存上，也非和日本侵略者决战不可的。"因为现在中国最大的问题，人人所共的问题，是民族生存的问题。所有一切生活（包含吃饭睡觉）都与这问题相关；例如吃饭可以和恋爱不相干，但目前中国人的吃饭和恋爱却都和日本侵略者多少有些关系，这是看一看华北的情形，就可以明白的。而中国的唯一的出路，是全国一致对日的民族革命战争。"（《且介亭杂文末编·论现在我们的文学运动》）

　　末了，我们今天纪念鲁迅先生，就是提出他写给我们的意见：他告诉我们要有毅力，空口喊冤没有用处，要反抗，复仇；这反抗须坚决持久，战线扩大，添造战士，敌人是怯的，不足畏，我们应注意民力，不要讲面子，敌人进攻我们，就是进攻苏联的开头，也是要使世界的劳苦群众，永受奴隶的苦楚的方针的第一步。我们被帝国主义者侵略，只有联合我们的友人，打倒进攻苏联的恶鬼。这是我们的生路，我们在国内，欢迎任何抗日力量，以保存我们民族的生存。最后，在鲁迅先生提出时，距今不过一年，而这一年，我们已经陆续在实行了，鲁迅先生如果还健在，是多么兴奋，因此，觉得我们民族进步之速，前途大有希望的。

原载于 1937 年 10 月 19 日上海《救亡日报》

一种误会

冯雪峰

　　《救亡日报》的先生们要我为他们的特辑写一点关于鲁迅先生的文章，自己决不定写什么的好，因为我想许多问题和许多话，别的人们都一定先说了，而有些问题又不适宜于在特辑上来发挥。但刚在这个时候，有一个人问我关于一个问题的意见，现在就对这个问题说出一点我一人的了解罢。

　　这问题就是关于民族统一战线的，他说："鲁迅先生是发表过关于抗日统一战线的文章的，他赞成抗日统一战线，但现在情形不同，他如果还活着，你以为他会怎样？"……这个问题，我以为是没有意义的，所以我当时只说："我也不知道他会怎样"。但我想，这里却可能包含着一种误会，——就是对于统一战线的理解上的误会。这样的误会，恐怕不止一个人的。但是，我们如果深刻地研究过鲁迅先生对于抗日的民族统一战线问题的透辟的一针到底的理解，那我们就知道鲁迅先生关于这个问题的对于我们的明示也是非常正确的，还比一般的政论家深刻和坚定得多。鲁迅先生说道："所以，决非停止了历来的反对法西斯主义，反对一切反动者的血的斗争，而是将这斗争更深入，更扩大，更实际，更细微曲折，将斗争具体化到抗日反汉奸的斗争，将一切斗争汇合到抗日反汉奸斗争这总流里去。……这个民族的立场，才真是阶级的立场。"（《论现在我们的文学运动》，《且介亭杂文末编》一六〇页）

这是鲁迅先生就文学和思想斗争的问题说的，但对于其它的部门，这原则也同样适用。而且——鲁迅先生毫无疑问是阶级利益的拥护者，但尤其毫无疑问的是民族利益的拥护者，——在这里就表现了他的阶级的与民族的之最好的一元论的论法。这个一元论的观察问题，连目前一些顶好的政论家有时都还把定不住的。那么，从这样的论点出发，在民族统一战线有了大的成绩的现在，他会怎样呢——倘若他还活着？

活着或不活着，对于我们民族大有关系，但对于这个问题的答案却没有什么关系。现在，比一年前的确大大不同了，但这是大大的进步，大大的发展，鲁迅先生关怀我们一切民众及青年所费去的血，开始有些成绩，但还需要不屈不挠的费更多的血斗争下去，为着同一的民族统一战线的全部实现，这样，鲁迅先生倘若还活着，将同样地拥护统一战线是毫无问题的。以上所说的误会的另一方面，大约是以为现在不是民族统一战线了，而是什么"投降"了——这第一，是自己看不见实际的成绩，不觉得自己更前进了一步，好比人从森林外走进了森林就看不见了森林，却以为自己不在森林里了一样的错觉。第二，大约由于没有对于民族的和阶级的利益之一元论的看法，及将原则变为具体和从具体看原则的眼光的原故。但其次，相反的，又可引出更危险的结论，以为现在根本不能谈民众的解放和生活的改良，或对于鲁迅先生的名言："将沦为异族的奴隶之苦告诉大家，自然是不错的，但不可得出还是做自己人的奴隶的好的结论"（大意），也给了否定。而一年来事实却又证明，不同时解放自己的奴隶，终将一伙儿都沦为异族的奴隶，而有些却先去做不得已的"汉奸"了。从民族解放的必要，必须有民众的解放——这是抗日民族统一战线所要努力的一方面，鲁迅先生所特别注意着的。根据鲁迅先生的对于民族统一战线的富有战斗经验的宝贵的理解，我们还可以说：那空洞的借口阶级的利益，不首先去从事民族的利益（抗战），不为着这目的（抗战）而拿出与发扬阶级的力量者，是同样的对于阶级利益的消极和阻碍。反之，那无理的借口民族的利益，不首先去为着民族的利益而解放民众，改良民众的经济的生活和政治的地位，以使他们拿出和发挥他们的力量者，是同样的对于民族的利益，即抗战的阻碍和反对。……

这是我一人的了解，但以上所说的可能的误会，可能不是一个人的。

因此在纪念鲁迅先生的时候，——也就是抗日的民族统一战线有了实际的结果，全国范围的战线上实行着反抗侵略的血战的时候。我说出我一个人的这了解。而且在这时候，固然谁都明白不在这时解放自己的奴隶是抗战前途之最大的危机了，但我们却一方面看见死也不肯解放民众的那浓厚的势力，另方面还偶然要听听那些果然从极"左"转过来的妙论——譬如以为现在没有饭吃的农民也要以购买救国公债为爱国义务，并且要使他们知道有四厘利息可取的那经济学的宏论，以及将国家的抗战打比为乡村地主的出殡，乡民应当去抬棺，地主总会给你一顿饭吃的，所以不要嚷什么生活问题的十分美妙的巧舌。——在这样的时候，我们就尤其觉得在这方面也必须学习鲁迅先生，以鲁迅先生的正确的关于民族抗日战争的理论来纠正目前的一些错误，连同一切方面的进步，求得民族的解放。

原载一九三七年十月二十日《救亡日报》（上海）

学习鲁迅精神　文艺家大团结

——鲁迅先生周年纪念座谈会决定组织文艺界救亡协会

今日为鲁迅先生周年纪念日，上海市文化界救亡协会及上海战时文艺家协会会员郭沫若、王统照、汪馥泉、巴金、包天笑等联合发起，邀集本市文艺界同人于浦东大厦七楼举行座谈会，到会者有郭沫若、田汉、郑振铎、方光焘、傅东华、胡愈之、陈望道、王统照、巴金、谢六逸、欧阳予倩、汪馥泉、胡仲持等一百余人，方从南京来沪之救国领袖沈衡山先生，及鲁迅先生之夫人公子亦来参加，为上海文艺家空前盛会。三时开会，当推定沈衡山、郭沫若、胡愈之、郑振铎、汪馥泉、巴金、陈望道等七人为主席团，由殷扬司仪，先为抗战牺牲将士静默一分钟，继由郑振铎报告本会筹备经过，继由沈衡山、郭沫若、田汉、陈望道、黎烈文诸先生相继演讲。沈先生精神矍铄，希望文化界同人学习鲁迅先生永不妥协奋斗到底之精神，保证抗战之最后胜利。郭沫若先生谓鲁迅先生文章事业，既广且深，渺如烟海，我们要学习鲁迅，人人成为鲁迅，初看颇似夸大，但是我们可以用集体方法，用广大群众之集体的方法，学习鲁迅精神。陈望道先生认为文艺界散漫无组织，不足以发扬文艺界应有之力量，故希望趁今日集会之便，进一步而使文艺界有一统一之救亡组织。田汉先生指摘抗战期内国人精神上的自信不够，故纪念鲁迅，应学习鲁迅先生精神，对我民族精神上之疾患，作彻底之清扫，一方更应理解鲁迅先生之伟大，在他一生奋斗，始终不离大众，不离组织，故响应陈望道先生之提议，希望文艺界有进一步之团结。此提议又由黎烈文、胡愈之两先生之补充说明组织广泛的文艺界团体，而使此团体与救国群众联系之必要，出席者全体赞成，继由王任叔提议实现此项提议，应先推举筹备委员会，讨论后，决定先由大会决定组织"文艺界救亡协会"，并选出临时执行委员郭沫若、王统照、郑振铎、汪馥泉、陈望道、巴金、欧阳予倩、田汉、傅东华、戴平万、谢六逸等十一人，并临时提议：（一）前与商务印书馆商定出版之《鲁迅全集》，因战事关系，延期出版，决由今日出席者签名，请商务从速进行出版。（二）为继续鲁迅遗志谋文艺界大团结，决定邀请现有一切文艺作家及团体，为文艺界救亡协会会员。（三）为表示抗敌到底之决心，由今日出席者联名，请政府即日宣布对日绝交。散会时已六时矣。

原载于 1937 年 10 月 20 日上海《救亡日报》

我们失掉了一面民族的镜子

王任叔

在鲁迅逝世周年纪念的今日，要想找一篇堂皇的纪念文字，论到鲁迅的学术思想，在我是不大可能的，我的感想还如去年一样：失掉的是一面镜子，有许多人是得透一口气轻松一下，而忘形于自己的尾巴了。自然，我也是其中的一个。一年以来，我居然活得飘飘然，虽然有点象一条没有舵的船；但也够我们猖狂了。说是个文化的重镇吧，那倒并不是，是一面民族的镜子。透过了他，我看到了这民族的萎靡，怠惰，苟且，狡猾与阴险；但同样，也看到了新生，勤劳，忠厚与结实。

几千年来，这民族是以礼教文明骄傲于世界的。穿着件道袍，摇着把羽扇，也就以为是"表率绝伦"了。未登仕版，奔突林间，出入于人民大众之中，则自诩为"隐士"。幸被征召，不虚一生，鞠躬尽瘁，俯伏于皇帝老子膝下，则又自认为"奴才"。口不离"先生之道"，行不乖圣贤典则，非礼勿视，非礼勿听，甚至至于非礼勿思，这是几千年来所谓士大夫一贯的手法。

但守"礼"的精神，即使经过了五四的浪荡却还依然。若改用个新式的名词，予以道破，即为公式主义的人生。礼教文明，也就是公式主义的文明。

在这里，鲁迅却成了一面镜子。他教人要用脑子去思想，贯通了中外古今，但他的语言文章，却没有一句与中外古今相同的"架子"。他不愿把自己的思想，停滞在事物与现象的表面。他需要深入，他的眼光，直入于有物的根基与现象的本质里。

人们是易于为风气所带走的。

固然，风气也并不是坏事。但风气流于形式，即成庸俗。自己千百遍重复着的，还是同一套咒语；用以颠倒别人的，却是一付紧箍圈儿。"唐僧"的技能，不过如此；所苦的，却是"孙行者"似的人。今日学术思想界的浅薄与荒芜，大都由于所谓学者名流，只知使用一套咒语，和一付紧箍圈儿。鲁迅对这，始终感到冷淡。他一边站在旁边冷笑，一边却时时发现新的，掘出最本质的东西，昭示在众人之前，如同照妖镜照出个人的原形。于是众人相顾却走，异口同声的毁谤他"刻毒"，而鲁迅反很惭愧地说："我还欠刻毒。"

十余年来的文化史，甚至于十余年来的人事，都足够证明这一点。自打倒孔家店，复返于孔家店，自名士而为奴才，对宣统下跪，自战士而为刽子手，自叛徒而为帮凶……这些一开始就以"幌子"而登上舞台的名流，所遗留给文化史的，是多么空虚的一页。即使页面上还有黑字，那不过是一些蚂蚁似的数字，全无创造性的死东西。要不是鲁迅战取了坚固的立场，用他的血，写下他光辉的一页，（同时，也付出了那些名流的原形）我们真不知道要感到如何的寂寞。我也并不爱独持异议，但我却愿我自己能够思索。抗战展开的今日来纪念鲁迅，我们是有更看重这"思索"的必要，用头脑与敌人作战于战场上的，却不需要公式的叫喊，公式的文章。然而，这一切，却偏充斥于今日的刊物书报的每一页，仿佛中华民国每一个国民，都在炮火中向世界人士播送一篇宣言。但千百篇宣言代不了一颗大炮弹，遮掩了的，却是自己的弱点。守"礼"精神的引申，便是思索方法，凝固成为公式。难道我们不再需要深入的思索，真诚的反省，与善意的批评？意识上的斗争，正是最坚强的防御工程。然而，我们的文化工作者，却确实雍容有仪，拱手作揖，相互礼让起来了。

我以是不得不痛惜：我们终于永远失掉一面民族的镜子，在鲁迅逝世周年纪念的日子。

原载于 1937 年 10 月 21 日上海《文化战线》旬刊第六期

我对于鲁迅之认识

陈独秀

世之毁誉过当者，莫如对于鲁迅先生。鲁迅先生和他的弟弟启明先生，都是《新青年》作者之一人，虽然不是最主要的作者，发表的文字也很不少，尤其是启明先生；然而他们两位，都有他们自己独立的思想，不是因为附和《新青年》作者中那一个人而参加的，所以他们的作品在《新青年》中特别有价值，这是我个人的私见。鲁迅先生的短篇幽默文章，在中国有空前的天才，思想也是前进的。在民国十六七年，他还没有接近政党以前，党中一班无知妄人，把他骂得一文不值，那时我曾为他大抱不平。后来他接近了政党，同是那一班无知妄人，忽然把他抬到三十三层天以上，仿佛鲁迅先生从前是个狗，后来是个神。我却以为真实的鲁迅并不是神，也不是狗，而是个人，有文学天才的人。最后，有几个诚实的人，告诉我一点关于鲁迅先生大约可信的消息：鲁迅对于他所接近的政党之联合战线政策，并不根本反对，他所反对的乃是对于土豪劣绅政客奸商都一概联合，以此怀恨而终。在现时全国军人血战中，竟有了上海的商人接济敌人以食粮和秘密推销大批日货来认购救国公债的怪现象，由此看来，鲁迅先生的意见，未必全无理由吧！在这一点，这位老文学家终于还保持着一点独立思想的精神，不肯轻于随声附和，是值得我们钦佩的。

一九三七年十二月

原载《鲁迅新论》

285

鲁迅艺术文学院创立缘起

　　为了民族的生存和解放，为了抵抗日本帝国主义强盗的侵略，把它从中国赶出去，为了巩固世界和平，全中国人民自芦沟桥事变以来一致奋起，各党各派团结在抗日民族统一战线之下进行神圣的抗日民族革命战争，直至取得最后胜利。在这抗战时期中，我们不仅要为了抗日动员与利用一切现有的力量，并且应该去寻求和准备新的力量，这也就是说：我们应注意抗战急需的干部培养问题。"干部决定一切！"这不仅在平时，而且在战时也是非常迫切的问题。在前线和日寇作浴血战斗的干部中，在后方动员工作中，都需要军事、政治、经济、文化各方面的成千成万的有力的干部，这是毫无疑义的。

　　艺术——戏剧、音乐、美术、文学是宣传鼓动与组织群众最有力的武器。艺术工作者——这是对于目前抗战不可缺少的力量。因之培养抗战的艺术工作干部，在目前也是不容稍缓的工作。

　　我们边区对于抗战教育的实施，积极进行，已建立了许多培养适合于抗战需要的一般政治、军事干部的学校（如中国抗日军政大学，陕北公学等）。而专门关于艺术方面的学校尚付阙如，因此我们决定创立这艺术文学院，并且以已故的中国最大的文豪鲁迅先生为名，这不仅是为了纪念我们这位伟大的导师，并且表示我们要向着他所开辟的道路大踏步前进。

　　我们深知，这鲁迅艺术学院的建立是件艰巨的工作，决非我们少数人有限的力量所能完全达到，因之，我们迫切地希望全国各界人士予以同情与援助，使其迅速成长。这也就是帮助了我国英勇的抗战更胜利的进展，以至获得最后的胜利，把日寇赶出中国！

　　发起人：毛泽东　周恩来　林伯渠　徐特立　成仿吾　艾思奇　周　扬

鲁迅论——在"陕北"纪念大会上演辞

毛泽东

今天我们陕北公学主要的任务是培养抗日先锋队的任务。当着这伟大的民族自卫战争迅速地向前发展的时候，我们需要大批的积极分子来领导，需要大批的精练的先锋队来开辟道路。这种先锋分子是胸怀坦白的，忠诚的，积极的与正直的；他们是不谋私利的，唯一地为着民族与社会的解放；他们不怕困难，在困难面前总是坚定的，勇往直前；他们不是狂妄分子，不是风头主义者，而是脚踏实地富于实际精神的人们。他们在革命的道路上起着向导的作用。目前的战局只是单纯政府与军队的抗战，没有广大的人民参加，这是绝对没有最后胜利的保障的。我们现在需要造就一大批为民族解放而斗争到底的先锋队，要他们去领导群众，组织群众，来完成这历史的任务。首先全国的广大的先锋队要赶紧组织起来。我们共产党是无产阶级的先锋队，同时又是最彻底的民族解放的先锋队。我们要为完成这一任务而苦战到底。

我们今天纪念鲁迅先生，首先要认识鲁迅先生，要懂得他在中国革命史中所占的地位。我们纪念他，不仅因为他的文章写得好，是一个伟大的文学家，而且因为他是一个民族解放的急先锋，给革命以很大的助力。他并不是共产党组织中的一人，然而他的思想、行动、著作，都是马克思主义的。他是党外的布尔什维克。尤其在他的晚年，表现了更年青的力量。他一贯地不屈不挠地与封建势力和帝国主义作坚决的斗争，在敌人压迫他、摧残他的恶劣的环境里，他忍受着，反抗着，正如陕北公学的同志们能够在这样坏的物质生活里勤谨地学习革命理论一样，是充满了艰苦斗争的精神的。陕北公学的一切物质设备都不好，但这里有真理，讲自由，是造就革命先锋分子的场所。

鲁迅是从正在溃败的封建社会中出来的，但他会杀回马枪，朝着他所经历过来的腐败的社会进攻，朝着帝国主义的恶势力进攻。他用他那一支又泼辣，又幽默，又有力的笔，画出了黑暗势力的鬼脸，画出了丑恶的帝国主义的鬼脸，他简直是一个高等的画家。他近年来站在无产阶级与民族解放的立场，为真理与自由而斗争。鲁迅先生的第一个特点，是他的政治的远见。他用望远镜和显微镜观察社会，所以看得远，看得真。他在一九三六年就大胆地指出托派匪徒的危险倾向，现在的事实完全证明了他的见解是那样的准确，那样的清楚。

鲁迅在中国的价值，据我看要算是中国的第一等圣人。孔夫子是封建社会的圣人，鲁迅则是现代中国的圣人。我们为了永久纪念他，在延安成立了鲁迅图书馆，在延长开办了鲁迅师范学校，使后来的人们可以想见他的伟大。

鲁迅的第二个特点，就是他的斗争精神。刚才已经提到，他在黑暗与暴力的进袭中，是一株独立支持的大树，不是向两旁偏倒的小草。他看清了政治的方向，就向着一个目标奋勇地斗争下去，决不中途投降妥协。有些不彻底的革命者起初是参加斗争的，后来就"开小差"了。比如德国的考茨基、俄国的普列汉诺夫就是明显的例子。在中国这等人也不少。正如鲁迅先生所说，最初大家都是左的，革命的，及到压迫来了，马上有人变节，并把同志拿出去献给敌人作为见面礼。鲁迅痛恨这种人，同这种人做斗争，随时教育着训练着他所领导下的文学青年，教他们坚决斗争，打先锋，开辟自己的路。

鲁迅的第三个特点是他的牺牲精神。他一点也不畏惧敌人对于他的威胁、利诱与残害，他一点不避锋芒地把钢刀一样的笔刺向他所憎恨的一切。他往往是站在战士的血痕中，坚韧地反抗着、呼啸着前进。鲁迅是一个彻底的现实主义者，他丝毫不妥协，他具备坚决的心。他在一篇文章里，主张打落水狗。他说，若果不打落水狗，它一旦跳起来，就要咬你，最低限度也要溅你一身的污泥。所以他主张打到底。他一点没有假慈悲的伪君子的色彩。现在日本帝国主义这条疯狗，还没有被我们打下水，我们要一直打到它不能翻身，退出中国国境为止。我们要学习鲁迅的这种精神，把它运用到全中国去。

综合上述这几个特点，形成了一种伟大的"鲁迅精神"。鲁迅的一生就贯穿了这种精神。所以，他在文艺上成了一个了不起的作家，在革命队伍中是一个很优秀的很老练的先锋分子。我们纪念鲁迅，就要学习鲁迅的精神，把它带到全国各地的抗战队伍中去，为中华民族的解放而奋斗！

（这是 1937 年 10 月 19 日在延安陕北公学鲁迅逝世周年纪念大会上的讲话。原载 1938 年 3 月重庆《七月》半月刊，本文根据 1981 年 9 月 22 日《人民日报》发表文本校订）

鲁迅先生逝世二周年

韬　奋

本月十九日是鲁迅先生逝世二周年的纪念日，在我们争取民族自由的神圣抗战愈益急迫的今天，对于这位民族革命的伟大斗士更不免要引起沉痛的追念，但是仅仅追念是不够的，我们必须记着鲁迅先生的指导，本着他的艰苦奋斗的精神，不为任何恶势力所屈伏的奋斗精神，向前迈进。

鲁迅先生对于民族解放运动，曾对我们指出下列的几个值得特别注意的要点：

"第一：对于旧社会和旧势力斗争，必须坚决，持久不断，而且注意实力。"

"第二：战线应该扩大。"

"第三：应当造成大群的新的战士。"

"最后：联合战线是以有共同目的为必要条件的。"

鲁迅先生认为"招牌虽换，货色照旧，全不行的"。他以为思想解放是民族解放的第一步，也就是改换"货色"的最重要的一件事。他的数百万言的作品不是什么抽象的理论，却是具体事实的深刻的观察与分析，主旨都在解放麻木，使人民脱去思想上的锁链，有着反抗压迫和积极前进的战斗精神。有人把他不断的暴露黑暗势力的残暴，把他不肯对黑暗势力妥协的精神，误认为"偏狭"或"尖刻"，却忘却他的主旨所在，却忘却他的"对敌人宽纵就是对同志残忍"的名言。他们不知道他对于旧社会和旧势力的斗争愈坚决，愈是他的伟大。他自己"肩住了黑暗的闸门"，目的是要"放他们（大众）到宽阔光明的地方去"！他为着大众的努力，招到了黑暗势力的反攻是必然的，但是他始终是被压迫的人民大众的代言者，始终在黑暗中执着思想的火炬，奋勇前进，不妥协，不投降；他毕生所受的虽然是压迫，禁锢，围攻，榨取，但是他仍然刻苦奋斗，以至于死，丝毫不肯动摇，这正是他最使我们感动的伟大的斗士精神。这种精神所以伟大，就在不是为自己设想，也不是对任何个人有何过不去（鲁迅先生所暴露的只是通过代表型的人物而抉发某阶层的黑暗），却是为了国家民族"改换景象"，要为大众反对封建，争取自由。

民族联合战线，或称民族统一阵线，即是全民族的团结，这战线之应该"扩大"，应该把全国所有抗战力量包含进去，不应该再有狭隘的成见或分散的企图，这在今天还是需要我们注意的。

我们对敌持久战消耗战之所以必得最后胜利，主要的原因是在我们一面抗战，一面产生新的力量，而造成大群的新的战士，是这里面最重要的一个部分。鲁迅先生的思想和精神已号召指示千万青年参加民族解放的伟大战争，我们现在还需要继续这神圣的工作。

有些人曲解民族统一战线，把挑拨离间破坏抗战力量的人们也要拉在一起，鲁迅先生所指示的"以有共同目的为必要条件"，在今日也仍然是非常重要的。

原载一九三八年十月十五日《全民抗战》（五日刊）（武汉）第三十号

"……有背于中国人现在为人的道德"

茅　盾

鲁迅先生《答托洛茨基派的信》中说："因为你们的高超的理论为日本所欢迎，——你们的高超的理论，将不受中国大众所欢迎，你们的所为，有背于中国人现在为人的道德。"

这封信是前年六月九日写的，那时正值先生大病稍愈，——后来又曾转剧，到秋凉时又大好，已能出外，不料十月十八日猝然急变，遂以不起，那时，统一战线的主张方始在提出而且在大众中间得到欢迎。那时候，托派正在以他们的"高超的理论"作为破坏抗日统一战线的护符，在到处活动。鲁迅先生那时给他们的警告是："你们的所为，有背于中国人现在为人的道德！"

那时，鲁迅先生还不料他们竟会"下作到拿日本人钱来出报攻击毛泽东先生们的一致抗日论。"

然而现在，神圣的抗战已经展开了一年的现在，托洛斯基在中国的徒孙，竟然为虎作伥，以各种伪装来执行汉奸的任务！

……

鲁迅先生今天而尚在人世的话，将以最猛鸷的笔墨来攻讨这些无耻之徒。他一定会叹息道"我还不够毒！"

在今日，我们已经有许多材料，文件，记述着托派汉奸的阴谋，罪恶，卑劣，无耻，用艺术的形象来铸奸，现在是时候了！让我们从《鲁迅全集》中学习得猛鸷和深刻，来铸造汉奸群象罢。

原载一九三八年十月十六日《文艺阵地》（半月刊）

（重庆）第二卷第一期

韧性万岁

茅 盾

惯于颠倒黑白的人们提起鲁迅先生，总以不满意的口气说："执拗的老人！"他们不会懂得他们所谓"执拗"，正是鲁迅先生的战斗的韧性！

封建黑暗势力下的渣滓，政治圈内文化圈内的无耻之徒和恶棍，都曾受到鲁迅的韧性战斗的打击。"对于旧社会旧势力的斗争，必须坚决，持久不断"（《二心集》），只有韧性的持久战，才能扫荡积久的渣滓和新生出来的毒瘤！

鲁迅先生早就期待着"一片崭新的文场，几个凶猛的闯将"（《论睁了眼看》），但同时也屡次警戒战友"不要赤膊上阵"，又说，"在文学战线上的，还要韧"（《二心集》）。这都是他三十年战斗经验得来的宝贵的指导。"凶猛的闯将"而又能韧，这才是真正的战士。他看见有过"横冲直撞的莽将军"，然而一败之后则意气消沉，他又看见有过"赤膊上阵"

拼一死的勇士，然而这种拼死一击的行为，虽云悲壮，却不是可以制敌死命的，——他谆谆以韧战为言，是针对着文坛的一些现象的。

每当政治社会发生变动，青年们意气洋洋，认为"明天便要完全不同"的时候，鲁迅先生是冷静的，他警告着：不要笑得太早。因此而被讥为"悲观"，也不止一次。但是当讥笑者遇到了顿挫而消极的时候，鲁迅先生却在坚韧地斗争下去！

这些事情，大家应当早已熟悉，但现在我们还必须谨记而且温习这一遗范——韧性的战斗。在长期抗战中，全国民众都须要坚韧，在文艺战线上的，还要"韧"。目前摆在文艺工作者面前的许多问题，都不是"痛快主义"所能解决，必须韧战。我们必须有韧性的斗争，才能使广大的民众深切明了抗战建国的重任，必须有韧性的斗争，才能把贪污土劣托派汉奸种种阻碍抗战、破坏抗战的恶势力从抗战路上扫除出去；必须有韧性的斗争，才能消灭失败主义、盲目的乐观以及潜伏着绝望意识的但求拼死的心理。即如"大众化"一问题，也必须韧性的斗争，才能克服太"左"的反对——"利用旧形式"，以及太右的"为旧形式所用"的尾巴主义。

只有对于最后胜利有确信，而又能够正确地估计到当前的困难的，方始能作韧战。我们需要坚守岗位，从容不迫的韧性的战士！

原载一九三八年十月十六日《文艺阵地》（半月刊）

（重庆）第二卷第一期

学习鲁迅主义

艾思奇

鲁迅先生已死去了两年，全国进步的人们，不会把他忘记，虽然是在抗战非常吃紧的关头，碰到他的逝世的日子，一定在各地仍是纷纷地有着纪念。

这不是奇怪的事，鲁迅先生没有看见今天的抗战，但他的生命，和中国民族求生存求解放的一切活动都有着联系，他不仅是中国新文学运动的最显赫的旗帜，也是为着自由独立而斗争的中国人民的模范。他的思想和精神，贯注在一切不甘没落的中国人的心里。

我们创造一个新名词——鲁迅主义。对于真正要纪念先生和继承先生的人，这名词决不是多余的。事实上现在我们就看到许许多多的人在崇敬鲁迅，学习鲁迅，努力要做一个很好的鲁迅主义者。

鲁迅主义是什么？倘若我们从他的一切言行和著作里去找，自然可以获得一个全貌。但现在只能举一两个最主要的特征，来表示鲁迅主义的基本精神；简单的说，就是：为民族求解放的极热的赤诚，和对工作的细致而认真的努力。

为民族求解放的极热的赤诚，是鲁迅的生活和工作的原动力，这一种热情，我们在他的每一篇文章里都感触得到。只有鲁迅的敌人，曾曲解事实，把他看做冷酷无情的写实主义者，尖酸刻薄的讽刺家。善于暴露现实的丑恶，对于所厌恶的东西给予深刻的嘲讽，这一点自然也是鲁迅的特色，但如果夸大了它，把它解释成悲观，消极，而不负责任的牢骚，这对于鲁迅，就是一个最恶意的诬栽。鲁迅反对愚昧，反对黑暗，痛恨帝国主义，这只是他的一面，而这一面，是从他的积极的另一面出发，产生的。他自始至终，热烈地希望着中国进步，自由，希望着中国的民族的觉醒，在危亡的险境下争取自己的生存，而他自己也为着这一个希望而不断地工作着。

正因为有着这极热的赤诚，才使他成为一切丑恶现实的激烈的反对者，使他成为中国新文化上的一个最勇猛的战士，他不能容忍一切压迫，一切妨碍民族生存的新的和旧的传统。他宣言一切就是为了要活，不论是什么崇高古老的东西，不论是"三坟五典，八索九丘"，倘若有害于我们的生存，就要一脚踢倒它。他决不和任何民族生存的敌人作丝毫的妥协，坚定地看准了自己的方向，持久地战斗下去！

中国民族现在特别需要这样有热烈的赤诚的人，因为现在的抗战，是决定民族生死存亡的最大的战斗。因此现在特别需要在这一方面来学习鲁迅主义。学习鲁迅主义，并不在于做文章，并不在于俏皮和讽刺，而在于不论在什么工作当中，不论在文艺和一般文化当中，或在政治，军事以及一般抗战建国的工作当中，都能够贯注着这坚决不妥协的，英勇牺牲的精神。

鲁迅主义的第二个基本精神是对于工作的细致而认真的努力。要学习鲁迅，如果只是徒有热情，是不够的，单纯的热情，只能叫我们看到一些空洞的远景，抓着一些无内容的标语口号，不能把脚站稳在现实的土地上做切实的工作，这是一种危险的倾向，曾经是鲁迅所不断地反对过的：空洞的热情虽然好象不会向敌人和困难妥协，却很容易糊里糊涂地断送了自己，至少也不会使工作达到所要达到的真正的结果，鲁迅主义要我们把自己的一切热情控制在不怕麻烦的耐心的工作当中，鲁迅先生自己，就给我们这样一个最好的模范，他牢牢地守着自己的岗位，一点一滴地在做着，并不梦想立刻就有伟大的事业能够成就，然而事实上需要做的，他认真地一件一件地做下去。观察是精细而认真的，不放松每一个小的问题，这使他能够正确地把握现实，能够最有效地克服一切敌人。

中国民族现在也特别俦要这细致而认真的工作者，因为现在的抗战，不是仅仅战场上的英雄事业，而是牵连到全国一切范围的艰苦工作，无数的大大小小的事情，都需要有极大耐心的人去做。民族敌人是强有力的，它在侵略的方法上也是精炼的。如果我们不能在每一块工作的园地上站稳着脚，就难于在强敌前面支持自己的生存，更难于打败敌人。学习鲁迅主义，并不在于要成为一个文学作家，而是要学习他在文学工作中的那种切实耐心的精神，把这应用到自己的岗位里去，锻炼自己的真正克服敌人的能力。一个鲁迅主义者是要不择事情的大小和种类，只看工作的需要，凡是必需要我去做的，一定得要从头到尾地把它好好完成。

这就是鲁迅主义的精神，事实上也就是中国的民族革命的精神。自然这也是中国优秀的新文学创作的精神，鲁迅先生能够给我们留下最好的文学遗产，就是以这样的精神为基础的。他的作品是热情的，然而不是浮泛空洞的叫嚣，他的作品是现实的，然而不是观照的，离开斗争立场的素描的写实。他坚决地摧毁了中国的一切陈旧的文学传统，然而并没有忘记仔细地在废墟里找出应该发扬的好的东西。

鲁迅是中国新文学运动最优秀的产儿，从事文学的青年们从他那儿自然可以学到最多的东西。然而这也正因为，他同时也是中国民族解放运动的最优秀的产儿，所以这时代的中国现实，才深刻地反映在他的一切作品里。学习鲁迅主义不只是文学上的需要，也是一切在抗战建国工作中的战士们的需要，鲁迅主义是中国民族革命主义的一个典型的具体表现。

原载一九三八年十月十六日《文艺突击》（半月刊）

（延安）第一卷第一期

周恩来同志为鲁迅逝世二周年纪念题词

鲁迅先生之伟大，在于一贯的为真理正义而倔强奋斗，至死不屈，并在于从极其艰险困难的处境中，预见与确信有光明的将来。这种伟大，是我们今日坚持长期抗战，坚信最后胜利所必须发扬的民族精神！

鲁迅逝世二周年纪念

周恩来

廿七，十，十九

原载一九三八年十月十九日汉口《新华日报》

"鲁迅先生逝世两周年纪念"特刊，题目为本刊编者所加

持久抗战中纪念鲁迅

郭沫若

在整个民族对于暴日作持久抗战的时期中，现在又遇着鲁迅逝世的二周年了。鲁迅精神在这时特别鲜明地呈现在我们的面前。鲁迅精神是什么？便是不屈不挠，和恶势力斗争到底。这种精神是特别值得发扬的，尤其在目前整个民族，坚苦地对于暴日作持久抗战的期间。

我们要纪念鲁迅，要学习鲁迅。但纪念鲁迅，是应该纪念鲁迅的这种精神，学习鲁迅，也是应该学习鲁迅的这种精神。

把鲁迅精神发扬起来，从文艺的范围扩展出去。假使人人都能够不屈不挠地和恶势力抗战到底，汉奸决不会产生，气馁的现象决不会出现，暴日终竟要在我们的最高战略面前溃灭的。

希望明年纪念鲁迅逝世三周年的时候，我们的力量已经用到了和自然界的暴力斗争上，我们的力量已经用到了克服建国途上的各种困难上。

十月十八日

原载一九三八年十月十九日《新华日报》（武汉）

第四版《鲁迅先生逝世两周年纪念》专版

守成与发展

鹰隼（阿英）

"鲁迅风"的杂感，现在真是风行一时。

鲁迅有《门外文谈》，于是就有人写《扪虱谈》，有《无花的蔷薇》就有人"抽抽乙乙"地作"碎感"，有"怒向刀丛觅小诗"的苍凉悲壮的诗文，诸多鲁迅式的杂感，也便染上了六朝的悲凉气慨。

这就是鲁迅"遗嘱"中所说的："不管自己！"

抗战以来，每当看到"鲁迅风"的杂文，我总这样想：

"如果鲁迅不死，他是不是依旧写着这样的杂文，还是跟着抗战的进展而开拓了新的路？"

我的答复是属于后者的。

我想鲁迅的杂文，决不会再象过去禁例森严时期所写的那样纡迴曲折，情绪上，也将充满着胜利的欢喜。

他的新杂文，将是韧性战斗的精神。胜利的信念配合着一种巴尔底山的突击的新形式，明快，直接，锋利，适合目前的需要。

然而现在，我们的后继者，是只会守成，不求发展，只知模仿，忘却创造。这果真是鲁迅的愿望吗？

真的"鲁迅主义者"，我想是不应该走这样的路。横在面前的应该是：

"学习鲁迅精神，管自己的事，适应抗战需要，创造新杂感"！只有这样，才是真正的纪念鲁迅！

原载一九三八年十月十九日《译报·大家谈》（上海）

鲁迅翁逝世二周年

田　汉

手法何妨有异同，十年苦斗各抒忠。

雄文未许余曹及，亮节堪为一世风。

借逝惊添霜鬓白，忧时喜见铁流红。

神州合作存亡战，百万旌旗祭迅翁。

　　　　　　　鲁迅逝世第一周年忌作于上海

　　去年的今天，在上海正进行着神圣的抗日战争。在隆隆的炮声中，上海的革命文化人没有忘记用他们最真诚的泪纪念这一伟大的民族作家之死。在沪西一个教会学校的礼堂里，拥挤着千百的革命青年，祭坛上金黄的菊花至今还灿烂在我的心眼中。那天我去得稍迟，没有进门就听得一阵热烈的掌声，沫若兄的演词正达到最高潮。——

　　"鲁迅以前，前无鲁迅，"

　　"鲁迅以后，无数鲁迅！"

　　这一警句无疑地引起了这一群文学青年的热狂，接着我们听了冯雪峰、周建人、郑振铎诸先生的高论。我也被介绍着很兴奋地述了我的感想。并回顾了一下我所知道的鲁迅翁的生平，但我以为鲁迅翁是那样重视文学界的组织的。在抗战已在壮烈进行之际，文学界的救亡组织远落在其他文化部门之后应该是我们的耻辱。我以为应以加紧文学界之救亡组织来纪念鲁迅。

　　这提议大体上是实现了。没有几天之后鲁迅纪念会在浦东大楼盛大地举行。当场发起了上海文艺界抗敌协会甚至推举了负责人，成立了协会的组织。这一组织的成功可以说颇足以慰鲁迅翁"在天之灵"的。但正在工作开展中我们的战事是那样的日益紧张，尤可痛心的是在那样紧张的局面中无原则的政治摩擦也依然激烈地进行。直到上海陷落为止，对此现实甚至使一般中间作家也痛心疾首。上海文艺界救亡协会就在这样内部矛盾中告一结束了。——每因鲁迅而谈到此会的经过，当不能不为之黯然。

后来，抗战到了第二期，人们都来到了武汉，从动摇悲观中透露了光明的希望，也巩固了文艺界内部的团结，改正了上下对于文艺政策的认识，这样在一九三八年的春天终于有中华全国文艺界抗敌协会之成立，真正包含文艺界的各流各派，各流各派又毫无保留地统一溶汇在为抗战建国而奋斗的总的旗帜之下。并且提出了"文章入伍"和"文章下乡"的有趣的口号，表示了它的战斗化大众化的新精神。鲁迅翁当年爱护革命的文艺组织的心好象在抗战的巨潮中终得实现，真是使人快意的事。

抗战是一个大的铁锤，它把许多青年锻炼成钢铁般的战士，也把许多似是而非的人打落在铁砧下面了。至少它使每一个人获得了应有的醒觉。从前在文坛如象在"政海"一样蠕动着一些专闹小的意气斗争的，现在大体上也成了狂风后的落叶了。有些假的面孔在这一巨潮的冲刷之下也都露出了真形。拿日本方面说，我们知道鲁迅翁在日本也有许多崇拜者。尾崎蕚堂翁最近在《改造》上这样说：

> 品评人物很不易，品评民族自更难。
> 平心而论日本不是世界第一的民族。

日本未创下世界的事业，亦无世界的巨著，在中国方面反有惊头的大事业，亦有伟大的著作。

鲁迅翁的"阿Q"等等在日本也被列入"世界的巨著"中而且经其"第一流作家"之手翻译出版，获得广大的读者。然而这许多名作家，甚至名"左翼作家"，在当时虽号称深受鲁迅翁的人与作品的感召，象他一样的至死不屈拥护正义，象他一样的与压迫侵略者为敌。及至"八·一三"以后，除极少数坚贞之士外，他们有的公然做军事法西斯的应声虫无耻地称此次侵华战争为"义战"。有的，更积极地到侵略的前线，找他们的所谓文"种"。最近以前由菊池宽及鲁迅翻译者佐藤春夫们秉承日军之意组织所谓"钢笔报国会"，参加者"左"右翼名作家三十余人由日海陆军当局予以便利参加所谓"武汉攻略战"。到田家镇以后，以不堪前方危险困苦鼠窜而归，便是好例。鲁迅翁的作品被介绍于此辈之手，肥此辈之口腹，真乃不幸之事。

象鹿地亘君这样勇敢地站在真理前面为和平与正义而战，真是凤毛麟角也真不愧为鲁迅翁在日本方面最好的弟子了。

鲁迅作品的戏剧化以《阿Q正传》为最早，也以它为最多。我也曾步大家之后做过小小的尝试。而且已于今年春由中旅的朋友们在汉口天声舞台上演过了。我虽曾竭力使之现代化，但因成于抗战以前无论如何总有不合式的地方。鲁迅翁的阿Q写的是辛亥革命，我的阿Q写的是抗战以前。那中间的有一些问题现在显然不存在了。正象夏衍否定他自己的《赛金花》一样，今日的确已经没有磕头外交了。我们可以说自从抗战开始，还要出来作祟，因此肃清国民心中阿Q性的残余依然是很必要的事。记得《阿Q正传》。在天声上演时曾替他们写过这几句话——

敌人疯狂进攻未有已，我们岂肯作虫豸？亡我国家灭我种，岂是"儿子打老子"？寇深矣，事急矣！枪毙人人心中阿Q性，誓与敌人抗到底。

在武汉危迫的今日纪念鲁迅翁去世第二周年，我觉得这几句话有重写出来的必要。同时希望我们文艺界的同志们加强团结，开展工作，使我们的抗敌文艺深入民间，特别是我们前线和敌人后方，使中国大陆成为压迫者侵略者的"坟"，这样才是鲁迅精神的真正继承者。

十月十八日。于武汉
原载一九三八年十月十九日《新华日报》（武汉）

299

以实践"鲁迅精神"来纪念鲁迅先生

茅　盾

现在武汉的保卫战愈打愈激烈，广州也在炮火威胁下了，但是我敢预断，武汉和广州，——这中部和南部二大文化中心和抗战据点，一定在热烈地纪念鲁迅先生的逝世二周年。

因为我们越是在危难的关头，越是在艰苦奋斗之际，便越加不忘记鲁迅先生！我们愈加从他的一生斗争的言行中坚定了我们斗争的决心，从他的遗教中得了光，热，力！

有人以为只有从事文艺的人们才有学习鲁迅的必要。这种见解是不正确的。不仅是从事文艺的人，或广言之，从事文化工作的人，凡是中华民族的斗士，凡是在此伟大时代里立志要不愧为一个中国人的人，"鲁迅精神"是他们行动上最可贵的南针！鲁迅先生的伟大的人格与坚卓的事业始终给予我们以勇气，以光，热，力！

"鲁迅精神"如果可以用一句话来代表，我以为这一句话就是"一口咬住了不放"！我们知道鲁迅先生一生创作，整理国故，翻译，无论是哪方面，都从极彻底的研究，达到极深刻的理解，然后发为卓越不朽的著述，这是"一口咬住了不放"的精神。我们又知道鲁迅先生一生与传统思想斗争，反抗种种恶势力，坚决实行除恶务尽的古训，"叭儿狗非打它落水又从而打之不可"，对于敌人，没有宽容，这也是"一口咬住了不放"的精神！淆乱黑白的人们每每毁谤鲁迅先生的"一口咬住了不放"的精神为"偏狭"，为"不能容物"，然而每一个追求真理的人，每一个为正义的战士都知道，这正是鲁迅先生之所以为青年所信仰所拥护，而亦正是鲁迅先生之所以感召万千青年，在极艰苦的环境中不屈不挠地作艰苦的奋斗。

我们民族在血泊中争取解放自由，已经十五个月了，我们胜利的保证是坚决，坚决，坚决到底。我们人人要有"一口咬住了不放"的精神。我们失去鲁迅先生已经两年了，在此危难之际，没有了鲁迅先生，民族的损失是何等的大，但是"鲁迅精神"已经养育了无数年轻的战士，今日站在最前线作殊死战的斗士敢说没有一个不是曾受鲁迅先生思想人格的影响的。我们要保持"鲁迅精神"，要扩大要普遍"鲁迅精神"，我们要以"鲁迅精神"的发扬和普及，来保证抗战必胜，建国必成！

让我们从今天起，以实践"鲁迅精神"来纪念鲁迅先生！

十月十七日

原载一九三八年十月十九日《立报》（香港）

鲁迅逝世二周年纪念会（节选）

——昨日下午在青年会举行

欲 明 密 林

（本报特写）在全国人民热烈欢呼着"中华民族解放万岁"的口号，刚刚兴奋地度过双十国庆纪念日的时候，武汉正处在一个危急的关头，怀着另一种心情，留在武汉的文化界同人，又在纪念逝世二周年的鲁迅先生！

……

纪念会是由中华全国文艺界抗敌协会冯乃超和鲁迅先生纪念委员会胡愈之等先生召集的，出席人有中共领导人周恩来，秦博古两同志，本来很忙，因为纪念鲁迅先生而特意赶来。郭沫若厅长、田汉处长，本报潘梓年社长，任光安娥夫妇。任光先生很幽默的签上名说："我代表很多人——'全欧抗联'"。此外，有中国青年新闻记者学会，以及邓颖超、吴奚如、李崐源、陈依菲、叶以群、陈北鸥、王洞若、于立群、姚潜修、赵启海、王晋笙、沈月衡、郭镜人、吕霞光，杨奇等先生共数十人。

301

主席郭沫若先生致词

主席郭沫若先生，首先由全体向鲁迅先生致哀，大家感到失去了伟大的导师，至今还有弥补不起的遗憾！继而郭先生致开会词："今天是鲁迅先生逝世的二周年纪念日，我们在目前正同日寇作持久抗战的时候，武汉又在十分危急中，我们留汉同人，还能在这里举行纪念会，是有其特殊意义的！

鲁迅先生的学问，思想和文学上的成就，大家一定认识的很清楚，但是鲁迅先生不仅在学问上开了坦坦大道，文学上有很大的成就，同时在做人上亦标出很好的榜样。而且鲁迅先生所以有学问上，思想上，文学上的成就，即是在做人上有特别值得敬仰和学习的地方。

鲁迅精神，是无论如何不妥协、不屈服，对恶势力抗争到底，直到他生前最后的一刻，还不会磨灭和减低斗志。

这是鲁迅伟大的要素，亦是他在学问上，文学上，有所建树的要素，否则，任何事体将不得成功。

一般人把鲁迅先生看做文学家小说家，其实不仅如此，鲁迅先生任何地方都是值得纪念的，我们在今天正同日寇进行激烈的战争时，我们更应该有百折不挠的斗争精神，我们希望今天更能发扬鲁迅精神，使中国人都成为鲁迅，那末便不至有气馁、妥协之表现。我们今天每个人都抱有这个志向，才能坦白地表现自己的主张，每到一个困难关头，往往有一口气喘不过来，便应该学习鲁迅，今天大家对民族警惕，对自己警惕，到紧急困难的关头，表现出不屈不挠的精神来，应付当前的困难，这是目前武汉危急中纪念鲁迅先生，应该特别强调的一点。"（鼓掌）

冯乃超先生代表文艺界

中华全国文艺界抗敌协会冯乃超先生讲出"今天大家来纪念鲁迅先生，正是全国文化团体后撤的时候，我们虽然数十个人，也是值得宝贵的。回忆在本年'文协'未组织以前，也就在青年会社堂举行鲁迅先生纪念会，固然比今天来的人多，然而我们相信，今天纪念鲁迅意义更重大，今年纪念的范围，一定更宽泛，无论在前线，在后方，在各战区，在五路军，在八路军，在新四军，在广州，在重庆，在成都，在桂林，在昆明……都一定有盛大的纪念会，这说明了鲁迅先生的影响更扩大，鲁迅精神更深入，我们是十二分地庆幸着。……"

周恩来同志热烈讲词

轮着来宾讲演，郭先生首先请周恩来同志讲话，在热烈的掌声中，周同志开始了极诚挚的讲词：

我想在今天鲁迅先生逝世二周年纪念会上大家都是诚心诚意的来纪念鲁迅先生的。我自己不是文学作家，然而却参加了文艺协会，同时在血统上我也或许是鲁迅先生的本家，因为都是出身浙江绍兴城的周家，所以并不如主席所说以来宾资格讲话。然而我却不愿意如景行严口口声声"吾家太炎先生"似的而也说"吾家树人先生"，我只能如古诗所说："疾风知劲草，板荡识忠臣"似的来怀念鲁迅先生。

……

到今天，抗战已经一年有余，更走到一个艰苦困难的阶段，纪念鲁迅先生，更应该学习这种倔强奋斗至死不屈的鲁迅精神，不退让，不妥协。困难愈大，要愈加努力，以克服困难，坚持抗战，特别要紧的是要有最后胜利的信心，伟大前途的认识，为达此目的而努力。非有如此信心，即不能坚持长期抗战，向前奋斗，反而会随时因困难而动摇屈服，妥协投降。只有坚信未来之胜利，同时又努力于克服现实的困难，而艰苦奋斗，这才是中华民族之伟大精神要素，也正是鲁迅精神之所代表。

在文学创作上，也可如此了解。一般常常争论的现实主义与理想主义的问题，在鲁迅作品中可得到正确的解答，一种写实的作品，没有不受环境的影响和加以主观见解出。只有主观上抓住最现实的生动材料，起了极深刻的反映，才能产生出成功的作品。现实离不开环境及物质的支配，而同时又须有主观的选择，包含了理想的见解，并暗示着光明——奋斗目标，这必然是个好作品，正是鲁迅作品的精神。这理想在今天民族抗战的烈火中，便是争求民族解放胜利，一切以此为目标而奋斗着。今天谈抗战，谈现实文学，也便是需要这样的作品，才能动员大众，深入人心，而后在方法上，技巧上、也便更觉适合现在，更大众化，更通俗化。这种作风，需要我们今天学习的。

学习鲁迅先生

穆木天

同高尔基一样，
同巴比塞一样。
鲁迅先生没看见我们的神圣的民族革命战争的暴发，就离开我们而长逝了！同高尔基一样，同巴比塞一样，鲁迅先生，是我们中华民族的心灵的导师，他用他的斗争的精神武装了我们的心灵，现在虽然是他离开了我们，可是他的精神永远是跟我们同在的。

实在说，鲁迅先生，是我们民族革命战争的伟大的发动者之一。他也就是中国的民族革命文化的一个极伟大的守护神，如果说中山先生，是中国的列宁，鲁迅先生则是中国的高尔基，那一个比仿，是再正确不过的。

鲁迅先生的伟大，是在于他的战斗的精神，和他对于民族革命文化的推动力。鲁迅先生是一个人，他是具有着人的缺点的，——认为鲁迅先生连一点缺点都没有，是误解或曲解鲁迅先生，也可以说是在辱侮鲁迅先生——但是，在鲁迅先生的灿烂的光耀下，在鲁迅先生的温暖的翼覆之下，我们并不留意到他的那些缺点，而只留意到他的伟大的。他有伟大的战斗精神，和伟大的推动力。那就是我们所留意到的一切，那也就是我们要从鲁迅先生去学习的。

在"五四"时代的战士里边，一直到死，还是有力的在战斗着的，只有鲁迅先生一个人。有的人，甚至背叛了真理，背叛了民族利益，可是鲁迅先生是硬着头皮一直干到底。他永远地跟年轻人们待在一道，他同他们在一道战斗着，他同他们在一道推动着我们的神圣的民族革命，在他的老年的身躯里，永远是发出来一种新生的青春的战斗精神，他永远是在时代前边飞跃着，从"五四"到"五卅"，到"九一八"，一直战斗到民族革命的成功前夜，鲁迅先生，永远是在时代的前边飞跃着的。

鲁迅先生，在一切的革命文艺领域中，完成了他的英勇的战斗，尽了他的至上的推动力的，如果是从一个回避现实的纯文艺家的眼睛里看来，在"五卅"以后，鲁迅先生是没有什么伟大的作品产生的。但是鲁迅先生的伟大，正是在那里，鲁迅先生，一生，是在角力。他始终没有脱离开他的角力的场子，去用一个相当的时间，以事纯艺术品的制作，鲁迅先生，一生，在角力中生活着。胡打乱捧的时候并不是没有，但是大部分的时间，他在降妖捉怪，和训练青年战士，他推动了一切：文艺，美术，尤其是，中国的木刻，是鲁迅先生一手开拓起来，在文艺的广泛的领域里，鲁迅先生，是时时刻在发挥着他的战斗的精神，和他的最有力的推动力。以这一点说，鲁迅先生是不愧为中国的高尔基。

鲁迅先生了解文艺的功利性高于一切，他肯定文艺是一种有力的武器。而且他更晓得怎样地有利地去运用自己的武器，他晓得，文艺是战斗的武器，而每个文艺战士必须有利地运用自己的武器，鲁迅先生自己的文艺体裁，是杂文。新形式的追求者，在这一点上，或者会对于鲁迅先生表示不满。但是，鲁迅先生的伟大，正在这里，鲁迅先生，是不为文学而文学，是为民族革命而文学，鲁迅先生是为的民族革命的神圣的目的，而从事他的文学活动的。他运用了杂文，正是为那一种形式，足以使他充分地发挥他的战斗力。鲁迅的杂文，好象是名拳师的拳术，一打就把人打个死。他拳打，他脚踢，他甚至打滚，但是他不把帝国主义封建势力打死是不休止的，这正是他的杂文的特长，正是因为这个缘故，他取了杂文的形式。但是鲁迅的杂文，既不是英国的形式，更不是法国的形式，也不是苏联的形式，鲁迅先生的杂文，始终是中国式的。鲁迅先生的杂文是一种"旧瓶装新酒"的中国式的杂文，正因为那种缘故，鲁迅先生的杂文，能打进封建社会的后方，完成了他的游击的作用。正因为那种缘故，鲁迅先生的杂文，在知识分子以上的阶层里，获得了广大的读众，广泛地，发挥出他的强有力的战斗力来。

鲁迅先生，现在，是死去了，可是，他的英灵，永远在保护着抗战建国的革命大众，他的光辉，是永远地在照耀着我们。我们要追随着他的遗训，把民族革命战争完成起来。我们要学习鲁迅先生，我们要学习他的在民族革命中的战斗精神和他的对于民族革命的推动力，学习鲁迅先生，就是要象鲁迅先生一样地，战斗起来。

一九三八，十，十四，夜
原载一九三八年十月二十三日《云南日报》（昆明）

鲁迅先生的一生

——在重庆鲁迅先生逝世二周年纪念大会上的一个报告

台静农

他说："现在中国最大的问题，人人所共的问题，是民族生存的问题。所有一切生活（包括吃饭，睡觉）都与这问题相关，例如，吃饭可以和恋爱不相干，但目前中国人民的吃饭和恋爱却都和日本侵略者多少有些关系，这是看一看满洲和华北的情形就可以明白的，而中国唯一的出路，是全国一致对日的民族革命斗争！"

他又说："我以为在抗日战线上，是任何抗日力量都应该欢迎的……中国目前的革命政党，向全国人民提出的抗日统一战线的政策，我是看见的，我是拥护的，我无条件地加入这战线，那理由就因为我不但是一个作家，而且是一个中国人，所以这政策在我是认为非常正确的。"

是的，现在中国四万万五千万人，已经熔化起来成了一个巨人，奋起的铁拳，飞向日本侵略者打去，不幸，鲁迅先生这时候离开了我们，不及看见"全国一致对日的民族革命斗争！"这是我们的悲恸，同时我们也可以告慰先生的，就是我们已经实行了先生伟大的教训，"一致对日的民族革命战斗！"现在已经抗战十四个月了，我们的精神却更团结，我们的力量却更加强，我们胜利的信心却更坚决！为了争取最后的胜利，我们每一个黄帝子孙都得学习先生的精神，就是"拿赤血献给中华民族！"我们相信，明年今日我们一定可以高唱着伟大的民族革命斗争胜利的凯歌，来纪念先生的。

原载一九三八年十月二十九日《抗战文艺》（周刊）（重庆）第二卷八期

纪念鲁迅

成仿吾

现在大家似乎更加沉痛地想起鲁迅来。他对于中华民族的解放事业和中国文学的贡献，特别他在最后一个时期中的奋斗，已经在中国的知识界，特别在中国青年中引起了不可磨灭的印象。当民族这样危急的时候，一个这样爱国的革命的作家是值得我们纪念与学习的。

当然，我们对于他的文学作品的价值与意义，在今天还没有见到完全正确的结论，但是，我想以下几点是可以确定的吧：

一、"五四"前后，新时代的曙光出现时，鲁迅是勇敢地迎接了这一线光明的第一个作家，他的作品反映了当时的黑暗，民众的悲哀，没有希望。

二、一九二五 —— 一九二七年大革命时期，他因为反抗北方的军阀而被迫回到南方，开始与中国革命的潮流接触，在失望与压迫中间毕竟认识了革命的真理，创造了一种新的小品文，用了最尖锐的笔锋，打击了当时的背叛、虚伪与黑暗，始终站在最前线反对一切民族敌人，鼓励着中国人民前进。

三、在他痛骂托派汉奸的著作中表现了他是中国文化界最前进的一个，他达到了这一时代的政治认识的最高水平。当着现在还有不少的政治家不明白托派汉奸对民族的危害，甚至还想利用他们的卑劣手段来企图削弱共产党的时候，非共产党员的鲁迅，一个文学家，凭了他的爱国的良心，已经痛骂托派汉奸"违反中国人做人的道德"。他在这里超过了中国的国界，超过了无数的资产阶级作家，进到了全世界极少数的前进作家的地位。

仅仅这几点已经可以证明鲁迅的划时代的功绩。

纵然他的文字与写法都不通俗，不易为一般人所了解，但是在鲁迅自己是选择了最好的形式，最巧妙地运用了文字产生了一种生动的力量，在他的方式上完成了前进作家的任务。

今天我们应该高高地举起鲁迅的旗帜，为着民族解放事业的完成与中国文学的进步，坚决前进。要拿起鲁迅的精神反对汉奸亲日派与托派汉奸，这伙丧尽天良的奸徒，今天已经从"不阻碍日本占领中国"变到了完全成为敌人的走狗来积极进攻中华民族。鲁迅永远宣布了他们的罪状，我们应该把它公布到全国的各个地方，各种民众中间去。

同时，我们的作家应该拿起鲁迅的精神，创造出新的形式来适应今天民族自卫战争的需要，应该大大地大众化，使文学由少数人手里解放出来成为大众的武器。

关于过去创造社与鲁迅争论的问题，今天已经没有再来提起的必要了。

自一九三三年以来，我们是完全一致了，我们成了战友。我们的和好可以说是统一团结的模范，同时，他从此成了拥护民族统一战线的最英勇的战士，一九三三年底我与他在上海见面时，我们中间再没有什么隔阂了。

在民族危急的目前，我们中国的每个文化人应该学习鲁迅的这种精神，统一团结来担负起战时的任务。每个中国人应该发扬鲁迅牺牲一切执行统一战线的伟大精神，用一切力量来扩大与巩固抗日的民族统一战线，争取我们民族的彻底的解放。

十月十九日

原载一九三八年十月三十一日《解放》（周刊）（延安）第五十五期

鲁迅逝世二周年纪念

陈伯达

十月十九日是鲁迅逝世二周年的纪念日。

鲁迅是我们民族近代最伟大的文豪。这个杰出的文豪一生综合着民族革命事业的文化革命事业的工作，这个杰出的文豪一生以纵横豪迈的气概去迎接战斗，这个杰出的文豪一生以大无畏的、不屈不挠的民族社会正气去抵抗一切横逆之来袭，这个杰出的文豪在其晚年用一切力量去号召民族之抗日的觉醒；这个杰出的文豪在其晚年更热烈地表同情于一切被压迫的大众，更热烈地表同情于中国万千青年为高尚的理想而流血。

鲁迅热爱自己的祖国。然而，鲁迅最无情地鄙弃自己祖国中一切古老的，不适于民族生存的腐败渣滓。在保卫的发扬中国固有优秀文化的事业上，不过分地说，没有一个同时代的人，比他做过更多的成绩，同时关于揭穿和批判旧社会一切黑暗的、丑恶的和残暴的方面，也更没有一个同时代的人，比他做得更深刻，更锐利。掩盖自己的弱点，这是鲁迅所不屑为的。鲁迅深深地厌恶那一切讳疾忌医的人。毫无可争辩的，只有对于民族不讳疾忌医的人，才是真正关心于自己民族的健康的。

我们的同胞需要发扬光大鲁迅的事业来纪念鲁迅的逝世。我们的同胞需要学习鲁迅爱国救国的气魄及其伟大的节义，需要学习鲁迅之永远战斗和倾向青年的精神并把这些在抗战中发挥起来，而且需要善于接受鲁迅关于文化启蒙的伟大遗产。我们相信凡是在每个文化思想部门工作，而想了解中国各方面的历史和现代中国各方面的面目的，必不应忘记研究鲁迅的著作，在那里，毫无疑问的，将给大家以很大的帮助，同时也毫无疑问的，鲁迅那一切开创的工作，还需要我们用更大的力量去完成它。

原载一九三八年十月三十一日《解放》（周刊）（延安）第五十五期

鲁迅先生二周年祭

——对上海青年团体演讲词

许广平

今天觉得非常的荣幸，同着诸位热血青年的同志，聚在一起，共同纪念我们民族战士的鲁迅先生二周年纪念。在我们现在，不要说活的人受害，就是死了的人，也还在那里受着压迫。自从战事以来，在去年的十月十九日，先生逝世的一周年纪念，我们不能跑到他的墓前致祭，可是逢到今年的二周年纪念；在那旷野里，四周围是布满着狰狞的面目，魔鬼的暗影。还是只得在这里遥遥地向先生致敬，如果先生有知，又不知作何种感想呢？

在先生一生的苦斗，我们知道他是一个民族的战士，青年的导师，他没有屈服，没有妥协，始终是不屈不挠同着恶势力苦斗的战士，所以我们说先生整个的一生心血，是贡献给民族革命。

先生是绍兴人，幼年家贫，为了要求得前途的奋斗，他不肯走一般绍兴破落子弟的旧路，学做幕友，一个人拿了母亲的八块钱跑到南京去读书。接受科学洗礼，相信进化论等学理，他觉得拿西欧的文化来改造古旧的中国，是适合于目前需要的。毅然入了路矿学堂。卒业后，被派往日本留学，因鉴于中国医学的腐败，又改学医，那时刚日俄战争不久，在电影上见到日本捉了许多中国人替俄国作侦探的工作，被拖到街上去砍头示众，个个都是身壮力健的汉子，这是令人多么痛心的事，为甚么我们中国人要给人家利用呢？先生感到这实在是民族最大的危机，而他自己的所学，只能医个人的毛病，至于国家民族最大的病状是更属重要，所以他立志要做一个民族病的医生，拯救垂危的中国，从那时起，他就献身努力于文学革命的文坛了，他引导摸索的青年去与恶势力奋斗了。

先生埋头致力于文学革命，是开始在"五四"之前，他初期的作品，现在还得着大多数劳苦阶级的拥护，尤其是青年的学生和工人，是更来得爱好和同情，在"三·一八"时代的举动是最表示得激昂奋发了。那时的政治是在极混沌的时代，北方有段祺瑞的北京政府，南方有革命党的广东政府，在军阀暴虐之下，知识分子的热血青年，是时有遭受暗杀和压迫的，先生看到随时杀戮有为的青年，是最痛心的事情，所以他不怕一切恶势力的袭击，加诸他自己，俨然以领导者的地位，起来和恶势力奋斗了。

先生是爱护青年的，因为他当时似乎是一个青年的领导者，所以当时的社会权威者，不满于他的行动，随时加以恶势力的压迫，甚至有过不能安身的危险，所以无奈何才离开了北平，到南方的厦门来，不过因为那时的厦门，一切并不适合先生的理想，于是重到广州，因为当时清党运动的高涨，眼看这一批青年杀另一批青年，把他的进化论打破了，不得不又离开广州而到了上海。

那时有名的创造社，他们的思想，本来是以"为艺术而艺术"的论调，来号召青年，后来自己生吞活剥一些理论，对论敌不惜以人身攻击对付，先生觉得如此并不能真正领导青年向光明道上前进，在四面的攻击之下，先生是群矢之的，受尽冷跟和辱骂的。然而他对于辱骂的反抗，是以更真实的理论翻译救正自己而及人，如《毁灭》《文艺政策与批评》等许多翻译出来之后，文艺气象为之一清，这就是他以为"以自己的工作来表白他的一切"。又有梁实秋，胡适等主持的"新月派"等主张好人好政府主义，纯是一种空洞的思想和不切时弊的谰言，先生当然是亦不表同情的，他说："我们应该要用适合病情的药方，对症下药才能根治这根本的毛病。"

后来先生对于当时的"国防文学"和"民族战争的大众文学"的批评，他说国防文学的范围，没有民族战争大众文学为广泛，对于世界和平通路上的障碍，应该要予以全数肃清的扫除。先生的努力直到他的死以前，还是在那里苦斗着。曾有一时期先生是被政府通缉的，被称为"堕落的文人"，这是多么痛心的事情。所以我们说直到先生死，他还在那尽受着社会的压迫，欺骗和恐吓，但他并不因此而屈服，一直到现在还是受着大多数人的拥护爱戴。

从先生的一生，他告诉我们应该要从刻苦艰难奋斗，才能得到前途的解放，惟有奋斗才能生存。现在我国是正在艰苦抗战了，在过去一年的苦斗中已教训我们，只有不屈不挠的苦斗下去，才有民族复兴的曙光，虽然我们已失了一大片的土地，在那里有流离失所的同胞，忍饥挨饿的水深火热中的生活，一大块的焦土，是侵略者炸光的烧光的，失所的同胞，忍饥挨饿的水深火热中的生活，一大块的焦土，是侵略者炸光的烧光的，华南战事的情形和有人喊，"和平"的呼声，他绝对不能动摇我们抗战必胜建国必成的信心，学鲁迅先生的精神。

原载一九三八年十一月一日《众生》（半月刊）（上海）第二卷第二号

一个伟大的民主主义现实主义者的路

——纪念鲁迅逝世二周年

周 扬

这篇文章是作者为纪念鲁迅逝世二周年而作，虽然，这篇文章未能赶在上期《解放》上登载，但是，为着研究我伟大中华民族的这位伟大近代文豪的思想、文学等等，并继承他的伟大的遗产，发扬他的斗争精神起来，特发表出来。

——编者

鲁迅逝世两周年了。这两年没有白白地过去。神圣的抗战坚持了一年以上的时间。中国正在遭受铁和火的试炼，鲁迅生前所那么热爱且正因为热爱而那么痛烈地鞭挞过来的这古老民族，将在这烧毁一切的火焰里获取它的新生。身历了许多大事变的鲁迅，竟没有活到能目见这最伟大的一次事变。可是虽然死了，但他的精神却长存着，那将象永远不熄的火炬，照耀中国人民走向独立、自由，幸福的道路。

对鲁迅一生事业的完全而又准确的评价，不是这篇短文所能完成的任务。下面只能作追忆这位民族巨人时的一些感想。

一　鲁迅的一生是和中华民族解放不能分开的

鲁迅生长在十九世纪到二十世纪的两个世纪之间，一个正从中古式的封建社会转化到半殖民地半封建社会的国家里。这是一个狂风暴雨的历史时期。这个时期里充满了许多巨大的事变：甲午之战，戊戌变法、庚子事件、辛亥革命，五四运动、一九二五——一九二七年大革命，"九·一八""一·二八""一二·九"运动。鲁迅就在这个历史时期里生活着，工作着的。他发表第一篇创作《狂人日记》，就正是在五四运动的前一年。他的最初的创作活动和群众的爱国运动的合流，并不是偶然的吻合。在他还没有开始文艺活动的时候，他就已经是一个热烈的爱国主义者了，或者不如更正确地说，他的从事文艺，正是出于要以文艺来感化社会振兴民族精神的动机。就正是这个爱国的动机，使他拿起了创作的笔，写下了中国新文艺的光芒万丈的第一页。

早在一九〇三年当他还只二十三岁的时候，他曾写过一篇叫做《斯巴达之魂》的作品，那主题，就是要借异国士女的义勇来唤起中华垂死的国魂。但那还不是新文艺创作，他最初的文艺活动主要是在翻译介绍方面。就在这一方面，他也没有离开民族的立场。他首先介绍了被压迫民族中的作者的作品（介绍拜伦和裴兑飞，他也是中国最早的一人），因为，正如他后来所说，"那时正盛行着排满论，有些青年，都引那叫喊和反抗的作者为同调的"。当时排满的民族思想自然还没有反帝国主义的内容，但是这种思想，首先是由列强的侵略所刺激出来，而主要地是以避免外国侵略者的瓜分鲸吞为出发点，在这一点上，正有它反帝国主义的意义。

后来随着新的社会条件的形成和新的社会力量的崛起，鲁迅的民族思想就发展到明确的反帝国主义的思想，他成了一个反帝国主义的勇猛的战士。九·一八以后，他猛烈地抨击了中华民族最凶狠的敌人日本帝国主义，赞扬了中华民族最忠实的朋友苏联，当中国共产党提出抗日民族统一战线的政策的时候，他表示了"无条件"的拥护与加入，打击了破坏这个战线的"有背于中国人为人道德"的托派奸细，这个时候鲁迅已经是一个彻底的国际主义的民族主义者了。

但是，鲁迅的民族思想却从来不曾是狭隘的种族观念，对于中国的固有文明所谓"国粹"的攻击，"五四"以来，再没有谁比他更坚决、最持久不变的了。和五四当时许多其他的启蒙主义者一样，他主张只有科学才能救治这"几至国亡种灭"的中国。救中国是第一义。"保存我们的确是第一义，只要问它有无保存我们的力量，不管它是否国粹。"然而所谓中国的固有文明如何呢？正如鲁迅很沉痛地说的，它"不过是安排给阔人享用的人肉的筵宴，所谓中国者，其实不过是安排这人肉的筵宴的厨房"，这筵宴曾经献于北魏，献于金，献于元，现在又要来献于西洋人了，鲁迅当时也许没有预料到今天我们的近邻日本强盗竟动手来独占这"厨房"，在这厨房里安排"王道"的筵宴。现在正是全中国人民起来"掀掉这筵席，毁坏这厨房"的时候了。自然，所谓"毁坏"是含有积极改造的意思的。鲁迅早已警告过我们："古国的灭亡，就因为大部分的组织被太多的古习惯教养得硬化了，不再能够转移，来适应新环境。"改造中国大部分的硬化了的组织，使之适应于今天抗战的环境，这正是争取抗战最后胜利的一个重要的关键。

要挽救中国，必须改造中国，改变中国国民的思想。这是一个民主改革的问题。充满在鲁迅每一篇创作，每一篇杂感里的，是对于中华民族的弱点和黑暗面的无情的剥露，说是冷酷，然而冷中有热，是正如他评朵斯退益夫斯基时所说那样的"热得发冷的热情"。不是对自己的民族抱着极深的爱者，是不会有那样的热情的。同时，他对于中华民族的观察的深刻，对于中国民众的生活、习惯、言语的熟悉，是没有一个中国作家能够和他比肩的。有人说他的作品满熏着中国的土气，这也正显示了作为一个真正民族作家的他的特色，在这一点上，在中国是没谁比他更配称为民族作家的了。

二　他是一个伟大的民主主义的现实主义者

列宁在《论民族自决》一文里说："被压迫民族的每一种资产阶级的民族主义，都有反对压迫的一般民主主义的内容，正是这一种内容，我们无条件地赞助。"鲁迅的民族思想就是反对压迫的民主主义的内容，而且是多么广大，丰富和深刻的内容呵。中国在帝国主义侵入以前是一个封建国家，它经了几千年封建的统治。帝国主义的侵入不但在帝国主义侵入以前是一个封建国家，它经几千年封建的统治。帝国主义的侵入不但没有摧毁封建势力，而且扶植了它。这个统治的可怖，还不只是在于它的政治上的极端专横残暴，同时更也在于它的思想上的极端黑暗野蛮。几千年吃人的礼教，无数的"祖传""老例"，这些支配活人头脑的死人的力量，它们阻碍着民众的觉醒，使他们陷于愚昧，迷信、自欺、奴隶的驯服的状况里而不能自拔，这种精神上的镣铐，再加上由于灾荒、苛捐、兵匪、官绅所造成的生活的重担，这就把一般农民小有产者的群众压成完全麻木了。中国成了一个黑魆魆的死气沉沉的国度。鲁迅目击了这个周围生活的可怕的真实，用了他一切的力量仇恨着这统治了中国人的生活和意识的几千年来的黑暗。他大胆说出了中国是"四千年来时时吃人的地方"。他高声地叫了：

> 我诅咒吃人的人。（《狂人日记》）

两部创作，《呐喊》和《彷徨》，就是反对"人吃人"的公诉状。为被吃者感受痛苦，对吃人的人提出火焰似的抗议——这就是几乎他的全部创作的基调。虽然他毫不顾恤地暴露了农民小私有者群众的弱点和黑暗的一方面，他们的无知，保守，自私，但他知道造成他们的弱点和黑暗一方面的是几千年来封建的制度和思想。因此他对于自己的卑微弱小的人物的可悲的命运常流露出同情和痛苦。读了《明天》《祝福》那样的作品，有谁能不为那主人公的身世感动的吗？就是对于阿 Q、孔乙己那样的人物，作者也没有吝啬他的同情。他的真正的愤怒是对着"吃人的人"，那些赵太爷、七大人之类的家伙。他们是在农村中根深蒂固的封建势力，民主改革的障碍。

在鲁迅的创作中，我们看到了另一种和黑暗的统治对立的，追求光明和自由的民主主义知识分子的人物，对于他们，作者倾注了更多的热情，但也并没有因为偏爱而误信他们的力量。他记述了他们对封建势力反抗的失败史，我们仿佛听到了他们就象一匹受伤的狼，当深夜在旷野中嗥叫，"惨伤里夹杂着愤怒和悲哀"的号哭。这些是精神的孤独的战士，他们并不能成为摧毁封建统治的独立的力量。要彻底扫荡农村中的封建势力，必需要有千百万有组织的农民，和站在他们前头的无产阶级。然而当时农民群众还只有自发的不自觉的反抗斗争，城市的工人阶级还没有成为巨大的自觉的力量。虽然在鲁迅创作的几年间正是中国工人阶级由"自在的阶级"的斗争转到"自为的阶级"的斗争的时候，但因为鲁迅在生活上一向和农民有密切的联系，和这个新的力量较为疏远，那时他还只能用"不胜辽远"似的眼光，眺望这个新的阶级。由于这种时代的限制和他个人生活的特殊性的结果，现实主义者的鲁迅没有能够创造出积极的形象，正是很自然的事情。

鲁迅一生最大的战绩，是在他是中国第一个站在最坚决的民主主义的立场，反对人吃人，主张人的权利的。这个立场正是他的批判的现实主义的基本，他后来走向能彻底废除人吃人的制度的那个阶级的思想根源。主张人的权利，必先唤起人的自觉，人的自尊心和自信心。愚民主义就首先应当被打倒。鲁迅在一篇杂感里说了十分意味深长的话，暴君的专制使人们变成冷嘲，愚民的专制使人们变成死相。……世界如果有真要活下去的人们，就先该敢说，欢笑，敢哭，敢怒，敢骂，敢打，在这可诅咒的地方击退了可诅咒的时代。（《华盖集·忽然想到之五》）

这里，很明显地，鲁迅特别诅咒着"愚民的专制"。因为那是一种肉体的奴役加上精神上的奴役。它使被吃的人不知道自己是被吃，而被吃的人，同时无意中也在吃人，这就是最可怕的地方。鲁迅的反对人吃人，主要是反对"愚民的专制"。他的主张"图民性的改造"，就是要打倒这"愚民的专制"。只有在这个意义上，鲁迅的表彰尼采精神，翻译阿志跋绥夫的作品，介绍厨川白村的学说，才能得到正当的评价。这些异域的精神粮食诚然是有毒素的，但是在扫荡因袭一点上却多少起了一些积极作用。我们这一代的革命青年，在成为马克思主义者以前，大概有不少受过这类书籍的影响的。

鲁迅的反因袭的精神，使他和一切"卫道""存古"的主张者不能两立。那些主张"卫道""存古"的"正人君子"们，有的还披了欧化的衣服哩，实际是在助长和维护封建势力，帮助延长和巩固"愚民的专制"的统治。对于这些人，鲁迅是"打到底"的。他唾弃了"中庸之道"和"费厄泼赖"，愤怒地毫无容赦地揭穿了他们的假面。这也正显示出了一个战斗的民主主义者的风貌。

虽然作为一个启蒙主义者，鲁迅常把火力集中在攻击思想上的愚蒙，独断，谎骗等等上面，而以"国民性的改造"，"思想革命"为斗争的旗帜，但他却从来不曾有过丝毫不问政治，或甚至轻视政治的态度。他是民主政治的激烈的主张者。他痛心于民主革命的没有完成，民族先烈们的鲜血被后人踏践。在《头发的故事》里就透露了作者的这种沉痛的心情。他在一九二五年作的杂感里更是非常悲愤地说了这样的话："我觉得仿佛久没有所谓中华民国。我觉得许多民国国民可是民国的敌人。我希望有人好好地做一部民国的建国史给少年看，因为民国的来源，实在已经失传了，虽然还只有十四年！"

悲愤是无益的。他大声地号召："甚么都要从新做起。"这正表现了一个不屈不挠的民主主义者的精神，反映了全中国民众的要求和需要。因为如果没有民主主义的改革，中国民众就不能得到自由，中华民族也就永远不得解放。这个客观的历史要求爆发了一九二五年至一九二七年的大革命，但是这次革命的结果仍然没有把辛亥所未完成的任务完成。从此以后，鲁迅的思想便转入一个新的更高的方向。

三 彻底的民主主义，严峻的现实主义，加上对于人民的深挚的爱，使他走向了无产阶级

　　鲁迅在"自选集"的序里关于他自己说了这样的话，"见过辛亥革命，见过二次革命，见过袁世凯称帝，张勋复辟，看来看去，就看得怀疑起来，于是失望，颓唐得很了。"这不过是一种感慨之辞，而并非完全的真话。这个忠实的民主主义者，目睹中国人民的民主自由屡次地横遭蹂躏，确曾有过怀疑失望的时候，但那是并不长久的，而且每次的打击之后总是愈增加了他的勇气和力量，在他的认识里面添进了一些新的东西。三·一八——他是把那日子看成"民国以来最黑暗的一天"的——以后，他更看清了统治者阴狠凶残的面目，认识了要改造中国社会，和平请愿已经不行了，需要有"别种方法的战斗"：那就是革命。但是一九二七年的大革命的结果却给他带来了更大的打击。他"被血吓得目瞪口呆"，经验了"从来没有经验过"的"恐怖"。但就在他感受这种恐怖的同时，他的思想开始改变，一种向积极方面的改变。

　　一九二七年对中国的思想界是一个试炼的年头。从前反对革命的学者，现在"到青天白日旗下来革命"了。从前对于革命抱过期待，现在也还有一点良心和正义感的，则大都感到了"太平人的寂寞与悲哀"，变为"消沉"了。自然，另一方面，思想界的新的力量也在这时形成。这时候鲁迅寻找了他自己应走的道路，他继续了斗争。当《新青年》团体解散掉的时候他曾感到自己"依然在沙漠中走来走去"的孤独，他找不到"新的战友"。现在他不孤独了。新的战友正在浩浩荡荡的进军。中国的工农大众和他们的领导者中国共产党继续了大革命未竟的事业，高举起了反帝反封建的大旗，把民主革命往更深处发展。列宁早告诉过我们：要使民主革命贯彻到底，不因一部分人的离开而中途夭折，那就必须凭借工农大众的力量。无产阶级是能实行民主革命到底的。大革命失败后，摆在鲁迅面前的就只有两条路：或者是把民主主义更向前发展，或者从民主主义退却。鲁迅采取了第一条路。彻底的民主主义者的他是要实行这个革命到底的。这就产生了他和无产阶级之自然的结合。

　　把鲁迅和无产阶级结合起来的另一个东西，就是贯彻于他的全部作品的那现实主义。"真的勇士，敢于直面惨淡的人生，敢于正视淋漓的鲜血。"这可以说是这个现实主义者的自己写照，他正是这样的一个"勇士"。所以他的作品虽然痛烈地批判了现实，但他的现实主义的这种批判的性质，并不如十九世纪西欧的批判的现实主义一样，和悲观主义相联系。周作人

说在现代文人中象鲁迅那样对于民族抱着那样一片黑暗的悲观的难得有第二个人，这说法是不正确的。（恐怕倒是向日寇屈膝的周作人自己才是对中华民族抱着最黑暗的悲观的！）诚然，鲁迅暴露了中国现实的黑暗面，掘入了民众心理的最黑暗的底层，甚至对某些"同胞"感到了失望。但是这一切都并不曾动摇他对于现实的可惊的坚定，对于人类的坚决的信仰。他说，即使所发现的并无所谓同胞，也可以从头创造的；即使所发现的不过完全黑暗，也可以和黑暗战斗的。（《华盖集》，《忽然想到》之十）

"和黑暗战斗"的勇气是从对未来光明的信心来的。鲁迅并不是甚么悲观主义者，他是属于"永远前进，永远有希望"的一类人的。我们再引用他的一段话吧：

> 希望是附丽于存在的，有存在便有希望，有希望便是光明。……黑暗只能附丽于渐渐就亡的事物，一灭亡，黑暗也就一同灭亡了，它不永久。然而将来是永远要有的并且总要光明起来。（一九二六年在女师大讲演）

所以鲁迅写作品并不以暴露黑暗为满足，正如他所自白的，他的呐喊是要为战士助威，增加他们前驱的勇气。他在暴露旧社会的病根之际没有忘记"删削些黑暗，装点些欢容，使作品比较的显出若干亮色"。他会平空在一个青年革命烈士的墓上添上一个花环。这是逃避现实，粉饰现实吗？不，这种对于人生的美化是有非常之积极的意义的。高尔基说过："人类在许多地方还是野兽，同时在文化上还没有成年。美化人，赞美人，是极有益的。它可以提高自尊心，帮助对自己创造力的信心之发达。"关于受难的人类，关于真实，关于人类生活的美化的关心，正是这两个伟大的现实主义者的共同的特色。他们两人的和无产阶级的结合，也是可以于此找出一个共通的根源来的。

对于大众的爱，也是两人所共同的。克鲁布斯卡雅说列宁深深地爱着民众。深深地爱民众是一切背弃自己本阶级而走向新兴阶级的思想家必然具备的德性。鲁迅的敌人在鲁迅身上只看见了冷嘲、谩骂、刻毒、学匪、绍兴师爷等等，这是当然的，因为对于这些人，鲁迅的爱的确是非常悭吝的，然而他对他们也并不冷淡，他以热烈的憎对他们。"在现在这可怜的时代，能杀才能生，能憎才能爱，能生能爱，才能文。"这正表明了鲁迅自己写作和做人的态度。他知道他应当爱什么人。他的爱要给予大众，他说过"革命的爱

317

在大众"的话。对于劳苦大众的爱和尊敬在他很早的作品里,就已经表现出来。在《一件小事》里,他表明了永远不能忘记一个黄包车夫的扶助弱者自我牺牲的行为。这不是胡适刘半农式的黄包车夫文学。这里没有老爷式的俯视的怜悯,有的是向大众谦虚学习的态度。他从这个劳苦者的行为增长了自己的勇气和希望。在另一篇小说《故乡》里,他为农民的辛苦麻木的生活而痛苦,他希望着将来的一代能过一种为我们所未经生活过的新的生活。

鲁迅的走向无产阶级,不是偶然的。他的表示自己和这个阶级的命运共利害,把自己的光芒溶合在工人阶级的鲜明的烽火里,是正在这个阶级和它的先锋在中国受着极端的诬蔑和压迫的时候。就在这时候他改变了自己一贯的进化论的观点,开始取得了无产阶级的阶级学说。他没有成为共产党员,但他参加了共产党所领导的左翼作家联盟,抛弃了由于最初革命文学者对他的过火的态度所引起的成见,帮助改正了革命文学初期所必不可免的理论上和政策上的错误,介绍了马克思主义的文艺理论和国际的革命作品,驳斥了反对革命文学的论客,培植了青年的新的作家——以他过去的威望和这些功绩,他成了中国的革命的文学运动的旗帜,成了中国的革命文学之开辟者、导师和领袖。

四 我们要继承鲁迅的遗产

在纪念鲁迅之际,我们要着重指出继承鲁迅遗产的意义。这份遗产,对于我们,是特别地宝贵的,因为:

第一,他的全部著作贯彻着为民族解放而奋斗的精神,那将提高读者的民族觉悟,坚定他们对于抗战最后胜利的信心。不但如此,他的作品是他一生的战斗的经验的总结,那是作为横亘在他的时代的中国人民的民族的和社会的斗争的结果而来的,我们从这些经验里正可以取得于抗战有益的教训。虽然在他的作品的几乎每一页,都可看出对中国固有文明的反叛,但他却是对中国旧有文化修养最为深广的一人,他吸收了中国过去文化中一切优良的东西,再加上取自西欧进步的资产阶级的民主主义的传统,和现代工人阶级的集体主义的精神,这就使他的著作成了中华民族所有的一切遗产中的最优秀的遗产。

第二,他的著作是"五四"以来中国民主主义的最战斗的传统。五四运动在这一方面所遗留给我们的东西,实在太少得可怜了。没有深厚的民主传统,是中国思想界贫弱的一个重大原因。这也正造成了今天中国还普遍地存在着愚蒙，武断，保守，顽固等等的要素，这些要素，是争取抗战胜利的障碍物，鲁迅的书告诉了我们扫荡它们的战斗方法。列宁非常尊重俄国民主主义者倍林斯基、车尔尼绥夫斯基，杜薄洛略波夫的遗产，称他们的著作为俄国马克思主义的先驱，在中国的民主主义者中，那知识的广博，战斗性的坚韧，文笔的辛辣，恐怕只有鲁迅一人。这样我们就更应如何加倍尊重他的遗产。

第三，鲁迅的作品是中国新文艺最初的也是最丰盛的收获，是中国新文艺上的现实主义的第一块坚固的基石。他反映了中国的黑暗现实，激发了读者对于这个现实的反抗，和为未来的光明斗争的勇气。我们要从他的作品中去学习创作的方法，尤其要遵照他所再三指示的，和实际斗争去接近，在抗战的实践中把文艺和现实拉得更靠紧，使鲁迅所开辟出来的这片"崭新的文场"能够放出更多的异彩。

研究鲁迅的著作，学习他的战斗精神，继承他的遗产，是抗战文化活动中的一个重要部门，这就是我们纪念鲁迅所不能忽视的真正的工作！

原载一九三八年十一月七日《解放》（周刊）（延安）第五十六期

延安纪念鲁迅逝世二周年

敏 英

十月的阳光，温暖着大地，温暖着人们的心。沸腾着的延安城里，滚动着一队队长蛇似的人群，他们不时又都消失在同一的转弯抹角的巷口里。街里辉耀着新鲜的大大小小红红绿绿的标语："把握着艺术的武器，踏着鲁迅开辟的道路前进"，"纪念鲁迅先生要巩固和扩大抗日民族统一阵线"，"纪念鲁迅，要坚持持久战"，"纪念中国新文学的父亲——鲁迅"，"学习鲁迅先生坚苦的工作作风"，"鲁迅永远活在我们的心里"……

十月十九日——这个极悲痛的，文坛巨星殒落的日子，毕竟和其它纪念日有些异样的表现，这表现就在于延安城里鼓楼下的大石门洞里——这个引人最多的地方，被鲁迅逝世二周年纪念的壁报专号贴满了，这情形就好象为了纪念这个哀痛的日子，而动员了延安所有的文艺、文化、民众、学校等团体，来开一个纪念鲁迅的"壁报竞赛会"，而且形式都是一致的，采取短小精干的"街头诗"的战斗形式。门洞里簇着各色各样的人群，尤可注目的是那些质朴忠诚的，鲁迅先生所深爱的人——浓良，也昂着头，慢慢读着纪念鲁迅的沉痛的诗句，他们以好奇的眼睛望着那些大大小小各种不同样式的一个陌生人的木刻像发呆。

大会是南边区文化界救亡会主持的，一个并不甚大——府衙门，能容四五千人的会场的正面，张挂满了各团体学校或个人送来的花圈挽联，挽歌等。看去极其庄严隆重。

纪念大会是定于下午一时开幕的，但是抗大、陕公、鲁迅艺术学院……在十二时半就到了。在等候开会的时间里，照例是由于各方面唱歌竞赛，互相挑战，使人感不到丝毫寂寞。会场上挑战进行得最激烈是抗大、陕公、鲁艺、西北青救联合会代表……组成了一个强大的统一战线，向丁玲同志挑战，"要求丁玲同志唱鲁迅纪念歌！"丁玲同志和西北战地服务团二三十个团员，反故意转移目标"要求柯仲平同志诗歌朗诵"。当战争进行得最恶毒的时候，几声尖锐的哨子响了，跟着他来的，便是一个闷人的沉静。全场的人们都站起来，脱了军帽，在鲁迅先生的遗像面前，静默的低着头，感到一种小孩子失掉了慈母似的悲痛和寂寞。

大会主席团——毛泽东、陈绍禹等中共领袖，和周扬、沙可夫、沙汀、柯仲平、丁玲、徐懋庸等十三人——在全体到会会员的鼓掌声中一致通过了。大会即由柯仲平同志宣布开会并报告开会的意义。

柯仲平带着几分诗人的革命的浪漫性说："我们在第三期抗战最紧急的关头，来纪念鲁迅先生，这是有着异常重大的意义的。鲁迅先生为着救祖国救人民，奋斗了一生，他曾不屈不挠的和恶势力进行了斗争，曾不倦的摇旗高呼，极力主张民族统一战线，渴望着全国抗战的到来，他给我们开辟了这条救亡图存的道路……所以在今天纪念鲁迅先生，我们应该坚持抗战，坚持持久战，坚持统一战线，争取最后的胜利……"

继由周扬同志讲演，要点为：一、鲁迅先生是生长在十九世纪到二十世纪之交，生长在中国一个新旧交替的伟大的历史时代，生长在一个半封建半殖民地的国度里，这就决定了他思想上的反帝反封建民族民主主义的内容。二，鲁迅是一个伟大的现实主义作家，他不是为艺术而艺术的，他是为了爱祖国爱人民而从事艺术，他把艺术当作一个救祖国救同胞的工具。三、他是一个彻底的民主主义者，一个忠实的民族主义者，但不是狭义的而是革命的民族主义者，所以他深刻的爱着中国的劳苦大众，相信他们的力量，他们的前途。他确信唯有劳苦大众团结的力量才可以挽救中国，唯有他们才可以把时代推向光明的新社会里去。四、鲁迅留给我们空前的文化遗产，我们应该知道，如果没有鲁迅，就不会有中国今日的新文学。他的伟大的遗产和他的坚强不屈的革命精神，我们应该好好的忠实的继承与发展起来。

随后丁玲、徐懋庸、沙可夫等同志都相继讲演，大意都是教育青年学习鲁迅先生艰苦奋斗，不屈不挠的精神，学习他持久战斗的精神，继续着他的遗志前进。其中徐懋庸同志指示人们，继鲁迅的意志为"反对人吃人的历史"而斗争到底，学习鲁迅认真地脚踏实地的作风，反对空谈主义的精神，最为宝贵。

最后，鲁迅学院有位同志朗诵纪念鲁迅的诗歌，柯仲平同志朗诵他的"告同志"和"游击队"。

最后，丁玲同志提议在"延安文艺界抗战联合会"内成立一个"鲁迅研究学会"延安各大图书馆都要买一部《鲁迅全集》。

大会就在一个响亮的雄壮的"同意"和纪念口号声中闭幕了。

原载一九三八年十一月二十三日《新华日报》（重庆）

嘉陵江畔　祭鲁迅

全民社

天，十月十九日，天气是半阴沉的。太阳在薄云背后羞怯地隐藏着，特别为这天追悼一个巨人！鲁迅先生所出的街头壁报，给阴暗的天色蒙上了一层悲哀的光，中午一过，人们都往一个地方——社交堂会汇流，是怀着一颗酸痛的心参加"鲁迅先生逝世二周年纪念大会"啊。

一进会场的门，一种庄严肃静的空气马上会包围了你，会场正中，悬挂着一幅鲁迅先生的大画像，讲台上简单的布置，更增加了不少的严肃性。白的墙壁上，贴着用大字书写了的标语："能做事的做事，能发声的发声，有一分热，发一分光——鲁迅先生——"，"纪念鲁迅先生，要学习他的战斗精神"，"鲁迅先生的言论，是被压迫者的吼声"，"……"。来到这里的人，都默默地坐着，一排排的长椅，现在已经嫌得他们短而又少了。

一点半钟左右，在哀乐的吹奏声中，纪念会开始了。

于是，大家都不约而同地肃立起。

"今天纪念鲁迅先生逝世二周年……"主席邵力子先生，在大家仍旧坐稳了后，报告着。他说鲁迅先生生前是如何地努力，如何为民族革命而斗争！鲁迅先生同情与倡导统一战线，早为人所共知，只可惜死得太早了。但是，我们今天纪念他，邵力子先生最后更强调着，"一面要悲哀，一面要兴奋。我们悲哀的是，他死得太早，而中国现在还没有这么一个能够代替他的人！我们兴奋的是，先生所最恨的日本帝国主义者，我们已与他战斗了，先生所同情的统一战线，不特成立，而且日益巩固了！这是对先生的一种安慰……"

一阵哀乐，谢冰莹持着花圈上台了，对鲁迅先生的遗像恭恭敬敬地鞠了三个躬。献花圈毕，台静农先生即上台报告先生的史绩。

"鲁迅先生是生在一个灾难的时代里……"台静农先生的眼镜背后，闪着追忆的光。

大家也想象着那一条艰苦的路，——那一条为鲁迅先生以血和生命拼出来的路。

"要活下去，就必须敢叫，敢哭，敢笑，敢打……鲁迅先生就是以这样的态度过了一生……"

"拿我们的血，献给中华民族……"台先生最后翻凑了鲁迅先生的两句旧诗，赠给大家作了他报告的结束。

继之，老舍先生于热烈的掌声中，阴沉着面孔上台了；他分三方面讲述了鲁迅先生。"第一，在学术方面"，他说："先生的治学可以说是广博的，而且是以科学的方法。他不象一般人一样。被埋在书堆里，他是真正能够消化学问，而且能够创造学问的。先生认为科学是永远的，他一生不曾休止过他的研究，创作，他是'整个的'，不是抱住一角的，这里，老年人应该反省，不应该以为自己有了一点点学问，便可以吃一辈子，中年人更应该知道，不要因为被政府请去'帮忙'或当了书店老板便自满，便不求进步，忘了你努力的另一面！而青年人更该基本上学习鲁迅先生，不要以为出了点成名，便骄傲起来……"随着他的语气的加强是一阵阵热烈的掌声！老舍先生似乎更兴奋起来了。他更指出鲁迅先生在行为方面是武装齐全的能够克服一切困难的许多特点，以及其在文艺方面的特殊成就，最后他近乎呐喊似的说："二十年来中国的文艺运动，只要象水上的一层油，并没有在民间扎下根！在今天来纪念鲁迅先生，不是跟鲁迅先生关起文艺的大门，使大家休息而是要学习其精神，把水面上的油要浸到泥里去！变为中华民族创造血的铁的粗壮的文艺！"

掌声！

现在是某青年代表的演说了。那代表一面说着鲁迅先生对青年人的特别爱护，一面回头望着鲁迅先生的遗像，最后他更呼口号似的说：

"他活在成千成万不愿做亡国奴隶的人们的心上，他活在成千成万的青年人们的心上！"

这话语，恨不得要激出人们的泪来。又一阵哀乐，结束了这个隆重的大会。这时，太阳在嘉陵江上向人间窥视了。

十月十九日

原载一九三八年十二月十五日《文化岗位》（昆明）第五期

发刊词

《鲁迅风》编者

好久以前，我们就想办个同人刊物，一苦于没有机会，二苦于想不到好名字。这回出版《鲁迅风》，也不过就近取便，别无其他用意。

我们景仰鲁迅先生，那是无用多说的。高天之下，厚地之上，芸芸众生，景仰鲁迅先生者，何啻万千。我们不过是万千人中的少数几个。我们知道鲁迅先生并不深，偶拈片光吉羽，即觉欣然有得，其实还是一无所知。这是学识所限，无可如何的。

以政治家的立场来估量鲁迅先生的毛泽东说他是中国的第一等圣人，而且是中国的圣人。我们为文艺学徒，总觉得鲁迅先生是文坛的宗匠，处处值得我们取法。

通过鲁迅先生的全生涯，他所研究的学术范围之广博与特别，在今天，我们实在还没有找到第二个人。他有丰富的科学知识，他有湛深的国学根底，他极其娴习历史，他正确把握现实，他思想深刻，他目光远大，他那卓越的文艺作品，奠定了中国新文学的国际地位，而这一切，鲁迅先生都以战斗精神贯穿着。

谁都知道我们应该学习鲁迅先生的斗争精神，但谁都忘却我们更应该学习鲁迅先生的斗争精神所附丽的学术业绩，没有这业绩，也没有鲁迅先生的斗争精神，这该是自明之理，无须我们唠叨；然而我们将怎样来接受这一份遗产，沿着鲁迅先生所走过的，所指示的路走去，这是我们日夜揣思而企求着的。

固然，各人的禀赋不同，学殖互异，学习模仿，并非绝对的事。鲁迅先生之于青年，也未必如螺蝇之于青虫，祝望"类我！类我！"但"高山仰止，景行行之，虽不能至，心向往之。"这是我们微末的心情，类与不类，本非所计。

生在斗争的时代，是无法逃避斗争的。探取鲁迅先生使用武器的秘奥，使用我们可能使用的武器，袭击当前的大敌，说我们这田物有些用意，那便是唯一的用意了。

然而，我们将在虚心的学习中，虚心地接受一切批评。

原载一九三九年一月十一日《鲁迅风》（周刊）（上海）第一期

《鲁迅风》与鲁迅

景　宋

"两间余一卒，荷戟独彷徨。"这是鲁迅先生在或一方面，单人单枪，独力应付的感慨话罢。

难道没有同志？有的。在政治上、学术上、思想上，我们知道他并不孤独。

但是，因为他不是专门的政治家、学术家，或思想者，所以和他同时代也许有一部分的同志，然而像他那样多方面的，综合的一位卓拔不群的杰出的成就，到现在似乎还找不到类似型的产生。所以在这方面，他多少是比较孤独的。

反过来，因为多方面的，综合的，所以随处随时都有相似于他的部分的人。也就是说：有和他的精神相似的人广布着于各处。你说某某人是鲁迅派，某某人是非鲁迅派，全不对。犹之全中国人都有点阿Q式，而全非阿Q。这就是他的精神，他的真实。

学术上下功夫，他可以校勘《嵇康集》十多次，手抄了三部不止。这种一丝不苟的认真精神，可以叫我们鼓励。接受和吸收外来的新文明，勇于使自己前进，到老还保持青年锐气，值得使我们警惕。泼辣执着，撕破伪善者的面孔，认准目标，不怕挫折的态度，正是我们现时对付自称人性文化而实则兽性文化之不若的侵略者的最好药方。这就是鲁迅精神，如果"鲁迅风"希望走向这种精神，乃是志同，而不是党同。

最为鲁迅先生所痛疾的，是盲目的捧。当《作家》初出版，先生看到把他的照片排在世界文豪之列，他再四表示不满意。所以这种捧法是非所愿的，《鲁迅风》的创刊，我想必也绝不为此。

还有，这刊物我想更非专为研究鲁迅而作的。因为目前的需要，不是注重个人，而是全世界，以及社会的多方面的描写。不妨或庄或谐，或长或短，而总多少不离现实的改进，否则成天在死人身上兜圈子，怕会令人起"骸骨迷恋"者之感，这是我想决不至于的。以上是笔者的推测。

推测完了。如果所测不错，那么，《鲁迅风》是我们现实所正需要的精神粮食。

原载一九三九年一月十一日《鲁迅风》（周刊）（上海）第一期

游击战的杂感

辨　微

凡是侵略者，都怕惧游击战的，它要速战速决，它挟持优越的武器，最希望阵地战，它想从快成击溃对方的主力。游击战是在不利的作战环境下产生的战术，但较之阵地战，却是更富于艺术性的战术。艺术本来是反抗的表现，反抗者总是处于不利的环境，劣势的地位的。它迂回，但也突击，突击固然迅速，但迂回也迅速的。它采取波浪形或潮汐形的发展，曲折联系，而不能机械的分开。

如果不能否定文学应该是战斗的，则巧得很，杂感正类似游击战，异于类似阵地战的论文，而且也是在不利的写作环境下产生的，较之论文，也富于艺术性。梁启超的"新民体"文，章士钊的政论文，胡适之的明白如话文，都曾经哄传过一时，但较之在当时的影响也很大的鲁迅先生的杂感，后来，直到现在的影响，又是哪一种大呢？不用说是鲁迅先生的杂感。这固然由于鲁迅先生的杂感是最最战斗的，更具有社会价值的，所以更具有历史价值，但同样也因为更富于艺术性，更具有艺术价值。有迂回的，却也有明快的；明快既迅速，迂回也迅速，迂回如波浪形或潮汐形的发展，突击如匕首，如投枪，形成了文学的游击战，游击战的文学形式，文学之一特殊形式的杂感，而最为所谓正人君子所怕惧，因而也最嫉视。

正人君子利用写作环境的优越，写作论文，蔑视杂感，而鲁迅先生还是不放弃他的杂感。之后，有说杂感只有社会价值，没有艺术价值，还怀疑被他批评的人难道一个都没有变好，尽写杂感的，甚至有说杂感妨碍了伟大作品的产生的，但杂感的比较富于艺术性，并未因此而被嫌弃。文学艺术形式非但不妨碍伟大作品的产生，就是本身也不容易写好，更不是拙劣的杂感所能骂倒，即使以这些为例罢，要积重难返的环境一下子就变好，是难说的。

此时此地，倘说环境不同，或者可以不顾环境，所以不需要迂回的杂感，只需要明快的杂感，首先，是以为环境已经好转了，那是如鱼饮水，冷暖自知，不能强人所同的，或者，便是急躁，正如对于抗战的抹杀游击战而主张只要阵地战一样。其次，是只看到鲁迅先生的杂感的明快，没有看到迂回，没有看到迂回也迅速的，也明快，只看到单纯的明快，取了明快的一点，没有看到迅速的迂回，明快的迂回，是抽刀断流的看法，不是波浪形或潮汐形的发展的看法，是机械的看法，不是联系的看法，因此，便无视了杂感的特殊性，无视了杂感的比较富于艺术性，其势非使杂感也成为论文不可。

艺术性也不是孤立的，而正是为了强调社会性和战斗性，增高社会价值和战斗机能的，和为艺术而艺术绝对不同。为艺术而艺术的弊病，也在把艺术孤立了，割裂了，跟社会性和战斗性机械的游离了，成为了头重脚轻病，较之无视艺术性，是过犹不及的。

原载一九三九年一月十一日《鲁迅风》（周刊）（上海）第一期

编后记

《鲁迅风》编者

要考察一个艺术巨匠的全生涯的过程，最有把握的，自然得从他的全部作品上去衡量。但倘使我们有机会获到他的作品以外的材料，那对于忠实的研究者，也不能不说是一种很丰富的帮助。而日记及书简，除了一部分早有发表的准备的作者以外——据说会稽李慈铭先生的《越缦堂日记》便有这样的"成分"在内——大抵都是质直朴素，不假藻饰。正是递传作者整个生活的最直捷的心声。对于鲁迅先生，我们觉得还需要更广泛，然而更谨严的来对他研究，对他认识，然后才谈得到"学习鲁迅精神！"不有认识与研究，何来学习和发挥？例如前些时香港有人以为鲁迅的思想是曾受过清代龚定庵的影响才像这样的"光怪陆离"的说法，还谈得到什么"学习"不"学习"？而《鲁迅日记》，假使是一个不带什么成见的认真的研究者，便无法否认它在"鲁迅研究"的工作中所占有的价值。同时，这也就是我们所以刊载他的"早期日记"的一点微忱！

还有，我们告以预告的：世界文豪高尔基的日记，也已蒙黄峰先生慨允翻译，将在最近的本刊内发表。

原载一九三九年二月八日《鲁迅风》（周刊）（上海）第五期

327

纪念文章（1936年后）

中国气派与中国作风

巴 人

毛泽东先生在《论新阶段》一书里，有过这样的话：

> 马克思主义的中国化，使之在其每一表现中带着中国的特性，即是说，按照中国的特点去应用它，成为全党亟待了解并亟须解决的问题。洋八股必须废止，空洞抽象的调头必须少唱，教条主义必须休息，而代替之以新鲜活泼的，为中国老百姓所喜闻乐见的中国作风与中国气派。

在文艺领域里，我以为同样需要提出中国的气派与中国作风。这是一个非常重要的问题，希望全国的文艺同志予以密切的注意。

什么是文艺上的中国气派和中国作风？抽象的原则的规定是不大可能的。举例来说，鲁迅的《阿Q正传》是有中国的气派与中国作风的，鲁迅的文艺杂感是有中国的气派与中国作风的。

历史虽有突变，但没有飞越；新的事物是旧的继续。扬弃它否定的一面，但还得保留它肯定的一面。列宁不断的警戒着青年对于旧的知识的蔑视态度。"无产阶级的文化的建立，必须接受资本主义社会的文化遗产，予以加工改造。"不懂得旧的历史的传统的人，也无法创造新的历史。中国旧文学的遗产，是否全都应该抛弃呢？不，我们可以坚决的说，其间有很多的优秀的作品，是值得我们学习的。简劲，朴素，与拙直的《诗经》的风格；阔大，壮丽与放浪的《庄子》与《离骚》的想象，自然，和谐而浑然的汉魏六朝的古诗，杜甫的对社会的关心与诗格的谨严，《西厢记》的口语运用的泼剌，《红楼梦》、《水浒》、《儒林外史》描写人物的逼真与记述的生动……这一切是否都是我们应该继承的遗产呢？我说，是的，是我们应该继承的遗产。然而，我们的新的作家，似乎都对这些投着鄙视的眼色。

鲁迅先生在五四的当初，反对青年读古书，这是对的。因为一种新的文化在开始产生的时候，对于旧的文艺若是过分的亲近，那会妨害了它的生长。一面挂出"西学为用"的招牌，一面出卖"中学"的实物，那就无法彻底的接受"西学"的优秀的"或物"。"为体"的"中学"妨害了"为用"的"西学"的输入。这是鲁迅先生所目睹的事实。要接受，还得扫荡。这是第一个阶段。然而鲁迅先生的成功，六百万字的全集告诉我们，他是保存了中国文学的最好的传统，在这传统上，他贯彻以西洋文学的优秀的精神。说鲁迅的小说是多半北欧风的，那也并不大错；但是，我们试把鲁迅先生编的唐宋传奇和他的小说对照起来看，那风格的严谨，造句用语的简劲与锤炼，神似，这里有一脉相通之处。因之，我们还可以说，这是具有中国气派与中国作风的作品。

　　《阿Q正传》更不用说。照小说的一般发展过程，大都是从叙述到描写。这就是说，小说的最初的形式，是取叙述的体裁，而发展到晚近，则着重于描写了。在俄国，被称为创造"国民文学"之父的普式庚，还有果戈里，他们固然接受了不少的英法先进国家的文学作品的优秀的"或物"，但一样保留着本地风光的传说的神彩；小说的形式，大都是叙述的成分较多。中国的小说，大概开始于平话，演义，是一种民间传说的写法（《汉书》所说"小说家"，那是应该看作另一类的），这和民间说书人就有多少关系。《阿Q正传》中那种以作者露脸说话的手法，是和旧小说里的体裁有很大的因缘的。这一手法运用得好，颇能尽艺术的概括的功用。这固然也是讽刺文学的特质，但在《阿Q正传》里，我们确实看到了所谓中国气派与中国作风的特征，《阿Q正传》成为中国读书界最普遍的读物，决非无因的。

　　但新文学发展到今天，我们的文学的作风，与气派，显然是向"全盘西化"方面突进了。这造成新文学与大众隔离的现象。大众没有可能把新文学当作他们精神的食粮。三四年前一折八扣的标点旧小说的盛行，张恨水的小说还始终是商人、小职员、家庭妇女的读物，小说租借处的最时行的作品，这说明了什么？这说明了新文学的悲剧的命运。抗战以还，这现象是改变了点，但象高尔基的《母亲》那样的作品，没有出现于暴风雨时代的中国的今天。这总值得我们思索的吧！建立文艺上的中国气派与中国作风因之该是十分必要的吧。而这一运动我以为应该是新文学发展到现在这一阶段必须负起的任务。

　　但什么是"气派"，什么是"作风"？机械地说，"气派"也就是民族的特性；"作风"也就是民族的情调。特性是属于作品的内容的，这里有思想，风俗，生活，感情；情调是属于作品的形式的，这里有趣味，风尚，嗜好，以及语言的技巧。但无民族的情调，不能表现民族的特性；没有民族的特性，也无以表现民族的情调。中国作风与中国气派，在文艺作品上，是应该看作是一个东西——一种特征，而不是两件东西。

毛泽东先生对于我们青年的一般学习，有非常高明的指示：革命的理论，历史的知识，实际运动的了解，这是作为一个人，一个国民所必须具有的学问。这指示一样可应用于文学上。革命的理论，是属于作家思想修养方面的；历史的知识，是属于作家对于传统文学作品的学习方面的；实际运动的了解，是属于作家生活实践方面的。我们的作家是否做到这三点的修养呢？没有！周扬先生指责欧阳山先生的作品：人物的用语，全是一套哲学家的思索。这在我看来，主要还是我们的作家，过分重视作品中理论的说教，作家的修养，没有在这三方面平均发展的结果。同样，在相反方面，在沈从文先生的作品里，确实保存了一部分中国旧的作风与中国旧的气派，但因为终久缺少思想的修养，也就缺少从五花八门的事物中看出它基本的东西——所谓"真实"的眼力，所以依旧不是我们所要的中国气派和中国作风。

除掉思想的修养不说，这问题包括得太广，不是这篇短文所能尽意；则旧文学的学习与实际运动的参加，对于创造中国作风与中国气派的作品，是绝对的必要。有实际运动的参加，自然容易了解中国人民大众的感情，思想与语言的使用。这了解是一管标准尺，可以衡量中国旧小说以及旧作品里的哪些部分是活的，哪些部分是死的。"天有不测风云，人有旦夕祸福"，这样的自慰语句，是否还在后方民众间发生？或者还是在打游击战的时候，咱们的兄弟全都一齐的说："干呀！先下手为强。"这不过是一种比喻，不是真的我们要这样拿着本旧书，到民间去作对照，考证，比较的工作。语言学家要这么做，自然也可以。这不过是说，我们应该如何从旧的传统——表现出我们旧文学的民族的特性与情调——的了解上，再去了解在我们周围活生生地活动着的人们。要不然，只以为农民农妇的拈香拜佛是迷信，一脚把他们踢开，而不从他们是有怎样的社会的历史的传统，和阶级社会的生活苦难中来了解他们，那只有把自己和他们隔离得很远很远的。"你"和"他"隔成了两个世界，要在"你"的世界里造出"他"的王国，那么依旧是"你"的空想的王国，于"他"是没有关系的，"他"更没有方法来理解"你"美妙的梦了。此之谓"秀才造反，三年不成"，到头来还是自己没落。

理解"他"，理解这社会的历史的传统，但不一定要你分担他的忧愁与苦痛，这也许会使你停留在这传统里，引他们向原始的反抗的路上去。理解他，也理解他的忧愁与苦痛，和他们结下深切的爱。且由你的思想，意见与感情，引上他们向正确的革命的路。这是中国作风与中国气派的作品之所以建立的，同时，也是我们所要的"现实主义的大众文学"的成长的路。

大众文艺是中国新文学发展的更高的一个阶段，决不是降低，或退后，若用一句哲学上的术语，自五四平民文学的要求，到一九二七年前后革命文学的出现，再到今天的大众文学的推进，是否定的否定。这不是名词的游戏，而是历史的真实。但"现实主义的大众文学"的建立，则首先有赖于作品中中国作风与中国气派的养成，我以为。

原载 1939 年 9 月 1 日《文艺阵地》第 3 卷第 10 期

鲁迅先生纪念会上中共领袖陈绍禹同志演词（节选）

……

抗战两三年来，文化界同人有一种共同的感觉，就是大家感觉到很少有反映我们大时代的伟大文艺作品出现，其实所谓伟大作品，并不是简单地说篇幅的大小，而主要地说的是作品的内容，作品对于我们时代我们生活真实的反映，作品对于我们战斗我们革命有力的活动，而当文化界同人每次发生这种感觉时，一定联想到我们的鲁迅先生。在抗战以前，在那样艰难困苦的环境里，在亭子间蜷伏的生活中，在报屁股上半吞半吐地道出真理时，鲁迅先生还能写出许许多多永垂不朽的作品，而现在我们这个大时代里，有几万万人掀起的最伟大的民族抗战，有成千累万的可歌可泣的民族斗争事迹和人物，有惨绝人寰和暴无先例的日寇兽行，有汉奸汪精卫之流的丑恶无耻罪行，有落后势力破坏团结，妨碍进步的反动恶迹，这些题材，是多么丰富动人，如果鲁迅先生在世，他将要写出多少伟大的作品！（大鼓掌）然而，在这样丰富生活的环境中，我们的队伍里，却丧失了鲁迅先生！没有他来提供我们伟大的作品，这种动人的伤感，是无法避免的！

这种空虚的感觉，是难以弥补的。

……

原载一九三九年十月二十日《新华日报》（重庆）

《文艺》鲁迅纪念座谈会记录

十月十九日鲁迅先生三周年忌日，《文艺》同人为了在实际工作上纪念先生，特邀请留港文艺界朋友于是日下午三时茶叙座谈；所提出的座谈题目为目前中国文艺创作上一个极其重要的课题："民族文艺的内容与技术问题"。

出席者：许地山、黄鼎、刘火子、陈畸、岑卓云、黄文俞、田家、陈东、郁风、宗珏、曾洁孺、刘思慕、沙威、林焕平、林蒲、麦穗、张君干、杨刚、叶文津、余顺彬、李驰。共二十一人。袁水拍因事未到，送来了书面意见。

记录：李驰。

在许地山先生纪念鲁迅的演讲及其他报告之后，座谈便由杨刚的报告开始。

杨刚：首先关于这问题有点解释：民族文艺在今日被提出来是与当日的民族主义文艺不同的。鲁迅先生当日曾反对狭义的民族主义文艺，但今日为了抗战，为了奠定中国文学万年的国际地位，提出文艺的民族性这问题，既不是我们今日错了，也不是先生当日有差。民族文艺这名词也许不大醒目。请大家讨论加以修改。这问题的提出有几种原因：实际抗战需要是一个，过去文艺作品中外来影响的浓重又是一个。"民族文艺"的内容问题分两面，一是生活实际材料如环境，情节，动作；另一是思想，感触，情绪，心理等等。它的技术问题，就包括民族形式的使用和创造，以及如何使形式与内容恰恰配合各点。现在我们的座谈大约集中三点：（一）关于这名词的概念，（二）它的内容，（三）它的形式，以及内容与形式的配合。现在请大家发言。

（在互相推让了一阵之后，宗珏站了起来。）

宗珏：民族文艺既不是民族主义文艺，那么，它应该是指一种有着民族的特质的文艺，也就是说，能够代表一个民族的习性的，有显著的民族作风的。比如"阿Q"，他不但代表了中国民族病态的典型，就是就着风格来说，显然也与西洋文学两样。可是鲁迅先生底创作方法一方面固接受了外国文学的影响，特别是现实主义和自然主义的；另一方面他也在扬弃和运用着中国旧文学的描写方法。不过主要的还是在于民族的地理环境，社会生活、政治制度……等等所决定。象民歌，就是最能代表民族底特性的东西，我国西南各省的民歌（尤其是广西……等省的山歌），与江南或北方的民歌就显然大不相同：我们从这里也不难看到国内少数民族各自不同的特点，特别是民情。不过我以为当前的民族文艺之最恰当解释是：抗战的内容，民族的形式。而民族文艺中的人物的描写，也应该是活生生的，有血有肉的……象《水浒传》中的"绿林好汉"，与外国的"绿林好汉"（如罗宾汉）决不相同，他们真的是代表了中国民族性的人物，一直到现在，这种带着封建性的行侠的民族风，在中国的山林中还存在，这可说是民族的传统。

杨刚：宗珏先生的意见，大家都听见了，我想不加复述，省些时间，现在请刘思慕先生发表意见。

刘思慕：民族文艺和以前的民族主义文艺完全不同，它是和国际主义文学不相矛盾的。狭义的民族主义文艺，如日本佐藤春夫之流所提倡的便会变成侵略者的工具。我同意宗珏先生的意见：民族文艺要以抗战现实作内容，采取民族的形式。

民族文艺应该是抗战的，反汉奸的。

就现在的文艺创作来看，反映光明者多，而暴露黑暗者少。汉奸们如汪精卫、周佛海之流，我们没有在文艺上刻画出他们的洋相，这是抗战文艺不够的地方。鲁迅先生在文艺上的劳绩，就在于他暴露黑暗的深刻尖锐，从《阿Q正传》起直到他的杂文，大部分都是批判和暴露的作品，这一点可说是鲁迅先生的长处。今后我以为不妨多写些讽刺文学，政治的讽刺诗，讽刺剧等。

杨刚：刘思慕先生对于讽刺暴露的意见非常宝贵，是我们的一种收获。底下我想请大家说话坐着说，免得太严肃，太形式化，把意见都逼得躲起来了。（不料林焕平还是站了起来。）

林焕平：我的话怕大家不懂，所以还是站起来说，容易听得见些。我看香港文艺座谈会太少了，《大公报》提给大家这个机会实在难得，以后这种会希望能多多举行，提倡风气。至于我的意见是这样：作为当前文艺的创作口号，还是抗战文艺具体些，积极些。它的内容，当然就是抗战建国过程中中国人民的生活，心理，思想，感情的变化过程，及其现在的行动，未来的憧憬等等，它们是我们所需要用具体形象去表现的东西。我们作家过去所写的作品，民族特质之所以那么淡薄，是因为作家多受了西洋的教养，弄到洋化的东西自然流露到作品里去。现在我们要强调作家到民间去。要过中国民间的生活。

技术问题，是作家的教养问题。作家如何从中国及西洋文学遗产中，日常人民生活中以及不断的创作实践中，锻炼和获取卓越的创作技术，是作家的才能与努力问题。离开作家的努力创作实践，这问题无法可谈。

至若谈到整个形式问题，则独幕剧、多幕剧，长篇小说，中篇小说，短篇小说，报告文学，速写，抒情诗，叙事诗乃至旧形式如章回小说，大鼓词，地方性俗谣小调之类，都可以利用。只是我们需注意两点：

一、抗战迄今，创作仍是以报告文学及速写为多。我们现在还是渴望小说，甚至于长篇小说，多幕剧等等，目前也许一下做不到，但是可以提倡。

二、旧形式是要批判地去利用，不是无条件地投降。我们扬弃旧形式的有毒的因素，注射些新的进步的因素到它们里面去，使这个批判地利用的过程，就是中国文艺发展的过程。这样，中国的新的文艺，会在这个过程中产生的。

至于抗战文艺的创作方法，则自然是以新的科学方法，新的哲学方法为基础的，健康的，批判的，进步的现实主义。数年来它已被许多人正确地介绍过了。

黄文俞：民族文艺，就功利上去讲，是要大众能理解，能教育大众的。就艺术的本身发展说，是创造真正反映民族生活并具有民族特殊艺术风格的文艺，使我们的文艺能在世界上取得地位。它又可以说是"大众文艺""文艺大众化"的口号的继承和发展，却有更丰富更具体的内容。那么，我们的民族文艺，必须以民族生活做创作的源泉，作家须在每个角落里细心地观察民族的生活图景，才能产生优秀的作品。

技术方面，必然关联到了"旧形式"问题。有些人主张直接的原封不动地运用"旧形式"，只须装进新内容。有些人却主张应该把"旧形式"拆开来用，那就是"利用"。把它的有机的因素保留，创造新的"民族形式"。在作品上，我们可以举例：如柯仲平先生的长诗《边区自卫军》，《平汉铁路工人破坏大队的产生》。又如在《七月》发表的，庄涌的诗《同蒲线一日人死亡线》，我们可以看到利用旧形式的痕迹。

张君干：现阶段的民族文艺内容，当然以抗战建国为中心，不成问题。但我们对旧的意识形态必须附带执行消毒工作。以"公子落难"来"表现"侵略者的残暴是应该受批判的。

不可为旧形式利用。我们要注意作品的艺术性，和语汇的改造。我希望我们不再踏覆辙。

（接着陈东先生起立对民族文艺的性质要求主席再加以确定，然后满意的坐下了。）

（座谈会到了六点了。于是杨刚宣读了袁水拍先生的意见。）

袁水拍（大意）：民族文艺不是法西斯那种"德意志高于一切"的文艺，也不是日本式的拥护军阀与侵略的文艺。它是发扬民族精神与抗战意志的。

要有科学的宇宙观，接近大众，表扬大众，它要能够通俗化，技巧方面适合于大众的口味。

（谈到了这里，似乎问题各方面都已概括到。只有技术方面如何利用，如何扬弃，如何配合的种种问题大部分与实际运用和进一步研究有关，只有留待下次。于是杨刚最后将全部讨论做了一个总结。）

杨刚：现在座谈会结束了。综合各人的意见，我们这次大体上可以说已经有了一个结论：

第一，民族文艺是现阶段和中国文艺的将来所必要的一条路，它是抗战的，反汉奸的，大众的，有中国民族特性的。

第二，它的内容是抗战的现实，大众的生活（包括光明和暴露两方面），要有中国的典型环境与典型个性。

第三，利用各种旧形式和外来形式，创造新的民族形式，要适合于群众的内容的形式，要叙述大众生活的，记录现实的诗和散文。

（在散会声中，大家一致主张以后这类的座谈会应该多来一些，因为许多实际问题太重要也极引兴趣。）

原载 1939 年 10 月 25 日香港《大公报·文艺副刊》

纪念鲁迅先生的意义

——在鲁迅先生逝世三周年纪念大会讲演辞

潘公展

主席，各位先生：

今天兄弟代表中央宣传部参加鲁迅先生逝世三周年纪念会，为爱好文艺的革命战士，尤其青年共聚一堂，觉得非常兴奋。方才主席邵先生及各位先生已经将革命文学家鲁迅先生的生平，为国家民族的独立生存而艰苦奋斗的努力，和他伟大的成就，说得非常详尽，使大家感觉鲁迅先生的逝世，实在是我们中国文坛的损失，用不着兄弟再说废话。现在兄弟想从纪念鲁迅先生逝世这件事的意义上，贡献几点意见于全国爱好文学或从事文艺工作的各位先生，作为今后我们大家注意而且共同努力的目标。

......

然则我们今后将如何发挥这种伟大的精神，以尽宣传的使命，方无愧于鲁迅先生呢？

兄弟以为在第二期抗战的今日，文艺方面的宣传，即是说今后的文艺作品，精神食粮，无论创作或翻译，都要剖析他是否合乎抗战建国的需要。合于这个需求的，才是大家所爱所好的文艺。这个需要与否，从什么地方划分，兄弟以为可以从时间与空间两方面来分析文艺作品内容的性质，是否合乎抗战建国期间的时代需要。

先说时间方面，一篇文艺作品，不论形式如何，也不论宗派怎样，我们先要看他的内容是否合乎下列五个标准：

（一）不落伍：这即是胡风先生报告所述鲁迅先生的"进步以求解放"的精神。进步，起码要作到不落伍。落伍不仅是退伍的解释，凡时代在向前进而我赶不上时代，这就是落了伍。文艺作品的意识和作法，都要随时代以俱进，才是不落伍。连不落伍都作不到的人，怎样能求进步。跟汪精卫去做汉奸的人们，写出来的文艺作品，一定从抗战阵营中落伍了。在这非常时期中，对于落伍的文艺作品，我们决不能让宝贵的纸张油墨来印刷这种滥调，印刷这种霉腐的毒品。

（二）不幻想：幻想即是漠视事实，不幻想即是把握现实，唯有真能把握现实的人，才能创造将来，因为将来的基础，是建筑于现实之上的。现在有一部分人往往误认为现实不甚美满，就看作无足重轻，一心一意只想弄一个空中楼阁出来，以海市蜃楼为他们的理想，使大家懵懵追求于玄奥缥缈之中，藉以忘记现实的许多痛苦。这种错误的观念，是不合于抗战建国的需要的。这是犯了超过时代的毛病。鲁迅先生的作品，他的长处就在于正视现实，剖析现实，揭露其黑暗面，发挥其光明面。唯有这样脚踏实地的作家，才可以生产反映时代现实的伟大作品，而不致专门搬弄几个幻想的口号标语砌成一堆，就认为是无上的文艺作品。

（三）不游移：一篇文艺作品的态度，必须认识时代的需要，把握得定，不可因为外面的讽刺或批评，自己就摇动了本来的信念。我们希望文艺作家在他的作品中，贯彻他的主张，发挥他的理论，集中他的技巧，来鼓舞一般读者抗战的热情，提高一般读者建国的识力。外面尽有新奇炫异的派别和作风，光怪陆离的议论和故事，都不足以摇动作家固有的抗战建国的信念。

（四）不悲观：我们在这非常的时代里，一定要于每篇作品中，充分发挥乐观的精神。前途愈艰险，环境愈恶劣，愈需要乐观，才愈能增加勇气。不问我们国内有多少汉奸卖国贼，国外有日本强盗的最后挣扎，我们始终要在每篇文学里，每句文字里，每张图画里，每本戏剧里，指示着前途的光明，中国的伟大，使国人都不悲观，不妥协，咬紧牙关，挺起心胸干到底。

（五）不自私：这个时代是"国家至上民族至上"的时代，一切小我不论其为个体，团体，派别，阶级，这种之小我的利益，小我的观念，都要在国家民族至高无上的原则下牺牲一切，文艺作品必须尽量发挥这种国家民族至高无上的精神，把自私自利的意识形态毫不容情的克服下去，使得每一个文艺作品的观众，不自觉的油然生其爱祖国爱民族之心，而把为一切个人团体派别阶级等等小我的念头冲洗净尽。

……

今天兄弟贡献各位先生的意见很简单，希望大家乘着今天纪念鲁迅先生的机会打迭精神，继续鲁迅先生这种为民族革命而努力的精神，用文艺的力量，参加抗战建国的工作，争取我们的国家的独立与生存，完成我们在抗战建国期间文艺界应尽的职责。鲁迅先生虽死，他的革命精神庶几乎可以不死。

原载一九三九年十二月《文艺月刊》（重庆）第三卷第十二期

新民主主义论（节选）

毛泽东

在中国文化战线或思想战线上，"五四"以前和"五四"以后，构成了两个不同的历史时期。

在"五四"以前，中国文化战线上的斗争，是资产阶级的新文化和封建阶级的旧文化的斗争。在"五四"以前，学校与科举之争，新学与旧学之争，西学与中学之争，都带着这种性质。那时的所谓学校、新学、西学，基本上都是资产阶级代表们所需要的自然科学和资产阶级的社会政治学说（说基本上，是说那中间还夹杂了许多中国的封建余毒在内）。在当时，这种所谓新学的思想，有同中国封建思想作斗争的革命作用，是替旧时期的中国资产阶级民主革命服务的。可是，因为中国资产阶级的无力和世界已经进到帝国主义时代，这种资产阶级思想只能上阵打几个回合，就被外国帝国主义的奴化思想和中国封建主义的复古思想的反动同盟所打退了，被这个思想上的反动同盟军稍稍一反攻，所谓新学，就偃旗息鼓，宣告退却，失了灵魂，而只剩下它的躯壳了。旧的资产阶级民主主义文化，在帝国主义时代，已经腐化，已经无力了，它的失败是必然的。

"五四"以后则不然。在"五四"以后，中国产生了完全崭新的文化生力军，这就是中国共产党人所领导的共产主义的文化思想，即共产主义的宇宙观和社会革命论。五四运动是在一九一九年，中国共产党的成立和劳动运动的真正开始是在一九二一年，均在第一次世界大战和十月革命之后，即在民族问题和殖民地革命运动在世界上改变了过去面貌之时，在这里中国革命和世界革命的联系，是非常之显然的。由于中国政治生力军即中国无产阶级和中国共产党登上了中国的政治舞台，这个文化生力军，就以新的装束和新的武器，联合一切可能的同盟军，摆开了自己的阵势，向着帝国主义文化和封建文化展开了英勇的进攻。这支生力军在社会科学领域和文学艺术领域中，不论在哲学方面，在经济学方面，在政治学方面，在军事学方面，在历史学方面，在文学方面，在艺术方面（又不论是戏剧，是电影，是音乐，是雕刻，是绘画），都有了极大的发展。二十年来，这个文化新军的锋芒所向，从思想到形式（文字等），无不起了极大的革命。其声势之浩大，威力之猛烈，简直是所向无敌的。其动员之广大，超过中国任何历史时代。而鲁迅，就是这个文化新军的最伟大和最英勇的旗手。鲁迅是中国文化革命的主将，他不但是伟大的文学家，而且是伟大的思想家和伟大的革命家。鲁迅的骨头是最硬的，他没有丝毫的奴颜和媚骨，这是殖民地半殖民地人民最可宝贵的性格。鲁迅是在文化战线上，代表全民族的大多数，向着敌人冲锋陷阵的最正确、最勇敢、最坚决、最忠实、最热忱的空前的民族英雄。鲁迅的方向，就是中华民族新文化的方向。

在"五四"以前，中国的新文化，是旧民主主义性质的文化，属于世界资产阶级的资本主义的文化革命的一部分。在"五四"以后，中国的新文化，却是新民主主义性质的文化，属于世界无产阶级的社会主义的文化革命的一部分。

在"五四"以前，中国的新文化运动，中国的文化革命，是资产阶级领导的，他们还有领导作用。在"五四"以后，这个阶级的文化思想却比较它的政治上的东西还要落后，就绝无领导作用，至多在革命时期在一定程度上充当一个盟员，至于盟长资格，就不得不落在无产阶级文化思想的肩上。这是铁一般的事实，谁也否认不了的。

所谓新民主主义的文化，就是人民大众反帝反封建的文化；在今日，就是抗日统一战线的文化。这种文化，只能由无产阶级的文化思想即共产主义思想去领导，任何别的阶级的文化思想都是不能领导了的。所谓新民主主义的文化，一句话，就是无产阶级领导的人民大众的反帝反封建的文化。

原载一九四〇年二月十五日《中国文化》（月刊）

（延安）第一卷第一期

鲁迅与中国民族及文学上的鲁迅主义（节选）

—— 一九三七年十月十九日在上海鲁迅逝世周年纪念会上的讲话

冯雪峰

今天是鲁迅先生逝世周年纪念日，指给我讲的题目是《鲁迅与中国民族及文学上的鲁迅主义》。我不会演说，就只大概讲一讲我的观点。

记得去年在万国公墓下葬的时候，上海的一万多群众就曾在鲁迅先生的棺上，给他盖上了写着"民族魂"三个字的一面大旗。这三个字，对于鲁迅先生，自然非常的合适，但我觉得，这应该是中国民族的战斗者之魂。在我们民族中就有许多的魂，无论白天黑夜，和我们接触着，这些在官府，在民间，在学界，在洋场，……所有可以生息得意的角落里都存在着的黑暗的鬼魂，鲁迅先生用了"钩魂摄魄"的笔就给钩画了出来一大半，其中已经最为大家所熟悉了的是阿 Q。鲁迅先生和这些鬼魂搏斗着，他不能不是中国民族中的战斗者之魂。

讲到中国民族——是的，中国民族有它的光明和光荣，而且在今天，不仅只少数人战斗着，大众的民族的革命战争大大的开幕了，首先对着日本帝国主义。但是，胜利的代价决不是廉贱的。据鲁迅先生毕生所画的民族史图中关于中国民族的解剖与指示，是燃起了伟大的民族革命战争的主要的火把之一，这是不用说的，但尤其还应该是保障民族革命战争的决定的胜利，和指示今后的民族的改造的经典罢。

中国民族，它的死症，鲁迅先生毕生所搏斗过来的，在今天就并不能一下子从身上卸下。自然，我们是早就战斗起来了，站得起来了，但死症的重量，吊悬在我们民族身上，似乎比任何东西都还重。这是当然的，我们的民族，即大家所夸耀的古民族，本来已走上和有些已经灭亡的古民族一样的灭亡的过程上，数千年的所谓亚细亚式的黑暗和野蛮的专制的统治的结果，更加以近百年的——这是欧罗巴式了罢——帝国主义的残暴的非人的压迫与宰割，中国民族在今天以前其实只能说一半是活着的。政治的黑暗，领土主权的丧失，固不用说，却去看看作为这些的结果的中国民族的人的素质罢，几千年的黑暗的专制政治，和近百年的帝国主义的宰割，将中国人民摧残，压迫，曲折得成了怎样的病态了。从前有一个美国传教师，他在中国住了多年，曾列举出了中国人的特性二十多种，而大半是坏的。但我觉得那还是表面的，不是最深刻的观察。鲁迅先生的解剖，才真教人战栗。试去一看他笔下的学者、教授，国粹家，洋博士，高等华人，甚至新式的青年的"人性"罢。这是一类，对于这一类，鲁迅先生的憎恶里没有一丝的爱的成分。再试去一看那生活在这些自以为高人一等的人们所合力维持的政治统治，生活制度，思想教育之下的小孩、女人，及农民罢。只要想一想闰土和阿Q就够。不用说，对于祥林嫂，单四嫂子，闰土，阿Q，以至孔乙己，等等，他们从没有从任何人那里接受过象鲁迅先生所给他们那样深大的爱过，但闰土的麻木，阿Q的自贱贱人，孔乙己的卑污，是教人怎样的战栗呢。这是又一类，他们的"人性"给磨折得这样子。然而这些是结果，自然又即刻成为原因，经了鲁迅先生的指明，更教人战栗的，却是造成这些的政治统治的黑暗凶残，和吃人的所谓中国的文明，封建主义的文明，以及外来的征服者的残暴，——他们就坐在这中国文明上吃着中国统治阶级给他们安排好了的人肉酒筵。请看鲁迅先生的指出罢，中国人民历来究竟曾做过一天的"人"么？他说：我们自己的统治者将自己的人民作奴隶，有时作牛马；而对于进来的更强的征服者，中国的统治者自然自己也成为奴隶，但他们对于自己的人民却还是"奴隶总管"，并且又是刽子手，又是给征服者安排人肉酒筵的好厨师。所以，中国民族不能推翻它的这个征服者及给征服者办人肉酒筵的厨师的共同的统治者，中国民族自然只有死灭的一条路。这就是鲁迅先生以毕生之力指明出来的中国民族的衰弱史的总图，在今天以前还没有人给描画过这样的惊人和精确。这幅史图和推翻这历史的鲁迅先生所作的图案，就成为燃起我们民族的革命和今天对日本帝国主义的革命战争的火把，但这不是说我们今天已经可以庆贺地将它置之高阁了。

别的且不说，鲁迅先生以毕生之力作了民族史图，和中国民族衰弱史一同，就有更鲜明的中国人民的血战史陈列在那里。中国大众不仅能看见自己的血和自己的战斗的传统，而且要知道自己的弱点，尤其要知道在中国民族的唯一的出路中的自己的责任和自信。

在这史图里，我们首先就分明地看见，在征服者和给征服者办人肉酒筵的厨师的合力统治之下，中国的民众——奴隶，是在反叛着的，奴隶的反叛！当然大都逃不出失败的命运。在这之下，就产生了奴隶主义和奴隶失败主义——阿Q主义。阿Q主义，那精义，不过是奴隶的自欺欺人主义，阿Q的有名的精神胜利法，就是奴隶的失败主义的精华。是的，阿Q本人不过是奴隶的一分子，是中国的被剥削了几千年的农民的代表，他本人只是给人到处做短工的一个流浪的雇农，正因为如此，倘将阿Q的自欺欺人办法，仅仅和他自己——一个奴隶，一个做短工的人相联结，这办法就反而教人同情，因为这也是他的两种自卫的战术，否则他就不能生存，而且终于不能生存。然而这是失败后的奴隶，甚至是在做稳了奴隶之后而幸喜着，而得意着的驯服的奴才的意识，而且还说是中国文明的精华！然而奴隶是总要反叛的，也应该反叛的，失败了，也仍应该反叛，到不是奴隶的时候为止。不过，我们就因此知道，奴隶的被压迫史，才真是阿Q主义的产生史。阿Q主义也依然是血所教训成的，依然是血的结晶。奴隶的反叛被压平了之后，更强的征服者却进来了，我们上面已说过，这时连居在奴隶之上的奴隶压迫者，也非成为被征服的奴隶不可了，但他们却有合式的地位，就是：对于残暴的征服者自然采用阿Q主义，而同时则为虎作伥！已经同样都是奴隶了，但仍有高低之分，一切都仍须取偿于自己的民众。为虎作伥，——"学者"，"正人君子"们则为虎作伥者作伥——伥是能够站在老虎旁边分得一杯血的。这样，人民——奴隶却不得不付出更多的血，人肉筵宴上所吃的自然不仅只是一些羔羊，而中国民族的被征服史，才又是阿Q主义偿付更多的血的代价的历史。我们不必去看古远的历史，即看百年来的历史罢，否则就看二十年来的历史，或者仅看近十年的历史，恐怕还要更明白。但是，这才真是中国的人民——奴隶的战斗的鲜血的史图呢！要用血结晶成阿Q主义，非有超乎平常的大量的血不可，有阿Q主义的长远的历史，就非有更长远的奴隶的血战的历史不可。血能够教训成阿Q主义，血难道不更能够教训成反阿Q主义么？鲁迅先生以毕生之力作了中国民族的解剖图，作了奴隶的被压迫，民族的被征服的史图，作了阿Q主义的史图。然而鲁迅先生也作了奴隶——中国大众的血战的鲜明的史图。这一点是尤其应该注意的。

中国人民被压迫了几千年，也被异族践踏了几千年，然而他们也血战了几千年的，但是，他们仍应该知道自己的弱点，尤其必须要有最后的出路和对于这出路的自信。

于是，鲁迅先生以最大的爱给予大众，给予阿Q。然而他对阿Q的阿Q主义愤怒了，并且真的憎恨了——这是最伟大的愤怒和憎恨！这是民族的和阶级的爱！奴隶应该反抗，鲁迅先生号召着，并且不但应该反抗不安稳的牛马的命运，而且应该反抗安稳的奴隶的地位。他对人民号召着，我们应该在做稳了奴隶及做奴隶而不可得的时代之外，争得第三种时代，争得"人"的地位。惟有奴隶们争得了这地位，中国民族才算真的从死亡的命运里脱离了出来。不用说，我们是这样地反抗着的，战斗着的，而且在今天是百年以来最强大地反抗着了。但是，就应该这样地反抗着，要坚决，要有自信。

于是，鲁迅先生就不但以他的言论，以他的文学，并且以他一生所走的战斗的路，示给我们以中国民族的出路和对于这出路的自信。刚才，许广平先生说过，鲁迅先生原是信奉进化论的，但后来他确信阶级革命论了。可是，"鲁迅先生要有对于民族的伟大的爱，和拥有民族的战斗的传统，这才能够达到这确信，也必然达到这确信，并且惟有达到了这确信，这才会有对于民族的伟大的爱。"可是，对于历史的真理的到达，就增加了对于这种爱的确信，为这种爱而战斗，也增加了对于自己的力量的自信。在今天以前，还没有谁在对于大众的爱上，对历史的透视上，象鲁迅先生这样本质地拥有着中国民族的战斗的传统的精神的罢。刚才郭沫若先生曾将鲁迅先生和孔子比拟。不用说，鲁迅先生的思想，精神，和战术，都决非师承孔子，而且鲁迅先生论到中国的历史时是常抨击儒派的，但儒派也并非全是虚伪者，例如儒派中的战斗者的所谓"知其不可为而为之"的精神，鲁迅先生是尊敬的，也师法的。但我以为，在中国，战斗的，为大众，为奴隶们服役的牺牲的精神最伟大的是墨子的精神。墨子精神，在中国也还幸而未断绝。关于墨子，鲁迅先生很少论到，但在一篇历史故事《非攻》（收《故事新编》中）里，他是用了非常亲爱的笔触描画了历史上的墨子的伟大的傻子似的姿态，和他伟大的大众爱的事业与精神了。相传墨子又是师承禹的。——在这里，可以插一句闲话，关于禹，大家知道，我们曾有一个考据学者说并无其人，禹不过是一条虫。比当代我们的学者更富有历史知识的鲁迅先生看到这种说头，却愤怒了。鲁迅先生不但有历史的考据学上的根据，证断禹是一个治水的组织者，我想，他的愤怒还更由于禹的那种伟大的爱的精神罢。（对于人类的，民族的历史的认识，这是非常重要的。）鲁迅先生也曾以一个历史故事（《理水》，同收在《故事新编》中），用非常亲爱的笔触描画了传说中的禹的伟大的傻子似的姿态及其伟大的大众爱的事业和精神，而以无限的蔑视描出了"学者"们的渺小，一如他们实际上所表现。

……

鲁迅先生所用的主要的武器是文学，他为中国民族和大众这样地战斗着，也就造成了在文学上的他所特有的特征，而且将这特征移交给我们的文学运动。

和中国的送殡的民众以"民族魂"三个字盖了鲁迅先生的棺材一样，在这之前，在鲁迅先生还活着的时候，外国的批评家就也说过："鲁迅是中国文学的良心！"这就是说，因为有鲁迅先生的存在，中国现代文学就不是死沉沉的，安分的驯良的文学，却是战斗的文学了。有了鲁迅先生，这样，中国现代文学是跟着中国战斗着的大众的心脏的跳动而跳动，在挑拨着人民的心。以鲁迅先生为首领，中国的年轻的文学的坚毅的意志和阵线就形成着，而且进军着，对任何困难和敌人都不退让。

将文学作为主要的武器而为中国民族作战的三十年中间，鲁迅先生所完成的伟大的历史任务，就在于：他击退数千年来一直毒害着中国人的灵魂的、中国腐烂的和僵死的文化，却将中国文化中的优良的要素和战斗的传统，将那在野蛮的封建的黑暗的压榨下人类所艰难地产生的中国民族文化的真真人类的，世界的精神的传统，和新兴的无产者大众联结起来，而使中国民族文化有着人类的、世界的出路，同时也就使新兴的无产者大众接受着自己民族的这一份遗产。鲁迅先生将世界的文化、世界革命的文学导引给中国的大众，使中国民族和世界的文化接近，并且也将中国民族的大众的战斗文学送给了世界文学。鲁迅先生是中国革命的知识分子的代表，是中国战斗的知识青年和文艺青年的马首，有了他，中国现代的文学者就有了自己的战斗的目标和旗帜，不但团结在文学上而奋斗着，而且一起地认识了中国民族的历史及其真实的出路，而和人民大众的战斗联系在一起，为着中国民族出路及新的人民大众文化而奋斗着。

……

文学上的鲁迅的特色，是现在中国的年青的文学的基本的特色，我们现在是走着他的路，而且必须走着这道路而发展下去。鲁迅先生在他逝世前，指出中国民族的最近的出路是对日本的民族革命战争，中国文学运动的最近的任务则是民族革命战争的大众文学的运动。我们现在从事着这种文学运动，这就是要从极广大的全民族全社会的生活的改造的意义上去着眼，而将鲁迅先生的特征承接与发展下去。我们战斗着，象鲁迅先生似的韧战下去，终能达到我们所战斗的目的。

原载一九四〇年八月一日《文艺阵地》（半月刊）

（重庆）第 5 卷第 2 期

鲁迅的社会思想和政治思想（节选）

何干之

四　中国人的容忍

　　十九世纪末与二十世纪初，是鲁迅所处的时代。那时，内忧外患交迫，是中国最多事最危殆的时代。为了解除国内国外的压迫，中国也经过很多次革命运动。但是在大革命之后，为政者固执着其安内先于攘外的政策，结果是招来了二十年九月十八日的国难。以战争起家的蛮子国——日本出师越出国境，突破了自诩为礼让之邦的君子国——中国的国防。君子国的主人们手足无措，惟有哀请青天大老爷——国联来主持公道。可是这些老爷们又忙着和蛮子国的主人们互通款曲，商量着国际共管的计划。君子国的老百姓起来反抗了，他们要驱逐蛮子兵出国境，要撕废一切奴隶秩序。君子们应付这非常事变，用了很神秘的国策。对老百姓说，我在抵抗，对蛮子兵说，我在交涉，于是国策是一面抵抗，一面交涉，扮演出来的是："似战似和，又战又和，不降不守，亦降亦守"。既有如此奇妙的国策，于是放弃据点，退守城池，并不要紧，这是诱敌深入的一种战略关系。又发明了迎头经，迎头经的要义是，蛮子兵一到，迎头而赶，蛮子兵退却了，不要向后跟着。一个大题目：安内攘外论，君子们争着作文章，而作得最独出心裁的，一是安内而不必攘外，二是不如迎外以安内，三是外就是内，本无可攘。内外既已无别，咱们都是一伙，自然也不必攘而只有迎了。其实君子们还有什么文章可作呢，也只有修文德而媚邻人而已。然而最可惊讶的是在这时候，他们的为王前驱的责任算已尽到了。但是怎样安内呢？全国劳工、人们一一都统一于"国家意识"之下。要是不这样，竟构成了严重事态，又怎么办呢？对付的办法则是格杀勿论。还有更可表示处事者的苦心孤诣的就是治心术。

治心术的道理很奥妙：

"外面的身体要他死，而内心要他活，或者正因为那心活，所以把身体治死。"对于在国家意识统一之外的，未曾受治心术医疗过的化外人，则又用最直截了当的办法，就是派了飞机到那里去下蛋：炸、炸、炸，使这地区的生命完结；或者驾着不负责任的坦克车，人藏在厚厚的铁板里，向着化外人砰砰碰碰的轰炸。

但人类是感情的动物，当大敌压境的时候，眼看着国土沦陷，心里总是很愤慨的。况且君子国除了几个君子以外，所有被害的小百姓们是很苦痛的，尤其对于知识青年们，于是有爱国运动。对付这些反对者，是使他们的头都恰巧碰在刺刀和枪柄上，使他们自行失足落水而死。幸而免于碰，也免于死，但又被开除，交还家长约束，又勒令进研究室。如果不受管束，不进研究室，依然在议论，甚至于在作反对运动，又怎么办呢？

"天下有道则庶民不议"，如今还在议论在反对，可见是无理取闹，于是"虽流血亦所不辞"。君子国中，有所谓帮闲者，在非常时期中，也曾尽过非常的任务。为着救熄自己侨居过的大陆的火灾，他着了急，一转，人权论忽而变了质，变了政府权论。"任何一个政府都应当有保护自己而镇压那些危害自己运动的权利"。君子国政府里建了殊勋的老旦退了场，由顽笑旦出场，她又学着老鸨母哭火坑的惯技说："我不入火坑，谁入火坑"。然而这是行不通的，因为老鸨母哭火坑，未必有人肯相信她。到后来，她也惟有作最无廉耻的卖淫妇去了。有的帮忙者又在出卖复药，即也在骂，也在颂，又激烈，又和平。总之，要扮演得两面光滑，使这一面的君子们看来是颂，那一面的小百姓们看来是骂，而其实是颂了。似乎是激烈，又似乎是和平，但其实是和平。这是君子国的二丑们的最苦心孤诣的戏法。

还有五花八门的救国论。有的说实业救国，有的说储蓄救国，有的说文学救国，有的说艺术救国，有的甚至于说，观赏救国歌舞，看两亲家游非洲，吸马占山牌香烟，养德国警犬，服某公司益金草，也无不爱国。然而这些全是广告，出卖旧商品的新广告，趁着这国变中都浮起来了。浮起的沉滓，结果必仍旧沉下去，并且不能再浮起来，但既已浮起来了，又加以广告的作用，这不过是想榨取更多的利益到自己手里去的意图而已。

又有另一种人。在君子们看来，知识不啻是祸根，因为有了智识的人，不是心活，就是心软，但心活心软都是危险的，"心活就会胡思乱想，心软就不肯下辣手"。因此，必须实行铲除智识了。但要铲除的智识是教人心活心软的智识，而进研究室主义，在研究室里学习债权论和最小公倍数，研究命理学与识相学等所谓知识，却是例外的。可是蛮子兵来了。而青年知识者却赤手空拳，平日所学的不但和打仗不相干，恰好是相反。这有什么办法呢？于是他们只得逃难，各自走散，自然更谈不到赴难了。有的论者要责备他们，说他们虽不能赴难，也不该逃难。但鲁迅则认为既不能赴难，就只有逃难。并且实际上他们的逃难，正是瘟头瘟脑式的教育显了效果。固然，不赴难，甚至于逃难，是不好的，但这是有原因的，所以是必须来辩解的。

君子国是以礼立国的，"非礼勿视，非礼勿听，非礼勿言，非礼勿动"。不视、不听、不言、不动，静静的等待着，所以有礼就必有让。然而礼不下庶人，礼既然和小百姓无关，自然，让也与他们无缘了。

"在中国，没有俄国的基督。在中国，君临的是礼，不是神。百分之百的忍从，在未嫁就死了定婚的丈夫，坚苦的一直硬活到八十岁的所谓节妇身上，也许偶然可以发见吧，但在一般的人们，却没有。忍从的形式是有的，然而陀思妥夫斯基式的掘下去，我以为恐怕也还是虚伪。因为压迫者指为被压迫者的不德之一的这虚伪，对于同类，是恶，而对于压迫者，却是道德的"。（《且介亭杂文二集·陀思妥夫斯基的事》）

他的意思是说：忍从，在君子们看来，是道德，而在小民们看来，却是不德。根据这个观点，他认为即使有不抵抗的君子们，有君子们的帮忙者和帮闲们，然而小百姓是不能容忍到底的，他始终竟反抗起来，所以也惟有他们才是真正的抵抗侵略者的脊梁。

原载《鲁迅思想研究》一书，1940 年初版，东北书店 1949 年三版，本文是该书第 4 章的节录

纪念文章（1936 年后）

读《华盖集》偶记

余　干

一

　　自从家乡沦陷，辗转而达这边陲的山城困居，由于交通不便，书价的昂涨，像我这种穷光蛋的难民，自然买不起新书，也就看不到新书，困居纳闷之余，有时也只得翻翻那仅剩的几本残旧的破书，聊以止渴，以下数则所记，都是在偶翻那几本《烽火》，随我行过好几个大都市的《华盖集》（鲁迅著）中随意记下的：严格的说来，是算不得什么读书笔记的。

二

　　在《华盖集》的《答 KS 君》一文中说："使我较为感到有趣的倒是几个向来称为学者或教授的人们，居然也渐次吞吞吐吐地来说微温话了，什么'政潮'咧，'党'咧，仿佛他们都是上帝一样，超然象外，十分公平似的。谁知道人世上并没有这样一道矮墙，骑着而又两脚踏地，左右稳妥，所以即使吞吞吐吐，也还是将自己的魂灵枭首通衢，挂出了原想竭力隐瞒的丑态。丑态，我说，倒还没有什么丢人，丑态而蒙着公正的皮，这才催人呕吐。"这正是对两面派的丑态一针见血的打击，也是很好的说明哲学上的唯心与唯物之绝不能调和性，更恰当的解释了学术之不能无党派性。

　　尽管他自吹自擂的口口声声说是没有党派性，是自由主义者，俨然是以"超然象外"的人自居，似乎他们都是"上帝"，但可惜"人世上并没有这样一道矮墙，骑着而又两脚踏地，左右稳妥"，每个人的环境决定他的世界观，而世界天致是分为压迫阶级与被压迫阶级，两者所代表的是永远不会得到公平解决的，除非换了一个新世界。

三

在《我观北大》中有说，"凡活的而且在生长者，总有着希望的前途。"一切活的事物必经过：生长，发展，和没落三个阶段，人生过程也不令例外。青年是正处在人生的第一、二阶段的过渡期，他们是处在蓬勃的生长与灿烂的发展中，是人生的黄金时期，所以我们得珍视这有着希望的前途。

四

"中国一向就少有失败的英雄，少有韧性的反抗，少有敢单身鏖战的武人，少有敢抚哭叛徒的吊客，见胜兆则纷纷聚集，见败兆则纷纷逃亡。"（见《最先与最后》一文）这因为中国人"既是'不为最先'，自然也不敢'不耻最后'"（同上）。这正是反衬出鲁迅先生自己的主张，也恰巧说明了他自己的言行。

他往往是毫无顾忌的向半殖民地半封建的中国社会的蠹贼"单身鏖战"，而终他的一生都是"韧性的反抗"。而且由于他对旧社会的憎恨，对青年人的深爱，和对将来的希望，在他的文章中往往流露出自己是"抚哭叛徒的吊客"，事实也证明他是这种人。而"见胜兆则纷纷聚集见败兆则纷纷逃亡。"也正为目前的那班对抗战失却信念的民族败类画下那副尴尬的嘴脸。"韧性的反抗"，也可解说是抗战所采的"持久战"战略的最好发扬。

原载一九四〇年三月二十五日《民国日报》（昆明）

《关于鲁迅杂想》（节选）

巴 人

曾经有过投降理论家，要求日本停止武力侵略，并献计以王道征服中国民族的心。

鲁迅说：王道并不是和霸道对立的东西，这之前和之后，常常有霸道跑来的。今日中国有投降派与顽固派，则以"王道"之礼待帝国主义者，以"霸道"之礼临下民。

鲁迅说：这是奴隶总管。

鲁迅先生六十生辰后五日写，病中。

原载一九四○年八月一日《文艺阵地》（半月刊）

（重庆）第五卷第二期

走向鲁迅

适 夷

认识鲁迅精神的伟大的平凡，才会觉得鲁迅是人人可以向他走去的人。

鲁迅先生用自己的血奶喂养自己后代的青年，好比天下的母亲哺育自己的孩子一样，每一个女性都可以做母亲，每个青年也都可以变鲁迅。天下的母爱是伟大的，因此人人可学的鲁迅也是伟大的。

没有人会爱好愚昧，鲁迅先生的事业只是反对大众的愚昧。没有人会爱好黑暗，鲁迅先生的事业只是反对时代的黑暗。他憎恶大众之所憎恶，爱大众之所爱，为什么在他的生前与死后，还是遍布着他的怨敌？这是因为很多的人，习惯在愚昧与黑暗中，把愚昧当作知，把黑暗当作光了，因此有人把知的光投入到他们愚昧的黑暗中，他们便不习惯而抵抗。走向鲁迅便是走向知与光明，把愚昧认做愚昧，把黑暗认做黑暗，是极其单纯的真理，而这，也是鲁迅的真理。

鲁迅先生对愚昧与黑暗的战术是韧的战术。执着，顽强的精神是几千年来受着封建压迫与异族蹂躏的中国民族的自我保卫的精神，我们每个人都或多或少承受了这一份民族精神的遗产，但鲁迅先生的执着不是生物的自我保守的执着，是向真实迈进的执着，他的顽强也不是守护旧垒的顽强，而是克服前进阻力的顽强，他所接受的是过去历史传统的优点，而他使用的方向，转换到向未来突进的途上。

因此走向鲁迅，也即是走向真实，走向未来。而我们每一度对鲁迅的纪念，也必须是向鲁迅即是向真实向未来的每一步的接近。

原载一九四〇年八月一日《文艺阵地》（半月刊）

（重庆）第五卷第二期

伟大的平凡

适 夷

用鲁迅的名字称呼目前在组织着进行着的战斗，这里并没有把鲁迅先生扩大化，神化的意义。鲁迅先生永远是他自己，不管在他的生前或是死后，他不愿意别人去改变他，而且我们也不需要去改变他。他的言辞和事业就是二个坚实而卓越的存在，已经，而且永远将是矗立在我们面前的一个伟大的标帜，我们只有仰望着他，向他走去，并不是把他拿来，当作自己隐蔽的场所。改变鲁迅，把鲁迅扩大化，神化，推崇到不可景接的高度，是离开鲁迅，不是接近鲁迅。

鲁迅先生一生受恶势力的围剿，这是先驱者的共同的命运，这种围剿对于鲁迅先生这样的战士，是一种砥砺与锤炼，并不是一种不幸，不幸的是鲁迅先生死后一切的垃圾和渣滓都企图搬上这座沉默了的高山之顶，他们并不是想使这山更高些，不过是想借高山来提高自己而已。

鲁迅的道路永远是一条平坦宽阔的道路，鲁迅先生不曾说过玄妙莫测的哲理，不曾立过高不可攀的标的，他不对谁作超过人力以上的苛求，他也从不曾躲在后面叫别人上前，他只是竭尽自己的力，做了些力所能做的有益于人群的进步的事，而这是每个人都可以身体而力行的，也因为每个人都可依着他做，所以他是平凡而伟大的。我们必须认识这鲁迅精神的伟大的平凡之点。

原载一九四〇年八月一日《文艺阵地》（半月刊）

（重庆）第五卷第二期

一个检阅

适 夷

六十年前的八月三日，鲁迅先生诞生于浙江绍兴，和先生一生的言辞与事业一起，这个日子将永远深镌在我们的心头。

先生逝世前的遗嘱里，曾经叫我们不要做任何纪念的事情，忘掉他，管自己生活，但从他逝世四年以来，我们已举行了三次他的逝世纪念，现在上海和全国各地，又盛大的举行着他的六十诞辰纪念。这似乎是违背了他的遗旨，但其实是不然的。

天下只有对自己消失的东西，才需要追忆和纪念，但鲁迅先生的音容和笑貌虽然不可复得，而他的言辞与事业，却永远彪炳于人心，与今天每一个民族的文化的战士同其呼吸，是用不到我们去纪念的，我们纪念鲁迅先生，和一切对于先辈的纪念完全不同，这好比世界劳动者纪念五一苏联大众纪念十月，不是一种纪念而是一种检阅，不是一种回顾而是一种展望。

用着鲁迅的名字，我们在组织着进行着一种艰苦的战斗，这种战斗所包含的深重的任务，是鲁迅先生作为先驱者而第一个担挑起来的。他竭尽一生的精力创造了硕大的战果，把未完成的工作交给了后死的我们。我们每个人都是承受了他的精神的喂养而成长起来的，我们的血管里都流着鲁迅的血。这种血没有一天，没有一时一刻，不在鼓舞我们，监察我们奔赴于完成任务的战场，用了一个特定的日子来纪念鲁迅，便是对于我们的战斗阵营的检阅，对于我们战斗成果的考查。

象这样的纪念，是我们战斗生活的一部分，并不是先生自己嘱咐我们不要做的那种纪念，我们还是要举行下去的。

原载一九四〇年八月一日《文艺阵地》（半月刊）

（重庆）第五卷第二期

行都文化界纪念鲁迅六十诞辰

（本报特写）警报解除，已经是三点多钟了，今天晚上七时，还有一个盛会，我们恐怕远处的文化界朋友，也许来不及参加了，这是使人沉闷的了。

洗完脸，抹了汗，松松在防空洞里蜷伏得太久而疲惫了的腰。吃过晚饭，已经快是开会的时候了。中苏文化协会的门口，不疲倦的人们涌进去。

"我想你不会来呢！"

"那里，今天是无论怎样要来的。"

是的，无论如何非参加不可的。于是会场里竟无法容纳那不断涌进的人，男和女，青年人和年老的。因此临时由召集人提议把原来设立在楼上的会场搬到天井里。

郭沫若先生被掌声推上了主席台，会场充满活泼愉快热烈的空气。这是六十年前一颗伟大的文星诞生时候，从那时候起中国睁开了苦难的眼睛，中国有了一张呐喊的嘴。在这以后几十年，通过这个巨人的笔尖，中国正视了世界，而且向人类喊出自己的心曲。

六十年了，在鲁迅先生的号召下全国人民站起来！欢呼罢，我们庆祝伟大文星的诞生，我们庆祝中国人民的觉醒！

"我们今天来纪念鲁迅先生"，郭先生慢慢地开始说："这位伟大的思想家、革命家和文学家；他的肉体虽没了，但他的思想和精神是永恒的，今天我们纪念他，就正象他还活在我们面前似的。因为他的号召，如今我们团结起来，英勇地战斗了三年了。

"中华民族产生了一个鲁迅，是我们每个中华儿女的光荣，他给我们每一个中华民族的儿女增光不少。今天我们有如此形式简单的然而庄严的纪念，而将来，在他的百年诞辰的时候，我们将有更大规模的庆祝。

"我们要学习他，我们每一个人都要成为鲁迅。初看起来，这话好象有点夸大，其实并不是这样。鲁迅先生的伟大诚然不是我们所能比拟的，他在思想、文学与革命的斗争的各方面都放射了不可比拟的光辉。但是只要我们在各人的各个部门之内，尽我们的力量，不断地努力，比如在文学方面的，在学术方面的，在思想方面的，各个人尽力学习他，用集体创造的方法，集中各人在各方面的成绩，构成许许多多的伟大的鲁迅，是可能的，是一定会成功的，也只有这样，才是纪念他的最好的办法。（鼓掌）

继由田汉先生讲演，他说他曾参加过鲁迅先生的五十大寿的庆祝，而今天，照湖南人的话说起来，是在给他做阴生了。十年前的今天，是在一家馆子里，在与现在不同的环境与情况中，鲁迅先生曾当面给了许多宝贵的指示。现在，经过长期的艰苦的斗争，我们达到了今天，在抗战进行到现阶段我们来纪念他，给他做六十的阴生，实在叫人觉得非常荣幸。

他回忆起他也曾参加过鲁迅先生的第一个忌辰纪念，那次景宋先生也在的。台上摆满了菊花，至今留给他一个不能磨灭的印象。他到会得比较迟一点，正碰着郭沫若先生演讲，每一句都博得一阵热烈的掌声。以后另一次的纪念是在武汉，周恩来副部长和郭沫若先生都曾出席。情绪同今天完全两样，是悲壮，动荡和不安定。因为那时候客观情况是那样的。今天却是在树荫底下，这情势是这样的，我们大家都了解目前的时局，不是说我们不热烈了。现在是要沉着地渡过困难的时候。

"诸位该怎样纪念鲁迅呢？"他着重地说："第一是团结。比方在文学的领域中，全国文协就是团结的象征。过去文协是没有做到这一点的，现在我们要发挥这种团结的精神，扩大他！"

接着他说起他这次来到重庆后所知道的战时行都文坛的情形。现在正是民族形式的问题闹得很热烈的时候，如何展开，深入，是我们的责任。鲁迅先生的文著中有着许多牵涉到这个问题的宝贵的指示，我们要善于接受，利用这笔宝贵的遗产。他说："同时，在讨论这个问题的时候，我们必需把握这个时代所给予我们的政治任务，就是动员民众，巩固部队。我们必须动员广大的军民才能争取到最后的胜利。离开了这个，就是离开了问题的中心。而形而上学的空论是只有害处的"。

张西曼先生讲演的时候，特别郑重地提出值得向鲁迅先生学习的两点：革命的理智和热烈的感情。有这理智和热情，他才能始终不屈地和封建势力，和帝国主义及其庇护下的一切反动势力斗争到底！有这理智和热情，他才能注意现实，作深刻的观察。他又说及他自己曾得到鲁迅先生的许多帮助和鼓励，这些是永远叫他深深地铭感不忘的。

因为注重现实的问题，他就说到当前局势的严重性，我们必需团结，改善，求进步。国家是大家的，不能说假若我做了亡国奴而你能够不做，因此要大家努力。政府要发挥国家至上，民族至上的精神，没有谁敢反抗，也没有谁会不服从。

张先生的话中曾提到一些旧事，因此郭先生插进来一个声明。他说他是自始就崇拜鲁迅先生的。郭先生在北伐后流亡香港的时候，曾计划恢复创造社，鲁迅先生曾欣然应允他们的邀请加入，而且在报纸上发表的名单中列为第一人。而郭先生认为终身遗憾的是，他从来没曾和这位导师会过面。而他们的精神是始终没有对立的。

继葛一虹先生简单地报告先生的战绩之后，沈钧儒老先生在来宾的热烈的欢迎中走上讲台。他说他知道鲁迅先生，但直到今天才知道他的诞生的日子。他从报上看到，他想他应该来参加，"为什么呢？"他说："我自己也不知道，我只知道我应该来！"

他说他不是文学家，他的认识他是在政治上，他虽然年纪大得很多，却是接受了他的领导的。

他回忆到他参加先生的葬礼情形。"民族魂"，先生的棺上覆着这三个字，是他写的，而且是他亲手覆上去的，这是他一生最兴奋的事。

最后，本报吴克坚同志被邀讲话了。他提出两点来纪念鲁迅先生。（一）争取言论自由，（二）爱护文化干部。鲁迅先生在种种的限制之下写了他的二十大卷书，这宝贵的遗产是多么困难的果实，是可以想象得到的。我们必需有言论自由，使文化工作者才有可能尽情说出各人心坎中的话，不抹杀现实，面对真理，这是必要的。其次关于爱护干部，政府应该在精神上给以鼓励，在物质上给以帮助。才能大家得到报国的机会。

这是在文化战线上，我们今日要力求其实现的起码两点，这样，才能发挥文化工作者对抗战的巨大力量，克服在文化方面的一些困难，最后他说"路是从没有路的地方开辟出来的"。这是鲁迅先生给我们的教训。困难是有的，我们要学习鲁迅先生披荆斩棘的精神，从没有路的地方而开辟路来，去克服当前的困难，争取抗战形势的改善自然也会改善我们文化工作的条件。

时候已经不早了，而人们的怀念无穷。于是在郭先生领导喊口号之后散会。口号的第一句是"学习鲁迅先生不屈不挠的精神！"

是的，"民族魂"，中华民族不会死，因为全中国人民，将会如鲁迅先生一样，以再接再励的精神，争取中华民族的独立自由，而鲁迅先生也永活在人民的心里。

原载一九四〇年八月四日《新华日报》（重庆）

抗战文学与《阿 Q 正传》

钦 文

　　《阿 Q 正传》还是十九年前写就的作品，同抗战似乎没有什么关系。但当这小说的作者鲁迅先生诞辰六十周年，抗战已经三年的现在，相提并论，对于新文学的开山祖师聊表纪念之意以外总也可以促进抗战文学的理论的，因为这篇小说已为大家所熟悉，《阿 Q 正传》即使本来不以鲁迅先生为然的，也是常在这样说，这样写的了。

　　《阿 Q 正传》已有十多国的人翻译成各该国的文字。这样使得外国人注意，固然因为这是我国代表作家的代表作品，实在也是因为无论内容的实质上，和表现的技巧上，都有值得注意的地方。尚只雏形的抗战文学，正需要多方面的参考：拿这已为大家所熟悉的作品做例子，籍作对照比较的研究，自然也是很应该的。

　　不过我们，首先要明白，这还是自然主义时期的产品，重在黑暗方面的描写，暴露内在的缺点，以讽刺作攻击，是再现的。抗战文学要有光明的示范，应该是宣传的，表现的，而且要能够鼓动，有着根本不同的地方。具体的说起来，就是阿 Q 做着有许多劣根性的代表的人物，是个否定的典型，希望读者，对于象阿 Q 所有的坏脾气和坏习惯，有则改之，无则加勉，重在消极的警戒。抗战文学却要以积极的指导为主，写出模范的人物来，而且加以激励，使得读者，会得照所提示的实行做去。

　　虽然阿 Q 是个否定的典型，却总是个典型人物。《阿 Q 正传》为多数人所注意，这是很有关系的，因为典型人物，色彩明显，来得强烈，容易使得读者得到深刻的印象和感动。所以在抗战文学中，也要造成典型来描写。制造典型要有许多相同的事物中抽出特征来组织而成，许多事物的特征凑合在一起，自然色彩浓厚而明显了。这要先经过长时间的观察和体味，象鲁迅先生的写阿 Q，是由许多年所积的宿愿而来的。抗战文学急需写作，不该等到许多时候以后再动手，而且要表现理想的人物，不容易从已然的事实上去摘取。但也可以利用相当的事情作为根据，在可能的范围内总得制造相当的典型。

在《阿Q正传》这小说中，最容易误会，也是最值得我们注意学习的，是通俗化。抗战文学要以广大的民众为对象，读者愈多愈好。不但要使得多数人能够阅读，领会得到，而且要使得多数人真心爱读，所以需要通俗化是毫无问题的。现在我们，得先认辩清楚，究竟《阿Q正传》是不是大众化、通俗化的？假使大众化和通俗化的区别，在于前者重在使多数人能够阅读，后者重在使得一般读者喜悦，那么《阿Q正传》，可以说是大众化的程度很低，通俗化的程度却是很高的。因为，篇中夹杂着许多文言的句子，什么"名不正则言不顺"；"引车卖浆者流"；"若敖之鬼馁而"，和"斯亦不足畏也矣"，等等。这种文言的句子，读书识字不多的人，当然难以领会。

可是当时，十九年以前的我国，无所谓教育普及，所谓读者，根本限于少数人的知识界。而且当时的一般所谓读书人，言语之间，本多文言的口气，多引古书中的话，以为是博雅。象已故钱玄同教授，总是一开口就有之乎者也，差不多常是以文言谈话的。这并非他个人来的特别，他的周围，大家都有点这个样子，他厉害一点就是，原是一种风气，反正大家听得懂，——非知识界当然不在此例。

《阿Q正传》当初在《北京晨报》发表的时候，是排在"开心话"的一栏的。署着巴人假名的鲁迅先生，用这种笔调，其实也含着讽刺的意味。但正因为这样，适合了一般读者的脾胃，所以通俗化的程度可以说是很高的。

"陇西天水人也""君子动口不动手"，这一类的句子，在当时一般的读者是容易感到趣味的，因为本很熟悉。不过通俗化，并不限于表面的字句，是更在意境上做功夫的。原来通俗的用意，在于利用读者对于熟悉的事情加以注意，因为对于熟悉的事情是容易发生兴趣的，也只有对于熟悉的事情也容易发生兴趣。也可以这样的说：就是通俗化的目的，要在迎合读者的心理中，改进读者的心理的。

在这里，讨论《阿Q正传》，目的在于促成抗战文学的改进！我们必须注意，抗战文学也要学鲁迅先生的写《阿Q正传》，多方的使得通俗化才好，可是字句，不应该照样的随便夹杂文言文，因为时代不同，读者不同了。固然抗战文学的读者不能限于知识界，知识界的读者也惯于语体文。至于讽刺，也已不必，因为满口之乎者也的人已经很少，即有，也是无所关系的了。

在《阿Q正传》中其次值得注意的，是幽默讽刺的问题。幽默的骂人是讽刺，幽默可以包括在讽刺里，不妨混作一谈。讽刺固然是自然民主的特色，更为鲁迅先生所善长，讽刺在《阿Q正传》中，实在是很得力的，阿Q是个否定的典型，对于这个典型，怎样"否定"呢？这就是靠讽刺来表示攻击的态度的。如果没有这种手段，写了一个典型，不在无形之中说明用意的所在，或者误会，以为是在赞美表扬的了。虽然抗战文学重在积极示范的表现，要多用激励鼓励的手段。在暴露敌人的罪恶和汉奸的丑态等场合，以及对于同道中尚有缺点的要有警告的时候，都需要这种手段，使得读者，深深的知道暴敌和汉奸的要不得，同时对于不良的情形，知道常自检点，有则改之，无则加勉。因此对于讽刺浓烈的《阿Q正传》，值得我们细心研究。

单说幽默，在《阿Q正传》中特别来得丰富。在《阿Q正传》中的讽刺，可以说幽默的程度是很高的，所以非常生动。因为这本是在"开心话"栏发表的，作者故意多用幽默。引起多数读者热烈的爱好，这是一个大原因，关系很大。为着使得读者喜悦，自然也得利用幽默的手段！不要用的过分就是了。所谓用的过分，是指内容并不丰富——思想单薄，主题软弱，如果多用幽默，未免空洞。为幽默而幽默，弄得油腔滑调的样子，是要不得的。同时也不得流为低级的趣味。只要思想丰富，观念正确，主题明显，那么使用幽默，也是多多益善的。

第三值得讨论的是关于报复的问题，因为阿Q不知道——其实是不能拳来还拳，脚来还脚的直接报复，有人以为《阿Q正传》作者的鲁迅先生也是不讲报复的，这是大大的错误。在从事文学的报复主义者中，易卜生以外，鲁迅先生可以算是最强烈的了。他不辞劳苦，要以文学来改造一般人的精神，固然是为着救国复兴民族的，但同时，也是为着对于黑暗社会的报复，因为他曾经吃了许多黑暗社会的亏。

"我的戒酒，吃鱼肝油，以望延长我的生命，倒不尽是为了我的爱人，大大半乃是为了我的敌人。"鲁迅先生在《坟》的"题记"上这样的写着，他原是这样要报复的。

阿Q的精神胜利固然可笑，但这原是否定的典型。鲁迅先生写阿Q是在讽刺攻击不能够直接报复的代表人物，因为他是主张报复的人。许多册他的杂文集，原都是因为有人同他为难他就实行报复的痕迹。

而且阿Q，也并不是绝对不想报复的，被人揪住黄辫子打了，在壁下碰了四五个响头，阿Q站了一刻，就想，"我总算被儿子打了。"

这虽然是可笑的精神胜利法，但他原也是要胜利的，只是未得其法。

"我手执钢鞭将你打！"

阿Q屡次这样说，只是无力实行。抗战文学应该注意报复，要提倡正当的报复的手段，多方的描写能够为国家民族报仇雪耻的精神。虽然从阿Q的不能直接报复而误会到鲁迅先生的读者是幼稚低能，不过我们也得明白，这在自然主义的作法也是有着问题的，更其因为消极的暴露。文学重暗示，本来容易为浅薄的读者所误解，否定的典型，更其难以使得这种读者了然。所以抗战文学，应该仔细研究，这种地方要怎样才不至于使读者误会，使得低能的读者也能够明白真意。

在《阿Q正传》中，还有一点值得我们注意，在抗战文学中也有得用的时候，就是"阿Q逻辑"，所谓阿Q思想，是指"一男一女在这里讲话，一定要有勾当了。"阿Q精神，是指明明被人揪住黄辫子在墙上碰了响头，他却这样的想，"我总算被儿子打了"，是精神的胜利法子。合起来可以叫做阿Q哲学。那里所说的"阿Q逻辑"，是指阿Q对于小尼姑所说的这段话，"和尚动得，我动不得？"

说得理直气壮，小尼姑无从回对。

可是阿Q并非和尚，和尚也不是可以随便在尼姑身上动手的。"和尚动得"固然犯了前提窃取的毛病，"和尚动得，我也动得，"无非根据"和尚是人，我也是人"的论调，其中名词不周延，也是不合的。比如"男子是人，女子也是人"，不能就此断定"所以女子就是男子"。但在利用的场合，不妨牵强附会。比如要激励鼓动女子去同男子竞争，说是"他们男子是人，能够这样做得，我们女子也是人，难道不能这样做么？"

虽然不合逻辑，但为促进一般妇女的注意，在妇女运动的言词中，并非不是能用的论调。

鲁迅先生并非以为阿Q逻辑是合法的，他是在带使讽刺，是个非常幽默的讽刺。抗战文学，并非一定要有这种讽刺，可是要宣传，需要多方的激励鼓动。只要能感动读者，达到宣传的目的，手段本无严格选择的必要。抗战文学是急性的革命文学，只要写得灵活动人，容易发生效果，更无固执成见的必要。所以阿Q逻辑，也很可以相机利用。

总之抗战文学还在草创时期，需要多方面的参考。《阿Q正传》是新文学导师留给我们的遗产中的杰作，已为大家所熟悉。所以把《阿Q正传》和抗战文学联合讨论，并非只是为着纪念鲁迅先生，实在也是可以促成抗战文学的进步的。

原载一九四〇年八月二十日《战时中学生》（月刊）

（浙江丽水）第二卷八期

扩大和深化鲁迅研究的工作

以 群

新近，在新文艺工作者之间，不断地提起接受文学遗产，提高文学形式，加强作家的技术武装的问题。这是说明：新文艺者深刻地意识到自己的工作的薄弱和自觉到自己的技术武装的贫乏。

中国的新文艺还只有二十几年的历史，从年龄上讲，它还是一个新生的幼儿。因此，到今天为止，它的成就的薄弱和贫乏是当然的。然而，纵使在它还稚弱的幼年期，却也表明了它的顽强，勇武和战斗的锐气，还说明它是在新时代的雨露之下，从新社会的基地上生长起来的，只有它有着担负时代的艰巨的任务的力量，只有它有着光辉广大的发展的前途。

今天，新文艺工作者的责任是意识地增加它的营养，促进它的发扬，以使它更臻于坚强和健壮。因而，接收国际和国内的文学遗产，就成了最紧迫的工作。而较之接受前代的文学遗产更重要的，则是承继当代新文艺的光辉的成就，而加以广大的发扬。

鲁迅一生是新文艺战线上的第一个勇敢的战士，先驱者。他曾以坚忍不拔的战斗精神击溃了一切新文艺的敌人。远在二十年前，就创造了概括一个时代的名作，闭住了新文艺反对者的口，而为新文艺打下发达的根基。

几十年来，鲁迅先生没有一天不是将全部精力倾注在旧文学的研究，外国文学的翻译，新文学的创造，新艺术的提倡上的。他不仅留给了我们几十册不朽的译著，而且也教示了我们无数关于文学，艺术的精湛的见解。

鲁迅先生的战斗的一生——对于陈旧势力的无情的抨击，对于新生力量的无我的扶助，关于新文学、新艺术的勇迈的拓荒和创造，这一切都是值得每一个新文艺者作为楷模的。

今天，我们纪念鲁迅先生，已经不能以空漠的追怀或忆念为满足，更不能以空喊"学习""效法"为得计。我们必须以对于鲁迅先生的实践的研究工作开始，然后才有学习和效法的可能。对于他，不求真正的了解，是无从学习的。

我们要以持久的研究来代替永恒的纪念！扩大鲁迅研究的工作，成为一种广大的运动！

原载一九四〇年十月十五日《文学月报》（重庆）第二卷第三期

怎样认识鲁迅先生的伟大（节选）

——纪念鲁迅先生逝世四周年

夏冬心

鲁迅先生逝世四周年了。今天，该是学习鲁迅先生，继承鲁迅先生的时候。然而从我们福清看来，唤起普遍地认识鲁迅先生，却是加更重要。

我们要知道，鲁迅先生是民族革命的导师，他在逝世不久之前，还努力主张全国团结一致抗日（见《几个主要问题》和《答徐懋庸并关于抗日统一战线问题》）。他的著作就是服务于民族革命，为被压迫者说话，不断地向着黑暗斗争，用他的笔尖有力的刺破一切恶势力。一方面他用血和乳哺养青年、培养民族文化。

今天，我们要认识鲁迅先生的伟大，先要读懂鲁迅先生的伟大著作，要懂得鲁迅先生的著作先要认识鲁迅先生战斗的生活。先要拥护真理、正义，要爱民族、爱人类，要有战斗的精神、战斗的生活，向社会作实际的斗争，才能读懂鲁迅先生的著作、才能认识鲁迅先生的伟大。

原载一九四〇年十月十九日《原野》（半月刊）

（福建福清）第一卷第十二期

纪念鲁迅

冯玉祥

纪念忌辰怀鲁迅　　须学鲁迅好精神
鲁迅精神要何在　　战斗要诀一个"韧"
韧性战斗无速捷　　再接再厉再振奋
我人方当抗战时　　正须如此求生存

再有一点不要忌　　鲁迅痛斥阿Q相
阿Q麻木又愚昧　　懦怯畏缩怕暴强
压迫欺凌交加来　　却只惨来口骂娘
自谓精神已胜利　　不知实际图反抗

全民抗战报国仇　　中华民族非阿Q
阿Q而今虽死去　　莫谓根性无残留
人人坚强且警觉　　自己反省自根究
奴隶根性洗刷尽　　不为民族贻耻羞

对敌抗战过三年　　最后胜利在目前
还须持续韧性力　　不怠不懈信心坚
驱尽倭寇回三岛　　齐把中国来兴建
人人都要作鲁迅　　方始不为白纪念

原载一九四〇年十月十九日《新华日报》（重庆）

鲁迅的方向就是中华民族新文化的方向

——纪念鲁迅逝世四周年

《中国文化》杂志社论

什么是鲁迅的方向？鲁迅的方向就是为大多数人而战斗的方向，他所创造的新文化就是为大多数人而战斗的文化。鲁迅向什么人战斗？向民族的压迫者战斗，向社会的压迫者战斗，向吃人的旧制度战斗和吃人的旧礼教战斗。鲁迅热爱自由，热爱光明，热爱最大多数的被压迫的人类。因此，他对于敌人就不宽容，不姑息，他并且喜欢"打落水狗"。他主张打到底，打到旧的真正死灭下去，新的产生出来。因此，他牺牲了一切可能的个人幸福，被剥夺了一切的自由，竭尽了血，贡献了一切可能的能力，直到最后的时刻。鲁迅的名字是在战斗中成长起来，成为千百万大众所熟悉的名字。鲁迅这名字的所以不朽，因为这名字是象征着近代中国人民战斗的事业。

鲁迅是中国文化的旗帜，是中国文化界实行战斗和团结的旗帜。鲁迅的方向，是中华民族新文化的方向。鲁迅所走的道路，是中华民族一切最优秀的、最有骨头的、最有远见的知识分子所必然要走的道路。鲁迅死了，中国革命事业仍是艰巨的，而文化界上正需要有第二个鲁迅，第三个鲁迅，以至无数个鲁迅，还要他们起来负担鲁迅生时还未完成的事业。鲁迅是我们的先生，然而鲁迅是可学的，只要能和大众在一起，只要能革命，能战斗，只要能不断求进步，能深思，能好学不倦，不自满足，那么，做鲁迅就不难。纪念鲁迅，大家必要能够真挚地这样来学习鲁迅，来创造新民主主义的文化，并迎着那人类大同最新的文化路上前进！

原载一九四〇年十月二十五日《中国文化》（月刊）

（延安）第二卷第二期

为反帝反封建而斗争的鲁迅先生（节选）

张友渔

三

……"九·一八事变"以来，鲁迅先生的反帝国主义的刀锋，特别是指向了侵略我们最凶，企图立刻灭亡我国的日本帝国主义。当"九·一八事变"发生之初，他在答文艺新闻社所提出而征求各方面答复的问题："日本占领东三省的意义？"时，即已指出："这在一面，是日本帝国主义在'膺惩'他的奴役——中国军阀，也就是'膺惩'中国民众，因为中国民众又是军阀的奴隶；在另一方面，是进攻苏联的开头，是要使世界的劳苦群众，永受奴隶的苦楚的方针的第一步"（《二心集》）。他认为日本帝国主义对于中国的侵略是关系于整个中华民族的生存的，所有中华民族中的任何个人，除却汉奸，都不能不感受到生存受着威胁，因而也就为了民族，为了个人，不能不联合一致，抵抗日本帝国主义的侵略。也就是说，我们不但应该抗日，而且应该结成抗日统一战线，共同从事民族革命战争。他说："现在中国最大的问题，人人所共的问题，是民族生存的问题。所有一切生活（包含吃饭睡觉）都与这问题相关，例如吃饭可以和恋爱不相干，但目前中国人的吃饭和恋爱却都和日本侵略者多少有些关系。这是看一看满洲和华北的情形就可以明白的。而中国的唯一出路，是全国一致对日的民族革命战争"（《且介亭杂文附集·答托洛斯基派的信》——全集六卷五八六页。编者注：此处引者所注篇名有误，应为《论现在我们的文学运动》）。又说："我对于文艺界统一战线的态度。我赞成一切文学家，任何派别的文学家在抗日的口号之下统一起来的主张。……我以为文艺家在抗日问题上的联合是无条件的，只要他不是汉奸，愿意或赞成抗日者，不论叫哥哥妹妹，之乎者也，或鸳鸯蝴蝶都无妨。"（《答徐懋庸并关于抗日统一战线问题》）。但对于破坏抗日的汉奸托派，鲁迅先生却是深恶痛绝，决不妥协，决不敷衍，决不稍假辞色的。他曾斥责托派，说他们的理论，"高超固然是可敬佩的，无奈这高超又恰恰为日本侵略者所欢迎，则这高超仍不免要从天上掉下来，掉到地上最不干净的地方去。"同时，向他们明白表示态度，说："我即使怎样不行，自觉和你们总是相离很远的罢。那切切实实，足踏在地上，为着现在中国人的生存而流血奋斗者，我得引为同志，是自以为光荣的。"（《且介亭杂文附集·答托洛斯基派的信》——全集六卷五八六页）。为了争取民族的生存，必须抵抗日本帝国主义的侵略，而为要抵抗日本帝国主义的侵略，又必须全民族结成抗日统一战线；但为了巩固统一战线，则必须斥逐破坏抗日的托派，汉奸，这是鲁迅先生给予我们的教训。这教训是正确的。

原载一九四〇年十月二十五日《中苏文化》（半月刊）

（重庆）第七卷第五期

鲁迅先生逝世四周年纪念大会志

郁 文

会场上

"孔夫子是封建社会的圣人，鲁迅先生则是新中国的圣人。"（毛泽东）

十月廿九日，延安各界人士，在以衷心的虔诚来纪念这位新中国的圣人逝世的四周年。

虽然会前仅是一纸的通知，但以鲁迅先生生前在革命业绩上的伟大号召力量，使一个能容一千余人的会场，感到了过分的狭小，一排排的座位上，早已被先到会的人紧紧的挤拢得没有一点空隙，座位两边的人行路上，也被人塞得无法通行。会场四周的窗榻外面，重叠的人群在竞相扶肩翘首的向会场内瞩望，商会场的大门口，黑压压人群仍象潮水似的向里涌进。

一走进会场，巨大的鲁迅先生的遗像便占住了人们的视线，那严肃的，背负着苦难的容颜，使人不得不蓦的转换了心情，也象抗拒着沉重的压迫似的，人的心都沉静下来了。

边区印刷厂文艺小组编印的鲁迅先生逝世四周年纪念特刊，及几种由大会刊出的印刷品，在会场上为人们热烈的传阅着，每当一份份的特刊从散发者的手上举起时，周围多少条有力的臂膀，渴望的一齐伸了过来，会场上一阵骚动。

到会者有全延安的文化人，文艺工作者，青年学生，工厂工人及广大"为奴隶们争取自由解放"而韧战多年的老革命战士们。大家一致起立，向这位伟大的死者，致以崇高的敬礼。

鲁艺音乐队的纪念歌声起来了，歌声拨动了对鲁迅先生缠绵悱恻敬慕铭感的心绪。"假如鲁迅先生还在……"会场内肃穆的气氛引起了大家对死者的眷恋。

"鲁迅先生逝世四周年了，当今抗战走上了更艰苦的阶段，同时各地文化活动仍受压制，文化人无法安身的逆流下，我们在这个进步的自由的延安来开会纪念鲁迅先生，更有其重大的意义！"丁玲同志沉痛的宣布了开会。

讲　话

延安文化界领导人吴玉章同志登台申述着鲁迅先生生前的伟大事业：（一）他建树了文化上无产阶级的理论思想。（二）他建立了真正为劳苦大众服务的革命大众文学。（三）他热心赞助了新文字运动，使中国文化能真正深入到大众中间去，鲁迅先生韧性的战斗精神，也同样存在在这位老者的青年革命气概上。

青年作家萧军同志详尽的报告了鲁迅先生一生所处的环境，个人性格与精神，鲁迅先生之成就及其对革命之态度。

"学习鲁迅先生勇敢，坚决、大公无私，不断为人类理想而斗争的精神。"敬聆了鲁迅先生一生不屈不挠坚强战斗的事迹，更坚定了每个人为真理而英勇牺牲，沉着进取的胜利的信念。

中国文艺界抗敌协会延安分会代表周文同志说："鲁迅先生生前培养了实力，在新文化运动上起了先进的领导作用……今天延安的文艺工作还得能担负起对外领导全国文艺运动之任务，今后延安文艺界更应加强团结，真正对中国文艺理论有所建树，对全国文艺运动发挥其先进的领导作用……"一段简练的讲话，指出了延安文艺界今后的努力方向。

鲁艺文学院代表周扬同志讲：纪念鲁迅先生要学习鲁迅先生敢说、敢笑、敢哭、敢怒，敢骂，敢打的革命气魄，及有一分热，发一分光的实际主义的精神。

西北青年领袖冯文彬同志在大会上号召中国青年学习鲁迅先生坚定的战斗意志，胜利的革命信心，大胆的创作气魄，不出风头之虚心学习，艰苦奋斗，不屈不挠的精神，并指出鲁迅先生与中国青年血肉相关，为中国新青年的母亲，中国青年应秉承鲁迅先生的遗志，向鲁迅先生所指示给中国青年的前进的方向英勇前进！

鲁迅先生相信青年，鲁迅先生爱护青年，鲁迅先生痛恨那迫害青年的黑暗势力，但当中国青年还没获得真正的自由，还正在为着自己的解放英勇的与那些迫害青年的人们坚韧的战斗着的时候，中国青年失去了自己最热爱的革命导师——鲁迅先生，这种切身的悲痛是多么深刻，这种空虚的感觉又是如何的亲切呢！

延安工人代表朱宝庭同志说"鲁迅先生代表着我们被压迫阶级倡导革命文化，我们应该学习他，我们应该使劳动与文化紧紧配合起来……"

萧三同志诚挚的指出：以苏联各地纪念高尔基之盛况与中国各地纪念鲁迅先生相比未免显得我们太冷淡太渺小了，……最后他并提议继鲁迅论文选集之出版，应再刊行鲁迅先生小说杂文选集，借以加强大家对鲁迅先生伟大作品研究的机会，并提议在延安建立鲁迅先生博物馆，以资大家观摩，之后，剧协代表张庚同志简略的谈到鲁迅先生生前对戏剧的热切关怀。新哲学研究会代表艾思奇同志特别提出，要学习鲁迅先生不仅是纯粹思想上的，而且是在实际战斗中的坚定的立场，及其实际的客观的精神。会议延长到了四小时以上了，但会场上的空气仍非常紧张而沉静，到会三千余人，自始至终严肃的静听着主席台上每个人的关于纪念鲁迅先生的讲话。

以工作来纪念鲁迅先生

几年来边区为了纪念这位逝世的革命文学家，青年的导师，民族解放的战士，曾建立了鲁迅艺术学院，鲁迅师范，鲁迅小学，鲁迅图书馆，但这在真正实际的发扬鲁迅先生的革命精神上是仍嫌不足的，特别在边区第一次文协代表大会上，毛泽东同志提出"鲁迅的方向就是中华民族新文化的方向"这个口号以后，更足证要建立中华民族的新文化，对鲁迅先生的研究是如何的迫切呵！

大会上丁玲同志检讨了过去工作的缺点，并提出了今后在工作中纪念鲁迅先生的具体任务：

一，成立鲁迅先生研究委员会，分组研究其遗著。二、发动边区以外各地成立鲁迅研究委员会，并与之取得密切联系。三、在延安各机关学校成立鲁迅研究小组。四、成立鲁迅先生材料室。五，计划雕塑鲁迅先生遗像。六，发展鲁迅先生基金委员会工作，进行募捐以创办文学奖金。七，电询鲁迅先生家属探询其经济状况，并予设法救济。此外并热烈通过了新文字运动委员会，世界语协会等团体，为纪念鲁迅先生逝世四周年，加紧发展新文字与世界语运动的许多提案。萧军同志更提议电告全国将十月十九日定为鲁迅节，最后并通过了大会宣言及与文抗总会，各分会，及全国文艺界的通电，全国文化界团结起来！高举起鲁迅先生的旗帜，为创造中华民族新文化而前进！

时已深夜了，大家在高亢的口号声中怀念着鲁迅先生的不死的容貌，沉毅的走出了会场，"鲁迅先生没有死，鲁迅先生仍深深的埋藏在广大生者的心里！"

原载一九四〇年十一月七日《新中华报》（延安）

作为思想家的鲁迅

胡 风

鲁迅先生自己曾经说过，他并没有什么要宣传的伟大的思想，但信仰他的人们却把这当做一句反话，而憎恨他的人们就把这当做嘲笑的口实。果然，当他死了以后，就有俨然的"理论家"站出来指手划脚地说：呸，什么思想界底领导者呀，他创造出了一个完整的思想体系么？！

这是打中了要害的，他实在没有创造出一个思想体系。

鲁迅先生一生所走的思想路线，是由进化论发展到革命论。在早年，他相信社会一定会从黑暗进到光明，人类一定会打倒人压迫人的制度而创造出一个光明的刚健的世界，在自然科学里面找着了对一切黑暗势力反抗的根据，但到了中年，他底思想里的物质论的成分渐渐成长，明确，认定了什么人应该和黑暗一同死，什么人才能创造光明的将来。进化论也罢，阶级论也罢，这都不是鲁迅本人所创造的"思想体系"，但如果离开了数千年历史所积蓄起来的人类智慧发展底最正确的路线，独创地弄出一个什么"思想体系"，那即使不是康有为底《大同书》，至多也不过是泰戈尔底《森林哲学》，甘地底"不合作主义"，甚至还难免成为现在变成了日本法西斯军人底走狗的武者小路实笃底"新村运动"，以至现在正替日本"皇军"烹炒着中国人底血肉的江亢虎底"新社会主义"呢。

鲁迅先生于半封建半殖民地的，东方文化一方面诱惑着怀念古代光荣的爱国志士，一方面阻碍着人民大众底觉醒的落后的中国社会，但却抓住了由市民社会底发生期到没落期所达到的正确的思想结论，比什么人更早，也比什么人更坚决地用这进行使祖国解放、使祖国进步的思想斗争，用这使祖国底解放斗争和进步斗争和全人类底解放斗争在一个方向上汇合。这正是他底作为思想界底领导者底最伟大的地方。

试一翻他底遗著，在五四前后曾经那么热闹过一时的"新村运动"和"不合作运动"等，在这里找不着一点痕迹，这是今天的我们禁不住惊叹的。他没有想到过创造任何"思想体系"，更看不起任何东方式的"思想体系"。

当然，这只是他底作为思想家底一个要点，这里面的活的过程和丰富的内容，只有在和作为战士的他底道路以及作为诗人的他底道路有机的联系里面，才能构成这个"现代革命圣人"底俯视一代的巨像。

现在，论者不惜指出和民族主义同在的他对于人类解放的伟大思想，那根底当然是追溯到这个远大的思想要点，把民族底将来和人类底将来联在一起的，只有在人类底将来里面才能有民族将来的这个思想要点上面。问题不仅在此，更在于这一思想的具体内容，以及怎样获得人类的解放。

从这里，我们才能够深切地了解他初期在茫茫的旷野上开荒似地介绍被压迫的弱小民族的作品，后期在政治的压迫和经济的困难下面竭力介绍苏联的作品。

从这里，我们才能够了解他底保卫苏联的真诚，和对于一切污蔑苏联者的憎恨。这里响着的是他十年前（一九三二年）的声音：

……我们反对进攻苏联。我们倒要打倒进攻苏联的恶鬼，无论它说着怎样甜腻的话头，装着怎样公正的面孔。这才是我们自己的生路！（《我们不再受骗了》）

今天，当希特勒匪徒正在倾全力向新人类底摇篮苏联进攻的时候，当民族的叛徒们企图向希特勒匪徒暗送秋波的时候，每一个"真正中国人"当会记得鲁迅先生指示给我们的人类底生路和"我们自己的生路"。

一九四一年，十月十六日，香港。

原载 1941 年 10 月 15 日《文化杂志》第 1 卷第 4 号

鲁迅先生逝世四周年延安各界纪念大会宣言

四年前本月十九日上午五时二十五分，先生逝世于上海寓所。四年后的今天，我们在这里——延安——举行他的四周年纪念。

这里的纪念，不仅仅是为了延安的各界底纪念，而是代表着敌区以内的，敌区以外的那些：

要想纪念，而不能够纪念的人们底纪念！

能够纪念，而不能够完满纪念的人们底纪念！

在他死后不到一年，我们全国人民举起了抗战的火把，抓起了杀贼的刀枪，展开了民族解放的血斗！

在他死后不到四年，我们底抗战的今天——形成了"百团大战"光辉的业绩，升起了抗战建国最后胜利的信号！

政治——我们正在实现着新民主主义。

军事——我们正在准备实现加紧地"反攻"。

文化——我们早就统一着"枪"和"笔"。

我们正在努力实现着一个辉煌的明年！

明年，我们将准备一个更辉煌的"五年祭"，展开在他的前面。

我们要实现鲁迅先生所希望给我们的——为中国独立解放而战斗到底，为人类中被侮辱与损害者而战斗到底。……

纪念鲁迅：要用真正的业绩！

纪念鲁迅：要懂得他，研究他，发展他。……

鲁迅是憎恶"腐化堕落"的：我们要坚决肃清一切"官僚主义的倾向"；"贪污腐化的现象"。

鲁迅是憎恶"狡狯庸俗"的：我们要坚决和自己和别人的"投机取巧""好吃懒做""自私自利"的"市侩主义"斗争——消灭它。

鲁迅一生是为大众的：我们要坚决加紧开展"大众文化运动"。

鲁迅是痛恨奴隶和奴才的劣根性的：我们要坚决反对"奴化教育政策虾""汉奸文化"政策，文化上的"复古主义"无原则的"读经""尊孔"。

鲁迅是喜爱自由平等的：我们要坚决实现真正的民主政治，争取真正的宪政实施。

鲁迅是主抵"团结抗敌"的：我们要坚决反对"分化离间"，破坏"抗日统一战线"的倾向和行为。

鲁迅是主张"敌友分明"的：我们反对自己倾轧。

鲁迅的精神是战斗的，实践的，……他反对阿 Q 式的胜利法！

鲁迅的战法是"韧"性的，他反对"脆弱""失望"和"悲观"。

鲁迅的血液，没有一滴对敌人中途"妥协投降"的血液！

一个真正的中华民族子孙，一个真正鲁迅的精神和事业底承继者，一定也不允许有这样一滴可耻的血液存在自己的血液里！

十月十九日

怎样走鲁迅先生的路

章欣潮

鲁迅先生是当代天才的思想家，文化巨人，中国人民的导师与民族的战士。因为他的思想，是跟着革命现实的发展，来不断的改革社会，教育大众，领导整个中国文坛前进的。

首先，他对于艺术的见解是根据民族解放的政治利益的。鲁迅先生的美学观点没有离开政治，他一再反对和讥讽"为艺术而艺术"底论见。他早已清楚地说了这一句话："'象牙之塔'的窗子里，到底没有一块一块面包递进来的呀！"同时，他为了文化创造的自由而坚决向政治压迫作过斗争，他曾说："政治家想不准大家思想的野蛮时代已经过去了。"象以这样热辣辣的笔触，来大胆揭穿、暴露与打击旧社会中的各种各样的仇敌的文章，是不知写了多少的。因此，他是思想界的明灯，是到中国人民解放之路的一位伟大的领路人。

其次，关于抗日民族统一战线这一问题，无可置疑，鲁迅先生是最早拥护统一战线，主张统一战线的前导者。他总是以中国的革命政党之主张为主张，提出正确的理论，来领导青年走上解放之路。他在论抗日民族统一战线问题的一篇有极真挚底革命热情的论文里，写得极清楚明白："中国目前的革命政党向全国人民所提出的抗日统一战线的政策，我是看见的，我是拥护的，我无条件的加入这战线，那理由就因为我不但是一个作家。而且是一个中国人，所以这政策在我是认为非常正确的。"接着，他又在这一篇论文里说："我以为文艺家在抗日问题上的联合是无条件的，只要他不是汉奸，愿意或赞成抗日，不论叫哥哥妹妹，之乎者也，或鸳鸯蝴蝶派都无妨。但在文学问题上，我们仍可以互相批评。"

他的深彻的论见与号召，对于当时统一战线的发展起了极大的推动作用。而且直到今天，在中国底广大的土地上进行着民族解放的抗战的时候，有多少文化工作者都已经受着鲁迅的遗教的影响，在抗日的旗帜下团结一致的和敌人搏斗着。

……

因此，纪念鲁迅先生，要记取鲁迅先生的遗教，他的斗争精神与他的全部思想。我们应该忠实地学习鲁迅，在抗战中来继承他的事业而更加发扬光大。

第一，我们应深切地理解，文艺应服从政治，即文艺工作要为政治服务。我们要用文艺作为革命和斗争的武器，那么对于文艺作品的目的性的认识，更是非常必要的。一篇文艺作品，它的政治内容越丰富，就不但不会损害其价值，反能提高他的价值。具体地说，今天的文艺工作者就要为坚持抗战，坚持团结，坚持进步，为扩大与巩固反法西斯统一战线这总的任务而服务。每一个前进的革命的文艺工作者，应学习鲁迅先生的精神，积极勇猛地把文艺当做武器，来打击一切反动的恶势力。

第二，文艺工作者为了彻底肃清一切反动的思想和打击敌人，为了胜利地战胜敌伪和投降派的反动的麻醉的宣传，必须更加巩固与扩大文艺工作者的统一战线，这不仅要在思想上，在理论上，为建树起共同的抗战建国的文化理论（即新民主主义的文化理论）而努力，而且要团结和组织各阶层的文化人，集中他们的力量，结成一座巩固坚强的抗战建国的文化堡垒！

第三，在目前，更应以大众化为一切创作的主要努力方向。这首先是要提高大众的文化水平。即是要通过实践的教育大众的工作，使文化运动扩大起来深入到大众中去。其次，就是要根据大众化的原则，来创造大众化的作品。因此我们的文艺的工作者，必须生活在大众中，熟悉大众的生活，明了广大民众的一切活动，情感意志，才能采用大众的活生生的语言，刻画出大众的生活、动作与各种斗争的实践，真正描写出为大众所熟习的，所需要的和他们有血肉关系的各种式样的文艺作品。最后，我们的文艺作品，应多采用民间形式和创造民族形式。只有正确的采用民间形式和创造民族形式，才能真的使文艺作品接近群众，改造群众，和创造出新的文艺形式。

高尔基说过这样的一句话："新的一代是才能的一代。"我们相信，中国革命新阶段上的文艺工作者必然在继承文化巨人鲁迅的遗业，奋勇迈进，来培育出更灿烂的大众的"文艺花朵"！

原载一九四一年十月十九日《大众日报》（山东）

延安各界举行大会纪念鲁迅逝世五周年

［本报讯］"十九日"为鲁迅先生逝世五周年纪念。本市各界于是日下午五时在中央大礼堂召开纪念大会。偌大的鲁迅半身绘像竖立在主席台的中央，醒目地吸引着每个人们底视线。作家，诗人，戏剧家，美艺家，音乐家……及各界代表，参加者达千余六。会前筹委会散出"鲁迅先生逝世五周年纪念特刊"与"鲁迅语录"多种，人们争相传阅着。

开会后由"鲁迅纪念筹备委员会"报告筹备经过，接着选举主席团，向鲁迅遗像致敬。唱鲁迅纪念歌。

继由主席萧军报告：首先检讨了去年纪念会上通过的提案，现在实现的是：成立了鲁迅研究会，出版了《鲁迅研究丛刊第一集》《阿Q论集》与《鲁迅小说选集》，绘成了鲁迅画像与制成鲁迅石膏像；聘请了不少对鲁迅有研究的人士参加"鲁迅研究会"于日内举行的"世界名画展览会"，也是为纪念鲁迅先生而筹办的。而没有实现的是没有在全国确定十月十九日为"鲁迅日"，《子夜》与《八月的乡村》等著作在边区尚未翻印，各机关"鲁迅研究小组"还未建立。

萧三同志讲话：叙述了鲁迅先生是最富于正义感的，他挚爱人民，痛恨"混蛋"，并着重指出：今年纪念鲁迅更要发动广大人民声援苏联，打击希特勒的东方伙伴——日寇。

丁玲同志讲：我们年年纪念鲁迅，说得多，做的少。今后希望拿笔杆子的同志要大胆的互相批评，展开自由论争。学习继续鲁迅先生所使用过的武器"杂文"，来团结整齐大家的步骤，促进延安社会的进步。而且要打破老作家"名誉尊严"，积极的提拔新的有写作能力的作者。

在提案中通过了继出《鲁迅论文选集》，通过大会，"慰问鲁迅先生家属信"。游艺晚会由剧协演出《它的城》，《公主旅行记》。

原载一九四一年十月二十一日《解放日报》（延安）

我们需要杂文

丁　玲

有一位理论家曾向我说过："活人很难说，以后谈谈死人吧。"我懂得这意思，因为说活人常要引起纠纷，而死人是永无对证，更不致有文人相轻，宗派观念，私人意气……之讥讽和责难。为逃避是非，以明哲保身为原则，自然是很对的。

另外的地方，也有人这样说，"还是当一个好群众，什么意见都举手吧。"

甚至象这样应该成为过时的幽怨我也听到过很多："我是什么东西，说句话还不等于放个屁么！"

这些意见表现了什么，表现了我们还不懂得如何使用民主，如何展开自我批评和自由论争，我们缺乏气度，缺乏耐心的倾听别人的意见，同时，也表现了我们没有勇气和毅力，我们怕麻烦，我们怕碰钉子，怕牺牲，只是偷懒——在背地下咕咕咕咕。

有人肯说，而且敢说了，纵使意见还不完全的正确，而一定有人神经过敏的说这是副作用，有私人的党派，长短之争。这是破坏团结，是瞎闹……

决不会有人跟着他再论争下去，使他的理论更至完善。这是我们生活的耻辱。

凡是一桩事一个意见在未被许多人明了以前，假如有人去做了，首先得着的一定是非难，只有不怕非难，坚持下去的才会胜利。鲁迅先生是最好的例子。

鲁迅先生因为要从医治人类的心灵下手，所以放弃了医学而从事文学。因为看准了这一时代的病症，须要最锋锐的刀刺，所以从写小说而到杂文。他的杂文所触及的物事是包括了整个中国社会的。鲁迅先生写杂文时曾经被很多"以己之短轻人所长"的文人们轻视过，曾经被别人骂过是因为写不出小说才写杂文的。然而现在呢，鲁迅先生的杂文成为中国最伟大的思想书籍，最辉煌的文艺作品，而使人却步了。

一定要写得出象鲁迅先生那样好的杂文才肯下笔，那就可以先下决心不写。文章是要在熟练中进步的，而文章不是为着荣誉，只是为着真理。

现在这一时代仍不脱离鲁迅先生的时代，贪污腐化，黑暗，压迫屠杀进步分子，人民连保卫自己的抗战的自由没有，而我们却只会说"中国是统一战线的时代呀！"我们不懂得在批评中建立更巩固的统一，于是我们放弃了我们的责任。

即使在进步的地方，有了初步的民主，然而这里更须要督促，监视，中国所有的几千年来的根深蒂固的封建恶习，是不容易铲除的，而所谓进步的地方，又非从天而降，它与中国的社会是相连结着的。而我们却只说在这里是不宜于写杂文的，这里只应反映民主的生活，伟大的建设。

陶醉于小的成功，讳疾忌医，虽也可以说是人之常情，但却只是懒惰和怯弱。鲁迅先生死了，我们大家常常说纪念他要如何如何，可是我们却缺乏学习他的不怕麻烦的勇气，今天我以为最好学习他的坚定的永远的面向着真理，为真理而敢说，不怕一切。我们这时代还须要杂文，我们不要放弃这一武器。举起它，杂文是不会死的。

原载一九四一年十月二十三日《解放日报》（延安）

鲁迅式杂文的时代意义（节选）

东方曙明

抗战爆发之初，杂文也曾以一犀利的匕首，突击队，轻骑队的姿态在歼敌的队伍中出现。但是，这时期内杂文所表现的力量却相当薄弱，当时在上海出版的唯一的杂文刊物《鲁迅风》，实在只稍稍沾染了鲁迅杂文讥讽的特点，在意识与力量方面却万万不及并且当时竟有一些人忽视了杂文的重要性，而以速写、报告文学与口口的抒情诗歌来代替它，认为杂文的时代已经过去了，这是不对的。就今日中国的实际情形说，仅仅有小说，速写、报告文学等文学形式是绝对不够的，而且这些文学形式亦远不及杂文来得深刻，尖锐和有效。所以在这个伟大的时代里，杂文仍有其时代的意义，我们不但不能忽视它，而且更应该编入我们的抗战队伍里轻骑队与突击队之列，充分地让它发挥它蕴藏着的高度战斗机能与敏锐的感应性，使它在文艺领域中来担负抗战建国的使命。

原载一九四二年十月二十三日《云南日报》（昆明）

理论创作与现实

李何林

鲁迅先生，在他三十年的写作成绩中，无论是理论或创作，都表现出他是清醒的现实主义者；他的批评的理论和创作的内容，都密切的与当时的现实连接着，是植根于现实的泥土中所开放出来的花朵。

一般的说，古今中外任何时地的文艺，都是当时当地的现实生活的产物；也就是普通所说的文艺是时代社会的表现。不过现代科学和文艺论学术这种说法有些近于笼统：盖古今中外各时代的时代社会，并不都具有一个简单的同一的内容，而是因不同的社会关系，形成了不同的各个集团的生活和意识，这不同的生活和意识，就是造成各个时代社会内容的具体；古今中外的文艺，也就是各个时代社会的不同的集团生活和意识的反映，都是那个时代社会的现实的产物。问题只在作者的生活意识，是接近于当时上升的集团，还是没落的集团，而定作品的现实性的深度，或者歪曲现实与否。这种科学的文艺观点，不但在抗战以前正确，即在抗战以后的现在也一样的正确；要想彻底的解释古今中外各时地的文艺现象，也非为此不可。

由于五四，五卅，北伐，九一八和八一三到现在，各时代各集团的现实生活意识的不同；在五四时代，一面有接近封建残余势力生活意识的"礼拜六"派所作的"鸳鸯蝴蝶"文艺，一面也有创造社尤其是郭沫若先生所作的《女神》诗集的反封建的热情呼声，以及鲁迅、叶绍钧等冷静的暴露着老中国创伤的作品。到五卅和北伐前后，由于新的社会势力的抬头，使中国的文艺又向前推进了一步，但一方面"鸳鸯蝴蝶"依然继续着存在；一面绅士派的文艺批评和作品，亦在影响着一部分读者；一面则是进步的文艺用其新的观点和触角，伸向于新的文艺批评和创作中，吸引着广大的读者。及九一八以后，国内外的政治社会关系，均在慢慢转变中，上述的三种文艺，虽然仍在继续其前时期的发展，但已或多或少的渐渐发生质变了，这一直持续到七七和八一三全面抗战发动以后，中国文艺才有一个新的局面的转换，也依然逃不出"文艺是各个时代社会的不同的集团生活和意识的反映"这意义的圈子以外。

即如抗战以后"民族形式"的中心源泉问题，一部分人主张中心源泉应是民间文艺，一部分人则主张应是五四以来新的文艺的优良传统；这两种文艺理论，也不过是现代中国社会现实的产物，因为所谓"民间文艺"固尚有其封建残余势力支配下的民间现实生活意识作为基础，所谓"五四以来的新文艺"，则亦是植根于一部分现实生活的泥土之中的。而抗战以后的民间文艺形式的模仿，和继承五四新文艺传统的新的文艺作品，仍各有其广大的读者和观众，都不外是各有其现实基础的缘故。

虽然各时代社会的各种文艺，固都有其现实生活和意识的基础；但我们对之并不同样看待；"鸳鸯蝴蝶"的故事，"创造社"和"文学研究会"诸作家的作品价值不同；绅士的文艺批评和公子哥儿的诗篇，也不能与鲁迅的杂感和茅盾的小说等量齐观，抗战的作品与梁实秋先生所提倡的是抗战无关的文章，其社会价值也是不相同的。鲁迅之所以为鲁迅，鲁迅的作品之所以有广大的读者，鲁迅先生之所以值得我们纪念和学习，不仅仅由于他的理论和创作是他所生活的现实的反映，而且是正确的、广泛的、深刻的反映。他面对着五四，五卅，北伐，和九·一八等巨变的时代，预感着新的时代的到来，迎接那新的生活和意识，时时在进步着，利用着古今中外的文学遗产，造成了前无古人，也可以说是后无来者的健康犀利的杂感文体，站在进步的观点上，批判着文化，社会和文学的一切；是值得我们学习的地方。

不过，鲁迅先生的小说（《呐喊》和《彷徨》），因为限于它们所产生的时代，它们虽然都是现实主义的作品，像果戈理、契诃夫等现实主义文学巨匠们的作品似的，在反映着它们时代的现实生活，但是，它们尚不能完全算是近十年来我们所能明确认识的科学的自觉的现实主义的产品，我们应该继续着鲁迅先生生前不可能走完的文学创作的道路，自觉的用科学方法去搜集、研究和分析客观的现实生活素材，加以有机的组织和正确的表现。使由鲁迅先生的《狂人日记》《阿Q正传》等所开创的现代中国小说，有更进一步的发展的前途，才不辜负我们这创业的先师所留给我们的成绩。

原载一九四二年十月十九日《云南日报》（昆明）

鲁迅先生精神不死遗著风行于沦陷区

（新华社华中二十二日电）敌寇在沦陷区对鲁迅先生遗留的文物不断加以迫害，现在不仅鲁迅先生的坟墓被敌伪任意摧残，而且敌伪把阅读鲁迅先生遗作的沦陷区居民，视作"危险分子"，买卖交换先生遗作者，不时遭到敌特宪兵的盘诘拘捕。最近由于敌伪压迫，及沦陷区生活困难，鲁迅先生留平家属，竟被迫出售先生生前藏书。

然而敌伪这种凶残的压迫，丝毫也不能减少鲁迅先生作品的给予沦陷区人民的鼓舞，在汉奸文化人大叹"没有文化，没有人肯读书"的今天，鲁迅先生作品，却在沦陷区秘密风行着，鲁迅先生全集单行本中几本杂文集，战后已发行至六版，九月底，《鲁迅全集》在上海秘密售价增至三万五千元，有钱都不容易买到。许多中学教员，都秘密劝学生们阅读先生遗作，学习他的奋斗精神。上海西郊的鲁迅先生墓前，更不时有着秘密前往的青年男女，对着残破的坟墓敬献鲜花。

原载一九四四年十月二十四日《解放日报》（延安）

革命要有韧性
——纪念鲁迅逝世九周年
陈　涌

　　鲁迅先生逝世九周年了，鲁迅先生是正当中国的抗日民族革命战争正要爆发的时候逝去的。

　　鲁迅先生没有机会看到这个艰难复杂的抗日战争，也没有机会看到这个战争的胜利；然而鲁迅先生是以一个坚定的、革命的民族斗士结束了他的晚年的，他在这个期间遗留给我们的文字，是至今也还可以看出他爱中国、爱民族、爱人民的如火的热情，以及对于敌人的无比的憎恨的。

　　我们在抗战胜利不久之后纪念鲁迅先生逝世九周年，引起了无限的感想，在九年前的今天，鲁迅先生是用尽了他的一切为民族斗争的精力，离开我们而去了。他遗留给我们的仍是艰难、复杂而光荣的任务，我们继承了鲁迅先生的战斗传统，战斗了九年了，我们的抗日战争终于获得了胜利，这是我们可以告慰于鲁迅先生的英灵的。

　　抗日战争的胜利，最近国共谈判的成果，展开了将来中国和平建设的远景，我们清楚的看见了光明的前途，只要使全国人民继续努力，中国的独立、自由和富强是无疑义可以争取的了。但是革命的前进道路仍然不是平坦的，中国民族的敌人和反动势力，还在阴谋破坏中国人民的胜利，中国人还要经历一段艰难困苦的过程。鲁迅先生非常清楚的了解中国革命斗争的复杂性和曲折性，因此远在大革命以前，鲁迅先生便提出我们战斗要有"韧"性，而过了将近十年之后，鲁迅先生仍然谆谆的教导我们："对于旧社会和旧势力的斗争必须坚决持久不断"。这使我们想到中国人民长久牺牲奋斗所得到的任何成就，都不应使我们把斗争松弛下来，而沉湎在盲目乐观的幻想里。

鲁迅先生警诫我们说："革命是痛苦……是现实的事，需要各种卑贱的麻烦的工作，决不如诗人所想象的那样浪漫，"这也同样的可以作为我们的一种教训，一种警惕。革命的建设的确是需要经过我们无数一砖一瓦，一木一石的"卑贱"的、"麻烦"的、具体的工作的，没有这种"卑贱"的、"麻烦"的具体工作，革命的胜利是没有可能的。从每个革命者来说，没有经过这种"卑贱"的、"麻烦"的具体工作的锻炼，是无法了解革命的实际，无法锻炼成一个切实的革命者。但在我们现在这个局势开展的时候，我们很容易轻视或不安于这种"卑贱"的、"麻烦"的具体工作，而这种不安和轻视的心理影响到实际生活中，往往就会给革命工作以不小的损失，因此上面鲁迅先生的这番话，是特别值得我们记取的。

鲁迅先生还警诫我们说，不要以为我们现在做了工作，将来便可以而且应该得到革命的"报酬"，便可以而且应该享受特殊的生活，"因为在实际上决没有这种事，恐怕那时比现在还苦，不但没有牛油面包，而且黑面包都没有也说不定，俄国革命后一二年的情形便是例子。"在我们现在这个时候，有些同志也很容易错误地发生个人在革命当中获得些什么、抓取些什么的思想，而一时忘记了我们原是献身革命，原要无条件的把自己的一切给予革命的思想，这种想法无形中消蚀我们的革命热情和意志，同样也会给革命以损失，因此鲁迅先生这种话对我们也同样有深刻的教训意义。

鲁迅先生所给我们的思想上的教训，自然远超过上面列举的这些，但是在抗战胜利之后第一次纪念鲁迅先生的今天，我们重温鲁迅先生的这些话是感到特别触目，特别具有深刻的教训意义的。我们纪念鲁迅先生，便要牢记鲁迅先生这些遗教，学习鲁迅先生的这些思想，并且坚决的用鲁迅先生的思想来扫除我们脑子里存在的不正确的思想。

原载一九四五年十月十九日《解放日报》（延安）

因纪念想起

景　宋

又到人们记起鲁迅先生的时候了，因为在今年的十月十九日，正是他逝世了九周年。

抗战的前一年六月，鲁迅先生在大病中，仅仅提出了："中国的唯一的出路，是全国一致对日的民族革命战争。"（《且介亭杂文末编·论现在我们的文学运动》）这已经是嗅到火药气味的呼号，而不幸在四个月之后，他就逝世。为了准备这一次空前的血战，鲁迅先生有新的口号的提出："绝非停止了历来的反对法西斯主义，反对一切反动者的血的斗争，而是将这斗争更深入，更扩大，更实际，更细微曲折，将斗争具体化到抗日反汉奸的斗争，将一切斗争汇合到抗日反汉奸斗争这总流里去。"

现在，距离鲁迅先生逝世九周年了，我们全国民众完成了他所说的一半："抗日"，总算胜利了，紧接着是："反汉奸"，目前正在作惩奸工作的第一步，刚刚开始检举或被逮捕了一部分，但是许多改头换面，潜移默化，把头几天急急如丧家之狗的奔逃，转而趾高气扬，又在开始横行跋扈了的，恐怕更不是一朝一夕所能清除，逐渐也许有可能转入体内，象病菌一样渐渐侵蚀，以至于再行爆发大病，那是非常之危险的。

防止的方法有没有呢？我以为除了国家机关执行惩办之外，人民团体的坚强合作，使这一批汉奸无所施其技，既不能挑拨离间，也不能乘虚而入，倒是切要的。因此，鲁迅先生所号召我们文艺家无条件的联合，到今天还是非常需要："我以为文艺家在抗日问题上的联合是无条件的，只要他不是汉奸，愿意或赞成抗日，则不论叫哥哥妹妹，之乎者也，或鸳鸯蝴蝶都无妨，但在文学问题上我们仍可以互相批评。"（《且介亭杂文末编·答徐懋庸并关于抗日统一战线问题》）如同鲁迅先生所说的，在抗战八年当中，"中华全国文艺界抗敌协会"的确做了不少联合文艺界执行坚决抗日的任务，打破多年来文艺界的各不相涉，建树起文艺者坚忍光辉的立场，无论敌伪如何千方百计威迫利诱，除了甘心卖国的无耻之徒，凡是在"中华全国文艺界抗敌协会"的大旗之下，他们是如何忍辱负重，贡献一切给国族。现在，胜利到来了，我们希望这一个代表全国文艺界的协会，仍旧继续存在，只要把"抗敌"二字去掉就好了。因为在国家破坏的时候，需要群策群力，而在战后疮痍满目，百废待举之秋，尤其需要全国文艺界集思广益，使国家元气加速恢复过来。

原载一九四五年十月二十日《新文化》（半月刊）（上海）创刊号

鲁迅先生逝世九周年，陪都文化界集会纪念

——大家发出一个呼声：跟着鲁迅的道路前进！

　　［本报特写］　昨天下午二点整，在西南实业大厦的餐厅里，举行了鲁迅先生逝世九周年的纪念会。一群群的人络绎来到，渐渐地挤满了整个餐厅。后来，餐厅外的隙地乃至楼梯上都簇拥着密密的人头。其中有冯玉祥、邵力子、周恩来、郭沫若、柳亚子、老舍、叶圣陶、曹靖华、冯雪峰等，和美苏友人共计约五百人。

　　快到三点钟时候，纪念会在白发苍苍的许寿裳老先生主持下开始了。许先生，这位鲁迅先生三十五年的相交老友，以低沉的音调开始讲话，他的话朴素而且简短。他说：鲁迅先生的逝世已九年，他的精神是愈来愈伟大，绝非几句话说得完的。他为到会而来的各位参加者，表示抱歉。

　　第一个被邀讲话的是冯玉祥先生，他说："鲁迅先生永远活着，永远在指导着我们，我们要学习他的精神。"接着他讲了一个鲁迅先生文章里的故事说：有一家人家生了一个小孩，客人纷纷来道喜。头一个客人说了许多吉利话，说这孩子将来一定要发财，主人听了大为欢喜，迎入上座，端茶端蛋招待。第二个客人一来，也是连声夸奖小孩生得相貌出众，说将来一定要做大官，主人听了更高兴，马上迎入上座。端出双份的茶和蛋来享客。第三个客人进入说：唉！这孩子，唉！这孩子将来会死，主人听了大不高兴。鲁迅先生讲完了这段便说：本来发财升官都是靠不住的。但有人偏爱听，

人会死倒是最实的，却有人偏不爱听。冯先生讲到这里也慨叹起来了，他说：今天的世界也是一样，靠得住的话偏不爱听。这话尚未说完，便被一阵掌声所掩盖下去了。

邵力子先生因牙疾，辞谢了邀请讲话。继起讲话的是柳亚子先生，这位热情不减少年的革命长辈很激动地说：纪念鲁迅先生，要学习鲁迅先生的精神，即是敢哭、敢笑、敢打、敢骂。最重要的还是要记取鲁迅先生所说："现代中国人，不要违背中国人为人的道德。这种道德在今天就是要主张和平民主团结，真正继承中山先生遗志建设中华民国。"

郭沫若先生继起讲话。他提议为鲁迅建立博物馆、铜像，改西湖为鲁迅湖。他感到了苏联政府对文人和文化的尊重。

大家讲话都很短简，会场的空气很活泼。这时插入赵丹先生的朗诵，是鲁迅先生写的《中国人失掉了自信力了吗？》

从成都来的文艺界前辈叶圣陶先生，被邀讲话。他说鲁迅先生自己曾用过《庄子》里的话，但是他却反对提倡青年读庄子读文选，这是什么道理呢？我想这道理是：路是自己走的好，大家自由走一条路，不必要强人走某一条路，或强人非走某一条路不可。鲁迅先生生前有一次送我一本《铁流》，并附一封信，信中写道："无话可说……无非相濡以沫，以致意耳。"我今天特别提出这"相濡以沫"四字。"相濡以沫"照庄子原文即说，涸辙之鲋用互相吐出口水相活。鲁迅先生对人发生这样大影响，就在这相濡以沫四字。讲到这里，叶先生又提到去年在成都纪念鲁迅先生的晚会，他说到的只十几个人，主持者特别先声明，参加者都是经一个个接洽的，没有问题，话尽管讲好了。但是，今天用不到如此了，很可欣慰。叶先生话讲完了，在重庆的人也引起了去年的回忆，不期而同的爆发出一阵掌声。

徐迟先生这时站在椅子上，朗诵了鲁迅的《淡淡的血痕中》。

接着被邀的是胡风先生。他首先讲从抗战到今天，中国的文化界和知识分子对鲁迅的态度有一变化，在斗争精神上也有一变化。抗战一起，全国人民普遍爆发的热情，以为这一下好了，鲁迅所追求的愿望今天实现了，以为鲁迅所生活，所斗争的中国是过去了。后来，到了持久战的形势下，许多人渐渐知道事情不是那么容易，鲁迅的斗争还有学习的必要。这时期愈发展，他们愈感到鲁迅所生活所斗争的中国并未过去，我们生存和斗争的中国还是继续鲁迅先生生活和斗争的中国，我们要继承鲁迅先生的斗争道路。过去的天真，是说明许多人忘记了中国人民解放斗争绝非短期可获得，忘记了这是持久的斗争。接着胡风先生又说：中国是一个几千年封建社会，加上百年来帝国主义侵略的国家，中国还未完成民主革命，我们身上的负担是沉重的。鲁迅先生的精神就是在确定的光明的目标与远景之下，努力靠流血流汗去争取。鲁迅先生是彻底的现实主义者，又是坚强的理想主义者。

原载一九四五年十月二十日《新华日报》（重庆）

周恩来同志出席致词

希望文化界能参与政治会议，依靠人民建立民主的新文化

最后一个讲话的是周恩来同志，他说：鲁迅先生的许多话，活生生地在记忆之中，成为奋斗的南针。他首先提到鲁迅先生所说"革命的文学家至少是必须和革命共同着生命，或深切地感受着革命的脉搏的。"他说：抗战胜利了，民主革命的任务尚未完成，每个文学和文化工作者，在这大时代中，跟政治跟革命的进展是息息相关，无法分开的。全国如何进入和平建设（文化建设也在其内），这是全国全世界人士所关心的，这次政府与中共的会议，决非两党的事情，这是关系全国人民的事，自然也为文化界所关心。鲁迅先生这句话，告诉文化界朋友，不可能离开政治革命运动。所以这次会议，我们与政府双方同意召开政治协商会议，我们提议能有文化界的代表人物参加，使在协商国事的时候，文化界能有发表意见的机会。很清楚的讲建设，政治经济军事之外，文化建设也很重要。如此重要的问题，在协商国事的时候，应有文化界的代表人物与代表意见。我们希望文化界朋友们，能有意见和主张提出，希望能听到这种意见并反映到政府将召开的政治协商会议之中，以至继反映在将来的施政纲领和宪章之中去。

接着恩来同志说：中国的革命文化距离目标尚远，五四以来，新文化运动尚未完成，鲁迅先生作了披荆斩棘的开路工作，然而坦途尚未完成。不过中国的文化，也是不平衡的。一方面还要披荆斩棘，继续做开路工作，一方面我们已看到在中国有些土壤上已有了文化建设，方向是有了的，但须要大家的努力，大家动手建设。

其次恩来同志说：我又想到十几年前鲁迅先生曾经说过：对旧社会旧势力的斗争，要坚决，持久，同时还要注意培养实力。这句话首先说明鲁迅先生的目标非常清楚，要向封建的、复古的、法西斯文化斗争，去开辟新的道路。其次说明了：要是没有这种持久下去的清楚认识，我们就不会了解新文化是需要长时期去建立，而且还要靠人民大众来铺路，要唤起和依靠人民来参加。文化战线要扩大，应广泛吸收文化斗士参加，去动员广大人民为新文化奋斗。鲁迅先生对文化青年新战士的欢迎、提携，培植不遗余力，这精神也是今天非常需要的。鲁迅先生所说的以上三点意见，是今天我们所需要接受的，此也看出鲁迅先生的立场和态度。鲁迅的立场是与革命息息相关，和人民大众站在一起的立场，鲁迅的态度是对敌人狠，对自己严，对朋友和的态度，这种态度，是值得每一个作家学习的。

最后恩来同志大声地说：五四以来新文化运动尚未完成，还需要持久战斗下去。旧的封建势力是大的，但是只要有鲁迅先生说的一个倒下去，一个跟上去，甚至千百人跟上去的精神，奋斗下去，即使我们一代不能完成新文化建设，可是本此精神，一定能使中国新文化开出奇花异草，让中国人民能享受新文化的成果的。接着是一阵长久的热烈的鼓掌。

纪念会最末的一个节目是老舍先生的朗诵，朗诵《阿Q正传》第七章。他的开场白是阿Q参加革命，说革命也好，到大户人家去拿点东西。而今天抗战胜利了，也有说胜利也好的人，到上海到南京去发财的人。他说阿Q式的胜利，是惨胜比惨败还厉害，拿阿Q精神建国，国必如阿Q一样是会死的。阿Q没有生命，只有陈腐势力压在他身上，他画了一圆圈而死。如今虽说收复了东北台湾，假如如阿Q一样，也会死的。老舍先生自己不笑，却爆发出不断的笑声和掌声。

老舍先生的朗诵也一样使听众不断地发出笑声。尤其是柳亚子老先生，更是纵情大笑。等到柳亚老自告奋勇朗诵了他纪念鲁迅先生的诗以后，人们的脸上带着兴奋的表情，就此散会了。

原载一九四五年十月二十日《新华日报》（重庆）

鲁迅先生与文学上的民主主义

王士菁

一

中国人民大众一致普遍的要求是，在经济上由一个被剥削的国家一变而为经济繁荣的国家，在政治上由一个被压迫的国家一变而为政治自由的国家，我们抗战的目的在此，建国的目的亦在此。

作为经济与政治反映的文学，其最主要的目的当亦不外乎此。鲁迅先生苦斗了一生，他所追求的目标，也正在这里。

二

当鲁迅先生正式参加新文化运动的阵营的时候，那时正是中国新兴的资产阶级异军突起，打起"民主"与"科学"的旗帜，向封建势力进攻的——五四运动的时候，而他的第一篇创作《狂人日记》，便是当时进军的号角。在这篇小说里，他不但宣布了封建的旧社会的死刑，他并且指出了比较新的社会的远景，他唤醒了成千成万的来者，为实现这理想而斗争。

从这一时代起，鲁迅的方向就成了中国人民的方向——民主的方向了。

在中国要实现真正的——政治上的和经济上的——民主，首先必须要消灭和肃清那些挡住中国人民走向光明的民主大道上的阻碍：要彻底铲除封建势力的余毒，要根本打倒为外国主子作走狗（尤其是现在替日本帝国主义服务的汉奸或准汉奸）的买办阶级。没有百分之百的达到这个大目标，中国的革命恐怕要永远如孙中山先生所说的："尚未成功"了。

作为一个中国新文学创始者的鲁迅先生，在他毕生的文艺工作上，和他的文学作品中，直到他生命中最后一分钟，他放下了他的笔，他才停止了为着这两个伟大的目标的斗争。

中国的封建余孽们，也曾在时代的巨流面前，战战兢兢地口不从心地说出"民主"两个字，或是他们在某种限度之内，也曾表示过愿意接受"民主"的模样，然而他们在骨子里却是民主主义的死对头；他们在新和旧的决死的斗争中，是决不会让步的。在"五四"前后的林琴南王敬轩辈，现在是不必提起了；稍后一点，在民国十四五年新文化运动退潮的时候，不是就有教育总长提倡读经吗？再后，民国过了二十几年了不是还有某某教授，又来论列文言白话的长短吗？这一些，在鲁迅先生的生前，都曾给予以中肯的抨击。可是一直到现在，此风还是未歇，前些时候不是还有某甚大学校长作出要用文言文来写三民主义的文学的妙论，和某某官儿拼死地向后开倒车吗？这一些，我们是要反对的！

中国的买办西崽们，也曾在时代的巨流面前，偷偷摸摸地贩过来"民主"，他们在某时曾装出了服膺"民主"的嘴脸，然而他们在骨子里也是反民主主义的，他们所嚷嚷的"民主！民主！"是假的。从介绍杜威，白壁德，……一直追溯到推崇曼殊斐儿，法朗士，莎士比亚等等，他们这一些"伟大的工作，可曾和中国小百姓，中国新文化发生过一点点关系？捧着外国的偶象（并不是细心去研究），得意洋洋地踏在人民大众的头上，连骗带吓混入学者教授之流"。鲁迅先生对于这一些卑鄙的人物，对于这一些下流的勾当，曾毫不留情地揭露了他们的狐狸尾巴。

他们将永远为中国人民所共弃！

三

鲁迅先生在中国新文学领域内的不朽的功绩，是不仅以此为限的，他不但是第一个站出来去扫荡到"民主"去的路上的障碍的文学工作者，他更广泛地给我们青年后辈留下了一种风范：他创立了中国的新文学上的民主主义。

什么是中国的新文学上的民主主义呢？

第一，它是具有战斗性的，我们为要达到经济上政治上的"民主"，一场激烈而又持久的斗争是不可免的。作为反映政治与经济的上层结构的文学，它也就必不可免地要洋溢着这一战斗的气氛，和显示出这一气氛的坚韧不屈的风格。这已经是谁都知道而且承认的事实了，鲁迅先生所独创的杂文，正是在这一斗争中的匕首或投枪，这一种独特的文体正是半殖民地半封建的中国社会的特有的产物，它并不以轻松，漂亮，雍容，雅致取胜，而却是锋利，辛辣，明快，集中力量在一块儿，对准敌人致命的地方的一击。它是具有一种极富于战斗性的写实主义的特质。

第二，它必须是具有普遍性的，要获得经济上政治上的"民主"斗争的胜利，这不是一两个人或是少数一部分人的力量所能办到的，我们必须要发动大多数人去参加这一个斗争，作为反映这斗争的文学，他就不得不是中国人民大众所喜闻乐道的中国作风和中国气派了。这也是谁都知道而且承认的事实，鲁迅先生的小说所描写的人物，哪一个不是中国社会里活生生的人物呢？他的朴素的手法，精粹的语言，——从人民口头上得来的和从文学遗产中继承来的——却正是最合中国人民大众的口味的中国作风和中国气派。

第三，它是反伪自由主义的，在中国新文学运动中，有很多很多的伪自由主义者，他们对着一般纯洁的青年们，摆出公正的架子，似乎别个无不偏激，惟有他们才是得乎中庸之道。据说：他们创作是自由的——绝对的自由的。这个招牌看起来似乎是很漂亮吧？殊不知他们并不是自由的，可惜得很，他们却或明或暗地在为着某一个主子或某一个集团服务。鲁迅先生生前所痛斥的第三种人，抗战以后的"与抗战无关"论者，皆属于这一个类型，我们是要彻底反对的，要在今天的民主浪潮中，把他们的原形冲现出来。

第四，它是反旧传统的。民主主义在今天，应该是有它的新内容，这一个民主主义是应该属于新范畴的民主主义，而不应该回到以往的任何旧路上去。在文学上也是一样，它要极力去反映新的人民的新的生活，（就是反映旧的一面，也要有新观点，那是不在话下的。）这便是今天的新的内容，这一个新内容不是在任何旧的形式，所能够表现出，必然地它要创造出一个新的形式来。反对旧的落后的形式，而为中国新文学创造新式的第一人是鲁迅先生。他不但自己首先创造了新的形式，他更屡次三番地为后来的青年文艺工作者，指出了这一个正确的方向，鲁迅先生全部的创作和创作理论，就是一个最好的说明和示范。

学习并发扬鲁迅先生的文学上的民主主义，也许是今天的重要课题之一吧！

一九四四，十一，七

原载一九四五年十月《诗与散文》（月刊）（昆明）第三卷第四期

论杂文之路

李 拓

我们感觉到，鲁迅先生一生，拿杂文做了他战斗中惟一的武器，他花费了所有的心血去运用这武器，战胜了他敌人的全体。在反封建、反帝国主义的斗争，从"五四"到现在，中国社会中，所具备能代表有革命意识形态条件的文学，恐怕只有杂文能担当起这种任务来，并不是今天，从鲁迅做一个空头号召或标榜的。

事实上，从北伐到此次全民抗战胜利的阶段，客观环境告给我们，如果想使中国文化彻底解除黑暗势力的束缚，和彻底清洗法西斯与封建的余毒的文化，那么杂文仍然不失为文艺路线的先锋。

翻开鲁迅的杂文，无疑那就是近百年来由封建殖民地国势里奋斗到出来，最好的教科书，中华儿女优良的读本。他遗留下每一个字，都是血泪的凝结。他的杂文是利刃，钢刀，每次都针对敌人的要害。他的观察是周到而深刻，他不但认识敌人的鬼脸，并且不放松生长敌人的客观的体系，及其同类的帮棍。鲁迅先生不仅是个体孤立的冲锋，而且顾及自己广大的伙伴，因此他热爱劳苦大众，热爱青年，他鼓励人们并且学习人们，他不只坚决的跑在时代的前头，他还顾虑落后的人们，他舍不掉每个纯洁的灵魂。他的冷酷是向上的鞭打，疯狂的鼓励，却非无情，适足以表现出鲁迅先生的善良，对人群过深厚的期待。他不遮蔽自己的缺点，也不饶恕别人的丑恶，因此他一生永远在严肃的，热烈的，批评人生和事物，终于给予黑暗中的中国引进光明来！

鲁迅先生的工作，并不因他的逝世而中止，广大的中国老百姓，需要追踪鲁迅的路，完成生存与生活本能的要求，尤其当全民抗战胜利的目前，法西斯的崩溃，给人类带来了新的和平民主的信号，但是妨碍人类进步的黑暗势力，却依然存在着重大的威胁。庞大的阴影蒙蔽了一部分人的眼睛。我们必得扫光云翳，历史发展的潮流决不会倒退它的方向。我们应该对现实，

389

具有充分认识的常识，如果欲培养胜利国人民的文化，就不能不对杂文加以强调。固然除了杂文以外的报告文学、短歌、墙头诗、壁画和许多朗诵作品，都不失为革命文学的利器，但为了争取民主国家胜利的战绩，为了使中华民国的文化获得充分的发展及解放，完成我们最低理想，这理想是切合鲁迅先生理想的一部的，那么杂文的路线，我们还需要坚苦的走下去的。

八年的流血，受苦、挣扎，躺下的躺下了，站立的还在观望，跑向前去的也渐渐声嘶力竭，时代的鞭子在挥动，不允许躲避养胖子，不允许清闲的扯淡了，大病初愈的中国需要的是积极、是建设．是彻底，是普遍的自由的呼吸和散步。饥饿的要吃饱，血债要偿清，孤独的要拥抱，受伤的要医治，一切不平要申告出来，从前的奴才要起来做"人"，因为这是破天荒的，世界上人类种种的苦难已显著减少，中国的命运已有整个转机，一切存在的客观条件在等待人们去实践。杂文实在是配合在文化建设战线最尖锐、有力、敏捷，轻而易备的武器。我们感谢鲁迅先生给予这二十世纪中国文化最优秀的武器，我们要举起杂文之旗来，倡导，写出，开拓胜利国家文化平坦的路！

一九四六年，将看到鲁迅先生胜利的微笑的复活。

原载一九四六年一月一日《青年生活》（半月刊）

（北平）第一卷第七期第六号

新文艺理论的建设者——鲁迅（节选）

征 农

"五四"以来，中国人民大众反帝反封建的新文艺运动，是与鲁迅的名字不能分开的。他不但"最勇敢，最坚定，最忠实，最热忱"的始终站在这个运动的前线"向着敌人冲锋陷阵"，而且一直成为这个运动的实际指导者。

远在"五四"运动以前，鲁迅抛弃学医而投入文艺，就是抱着以文艺来改造社会，改造国民精神的目的。在《呐喊·自序》里，他说：

"有一回，我竟在画片上忽然发见我久违的许多中国人了，一个绑在中间，许多站在左右，一样是坚强的体格，而显出麻木的神情。据解说，则绑着的是替俄国做了军事上的侦探，正要被日军砍下头来示众，而围着的便是来赏鉴这示众的盛举的人们。

　　"……从那一回以后，我便觉得医学并非一件紧要事，凡是愚弱的国民，即便体格如何健全，如何茁壮，也只能做毫无意义的示众的材料和看客，病死多少是不必以为不幸的。所以我们的第一要着是在改变他们的精神，而善于改变精神的是，我那时以为当然要推文艺，于是想提倡文艺运动了。"

抱着这个目的，他写出了：《狂人日记》、《阿Q正传》、《孔乙己》等十几个短篇小说，以沉痛的心情，暴露了封建社会的罪恶，反映了封建社会下的被压迫者与被侮辱者的悲惨命运，替以后文艺创作开辟了一条新路。

抱着这个目的，他绍介了北欧及其他弱小民族的文艺，以"传播被虐杀者的苦痛的呼声和激发国人对于强权者的憎恶和愤怒"。

也就是抱着这个目的，他投入了文学革命运动，成为这个运动中的"主将"。当文学革命开始时，如胡适之流，是把这个运动仅仅当作文学改革来看待的。他们不了解，文学革命，是以"灌输正当的文艺改良思想为第一事"，是一个思想上的启蒙运动，必须以当时反帝反封建的革命斗争为其基本内容。当他们看到白话胜利时，便以为文学革命成功了，有的回转头去整理国故，有的则拾一点欧美文学的残渣做起批评家与诗人来。鲁迅反对了这各种的看法与做法。他是第一个真正认识文学革命意义的人。他认为文学革命，必须"冲破一切传统的思想和手法"，用浅显的古文来作新思想的文章不好，但"单是文字革新，是不够的，因为腐败思想，能用古文做，也能用白话做"，新的文艺，必须反映人生，写出他的血和肉来。因此，他对于当时一般自欺欺人的文学革命者，进行了尖锐的批评。他说：

　　"倘以欺瞒的心，用欺瞒的嘴，则无论说 A 和 O 或 Y 和 Z，一样是虚假的。只可以吓哑了先前鄙薄花月的所谓批评家的嘴，满足地以为中国就要中兴，可怜他在爱国的大帽子底下又闭上了眼睛了——或者本来就闭着。"（《论睁了眼看》——《坟》）

而他自己，则毫不妥协地为着"冲破一切传统思想和手法"，建立真的新文艺而斗争。

随着大革命运动发展革命文学起来了。对于革命文学，鲁迅是首先赞成的。他对文学与革命的相互关系，及其发展前途曾作了细致的分析。他说：

> "大革命与文学有什么关系呢？大概可以分开三个时候来说：
>
> "一、大革命之前，所有的文学，大概是对于种种社会状态，觉得不平，觉得痛苦，就叫苦，鸣不平，在世界文学中关于这类的文学颇不少。……至于富有反抗性，蕴有力量的民族，因为叫苦没用，他便觉悟起来，由哀音变为怒吼，怒吼的文学一出现，反抗就快到了，他已经很愤怒，所以与革命爆发时代接近的文学每每带有愤怒之音：他要反抗，他要复仇……
>
> "二、到了大革命的时代，文学没有了，没有声音了，因为大家受革命潮流的鼓荡，大家由呼喊而转入行动，大家忙着革命，没有闲空谈文学了。……
>
> "三、等到大革命成功后，社会底状态缓和了，大家的生活有余裕了，这时候，就又产生文学。这时候的文学有二：一种是赞扬革命，称颂革命——讴歌革命，因为进步的文学家想到社会改变，社会向前走，对于旧社会的破坏和新社会的建设，都觉得有意义，一方面对于旧制度的崩溃很高兴，一方面对于新的建设来讴歌。另一种文学是吊旧社会的灭亡——挽歌——，也是革命后会有的文学。……
>
> "不过中国没有这两种文学——对旧制度挽歌，对新制度讴歌，因为中国革命还没有成功，正是青黄不接忙于革命的时候。……赞美建设是革命进行以后的影响，再往后去的情形怎样，现在不得而知，思想起来，大约是平民文学吧，因为平民的世界，是革命出结果。"（《革命时代的文学——在黄埔军校演讲》）

在这里，他预见地提出了一些为后来争论不休的问题，并给了这些问题以确切的回答。

他反对了"文学与革命无关"及把革命文学当作有旋转乾坤力量的两种偏见，他认为文学与革命的关系，是辩证地互相影响的，但革命是主体，有革命才有革命文学，也必然要产生革命文学，而革命文学又可以影响革命的前进。

他明显画出了革命文学与非革命文学的界线，他以为：凡所谓革命文学，必须或者对"旧社会的怒吼"，或者对"新制度的讴歌"，在革命未成功前，主要的是对旧社会的怒吼，革命胜利后，则主要是对新制度的讴歌。这些论点，不仅使当时存在着的对革命文学的糊涂观念为之一清，而且与后来毛泽东同志《在延安文艺座谈会上的讲话》中所提出的暴露与歌颂问题，基本相合。

他警惕了一般小资产阶级革命文学家的自大，而指出了一个正确的努力方向。他明确提出，革命文学的前途，是"平民文学"，他的所谓平民文学，是与当时一般人所提倡的平民文学不同的。后者所谓平民文学，实际上是小市民文学，而他所说的却是工农大众的文学。这样的文学，如果工人农民不解放，工人农民的思想，仍然是"读书人的思想"，而所谓文学家，又还是这样一些"读书人"，是谈不到的，小资产阶级知识分子要做革命文学家，首先就要做一个"革命人"。

从这些论点出发，他反对了"站在指挥刀的掩护之下"或者"纸面上写着许多'打，打'，'杀，杀'，或'血，血'的"假革命文学，后来他又反对了"创造社"式的超现实的小资产阶级的革命文学。

> "最近，广州日报上还有一篇文章指示我们，叫我们应该以四位革命文学家为师法：意大利的唐南遮，德国的霍普德曼，西班牙的伊本纳兹，中国的吴稚晖。两位帝国主义者，一位本国政府的叛徒，一位国民党救护的发起者，都应该作为革命文学的师法，于是革命文学便莫名其妙了，因为这实在是至难之业。

> "于是不得已，世界往往误以两种文学为革命文学，一是在一方的指挥刀的掩护之下，斥责他的敌手的，于是纸面上写着许多'打，打'，'杀，杀'或'血，血'的。"

> "如果这是'革命文学'，则做革命文学家实在是最痛快而安全的事。

> "从指挥刀下骂出去，从裁判席上骂下去，从官营的报上骂开去，真是伟哉一世之雄，妙在被骂者不敢开口。而又有人说，这不敢开口，又何其怯也？对手无杀身成仁之勇，是第二条罪状，斯愈足以显革命文学家之英雄。所可惜者只在这文学并未对于强暴者的革命，而是对于失败者的革命。"（《革命文学》——《而已集》）

这真活绘出了叛变革命的国民党指挥下的所谓"革命文学者"的脸孔。

在那时，他们的这些脸孔，人们还没有看透，是颇能尽着"欺"和"瞒"的作用的，不戳破这些脸孔，真的革命文学便要被淹没。

鲁迅与"创造社"的论争，是新文艺理论建设的一个主要关键。当时的情况是：国民党叛变了，革命失败了，工农大众刚刚抬起头又被踩到脚底下去。到处是屠杀，到处是恐怖，国民党的黑暗统治笼罩了全中国。在这样的情况下，革命文学运动应该怎么样呢？

这里的问题，不是要不要革命文学的问题，应不应该提倡无产阶级文学的问题，而主要的是：那时候的革命文艺，是只要主观地盲目地讴歌革命的胜利呢？或者还是应该正视现实、暴露黑暗，而首先对这黑暗的现实激起愤怒和抗争呢？文学作者只要自以为是的认为自己把握了阶级意识就够了呢？还是应有无产阶级实际生活的体验呢？文艺作品只要喊着打打杀杀革命革命就算革命文学了呢？或者应该要力求内容的充实和技巧的上达呢？关于第一个问题，鲁迅的意见是：

> "唯有中国特别，知道跟着人称托尔斯泰为'卑污的说教人'了，而对于中国'目前的情况'，却只觉得'在事实上社会各方面亦正受着乌云密布的势力的支配'连他的'剥去政府的暴力，裁判行政的喜剧的假面'的勇气的几分之一也没有；知道人道主义不彻底了，但当'杀人如草不闻声'的时候，连人道主义的抗争也没有。"（《醉眼中的蒙胧》——《三闲集》）

> "别的此刻不谈。现在所号称革命文学家者，说是斗争和所谓超时代。超时代其实就是逃避，倘自己没有正视现实的勇气，又要挂革命的招牌，便自觉或不自觉地必须地要走入那条路的。身在现世，怎么离去？这是和自己用手提着耳朵，就可以离开地球者一样地欺人。社会停滞着，文艺决不能独自飞跃，若在这停滞的社会里居然滋长了，那倒是为这社会所容，已经离开革命。"（《醉眼中的蒙胧》——《三闲集》）

关于第二个问题，鲁迅说：

> "所以我不相信有一切超乎阶级的文章，如日月的永久的大文豪，也不相信住洋房，喝咖啡，却道：'唯我把握住了无产阶级意识，所以我是真的无产者'的革命文学。"（《文学的阶级性》——《三闲集》）

> "所以革命文学家至少是必须和革命共同着生命，或深刻地感受到革命的脉搏的。（《上海文艺之一瞥》——《二心集》）

关于第三个问题，他说：

> "一切文艺是宣传。只要你一给人看，即使个人主义的作品，一写出就有宣传的可能。除非你不作文，不开口。那末，用于革命，作为工具之一种，当然也可以的。但我以为当先求内容的充实和技巧的上达，不必忙以挂招牌。'稻香村''陆稿荐'，已经不能打动人心了，'皇太后鞋店'的顾客，我看见也并不比'皇后鞋店'里的多。一说'技巧'，革命文学家是又要讨厌的。但我以为一切文艺固是宣传，而一切宣传却并非全是文艺，这正如一切花皆有色（我把白也算作色），而凡颜色未必全是花一样。革命之所以于口号，标语，布告，电报，教科书——之外，要用文艺者，就因为它是文艺。"（《文艺与革命》——《三闲集》）

鲁迅的这些意见是不是对呢？是十分对的。他丝毫没有反对革命文学或无产阶级文学的意思，他反对的只是那种不与实际斗争联系的超时代的革命文学，反对那种不接近工农而自以为把握了无产阶级意识的横蛮态度，以及反对那只挂招牌不懂货色的作法。而这些都正是当时革命文艺运动最大的缺陷。"创造社"对于革命文学，是尽了启蒙和推动的作用的，但在这一些问题的争论上，我以为对的却是鲁迅，而不是创造社。创造社"挤"着鲁迅看了几种科学的文艺论，"明白了先前的文学史家们说了一大堆，还是纠缠不清的疑问，并且因此译了一本蒲力汗诺夫的艺术论，以校正我——还因我而及于别人——的只信进化论的偏颇。"而革命文艺也正因此第一次打破了教条主义与宗派主义，建立起了自己的理论来。于是左翼作家联盟成立了，大众文艺提出来了，新文艺运动便进入了一个新阶段。

鲁迅在左翼作家联盟成立大会上有名的讲话，成为以后新文艺运动的指针。他明确提出了文艺作家必须"和实际的社会斗争接触"，必须了解"革命的实际情形"，而且明白确定了文学家为劳动大众服务的观点："不消说，知识阶级有知识阶级的事要做，不应特别看轻，然而劳动阶级决无特别例外地优待诗人或文学家的义务。"在这个讲话里，他更特别提出了有关新文艺运动的策略问题；扩大战线，统一目的，"坚决、持久不断"的"对旧社会和对旧势力斗争"，并注意"造出大批的新战士"来。这样正确的策略思想是不仅适用于新文艺运动而已的。

从这以后，鲁迅的文艺思想，更其全面和透辟，战斗也更结实，他以自己丰富的社会知识与历史知识，有系统地给了工农大众文艺以一种科学的解释。在文艺的阶级性的问题上，他严格的批评了"新月派"的"人性论"，揭穿了"第三种人"虚伪的反动的阶级本质，戳破了"民族主义文学"的鬼魅伎俩。在大众文艺问题上，他不仅从文学史的研究找出了"大众文艺"的历史根据，而且从现在大众的实际生活中证明了它的存在，不仅揭示了大众文艺的实质，而且从语言技术的改革指出了"文艺大众化"的前途。自一九三〇年到一九三六年，是中国新文艺运动在"围剿"中的发展时期，是中国新文艺理论的建设时期，而鲁迅正是这个时期的"把舵人"。在他临死之前，日本帝国主义侵入中国，全国抗日民族统一战线开始形成，文艺运动的新任务已经提到了每个文艺工作者的前面。他的著名的《论现在我们的文学运动》、《答托洛斯基派的信》以及《答徐懋庸并关于抗日统一战线问题》，还最后给革命文艺一次最光辉的启示：

> "民族革命战争的大众文学，是无产阶级革命文学的发展，是无产阶级革命文学在现在时候的真实的更广大的内容。这种文学，现在已经存在并且即将在这基础之上，再受着实际战斗生活的培养，开起烂漫的花来。因此，新的口号的提出，不能看作革命文学运动的停止，或者说'此路不通'了。所以，决非停止了历来的反对法西斯主义，反对一切反动者的血的斗争，而是将这斗争更探入、更实际，更细致曲折，将斗争具体化到抗日反汉奸斗争这总流里去。决非革命文学要放弃它的阶级的领导的责任，而是将它的责任更加重，更放大，重到和大到要使全民族，不分阶级和党派，一致去对外，这个民族的立场，才真是阶级的立场"。（《论现在我们的文学运动》——《且介亭杂文附集》）

八年来抗日战争中的文艺运动，不就正是循着这条道路前进吗？

"鲁迅的方向，就是中华民族新文化的方向"。毛泽东同志对于这位伟大文学家的论断，是非常中肯而有意义的。

鲁迅的文艺思想，是与毛泽东思想相符合的。毛泽东思想在文艺上的应用，就是文艺必须"从现实出发"，必须"为人民服务"，必须"从群众中来，到群众中去"。根据马列主义文艺科学的原理，文学是人的认识的一种形式，任何伟大的作品均是人类社会生活的真实的反映，是通过艺术家的思考、研究和创造而产生出来的一幅现实图画。"物是存在于我们之外的。我们的知觉和观念——这就是他们的形象，实际则证实了这些现象，和将真实的形象和虚伪的形象区别开来"（列宁）。所以，文学上的现实反映的真实性与深度性，乃是确定艺术作品的重要性的主要标帜。文学反映现实，又从而影响现实。

毛泽东同志发挥了这个原理，使之更加具体化。在他著名的《在延安文艺座谈会上的讲话》里，说：

> "中国革命的文学家艺术家，有出息的文学家艺术家，必须到群众中去，必须长期的无条件地全身心地到工农兵群众中去，到火热的斗争中去，到唯一最广大最丰富的源泉中去，观察体验，研究，分析一切人、一切阶级、一切群众、一切生动的生活形式和斗争形式，一切自然形态的文学和艺术，然后进入加工过程即创作过程，这样地把原料与生产，把研究过程与创作过程统一起来。"

首先"到群众中去"，为的是要"从群众中来"，为的是到这"最广大最丰富的源泉中去"吸取资料，也就是，更深刻的认识现实，因而更深刻的反映现实。

列宁说过，"从马克思主义的观点看起来我们对客观的，绝对真理的认识之接近界限，在历史上是有条件的，但这个真理的存在则是无条件的，至于我们接近它，这个事实也是无条件的，一幅画的轮廓在历史上是有条件的，但是这幅画所反映出的客观存在的模型，却是无条件的。"这个指示，使我们明白了解历史上许多伟大作家在反映现实的真实性上的局限性，总使我们明白了解一个"有出息的"文学艺术家与一个庸俗的文学艺术家的基本区别。愈接近现实愈能"反映出革命的某些本质的方面"来，作品就愈有价值。今天我们是处在一个伟大的历史时代，是工农大众求解放的时代，是愈有利于我们接近真理认识现实的时代。所谓人类社会生活，基本上就是工农兵生活，所谓革命的本质，基本上就是工农兵求解放的斗争，因此，我们小资产阶级出身的"有出息的"文学艺术家，就必须"到工农兵群众当中去"。只有这样，才能正确的认识现实、反映现实，创造出好作品来，历史已经创造出了有利条件，我们就更要有充分的信心与决心。

"从群众中来"，又是为了再"到群众中去"。一件作品的价值，不仅在于正确的反映现实，而且在于有效地影响现实。工农大众文艺，就必须为大众所能接受，"帮助群众推动历史前进"。毛泽东同志继续指出："现在工农兵面前的问题，是他们正与敌人残酷斗争，而他们由于长期的封建阶级与资产阶级的统治，不识字、愚昧、无文化，所以他们迫切要求，就是把他们所急需的与所能迅速接受的文化知识和文艺作品向他们作普遍的启蒙运动，去提高他们斗争热情与胜利信心，加强他们的团结，使他们同心同德去和敌人作斗争。"

毛泽东同志的这些见解："自然形态上的文艺与观念形态上的文艺的统一，研究过程与创作过程的统一，'作家与工农兵读者的统一，艺术任务与政治任务的统一'"是马列主义文艺理论之一大贡献，是今天新文艺运动唯一正确的指针，是中国二十余年新文艺运动的总结。

鲁迅的关于文艺理论的见解，是没有而且也不可能有这样完善和透辟的。鲁迅没有经过伟大的抗日民族解放战争，正处于国民党法西斯黑暗统治笼罩着全国的时候，工农解放斗争还没有现在这样的范围和深刻，工农民主政权还只能在一块非常狭小的地区实现，整个的文艺斗争与实际革命斗争还不能密切的互相联系，同时他的生活也限制了他和革命实际接触以及和工农大众接触，这一切历史的条件，使他在"接近真理"上受着了不可避免的限制。鲁迅在《答国际文学社问》一文里，就坦率地自己提出过：

"……因为我不在革命的旋涡中心，而且久不能到各处去考察，所以我大约仍然只能暴露旧社会的坏处。"

但是，虽然这样，鲁迅对于新文艺理论建设的贡献，丝毫没有减低其价值。他的思想是符合马列主义文学观的，是与毛泽东文艺思想基本一致的。

鲁迅是始终主张文艺必须反映现实的。他严格地批评了作家的任何歪曲现实掩盖现实的企图，非难了无内容的标语口号式的革命文学，他认为革命文学必须敢于暴露现实，描写现实，而要更确的描写现实，又至少必须和革命共同着生命或深刻地感受着"革命的脉搏"；必须到革命斗争中去，到工农大众中去"经验，体察"，而特别是"经验"，因为'俯于向来没有关系的无产阶级的情形和人物"，如果自己不去经验，"他就会无能，或者弄成错误的描写了"。（《上海文艺的一瞥》）

他非常深刻地分析了小资产阶级文学家的特点和缺陷，有的"脚踏两边船"，"当环境较好的时期，作者就在革命这一支船上踏得重一点，分明是革命者；待到革命一受压迫，则在文学船上踏得重一点，他变了不过是文学家了。"（《上海文艺的一瞥》）有的是"并非与无产阶级一气"，其憎恶或讽刺同阶级，不过是"恰如较有聪明才力的公子憎恨家里没出息子弟一样是一家子的事"（《关于小说题材通讯》），与无产阶级无关的，有的则只因自己"有革命者的名声，而不肯吃一点革命者往往难免的辛苦"（《文坛的掌故》），而各种这样的小资产阶级"即使在是革命文学家，写着革命文学的时候，也最容易将革命写歪"。因此，他们首先必须做一个，"革命人"，到大众中去，作为"大众中的一个人"，这才可以写出革命的实际来，写出大众来，成为真的革命文学者。

在论到革命文艺与大众关系的时候，他肯定地提出，革命文艺"是属于革命的劳苦群众的。大众存在一日，滋长一日，无产阶级革命文艺就滋长一日"（《无产阶级革命文学与前驱的血》）。同时，他又肯定地提出，"大众是有文艺要文艺的"，"那消化的力量，也许还赛过成见更多的读书人。"因此，革命文艺，必须"着眼于一般的大众"，首先创造出他们能懂能接受的东西来，如戏剧、唱本、连环图画之类，使大众有所裨益，革命有所改进。"懂是最紧要的，而且能懂的图画，也可以仍然是艺术"，因为工农大众"既经领会得了内容，便是有了艺术上的真"（《连环图画琐谈》）。

这以上的鲁迅的见解，是与毛泽东同志"从群众中来到群众中去"的思想，基本一致的。

鲁迅文艺思想的发展，是经过一段路程的。他是从为人生的艺术到为阶级的艺术，从批判的现实主义到革命的现实主义。这条道路，正是一般的革命的小资产阶级文学家所常常经历的道路。罗曼·罗兰就这样说过：高尔基所走的路和我们所走的路不同，高尔基是从泥土中来，而我们小资产阶级是首先到泥土中去（大意如此）。鲁迅在《〈二心集〉序言》里，对于自己的经历，也有过这样简明的叙述：

"只是原先是憎恶这熟悉的本阶级，毫不可惜它的崩溃，后来又由于事实的教训，以为唯新生的无产者才有将来。"

但问题不在这里。问题在于：他是怎样走完这段路的呢？他的文艺思想怎样形成的呢？

第一，他对于半殖民地半封建的中国社会有着极深刻的认识：一方面是荒淫与无耻，一方面是为中华民族解放而献身；一方面腐烂，一方面是新生。他看透了这社会的黑暗面，又从这黑暗中看出了光明，不为黑暗所吓倒，但也不被一时的假象所欺瞒。他的这种伟大的现实主义的精神，使他虽然"不在革命旋涡的中心"却"与革命共同着生命"，始终歌颂革命，坚决持久地与这黑暗的社会，外来的与本国的各种血腥的统治者进行斗争！

所以，毛泽东同志称"鲁迅的骨头是最硬的"，"是殖民地半殖民地人民最可宝贵的性格"，是"空前的民族英雄"。"物，是存在于我们之外的。我们的知觉和观念——这就是他们的形象"。鲁迅的深刻的对于现实社会的认识，他的敢于同社会的黑暗进行不断的斗争，就使他的"知觉和观念"，更加敏锐，日益接近于真理。他是一个伟大的文学家，又是一个伟大的思想家、革命家。

第二，他对于中国文学的历史有着广博的知识和精湛的研究。他继承了中国文学的现实主义的传统。在他的《魏晋风度及文章与药及酒的关系》演讲里，他推翻了历来史家的偏见，掘发出了魏晋时代许多伟大文学家的现实主义的本质，特别说到嵇康和阮籍，谁都知道是历史上有名的"纵酒"和"放浪"的文人，但不知道他们还有一颗热烈的，反抗现实的"心"：反对权势，愤世嫉俗，反抗旧道德，"非汤武而薄周孔"，所谓"嵇康师心以遣论，阮籍使气以命诗"，其纵酒放浪不过是其消极的一面而已。所以，他的结论是：

"据我的意见，即使是从附的人，那诗文完全超于政治的所谓'田园诗人''山林诗人'是没有的。完全超出于人世间的，也是没有的。"

在《招贴即扯》一文内，论到袁中郎时，鲁迅也有同样见解，他以为，"倘要论袁中郎，当看他趋向之大体，趋向苟正，不妨恕其偶讲空话，作小品文，因为他还有更重要的一方面在"，他"正是一个关心世道，佩服'方巾气'人物的人，赞《金瓶梅》，作小品文，并不是他的全部"。

中国文学的蕴藏是极其丰富的。但如果对于许多伟大作家只看到他们的表面，看到他们消极的一面，只学习他们的空谈饮酒和作小品文，而看不到他们主要的一面，看不到他们的正义的正视现实的精神，是会一无所得的。鲁迅才是真正懂得中国文学的人，是当代中国文学现实主义的继承人。

第三，他介绍了许多外国的被压迫民族的和苏联的文艺作品，特别是马列主义文艺科学的论著。这些论著，正如他自己所说，使他明白了先前的文学史家们说了一大堆，还是纠缠不清的问题，校正了他的"只信进化论的偏颇"。

深刻的对于中国社会的认识，中国文学上现实主义的传统的继承，马列主义科学的文艺理论的研究，这就是构成鲁迅文艺思想的三大来源。

原载一九四六年四月四日《山东文化》第二期

鲁迅逝世十周年祭在上海

"鲁迅的方向，是为人民服务的方向，对反人民的恶势力死不妥协的方向！"

鲁迅逝世十周年纪念日，上海举行了一次八年来空前隆重的纪念会。会议由全国文协主持。参加这次纪念会的文化界及其他人士共两千余人。主席团由郭沫若、茅盾、沈钧儒、邵力子、叶圣陶等人组成。会议在严肃的颂歌飘扬声中开始："生在遍地荆棘的祖国，你开辟了革命的血路一条，由于你——新中国在成长，由于你——旧中国在动摇"。

大会首先由邵力子致词，他指出：和平团结民主统一，就是鲁迅的道路，现在尚待我们加倍努力。接着，由白杨朗诵鲁迅夫人许广平的《鲁迅十年祭》："残民以逞，必定自败，坚定步伐，决不懈怠，民主自由，是所信赖。"在朗诵中，全体静默哀思。

郭沫若登台讲话，他说："毛泽东先生说过，鲁迅的方向就是我们的方向。是的，鲁迅的方向，是为人民服务的方向，对反人民恶势力死不妥协的方向，追随着这种精神的就进步，脱离它的就堕落。"茅盾的讲话中强调鲁迅的关于批评与互相学习的指示，并希望加强文艺界的新的统一战线。

在李健吾朗诵了鲁迅的《聪明人和傻子和奴才》后，周恩来同志登台演讲，他说"鲁迅先生死的时候国共就开始了谈判，现在已经十年了，还没有谈出和平来！但人民要和平民主独立统一，一定能够争取得到。今天我们在鲁迅先生面前，在人民的面前作出庄严的誓言：我们决不放弃和平，就是被迫自卫，也仍不放弃寻求和平！"周恩来同志继引鲁迅先生的名言"横眉冷对千夫指，俯首甘为孺子牛"说："我们应该有所恨，有所爱，今天，应该'横眉冷对千夫指，俯首甘为孺子牛。……历史上多少暴君独裁者都倒下去了，但奴隶农民被压迫者却都没有得到翻身。今天人民的世纪到了，应该做人民的牛，为人民服务，学习鲁迅和闻一多的榜样。"

沈钧儒氏在演说中回溯了十年前国民党政府的反动统治，指出今天人民的力量已经壮大，人民的要求是一定要达到的。继由白杨朗诵鲁迅的《过客》，并由许广平氏致词。大会在放映十年前鲁迅先生殡仪的影片后散会。

原载一九四六年十月十六日延安《解放日报》第四版

怎样纪念鲁迅先生

中华全国文艺协会总会

本年十月十九日为鲁迅先生逝世十周年纪念日。中华全国文艺协会总会为此特向各地发出通告如下：

一 鲁迅先生逝世十周年纪念是在中国人民艰苦地支持了抗日战争，但和平、民主、改革、建设的政治要求遭受着挫折，也就是民族解放，人民解放的伟大的历史任务遭遇着严重的危机的情形下而到来的，我们要接受这个纪念的特别重大的意义。

二 纪念鲁迅先生是为了更加阐明鲁迅的道路：从人类历史发展的理想远景来照明这个社会，用劳苦人民的求生意志和潜在力量来改造这个社会。只有这条道路才能够使民族解放，人民解放的要求成为历史的命令而不是个人的空想。

三 纪念鲁迅先生是为了更加发扬鲁迅的精神：和半封建半殖民地的黑暗制度誓不两立，和劳苦的人民共生共死，只有这种精神才能够使文化的创造要求深入到人民的实际生活里面，生根繁茂，在民族解放，人民解放的过程里面成为坚强的武器。

四 因此，鲁迅先生逝世十周年纪念是当前争取和平、民主、改革，建设的运动里面的重大事件。

五 纪念鲁迅先生要沿着两条主要的思想方向：一是认识并继承新文化、新文艺的优良传统，认识并批判新文化、新文艺的限制性和缺点，由这来廓清目前的严重的混乱情况，一是注重并培养新文化、新文艺的新生的健康的存在，正视并判别一切文化现象的性质和倾向。由这来尽可能地团结并加强进步的力量，警戒并批判有害的力量。害怕批判的温情态度，无视现状的自满态度，都是违反鲁迅的精神，也就是不忠于民族解放，人民解放的任务的。

六 纪念鲁迅先生应该成为新文化，新文艺现有成就的总检阅和总批判，由这求得更进一步的发展，在中国人民争取和平、民主、改革、建设的运动里面发挥更大的力量。

七 本会号召全国一切人民团体、文化文艺团体、教育团体发动这个纪念，各自斟酌情形，规定以十月十九日前后的一周或一旬为纪念期间，除了在十九日这一天尽可能地争取广大的群众性的纪念集会以外，应广泛地发动各种方式的座谈会、研究会、展览会、作品朗诵会等，出版专刊，壁报等，来实现纪念的意义。对于广大人民的自发的纪念要求应特别重视，为他们介绍讲师或供给材料。

八 在上海，本会向一切人民团体，文化文艺团体、教育团体建议，自十月十六日至二十二日为纪念期间，在这一周里面：1. 本会联合各文化团体在十九日举行联合纪念会。2. 十九日二十日各团体各个人自动到坟地献花扫墓，不规定仪式。3. 各刊物各报副刊出版纪念特辑或专刊。4. 各团体举行纪念集会时，本会愿代请文化界人士出席。5．其他。

九 纪念期过后，本会愿得到各地纪念材料和关于纪念情形的报告。

十月十二日发于上海

原载一九四六年十月十七日《华商报》（香港）

为人民大众服务　为民主和平奋斗　鲁迅精神不死！

——昨隆重举行十周年纪念大会邵力子周恩来郭沫若等演说

（本报讯）昨为鲁迅先生逝世十周年纪念，中华全国文艺协会特假辣斐大戏院举行纪念会，一时许，辣斐门外即座无虚席。两旁跑道亦无空隙，主席团由邵力子、郭沫若、茅盾、沈钧儒、马叙伦、叶圣陶、翦伯赞组成，二时半开会，唱《由于你，新中国在成长》之颂歌，默哀后，邵力子主席致词，谓，诸位今天在此举行鲁迅纪念会，定有此一共同感想，鲁迅先生在当年所指给我们所走的路，和他所遗留给我们的路，是和平、民主，今天诸位一定感觉到，我们对于他指点的这个路程，是努力得太少，以致相差得太远了。鲁迅先生真是个了不起的人，他对于新文艺的成就自不必言，而他另外对于旧文学的造诣亦非常深邃，许多的人，对于旧文学一有修养，往往就钻到牛角尖里出不来了，就此对于外面一切情况不闻不问，莫知其所之的隔离了社会，这我并不是说旧文学不好，而是说它不能适合今日世界之要求，可是鲁迅先生钻了进去，又跑了出来，他这一出来，不是人出来就完了，而且还为新旧文学开了一条道路，这条路就是和平、民主，救中国的结论。可是今日的世界哩，我们看得见的还是恐怖、压迫、危险。鲁迅先生死了十年了，我们对他的遗志努力，成绩是如此之坏，希望今后二十年、三十年、五十年，百年再纪念鲁迅先生时，再不要感到我们的这点努力还太少了。词毕由白杨女士朗诵许广平作鲁迅先生十年祭词，继由叶圣陶致词谓：鲁迅死了十年了，这十年中，八年为抗战，一年多惨胜，更使人想起鲁迅，他当初希望的中国是要怎样的，而十年之后今天，中国并没有怎样（群众大笑鼓掌）。鲁迅先生活着时候，最喜欢用庄子的一句话"相濡以沫"，这句话的意思是一条鱼没有水了，其他许多的鱼用口沫来养活他。鲁迅以他的二十大本合集和补遗来作沫以濡人，希望大家各吐其沫，各尽其力以相濡，大家来维持发扬鲁迅的精神，我曾做过一首诗，其中两句"相濡以沫，沫成海，试听江湖，继志死。"如此以沫成海，继志死，必有成。郭沫若讲演。茅盾讲演谓鲁迅先生曾指出我们应互相批评彼此弱点，互相学习彼此优点，由这句话，促成了文化界的统一战线，可是在抗战中倒反而忘了这一点，文化界如此；其他方面亦如此，这种下了惨胜之根，今天我们团结在争民主的大旗帜下，我们应不忘记鲁迅所诵，互相批评，互相学习。至此李健吾朗诵鲁迅遗作《聪明人和傻子和奴才》后，周恩来在群众热烈鼓掌中开始讲演（即下文），沈钧儒演词中谓：令我想起十年前的事了，我们在万国公墓去送鲁迅的葬，我写过"民族魂"给他的柩作盖棺用，在下葬前我又讲了几句话，后来我被拘，据说就因为在墓前讲话，这在蒋先生释放我的时候告诉我的，他说他得了情报，我在下葬鲁迅先生那天说，"鲁迅死了政府都不管，还要政府来干什么？我们还有政府吗，我们要要求改组政府。"因为这话，我失去了自由，其实我细想我当时还没讲过这句话，彼时吴铁城先生正做市长，还布告我犯了十大罪状。在十年前我没有讲过这句话已经不对了，现在呢，邵力子先生在座，吴铁城先生要我们到南京去，去为什么呢，说为了召开国大之前，要先讨论改组政府的事，十年前我没有讲的话倒犯了罪，十年后的现在，大家都如此主张，连政府也如此说，这已算"国是"了，这令我想到彼时为鲁迅写的"民族之魂"现在改为"民主之魂"了，这几天或一周里面，是我们最有关系的时候，就是要改组政府和停战，这两天我们正在开会讨论这个问题，这令我感到十年中不能不说是有了进步，此刻我和邵先生谈判去了，去为继承鲁迅先生遗志共同努力。词毕，邵力子及沈钧儒、郭沫若、周恩来均退席，准备谈判，复由耿震、沈扬、温锡莹、莫愁乐朗诵鲁迅遗作《过客》。末由鲁迅夫人许景宋女士致词谓：第一周年鲁迅逝世纪念会是在南市破庙的瓦砾堆中举行，此后抗战，听说各地均在举行，上海今天又有这样伟大热烈纪念会可见得这是我们大家要求的所以才能产生，我今天不是拿鲁迅先生家属身份来向各位致谢的，因为那样就侮辱了各位，也侮辱了鲁迅先生，鲁迅先生一生勤恳，他之能成功是因为他把坐咖啡室坐茶馆的功夫都利用，文化界这样的朋友也不算少，也不算不努力，而为什么我们还不能有所成就呢？因为有黑暗把我们挡住了，我们今天纪念鲁迅，应该打倒黑暗，推开黑暗，寻求光明！至此，宣告散会，联华公司并派人将鲁迅先生逝世时之出殡情形新闻片放映，以促进人们对伟大的鲁迅先生之追悼，来作奋发的指标。

原载一九四六年十月二十日《文汇报》（上海）

在鲁迅逝世十周年纪念会上的演说

周恩来

　　鲁迅先生死了十年了，整整的十年了。中国是从内战进入抗战，现在又回到了内战。内战乃鲁迅先生所诅咒的，抗战才是鲁迅先生所希望、所称颂的。他希望的事在人民大众努力下实现了，而他诅咒的内战可仍还存在，这应该是我们参加这会的每个人所难过的。人民希望民主，独立、团结、统一，而日本投降了一年多了，这一个愿望还没有达到。鲁迅先生逝世那年也在谈判，到今天足足谈了十年了，还不能为中国人民谈出一点和平，我个人也很难过。但人民团结起来，就一定能够解决中国的和平民主统一的问题。

今天，我要在鲁迅先生之像面前立下誓言：只要和平有望，仍不放弃和平的谈判，即使被逼得进行全面自卫抵抗，也仍是为争取独立、和平、民主、统一。

鲁迅先生曾说："横眉冷对千夫指，俯首甘为孺子牛"。这是鲁迅先生的方向，也是鲁迅先生之立场。在人民面前，鲁迅先生痛恨的是反动派，对于反动派，所谓之千夫指，我们是只有横眉冷对的，不怕的。我们要以眼还眼，以牙还牙。假如是对人民，我们要如对孺子一样地为他们做牛的。要诚诚恳恳、老老实实为人民服务。我们要有所恨，有所怒，有所爱，有所为。过去历史上有多少暴君、皇帝，独裁者，都一个个地倒下去了。但是历史上的多少奴隶，被压迫者、农民还是牢牢地站住的，而且长大下去。人民的世纪到了，所以应该象条牛一样努力奋斗，团结一致，为人民服务而死。鲁迅和闻一多，都是我们的榜样。

原载一九四六年十月二十一日《新华日报》（重庆）

鲁迅逝世十周年纪念

△本报上海十九日专电　今天是鲁迅先生逝世十周年纪念日，文协总会等十二文化团体于下午二时在辣斐大戏院举行庄严盛大的追悼会，这是鲁迅先生逝世历年纪念会中最盛大的一次。到邵力子、郭沫若、沈钧儒、叶圣陶、茅盾和周恩来同志以及各方人士四千余人。人潮陆续涌向辣斐大戏院，但不到十二时，会场便已挤得水泄不通了。

鲁迅先生的嶙峋倔强的侧面像，被围绕在松枝和鲜花中间。四面墙上，满贴着他的令人铭感的语录。

纪念仪式开始时，肃穆的会场上，震荡着颂歌的声音："在遍地荆棘的祖国，你开辟了革命的血路一条。由于你，新中国在成长，由于你，旧中国在动摇"。"啊！先生，中国人民高举起你的大旗，中国大地响遍了你的战号"！

主席邵力子先生致词

他说："鲁迅先生平生所努力的，是要把中国的旧东西洗刷干净，创造一个民主统一的新中国。今天诸位一定感觉到，我们对于他指点的这个路程，是努力得太少，以致相差得太远了。"

接着有白杨女士朗诵许广平女士所作《鲁迅十年祭》。继之有叶圣陶先生讲演，他说：鲁迅最喜欢引用庄子的"相濡以沫"这句话，可以代表鲁迅先生的精神。鲁迅先生所期望的中国，直到今天还未实现，我们大家要发扬鲁迅先生的这种团结的精神，汇成如海如潮的力量来促成新中国的实现。

本着鲁迅指示的方向　赶跑所有的帝国主义　郭沫若先生讲话

郭沫若先生说："整十年了，这十年全世界的大变化中，以世界言，鲁迅所诅咒的法西斯受了大打击，国内言，鲁迅主张之人民的力量，打退了日本，得了辉煌的成绩。鲁迅指示给我们的方向，是要服务于人民的方向。这条路也正是现在千千万万的人要走的方向，用这种不妥协的精神，赶跑了日本，以后将更用这种精神赶跑所有的帝国主义！我们跟着他的精神向上，就成了闻一多，否则就堕落成了周作人。假使我们为人民服务，坚决的斗争，做鲁迅的信徒，我们就走向了永生之路，中国民族也奔上了永生之路，否则我们就做了鲁迅的仇人，走了万劫不复的死路，中国民族也走上了万劫不复的死路。在这内战熬迫的局面下我们不要悲观，要抛弃苦闷和彷徨，要存心做老百姓的一条牛，把心肝、五脏、血肉都无条件贡献出来。我们要有横眉的胆量，才能不管前途如何艰苦。现在，人民已经不是十年廿年前的人民了，人民必然会翻身的，民主必然会胜利的，这是历史必然的发展。纪念鲁迅，我们要使七十二行，行行出鲁迅。我们要与鲁迅永远在一起。"

继郭先生之后是茅盾先生讲演。他指出：由于鲁迅先生的领导，促成了文化界的统一战线。鲁迅先生说过，统一战线中，应该学习彼此长处，也应该以友谊态度批判短处。今天我们又团结在争民主的大旗帜下，应该记住鲁迅先生互相学习互相批判的指示。今天，黑暗势力还很强大，人民要翻身，还要进行长期的韧性的战斗。

至此由李健吾先生朗诵《聪明人、傻子和奴才》。

周恩来同志演讲　郑重指出：只要和平有望，决不放弃和平谈判，以争取独立、和平、民主、统一

接着周恩来同志在掌声中上台讲演。他说："鲁迅先生死了十年了，整整的十年了，中国是从内战进入抗战，现在又回到了内战，内战乃鲁迅先生所诅咒的，抗战才是鲁迅先生所希望、所称颂的。他希望的事在人民大众努力下实现了，而他诅咒的内战可仍还存在，这应该是我们参加这会的每个人所难过的。人民希望民主，独立、团结、统一，而日本投降了一年多了，这一个愿望还没有达到。鲁迅先生逝世那年也在谈判，到今天足足谈了十年了，还不能为中国人民谈出一点和平，我个人也很难过。但人民团结起来，就一定能够解决中国的和平民主统一的问题。今天，我要在鲁迅先生之像面前立下誓言：只要和平有望，仍不放弃和平的谈判，即使被逼得进行全面自卫抵抗，也仍是为争取独立和平民主统一。鲁迅先生曾说'横眉冷对千夫指，俯首甘为孺子牛'，这是鲁迅先生的方向，也是鲁迅先生之立场。在人民面前，鲁迅先生痛恨的是反动派，对于反动派，所谓之千夫指，我们是只有横眉冷对的，不怕的。我们要以眼还眼，以牙还牙。假如是对人民，我们要如对孺子一样地为他们做牛的。要诚诚恳恳老老实实为人民服务。我们要有所恨，有所怒，有所爱，有所为。过去历史上有多少暴君、皇帝、独裁者都一个个地倒下去了，但是历史上的多少奴隶、被压迫者、农民还是牢牢的站住的，而且长大下去。人民的世纪到了，所以应该象条牛一样努力奋斗，团结一致，为人民服务而死。鲁迅和闻一多，都是我们的榜样"。

鲁迅是"民主之魂"　沈钧儒先生说

沈钧儒先生最后演讲。他说："鲁迅先生在抗战前，领导大家，要团结抗战。所以，他是民族之魂。今天，要改为民主之魂了。我们要以鲁迅先生不屈不挠的精神，打倒黑暗反动势力，争取民主政治的实现。这几天，是中国生命攸关的时期，政府改组和成立联合政府的前提，是停战"。

见一九四六年十月二十一日重庆《新华日报》第三版。

文联北大联合座谈

——范文澜校长指出要学习鲁迅硬骨头

（本报讯）边区文联与北方大学文艺研究室，于十九日联合举行鲁迅先生逝世十周年纪念座谈会。到范文澜校长，张柏园教务长、文教学院张宗麟院长和王锦第、王南诸先生，文联黑丁、葛洛、曾克、胡征、鹿特丹、思基等同志，文艺研究室夏青、鲁藜、罗工柳、陈国和全体教职学员共七十余人。会场正中悬挂鲁迅先生遗像，四周贴满鲁迅先生语录。座谈会自上午十时开始，在严肃空气中进行。首由黑丁同志致开会词，略谈鲁迅一生的战斗方向。范校长接着报告说："鲁迅先生是文化新军的旗子，我们作文化工作的人都是鲁迅旗帜下的战士，我希望各位同志能够在鲁迅的旗帜下前进。鲁迅先生的骨头的确是硬的。我们已经打垮了日本帝国主义的今天，又来了美帝国主义和蒋介石，他们联合起来向人民进攻，这个力量是不容忽视的，斗争是长期的，艰苦的。所以我们要拿出硬骨头来，像打垮日本帝国主义和汪精卫一样打垮美帝国主义和蒋介石。牺牲自己，为了人民，才是鲁迅先生给我们的方向。"张宗麟院长把国民党地区的迫害鲁迅先生和今天解放区的崇敬鲁迅先生，加以对照的说明后，他号召同学们说："学习鲁迅先生的不求功利，全心全意为人民服务的精神。"接着张柏园教务长、王南教授和文艺研究室好多同学也都热烈的发言。最后，鲁藜同志说："我们要坚定我们的立场，学习鲁迅先生的勇敢。在艰苦的斗争中去考验一个战士，我们没有疲倦的感觉，我们相信我们会胜利！"座谈会热烈的开到下午三时半。

会后，由吴绍华和杨哲民两同学朗诵鲁迅先生遗作：《纪念刘和珍君》及《谁杀错了人》。

原载一九四六年十月二十七日，《人民日报》（晋冀鲁豫版）

409

记鲁迅十年祭和东北文协的诞生

冯　明

鲁迅先生逝世十年了。然而他没有死，他仍活在活人心里。

过去，东北在日本帝国主义及其鹰犬的屠刀下，纪念鲁迅是不能公开的。然而，在沉默里他也并未被人忘掉，这沉默是期待着爆发的。不信，请看在解放了的今天的哈尔滨，纪念鲁迅先生逝世十周年的大会，是如何严肃隆重而且盛大。

会场布置在莫斯科剧场，这是一个足可容纳两千多人的地方，然而今天却显得这样逼窄狭隘。楼上楼下满满地挤满了人；这里面有作家、社会名流、文化工作者、青年学生、公务人员，也有一般市民、店员、工人……。这是集各阶层人士于一堂的一个盛大的纪念会。因为，鲁迅"不仅是一个作家，而且是一个中国人"。一个伟大的，杰出的中国人。

鲁迅先生的两句名言："横眉冷对千夫指，俯首甘为孺子牛"，以赭色大字书于白布之上，悬垂于讲台两旁。正中挂一大幅半身画像，一头短发，"隶书一字式"的胡须，嘴角上挂着一丝微笑。这微笑在今天好像正是投给这正在卷入"要求美军撤离中国"运动的狂潮中的人们似的。大会主席罗烽先生在掌声中讲话了。他讲话的中心是举开这个纪念会的意义。当然，这意义对于所有与会的人也许是清楚的，然而在目前反动派倚仗外国主子的势力尚很猖狂的时候，中国走上和平、民主、独立、自由的路上尚有许多阻碍的时候，罗烽先生特别着重指示："我们要学习鲁迅先生的'韧性的战斗'，要持久不懈。"是充分有使我们更加坚定意志，提高信心的意义在的。

继续萧军先生报告了鲁迅先生的生平，他叙述了鲁迅先生怎样由想以医学来拯治中国人的肉体转变到以文学作药饵来拯救中国人的灵魂的过程；怎样坚守"中国人"的立场，和封建反动势力，和走狗帮凶阶级、汉奸卖国贼来作斗争的历史。鲁迅先生是为了中国人民付出了最后一滴血的。回顾鲁迅先生一生奋斗过来的战绩，我们不禁为这灾难深重的中国而悲愤，但因惟其如此我们对这在灾难中磨炼出的伟大人物，更觉可敬，更加可以引以为民族的骄傲。

东北政联的高崇民老先生也讲话了。他以"横眉冷对千夫指，俯首甘为孺子牛"两句话来阐发鲁迅先生的精神；对独夫民贼绝不妥协；对人民则甘愿付出最后一丝气力。高老先生的话不但鼓舞了旁人也鼓舞了他自己。最后他抖擞精神宣誓似地说："我一定要学习鲁迅先生。和反动派奋斗到死！"他那坚决有力兴奋得颤抖的声音，恰如一块大石投入止水，激起了一片经久不息的掌声。

以后又有市府刘秘书长、金人先生等讲话。要之，都是说，我们纪念鲁迅，必须向鲁迅学习，学习他为人民服务的精神，和对付丑恶势力的魂魄，我们要照着鲁迅先生踏出来的道路，朝着他的方向前进！这方向就是毛主席所指出的"中国新文化的方向"。

最后，为了把鲁迅先生的旗帜插到东北来，萧军先生更当场提出了三项具体的纪念鲁迅先生的事业：一、成立鲁迅学会，以广泛地深入地研究鲁迅的思想和精神；二、成立鲁迅文化出版社，大量介绍鲁迅的著述译作；三、成立鲁迅社会大学，以补救职业青年的失学问题。萧军先生说："这些事业，绝非几个人所能办到，希望各界人士积极赞助！"大家回答他的，是一片热烈的鼓掌。会到此，告终。

就在这天下午，参加了鲁迅十年祭的一部分文化界人士，又齐集中苏友好协会，举开了东北文协的筹备会。这是由全国文协的老会员萧军、舒群、罗烽、金人、白朗、草明六人发起的。本来文化界的团结问题，早是大家一致的要求，所以这一号召，马上得到响应，在哈的戏剧、美术、音乐、文艺工作者，凡是知道消息的，全都来了，共到三十八人，公推金人先生为主席。金人先生简单地介绍了以前全国文艺界抗敌协会的概貌和沿革。而后由舒群，草明等提出议案，讨论关于组织、人选等问题，首先确定了组织名称，为"中华全国文艺协会东北总分会"，暂由哈市文艺界进行筹备，一候与散在东北各地的文化人取得联系后，再行召开会员大会。总分会下，更将于东北各地普遍成立分会。关于筹备委员，经大家票选，共选出十七人：计有萧军、华君武、罗烽、白朗、舒群、陈隄、王一丁、李则兰、草明、罗明哲、金人、何士德、荏苏、李江、陈振球、唐景阳、铸夫。继又票选常委罗烽（总务部长）、萧军（研究部长）、草明（出版部长）、舒群、华君武、金人、白朗、王一丁、陈隄等九人。

总分会之机构，现分三部：总务部，总揽全会会务，负责组织，会员登记，经费收支等事宜；出版部，出版文艺书籍，编辑会刊等；研究部，研究有关文艺上的诸问题，并对爱好文艺的青年进行指导等。

最后，决定了目前暂时的工作：一，要求美军撤离中国，对美文化界拍发电文，交由旅美全国文协会员老舍、曹禺转递，二，编印会刊《东北文艺》，三，组织文艺小组并设讲座，四，与哈市各界联络，发动劳军运动，组织前线慰问团。会后，大家摄影聚餐而散。

东北文协于鲁迅纪念日召开筹备会，虽非特别择定的日子，但不言而喻地，这是包含了我们要扛起鲁迅的大旗，举起文艺的"投枪"，为民主，为和平而厮杀的意义在的。

鲁迅先生逝世十年了。然而他没有死，他仍活在活人的心里。

原载一九四六年十二月一日《东北文艺》（月刊）（佳木斯）第一期

附录：毛泽东《在延安文艺座谈会上的讲话》摘编

　　编者按：1942 年 5 月 2 日至 23 日，在延安整风期间，毛泽东亲自主持召开了有文艺工作者、中央各部门负责人共 100 多人参加的延安文艺座谈会，中央政治局委员朱德、陈云、任弼时、王稼祥、博古等出席了会议。这次会议，对后来党的文艺政策的制定和文艺工作的健康发展产生了非常深远的影响。关于鲁迅，多有涉及。对于研究鲁迅的朋友，或许可做参考。

一

　　诚然，为着剥削者压迫者的文艺是有的。文艺是为地主阶级的，这是封建主义的文艺。中国封建时代统治阶级的文学艺术，就是这种东西。直到今天，这种文艺在中国还有颇大的势力。文艺是为资产阶级的，这是资产阶级的文艺。像鲁迅所批评的梁实秋一类人，他们虽然在口头上提出什么文艺是超阶级的，但是他们在实际上是主张资产阶级的文艺，反对无产阶级的文艺的。

二

　　为什么人的问题，是一个根本的问题，原则的问题……鲁迅曾说："联合战线是以有共同目的为必要条件的。……我们战线不能统一，就证明我们的目的不能一致，或者只为了小团体，或者还其实只为了个人。如果目的都在工农大众，那当然战线也就统一了。"这个问题那时上海有，现在重庆也有。在那些地方，这个问题很难彻底解决，因为那些地方的统治者压迫革命文艺家，不让他们有到工农兵群众中去的自由。在我们这里，情形就完全两样。我们鼓励革命文艺家积极地亲近工农兵，给他们以到群众中去的完全自由，给他们以创作真正革命文艺的完全自由。所以这个问题在我们这里，是接近于解决的了。接近于解决不等于完全的彻底的解决；我们说要学习马克思主义和学习社会，就是为着完全地彻底地解决这个问题。我们说的马克思主义，是要在群众生活群众斗争里实际发生作用的活的马克思主义，不是口头上的马克思主义。把口头上的马克思主义变成为实际生活里的马克思主义，就不会有宗派主义了。不但宗派主义的问题可以解决，其他的许多问题也都可以解决了。

三

文学艺术中对于古人和外国人的毫无批判的硬搬和模仿，乃是最没有出息的最害人的文学教条主义和艺术教条主义。中国的革命的文学家艺术家，有出息的文学家艺术家，必须到群众中去，必须长期地无条件地全心全意地到工农兵群众中去，到火热的斗争中去，到唯一的最广大最丰富的源泉中去，观察、体验、研究、分析一切人，一切阶级，一切群众，一切生动的生活形式和斗争形式，一切文学和艺术的原始材料，然后才有可能进入创作过程。否则你的劳动就没有对象，你就只能做鲁迅在他的遗嘱里所谆谆嘱咐他的儿子万不可做的那种空头文学家，或空头艺术家。

四

"还是杂文时代，还要鲁迅笔法"。鲁迅处在黑暗势力统治下面，没有言论自由，所以用冷嘲热讽的杂文形式作战，鲁迅是完全正确的。我们也需要尖锐地嘲笑法西斯主义、中国的反动派和一切危害人民的事物，但在给革命文艺家以充分民主自由、仅仅不给反革命分子以民主自由的陕甘宁边区和敌后的各抗日根据地，杂文形式就不应该简单地和鲁迅的一样。我们可以大声疾呼，而不要隐晦曲折，使人民大众不易看懂。如果不是对于人民的敌人，而是对于人民自己，那末，"杂文时代"的鲁迅，也不曾嘲笑和攻击革命人民和革命政党，杂文的写法也和对于敌人的完全两样。对于人民的缺点是需要批评的，我们在前面已经说过了，但必须是真正站在人民的立场上，用保护人民、教育人民的满腔热情来说话。如果把同志当作敌人来对待，就是使自己站在敌人的立场上去了。我们是否废除讽刺？不是的，讽刺是永远需要的。但是有几种讽刺：有对付敌人的，有对付同盟者的，有对付自己队伍的，态度各有不同。我们并不一般地反对讽刺，但是必须废除讽刺的乱用。

五

既然必须和新的群众的时代相结合，就必须彻底解决个人和群众的关系问题。鲁迅的两句诗，"横眉冷对千夫指，俯首甘为孺子牛"，应该成为我们的座右铭。"千夫"在这里就是说敌人，对于无论什么凶恶的敌人我们决不屈服。"孺子"在这里就是说无产阶级和人民大众。一切共产党员，一切革命家，一切革命的文艺工作者，都应该学鲁迅的榜样，做无产阶级和人民大众的"牛"，鞠躬尽瘁，死而后已。知识分子要和群众结合，要为群众服务，需要一个互相认识的过程。这个过程可能而且一定会发生许多痛苦，许多磨擦，但是只要大家有决心，这些要求是能够达到的。

后记：编者的话

关于抗日战争的开始时间，多年来一直有两种说法：一个是 1931 年的九一八事变，一个是 1937 年的卢沟桥事变。

1945 年 4 月，毛泽东在《论联合政府》中表示："中国人民的抗日战争，是在曲折的道路上发展起来的。这个战争，还是在一九三一年就开始了。"

2005 年 9 月 3 日，胡锦涛总书记在纪念中国人民抗日战争暨世界反法西斯战争胜利 60 周年大会上的讲话中提到："1931 年九一八事变是中国抗日战争的起点"。

2015 年 9 月 3 日，习近平总书记在纪念中国人民抗日战争暨世界反法西斯战争胜利 70 周年大会上的讲话中强调："中国人民经过长达 14 年艰苦卓绝的斗争，取得了中国人民抗日战争的伟大胜利。"

2017 年，教育部修改全国大中小学历史教材，将 "8 年抗战" 改为 "14 年抗战"。从此，抗日战争始自 1931 年的说法逐渐深入人心。

笔者 2015 年 9 月 2 日发表于《光明日报》的短文《鲁迅的抗战》采用了抗战始自 1931 年的说法。这样，1936 年 10 月 19 日去世的鲁迅先生，就有 5 年时间 "亲历" 抗战。这个 "发现" 的意义非同寻常。作为伟大的文学家、思想家、革命家的鲁迅早已家喻户晓，作为一个伟大的爱国主义文化战士的鲁迅，在外敌入侵、国难当头的关键时刻又做了些什么呢？答案就在那些白纸黑字当中，那些在硝烟战火中艰难生存的进步报刊当中。这些时评、讲话、宣言、日记等清晰地为我们还原出了鲁迅先生在狼烟四起的战争年代以血作墨、以笔为枪，奋起抗争、奔波呼号的身影。他是进步文坛的核心人物，他的灵柩上覆盖的 "民族魂" 三个大字是当时文化界的共同心声，甚至在他去世之后，依然是进步文坛凝心聚力、团结御敌的旗帜。

鉴于此，本书所编选的文章都是围绕 "抗战" 主题而来，分 "生前作品"（1931 年—1936 年）和 "纪念文章"（1936 年—1946 年）上、下两部分。为了在纪念鲁迅先生去世 80 周年和诞辰 135 周年系列活动中献上作为普通读者的一份敬仰，我们不揣冒昧，仓促上阵，也顾不上向各位鲁迅研究专家请教，直接将这本《鲁迅的抗战》呈现给读者。我们坚信，鲁迅的价值早已超越了他作为一个文坛领袖的本来意义，逐步衍生出他作为中国现代进步文化无可置疑的文化偶像，毛泽东同志所言"鲁迅的方向，就是中华民族新文化的方向"，的确值得后人永远铭记。

书稿 2016 年就完成了，寻找出版机会颇费周折。鲁迅研究领域也是风风雨雨，波诡云谲。从否定鲁迅开始进而否定左翼文艺，否定党领导下的新民主主义新文艺，甚至挑战新时代中国特色社会主义文艺思想的，大有人在。

2022 年 5 月 23 日是毛主席《在延安文艺座谈会上的讲话》发表 80 周年的重要时间节点，2022 年 9 月 3 日是中国人民抗日战争胜利 77 周年的纪念日，这本书终于得以正式出版了。

这正是一份献给左翼文艺的绝佳礼物，也是对鲁迅先生最好的缅怀和学习。

刘加民

2021 年 10 月 19 日